詹姆逊作品系列

U0601983

ALLEGORY AND IDEOLOGY

寓言的内涵

[美] 弗雷德里克·詹姆逊（Fredric Jameson）—— 著

王逢振　肖腊梅　胡晓华——译

中国人民大学出版社
·北京·

致
菲利普·韦格纳
及
金·斯坦利·罗宾逊
"骑上阅读的骏马"
并纪念
三好将夫

目录

前言

有些话题无须介绍，只要它无论在何处都已经成为争论的对象，或者 ix
仅仅是因为这些话题一旦被确定，相关的东西顿时显现。其余的话题，例
如寓言与意识形态这个话题，就要求初步阐释它在事物机制中的重要性，
同时还要表明以何种方式可以最好地呈现这个话题。有时候作者会描述他
对主题及其重要性的个人发现，可是我在这里不打算这么做。

但以意识形态作为起点，有人觉得偏斜，有人觉得怪异，还有人觉得
老套过时。我需要指出的是为什么意识形态并非如此，为什么它能囊括文
化及上层建筑中其他的一切东西，为什么它能占据对最早的西方历史学家
及文化理论家而言宗教曾经占据过的位置。从一开始我们就被要求能够发
现把握意识形态核心这一过程中会遭遇到的一个根本障碍，即生活中有些
领域、有些活动及思想，不具有意识形态性。

在历史停滞时期，或者在意识形态或阶级斗争似乎已被遏制并被缩小
到可控范围内，此时人们很容易产生这种错误观念。这里有一种与语言学
历史平行的结构，尤其是与转义及修辞平行的结构。语言的字面意义的存
在及扭曲很容易被人们发现，这似乎是一个明显（而且符合逻辑）的事
实，首先正是因为这一点，这些语言学的偏离才有发生的可能性。然而，
随着转义的发展，人们稳稳地把握了转义的工具及分析，人们所坚信的东 x
西——存在着字面语言——动摇了，最终消失了，在原来的位置上留下了
一个更加普遍化的再现概念，我们仍然还面临着这个问题，它仍然还是这
个领域/问题里最核心、最神秘的地方。那么，有没有这种可能，天真的
现实主义发现自己也面临着同样的命运？

至于什么东西可以被视为意识形态，对非西方社会形式的探索能得出

一种解释性的概念，文化（一般被认同为宗教）可以用来描述它对西方社会范式的偏离，如果说不能对它进行准确解释的话。但是在现代化及世俗化的过程中，当关于生产模式（历史唯物主义）的经济术语让各种社会机制变得可以理解时，当宗教本身作为文化形式或上层建筑形式变成了世俗分析的对象时，通过意识形态概念——正如在马克思主义传统中被称为经济基础与上层建筑（它老套且常被误用，但其相关的东西并没有特别受影响），人们就能抓住文化/宗教与经济背景之间的关系。

据此，一个关于意识形态的普遍概念其有用之处就体现在它的联合能力，我不说主体与客体之间、灵魂与肉体之间的矛盾，但至少是唯物主义与唯心主义之间的争论，它一方面打开了客观功能及社会经济历史机制，另一方面打开了主体性的构建。我们必须感谢路易·阿尔都塞（Louis Althusser）在愈合裂缝——不可通约的阐释代码——上所做的杰出的开创性工作，他的意识形态概念机制：有意识的（以及无意识的）生物性的个人主体把自己安放进集体社会结构之中，意识形态是一种无意识的认知测绘。[1]

然而，他没有将这一考查深入历史领域，也就是说，在主体性发生转变的同时，还能看到生产模式史中经济上的改变，他没有深入这一过程。换句话说，他没能探讨我们所说的文化革命的动态性，他可能是接受了警戒，因为马克思曾经清楚地警告过："意识形态……没有历史。"[2] 但是这句名言，从其最初走样的地方来读，可以被视为具体用于我们今天称之为观念史的地方——这也就是说，意识形态史或其他文化症候可以被当作一种自主现象来进行研究。正如在今天，如果不考虑商品物化及与之相伴的主体性，我们就不能对资本主义进行研究。同样，（除了宗教领域）如果丝毫不考虑生产模式的话，人们也很少能对非西方进行考查，因为生产模式同时既具有症候的特点，也具有构建的特点。然而意识形态是对这种学科物化进行抵抗的格言，它代表着主体领域与客体领域被统一成一个单项，而从我们这里的人文主义学科来看，对个人主体性的构建、形成进行考查，对主体性如何易受革命性变化的影响进行考查，这是对意识形态的最好定义。

我提议在一个更大的语境过程中将寓言作为一个根本机制来进行探

讨。一方面要应对再现问题，另一方面要应对历史问题，但从这两个角度中出现了一个新的问题，即叙事问题（与叙事问题相伴的还有文学本身的问题）。

我已经在别处提议说我们把意识形态素（意识形态的"基本细胞"，或最小的、可被理解的意识形态单位）视为一种二元结构，人们可以用非常不同的分析工具从两端靠近它。[3] 一方面，意识形态素是一个观点［套语（doxa）是这一认知或伪认知版本中最受欢迎的理论术语］，另一方面它可被表述成一种叙事。种族主义是此二元论最粗糙、最顺手的例子。关于种族的"观点"是披了一层薄外衣的幻想，它以叙事的形式表达了个人的恐惧、嫉妒，以及集体主题。通过展现一方如何优越于另一方的方式，政治心理学家们从来就没能真正将清意识形态的这两个维度。同时，启蒙 xii（只要人们能被允许去唤起启蒙的历史传统）总是预设理性劝导的力量，启蒙以其认知形式而成为套语的治疗之方。以这种或那种方式存在的精神分析的原初的幻想，其叙事的意识形态素的根源不那么容易把握，或者至多是采取了纯粹个人的、偶然性的形式。然而，阿尔都塞的分析毫无疑问吸纳了尼采的思想，同时也吸纳了拉康的思想，他在主体与叙事之间假定了一种构造性的，同时也几乎是牢不可破的关系。主体为叙事所定义，反过来叙事似乎总是与主体的在场相连，甚至"仅仅是"客观事实接连出现时也是如此。

在这里我们发现我们不能忘了套语概念的经典对立面，即知识（episteme）。将 episteme 简单地翻译成"知识"（knowledge），这样就绕开了人们对整个科学（这是 episteme 的另一个可能的翻译）所展开的让人迷惑的古老的讨论。显然，马克思主义不是唯一一个通过让"科学"变得神圣化而走出观点、意识形态、纯属个人奇思异想之类的东西。但是我的确喜欢阿尔都塞将科学定义为略去主体位置的书写。[4] 这一矛盾的阐述不可避免地会产生新的再现问题，我很欣赏这一点。当然它最大的好处就是绕开了真理问题，或者更准确地说，是把真理授权给了存在领域，在那里，它变成了一个可以用更加古老的"信仰"观念来解决的概念。

阿尔都塞公式还有另外一个优势，我们可以通过回到弗洛伊德的著名论文《作家与白日梦》来描述它。大多数文学理论家反对这篇文章，认为它是精神分析庸俗到极点的表现（文学是愿望的满足），相当于以阶级为导向的最为庸俗的马克思主义批评。

xiii   然而，我们可以将愿望满足这个问题留给欲望专家。这里弗洛伊德思想最有趣的地方在于他有一个犀利的观察：作者的根本问题不在于他自己的幻想愿望的满足，而在于读者对这些幻想的反应。[5] 弗洛伊德告诉我们：我们不仅对别人愿望的满足不感兴趣，而且别人愿望的满足绝对会让我们反感。（这一原则跟政治清教主义及所谓美国政治中"社会问题"之间的关系应该很明显。）

因此，作者必须将自己的愿望的满足遮蔽起来，对作者个人来说重要的东西在故事中展开，这种遮蔽、隐藏机制、间接满足的形式正是文学艺术的核心，而且它们通常与普遍主义、人类境况、永恒故事等混为一谈。然而，事实上弗洛伊德就文学问题的清晰表达完全跟阿尔都塞对科学的阐述一样：主体被省略掉，个人主体与叙事或科学结构材料断联。

因此意识形态是这些议题的核心：意识形态不是个人化的意识形态素或个人观点，而是生物性的个体与集体之间的相交，其重要性表现在思考中，在文学表达中，当然在语言中（主体在转换词上留下了最可见的印记。转换词[6] 是虚词代词，履行双重职责）。

叙事分析转向了双重主体性在世间得以实现之时也是意识形态得以实现之时。所谓意识形态批判大多关注认知形式的阶级内容［如巴特的经典《神话学》（Mythologies）］。但是只要阶级变得可见，而且以自我意识的方式得到肯定（作为阶级本身），可能别人（别的阶级）就会反感，正如在私人层面上个人愿望得到满足一样。两者都包含着排斥：对个人来xiv   说，通过他在自己个人心理财产上、自己的概念牛上［正如威廉·詹姆斯（William James）的名言所说］[7] 打下的烙印，他通过概念将所有其他人排斥在外。集体性的自我定义（通过性别、种族、社会阶级来进行的自我定义）将其他的集体排斥在外。同样，阶级认同、团体认同的秘密也必须被隐藏起来，最后（围绕此处我们的中心话题），寓言常常能最为有效地实现这种隐藏，因为寓言本身就是通过隐藏的方式传达信息。

这个过程能从一开始用同义、同音、歧义、多义、联想、双关、假性同源，等等——语言这一非唯物主义集体维度中的整个唯物领域——为我们提供了一个连接点，局部意指系统（或意识形态素）因之而得以构建。[8] 因为含义的基本单元不是单词，而是句法或句子，所以如果我们通过单词来理解不同的、不相关的概念实体的话，所谓观念这种东西是没有的：观念总是一个更加复杂的意指体系中的要素，其最明显的机制——二元对立机制——只是把我们称之为"含义"的一串主题组织起来的关系之一。定义具有否定性，通过差异形成身份（反之亦然），看似个体的或自主的含义或观念总是包括了它的对立面，我们已经习惯了这个概念。正如我们从格雷马斯矩阵中学到的，一个术语有两个对立面：最关键、最敌对的一极，然后是更被动的、囊括一切的、非功利的对立或否定，即它所不是的一切。但是这两种非常不同的对立术语然后回到了它们的起点，分别从起点把它们变成了两种不同的含义，正因为如此，整个意识形态素或表征系统的复杂动态就启动了。

但它保持一种静态的、不具生产性的运动，它就像格雷马斯矩阵一样转动，产生出各种术语及身份的旋转序列，原地转动而不向前。在这一点上，人们需要注意意识形态的另一面，即叙事那一面，所提到的意识形态素被迫为意识形态叙事服务。那么，叙事与意识形态"概念"，哪一个先出现呢？这个问题如果说不上是一个无法解决的问题，那么它也是一个非常古老的问题：因此，犹太法典《塔木德》在《哈拉卡》① 与《哈加达》（律法与范例）之间交替，在很早以前就复制了这种对立[9]，正如经典人类学讨论中神话与仪式相对而言谁更重要，或如实际上更加当代的共时结构与历时结构的区别。然而这种张力在神学上比在哲学上更具核心地位，只要哲学的传统工作就是生产概念，它赋予叙事次要用处，如柏拉图的神话、当代伦理典范或案例。

然而，在神学中如果没有别的问题需要面对的话，人们总需要面对关于创造的故事。这个或那个根本叙事或神话历史与其含义和教条内容之间的沟通因此成为一个重要得多的讨论领域。这就是为什么我们在这里所讨论的寓言过程，这就是为什么它最初的动力及方法论的发展来自《塔木德》传统，后来来自教父传统，而不是来自先于寓言过程的哲学流派，寓言过程

---

① 犹太教口传律法。——译者注（脚注均为译者注，不一一标注。）

xvi 发端于斯。因此本雅明的在叙事问题上神学优于哲学的观点就可以证明我
自己对教父体系及中世纪体系中四个层面[10] 的运用（在第 1 章中有阐
述）是合理的。这个机制在意识形态分析方面对我们也会有好处。因为这
四层基本上穷尽了意识形态展演中的所有不同层面。首先是字面层或历史
层，这一层表示手边的物质，表示需要我们对其进行分析的东西——不管
是历史事件（正如《圣经》经文）、文本、观念、政治讨论、人格、伦理
问题——一切使我们成其为个人的东西，并且要求我们对其进行反思及评
论的东西。

　　第二个寓言层或神秘层是初始文本的秘密或隐藏含义，这个含义与为
揭示含义所运用的寓言方法不可分割〔跟伊本·赫勒敦（Ibn Khaldun）
所说的其他的宗教中将启示与神迹区分开来有些类似，只是在伊斯兰教中
启示——《可兰经》本身——就是神迹〕。[11] 在这方面我们不应羞于使用
"神秘主义"这个单词，因为它可以提醒我们意识形态批判既是积极的也
是消极的，它动用了集体意识（asabiyya）的整个学说[12]，如怀疑、解构
实践一样，它能促使康复，具有本体论的特点，保罗·利科（Paul
Ricoeur）率先把它们联系了起来。[13] 换句话说，马克思主义意识形态分
析同时也具有乌托邦的特点，它不只照亮了我们希望能够避开不想的阶级
意识的特点，而且还照亮了想要取代、放逐阶级意识的思想与愿景（愿望
的实现）；马克思主义意识形态分析是一种将寓言放大而非缩小的实践，
这也正是不那么重要的批评家们总是想要维持的观点。

　　在四层机制中，要将寓言放大，需要两种方式来拉长最初的阐释过
程，即两个连续、相关的层面——个人层面，以及集体经验及历史层面。
中世纪思想家们认为属于道德层的，或者属于个人灵魂的归依和救赎的，
我们完全可能希望能用存在主义的术语来理解它，即主体建构或精神分析
的术语。但正如跟神学中的一样，个人救赎最终与集体救赎不可分割，即
xvii 使在我们所处的今天，即使人们不可避免地为个人主义及以消费者为导向
所扭曲，但不管人们选择以何种集体方式来想象未来，作为生物个体的命
运与整个物种的未来不可分割。因此，最终极的层面或神秘层，就是在经
典意义上被留给了最后的审判的东西，它是一种"政治无意识"。也就是
说，它常常是一种无意识的历史叙事，或者仅仅是含蓄的历史叙事，一种

总是潜伏在我们个人命运概念中的集体政治叙事。

　　层面术语不仅仅在一方面有用。当然主要方便之处在于它以图表、可视的方式让可能出现的解读以清单的形式出现，并且将众多选择浓缩为几个基本的类别或参考点。然而，这些领域之间的鸿沟自有其哲学上的好处，因为鸿沟构成了空洞的空间，不管你是喜欢还是厌恶这些领域（换言之即身份和差异），空洞之处都是你的必经之路。这些鸿沟提供了一个方便的象征（在比喻缺席的时候），可以用它来识别不可通约的东西，同时还有它们的差异性。那么这里就可以安排一个术语，这个术语后面不会常用，但必须牢记它，因为它是阐释的源泉和可能性。层与层之间的鸿沟是可以投入力比多的地方（这里用一下让·弗朗索瓦·利奥塔首先发明的术语）：这个概念指的是主要能量的转换，从一个源头到另一个源头，对另一个没有得到多少丰富滋养的领域的关注达到了痴迷执着的程度，或者是这种情况：把注意力从当下力比多形式的最初对象上分散开去，转而投向一种不那么具有威胁性或者不那么危险的对象。这就是欲望的策略和方法，欲望寻求满足的方式弗洛伊德可能会称之为间接的方式或次要的方式：阐释支配着欲望客体，阐释很快重新学会了了解欲望原始本质的方法。因为意识形态也可以毫不困难地转换成当下流行的欲望语言，其复杂的相互作用及能量交换提供了属于它们自己的寓言体系：

　　　　意识形态术语（集体的）

　　　　欲望术语（个人的）

　　　　阐释代码

　　　　文本对象

　　（仅凭"投入"这个术语，一个特殊模式与一个独特的社会历史系统　xviii 就被连接起来了，有人将会对此表示反对。毫无疑问：欲望被视为贪婪，从一个层面被赶到另外一个层面，或者社会地位被体制化地转化成了不同的功能，正如未来本身被修改了，它可以凸显对寓言框架的分析和历史运用。）

　　这四个寓言层可以包含许多种隐含叙事——例如，物质体制——这一点毫无疑问，尤其是像我们这种具有高度差异性的社会。这些层面以出人意料的方式相互作用，人们对此必须要有所预料，我借用了费利克斯·瓜塔里（Felix Guattari）的术语跨变（transversality）[14] 来指这个过程的例子。层面可以改变地方，文本改变位置，变为对自己的评论，而评论成为一种文本——世俗世界也该能料到这一点：没有任何东西具有无可争议的中心性，阐释选择的多样性实际上事先得到了保证，这要依赖于何为事件、现实、文本。因为跨变，那么瓜塔里就将德勒兹块茎松散的终端重新编织在了一起。

　　[这里离题一下——我只是部分反对——跨变概念对德勒兹的静态层面或块茎束或航线概念的依赖：它们勾勒出了多重平行历史中的安排，没有任何"具有终极决定意义的例子"，从而最终在让·弗朗索瓦·利奥塔所宣布的向马克思主义或总体性宣战中找到其源头。《千座高原》中的多重、平行但日期分布不均的分层一章节是对这一美学方法的独特操练，而曼纽尔·德兰达（Manuel De Landa）的《一千年的非线性史》更加公然地背叛了平行主义。然而，若没有跨变再统一的交叉闪烁及再认识，曼纽尔·德兰达的主张不可能被实现。]

　　很难对这些寓言的提议进行系统性的讨论。第一章对我们这里提出的 xix 四层机制的重要替代性选择进行了讨论，即主要兴盛于亚历山大时期的三层寓言机制。这可不是人们早已听腻了的数字命理学，它允许我们对一些具体阐释做出基本判断，尤其是那些我将称之为糟糕的寓言的人文主义及历史观点（尤其是以科学为基础的历史观点）。这些都是三分法的寓言体系，而且它们还毫无自责之意。

　　接下来的一章是关于情感的历史性的概念，它本身就是寓言体系，以及构建主体性的根本机制。然而这里的基本主题是这种体系与其对应的社会形成维度之间的关系，尤其是这种体系与他者形式之间的关系，可以从人口统计学上来讨论这个问题，这一点跟全球化时代特别相关。

　　在这一点上，好几章对非寓言性作品（《哈姆雷特》，马勒第六交响曲）的不同含义与正式属于寓言结构的操作（斯宾塞，但丁，歌德的《浮士德》）进行了比较。其目的显然不是为了让阐释以自由主义的方式并存，而是为了结构机制，作品要么给出不同且不相容的解读，要么跟已经存在的体制进行磋商。

现在正是时候对我以前发表的并且引发了不少争论的论文给出一个当代评论。那篇文章讲的是作为一种形式的民族寓言，处于危机之中的群体通过民族寓言实现自我表达。同时，民族寓言也因他们而得到发展。[15]这里的核心分类，而且我的作品中大多如此，就是我们上面已经间接提到过的：伊本·赫勒敦所说的集体意识。在我看来这是最根本的政治概念，无论是从理论上来讲还是从实践上来讲。寓言是集体意识的载体，集体意识可以通过寓言得到验证及衡量。

寓言是一种文学结构（甚至在某些情况下是一种文类），讽寓解读没有特殊的结构基础，是一种冲突的阐释。我们最后来直面这个似乎对立的现实就是妥当的。我们在论情感那一章的发现在这时候就显得有用了，它能描绘出类似于从情感到影响的转化。而后现代本身决定了一种从拟人走向以过程为导向的寓言，它要求一种平行的批判，以及理论上的重新定位。 xx

但是下一章的另外一个观点不那么明显，可能是论文长度及各种内容遮蔽了论点。以人口作为物质主题，人口能够在数字与文类或结构之间提供一种相关性，如果说上不是严格的因果决定关系的话。严格地说寓言不是文类，但它最早作为四层结构的存在显然反映了罗马帝国的不同阶级、不同阶层，正如希腊的情感体系反映了希腊城邦中更加有限的维度及阶级结构。第2章中的一个故事——论被命名了的情感——讲述了本土文化做出调整，以适应一种普遍化的政治形式的各种维度。

论《哈姆雷特》那一章没有反映那种转折，它反映的是王朝及在解决继位问题时的冲突，正如在论斯宾塞那一章表明在殖民统治的紧急海事系统中，不同种类的空间令人不解地交汇在了一起。但丁的根本结构是为了展示道德与空间体系如何蕴含在教皇与国王的斗争中，中世纪对亲属关系及对民族国家的选择对此有所暗示，这就是帝国观念本身。而歌德的作品可以被理解为走向民族资本主义的不成功的选择，即一个正在分崩离析的封建制度下的"启蒙专制"。所有这些帝国都意味着一种政治安排，这种政治安排被设计出来全都是为了能装下巨大的人口。那么，出现下面这种情况就不奇怪了：某些前沿理论家用当下的形式——全球化——对帝国进行了再洗礼。或者说，帝国文化应当带着一种日益抽象且半数字化交换系统的印记，只能通过量的分类将其概念化（最后一章，极繁主义与极简主义）。

地下主题——人口对形式及思想的压力——完全可以用彼得·斯劳特戴克（Peter Sloterdijk）在第 5 章中的格言来总结："今天的人们完全没有准备好有意识地与数十亿其他主体共存。"

xxi　　最后，我要感谢温迪·维赫尔（Wendy Weiher）及埃里克·布尔森（Eric Bulson），感谢他们在准备《寓言的内涵》时所给予的不可或缺的帮助。《寓言的内涵》是《诗学与社会形式》的第二卷。

弗雷德里克·詹姆逊
于北卡罗来纳州达勒姆市
2018 年秋

注释

[1] Louis Althusser, "On Ideology," *On the Reproduction of Capitalism*, London: Verso, 2014, 171-207.

[2] Karl Marx and Friedrich Engels, *The German Ideology*, Moscow: International, 1964, 42. 与观念史相对应的技术史，见一个重要注释，*Capital* (London: Pelican Books, 1976, 286n6)。注释抱怨了马克思所生活的时代技术史严重不发达。此抱怨也不能被视为在主张那一"学科"的自主性。

[3] 见 *The Political Unconscious: Narrative as a Socially Symbolic Act*, Ithaca: Cornell University Press, 1981, 29-33。

[4] Louis Althusser, "Three Notes on the Theory of Discourse," *The Humanist Controversy and Other Texts*, London: Verso, 2003, 49: "我们观察到，科学话语的主体……在科学话语中是缺席的，因为没有能指符号指明它的存在（主体转瞬即逝，而主体被刻写在能指符号中的唯一条件却是：一旦主体出现在能指链上，它就立即从能指链上消失，否则科学就滑向了意识形态）。"

[5] Sigmund Freud, "Creative Writers and Daydreaming," *Complete*

Works，vol. IX，London：Hogarth Press，1959，152—153.

[6] 转换词（shifter）是一个语言学术语，表示时间或空间的空白代词，如"这里"（here）或"此刻"（now）——它的含义根据环境或语境而"转换"："主体"——我——可以被视为一种个人的或存在主义的指涉，可以被当作一种一般化的功能。今天我们必须重温尼采的警告："因为我们仍然相信语法，所以恐怕我们还没有除掉上帝"（*Twilight of the Idols and the Anti-Christ*，London：Penguin，1990，48）。

[7] William James，*The Principles of Psychology*，Cambridge：Cambridge University Press，1981，317："我们将带着动物的温暖来想象我们遥远的自我或过去的自我，它可能是一种挥之不去的芬芳，可能是行动中萦绕在脑海中的一个想法。结果自然就是我们让这些自我彼此融合，让它们与我们此刻觉得自己内在拥有的温暖而亲密的自我相融合，把它们当作一个整体，将它与所有没有这些标记的自我区别开来。这有些像某些广阔西部草原上的农场主，他们在春天需要将牲口圈养的时候对冬天散养的牛进行挑选和整理，在所有牲口身上找到他自己打下的特殊烙印。"

[8] 关于格雷马斯"符号矩阵"功能的讨论，以及从逻辑起点或符号起点的多层含义中产生看似不同的术语，见附录 A。关于对矩阵的发人深省的新实验，见 Philip Wegner，*Periodizing Jameson：Dialectics，the University，and the Desire for Narrative*，Evanston：IL：Northwestern University Press，2014，and *Shockwaves of Possibility：Essays on Science Fiction，Globalization and Utopi*a，Bern，Switzerland：Peter Lang，2014。

[9] 见 Haim Nahman Bialik，"Haggadah and Halakhah，"*Rvealment and Concealment：Five Essays*，Jerusalem：Ibis，2000。

[10] 我借鉴了 Henri de Lubac，*Exégèse médiévale*（Paris：Aubier，1959—1964），4 vols. 。该书对三层寓言与四层寓言的记载非常有用；我同时还借鉴了 Jean Daniélou，*From Shadows to Reality*，London：Bloomsbury，1960。

[11] Ibn Khaldun，*The Muqaddimah：An Introduction to History*，Princeton：Princeton University Press，2015.

［12］Ibid. , 97－98.

［13］见 Paul Ricoeur, *Freud and Philosophy: An Essay on Inter-pretation* , trans. Denis Savage, New Haven, CT: Yale University Press, 1970, 32。

［14］关于瓜塔里的作品，见 Janell Watson, *Guattari's Diagram-matic Thought: Writing Between Lacan and Deleuze* , New York: Continuum, 2011。

［15］见第 5 章 A: Fredric Jameson, "Third-World Literature in the Eva of Multinational Capitalism," *Social Text* , no. 15（Autumn 1986）, 65-88。

第 1 章
历史：寓言之梯

寓言本身就具有寓言特色，开篇就揭开这个秘密，这似乎不是很明 1
智。寓言是一种阐释的病毒，它通过自我增殖、繁殖、自我保存等方式扩
散，直到它变成了一种难以治愈的阐释的疯狂，直到无法用肉眼可见的方
式与文本分开。然而，寓言也是一种外科手术工具，一种诊断工具，通过
它，一个句子或一个叙事的原子微粒、最细微的含义、最次要的暗示，如
同缺席审判的罪人，X 光片上会留下它们有害的证据，记录下它们有害的
参与。弗洛伊德向我们表明，我们的梦本身就是寓言[1]，而大大小小所有
宗教的神学家们，他们对解经学的执着如同对园艺多样性有偏执追求的园
丁的执着，他们将现实解读为无法逃脱的成群的寓言。所以我们最好不要
一开始就承认寓言本身就是一个寓言；寓言学家跟政治家一样，由于他们
对阐释权力的垄断而被败坏；寓言让所有的书都变成了一个单一的中心文
本；最终寓言跟秘密牵手，正如翁贝托·埃科（Umberto Eco）所表明的
那样：语言的要点不在于真理，而在于谎言。[2]

当我们面临一个如此多面的术语时，先认清它各种各样的敌人，也就 2
是说认清它的对立物，这样总是要好一些。也许我们可以把敌人缩减为两
个：第一个敌人用其统一的生动象征来谴责寓言的多样性和分散性。第二
个敌人通过实在现实本身，以及从概念上讲具有三维特点的现实主义来对
所有一成不变的、抽象的、枯燥的寓言叙事进行谴责。［埃里克·奥尔巴
赫（Erich Auerbach）的"喻象"是一个精巧的策略，糅合了上面两种对
寓言的攻击方法。］[3] 寓言具有客观固定的形式，不折不扣的寓言结构；
寓言似乎也是对文本进行的任意解读，如今它被归入了一种普通（一般来
说具有贬义）类别，即所谓讽寓解读（allegoresis）。通过对此两种寓言进
行普遍、务实的区分，寓言同时也有了与自己作对，自己控告自己的
特点。

　　对寓言进行驳斥的最终形式，视其为危险的传染，本书最后一章将谈到这一点。历史能更好地颠覆来自现实主义的观点：因为它预设在意义与经验现实之间存在着极大的距离，它赋予了寓言一个失败的尝试，要寓言能在这些维度之间（最终是思想与经验之间，或者更准确地说是灵魂与肉体之间）产生出一种不可能实现的统一性。但是在一个褒扬差异、分化、异质性、不可通约的时代，在一个反对统一性的时代，人们难以继续对这种失败进行谴责。那么这就是我们的问题，是我们作为读者的问题，也是我们作为老派读者的问题——我们没能认可寓言文本字面层的现实：这不是第一个寓言家的问题，对他而言，字面层是历史事实，其一切该死的胜利与失败都该受到尊重。

　　然而对于象征，它本身在浪漫主义时期发生了一场争论，这里稍作停留不无裨益，不是因为浪漫主义本身——不管是德国的浪漫主义，还是英国的浪漫主义——有多么可靠，它滥用了这些似乎充满矛盾的术语。我们所谈及的现实主义，华兹华斯的新风格意欲成为的象征，这两者之间的差别如何，并不是说华兹华斯在哲学层面上已经意识到了这些差别。但是从本质上来讲，正是自然的象征主义和自然本身具有寓言特点。资产阶级革

3 命——那个时代的最重大的事件，在伊曼努尔·康德（Immanuel Kant）看来是历史上最重大的事件：人民在抓住自己的命运[4]（对资产阶级来说就是用书面宪法的形式为自己设定范围）时——找到了文学表达形式，他们对古老体制下诗歌中的寓言性装饰和修辞点缀进行挞伐，号召一种平实风格，那是美国独立革命所披的外衣（就是本杰明·富兰克林和贵格教友的风格）。然而那种具有象征特点的风格结果不仅是品味方面的一个划时代的改变，而且成了另外一个关于阶级的寓言：民主平等，朴实无华。

　　当寓言成为一个古老体制及这一体制的阶级等级的象征时，我们便有了寓言本身何以成为寓言的第一个例子。寓言的对立面，饱受争议的浪漫主义象征——诺瓦利斯（Novalis）的"蓝花"，华兹华斯的头脑简单的农夫，谢林（Schelling）对新神话的号召，如果对这些浪漫主义象征进行历史性解读，或者用文学史的术语来解读的话，事实上它们都会摘掉面具，展现出它们寓言故事的真面孔。然而，象征本身——即便它用黑格尔的"具体普遍性"伪装了起来——总是企图逃离阐释，逃离理论理解和历史

理解，这一点至少跟宗教有共同之处。塞缪尔·泰勒·柯勒律治（Samu-el Taylor Coleridge）将象征与宗教联系了起来，这并不意外〔虽然人们想要加上一句——就像对晚期的瓦尔特·本雅明（Walter Benjamin）所做的评价——说这个人就是一块广袤的大陆，在这块大陆上探险总有丰硕收获，它的动植物群落总是那么丰富，而且总有天生相克的物种〕。同时，如果对寓言的厌恶有其历史决定因素，而且常常具有政治含义的话，那么必须牢记的是它的复兴也是如此。至少，对西方寓言而言，它的首次泛起大约出现在神圣文本出现之时，或至少是——就荷马而言——具有文化中心地位的神圣文本，在现代时期每个神圣文本都将被视为那本唯一属于整个世界的书。我们稍后会细查荷马史诗中的寓言，而犹太教及基督教历代对"摩西五经"或托拉犹太律法的解经中的寓言更是烦乱不堪，它比荷马史诗中的寓言更加戏剧化。

　　后来《圣经》教义演化成四重含义，或四个层面，它构成了这本书的轴心。而早先几百年在圣徒保罗的策略性领导之下，基督教做好了成为原型西方世界里普适宗教的准备，那时人们对《圣经》的寓言解读的双重功能值得回顾。一方面，一个犹太教小支派为了在非基督徒犹太群体中获得合法地位，它必须通过无数隐蔽的方式展示犹太经文中所宣称的基督降临已经"成就了"——这个词在这一寓言理论阐释过程中起到了重要作用。因此，用一个广为人知的阐释来讲，希伯来人入埃及以及他们后来获得解放，这一历史（字面上的）事实将会成为一个形象，代表着基督的死亡与复活，这种阐释并不意味着排除了其他含义，排除了对同一事件的其他种类的寓言性解读。

　　在此期间，这个新宗教还必须同时清除掉一切狭隘的族裔认同、区域认同，并且将其基础文本翻译成地中海东岸讲希腊语的非犹太人能接受的信息。同样，这也是通过寓言方式实现的，即将犹太律法升华，赋予其灵性。用它最著名的一个例子来说，受割礼被转换成了"受了不是人手所行的割礼，乃是基督使你们脱去肉体情欲的割礼"（《歌罗西书》2：11）。受割礼的身体行为从而被象征性地转变、翻译成了一种灵性上的"心受了割礼"。

　　寓言化中的这两个方面——一种是预表性的（字面意义上的、先知的预言，同时还提出它得到了某种实现），另一种是比喻意义上的（似乎是在暗示将身体行为升华为一种仪式，或者换言之，一种具有象征意义的精神事件）——这一点在现代寓言中仍然可以发现，它可能一方面是在展现对历史所进行的乌托邦叙事，另一方面又是在建构主体性。

但是在这一点上，我们最好回到阐释的源头，回到寓言含义的最终的四分制，它被视为可以一步一步往上爬的梯子，梯子始于最简单的要素，即形式。

◆　　　◆　　　◆

寓言这一术语最经常被运用的地方就是在所谓的一对一叙事，一个原初的叙事被选中（修辞上称这个过程为夸张），然后与第二个文本的特点相对应，于是第二个文本成为第一个文本的"含义"。——对应的寓言于是就成了某种英雄比喻的反转，史诗诗人对一个给定行为进行修饰，用它来进行一场更大规模的对比：

> 其时，阵势已经排开，每支队伍都有首领管带，
> 特洛伊人挟着喧嚷走来，喊声震天，恰似一群群野生的鸿雁，
> 疾飞的鹳鹤，发出冲天的喧喊，
> 试图逃避漫漫寒冬与绵绵阴雨，
> 尖叫着展翅飞向蜿蜒的洋流，
> 给普革迈亚人送去流血和毁灭：
> 它们将在黎明时分发起进攻，他们将尸横遍野。[5]

（第三卷，1-7）

通过比较，各路冲锋陷阵的特洛伊军队被统一起来，被简化为一个单独的感官特征，即他们都发出了呐喊声。他们蓄势以待，只等出手相击。仿佛只用提及鹳鹤，它的整个存在维度就被激发了——冬季来临时它们朝南迁徙，旅途历经凶险，抵达之时又将带来杀戮，这些凶残的鸟类飞到地球的另一端攻击生活在自己家园里的普革迈亚人——这个神话在许多不同文化中都有存在。因此，这个比喻仿佛有它自己的思想，一锄挖进喧闹无序的血腥冲突的高潮部分。它首先就被审美化，被组织为造型优雅的列队成行的飞鸟。不能说这个平行发展能产生出一种结构：第一个叙事的意义通

过第二个叙事的形式得以揭示。在这个阶段，发展是反向的。希腊入侵特洛伊是鹳鹤传奇故事的反转，正如标准理解中希腊入侵特洛伊同样也能很好地阐释鹳鹤传奇故事，只是鹳鹤传奇故事被修改成了不可避免的自然现象和本能冲动。自卫的特洛伊人恨透了希腊侵略者，正如作为侵略者的鹳鹤恨透了自卫的普革迈亚人。同时，希腊入侵的停滞与开始（召聚同盟军、港口因无风而不能起航、纷争、为夺领导权而争吵，等等），这些现象因为人们所认同的战斗意志而被打消，虽然这种战斗意志几乎是一种无意识。

然而，这种具有两层意义的明喻不能与暗喻相混淆（而人们常常容易将两者混淆）。两者只有这一点是相同的：当暗喻被细细考查，被视为具有显著的、具有区别性的组成部分和特征时——我的爱人是一朵红红的玫瑰：它的花瓣、茎是什么样子的？为什么是红色的？气味如何？等等——暗喻自然容易变成明喻。但是叙事中暗喻的效果，在于暗喻的去叙事化（denarrativization）：横向的势头被中断，我们止步于纵向的联系，流连于某种暗喻性的当下（或永恒的当下，逃逸于时间之外），时间停下了朝前冲的势头，而这是明喻试图要强调的东西，明喻将叙事的力量翻倍，而暗喻让其停止，将史诗带回诗意的静止状态。

在结构主义时期，人们用更加中立、技术化的术语——同质性（homologies）来对这种平行结构进行研究。由于卢西恩·戈尔德曼（Lucien Goldmann）[6] 的著作对这个术语的长篇论述，人们从方法论上普遍接受了这个术语，指的是寻求结构上的一一对应。在其最著名的作品《隐蔽的神》中，戈尔德曼试图在詹森主义者的悲剧（尤其是拉辛作品中）所表现的文学结构与世袭贵族的社会境况之间建立起广泛的对应关系。在与"上升的"资产阶级争夺阶级统治权的斗争中，作为一个阶级分支，世袭贵族注定要失败。这个社会学诊断似乎既有原创性，也很深刻，而它的方法却让人怀疑，不具说服力。

这里要得出的结论是：求助于同质化，这总是一个警示符号。二重系统是糟糕寓言的标志，因为它打散每条叙事线索，却不重新将它们连接起来，同时还在两个层面之间建立一种可以反转的对应关系。悲剧是詹森主义，但是詹森主义也有悲剧性。同时，每个系统的组成部分都倾向于自治，有自己的独立解读：帕斯卡的赌注可以被视为对他所在阶级的未来的思考，但也可以被视为这个历史阶段的概率论发展的一部分。怜悯与恐惧是传统悲剧的类型；但是忧郁，当它指向整个阶级、整个历史阶段时，这个概念更多暗指临床、精神上的问题。

关于这类二重寓言，我们可以用一个著名的现代例子来展现它的局限性，它既是对形式的伤害，也是对内容的伤害——"内容上的缺陷源自形式上的缺陷"，正如黑格尔的名言所说。阿尔伯特·加缪的《鼠疫》传统上被解读为二战中德国占领法国的一则寓言，让-保罗·萨特称之为"沉默的共和国"；是否能将一个复杂的人类敌人充分地再现为一种非人类的病毒，人们已经费了不少笔墨来讨论这个问题。加缪在捍卫自己的时候，我们可以引用安德烈·马尔罗（André Malraux）的再现策略：对于那些诸如代表着邪恶的法西斯分子，那些可以击退任何形式的同情或新颖的理解的人，你应该把他们从你的人物清单上清除掉。[按他所说，那么《人类的命运》中费拉尔（Ferral）这个人物就变成了一个有趣的问题。]但是加缪本人的作品表明应该将《鼠疫》当作一个更加有趣的实验性的出发点来阅读。

加缪的早期作品（《局外人》《卡利古拉》《西西弗斯的神话》）中毫无疑问的特点——加缪视之为"三部曲"，这三部作品都以不同的方式、从不同的一般角度展现了"荒诞性"——让一个独特的主题冲突得以展开，即注定要走向死亡的命运（存在主义哲学家所说的"有限性"）与幸福经历（在我看来，bonheur 这个词比英语中的 happiness 一词更有意思）之间的主题的冲突。[7] 要点在于：幸福不是某种虔诚的希望或渴望，而是一种真实的经历，然而这种经历只能在绝对当下的状态中才能被实现，正如加缪在提帕萨的阳光下欣喜若狂一样。而光谱的另外一极——荒诞，它同样也是具体的经验，但荒诞只能在那个不同的过去—现在—未来的时间连续统中才能被感觉到，萨特将称之为"那个项目"：时间中的生命。早期三部曲最伟大的地方在于它果断地选择了幸福，选择了纯粹的、活着的当下的时间性。《西西弗斯的神话》是一本手册，它邀请我们去实现书中余韵悠长的末句所说的内容："应该认为，西西弗斯是幸福的。"同时，卡利古拉和《局外人》中的莫尔索（Meursault）都不是擅长荒诞的人，事实

上他们两人都是幸福的，至少从加缪赋予这个世界的荒诞与幸福这个特殊
意义上来讲是如此。卡利古拉肩负起了把荒诞性强加给他的臣民这一教化
任务（通过任意武断的方式判谁死刑），他这样做是为了教他的臣民去体
验幸福，不管他的臣民们喜欢与否。至于莫尔索，没有充分的证据表明他
就像某种成功的西西弗斯，他也幸福，荒诞是外部强加给他的，不了解他
的当下生活的人们因为错误的原因判了他死刑。换句话说，仿佛是卡利古
拉的臣民给卡利古拉皇帝本人判了死刑。

　　《局外人》杰出的地方肯定在于其独特的机械决定，也就是让莫尔索
用非叙事时态讲述他的非故事，现在完成时，正如"自由间接风格"，
安·巴菲尔德（Ann Banfield）明确地称之为"不可言说的句子"[8]，从来
未在别处以这种叙述方式被运用过。通过语言方式本身，莫尔索变成了一
个奇怪的外星人，他被弹射到一个平淡乏味的人类世界，生活在一个完全
不同的时间里，仿佛有一种科幻小说般的间离效果，在正常文学术语中只
能被归入阿斯伯格综合征那一类，莫尔索完全不能与别的（正常）人类实
现任何程度的共情。这本书的英语标题被译为《陌生人》或《局外人》，
但实际上从那个意义上来讲，如果简单地译为《外星人》可能会更好。莫
尔索落入他被罚居住的星球上的居民之手，会发生什么不难预料。

　　这些杰出的形式方法都没有对《鼠疫》产生吸引力，卡利古拉的教诲
被用于奥兰的居民身上，其方式是偶然的、事故性的，事实上也是毫无意
义的。瘟疫本身是荒诞的先锋，幸福时刻既脆弱又短暂，它提前被简化成
仅仅是精神体验而已。这是一个实验，加缪将独特的世俗冲突投射到现实
主义再现中。我们必须说它具有政治性，因为它的框架基本上是一个集体
的框架。

　　这就是为什么三部曲中真正关键点所具有的一切形式上的新颖性在
这里都已蒸发，仅仅变成了道德说教；伟大道德家的悖论，从帕斯卡到马
基雅维利，从拉·罗什富科（La Rochefoucauld）到葛拉西恩（Gracian），
在这里他们都被抽干了滋味，被扁平化为学术性的哲学化过程。寓言的二
元论隐藏了一个错误的前提：二战的政治跟流行病与隔离有着某种共同之
处，正如阿尔及尔的居民的生活。但是对我们读者来说，其结果是一种自
由人文主义：历史与身体这两种不可通约性的维度被不合法地认可了。这

是糟糕的寓言表现得最完美的时刻。[实际上，如果有人想要放纵自己的理解力，将这个阅读改变成更加完整的四分制的话，将医学诊断划入我们的第三层，或"道德"层，这也不会显得太离谱。而第四层，集体层，恰好能将它变成这样一个故事：外星人被一群上述假定存在的难以理解的暴徒私刑处死。至于文本，也许编年史撰写者里厄（Rieux）医生仅仅就是在将卡利古拉的独特个性改变成一种范式：观察与智慧被滥用，如果不是关于思考的科学被滥用的话；被困的奥兰城就是一个封闭社区，它被更令人难以理解的敌人所包围，至于敌人究竟是纳粹，还是有毒寄生虫，这个你永远都不能十分确定。]

然而，我想表明的是：这种二元论的寓言实际上更容易被理解成仅仅是在倒退回象征主义，而且那实际上是象征逻辑——在资本主义现代性的时刻，浪漫主义概念压倒了更加古老的寓言。象征逻辑已经占据了更为复杂的寓言结构，仅此一点，就能合理解释加缪的尝试，他试图将洞见扩展到超越个人经验的荒诞经历。将寓言简化为象征，以及——对应的方式，《鼠疫》至少提供了允许我们对此所造成的意识形态后果进行诊断的优势。它们具有人文主义的特点（我们稍后会看到这一点），并且以科学为主题。事实上，在这里我想往前更进一步，我想指出：所有这类二元论的寓言结构基本上都具有人文主义精神，其叙事被赋予含义，成为一种对"人类境况"的表达，而且其含义往往是在对规范的形而上学的人的本性存在进行肯定（即便这种二元论的寓言结构嵌入了一种更加宏大的本性，而此宏大的本性带有"荒诞"的含义）。同质化常常被我们称为糟糕的寓言，同质化重新激发了黑格尔的糟糕的阅读：对立面总是被统一进这样或那样的综合体之中。

10   这样我们就可以权且下结论：真正的寓言并不寻找一部作品的"含义"，而是要寻找作品中能揭示多层含义的结构功能，从而改变了"含义"本身的含义。的确，当代形而上学批评的一部分（同时也是人文主义的一部分）包括谴责将自然概念视为蕴含着意义：它不仅肯定自然界中存在着意义系统，而且肯定人的本性实际上从概念上来讲具有规范性。那么将含义及暗喻自然化是象征的功能，与寓言结构相反，这一点就很清楚了。

我还想说的是：在一般的比喻时刻，继续使用象征术语会很方便，这里我要限制的是象征意识形态被占用——把象征变成二元论的或双层语言，把寓言变成一一对应——这与我们将要遇到的多重系统不同。当我们试图将班扬或卡夫卡的复杂寓言系统与二元论的、过度简单化的"寓言式"解读区分开来（这种解读常常会被激发出来），这可能还是会生出混乱。（这种阅读或解读实际上已经太多了，这一现象本身似乎有权要求出现一种四分制寓言分析方式：此时我们可以将寓言与讽寓解读区别开来，并且肯定讽寓解读本身也能具有寓言的特点——说复杂了，抱歉，在结论章节我会回到这个问题上来。）

但卡夫卡的例子的确表明，为"寓言框架"这类概念留有一席之地可能是件好事情——一个二元的，或者是比喻性的框架/环境，一个更适当复杂的结构（实际上即四分体系结构）可以在这个框架/环境下得到发展。这一结构的当代版本可以考虑一下贾樟柯的《世界》（2004），这是时间相对比较近的一部优秀影片。该片的环境似乎肯定了一个简单的比喻性认同：将当代中国的"真实"世界等同于迪士尼主题公园，这是此片的主题，其主旨是为了记录中国之外所有值得一看的"景点"（埃菲尔铁塔、吴哥窟、巨石阵，等等）。然而在这个框架之内，想要传递的似乎是一个熟悉的信息：晚期资本主义是一个拟像世界，"真实地"发生着许许多多别的事情——你可以对复杂的社会关系进行不同的寓言式解读。

将寓言故事与卡夫卡联系起来，这不仅意味着解决了糟糕的（或二元 11 论的）解读问题，而且还意味着从这些系统转换到一个更加传统的三分系统——后面我们会对三分系统进行讨论。四分系统解读中缺了什么？但是在此之前出现的这两种令人不满的形式（二分系统和三分系统）说明了什么？这正是一种教学法方面的意图。这里柏拉图神话可以增添新的例子：柏拉图的实践不仅让柏拉图之后的哲学、学术传统中的寓言及阐释得到巩固发展，还在展现二重/二元寓言的力量方面，在教学法尝试上给出了精彩范例。这种尝试不仅为在体制化行会中从业的合法读者、阐释者做出了贡献，而且还促成了二元结构本身与跟我们有关的人文主义意识形态的联合。

但是这里还有一个途径：从此处受质疑的二元寓言到下一步要考查的三分结构，教学法本身能够提供最为可靠的转变。因为教学法本身变成了一种第三类术语，尤其是当看似客观中立的实践引发了整个关于科学知识的主题，而我们将会看到，它是三分制的内在核心动力及外部驱动力。是人文？还是科学？这两个看似对立的"学科"（现代大学制度所反映的正是这个结构）具有不可分割的辩证关系，因为自然与人的本性同为形而上学的基本组成部分。这是下一部分要展示的内容。

◆   ◆   ◆

寓言的三分制似乎源于亚历山大时期（最主要是斯多葛主义者）对荷马史诗的评论，但是这个系统的源头可以被追溯到更加久远的时期，因为围绕着某个作品，文化被妥当地组织了起来，这部作品能回答各种各样的问题，虽然史诗叙事从来就没有打算要对这些问题做出回应。这跟后来的《圣经》批评不同，尤其是在异教信仰与多神教信仰衰落之后，基本上这些问题就变成了认知问题，而非宗教问题和先知问题了。

那么我们在这里与荷马相遇的，不是那个关于英雄的明喻，而是没完12 没了的肉搏战，以及数不清的战场相见，既烦琐又恶心，歌德因此受到刺激，以至于说道：读《伊利亚特》就等于是被明确告知你将一窥地狱的究竟。然而，战争常常是正式寓言的主要成分：斯宾塞、歌德的作品中充满战争。我们还会看到，正是由于需要往上爬，但丁才免掉了再现战争问题。然而我们这里所参考的是普鲁登修斯（Prudentius）的《心灵冲突》。我们不能说荷马，或者普鲁登修斯，找到了任何真正优美的方法，可以解决这类史诗场景中各种肉搏战的再现枯燥问题（我们就更有理由崇拜维吉尔对这类必不可少的一般经历所做的艺术改变）。

荷马史诗如果不是古代神圣文本的话，它当然也应该是古代核心文本，或者说经典文本。亚历山大睡觉时把它放在枕头下面，这个文本本身的伟大时代，即便经皮西斯特拉图斯（Pisistratus）改编，仍旧散发出失落的古老英雄时代的气息，它始终具有不变的权威性，一代又一代的人们探究它，如同求问神谕。因此荷马"阐释"成为一种受人尊敬的实践就不会让人感到意外了。实践形式繁多，其中我们此处想要考查的三分制寓言阅读并非最不重要。

同样不会令人感到意外的是：荷马史诗中最激情的部分将不会是那些著名的戏剧化时刻，阿喀琉斯（Achilles）是主角，或者是赫克托耳告别幼子［孩子哭叫着，惊恐于父亲的装束/害怕它身上的铜甲，冠脊上的马鬃/扎缀在盔顶，在孩子眼里，摇曳出可怕的威严（第六卷，469-470）］。[9] 丧失理智的愤怒屠戮，没完没了的战争场面，一幕接一幕的徒手肉搏，正是这些段落召唤人们对疯狂的屠杀蹂躏进行阐释。

三分制的阐释者在这类段落中发现的却不仅仅是一种形式上的托词：它是科学知识，但相较于加缪流行病学的简单平行而言[10]，它是一种更有系统性、更有组织性的知识。因为在这里，单个的人物被号召起来扮演自己的象征角色，如果将后来出现的拟人化实践反转过来的话，这些致命决斗会将他们新近获得的含义投射到外部空间和内部空间，虽然丧失人性，但这仍将成为他们深层次的认识论。荷马的战争场景现在成为激情/苦难的象征（正如后来普鲁登修斯的作品中所说），但也成为他们构建宇宙的原子，原子相吸相斥，构成了物质本身。希腊的原子论实际上无疑会归因于这些操练，因为在其不同形式中产生了一种辩证关系，正是原子这个概念本身产生了它的多样性：成为一，它只能自我复制成另外一个"一"，它必须斥之为非本质。同时，它自己认同自己，必然会相吸。因此一这个概念与多这个概念不可分，正如黑格尔在《逻辑学》中所展示的那样。

13

同时，它也预示着情感史（第2章会考查情感）。不同形态的精神各据一方战场。情感无疑源于四体液说，四种体液相互作用，逐渐形成了一种更加复杂的性格图表，构成了整个心理学的根基。

这两个层面很少相互交叉，除了两者都具有原子论思维，而且在这个阶段原子论已经发展成为更加复杂的宇宙学和哲学。但是，将物理学与心理学这对孪生"科学"投射到对它们而言属于历史性的文本身上，其不足之处不在于这两个体系的本质过于初级（因为我们仍然"相信"原子，毫无疑问也相信激情/苦难），而是在于作为一个哲学问题，再现已经被从天文图或个人占星术这种客观的东西中剔除掉了。黑格尔深觉被排除就是它们的"缺陷"，在提醒着我们三分制的关键瑕疵。将虚构与科学问题放到一边，对这个阶段而言，这是在犯时间性的错误，在我们看来具有意识形态性。三分制省略掉的是阐释过程本身；因为阐释过程本身就具有寓言性。这个独特操练的独特之处就在于，它实际上给我们呈现了一个奇怪的例子：没有寓言性的寓言。

那么三分制寓言的"缺陷"就能够被普遍化：三分制寓言在其阅读、阐释形式的使用之中得以存在，其目的是认知，它包括知识（科学）。带来的效果是它既肯定了克罗齐的教条式排斥，同时这种肯定也是矛盾的。克罗齐要将知识从美学中赶出去（见第 7 章），但这也会让克罗齐感到惊骇。也就是说，认同这些寓言中非法的东西，而非法的不是认知，而是表达本身。

14　　一个现代例子可能会巩固这个判断，尤其是强调现代时期语言所遭遇的不可避免的再现困境这一例子。因此，隐含的意思是：需要得力的现代寓言，只要它能把再现问题纳入其框架之内。

在我看来，实际上这就是哲学或心理学工作的关键。哲学、心理学试图将意识本身当作一个核心问题来应对，或者换言之，将意识本身当作一个需要解决的议题。说到与这类特殊问题的联合，文学显然别无选择，它必须通过熟悉的技巧——内心独白、自由间接体，等等——来做到这一点。但哲学有简单地避开意识这一问题的自由，所以当哲学不顾一切，选择正面应对意识时，其结果对文学、语言学研究都具有启蒙意义（即便语言学研究已下定论：这类哲学、心理学语言无论如何首先是属于文学的）。

在许多其他这类哲学尝试中，丹尼尔·丹尼特（Daniel Dennett）的《解释意识》可以用来阐释在一个表面上属于哲学家们所谓的"争论"的文本中，寓言如何不合时宜地出现了。实际上，这部作品中的类比很多，例如：康德十分看重，并且被神经哲学所复兴的特殊的大脑功能，它采取的是更加"文学"的形式——"多个版本"。我们不断地重写经历，此过程就是为了描述如何贴近思想，用媒介复制的术语来说，"知识"仅仅成了最终版本，或被发表的版本。[11] 这里是媒介的多样性（普通书写、Word 文字处理、网络发表，等等）为媒介与不同状态下的意识之间提供了一种一一对应的类比，可以为任何令人满意的意识理论所统一。

然而，在这一点上我需要摊牌说明：对我而言，意识是非个人的（从萨特和胡塞尔的意义上来讲）[12]，但最重要的是，意识是不可再现的——科林·麦金（Colin McGinn）已经有力地论证了这一点。[13] 我们在意识

15 中，如同鱼儿在水中；真正没有意识的时刻我们从来没有，哪怕是在最深

的睡眠或昏迷之中。因此，没有存在于意识之外的阿基米德支点，我们无法像现象学那样充分描述意识，更不要说去解释意识（至于大脑，它总是别人的大脑，或法医解剖学家的大脑）。因此，我倾向于事先将所有意识理论视为文学的操练。

（有许多问题肯定了我们的判断，这就是其中的一个问题。哲学——你可以称之为理论，或者如果你就想简单地称之为思考——不仅不能解决问题，它只阐发问题，而且还必须是永远无法解决的问题。主体—客体问题就是这种类型，每一代人都要重新引发它的矛盾，只是必须要证明其不可能的重构方式具有历史原创性，并且因此而具有可操作性。历史性的失败是有价值的，价值在于它的历史性，而不是因为它的失败。）

从这个角度来看，在其"意识"操练多重大脑功能的终极版本中，丹尼特用上了一个延伸了的形象——船员，这是最为有趣的发现。意识全然在场即意味着暂时处于危机状态，如同船员看到了"全体船员到甲板集合"的警报信号，不同功能被召唤起来去执行某种最高级别的集体合作行动。

这完全就是一个寓言式的解决问题的办法，而且是一个精巧的办法。我们在丹尼特的书中发现了另外一个三分制，其中文本对象——这种被叫作意识的神秘的东西，其存在是毫无疑问的——意识被赋予了两个平行的形态：媒介的形态，以及工作的集体。它们两者互不相交，但是其"说明"相交，三分制寓言肯定了这个结构在本质上具有人文主义特点。然而，它不一定是一个人格化了的结构。相反，它是一个意识形态的结构。结构主义及尼采观点认为所谓"中心"主体会造成句法的独裁，而一个民主形象驳斥了这个观点，即中心只是一个短暂的时刻，正如在古希腊城邦时代，"独裁者"只有在应对危机的时刻才被召唤出来，而危机结束之后，他就被草率地打发掉，甚至被流放。（只需在三分制这种看似完整的思维形象中加入第四个术语，理解范围就可以扩大，这在原则上似乎是可行的，只要人们愿意改变整个实验要旨。发号施令的意识只在短暂时刻里现身。那些水手形成某种社群，意识可以向这个社群借力，以自我为中心，*16* 了却自己的愿望。）

没有必要强调这个寓言式的意识概念与一般自由主义美国政治思想

之间的亲属关系（两者之间也有内在冲突）。我在这里想要说的是这个判断不是意识形态，只要不完整，三分制寓言就可以被视为糟糕的寓言。下一部分我们将展示四分制如何是一个完整的系统，它彻底重构了这个不完整形式的相似之处：目前我们完全可以说三分制缺乏自反性（因为哲学的原因，我不喜欢用"自反性"这个术语，我将会解释原因）。就目前而言，指出三分制形式的缺陷，这就足够了。三分制易被人文主义、科学主义这一代的意识形态采用。三分制被赋予了一种思索的姿态。由于知识结构本身的特点，也只能生产出这样的意识形态，也就是说，生产出这样的形而上学，或海德格尔所说的"世界图景"。

◆　　　◆　　　◆

　　早该出现的数字命理学讨论在这里该浮出水面了。我是排斥同质性的寓言，但可以肯定的是，复制二分，以达到四分，这样做很容易，因为这样就为三分制的三个可选项增添了另外一个层面。四分是一个更加完整的系统，这不是需要理论上的证明吗？同时首先需要被证明的还有对完整性的要求。毕竟基数有含义，正如数字哲学家们已经向我们确保了这一点；而且在这个独特的语境下，我们不是必须考虑一下别的数字所主张的意思吗？据我所知，目前还没有人捍卫5，也没有人捍卫6，但7肯定具有一切神秘意义，要有多神秘就有多神秘，尽管早期神学家确切地说过，必要时7可以缩减为4。至于4缩减为一个简单的二分系统，我想格雷马斯矩阵（见附录A）能驳倒这一点。四分系统并不是某种简单的二分系统的复制相加，而是两种本质上属于不同种类的对立面，每种对立面都能产生出各自不同的对立物。这些对立面不是简单地具有同源性，它们能产生出不同的术语，这四种术语集（以及它们自己的组合）被称为系统。

　　实际上，刚刚表达了一些对三分系统中科学与真理的相关性的怀疑，现在我可能自然要进一步为四分系统辩白。本着那种精神，整个声音系统都有可能被触及。音阶上的一个音符，其功能是音乐音调，音符进入世界时带着自己暗示（或者说是不被人听见的声音）的属音、三全音，实质上转为小调、大调，同时还有一系列的陪音、低音，难以觉察的颤动——它与核心颤动相伴，核心颤动占据着我们此刻听觉、感知的中心，它的逻辑或长或短地抓住了人们的听觉注意力。所以，为了这个身体感觉，整个复杂系统或听觉总体性都在陪伴关注着一个单独的音符。这种主体、客体之间的关系是一种自然的关系吗？（或者换言之，物质宇宙中人体感官与物理震动之间天生有着某种更加深刻的本体论的关系吗？这种本体论的关系是上述主客关系的基础吗？）它具有历史性吗？当我们从"西方"音乐，或换言之，从调性系统回到其他文化中所使用的各种不同的调式系统时，整个系统都被改变了。[14] 但是，难道我们不会说：两个系统——调性系统和调式系统——都既是自然的，也是历史的？

无论如何，这种思考是建立在系统概念的基础之上的，它的含义转换不难，而且抓住含义主要是从意识形态立场出发，那么人们可能会建构一个复杂的比较。（或者说，实际上是建构一个"寓言"！）术语、主题，或满载着意识形态的词语，它们立即会产生出一系列未被说出的关系，并且组织着我们当下的注意力，赋予我们的话语序列意义，我们的起点被确认、被否定、被审核通过、被修改，等等。四分制正是这样一种系统：其主要活动领域在意识形态，但是它的操作和影响被部署在了叙事领域。

我不会花太多笔墨在四分叙述系统上。四分法的奠基人、实践者［其中人们一般认为奥利金（Origen，185—254）是四分法的发明者］将《旧约》中的事件放在了从字面解读的文本这个位置上，它预表着不同的、将来要发生的事件。因此，著名的希伯来人下埃及事件被视为历史中真实发生过的事，它也被解读为预示着基督的降临，基督在被钉十字架受难之后下到地狱（但丁展现了他离世时所见的灾难性的标记）。希伯来人出埃及清楚地预表着复活。这两个事件，用立体的方式来接受的话，也可以用来刻画灵魂如何放纵于罪与属世的痛苦之中，但是通过激进改变的方式最终获得救赎。同时，与属世的、个人的相平行的那一面也预表着集体命运，集体可以在最后的审判中得救，或换言之，即发生大规模的灵性觉醒或宗教革命。

这些不同的含义——把它们称为含义层最为方便——可以与它们的神学名称一道，变为如下所示：

　　　　奥秘层：人类的命运
　　　　道德层：个人灵魂的命运

寓言层或神秘层：基督的生命

字面层：（在这个例子中）出埃及

现在有一点马上就变得清晰了：这种从一个层面上升到另一个层面的"含义"属于极为不同的种类。不仅如此，而且层与层之间的转换也非常不同。我已经开启立体、同步的模式去理解字面层与寓言层之间的关系，奥尔巴赫称之为"喻象"，它们互为彼此的文字与实现。但是那个相当学术性的关系（能指与所指）打开了一个相当不同的寓言式的，而非预言式的路径。在预言式的路径中，先前的事件"一字不差地从字面意义上"预言了后来要发生的事，或者是通过伟大预言的孤绝技艺造就了后来事件。这两个寓言关系本身就是不同种类的寓言：第一种是解经的人物，暗示着这个人物既是一个牧者，又是一个阐释者或学者。第二种整个都是在叙述孤独与受逼迫，在发出卡桑德拉大桥注定要垮塌的警告，警告声虽大，然而听者甚少，喊声几乎变成了咒诅："祸哉！流人血的利奇菲尔德城！"那么在这里我们就瞥见了我们在这章开头就阐明了的矛盾的警告，即寓言本身就具有寓言的特点，它就像一种酵母，扰乱安宁，污染环境。

任何以独特方式统一起来的三分系统（靠自己的力量从一种结构走向另一种结构，没有中心，它注定了要结成对子，与被排斥在外的点相对立），当扩展成四层时，它们都将面临某种结构性危险，实际上对此我们应该早有预料。因为四分结构，如果没有在内部被加固的话，它有被分裂成两组对子的危险，每一组对子都各行其是，从而让我们又回到了我们花了那么多时间去谴责的二元论。一方面是文本和文本的寓言式解读，另一方面是个人与集体。每一组各行其是的对子从本质上来讲都具有意识形态性；四分法寓言的赌注在于它承诺要将四个层面聚在一起，统一成一个新颖的、不可分割的统一体，虽然它是一个包含差异的统一体。

当我们考查第三层或"道德"层从起初的对子中出现时的特殊状况时，这个矛盾表现得最为生动（它们彼此之间的差异与这种新的"差异"非常"不同"）。新的层面并不包含前两个层面转向了灵魂的精神现实（我更喜欢用"精神分析"一词）。相反，新的层面是建立在前两个层面之间恰当的象征关系的基础之上的。人们由于领会到了更本质的关系，因此也能以不同的方式获得信仰改变。（因此，通过已经提到的有限的可能性，人们可能会设想更具智性特点的解经式的信仰改变，这与通过先知，或通过有超凡魅力的个人实现信仰改变不同。）不管怎么说，从先前层面上出现的道德层是一个极为不同的类型（这个改变为先前所描述的二分制的源头提供了线索，并指出了它极为不足的地方）。

人们可能会指出，后来认定为灵性操练，或主体性建构的努力，许多人试图"模仿"基督的生命［正如在托马斯·坎皮斯（Thomas a Kempis）的最初版本，或耶稣会罗耀拉灵性操练］，这可以被理解为，是为了在第三层和第二层（或寓言层）之间重建某种更快、更直接的再现关系，而不用经过最初的寓言结构（或序列）。

同时，在第四层或政治层，展现了更加复杂的相互关系，因为它没有 *20* 排除这一点：第四层或集体层含义完全可以穿过第三层或个人灵魂的命运层，回归到离第三层最近的字面层和历史模式层，成为一个全体人民打破锁链逃离（不管是字面意义上的逃离，还是比喻意义上的逃离）社会压迫的例子。至于说第二层，寓言层，它本身不是已经提出了特殊叙事反推法的可能性了吗？耶稣替代了最高政治先知的位置，在第一场革命历史事件中担起了其原型摩西的角色。现在它的寓言参照物被颠倒，生命本身被重写，预言具有了可追溯的潜质。那么，纯粹道德层将会成为对形式更完全、更丰满的奥秘层或集体层进行补充性解读的个人评论。

这种复杂性和象征可选项就像原动力天中的托勒密本轮，它可以用来解释变化。从传统上来讲，最初的四个层面得到增加，比如说，教会之父们允许把基督重新解读为教会的生命，从而恢复了历史体制，同时还恢复了律法、顺服，以及其他与等级制有关的特点，而这些在最初的范式中未必能够被预见到。这些我们所谓的"本轮"是基于一个原初的同义词，可以丰富体制，在结论部分可以再次考查：四分制与格雷马斯矩阵，两者共有的"四"被拿来做比较，并且有所"妥协"。

抓住四分制的历史性及四分制当时的环境、功能，这毫无疑问是可能的，甚至是值得期待的，就像是我们对基督教普遍化过程中的教父时期所做的那种勾勒。它在这里的复兴明显有其政治动机，因为在我的解读中，公众与个人之间、集体或生产模式的逻辑与个人生存的逻辑之间的现代区分被有意刻写在第三层与第四层上（道德层与奥秘层），可以说它们分别在精神分析与马克思主义中找到了不同的动力。至于说建立了整个大厦的基础，即两个基本层面，我们可以说是寓言层或奥秘层的关键——被管制的解读代码，人们用它来解读字面层或"当下环境"——将会随着意识形态的不同而不同。比如说，把诸如马克思生平这种东西当作一种政治知识分子原型之外的东西（不管他的生平有多么令人仰慕），这是荒唐可笑的。但是，关于"模仿"基督，显然会有追随者乐于从圣保罗、托洛茨基、切·格瓦拉等伟大革命家或历史预言家那里去找到他们的精神楷模。同时，这个同样根本性的寓言层面含义如何被人们抓住，这一点很重要。它是否以资本主义动力的方式被人们抓住，不管它是我们现存的或将来的某种生产方式，是否以社会主义、共产主义抑或乌托邦的方式。也就是说，系统结构与功能变化依赖于它是否被设计为引出对世界内在规律的分析，除此规律，再无别样选择；或者恰恰相反，去考问种种激进变化，考问与旧世界截然不同的未来世界的种种预兆。有可能寓言层也被当作媒介来阅读，寓言层通过媒介被传播，换言之，寓言层被当作了一种自我指涉的形式。

无论如何，寓言最初的两个层面形成了一个二元叙事，它要求人们对其进行特殊的阅读（本雅明称之为"辩证图像"）：我们可以把它叫作对观阅读，意思是两个文本同时都被关注。古老文本保留了可以从字面意义上进行理解的地位，它所说的事件真实地发生过，那些事件不会像许多象形文字或深奥符号一样被拆散消失。它们会不会失去基本的东西，如许多预言未来之事的梦一般，销蚀成鬼影憧憧的拟像？似乎不会，因为它们构成了家族历史，耶稣本人就是这个家族的后裔。关于本雅明对传统历史框架的反转也可以用类似的说法。过去爆发，火花飞溅进入现在，过去在现在里面获得重生，如同一只一跃而起的老虎。罗伯斯比尔在列宁那里焕发出新的生命，斯巴达精神在切·格瓦拉那里获得重生。[15]《新约》是《旧约》的完成与成就，就此而言，寓言阅读先于字面意义上的预表；古老历史是不完整的，新历史是古老历史的完成。（可以肯定的是，马克思主义当然会肯定某种类似于那些早期造反的东西，它预表着资本主义的革命，而古老的阶层和等级统治尚未成为现代意义上的二元对立的社会阶级，即使似乎有此预兆。）

　　所以，即使基督教寓言的阅读，也会试图保存原初文本的根基，也就是可以从字面上进行理解的文本的根基。同时，它也暗示要保存字面层文本的传统书写、再现系统。字面层文本略去了寓言的维度，沉浸于单纯的编年史记载。然而正是这个可能性在提醒我们要注意历史环境的重要性。对寓言的操练是在需要中复兴的，或者从另一方面来说，它被贬低为一种纯粹的经院哲学练习。

　　对寓言复兴的严肃兴趣可以追溯到二战之后开始的"理论"时期［瓦尔特·本雅明《德意志悲悼剧的起源》（*The Origin of the German Trauerspiel*，1928）之类被人忽视的思想自成气候］，但似乎寓言作为文学价值的确切终结在传统上被等同于浪漫主义的危机。（保罗·德曼对寓言这个概念的独特复兴在浪漫主义危机时刻找到了权威性，这并不意外。浪漫主义运动中最有原创力的思想家诺瓦利斯和柯勒律治也给以了弗里德里希·施莱格尔的作品灵感。）但是在一个更实际的层面上（也是一个狭隘的层面上），在那一刻确切地说寓言已经是一种堕落了的形式，它不为人所接受，只能在修辞中、盛行的风格中、古代王朝的装饰中找到，威廉·华兹华斯的宣言要求语言平实，对其不屑一顾。这本身就是一个寓言行为：因为这种装饰首先跟它在所有其他艺术（建筑、家具、时尚、绘画、音乐）中的展示有关，其发展既不平衡，也不具有共时性，时间从 19 世纪一直延续到留于字面思维的"现实主义"的胜利［直到阿道夫·鲁斯（Adolf Loos）的宣言《装饰与罪恶》］。但是这场风格革命最好从其源头开始理解，当装饰（迄今与巴洛克宫廷文化有关）[16] 被等同于阶级语言，对象征的谴责和抛弃跟资产阶级革命有关。（我喜欢巴黎造假发套的人的反革命政治这个例子，在这场并非不重要的时尚品位变革中，他们 *23* 不仅失去了涂脂抹粉的机会，还失去了造假发的机会。）

　　对诗人以及后来解读诗人的人来说（施莱格尔和柯勒律治可以说是两者的原型，包括宗教反革命的潮流），象征从结构上取代了寓言。寓言要对它必须同时抓住的各种大众形式进行区分，要对它必须与之合作的多种语言进行区分。在阶级斗争的新阶段，象征的目标是发出一种不同类型的相同声音，追求一种基础大众的更公然的同质性（"霸权"一词在这个背景中似乎比较突出）。在文学领域，这一同质性在刚出现的民族语言（以及被清除的方言）中存在，在"民族文学"这个概念中存在。"民族文学"是一个新领域，直到它在新的现代大学制度中找到一席之地，"民族文学"及姗姗来迟的"文学史"才被体制化。

象征所担负的这一切角色在我看来是复杂的，而且从本质上来讲是负面的，与此相伴的是"神圣文本"日渐丧失合法地位。经典作品类别的消失肯定能导致补偿性的产业：这个产业生产出新的"自产的"神圣文本及神话系统，如从弗里德里希·施莱格尔号召的新神话到威廉·布莱克的异象生产，或威廉·巴特勒·叶芝的"异象"，等等。（在我们这个时代，荣格主义是其最成功的流行版本，它在应对神圣文本的缺失方面最具有指导性：它融合了意识形态全球化早期版本中一切过去的神话和宗教。）但是更主流的努力是促进资产阶级神圣文本中某种新中心的产生，是在各种不同的民族传统中逐渐产生出一本属于全世界的理想之书（《马拉美诗选》，乔伊斯的《芬尼根守灵夜》），它的目的是让古老信仰的信徒们能够用萌生的民族集体性来替代许多古老宗教文本的功能。

瓦尔特·本雅明对渴望象征这一普遍共识的强烈谴责无人能及。

24

在长达一百多年的时间里，艺术哲学臣服于僭越者，浪漫主义之后，僭越者在混乱中夺权。浪漫主义美学家追求绝对真理的努力显得很辉煌，但最终无明确意义，他们只是在关于艺术作为一个象征概念的初级理论讨论中获得了一席之地，而象征除了跟真实概念同名之外再无其他。象征被用于神学领域，它永远不可能将感伤的暮光投向哲学之美。自早期浪漫主义以来，哲学之美已经变得越来越难以勘破。然而正是对象征的如此非法谈论，人们才被允许对每一种艺术形式进行"深入"考查，这给艺术调查实践带来不可估量的安慰。大众在使用象征这个术语时最突出的地方在于：一个概念从类别上坚持形式与内容具有不可割裂的统一性，然而它却必须要从哲学层面上消除它无能为力之处：由于缺乏辩证特点和严谨性，象征在分析形式时不能恰当处置内容，在分析内容审美时不能恰当处置形式。只要艺术品中

"观点"的"展现"被宣布为一个象征，就会有这种滥用。物质与超验客体之间的统一性——它构成了神学象征中的悖论——被扭曲变成了外表与本质的关系。关于象征的扭曲概念被引入了美学，这是一个浪漫的、毁灭性的奢华，随之而来的是现代艺术批评的荒芜。[17]

但是直到二战以后，他的声音还仅仅是微弱的抗议之声。

同时，尤其是作为对 20 世纪"宗教战争"的回应，人们想象着会有某种更具资格的集体信念或"能将大家绑在一起"的纽带，各种世界观（海德格尔称之为世界图景，马克思主义称之为意识形态）都试图想要填补这一真空。他们于是以各式各样的学术争端的方式、相对主义的方式，象征性地展开阶级斗争，"科学"真理具有的未明说的自信一直在保护着它，把它变得相对中立化。它是一个能承受哲学家的怀疑的操作集合（海德格尔，"西方马克思主义"，因为维柯的科学传统，它们都一样，科学不应从本质上被视为一种"真理的步骤"）。直到晚期资本主义揭下了它们的面具，露出了"应用科学"和工具性活动的面孔。作为一种"世界观"的科学，它鲜能滋养任何可能出现的神圣文本，当它的确能做到这一点时，它不可避免地会坠入从本质上来讲属于寓言实践的领域。

实际上，从浪漫主义时期到现代主义高潮时期，出现了为一个世俗的、相对主义的资产阶级时代生产象征的尝试，从真理跌落到寓言是大多数尝试的命运。这种象征文本的含义本身就具有寓言的特点，它或者是解释的寓言（作者的精神生活和集体生活），或者是结构的寓言（作品的原材料以及其形式方法本身就是历史的"象征"）。但是对这种含义的分析现在有了别的名字——阐释，在 1945 年以后，特别是在各种现代主义冒险及实验被抛弃了之后尤其如此。当其结构性寓言变得明显且不可避免时，它就被确定为讽寓解读，即把一个文本当作寓言来阅读。

我已经强调了在这一虚构时期里（这一划分历史时期的叙事可以弃之不顾）二战所造成的断裂，原因有二：第一，二战中不同的民族主义思想崩溃，它们具有了相对主义的特点，变成了多种意识形态。政治实用主义和民主看似中立，即便如此，它们的陈腐破旧也被揭露了出来，并且它们日渐成为晚期资本主义经济的透明的外罩。第二，因为二战之后短暂的几十年间，在全球化、总体化突出的背景之下（在这里宗教、意识形态都已不复存在），资本主义贬低了民族国家极其活跃的民族主义思想。在这场大崩溃中，马克思主义幸存了下来，它成为唯一一个能充分阐释资本主义的理论，甚至足以应对资本主义经济形式和全球化形式。但是它必须发明一种全球层面上的可操作的意识形态，来取代已经名声不佳的社会民主和政党国家（其理由是充分的：在这一崭新而辽阔的视野中，转折时期混乱无序，一种能保持连贯性的世界性的阶级斗争形式尚未出现）。

世界文学的情形也大抵如此。歌德广为人知的术语本来意在标明学术讨论的多样性，由于在法国大革命和拿破仑转折时期之后出现的民族国家其历史环境非常不同，学术讨论的多样性可以看见，可以获得。无疑我们使用世界文学这个术语，也是试图想要做些类似的事情：对那些新的不同民族、文化、文学状况进行评估，殖民主义终结之后，今天我们能幸运地接触到这些。但是这些状况不再一样了。在全球化中，我们遭遇到的不是差异，而是身份，遭遇到的是一个标准化的世界，以及跨国资本主义的统治。传统、"本土文化"、"不一样的现代性"、"批判性的区域主义"、多元文化差异，这些东西都不能提供别样选择。英语作为一种全球通用语言，它是全球化结构的一个寓言表达，而此时各式各样的新媒体让"文学"的意义（还有更古老的学院派制度）都受到质疑。

状况就是如此：资本主义文化一直在贬低寓言，寓言以讽寓解读的方式重现。寓言被驱散；事实及文化水平、民族及语言参照物、历史境况及人口的多样性，这些东西都被资本主义文化进行了相对主义的处理。下一章情感史以戏剧性的方式最为方便地讲述了寓言的复兴。

◆　　　　◆　　　　◆

关于寓言理论复兴的更有野心的尝试中，德曼和本雅明的理论最为有名。我将说明为什么我发现他们两人的理论都不是我期望的那么有用。但是首先把寓言的命运放到那个更宏大的修辞环境下，这一点很重要，罗兰·巴特和其他许多人都已经讲述了这个故事。

作为一个种类，修辞学似乎已经灭绝了，皮埃尔·丰塔尼埃（Pierre Fontanier）于1821年写成的论文是修辞学最后一篇有原创性的论文。对巴特本人而言，在其早期经典作品《写作的零度》中，人物刻画起到了烘托历史的作用，法国大革命之后，文体学开始成为一种文学类别。在那之前从公开演讲的雄辩性来讲，修辞学是一种普遍价值。在那之后，它被私人的、个人化的风格这一概念取代，从而变成了一种文学实践。巴特后来回归了术语使用的体制性和学科性，他自己独特版本的修辞学被安排在《S/Z》（1970）这类研究中。

　　德曼的语言学，尤其是他对修辞转义的复兴，一般跟一群转义分析家有关，特别是海登·怀特，以及列日学派 Mμ 小组（普通修辞学小组）有关。[18] 但是在我看来，德曼对转义的使用只是一个更普遍、更系统化的形而上学系统中的一个特点，语言被当作一种不人道的能力被安放于其中，因为语言是从外部被强加到了人这种动物的身上——可能更多的是为了戏剧化、说教的效果，而不是一个演化的位置。那么这个就是结构主义"语言学转向"的根基，常常被人们理解为对语言表示庆祝，但实际上对它的理解是，语言是对我们动物本能的深刻异化。这一时期其他的理论家，如让·弗朗索瓦·利奥塔，赞同德曼所肯定的东西，认为语言是不人道的（或者说非人类的）。有一个最好的例子：某个人类学时期，菲利普·皮内尔（Philippe Pinel）在教阿韦龙省一个著名的野孩子学习语言时给这孩子带来了巨大的痛苦［弗朗索瓦·特吕福将这个故事搬上了银幕，拍成了电影《野孩子》（1970）］。

　　在现实中，这个相当具有科幻色彩的语言观在德曼的批评实践中被当作了一种哲学辩解来使用，其目的是表明：语言，其形式是转义，它总是能微妙地、戏剧化地阻止、破坏我们有意识的意图，我们所说的总是并非我们打算要说的，如果我们真的说了什么具有连贯意义的语言的话。（对萨特而言，那么这就是真诚的问题了——我们说什么，我们的意思就是什么——而真诚"名声不佳"。）这就是转义理论被延伸造成的后果，转义理论超越了仅仅属于比喻的范围，到了这种程度：它否认任何字面意义的存在，否认认知、指涉性语言的存在，比喻可以此为背景，以获得验证，甚至被理解。那么语言本身就可以说是"成功的"，如果不是权威的话，只要它被设计出来标明自己的内在转义的动力，从而承认了它自己在沟通与认知方面的不可能性。实际上，正是这一特殊的自我指涉性，因为其转义，德曼具体地把文学语言标明为一种"寓言"。不管这个"体系"会产

27

生什么样的抽象的哲学反对意见（也不管它会产生何种业余水平的精神分析式阐释，或传记式阐释），德曼的具体文学分析构成了非凡的批评表现（我个人会把对里尔克的解读作为最为成功的批评单独挑出来）。虽然提供了分析要素的模型，但它们只是隐约让人们想起雅克·德里达的作品，或意识形态分析。然而在我看来，德曼的阅读必须仍然是阐释，即便其功能是为了破坏阐释（这个在他看来是"富有人性的"），因此它们应该服从于寓言分析（从我们当下来说）。但同样有一点也很清楚：德曼对寓言的正式概念，甚至是"阅读的寓言"，它们对本书没有什么推进作用。

◆　　　◆　　　◆

在任何寓言研究中，德曼未曾明说的自我指涉概念（在许多当今盛行的理论中，人们并不关注这一概念）都值得去讨论清楚。在对现代主义文学的标准刻画中，自我指涉的存在实际上已经被暗示了，它被称为自返性，或自觉（在学术文化中，这些是值得谴责的术语，因为人们对"中心主题"或个人身份这些概念本身已经不再深信不疑）。在拉康的精神分析或想象理论中，镜子可能会有它的地位，但在任何对意识的现象学阐释中，镜子的神秘性则令人难以理解（首先，文本不可能"有意识"，更不要说什么自觉。我把这个小小的反对的声音放到一边）。然而，一个文本能够指向自我、标明自我，这在我看来是一个有用的办法，它可以刻画资本主义发展到高级阶段时文学的危机（以及文学的再生）。文本的地位如何，这具体要看它是否以恰当的方式被商品化。那个标记，或者说具体方式，能够是文本的自我定位，或者是自我指涉，在现代主义时期它能够具有含义价值。当文本对媒介或媒体进行自我确定、"自觉"认同，变成了文本的寓言层面，以至于文本的生产变成了文本的寓言含义的生产，这个过程带来形形色色的结果，跟现代文学一样，或者说，跟各种表达模式所允许的生产一样——书写、艺术生产、启示、信息、文本复制，以及其他写作概念，此时，讽寓解读就开始了。"这种寓言"破坏了更加古老的传统的四分系统结构，取而代之的是多侧面、多剖面的相互作用，自我指定常常显得好像它仅仅是一种次要的、附带的事后思考或副产品，但对寓言家而言，它能够成为主要线索。

也许应该谈谈另外一个词，谈谈作品的物质性这个话题。对许多当代分析者而言，强调作品所处的媒介位置（是报纸连载还是互联网博客，是广播讲话还是数字化叙事）能够提供一种更加物质化的别样选择。而在早先更加古老的理想主义的概念中，再现是含义或叙事，是想象的实体或被构建而成的客体。自我指涉将被理解为一种物质（也是唯物主义的）过程，一个给定的媒介对自己进行刻写。（正如翁贝托·埃科的经典论文谈到的，连载形式在其"最终产品"——被发表的小说——中会留下痕迹。）

这种给物质定价的方式可能会不成熟。青年卢卡奇一直对早逝的艺术批评家莱奥·波珀（Leo Popper）的一个概念很感兴趣，波珀使用了"误读"这个词。（在其早期及晚期的美学中，卢卡奇保留了这一非技术性术语，也许是出于对亡友的敬重。）但是波珀意指的是某种非常技术性的东西，即在对待艺术品的两种不同方法之间，两者不具兼容性。一种是艺术家的方法，艺术家与原材料打交道，与具有独特性质的作品打交道。对于这种唯物主义的行为，我们可能会用弗洛伊德所说的再现性来替代。再现性是一个了不起的单词，它展现了原材料的影响，梦就是由这些原材料构成。艺术家对这种原材料的再现性的评估则跟批评家、读者、文学学者的评估极为不同，实际上不具兼容性。这就是为什么艺术家为何常常是发自内心地厌恶后者，只能勉强接受他们，而且还带着鄙夷。因为这些作品的消费者从时间屏障、从时间屏障的产物，从另一端靠近已经完成了的客体，他们将作品当作一个信息来阅读：即便是达达主义的胡言乱语也是一种含义，搧耳光也是一种信息。但是传达了这个信息的东西是一个已经完成的动作，艺术家无法从他自己那个角度看到，因为他忙于建构，首先他跟含义或意义毫无关系。萨特喜欢"地毯"这个概念，地毯反面满是混乱的线头，它跟正面图案没有装饰性关系（单词的声音毫无意义，它却构成了含义丰富的诗歌，也是一个为反面，一个为正面）。

那么"误读"就是一个本体论的概念：它只能通过金钱与成功来搭起 _30_ 桥梁，正如一部电影的制片人衡量电影的可行性，不是通过批评家的评论，而是通过上座率及票房吸引力。（评论家能够为制片人的角度所败坏，从而将时间浪费在了电影对潜在读者或消费者的吸引力这个问题的思考上，这一点也是真的。）

安排第三个位置，以逃脱这个难以解决的困境：这种安排超越了上面所说的两种位置，但它却能在无共同尺度的两者之间进行调解，这是一种传统做法，虽然老套而令人尴尬。但这种位置的确存在，那就是历史的位置。艺术家的材料的可再现性具有社会历史性，它依赖社会发展，依赖充足原材料的历史存在（其中肯定包括人格、情感、性格类型，等等）。至于说艺术家的解读，它也具有社会历史性，只要其内容不可避免地具有意识形态性。迷失在第三个位置上的东西，却是判断本身，以及被松散地称为价值的东西。第三个位置（如同在其他语境下一样，包括黑格尔的语境，也包括斯宾诺莎的语境）无暇做出判断，它只是考虑境况本身，考虑境况的历史性和必然性。它评估作品的存在及其形成的可能性，消费者的品味及判断方面的事实：所有这些东西都构成了历史之钟盘面上的指针；这些指针能让人们瞥见作品的当下存在。作品的价值就不再是狭隘的美学欣赏、消费层面上的美学价值。它具有症候的特点，能告诉我们身在何处。

至于瓦尔特·本雅明，他的"论文"对寓言的安排完全不同，他更接近于通过具体作家来研究寓言（这样做通常也非常有趣），当今这个方法进入了令人欣慰的全盛期。但它是通过调节一个历史时期的概念——巴洛克——的方式，是不同的问题。实际上，《德意志悲悼剧的起源》中又长又晦涩的哲学引言至少部分是在尝试着将巴洛克思想的二重地位理论化。巴洛克指的是一个明确的历史时期，从 17 世纪早期延续到 18 世纪中期（《哈姆雷特》始于 1599 年，维森海里根教堂始于 1743 年），而且完全覆盖了三十年战争。同时它还为一种不同的风格命名，它不被局限于任何一个历史时期，而且恐怕它更应该属于后现代主义，正如目前无数理论对新巴洛克的讨论中所说的那样。[19] 无论如何，在这部特殊的作品中，本雅明所说的寓言被限制于具体的历史时期，而且不像第二个巴洛克——其精神在于文字——它没有被进一步普遍化为一种超越历史的结构。

然而奇怪的是，这个对巴洛克的分析局限于本雅明著作的第二部分，其开始的一半内容谈论了悲悼剧（Trauerspiel）理论（我将其翻译成"葬礼游行"，但是更加字面的翻译"悲悼剧"似乎已为人们所接受），将悲悼剧与悲剧做了一般区分。一切都在指向悲剧构成了本雅明更深层次的兴趣。他早先对这个话题的论文停留在命运上，停留在沉默的非交流性言语中的作用上，停留在已完成了的时间性上，它不再是本雅明著名的"均质化时间"。悲悼剧虽然在巴洛克时期繁盛过，但德国作品远不及莎士比亚或卡尔德龙（Calderon）的作品，悲悼剧似乎只能作为一个背景，让本雅明可以返回他的兴趣中心——悲剧。悲剧与悲悼剧之间的比较可能更接近于迈克尔·弗雷德（Michael Fried）对剧场化与专注之间所做的区分，而非莎士比亚悲剧与古希腊悲剧之间无休止的争论。不管怎么说，本雅明对这些德国戏剧的阅读中有许多有用的附属材料（例如，篡权者戏剧与殉道者戏剧之间的对立），其中很多在我们今天看来是真正的寓言。

　　但本雅明真正想的是把寓言称作巴洛克装饰，它要么是过分成熟，要么是零乱的废墟，它表现出忧郁（阿尔布雷特·丢勒著名的版画将我们带回到 1514 年）、生命的短暂，以及最终死亡的来临。这个主题对今天的创伤理论及大部分的情感理论有好处，这两种理论都随之发展而来。但这一主题对结构性的概括用处不大。

　　同时，本雅明后来在波德莱尔那里找到了一种类似的过程（肯定要包括无处不在的脾腺），这个过程跟拟人有关，跟以大写字母开头的疼痛、愉快、生命、死亡有关，与此相伴的还有成群结队的以小写字母开头的具象化的经验，这些经验是构建一种新的资产阶级主体性或内核时的符号和症候（"寓言在思想领域里的地位就如废墟在物质领域里的地位"）。不幸的是，正是由于波德莱尔本人将寓言等同于拟人化，这一点限制了本雅明对这个概念无处不在的使用。 *32*

　　实际上人们应该警惕把本雅明当作一个成体系的思想家来阅读，在这一点上，他跟德曼非常不同，本雅明从来没有写成一本教条式的论文，也没有进行教条式的阐述，但他的确是有理论的。本雅明有兴趣点，但他的兴趣点很具有学科意义上的哲学性。同时，本雅明的写作句句都自成格言警句，他的写作模式有打破体系形成的趋势，完全有资格把他列为阿兰·巴丢（Alain Badiou）所说的反哲学家中的一员。阿多诺在这一点上模仿了他，但是阿多诺滋生了一种职业哲学家对系统哲学的含混态度和不信任，他所有哲学论文书写都与反哲学有关（"否定辩证法"）。然而本雅明不是哲学家，相反，他一直都视自己为一名文学批评家（在传统文学批评再也难以为继这个历史背景下），结果他成了一个继哲学之后被称为理论

28

的（在马克思主义之内以及马克思主义之外）英勇先驱及楷模。

德曼和本雅明在跟艺术品的具体关系上还是有一个共同之处，他们都坚持要毁掉这种具体关系。应该强调的是，这是一种审美必然性：它天生根植于阅读过程之中，而且更大地投射到了阅读与"理解"——也是阐释中（或者用本雅明的术语来说，评论与批评）。可以确定地说，评论与批评这两个实践的效用过程是背道而驰的。

从总体上来讲，解构主义（不管我们在使用这个词的时候指的是德里达的实践，还是扩展到德曼对文本的相当不同的使用）总是一种怀疑的阐释学。文本的统一性、连贯性始终是一种即将被颠覆的幻觉。有一点很重要：德曼热切地从本雅明那里借用了一个相当具有神学特点的形象，来传达打破器皿时的暴力。然而对德曼而言，结果总是一样，永远不会朝不同
33 的历史状况开放，并且适应它。这个有治疗效果的毁灭的结果是：总会出现同样的根本发现，也就是说，语言本身具有欺骗性，是一种幻觉，而且有缺陷。语言总是承诺会带来含义、意图、连贯性，但它却总是无法兑现。然而，从某种意义上来说，美学已经对这个发现宣布了主权，因为美学指着自己的面具，为自己的虚构性狂欢，无耻地事先公开宣称自己没有权威性。因此作品自己解构了自己，正如在他们的首次文本交锋中，德曼尖锐地责备了德里达（对《论文字学》的评论）。不管其体系的最终趋势是什么，德曼最终不能因为其批评实践而被判定为美学家，他将美学模式擢升到高于认知或高于交流的模式，并且总是用一只眼睛留意着单个艺术品之外的某种人类学的视野，如果不能准确地说是认识论的视野的话。

对本雅明而言，情况要更加复杂一点，如果实际上并非最终无法确定的话。给本雅明在阐释学的回归（即利科关于文本功能的乌托邦概念的终极宗教版本）中分派一个位置的话，这似乎不太正确。尽管本雅明跟神学暧昧，但这根本上是在反对海德格尔的本体论（海德格尔跟本雅明同龄，实际上曾经是同学）。可以肯定地说，法兰克福学派最终促进了一个洁净版、世俗版的"回归"，也就是对"真理内容"这一概念的回归（或者说是真理内涵，对荷尔德林的《诗歌集》的秩序而言）。但是这个神秘的（我可能会说，主要还是柏拉图的）概念也同样包括了打破器皿，以及打破审美表面，无论"真理"的星丛或理念的星丛是如何得到保持的。同

时（跟德曼一样），作品中（或自然中）的某种东西在对这个关键过程（本雅明保留了康德意义上的批判）进行教唆，但在本雅明看来，是时间和历史逐渐将语境及内容与真理内容相剥离，允许永恒之光照见真理内容，或者允许它至少能够拥有一种非历史的形式。然而，这个立场并未拉近本雅明与美学之间的距离，但这个立场可能会表明他在哲学上的思考〔这一点给了格肖姆·肖勒姆（Gershom Scholem）安慰，他喜欢把它称为神学上的思考〕。

这两种理论位置都公然求助于寓言，都强调寓言与美学判断或美学价值之间的关系问题，后面章节中我们所选择的文本有偷偷逃过这一点的危险。我的确常常说，在后现代（或晚期资本主义）反分化过程中，美学已经成了一种过时的求索分支（我想哲学也是如此），但是我们完全可以说，在一个大抵上已经被商品化、以消费为目的的世界里，一切都已经变成了美学，如果说陈旧过时的美学已丧失了美学资格，那也是从它已变得普遍化这个层面上来讲是如此。关于品味、美之类的东西成了与存在相关的议题，至少对全球特权阶层而言是如此。

我的总标题表明，不管寓言还是别的什么，它在今天变成了一种社会症候。但它是关于什么的症候呢？我感觉寓言正昂起头，仿佛它已成为一种解决问题的方法，因为看似稳固统一的现实发生着更深层次的相互冲突，地壳板块之间发生着不祥的位移和摩擦，在要求得到再现，或者至少获得一种认可，这是它们在存在或社会生活的表面假象及幻觉中无法找到的。寓言不能将这些互不兼容的力量统一起来，但寓言让这些力量处于相互关系之中，如同所有艺术之间的相互关系一样。所有美学经验都能先后带来意识形态的安慰，或让人们在面对更加广泛的知识时感到焦躁不安。

首先，寓言的价值依赖于这样或那样的不满，对所谓文字层面的不满，对文本的表面的不满，对历史的不满，因为简单地说，它包括了"一个接一个该死的物体"，这是亨利·福特值得纪念的说法，换言之，就是经验。历史问题将与这种不满一起出现，不管今天的历史问题是否比曾经的历史问题更大，也不管历史问题的起因是什么。

然而，我喜欢退一步再质询，将寓言的理性建立在再现本身的矛盾之中。这肯定是一个哲学问题，而且是一个现代哲学问题。因为大多数再现概念（或对再现概念的批判）都涉及再现与其所再现之物在头脑中的种种区别，它不可避免地会回首倾听康德的声音，并且重新唤醒现象（实际上是我们通过我们的感官实现的主观性再现）与实体（即著名的物自体，从定义上来讲，它不可能通过思考或感官理解的方式抵达）之间的区别，即
35　便再现问题本身已经被设计成是为了让经典的康德式的解决路径失效。（在这个新"人类时代"，自然环境被一种人造商品——卢卡奇称之为"第二自然"——所抹杀，这一点可能重新唤醒了所谓的思辨实在论以及面向对象的本体论，通过这一点，实际上新版的问题最近已经被摆回到了桌面上。）

　　然而，我先前曾表明在大多数文学版的主体—客体矛盾中，可以用弗洛伊德的术语"可再现性"来替代"再现"一词，其重点不是要强调所要再现客体的不可知性，或神秘的不可言说性，而是反过来强调语言及其他可以获得的媒介完全能够为客体塑造出一个有用的模型。这个反转有一种额外的优势：能将诸如真理等形而上学问题括在一起，尤其是对指定现实的再现的真理及充分性方面。

　　更加新潮的思想流派相信自己已经朝前迈了一大步，实际上世界性地、历史性地朝前迈了一大步，他们断言自己的形而上学已经克服了认识论体系，克服了那些渴望成为本体论的东西，从诗歌是创造，而非存在或知道这个意义上来讲[20]，他们用回归美学替代了认识论和本体论。对于为外表狂欢的后现代性而言——没有现实的外表、没有原件的复印件、假象幻象而非真象，德勒兹有一个相当宏伟的口号："虚假的强力"，人们所求的是被构建之物而非物自体。对于这种视角，回归美学，美学重新回到至高地位，成为哲学的王冠，这是一个真正具有解放意义的前景，它能把我们从政治、历史中解放出来，哪怕为此要让艺术琐碎化，要被商品化形式同化，但这个代价也不算太高。

　　我分享一些令人兴奋的观点只是为了指出这种妥当的形而上学发现其深层含义不在于美学含义，而在于生产：实际上美学正是关于生产的寓
36　言！这里成败的关键在于创作中的建构主义理论，而非消费主义。如果人类世值得庆贺，人类世被公正对待，那也是从它对现实的生产方面来说是

如此，而不是指它变成了一种美学形象。这个角度指的是人类行为、马克思主义生产论、对自然现实和人类现实的构建，这才是真正令人兴奋的愿景：是费希特而非康德的第三批判！是萨特而非怀特海！马拉美坚持认为美学与政治经济学是同一枚硬币的两面，他的坚持不是没有道理的。这枚硬币包括两个领域，是至高的奖赏。

建构主义有一个额外的优势：它能消除不可言喻的神秘，消除所谓的物体从本质上来讲是不能被再现的这一观点，消除自然以及存在世界不可知的神秘性。只有以形而上学为业的人才需要"知道"这种东西，或者才能咽下从本质上来讲不可知的理论，这种事项我们可能会心存感激地交给神学家们去做——如果还有神学家存在的话。

再现理论今天需要关注的客体是那些源于人类行为的客体。（其中显然包括自然，人类千年来的行为已经重塑了自然，而且近一个半世纪以来，化肥、绿色革命，当然还要包括基因实验，这些人类行为更加激烈地让自然变得人性化。）当今再现中的有趣的问题及矛盾不可避免地会带着另外一个常被中伤的概念，它以总体性为中心，而不是以物质与存在为中心；它以体系问题为中心，它不仅能超越我们的感官理解，而且还能超越我们更加康德式智性认知及测绘的机能。不是对物自体本身的可认知，而是机场的运转：成千的人员，以及他们精细的分化及同步过程；不是万有引力定律及光速的含义，而是精密的、难以想象的金融资本或数据系统网络、全球通信系统、云计算，而非多元宇宙的偶然性存在。说这些新后人类环境不可知，这只是从这些东西不可再现上来讲是如此。关于这些东西的扩展，或它们的调整，这些政治问题跟它们不可再现的（也许是更具艺术性的）兆头难以分开。

相较于象征体系，寓言体系的标记性优势在于它能够提出再现性这类实际问题，从而求助于象征，求助于象征中贫乏的认同系统——它倾向于 *37* 抹杀实践问题，以含义来取代建构，从长远来讲，它会滑向宗教及神秘主义，如果说不是简单地滑向人文主义的话。

美学转变为建构主义，抓住这一转变的政治后果很重要，因为它让我们回到了进步的马克思，他对那个时代的现代性和未来的科技发展充满热情。它让我们回到了浮士德，践行尼采，有力地遗忘过去，毫无愧意地追寻新未来。我们必须要能意识到在晚期资本主义时期所做的激进努力一直都是保守主义和传统主义。本雅明的口号革命是历史这辆列车上的紧急刹车，这个不应当被视为马克思主义的一锤定音的话，也不应当让他对"进步"的谴责（不管他谴责的是资产阶级还是社会主义民主）危害和限制某些恰当的建构主义—社会主义。在"能量转化"的经典科学发现以及马克思晚期"新陈代谢"发现之后，政治辩证法出现：布莱希特用联合（Um-funkionierurg）一词来表示一切不讨人喜欢的资本主义普遍加速发展被转化成人性化的成就：生态灾难嬗变为土地的形成，人口爆炸嬗变为一个真正的人类的时代，人类世值得庆贺，而非二流敌托邦漫画嘲讽的对象。审美化能够带来生机，只要它能成为生产的寓言，能成为激进的建构主义。晚期资本主义的社会构建需要改变，需要功能重启，需要进入一种崭新的、人们连做梦都没有想到过的全球共产主义。

◆　　　　◆　　　　◆

至于再现问题所带来的哲学议题，我的感觉是多半看似棘手之处皆可用黑格尔的假定概念来攻克。他者是一个根本假定：思考或认知立场本身必须假定有一个与之相对的客体。在这一点上，地位问题，或者说对象的存在问题（它存在于我们的大脑中吗？抑或是它存在于外部世界，存在于难以触及的现实之中吗？）就出现了。事实上，这个矛盾可以自我维持，因为答案似乎将客体拉回到它自己的感知领域，然后投射到它本身以外的
一个更加广阔的不可知的领域，然后那个领域迅速变成大他者，或者上帝。但是从这个最初的假定行为，一开始就从纯粹的认识论的立场上将自我与他者分开，于是唯心主义与现实主义这对孪生子之间的形而上学的矛盾就出现了。要么是我们所说的客体从长远来讲是现象，我们的大脑功能对这些现象进行组织，或者，从一种更加天真的现实主义角度来看，不存在现象这种问题，真实世界就摆在我们面前，供我们认知，没有反思，没有未尽之处，没有藏于暗室的存在的奥秘。对于假定说而言，这些教条是虚假问题所生，也就是说，首先存在着一种主体—客体的区分，而不是假定区分本身就是一个历史性的时刻，而且是一种建构行为。

这不是说那个历史时刻没有与我们同在，这就是为什么可以方便地将寓言实践出现的两个时刻进行区分，必须从一开始就假定鸿沟的存在，以

之作为一种内在结构的前提，而非如某种可能并不存在的"天真的现实主义"那样从来认识不到它的存在，人们假定语言能发挥其功能，我们的实体论者或信赖亚里士多德—康德常识的人不进行进一步的哲学细分，也不进行逻辑悖论的操练。

在我们的寓言的异化过程中，这两个时刻指的是名字的出现，以及意识形态体系的形成。两个时刻最终交汇，名字是一个沦陷在自己的体系中的单词，名字在自我肯定中与系统发生纠葛（我是哈姆雷特，丹麦王子！）。

简单的命名（在法语中名字与名词都是同一个单词 le nom，记住这一点有好处）允许我们摆出实体论问题，亚里士多德关于物质的意识形态，那些单个的物体或事项构成了这个世界，而我是其中一个。名字肯定了所谓自我的实质性的统一，这就是为什么它能被描述成一种原初的异化。这里我们处于进化故事的领域中（因为我们都已经有了名字），在无人能记住的原初的沼泽里，婴儿飘浮在成人言语的语言的云雾之中，某些意识及语言诞生于此。这是文学领域所谓的精神分析，也是演化心理学，拉康很方便地将其讲述成了两种不同的形式：镜像阶段，即婴儿假定自己与镜中的身体是统一的；以及"欲望的主体"这一恰当的名字所带来的压抑，他人所授予的名字将主体驱赶到地下状态（无意识的神话）。（上面提到的第二个异化，系统性异化，在我的名与所谓父之名的关系中，换言之，在想象与象征之间，无疑能找到系统性异化的拉康版本。但这个学说的发展似乎跟当前的语境无关。）

39

对我们当前的讨论而言，重要的是名字（或名词）与拟人化之间的亲缘关系。拟人跟寓言过程紧密相连，它给人一种印象：拟人化本身正是寓言的精华。寓言作为一种形式开始丧失信心，并退回到过去。寓言如同某种难以理解的结构，在象征与象征主义这轮初升的太阳下被投进阴影的最深处。寓言沦落为不光彩的拟人化（第 6 章的讨论），这一点最为清楚地衡量、展现了这一世界性—历史性的转变。

然而就我们当前的目标而言，情感是一个特别丰富的领域，可以观察起作用的这些过程，原因有二：第一，被冠以不同名字的情感之间的界限、关于情感的区域性/历史性的理论、关于情感的理论体系，这些东西最多是一种推测；我们对情感产生第二个主要兴趣的原因在于情感本身已经自成体系，一个人的经验向来是一种可选之物，他人已在你的选择中暗中给出了建议。换言之，个人情感已经是一个对立体系，正如我在下一章中所展示。被命名的情感肯定了情感状态的实质性的统一，同时将那个看似"物质"的东西重新安放在一个关系领域之中，从而消解了它的具体性。

情感肯定不是主体性或主体性经验的全部内容，但考查情感的建构能被当作一种特殊的、表述清楚的实验，通过它能观察主体性的历史建构。它主要是一种寓言性的建构，而这一点构成了本书的根本动机，也构建了情感与一般历史问题的关系。

40　　前面已经提到了几个技术性术语，后面我们还会遇到更多。事先做一些澄清将会有好处，当我们在与异化、物化等诊断性抽象概念打交道时，情况更是如此。成为他者的现象受制于异化概念，它规定了一切，从拥有财产权（例如对土地的异化）到变得陌生，我们再也不能认出熟悉的东西。这个概念中不容易被人看到的地方在于其他几种意指行为，例如，异化过程本身带来的统一：从我这里拿走的东西换句话说变成了具有统一性的东西，那些因为缺乏一个统一的名字而变得截然不同的东西从而具有了统一性，只有当它们被统一之后，它们才能被当作客体来对待。在一个异质性、差异是座右铭的时代，统一、团结是招致嫌疑的操作，而且也活该如此；但正是因为那个原因，它们作为一个类别才值得被认可，它们也在练习着接受安全与驯化的吸引力。能够给事物命名是一件好事情，至少看似如此。寓言出色地参与到了各个过程之中——尤其是整理宗教形式，形成二元伦理，例如善与恶——从而为威廉·詹姆斯所说的"繁荣、喧嚣与混乱"带来秩序，即便在那个能带来成效的不确定状态下多待一会儿，可能也会更好。

同时，联合为这一行为将过程变为客体，此刻就涉及了物化这一术语，正如马克·吐温可能会说的那样，这个术语并不总像它看起来那么糟糕。实际上，黑格尔与马克思的一般哲学其价值最大的差别在于黑格尔赋予客体化一种普遍价值（萨特晚期辩证法回归客体）。黑格尔的生命伦理（如果人们想这样说的话）跟歌德的立场相同，如果人们想要更加接近马克思本人的实践，就意味着永恒的行为，意味着生产性的劳动。然而，那个意义上的行为形式总是在生产，所生产的东西超越了自我。自我被客体化，自我成为外部世界的组成部分，自我不再是一个行为，而是一种产品，简言之就是一个客体：鞋匠制造的鞋，建筑工人（以及建筑师及管理人员）建造的房子，耍笔杆子的人（不管他是哲学家还是诗人）面前堆起的书稿。

这些东西现在可以属于别人了；在这一节点上，马克思进入了画 *41* 面——马克思面前已经堆起了足够多的书页，无疑可以用来衡量纯粹的生产性，但最终产品不可避免地将会被别的什么人异化，会变成另外一个人的财产，希望拥有它的是读者，但也可能是出版社，最终是拥有出版社的垄断商，更不用说政治运动本身。产品本身经历巨变，成为商品，黑格尔对这个过程在概念层面上有很好的理解——《逻辑学》中充满了这种转变——但在谈到他所说的资产阶级社会〔（Bürgerliche Gesellschaft），奇怪地被翻译成了拉丁语英语词汇"市民社会"（civil society）〕时，它既不能命名，也不能进行区分。

这种客体化/物化也能被视为一种寓言过程，一个客体化名字被异化，并且变成了一种交换对象。我们常常对这个过程的物质性坚持不够，可以说这当然是一种对精神的客体化。但是在一个不太为人们所熟悉的萨特术语——相似物（analogon）——上稍作停留也是有好处的，这个术语也为这个维度开辟了一方空间。相似物可以说是一种嵌入概念体系里的身体提示器：如果说身体是后来理解（以及误解）的主要来源，身体为我们提供了更加具体的、实质性的分类装备，以供我们在思维的抽象升华中使用，那么在最为高级的智性思考过程中，我们也能发现秘密材料在起作用〔其中有些秘密材料以身体与材料的奇怪形式回归到思考，材料在梦和幻想的基础设施中发挥着作用，赫伯特·西尔伯勒（Herbert Silberer）在这里发现了思维与材料的类比〕[21]，这一点就不奇怪了。这里也可以引用海德格尔复杂的民间词源学。海德格尔发现原始生活现在仍然存在，原始生活跟存在之间的关系比我们想象的要近得多，它在复杂的词汇及现代术语中积淀起来，如同真实所投下的影子。

但在这里相似物就像在音乐、诗歌的格律中引起我们关注的节奏。它

42 抓住人们的注意力，让人们的眼睛固定在某个层面上，即使它并非意指或寓言的核心。然而，相似物在这个意义上来讲显然不仅仅局限于寓言。相似物是让人惊艳的比喻中能钩住人心的东西，巴特把它称为刺点（punctum），一个身体上的、动作上的、引人联想的相似之物，我们不必感觉到它，但它能像一块被遗忘的肌肉一样吸引我们的注意力。如果它不是一种修辞手法或姿态，那么它肯定也是转义操作中的一种关键机制，一种十足的身体刺激，一种已经忘掉大半的习惯，我们只是从眼角余光中注意到它的存在，然而它却是让幻想和概念起飞的基础，它为非具身化的智力操作颁发现实的执照，叶芝称之为"大脑放飞的热气球的缰绳"。

相似物对寓言分析特别有用的地方在于它在四分制中把中心与含义分离。它打断了看似静止的、等级制的安排，警示我们尤其是在现代时期当寓言已经不再是一种有正式地位的文类时我们应该看到这种可能性：层面可以被重新洗牌，重新安排，层与层之间的关系可以得到改变，一个接一个的世代可以在内部进行重构、联合，于是文字层面可能并不存在于文本本身之中，或者是寓言性的答案结果被寓言化，被提升到了一个完全不同的位置。（比如说，基督的生平，它本身成了道德层的内容，它不是去解释，而是被解释，正如早先提到的"模仿"基督的例子。）

显然，随着神圣文本的消失，在现代相对主义的状况下，这种层面的重新洗牌实际上将会是一种不可避免的结果，它与其说是受制于一种所谓的正统权威，还不如说是受制于能抓住人们眼球的东西，能吸引人们的注意力的东西。所以人们要求正式地关注文本语言，就像人们研究风格那样（可能在所谓的"表面阅读"中也是如此）。文本的文字成为一个新的层面，如同人们倾听的是声音，而不是含义（德曼论里尔克），或者在读句子时，读的是它隐藏的句法。被前置的特点因此成为一种基质，它取代了原文本，"字面层"的文本变成了一种重写本。

这种重新洗牌导致有的人去寻找阐释者的"方法"或意识形态，让另外一些人去寻找所出现的现象，我把它称之为"偏侧"（laterality）。假若它跟费利克斯·瓜塔里所谓跨变[22] 这一欢快理论相连可能会更好。跨变

43 即在层与层之间来回移动，注意力及话语符号的横流粗暴地中断了同位素（isotopie）（见第 6 章）的纯洁性。这里无须正式的纪念碑，比如说异

质性的形式,如同诺思罗普·弗莱(Northrop Frye)和米哈伊尔·巴赫金(Mikhail Bakhtin)两人在梅尼普讽刺剧中企图概全化的那种。作为个体,我们每个人都占据着不同的主体位置,当文本朝阅读打开,跨变便出现在每一个活的文本中。并不是说思想在这种时刻可以四处漫游,而是文本在不同的层面来回移动,文本的注意力被转移到不同层面所设定的不同含义上,它对官方提供的含义心怀不满,而对别的含义则充满永不餍足的好奇之心。那才是更加隐蔽、更加珍贵的含义,是"根本精髓",它隐藏在酒神的伙伴森林之神西勒诺斯(Silenus)的盒子之中,这是拉伯雷在他的寓言中所用的术语。

称此为含混乃至同义将徒然无果,而且这还是一种彻底的非辩证、非语言学的行为。在这一点上,格雷马斯的转换机制,其每一个连接点都能打开多种含义及关联词串,能成为那些双关语所隐藏的真相。对于结构主义时期的操练者而言,这一点无比宝贵——概念双关实际上如同巨人革律翁,他把我们搬上搬下,让我们能够抵达比喻结构的新层面。代码转换在这里也起了作用,它肆意破坏哲学家们给出的定义,并允许通过新的、更有帝国特色的意识形态来产生对古老话语的整体性的异化,正如《新约》渴望以一种促进基督教各派的宽容、联合这种霸权姿态以实现对《旧约》的支配。

实际上,我们正是通过这种寓言性的转变来划分历史时期,虽然在目前作品中只有一个划分历史时期的时刻真正具有重要性——从寓言进入讽寓解读。也许应当允许我们对划分历史时期这一历史书写中的根本行为美言几句。但要正确地呈现这一点,不要把它建立在同源性的基础上,不要把它呈现为单一的同质化的时期,如斯宾格勒(Spengler)那样沉迷于这种美味的细节,而是只能像福柯那样,其基础是断裂和突变、地震般的变动、灾难般的突发事件,以及受欢迎的分崩离析。正如恩斯特·布洛赫(Ernst Bloch)在他对现代共时性的阐释中所说[23],这些东西将会变得平稳、断断续续、不同步。在当今时代,为了追寻这种激烈变化的时刻,从细微变化到激变是一种比宏大叙事、比把昨天的"历史观念"拿来进行概全化处理更加令人满意的实践。今天的本体论是一张差异的清单,而非身份的清单。

目前这一章用较长的篇幅论述了已被命名的情感，我试图提供我在《现实主义的二律背反》中没有说到的关于情感概念这一部分。被命名的情感消退，空白之处弥漫着莫名的情感，（寓言性地）埋下了我现在的叙事：正式的寓言文类被一种新的寓言性结构替代。故事也可以这样讲：拟人化逐渐被一种情感序列语言取代，关于名字和名词的实体论被可为状态定性的关系性取代。这让我想起了阿诺尔德·勋伯格（Arnold Schoenberg）在《音色旋律》（*Klangfarbenmelodie*）中的精彩观点：旋律是由序列音色以及具体乐器的物质特点所决定，而非由音符所决定，人们一般认为是音符构成了一个主题，或一个音乐"主体"。

我将用列维-斯特劳斯的《野性的思维》（*pensée sauvage*）这个更加一般的对比来比较寓言的要素和原材料〔在标准英文版本中，标题被误译为 *Savage Mind*（《野性的思维》），这种译法没能表达出形容词的天然、自发的弦外之音，正如在自发罢工（gréve sauvage）或野猫罢工（wildcat strike）中一样，这种翻译忽视了法语中名字的双关意义，它既指思想，也指三色堇花〕。列维-斯特劳斯一再用这个表达来指类似于感知科学的东西，由于缺乏抽象性，或者缺乏一般术语，他的言说者简单地选择了其中的一条来指代所有：一个集合也是自己的组成部分，一片独特的树叶担负起了双重职责，它成了一切树叶的名字。这样看来，那么哲学就是对抽象的新发现，也是对一般名称的新发现，希腊人是这种以后象形文进行交谈、思考的发明者。如果野性的思维是所谓原始人的语言模式，那么我们就跟列维-斯特劳斯一样，离维柯不远了。

寓言当然不具有这种带贬损意义的原始特点。寓言在抽象活动之后，而非先于抽象活动。它跟神学一起发展了比喻的资源，而非发展了哲学的资源。然而在其多样性中，它避开了最终的抽象化，非常具有野性思维的精神（又是二分制及三分制所蕴含的认知特点）。然而在经历了哲学体系及形而上学的终结之后，寓言理论复兴也许并非如我们所想象的那样不及时。

45

◆　　　◆　　　◆

我将用寓言的诊断功能来结束对寓言的四分制的一般性阐述。认出或认可阿兰·巴丢的四个"真理程序"的结构是一种寓言机制，我想这不是习俗。[24] 然而真正的寓言是一种四分的发现过程，它能在熟悉的文本中探索未被理论化的领域，并且在熟悉的文本中发现迄今为止肉眼难以获得的电磁波谱。如果我们用那些（另外一个四分）真理过程来构成一种寓言操作的话，我相信在"真理程序"中能够发现一个关于这一过程的有用的版本。科学、政治、艺术、爱——这些真理程序起作用的"类属"区域，后者为巴丢构成了一种根本性的"对事件的忠实"。事件如生命、死亡、基督的复活一样，总是存在于过去，这就是为什么忠实总涉及一些类似于现在对它的重构。我发现，将这个"政治伦理"与瓦尔特·本雅明的历史唯物主义并置是有用的，在本雅明的定义中，人们靠近历史

> 如同抓住危险时刻忽然升腾的记忆……因此，对罗伯斯比尔来说，古罗马是一种载满当下的过去，是罗伯斯比尔让过去在历史的连续统中爆炸……如同猛虎纵身跃进过去。[25]

对本雅明而言，这个权威的（然而断断续续的）忠实于过去却偏偏不是忆旧或回顾：将"同质化"的时间的连续性转变为一个当下时刻，转变为革命的前夜，它肯定了当下事件的存在，当下事件也是被转世复活、被成就的事件，同时那个更加古老的神话人物也被保留了下来。它因此也赋予了复活事件至高的价值，此价值能统辖四个真理程序，也就是改革，或现代主义所说的"创新"，正如托马斯·库恩的科学史的概念，它是一种打破了常规科学而改变了一切的范式的转变。本雅明版本的优点在于只有当古老的事件，关于过去事件的记忆变成了一种新事物或激进变革的面貌（主要是新颖）出现时，我们才能认识到这种操作的权威性，才能真正抓住其重要性。

库恩的版本为我们提供了一种理解方式，为何科学本身能够被算作巴丢的真理程序：这不是科学主义（一种严谨的科学正统的观察），或者是西方将经验事实科学进行了某种偶像化处理，这也不是在传扬过去的教条真理。它是对革命性范式的热烈追求，例如，蕴含在康托尔集理论里的革命性范式，科学实际上为巴丢的其他程序树立了标准。艺术指的是现代主义的发明，新语言的发明；政治指的是新的斗争形式、新的革命性变革理念的出现；爱指的是在熟悉的单词与名字里发现激进的新经验，在不可比较的地方，爱被重新发明，宛若初现，替代了褪色的记忆。[爱的领域实

际上是巴丢体系中一个鲜见的让步，是对看似个人的或现象学的经验的让步；他无疑会回答说，比阿特丽斯（Beatrice）不是一种个人经验，这跟其《主体理论》一书的封面相反，它复制亨利·霍利迪（Henry Holiday）的拉斐尔前派的绘画：但丁初见比阿特丽斯。]

因此，我们可以认为，四个真理程序在某种意义上都是"相同的"，以事件的形式追求创新是四个真理程序都具有的特点，也是推动我们前行的东西，它推动我们去重写政治、科学、艺术、爱这四个话题，让它们变成了许多个蕴含真理的版本。这也正是为何在这里巴丢的整个物的机制有时候不仅仅是一系列的相同之物。从本质上来讲，四个真理程序具有寓言的特点，它本着四个程序都具有的单一宏大叙事的精神来对这些不同的物质、话题进行重写。然而，这个操作是一种"发现的程序"，在将不同类属的叙事进行比较的过程中，人们发现了新的评价与解读方式。

因此，关于马克思主义与精神分析之间的永恒讨论，巴丢在其《主体理论》结尾处的解释不仅肯定了他对两种传统的忠诚，而且还用两者来互相对抗，其意图是为了确认并评价它们各自对"真理"程序类属的实现情况。先前的弗洛伊德—马克思主义试图用这种或那种方法将两种传统"综合"起来，巴丢与此不同，他对这两种传统的相对能动性进行了评估，指出每个维度在探求真理中所经历的阶段，即它们在现实域中达到饱和状态，成了自己的绝对真理，允许我们选择性地肯定，要么一切都具有政治性，要么一切都是精神分析。莱布尼茨的"同一的不可分辨性"的这一最后阶段不是真理，而是我们充分参与到恰当的"真理程序"的标记。

这种具体相遇中实际发生的是马克思主义或政治层面在其实现的过程中经历了三个阶段：首先是阶级的觉醒；其次是在大暴动中走向行动；最后是获得一种柏拉图式的共产主义理想，真正的无产阶级意识被独立了出来。

那么恰当的寓言过程将会涉及的不是把这三个阶段强加给另一个现实维度（在这种情况下是精神分析的现实），而是对另一个现实维度进行考查，以确定政治域所设立的标准是否因之而得以完全实现。结果精神分析只能了解所问及的三个时刻或三个阶段中的两个：无意识的发现，然后是走向第二个话题［爱欲与塔纳托斯（Thanatos），即所谓的死欲］。拉康的精神分析复制了这一运动。第一阶段是对想象界与象征界的区分，第二阶段是拉康在讲座（XI）中所说的转向内驱力或"生命冲动"。但是第三阶段缺席，这一缺席很好地回应了弗洛伊德自己对"治疗"的犹豫（"终止与不终止的精神分析"），以及拉康后来的怀疑（这一点在他的症候理论中有描述，是赞同与神经症"情结"共生，还是用更加准确的萨特的语言来说人们对神经症进行"选择"）。但是在精神分析这个层面上，某种第三个时刻会是什么呢?[26]

48

　　我们只能在其他真理程序的基础上来构想这一缺乏的形状。科学是否涉及一种能够很容易被理论化的发展，这一点不明确。它显然会涉及经验事实向普遍性的转变，柏拉图的理念赋予了一种象征暗示：大概在数学与集合理论在整个现实的扩张与融合中，我们最终会遇见某种类似于巴丢的四个真理程序。至于爱，但丁已经揭示了其秘密：纯粹个人迷恋被转化为一种超越一切个人特点的普遍之爱。

　　那么真理程序就可以被视为巴丢版本的特殊与普遍之间的逻辑分化，可以被视为从甲到乙的准神秘之旅的叙事创新。整个机制具有寓言的特点，这一点现在很明显，尤其表现在单个的抽象化进程被投射到不同的层面上，被投射到不同的化身之中。我希望论证将会归结到一点：现代寓言涉及过程与过程之间的亲缘关系，这一点跟经典传统寓言中的拟人化不同。现代寓言是叙事之间彼此的回音，它们有区分，而且获得了新的身份。现代寓言不是对固定物质的把玩，不是对被认为具有多种特点或多种情感的实体的把玩，例如，化身为单个人物，直到它被赋予漫画讽刺的特点，或是变成刻板定见。我们会发现自己一再回归到这一洞见：拟人化的消失标志着现代性的出现。

注释

　　[1] 我们称之为梦的东西包括：（a）字面层，或梦的协议；（b）前一天的原材料，及其表面"期望"；（c）来自最早先的婴儿阶段的欲望；（d）欲望，"不死的愿望"，正如弗洛伊德在他的关于梦的书的末页所说。

　　[2] Umberto Eco, *A Theory of Semiotics*, Bloomington：Indiana University Press，1976.

［3］见第 7 章。

［4］Immanuel Kant，*The Conflict of Faculties*，Omaha：University of Nebraska Press，1979，152–157。

［5］Homer，*The Iliad*，trans. Richmond Lattimore，Chicago：University of Chicago Press，2011，117。

［6］Lucien Goldmann，*The Hidden God：A Study of Tragic Vision in the Pensées of Pascal and the Tragedies of Racine*，London：Verso，2016。

［7］关于加缪的早期作品，见 Alice Kaplan，*Looking for the Stranger：Albert Camus and the Life of a Literary Classic*，Chicago：University of Chicago Press，2016。

［8］Ann Banfield，*Unspeakable Sentences：Narration and Representation in the Language of Fiction*，New York：Routledge，2016。

［9］Homer，*The Illiad*，183。

［10］Robert Lamberton，*Homer the Theologian：Neoplatonist Allegorical Reading and the Growth of the Epic Tradition*，Berkeley：University of California Press，1989。

［11］Daniel Dennett，*Consciousness Explained*，Boston：Little，Brown，1991。附录 B 对丹尼特的论文内容有更加详细的讨论。

［12］Jean-Paul Sartre，"Une Idée fondamentale de la phénoménologie de Husserl," *Situations* I，Paris：Gallimard，1947。

［13］Colin McGinn，*The Mysterious Flame*，New York：Basic Books，2000。

［14］这主要是马克斯·韦伯（Max Weber）的观点，见 *The Rational and Social Foundations of Music*，Eastford，CT：Martino Press，2010。

［15］Walter Benjamin，"On the Concept of History," *Selected Writings*，vol. 4，Cambridge：Cambridge University Press，2003，Thesis XIV，395。

［16］见第 8 章。

［17］Walter Benjamin, *The Origin of German Tragic Drama*, trans. John Osborne, London: Verso, 1998, 159-601. 人们可以推测这一抨击可能是一种先发制人，是为了打击对他早先所赞同的语言神秘主义进行批评的人。要不然为何法兰克福学派后来会那么坚持给他施压，让他写一篇严厉反荣格思想的批评文章呢？

［18］Paul de Man, *Allegories of Reading: Figural Language in Rousseau, Nietzsche, Rilke, and Proust*, New Haven, CT: Yale University Press, 1982; Hayden White, *Metahistory: The Historical Imagination in Nineteenth-Century Europe*, Baltimore, MD: John Hopkins University Press, 2014; *Groupe Rhétorique générale*, Paris: Seuil, 1970.

［19］例如，见 Gregg Lambert, *On the (New) Baroque*, Aurora, CO: Davies Group, 2009。

［20］关于这方面的观点，见 Steven Shaviro, *The Universe of Things: On Speculative Realism*, Minneapolis: University of Minnesota Press, 2014。

［21］西尔伯勒一度是弗洛伊德的信徒。他的实验描述了在更低级的大脑水平状况下抽象观念堕落为形象。见 Herbert Silberer, "Bericht über eine Methode," *Jahrbuch für die psychoanalyse* 1, 1909, 413-525。

［22］见 Watson, *Guattari's Diagrammatic Thought*。

［23］见 Ernst Bloch, *Erbschaft dieser Zeit*, Frankfurt: Suhrkamp, 1973。

［24］关于巴丢的更普遍的观点，见我的文章 "Badiou and the French Tradition," *New Left Review*, 102, 2016。我要补充说明一点，我并不是在为巴丢的四个程序进行哲学背书，我在这里运用了 "四个程序"，仅仅是为了阐明哲学中对寓言的运用（虽然我也不反对 "四个程序"）。

［25］Benjamin, "On the Concept of History," 391, 395.

［26］关于这一问题的新颖非凡的思考，见 Eric Cazdyn, *The Already Dead: The New Time of Politics, Culture and Illness*, Durham, NC: Duke University Press, 2012。

第 2 章
心理：情感的基础设施

　　宽敞的地下室光线昏暗，管子纵横交错。管子的样式、材质、朽坏程
度各不相同。管子间没有明显的通道，中间塞满了各种规格的坛坛罐罐。
每根管子每个罐子都安装着五花八门的仪表盘，各种各样的玻璃镶板上安
装着数表、钟表、刻度表、温度压力表、数字量化表、象限表、警报灯、
校准器。无数个历史学家身着白大褂，手拿校验板，为了时刻不停地监视
这些仪器，急匆匆地跑着去看仪表盘。他们互相推搡或者向邻居投以轻蔑
的狞笑。没人知道究竟有多少种仪器正在发挥着作用，也没人知道存在着
多少种古董仪器，它们曾记载着不同指示灯的变化情况，比如说水压、温
度、不稳定性、消费、奢侈品、寿命、年电影产量、盐度、意识形态、平
均身高、平均热量、上教堂情况、家庭拥有枪支数、物种灭绝速度，等
等。那些得出结论说这些东西纯属无用的人各种神态，疲惫，靠墙而坐，
其余的人则疯狂地来回奔跑，他们要发明一种能将所有这些随机发现悉数
囊括其中的王者数据，而还有一些人则固执地专注于自己的计算，替换各
种算法，他所做的跟邻居也许有关系，也许一点关系也没有。

　　当然它们中没有哪一个能记录**历史**。历史存在于这个地下室或实验室
之外，所有的仪表盘似乎都在以某种方式记录着历史。如果你认为历史是
存在的，你当然可以把它称为一种不在场的原因（或一种不可总体化的总
体性）。但人们只见过仪表、指针、数据及数据的起起落落。数据的差异
极大，大到要求有独立的监控器。尽管如此，人们偶尔还是会努力合作。
所做的概全化毫无根据，人们谈不上达成了双向共识，但至少默认赞同一
定存在着什么东西，或者一定存在着别的什么东西。

　　在这些仪器中有一小批仪器，不知疲倦地研磨，磨出了某种类似于情
感史这种东西的数据及发现（findings），仪器看管人将其记入了各式记录
簿。这是一种新近才发生的行为，其同样新近的专家尚未对情感史研究对

象的本质形成统一意见。[1] 人们应该以观念史的方式将这些证据记录下来吗？就像将爱的观念、竞争的观念记录下来的那样吗？或者说，这种材料如此独特，因此它要求一种只属于它自己的本土术语？或者说，用单一的范畴来描述它是不恰当的，因为"情感"包括下面这些如此不同的东西，如：面色苍白、情绪起伏、四肢颤抖、面红耳赤、躁狂抑郁？

然而，现在很多时候人们都用词语和名字来作为一个方便的起点，所以为了安全起见我们将把它们称为"被命名的情感"。那样的话我们可以从清单开始，而且清单表明其中有些"情感"已经消亡，同时跟元素表上那些空白点一样，其他情感尚未形成。这些清单会形成某种系统吗？我们容易像亚里士多德那样认为它们通过对立组的方式组织起来（大多数情况下如此），因为系统始于相反或相对的东西，而后者，两极的名字，如果恰当地将其拟人化，可能会表现出我们的叙事行为，也许是冲突、和谐、妥协、无能的愤怒。这些叙事立即将其结构本身变得具有寓言性，从而不用绕弯子我们就能直达所要讨论的主题。

在任何情况下通过名字来确认一种情感这一行为立即就会引发一项远没有那么直接的历史议题，即诠释学的问题。我们怎么知道荷马赋予这个或那个男女英雄的情感（而且这些情感据说还被忠实地翻译成了英文对等词）跟我们今天所感觉到的情感就是一回事呢？或者从另外一种角度来说，除了用我们各自的语言，我们怎么知道用某些部落语言所指的情感就能跟我们（美国？现代？西方或东方？）的精神等同呢？但是这个说来话长了，当我们遇到那些令人愉快的结构主义嗜好（配色、品酒）时，我可能会严重怀疑我的近邻，对自己也感到困惑不已。如果说情感直接就把我们引向了唯我论的话，那也不切实际，但也许我们必须对命名这一过程本身进行细查。

无论好歹我们先对这些术语进行清理吧。我们所称之为情感的术语与那些保留下来的对其做出判断的情感相比两者的流通水平不同。情感（或感觉）如同潺潺流水，奔流不息，有时水流湍急，有时停滞不前。它们肆意泛滥，润泽大地，直至干涸。你也可以想象有情众生中的一个，其生命不过就是一系列的愤怒爆发，其间穿插着害怕与欢喜、羞耻与嫉妒。毫无疑问，某些人会比别人感觉良好，于是从这里开始隐约闪现的不是情感本身而是对幸福的判断。因此情感之外（但是又离不开情感）流通着这一层：事物不仅被判定为好坏，而且还被判定为快乐与痛苦。这是同样的判断吗？一方面它们自我膨胀为善恶的化身，另一方面它们又被分类成身体与大脑、物与灵、肉体与精神、质料与灵性，等等。在这里压抑开始起到训练与习惯的作用，身份一直在发生着改变，快乐变成邪恶，而痛苦则变成美德，渐渐地第三种立场——无情——开始出现在人们的视野中。这些是补充的对立，它们将被命名的情感安放到具体的、变换的历史位置上（例如在西方宗教史中的某个有趣的时刻，愤怒就被分裂为公义的愤怒和罪恶的愤怒）。但是这些补充性的评价不能简单地被视为一种新增元素。它们必须重新组织已被命名的情感，形成新的模型、新的对立组。

　　这里似乎展现了两个不同的过程：一方面情感事件不断重复，从而被我们认识，无名情感也因被命名而被具体化；另一方面这些被命名的情感被组织成二元对立体系，亚里士多德这类人就为其文化或生产模式中的那些情感赋予了社会意义（稍后我们就会对亚里士多德的版本进行更加深入的考查）。这些评价体系——文化及历史评价体系——投射出一种精神、一种伦理，在许多情况下还投射出一整套的宗教评价。但它们大多由更加原始的对立多重决定，这些对立将它们分类为物质或精神两类，而且在某些历史境况下出现了二元划分机制，或者是精神或心灵方面的"情感"还具有平行的肉身版本，肉身版本不是对心灵版本的简单表达，而是有时候（如霍布斯或詹姆斯—兰格的理论所说）就是它的现实。那么这就是一个特别复杂的状况了，好—坏这一轴就由物质—精神这一轴多重决定。

　　因此，寓言在两个独特的时刻恰逢其时：第一个是具体化的时刻，即一个尚处雏形阶段的、未被确定的情感被赋予了名字；第二个是一系列已经被命名的情感被一套（或数套）评价体系——幸福、伦理、宗教、哲学，或社会政治体系——重新组织起来的时刻。但是在历史时刻或历史社会中这些体系以常识、习惯的方式发挥作用，无须额外花费力气去巩固加强，因此人们不一定能看见它的形式，不一定能看见它如同 X 光片那样的存在。然而这两个操作标志着寓言和讽寓解读之间的重要分水岭，寓言是一种文类或固定的形式，讽寓解读是一种理解模式。关于这一点我这里想说的是寓言和讽寓解读构成的是一个故事，不是两个毫不相关的历史片段。传统上但丁、斯宾塞、歌德的作品被视为最著名的寓言故事，我们需要从两个角度对这些作品进行把握，一方面需要超越文类，另一方面需要形成独特的阅读实践。

但是这两种寓言现象之间的根本分界线本身也具有哲学含义，因为这个过程标志着更加广阔无垠的改变：从以物质为导向的思维范畴变成现代视角，我们常常称之为进程，从亚里士多德到黑格尔，或者说是从实在论到理性主义（用加斯东·巴什拉的公式来说）：从用物的概念来思考到黑格尔所说的用关于关系与相对性的、情境的"固定的"观念来思考。亚里士多德是植物学家和生物学家，他感兴趣的是形式和物体类型的清单。直到今天他的根本范畴——物质——仍然组织着常识及现象学经验的句法规则。在展现相互交往的过程中，那些寓言式人物背上贴着标签，易被辨识。具象思维统辖之后又是什么就不那么清晰了，欧几里得几何学？辩证法？量子物理学？抽象派绘画？把这个划时代变革视为典型的现代"发现"（它发现了自我意识或自反性），它是从客观到笛卡儿和唯心主义主体性迈开的激进的一步，但现在这个最初的解释明显是不正确的，因为反实体化的变革彻底扰乱、瓦解了客体性和主体性。 *53*

事实上，尼采不是观察到除非我们让旧语法中的第一人称与"自我"达成妥协，否则我们无法废除旧实体论形而上学（包括上帝本身）吗？然而这个"自我"是寓言研究的另一个对象，并且对它的分析可能会让寓言变得面目全非，这项工作将无法开展，除非我们开始将"自我"看作是一种建构，并且认可之后可能会具有被称为主体建构之类的东西的寓言特点。

毫无疑问这是一种不恰当的说法，因为主体性（还有伴随的难以捉摸的东西——"自我"）包括了意识。意识肯定既不是一个东西，同时也不能被"建构"。无论是在这里还是在别处我都赞同萨特将意识表述为一个非存在，胡塞尔的"意向性"概念最好地描述了意识的存在及运作。也就是说作为一个存在，它总是被它所不是的东西"定义"，意识总是关于某种物体的意识。[2] 这个说法导致我坚持科林·麦金的极端怀疑论并且赞同意识永远不可能被概念化。我们总是处于概念之中如同鱼儿总是处于水之中，从内部来讲没有对立存在。[3] 毫无疑问我们会对意识进行再现，但只

48

能以最贫乏的方式，如同一个点，或者是一点亮光，等等。

同时，自我是一个物体或一个存在，能够被概念化（而且已经被概念化），能够得到充分再现。关于这一点普鲁斯特在《追忆似水年华》开篇
54 的描述最具启发性。一个熟悉的自我、我的个人特点被描述成一个房间，放在熟悉位置上的物件提醒着自己是谁，允许我习惯性地抓住自己的"身份"。但是由于那个自我总有一个过去，在一觉醒来时房间里的东西、形状、位置所发生的改变令我迷惑，我飞快接受现已熟悉的位置。当我全然"清醒"时它们如同迪士尼卡通片里的物品一样各归其位，仿佛在漫长而"无意识"的夜晚它们从未挪过地方。

面对普鲁斯特有力的再现，人们肯定能想象出不同的变体，它取决于我们在住所、房间里的生活。例如，一名恍恍惚惚的游牧民的自我，或精神分裂的自我在沙漠、丛林徘徊漫游。但即便是在普鲁斯特更加稳定的房间里，主体性的建构也意味着被历史煞费苦心地装饰。那里的各式物件如果不是从跳蚤市场随机淘来的，就是精心选购来的。那里的空间已被耕犁，就像在我与我最喜欢的摇椅、埋头所向的灯光、寒夜给我温暖的毯子之间的地方已经被我踏出了一条路来。所有这些物件都有许多的名字，它们中许多都是熟悉的情感：有东西不适意，让我心烦意乱，或者是满怀愉快的期待走向窗边。那个意义上的"了解我自己"就是为我的反应开一张熟悉的清单，我愤怒时的状态，我小心操练着绕开不愉快乃至痛苦的思考，那是一张普鲁斯特式的关于爱与恨的购物备忘清单。

因此，自我本身就是一种寓言结构，名字及情感，即人这些名字及情感被大致分类成"被命名的情感"。肯定还可以用其他别的再现方法，但这种寓言的方式可能是最广为人知，也是我最了解的方式，是我们这代文化共有的普遍方式。所以就很容易理解为什么在某些关键转折点，寓言应当自荐为最为有用的再现工具，最适合历史本身带来的这个或那个教条的变化。换套家具，打掉一堵墙，重组我们的日常生活，也许还时不时地允许出现一两种新感情，一个新名称。

命名过程导致异化与物化等术语的产生，虽然不会是马上就产生。然而我想接下来讨论的一点是，只有当情感被命名的时候，情感才能被感觉
55 到（"就情感本身而论"）。反之，也许就是詹姆斯—兰格的著名理论：经

验不过就是生理表达而已。但是名字不是思维，不是精神，甚至不是认知：它是一种具象化。即便用这种表述方法它也忽视了这个事实：毕竟"经验"本身只是这样一个名字，并且已经在其具体、专门术语事先就做了类似的事情，即经验的"雏形"从经验之流中被分离出来赋予具体品质特点，形成某种独立的、个人化的客体。康德的分类中少了基本的东西，叔本华观察到这一点并表达了深刻的洞见：客体或物的类别。[4] 但是他没能进一步说明这种分类本身事先依赖于名字的力量（或名词的力量，在法语中名字、名词这两个单词完全一样）。事实上，在拉康的精神分析中婴儿的名字是最重要的疏离形式，名字将主体提升到象征秩序，将"主体的欲望"留在身后，弗洛伊德把它称为无意识。我的名字是别人如何看我，我花了无穷多的精力努力与名字相符并且想知道（当然不可能知道）那名字是什么意思。

通过命名我们触碰到了大脑与身体之间的线缝，和物质与精神（或者是生命，或者是意识）对立传统相比，这条线缝没那么明显，并且更具生产性。同时它也许还略微更易上手进行实实在在的分析。这个焦点允许我们能更成功地绕开内外对立（不用解决内外之间的矛盾），有助于避免结构主义方法似乎常常会引发的恼人的两难命题。结构主义者喜欢色彩现象。根据不同的文化，色彩被进行了历史修订，因为色彩能提供将语言媒介前置的双重优势：语言和语言所获得的词汇能证明给定语言的这个或那个现代术语的缺席，或者证明我们所不知道的形容词的在场，也能证明系统性，因为色彩常常被定义为彼此不同的成对色系。[5]（品酒和与之相对的专门词汇可能会提供一种类似的检查领域，只不过它的经验更依赖于证言，更抗拒外部测试步骤。）在这些系统中，主体性这个老问题从来没有被完全清除：别人脑袋里真的有跟我同样的经验吗？"同样"到底是什么意思？另外对那些消亡已久的东西比如说古希腊，或者对那些从未跟西方接触、从未被西方污染的部落进行测试，其结果都很难令人满意。因此他者性会越发退回到难以触碰的角落里去。

这就是情感与情感名称类比所引发的问题。维特根斯坦对个人语言的伪问题的谴责在这里没有什么用处。我认为主体性构建的概念（虽然毫无疑问它既无法证实也无法证伪）在目前看来是对这个问题最具生产性的方式，因为它能包括习惯的概念，也能包括各种不同的代表"观点"本身的东西；它能包括精神分析（在任何情况下弗洛伊德和拉康两人都全心全意地练习了前卫派，虽然他们省掉了"人物"这一关键概念，以及省掉了人物特征）；它排除了哲学上无法解决的意识的本质问题；它只是简单地预设，而且还把自己留给了最为多变、最有启发性的思维实验。

这种关于主体性的产生的可行概念需要跟几个不同种类的步骤打交道，或者需要给几个不同种类的步骤命名——区分与异化、熟悉与省略（或压抑）；联系；禁忌或巩固；最后是关注，修辞学家把那一时刻称为夸张——我们将会发现这是寓言的核心。

但主体性的开端是名字。普鲁斯特给我们提供了一个实验性场景，在他对从睡梦中觉醒的描述中，自我周围的客观世界——或者说房间——经历了多个阶段以及萌芽位置，直至它们到达叙述者的年龄和叙述者现在的位置。所以在初期阶段，不合法的起始之初，起初的起初，康德教导我们说是无法将其概念化的，但黑格尔又教导我们说可以将其视为具有追溯性的不可概念化。"初始阶段"一词本身已经是一个不合法的再现（它假定一个物质被赋予了形式），这个悖论统辖着个人意识的出现，统辖着人类历史"之初"语言的发明。

然而一旦我们涉足这语言存在本身所预设的流动的溪流，一种现象就变得可见，我们能够进行理论思考，那就是我们所谓的提名，或给某物命名。命名变成了跟他者相比具有突出（区分）并获得自己的身份，而拥有一个名字顺理成章地就保证会拥有身份。但是名字——不管是静态的名词或动态的动词——不可避免会随之带来一种压抑：不仅是要把任何其他框定此情景的别样选择放逐在外，其他类型的名字可以提供不同的方式，而且还带来名与物之间的距离，我们看到拉康将名与物的距离置于他人所认可的在象征秩序中占据自己的位置的"主体"与"欲望的主体"之间，欲望的主体没进入弗洛伊德所说的无意识（更不要说实在本身，或此在）。[6] 那么关于情感我们也可以想象它如普鲁斯特所说的"间歇跳动的心脏"。情感的名字大抵来自它想要认同的那类经验。我们悲伤"不够"（正如萨特后来所说）。情感单词无法表达出众多情绪。或者如康特·莫斯卡（Count Mosca）对"爱"这个单词所做的不祥预言：爱改变了一切。[7]

同时，悲伤或爱这些字眼催生熟悉与习惯。房间里家具的身份，家具里面的内容及名字，这些东西逐渐让我们相信个人身份这种东西真的存在，我们拥有一个"自我"。这些被命名的自我喜欢做某些类型的事情而对另外一些事情唯恐避之不及。我们甚至想都不会去想还有别样自我存在的可能性。

但是有一个东西可以抵消这个习惯所带来的后果（如果真有这么一个概念的话，那它也是一个伪概念），可以抵消它看似想要强调的种种联系。关于这场反向运动的线索我们偶尔会在没有料到的地方发现它，在情感理论中发现其症候。比如说奥古斯丁认为眼目的情欲本来就是一种激情。[8]今天我们可能会称之为窥淫，或是强调奥古斯丁本人生活中的特殊癖好（或者甚至像萨特和拉康[9]那样将"看"本身视为人类生活经验中的一种具体特点）；但是在任何传统清单中人们若是遇到西塞罗所说的内在"骚动"——情感，那一定是一件让人吃惊的事。同时在笛卡儿的激情理论中，"惊喜"本身似乎就是一种情感，这种情感的名字叫"崇拜"，它同时也有力地强调了（以词源学的方式）视觉，因为视觉似乎中断了我们正常的思维过程，将注意力集中到了一种出乎意料的新的关注中心（不管它是主观的还是客观的）。实际上现代心理学将它称为"注意力"，这种说法并不比前人的说法更加高明。在当下语境中物体从其背景中被分离了出来，以一种迷人的方式被"前置"，我们在物体周围流连，让物体在时光的流逝中延续身份，此刻恰好构成了放大、夸张，构成了拔高与区分，构成了打破习惯并赋予新价值，可以肯定的是我们从此开始与寓言发生联系。

这是唯名论的另一张面孔，一种文化趋势过程，阿多诺对其进行了系统性的谴责，认为它是一种通过资本主义现代性、通过经验主义"思想"被四处扩散的污染：它将否定性视为禁忌；从对抽象的征服中逐步撤退；越来越武断地坚持事实，坚持实证论的存在及现实；将可测量性视为一种有用的替代，替代任何与辩证法类似的东西。只要批评及否定性必然能安置不在场之物，只要过去或未来的东西能被当作判断现状的基础，阿多诺版本的唯名论就具有将批评与实证主义分离的社会优势、政治优势。

59　　但是，阿多诺也许忽视了唯名论的一种具有辩证特色的病理学——如果这种具有辩证特色的病理学是以某种出人意料的方式同时也是一种具有辩证特色的治疗方法的话——也就是意图，正是因为意图，人们才可能执着地接受一个事实，直到这个事实变成一个曾经的事实，成为一个飘浮在虚空中的东西，没有任何上下文，没有任何背景。唯有无穷无尽的重复，叫这个名字的东西才能被转换成一种没有意义的音响。结果就是同位素[10] 的消失，传统寓言分析者们强调了这一点。当他们读到弥尔顿的罪与死亡或但丁的三头贪婪的猛兽时，他们观察到现实的连续性发生了根本断裂（阅读模型也是如此）。形形色色的现代主义者让这些"陌生化"焕发生机——打破等级、打破参照。但从那个意义上来讲，寓言不是现代主义（现代寓言具有不同的动力，它是系统与系统之间的类比而非孤立的单独个体）。然而这个现象也可以被视为在面临唯名论的殖民时出现的一种止步不前或者说是紧急刹车。在唯名论中现实既是一种复制，也是一种诊断（试图贬低抽象化，这里指的是被命名的各种情感体系，今天我们称有这等目的的唯名论课题为情感，后面我会讲到这个哲学话题）。

　　对于体系本身而言，它以清单的形式出现——一般是基本的（或主要的）激情/情感——有些理论家常常在分类对立的基础上将其变成各种"组合"（比如说，霍布斯将过去—未来轴与运动轴——靠近—退缩——相组合，在此基础上产生了置换机制）。我们所面临的次要乃至主要的资源清单是有问题的，因为看似共时性体系也可以部分是历时性的。也就是说序列本身投射出一种情感或激情演变成另外一种情感或激情。因此在拿以取舍为基础的清单做比较时，在将序列所预设的情感种类的改变或心理机制的改变进行动态审查时问题就变得复杂了。首要问题就是它将把我们的

60　注意力转向不同情感的拟人化，第二个问题是它将把我们的注意力转向我们所谓的"加工寓言"，比如说基督教心理学的布局就是围绕着罪、诱惑、救赎打转。

　　将西方与非西方分类机制进行比较也许是第一步。下面列出了中国传统情感观，它由关键力量——气（呼吸）[11] 决定；然后是古典印度体系

中的"味"[12]；最后是亚里士多德在《修辞学》第二卷中所开出的序列：

中国	印度	希腊
喜	爱（吸引力）	愤怒
怒	笑	友谊/仇恨
忧	愤怒	恐惧
思	同情	羞耻
悲	恶心	仁慈
恐	恐惧	同情/义愤
惊	英雄	嫉妒
		模仿

亚里士多德体系中没有喜与悲，这一点已被人们广为讨论（同样被人广为讨论的还有恶心与恐惧）。跟其他两个机制相比，中国人的"思"非同寻常，别具一格。而在印度的"味"的体系中，"笑"是这个集合中受人欢迎的、人性化的补充（虽然与之相伴的"英雄的"态度可能会有些让人吃惊，因为它在一个一般是被动接受的系列中引入了一种采取行动的形式）。这些区别〔见乌特·弗雷弗特（Ute Frevert）的"失落"与"找回"的情感[13] 〕成了文化兴趣中的奇闻趣事。这些本土术语的英文翻译显然会成为词源学上最为激烈的讨论话题，而这场讨论完全有可能以下面这个结论来了结：这三种外语术语在英语里都不存在对等词。

在我们当下的语境中更加重要的一个事实是，在这三个清单中都有 *61* 某种具体的实际目标在起着调节作用。实际上即便是在后来情感问题进入了哲学阶段，或者是情感问题进入了更加纯粹的生理阶段，但得出的最终结论也是：关于情感现象学的最直接的描述是不存在的。实际上"现象"是具身化的名字，现象的现实总是通过这样或那样的次级代码而得到传递。因此中国人的情感表（或者说是激情表——这些术语的转换本身就是一种彻头彻尾的哲学选择）基本上是一种医学上的列举。实际上从表面上看，医学分类机制仍然能衬托非医学的分类机制（常常是披着诸如四种体液理论之类的外衣[14]），但能衬托到何种程度却很难计算。印度的分类似乎也具有医学传说和医学实践的渊源，但以"味"为形式，它主要还是一种审美机制，其目的是对从舞蹈到戏剧、从音乐到视觉再现等各式艺术表现的审美效果进行分类。对亚里士多德而言，正如其文章的标题所言，他的修辞理论也主要是一种实践手册，注定是为演说家而写。他设计罗列了各种各样的修辞效果，演讲者必须要学会如何应对，必须要学会如何操纵。如果我们暂且不对任何基督教版本的精神现实进行思考的话，那么我们可能很快就会总结出它的现代形式。从 17 世纪的能量模型以来，精神现实的现代形式，如果它不是想要将情感现象学纳入纯粹肉体描述的各种尝试的话（正如霍布斯所说，或者如威廉·詹姆斯以不同的方式所说），那么它的现代形式就是许多古老激情的对等物。

17 世纪时人们引入了这个有异议的话题：将思想、情感（或思想及思想的延伸）这两个领域平行安置，用松果体将两者相连（如笛卡儿），或者让上帝时刻担负着让两者团结的责任〔正如尼古拉·马勒伯朗士（Nicolas Malebranche）在"偶然性"中所说〕；坚信两者的特点互不相交（正如斯宾诺莎所言）；或是首次做出颇具英雄气概的努力，将意识经验完全纳入生理运动及物质身体的循环之中（正如霍布斯所说，而他的这一尝试恰好巩固了他原本想要摧毁的平行主义）。

62　　然而到了 19 世纪，达尔文将情感简化为表达，摄影所提供的最为模棱两可的新技术帮助他实现了这一点，达尔文在这里实现的革命跟他的自然选择理论同样重要。现在技术形象决定着某种类似于对更古老的审美体系的回归，比如说对"味"的回归。在这种情况下文化被允许戴上面具，披上唯物、科学的伪装。（身体与思想模棱两可，物质形象与其所传达的含义模棱两可——这简直是摄影的丑闻，而所有摄影"理论"都为之感到悲哀的二律背反的过错都该由它来承担。）但对于这个失误我们同样完全有理由责备笛卡儿（他是第一个唯物主义哲学家，也是第一个唯心主义哲学家）。笛卡儿的两个领域鼓励唯物主义的拟像，霍布斯对此非常痴迷，同时也鼓励在宗教传统中发展出来的唯心主义。这种平行主义事实上可以被看作是寓言的先锋。而对达尔文而言他的"表达性的"唯物主义是真正为寓言而进行的庆祝狂欢。在 19 世纪歌剧表演中以及在默片中，闹剧式的动作，尤其是在格里菲斯发明了特写镜头之后，肉体的矫揉造作所产生的象征同样具有"精神性"（或符号性）。达尔文的情感表［保罗·埃克曼（Paul Ekman）将其变成代码］[15] 重新产生了许多传统项：

> 幸福
>
> 悲伤
>
> 恐惧
>
> 愤怒
>
> 吃惊
>
> 厌恶

然而，现在以一种颅相学反转的方式[16]，身体表达鼓励人们生出一种对生理自治的信念。我们遇上了詹姆斯—兰格的理论，它在当代神经科学中重新焕发出的活力，它重新生产出所有更加古老的类别，并将这些类别分派给大脑中的不同部分。同时他还复兴了更加古老的二元对立，通过认知与生理的形式，贪欲与愤怒的对立得以存在。但到那个时刻，情感与拟人化之间的形式联系早已被中断。事实上，自笛卡儿以来现代情感/激情理论中出现了一种新要素，一个需要保留的重点——欲望的出现。在以前的抽象中没有出现欲望，尽管欲望明显寓身于贪食与性驱力之中。在这个讨论背景下我们可能会破坏下面这个假设：正是抽象的欲望概念宣告了寓言式的拟人化的终结，并且鼓励了一种全新的（现代的）形而上学的发展，以及"人性"概念的发展（同时还有新的寓言结构类型）。 *63*

　　但是，我们迄今为止省略了（西方）情感史中最为关键的片段，也就是基督教将全部古典情感转化成了七宗致命之罪。[17] 是时候该修复这个省略了，伊瓦格里亚斯·蓬蒂卡斯（Evagrius Pontus）最先开出的清单是一个开端：

> 贪食
>
> 通奸
>
> 贪婪
>
> 沮丧（"嫉妒"或"忧郁"）
>
> 愤怒

绝望

虚荣

骄傲

罗马教皇大格列高利（Gregory the Great）将这开始提到的八宗罪缩减为经典的七宗罪，他把 lupe 翻译成嫉妒，将虚荣与骄傲合并成单一的一种精神状况，在罪的清单上将它列在了首位，在他之前的伊瓦格里亚斯不是没有表达过这个观点。罗马教皇大格列高利将这两大身体驱动力前置，此举是对非基督徒的尖锐斥责，因为非基督徒中没人会把虚荣或骄傲视为一种激情。我们前面说过在非基督徒的储备中欲望似乎特别不为人所见，而且欲望毫不含糊是现代的东西。但在这里它是欲望的第一形式，在肉体上的种种表现是它的孪生子（接踵而至的就是它被调节后的形式——贪婪）。

在逐步（最终是永远）从现世回撤到最漫长的绵延中，即对"末日审判"的期待中，隐修派诞生了。关于罪的理论受到了实际目的的影响，它可以用来对隐修群体进行指导，人们将准确地观察到这一点。同时这里必须启用多重决定论。神职人员保持独身，基督徒寡妇禁止再嫁，这些举措显然在早期基督徒的禁欲主义中起到了作用。通过这些行为，基督徒的属灵特点得以保持。同时，从更加宽泛的角度来看，每一种新宗教都要求在实践上、风格上跟之前的宗教有明显的不同（例如一神教禁止雕像，等等）。圣保罗自己的个人执着之所以重要，那也只能是在普遍化和体制化的过程中他的执着敲打到了正确的点子上才重要。但是现代学者——尤其是米歇尔·福柯（Michel Foucault）和玛莎·努斯鲍姆（Martha Nussbaum）这对奇怪的组合——也强调了非基督教哲学中的规训功能，强调了非基督教哲学的调节和自控作用。在今天的消费社会中，这种推荐是不是及时和有说服力，我表示怀疑，除非它们体现在一些更有集体特色的保守主义议程中，这些议程围绕着窘迫的朴素"美德"打转。但所有这些都还是要继续，人们要在一个狭隘的道德框架内——它以个人的生活经验为基础（为人们提供行为准则）——继续向人灌输关于情感的历史观、文化观。此刻我们是否要面对克制的好处，是否要面对灵魂的救赎，或者是面对现代疗法，所有这些个人化的框架都会产生糟糕的寓言。将这些糟糕的寓言与伟大的（政治或集体）伦理并置，如马基雅维利、葛兰西，或者拉·罗什富科，我们就是在果断地把它们放到它们该放的位置上。

无论如何，我在这里要提议一个非常不同的框架，它跟主体性的建构有关，跟最终与大众和他者的关系有关（我稍后会回到这个话题上）。为了更加具体地抓住那个框架，我们现在必须介绍一下二元对立，它存在于不同的情感列表中，它将这些情感连接起来，并且保证让其发挥功能。这种对立常常帮我们理清情感，什么东西值得推荐，什么东西是禁忌。对立的主题无穷多，而且这些主题之间甚至都不能总是彼此保持一致。但可以肯定的是，我们至少可以有一个可接受、务实的开端，那就是以快乐与痛苦为开端，然后通过复杂、曲折的方式，它一方面产生出身体与头脑（或灵魂），另一方面产生出善与恶。这三者都能被抽象化为积极与消极。积极与消极是一种更加纯粹的形式分类。但就内容而言，只有简单概念与复合概念，或者说斯多葛派的前情感和被恰当命名的情感，才能在对评判系统中的重合部分进行调和时发挥作用。然而从长远来看只有通过增加时间性，这些相对而言仍然静止或结构化的机制才能得到发展（用我目前的语言意思就是从拟人化走向叙事）。

任何人想要"再现"所论及的情感/激情都会遇到形式问题，我已经暗示过这一点。亚里士多德会希望跟对立数字发生联系，如果这个是消极的，那个就是积极的；如果这个是过分的，那个就是节制的。假如它有这些正面优点（这更多是例外），那么它也就具有一种带有威胁性的负面特点。但这是一个逃避问题而非直面问题的策略。（在基督教形式里最终可以看出这一点，邪恶跟与之相对应的美德结成对子，既方便又对称。）正如布卢姆菲尔德曾表明的那样，不幸的是美德往往是事后方知，后来才添加上去的，有些美德纯属是为了某个目的信手拈来（例如，"平静"就是依赖亚里士多德所说的"愤怒"而生的）。哎！尽管亚里士多德聪明盖世，但"内心动荡不安"不一定非得要有什么对立物啊！正是在这一点上，时间性——或者说历时性——帮上了忙。

布卢姆菲尔德还曾经表明，基督教神学——不管有没有意识到——在古巴比伦的星际之旅中找到了方便的替代物。灵魂从一个显赫的位置移动到另一个显赫的位置：这就意味着不能用一个不存在的对立物来中和古典

58

意义上的愤怒，但完全有可能通过恰当的调整使人从愤怒中得到拯救。因此神学家们谴责极端的、"非理性的"烈怒，却情愿允许"出于义的愤怒"（"公义的愤怒"）。我相信在奥古斯都那里，负面、痛苦变成了能为那些对自己状况不满的罪人提供正面激励的东西。最终但丁用相对而言比较新的"炼狱"这一概念武装自己（勒·戈夫认为炼狱概念的发明及采用是在 1150 年至 1200 年[18]）。但丁能够将巴比伦星际之旅的叙事放到他那绵延不断的神山的岩石之上。似乎没有必要指出很明显的东西，就是这种对先前静态情感/激情的叙事，如果它没能带来进化的话，但它至少使得构建一个新的、具有发展性的主体性成为可能。

现代西方仍然不可救药地一再试图回归哲学与神学的区别，希腊人与基督徒的区别，或世俗与神圣的区别。今天人们可能会觉得在当前环境下这些区别无用，不具生产性（宗教不过就是多了一种意识形态方式）。人们可能会觉得，我就这么觉得，自从列维-斯特劳斯和他的《野性的思维》以来，我们应该能够把"感知科学"包括进《野性的思维》中去，《野性的思维》不知道哲学之屋中的抽象化、神学思考中纯粹的比喻式思维，也不知道字面意思。（除非更好的选择是摧毁整个建筑物让它为修建购物商场让路，新建的商场里堆满阿多诺所说的非否定的商品化了的经验主义。）事实上某些类似的事情不是正在发生吗？被命名的情感被概全化、被打包，遭集体放逐。

不管在何种程度上，甚至是要理解这个最新的发展，我们最好还是从某个开端出发。也就是说从亚里士多德对情感的论述出发，从《修辞学》出发，目的就是弄清楚罪恶与悔恨首先是以何种途径进入《修辞学》的。海德格尔称这本书是一本了不起的情感手册，称这本书是第一部了不起的"日常生活现象学"[19]。

因此，这张清单应该从《伊利亚特》开始的地方开始，也就是说从愤怒开始，这就更能打动人心了。歌唱，女神，阿喀琉斯的烈怒！毫无疑问，在所有可以理解的情感中，愤怒最危险，它具有反社会性。一切让人沸腾的东西必须被遏制、被镇压、被规训，其目的就是让集体能运作。愤怒是一切反叛、革命、叛乱，甚至是犯罪的源头。有一种感觉，几乎所有所谓负面情感（斯宾诺莎所说的悲伤的激情）总会不以这种方式就以那种方式回归。事实上，愤怒本身明显具有自我指涉的特点，这一点在普鲁登修斯身上得到了恰当的体现。寓言人物普鲁登修斯怒不可遏，是愤怒摧毁了它。[20] 在所有情感/激情的历史体系中都存在着一个实际性的兴趣：将愤怒理论化，为愤怒安顿一个最为可控的位置。假如没有办法消灭愤怒，那么要考虑的就是如何安全引导或利用愤怒。

正如我们所说，亚里士多德的方法坚持以不一致的辩证的方式结成对子，有时候它们真的是对立的术语，比如说憎恨与友谊；有时候它们又仅仅是互相补充的两个极端。如果走中庸之道，如果选择进行调节的话，极端是可以避免的。在这个意义上来讲，格伦·莫斯特（Glenn Most）对《伊利亚特》的解读虽然精彩[21]，——阿喀琉斯的双重烈怒（既针对希腊人，也针对特洛伊人）最终通过对普里阿摩斯的怜悯之情被"治好了"——但是这不符合亚里士多德体系，因为怜悯（如果没有翻译错的话）并不是那样运作的，怜悯的对立面——义愤，跟"愤怒"不在一个位置上。

可以肯定的是，亚里士多德的清单为现代读者呈现了许多其他的反常现象：例如爱，这在亚里士多德看来似乎并非情感的一个恰当的例子，性欲也不是。亚里士多德体系中全然略去了悲伤，古希腊心理学中也大抵如此。然而憎恨与愤怒以一种有趣但缺乏个性的方式结成对子。亚里士多德告诉我们愤怒是被个人激怒的，然而憎恨与此相反，它注定是为了集体，为了更为宽泛的、抽象的人物而生。修辞学作为一种心理学，它就是要在公共演讲方面提供实际性的指导。对个人攻击的呈现方式应该与对整个群体或阶级的谴责方式极为不同。然而这些建议中渗透着很多纯属心理学的理论，我在这里得出两条结论：第一条是亚里士多德情感理论与社会形成结构（他在城邦中形成这些概念）有关。第二条与连续性和调节的关系更加直接，这一古典系统历史性地走向了后来中世纪的物质观。

让我们再来看看这些概念。当代读者甚至完全不能理解亚里士多德对愤怒所做的描述。亚里士多德把愤怒描述成是对"轻慢"、冒犯、羞辱（不管是暗示还是明说）的回应。但是当我笨得出奇，或者完全没办法按照盒子上的说明书把某样东西安装好，亚里士多德所说的愤怒指的是这个吗？当我发现别人无能透顶，把一个简单的事情弄得一团糟，亚里士多德所说的愤怒是不是恰好指的就是这个?

还远不止此。"自己或自己的朋友无端公然受辱,因此必须公然复仇,那么愤怒就可以被定义为一种与痛苦相伴的冲动。"[22] "公然"一词被强调了好几次。这个词很重要,因为它表明了侮慢必须具有公开的性质(修复也是公开的)。但是更让人印象深刻的是它肯定了愤怒与复仇之间难解难分的关系,这在我们现代社会中不是特别明显,但是在所有古典作品中,从荷马到莎士比亚,伊丽莎白时代对复仇者的各种悲剧"如醉如痴",比在希腊悲剧中还要突出。这个可以解读成古老时代不可磨灭的印迹吗?通过"商业带来的好处",无处不在的复仇才在资本主义时代得到缓和。不管怎么讲,这两个特点都让人心生疑团:我们不仅会怀疑亚里士多德情感的非主体性本质(他分析的焦点毕竟在于情感在演讲术以及公共部署方面的运用),而且还会怀疑被我们西方政治理论家普遍推崇的所谓雅典民主社会(城邦)与我们现代社会的活力之间的巨大差异。

下面这段关于斯塔基拉城的不假思索的话为我们提供了关键线索,这段话几乎是对产生愤怒(平息愤怒)的环境进行戏剧化探索的结果的一部分:"对于我们害怕或尊敬的人物,我们没有愤怒。你没有办法既害怕一个人,同时又对他心生愤怒。"[23] 事实上显然这个观点会让人感到奇怪,除非我们开始认识到亚里士多德体系、希腊社会,或者说至少是一般希腊社会与另外一个从根本上来讲是二元对立的系统相交叉、相融合到了何种程度。我们前面尚未提及的社会等级这一点,以及无所不包的高下之分,社会机制中在我之上者与在我之下者之间的不同。事实上如果仔细考察的话,亚里士多德主要情感清单中一切看似随意的或出于经验的东西往往都是围绕着这个根本对立。对于位置在我们之上的人,那些让我们恐惧、让我们尊敬的人,我们愤怒不起来。实际上这些人的轻慢更加容易激起人们的恐惧而不是愤怒。亚里士多德理论的系统性正是围绕着这一轴心被组织起来。这一轴心能解释为何亚里士多德理论对怜悯的解释既显得独特,又对现代品味而言是一种冒犯,还能对其落脚点——模仿进行解释。一句话(实际上它被当成了嫉妒的变体):比我好的人,模仿他;跟我不相上下的人,跟他斗。伯里克利(Pericles)颂扬这个社会中毫无节制的竞争,称之为"鲁莽轻率""毫无顾忌"(尼采是这样翻译的),而戴维·康斯

69

坦（David Konstan）的刻画似乎就显得相当温和了：

> 亚里士多德情感阐述中所激发的世界是一个高度竞争的世界。希腊人貌似不断地在进行比赛，目的是保持或提升自己或至亲的社会地位。他们非常在意自己在别人眼里的位置。根据亚里士多德描绘的图景，当普通人踏出家门走上雅典街头时，对于拥有何种程度的权力以及自己是如何易受侮辱与伤害，他们必定是有高度清醒的认识的。[24]

事实上这个社会构成观真让人感到恐怖，而它自文艺复兴以来一直激起人们的崇拜，而且在许多文化中它恰好是社区组织及平等社会关系（当然女人和奴隶除外）的完美形象。但是勒内·吉拉尔（René Girard）从最有智性的保守主义的立场提醒我们：最平等的社会同时也是最具有竞争特点、最好诉讼的社会，其核心情感是嫉妒，暴力与之相伴。（实际上基于同样的精神，我很想对亚里士多德所强调的复仇进行改写。）

我们还容易忘掉黑格尔对城邦中的矛盾的强调。《精神现象学》中著名的安提戈涅章节并没有在家庭（部族）与国家之间做出选择，而是描绘了结构中难以解决的紧张关系，它会导致双方的灭亡，而且能解释以城邦国家为中心的希腊世界为什么会消失。（在黑格尔的《美学》中，希腊世界将在讽刺与欢笑、在奥林匹斯诸神变成了纯粹的漫画讽刺中走向灭亡。）城邦国家的政治形式（不管它是雅典的城邦、意大利的公社，还是卢梭的日内瓦）在结构上绝对有局限性——历史将超越这个局限性，其中一个城邦将得到特殊提升，其社会形成结构非常不同，它就是罗马，或罗马帝国，如今它的形式投射出一种新的普适宗教（结果这个宗教将异教神灵及拟人化的神灵变成了众多的魔鬼）。

这里我们的整个讨论就进入了最核心的部分——情感系统之间的建构关系及社会形成。人与人面对面的乌托邦是一个令人窒息的社会，每个人都了解每个人，公民（当然指的是男性公民）无时无刻不生活在公众视线之下。社会生活就是在不断地评判：每个人无时无刻不被人判断（被人看），也在判断他人。甚至朋友关系（朋友类似于一种停战，一种虚伪的平等）也难以免除这个危险。只有现代贵族，现代少数民族，或者说芭芭拉·罗森维恩（Barbara Rosenwein）所说的"情感社区"[25]才能正面利

70

用这种亲密小组结构，但他们也只是主要用它来防御民族国家这个更大的形式。

在古时候，取代这些城邦国家（一个庞大的帝国）的是一种非常不同的平等，就是主体与那个孤独的超级主体即皇帝（直到他的结构位置被上帝本身取代以前）面对面。城邦中令人窒息的他者性（现代大都市把它想象成一个家园）让位给一种完全不同的永恒判断，即沙漠荒野中的隐士的判断。亚里士多德体系（斯多葛派也是如此）被转换成了不同的罪的体系，没有什么古老的"德性"能使这些罪得到救赎。这场转变在帝国、军团、官僚体制的背后发生；尤利乌斯·恺撒从根基上被消灭掉在现实中是以一种寓言的程式实现的，即通过耶稣受难的方式实现的。

最好从三个方面来评估这一重大转变。首先，我们已经谈到过一个无所不在的内在他者，其在场是无穷无尽的观察与判断之源，它取代了弥漫在古老城邦国家日常生活中的他者性和判断。这一内在化将让我们把主体性看作是某种天生具有自主空间的东西：不是我们归结到前现代人身上的那些风俗习惯，也不是人们看到的外在行为表现。它是一种空间，我们喜欢把它想象成自我意识或指涉性，人们总是可以凭此做出自我判断，用它得出相对主义的观点。实际上这是一个首次见证主体性建构形成的过程。所有关于现代性的理论（正如我在别的地方已经讲过，其中绝大多数的现代性理论[26] 都认识不到它们自己的再现悖论）都转向了个人主义、自我意识（如笛卡儿）、西方人文主义，等等。在全球化背景下这些理论不再能够让人满意。如果我将当代对主体性建构的基础设施前提条件定位到人身上的话，这跟纯粹的人口数字大小没有多大关系，也跟作为一种逻辑分类的普遍性没有关系，这样做只是跟与一种"民主"宗教（或者说是一种帝国主义意识形态）相遇时的文化多样性有关。寓言本身是这类激进文化差异的首要符号和症候，因为它试图在犹太教、罗马人以及其他许多思想中斡旋调停，并且想要发明出一种能够包容所有的代码转换系统。作为一种象征系统，神学本身就是一种尝试，其目的是构建一种能够实现大一统的"霸权的空洞能指符号"[27]。

其次，这一转变的重要特点将涉及关于情感的经典老系统的改变以及对新框架的适应问题。这包括了两个根本的步骤或阶段，在第一个阶段

71

72

中，快乐与痛苦的经典对立将会被扬弃，变成积极与消极的对立，而且几乎所有被代码化了的或被命名了的情感都将改变化合价，被打入消极一群，刻上罪的印记。这一过程强调了禁忌在构建主体性中的作用。这就跟个人精神形成中的如厕训练一样，必须依赖排斥性的暴力（只要快乐不是天生的而是习得的，因此积极刺激就是"非天生的"、衍生的，或者说是次要的、辅助的）。但是在现在的语境下应该强调的是对人这种动物来说，语言习得是这种排斥性的暴力的主要形式，我们已经强调了命名是异化的首要形式。因此，有问题的情感首先因为其被赋予的名字而被规训，名字标明了其不同之处，把它从现象的溪流中分离了出来，从而让它公然接受审判、评价，并且成为禁忌。从那个意义上来讲，亚里士多德社会"走向了另一端"，它通过耻辱与社会等级来巩固其情感体系。然而新帝国主义系统必须将这些命名变成一系列的罪，人们将通过唤起内疚来巩固更多的外在监管体制。

　　但是作为一个被命名的概念，"愤怒"还有一个独特之处，它在不同的方向产生了重要结果——向恰当的基督教情感系统转变，以及如何应对在亚里士多德以及斯多葛的情感观之间逐渐出现的鸿沟。格雷马斯的符号矩阵[28]（首先它最终是从亚里士多德的逻辑体系中演变而来）在这一点上是有用的：关于不同文化（或不同历史阶段）的情感系统之间的差异，其关键线索一般能在被略去不顾的地方找到，能在人们期待它填补的空缺位置中找到（例如在亚里士多德情感要素序列中，"悲哀"没有出现），在这类增添或空白之处有新功能在等待着它。格雷马斯矩阵就是一种能探测出这种鸿沟或缺场的工具，因此它能准备好一种进行比较、叠加的系统，正如人们能把一个透明之物放置到另外一个透明之物之上一样。 *73*

　　简单二元对立结构是语言学的起点，这个矩阵将此起点扩大，并视此为其哲学意图。二元对立中有一个原则很清楚，可以说它就像笛卡儿的我思，概念的生产力首先要仰仗于它离开这个起点的能力。矩阵中出现的形式更加复杂，我们发现两组不同且相互关联的二元对立［跟路易斯·杰姆斯列夫（Louis Hjelmslev）的四项类比没有不同］，给定术语的含混性成为进行探索、扩展的地方，而不是在混乱中走向破坏的地方。

　　换句话说，这个符号矩阵用两组不同的否定——一组是具体的，一组是普遍的——来消除歧义。（它们的逻辑命名应该分别是相反的，以及相互矛盾的。它是颠倒过来的现代辩证术语，是个给人带来烦恼的技术问题。）换言之，初始的术语将会在难解难分的否定、定义关系中存在，与之对立的数目是确定的。同时在更宽泛的方式上，它会在不是它的含义的地方拉好警戒线。在第一组否定中，似乎保留"二元对立"这个术语很恰当，它具有普遍的社会性，而且有具体的情境，例如，X 与反 X。而第二组更加简单，然而它是一种更加普遍的对立，即 X 与非 X：

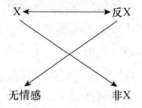

在缺失的第四个位置上，应该贴上非反 X 的标签，它是对此分析进行思考的时刻，我们将看到它会产生理解的飞跃。

74   在刚刚谈到的这个话题的语境下，也就是愤怒在亚里士多德情感体系中的位置这个问题上，这个看似过分复杂的装置的相关性变得更加明显。因为从格雷马斯矩阵来看，有一点立即就会变得明显，关于愤怒的异常之处就在于它没有二元对立，毫无疑问这一点会让亚里士多德感到烦恼，同样也让我们感到烦恼，因为亚里士多德喜欢把情感现象整理成这种对子。可以肯定的是他增添了一个失落的"情感"——Praotes—— 这个单词的翻译带来无穷无尽的问题。利德尔（Liddell）和斯科特（Scott）的提议是把它翻译成"安慰""驯服"，但是这些单词具有戏剧性的特点，肯尼思·伯克（Kenneth Burke）可能会说这些单词不可避免地会暗示一种完全非个人化的场景，在那种场景下，一个人驯服或安慰被影响的一方。（我们可能会多说一句，这可是两种非常不同的操作呀！）《修辞学》的标准翻译提议把 Praotes 翻译成"平静下来"。但就算是那样，由于它在及物与不及物之间闪烁摇摆，它也并不比此处亚里士多德的要求显得更加高明（为什么不把它叫作"绥靖"呢？）在关于亚里士多德情感研究中最让人钦佩、最为广泛的著作中，戴维·康斯坦最终采纳了这一用法。然而他提议用黑格尔最喜欢的单词——满足——来代替。但这又远远超过翻译该做的事了，它完全就是一个哲学项目，并不是非得归到亚里士多德头上。

人们可以从这些不同的尝试中看到翻译家（事实上是哲学家本人）的意图（这个希腊词本身就是一种翻译）。愤怒的对立面是不再愤怒，或者是首先就不要发怒。简而言之，愤怒的对立面不是一种情感，它简单来说就是一种不愤怒的状态。同时由于从根本上缺少特定性质，它可以与其他所有感觉、情感同列，然后被扔进那个特定的非 X 的盒子里去。但它不是一种反愤怒，例如宁静，宁静已经具有了它自己的对立面，那个对立面肯定跟焦虑更加贴近（海德格尔所说的 Sorge，即忧虑、操心）。

此刻应该转向另外一个缺失的术语，也就是第四个术语，即非反 X。或者换句话说，就是某个既不是愤怒，也不是愤怒的神秘的对立面的东西。我相信在这个点上出现的东西不是愤怒的缺席，而是整个情感的缺席，且这个区别是一道分水岭，横亘在古希腊罗马伦理之间，它们分别可以被认作是柏拉图—亚里士多德伦理和斯多葛伦理。对古希腊伦理而言，它与情感打交道，古希腊人把它称之为激情（passions）（西塞罗称之为骚动），这也就是意味着在骚动中去发现或发明一种和谐，正如亚里士多德主义寻找一种"中庸之道"所表明的那样。因此，关于为愤怒找到对立面这个问题，其解决办法将会涉及将事物本身细分，然后以合理、公义的愤怒为中心，以我们现代人可能会描述成非理性的愤怒为中心，将对立面进行重组。

但斯多葛派的"解决方法"非常不同：它包括尝试着去一并铲除个人情感/激情：它不是对愤怒进行管理，将愤怒驯化，让愤怒成为一种可以被人接受的，甚至是一种与毁灭性力量对立的于社会有用的情感。它以冷漠之名将愤怒彻底消灭，它指的是所有情感的缺席（也许"冷漠"是一个更有意义的选项，它才是打开"冷静"这类术语的正确模式）。

然而，我们还可以用另外一种方式来看待这一切。迄今为止，我们都受限于逻辑分类。现在如果用格式塔术语来重新思考这个问题的话，将会更有成效。在格式塔心理学中，总的来说一个图形（或形式）总是与一个"背景"相对。那样的话我们可能会对一个更恰当的寓言过程的开端进行观察。因为愤怒是为了构成自己的特殊外形，它需要一个中性的背景，正如只有在平和的背景下（暂时处于斯多葛主义的漠然状态之下），愤怒的经历才能有意识地、剧烈地被人感受到。

此刻我们的研究变成了再现问题：愤怒这种情感如何得到最佳呈现？是愤怒与它的对立面的冲突吗？是愤怒与那缺乏情感的背景的对照吗？[最经典的情形显然将会是涅斯托耳（Nestor），或者像他那样的智者，劝那怒不可遏的同僚阿喀琉斯、阿伽门农要保持和平和克制。]

换句话说，我们能常常感觉到情感的存在吗？情感是人类生活中一个永恒的感觉基调吗？它的内容在不断变化、不断调整，但在我们整个清醒的白天，它总是以某种形式存在着。或者说，我们大部分时间都处于一种温和的状态，行为合理，总是在思考，只是偶尔被那些把人都要压垮了的烦恼打断，而这些烦恼被我们称为情感或激情？如果这样说的话，那就意味着第一个别样选择与我们打交道的时候，它不是在与"正常的"人打交道，而是在与一个病态的人打交道。这个人每时每刻都很戏剧化，每时每刻都执着于自我，执着于毫不克制的感情。他们说跟这种人共同生活很难。

这种存在有一种幽闭恐惧症的特点，情感念念相续，永无间断。人们76很难对这些情感进行区分，甚至很难具体再现这些情感。实际上除非人们为整个情感系列发明出一个新名字，因为情感的流动不是一个不同的情感紧跟着另一个不同的情感，而是它本身就是一个病态的过程：一个单独的压倒性的情感或性格特征，只有当它以"正常的"人的情感基调为背景来进行比较时，它才能被人观察到，才能被再现。斯特林堡（Strindberg）显然是描写这种病态的史诗级诗人，努里·比尔盖·杰伊兰（Nuri Bilge Ceylan）的电影《冬日苏醒》（*Winter Sleep*）是近期的一个再现。然而，这一点最经常被人发现的地方是在性别之战中，如在爱德华·阿尔比（Edward Albee）的经典作品《谁害怕弗吉尼亚·沃尔夫？》，但是杰伊兰的人物更能让人想起陀思妥耶夫斯基和一个叫卡拉马佐夫的老人。

"背景"即情感的缺席，靠着"背景"，人们才能理解、记住（并且通过名字来认识）具体的情感。同时显然"背景"自己也能变成情感。到了某一点它能被公然诊断为一种病态，一种被鉴定为抑郁的漠然，如果它说不上是那么忧郁的话（忧郁在情感理论中占据了非常核心的地位）。这个非情感的背景，靠着跟它形成对照，人们才能理解个人情感。"背景"是一个含混的空间，在某些情况下（在日常生活、意识形态、社会结构中）当它为我自己的主体性的"情绪的洪流"形成了一种客观背景而不仅仅是别人的附属时，它自身也可以被前置。

关于这一点还有更多的话可以说，但是目前我想说的正是由于对情感的理解，人们在和平、空无的无情感的背景下观察到情感的爆发，而这也恰好是寓言出现的时刻。情感——比如说愤怒——它本身就已经是一个寓言了，只要我们把它理解成一个单独的实体，（更重要的是）通过赋予它一个具体的名字（换言之就是"愤怒"这个单词）而认可那种理解。

那么，从某种意义上来说，一般来讲一些识别（现在是寓言性的）情感所要依靠的形式问题就跟对情感或"剧烈情感"进行道德治疗、心理治疗是一回事了。为被称作"愤怒"的情感找到具体的对立面，这是亚里士多德的问题，这个问题已经变形为一种更加宽泛的问题：放下所有情感。亚里士多德体系中找不到这种状态，但是在斯多葛主义中能找到，它的名字就叫"无情"（apatheia）或"气定神闲"（ataraxia）。

真正的问题是我们无时无刻不在经历着情感吗（比如说情感理论的前 77 提）？抑或一般情况下我们不受情感搅扰，情感只是一种真实事件，人们时不时会任由它泛滥肆虐？作为一种具体的、特殊的经历，人们可以描述情感，将情感理论化。调节总是与情感相伴而生，这表明我们不能一了百了地消灭情感，而是必须找到与之相处的方法，将情感的害处减到最小。因此人们不建议彻底消灭愤怒，虽然我们可以说这样做是公义的，而是人们只需避免走入极端。当然，我紧随亚里士多德，坚持强调城邦公民的情感给我们描绘了另外一个完全不同但是类似的、同样无法避免的关于现实的图景，我们永远无法逃避这幅图景。我们永远不能指望能拥有某种绝对的自由，可以逃脱对我们身处于社会世界的无尽反应。

同时，斯多葛主义似乎有望能为我们在社会世界以外提供一席之地。无所不在的他者构成了城邦，我们不断地对这些他者做出反应。而在那一席之地里我们至少能根据自己的道德观，在某种程度上从情感结构体系中暂获解放。可以说在这个意义上斯多葛精神反映了更加广阔的社会空间。罗马世界正在出现，它将最终取代封闭的城邦国家所形成的网络。而在城邦国家里亚里士多德精神如鱼得水，自由自在。

对于我们这里所讨论的根本观点此刻我们应该进行肯定。到目前为止它只是偶尔浮现过，即对谈到的情感结构体系的认同以及对集体结构与集体维度的认同。正是通过它，个人获得感知及认同。正如在一个更加简单的社会里，乡下人和城里人之间差异巨大，一目了然。大城市具有匿名性，空间如同迷宫。所以现在人们可以观察城邦国家里公民的心理变化。亚里士多德将其代码化，独特的城邦国家中出现了新东西，替代了希腊（亚历山大）制度，其帝国普遍性逐渐赋予它自身一种复杂的新的普适宗教。希腊社会生活令人窒息，它听命于一种不被中断的社会性，最终不可避免地刺激了那种个人精神上从未被了断过的烦恼，我们将这些烦恼解读为"情感"之流，它明显具有现代性。如今它逐渐让位于一种大都市主义，以及如洪流一样的莫名遭遇，只有格奥尔格·齐美尔（Georg Simmel）对现代大都市的描述才可与之相比。现代大都市是不断刺激的集合，经典方法再也无法应对。[29]

这个新的普适、帝国宗教将会以不同的方式遇见这个问题。斯多葛主义跟它不同，斯多葛主义向精英们承诺短暂后退是可能的，间或被释放是可能的。新的普适、帝国宗教将对传统心理进行重新安排，对其他判断系统和分类进行重新安排，它将以快乐与痛苦为轴心，割裂身体与精神（肉体与灵魂），从而允许人们将一种消极判断无差别地扩展到一切"剧烈情感"。将情感变为罪的代码的过程要归功于 4 世纪末期的伊瓦格里亚斯。这个谱系解释了何谓神学意义上的美德，它几乎把罪都赋予亚里士多德所说的对立面。它一开始的时候跟亚里士多德的这个第一体系无关，而是就像学者告诉我们的那样它是后来才嫁接上去的。它显然具有实践优势，也具有神学优势（甚至具有诗学优势，这一点体现在但丁身上）。但是在这个转换节点上，它并不具有学术严谨性。

同时，一个产生他者性的新入口被创造了出来，这是一个关键的发展。因为全在的上帝的存在，这个地方具有国际化、普遍化的特点，它是为了取代那个既无法逃避，也无法和解的永恒的审判过程，是为了取代古典城邦对名誉的争夺。关于敌友、优劣问题，希腊人的判断系统冗长而复杂，他们通过系统来组织自己的主体性，创造价值，并进行价值判断。然而现在一个非具身化的全在的他者能取代当前所有的这些判断，而且还能将目前的社会情感系统一直延伸，甚至延伸到沙漠，延伸到那无人居住的荒芜之地。沙漠变成了剧场，变成了罗马世界的学术首都。犹太教将改变古代世界的主体性，可是希腊哲学与犹太教之间的斗争既不是发生在耶路撒冷，也不是发生在罗马，而是发生在亚历山大。

那么上帝的判断就允许人们对自己进行一种新的内省。我可以跟随这份清单来镜照我的内心事件，并且用一种新的内在形式逐一体验，将情感变成罪的代码。如今性格学首次被允许登台，它综合了亚里士多德的情感系统及其物理上的对等物，最突出的就是四种体液。如今下面这张数据表可能首次出现：物理、生理状况与情感主要、次要元素相结合，社会世界中可能出现的各种结构配置的刻板定见出现了，如同漫画一般。有了对社会状况进行系统审查的可能，寓言也因此获得重生。将性格学与外在阶级、地理（族裔）状况相连，这如同开闸泄洪，许多组织着我们社会经验的形象奔涌而出，从希腊植物学家狄奥弗拉斯图（Theophrastus），到现代的种族仇恨及种族主义。将可能存在的罪内在化，构建一个新的内在化了的主体性，于是内在化就与外在特征挂上了钩，每天都在测绘着一切可能出现的社会经验，甚至测绘着全世界的文化刻板定见。

我在这个历史转变问题上说了太多，其中自有道理，因为这跟当代社会发展有类似之处。城邦被帝国取代，当代民族国家被大规模全球化取代，这里展现了许多类似之处。可以肯定的是民族国家经验的形式一定在很多方面跟城邦国家一样都具有压迫性，把具有压迫性的民族身份强加到臣民头上。但与此同时这也让文化思考和文化生产释放出了非凡的活力。今天在新的全球资本重组这一情况下，与民族有关的重要限制条件面临着被消解的危险，民族现代性、现代主义的所有类别都面临失效的危险。它们将转化成何种新的社会形式和精神形式，今天我们还无法做出完美的想象，但苏联革命以及由此产生的社会主义新形象仍然是一个重要的期待。宗教复兴，世界范围内的宗教、政治斗争也同样如此。（阿兰·巴丢把列宁视为圣徒保罗，在这里就是一种症候。）从某种意义上来说，两者都预示了世界市场上的标准化与全球商品化。

至于斯多葛派的"无情"，它在"恩典"这个概念中得到了最好的保存，或者是它通过某个"第三种"意识状态幸存了下来，它既是对身体的超越，也是对思想的超越——乔基姆（Joachim）的三分化历史，充满悖论的期待，斯宾诺莎的第三种知识，乃至黑格尔的"思辨时刻"——奥利金已经视之为一种净化灵魂的终极术语。

80

情感缺乏是一种救赎，对此进行颂赞，而且视之为某种几乎难以企及的完美的精神发展，这已经暗中改变了先前静态的，或者说是具有共时性的情感系统，已经将它改变成一种新的具有动态性的系统，这一点在但丁的《炼狱》中表现得最为戏剧化（《地狱》与之相反，它永远处于静态的圈层）。但丁继续在《天堂》中投射关于完美的等级，但其他形式的纯洁的意识，或被净化了的意识，也同样可以体会得到（这一点在笛卡儿的我思中最为著名）。那么在时间方面或者是发展方面（甚至是历时发展方面）为这个普适机制重新确定方向，其新颖的地方就在于此。

至于不同的情感体系本身，我们先前已经在这章里做了评述，它们有一种想要走向唯物主义一元论的意图。这标志着拟人化的结束，其衍生物在本书后面会谈到。同时它也在好几个方面造成了情感结构体系的重构。尤其是在现代主义文学中我们观察到它同样也产生了高雅、低俗之分。在新生文化产业的组织之下产生了低俗娱乐，而精英文学（或者说是高雅文学）则与低俗娱乐分道扬镳。

在更加高贵的、哲学的层面上，被命名情感与其消退的结果不同，有时候相当出人意料。从某种意义上来说，情感理论无疑是对心理唯物主义和一元论所做的具有预言特色的回应，它在霍布斯那里被启动，在大脑学习认知那里达到巅峰。辩证地来说，因为这样那样的具体的关联，情感与生理学这两个看似对立的研究兴趣在不同的研究计划中被结合到了一起，这似乎倒并不那么令人吃惊。在更加古老的唯心主义与灵性主义几乎已经绝迹的时候，中立的观察者们今天见证了古老的唯物—唯心之争，这一点最终也不会让人感到非常震惊。

在症候方面更有趣的是对康德问题的回归。（甚至是不可能的怀特海的复兴！）"思辨实在论""面向客体的本体论"等口号已经公开了这一点，这些口号为我们提供了一种"物体的民主"，人类与非生命的东西都被同等对待，自然与不管你怎么称呼的自然的对立物（意识？精神？生命？）

81

不再沿着主观—客观这条线被一分为二。关于情感理论与这个走向物及非生命的新转向，其中一个最敏锐的评论家如此说道：

> 物体退回到它的网络，把我吸引进它的阴影，然后它绚丽绽放，亮瞎我的双眼……任何能抓住我注意力的东西在某种程度上来说都是"情感的诱惑"（怀特海语）。它吸引我、煽动我、勾引我、怂恿我，甚至逼迫我、打击我、霸凌我……物体向我提议，或者……它们向我提供某种"幸福的承诺"（司汤达语）。[30]

对于一个更加冷静的观察者而言（在表达新感情、表达它与一个具有历史性的世界的关系时，对这些冷静的观察者而言，哲学从本质上来讲仍然是一些症候），新哲学反映了温德姆·刘易斯（Wyndham Lewis）曾经说过的"人类时代"的到来。也就是说，各种各样人造的物体消灭了从前的本性（这很大程度上包括了信息技术。信息技术构成了这个具有辩证特点的人性化的新阶段）。商品世界已经变成了"第二性"（用卢卡奇的构想来说），我们此刻模模糊糊地感觉到，通过某种方式，我们是多个自己中的一个：这个就是物化的最后阶段（以物体为对象的哲学家们应该会骄傲地重新捡回"物化"这个单词），在这里我们可能期待一切古老的情感体系都会起到某种作用，正如沙维尔（Shaviro）上面所描绘的吸引—厌恶公式一样。但是情感理论有优势，它能战胜受情感体系驱策的打包成束的具体状况及个性特点。它喜欢流动，喜欢未被说出的起起落落的情感。迄今为止，被命名了的时刻被这些起起落落的情感消解，然后变成多种情感。要对这多种情感进行命名或区分，这既不可能，也没必要。

　　然而，从历史的角度来看，本体论的讨论不具相关性：如果本性已经发生改变，本性已经被技术人性化吸引，那么可能性就已经在那里，已经在本性之中了。如果人的本性再次发生改变（比如说在 1980 年左右发生改变），那么新的改变也是以潜在的方式存在的。不管是在哪种情况下，都不存在着人的本性这种东西，可能甚至连本性这种东西都不存在。但是在发生全球性改变，在物体的世界变成了有情众生这个观念下（同时我们还被号召要相应调整自己的主体性），我想建议用一种后现代马尔萨斯主义来替代。在我们现在无法再现的"全球化"物种种群中，他者性被无穷无尽、令人难以理解地繁衍，他者性优先于——事实上是吞没了——所有其他不可剥夺的发展。在这个背景下，我们可能最终会期待一张新情感表的出现，期待对这些情感的命名的出现，或者期待不被命名的情感的出现。

注释

［1］我主要依赖了下面的材料，Jan Plamper, *History of Emotions: An Introduction*, Oxford: Oxford University Press, 2015。这本书中包括的个人研究的参考书目非常有用。这一主题的经典作品是 Harry Norman Gardiner, Ruth Clark Metcalf, and John Gilbert Beeber-Center, *Feeling and Emotion: A History of Theories*, Knoxville, TN: American Book Company, 1937。

［2］Jean-Paul Sartre, "Une idée fondamentale de la phenomenology de Husserl," *Situations I*, Paris: Gallimard, 1947.

［3］见 Colin McGinn, *The Mysterious Flame: Conscious Minds in a Material World*, New York: Basic Books, 2000。

［4］见前言 Arthur Schopenhauer's *World as Will and Idea*, New York: Dover, 1969。

［5］例如，见 Brent Berlin and Paul Kay, *Basic Color Terms: Their Universality and Evolution*, Berkeley: University of California Press, 1969。

［6］Jacques Lacan, "The Instance of the Letter in the Unconscious, Or Reason since Freud," *Écrits*, New York: W. W. Norton, 2006.

［7］Stendal, *La Chartreuse de Parme*, Paris: Cluny, 1940, Ch. 7, 153: "在那里，或者在旅行中，因为机缘而出现的一个词为他们对彼此的感觉命名，然后一瞬间一切都出现了。"

［8］Augustine, *Confessions*, London: Penguin, 1961, Book I, Paragraph 7, 28.

［9］关于萨特，见章标题 "The Look" in *Being and Nothingness*, New York: Gallimard, 1943；关于拉康对将凝视视为内驱力对象的讨论，

见 *Seminar XI*，New York：W. W. Norton，1981。

[10] 同位素（isotopie）的最佳描述即它是一个更加复杂话语中的给定代码的统一性，所有同位素都相互作用，或者相互中断。例如，叙事方面的同位素主要出现于一个认知话语之中。

[11] 遵循的是传统中医里的"七情"的标准清单。

[12] V. K. Chari，*Sanskrit Criticism*，Honolulu：University of Hawaii Press，1990.

[13] Ute Frevert，*Emotions in History：Lost and Found*，Budapest：Central European University Press，2011.

[14] 见 Noga Ariskha，*Passions and Tempers：A History of Humours*，New York：Harper Perennial，2007。

[15] 见 Plamper，*History of Emotions*，147-172。

[16] 见黑格尔在《精神现象学》（*Phenomenology of Spirit*）的颅相学的章节中对这个所谓伪科学的思考，其为人们所称道的结尾说："精神是一块骨头。"

[17] 此处我主要借鉴了 Morton W. Bloomfield，*The Seven Deadly Sins*，East Lansing：Michigan State College Press，1952。

[18] Jacques Le Goff，*The Birth of Purgatory*，Aldershot，England：Scolar Press，1990.

[19] Martin Heidegger，*Sein und Zeit*，Tübingen：Max Niemeyer，1957，Pt. 1，Ch. 5，138.

[20] Prudentius，*Psychomachia*，vol. I.，Cambridge，MA：Loeb Classical Library，1949，288-291. "愤怒包围了她，象牙也算是倒了霉，被她扔掉。象牙对不起她，它从荣耀的象征变成了耻辱的象征。在远远扔开那个不讨喜的纪念物之后，狂野的、激情的烈火在她胸中燃烧，然后她对自己大开杀戒。投掷物遍地散落，她把其中一个没有命中目标的东西从尘土中捡起来，要派它做一个反自然的用场。光滑的杆子被固定在地上，她把那朝上的尖头刺向自己。"

[21] Glenn Most，"Anger and Pity in Homer's Iliad" in *Ancient Anger：Perspectives from Home to Galen*，eds. Susanna Braun and Glenn

W. Most, Cambridge: Cambridge University Press, 2004.

[22] Aristotle, *Rhetoric*, trans. W. Rhys Roberts, New York: Dover, 1954, Book II, 2, 1380.

[23] Ibid. , 1385.

[24] David Konstan, *The Emotions of the Ancient Greeks: Studies in Aristotle and Greek Literature*, Toronto: University of Toronto Press, 2007.

[25] Barbara Rosenwein, *Generations of Feeling: A History of Emotions, 600-1700*, Cambridge: Cambridge University Press, 2015.

[26] 见 Fredric Jameson, *A Singular Modernity*, New York: Verso, 2013。

[27] 这个术语出现在 Ernesto Laclau and Chantal Mouffe, in *Hegemony and Socialist Strategy: Towards a Radical Democratic Politics*, London: Verso, 2014。

[28] 见附录 A。

[29] Georg Simmel, "The Metropolis and Mental Life," *On Individuality and Social Forms*, Chicago: University of Chicago Press, 1972, 324-339.

[30] Steven Shaviro, *The Universe of Things: On Speculative Realism*, Minneapolis: University of Minnesota Press, 2014, 53-54.

第 3 章
精神分析:《哈姆雷特》与拉康

　　《哈姆雷特》在后现代时代仍然继续激发产生新的神秘的东西。现代 83
主义者们"阐释的冲突"——每个人都在鼓吹自己的"方法"(换句话说
鼓吹自己的意识形态)——给合法的多元性让位,这与其说是相对主义,
还不如说是消费主义。我们为其风格陶醉,只是偶尔停下来思考。首先,
到底是什么独特的东西竟然能激起如此众多的不同阐释?这样的话,方法
的多样性本身就变成了一个新问题,一个纯属量的问题激发产生了一个新
的关于质的问题。从人文主义到历史主义,从精神分析到戏剧表演,古老
阐释本身如今毫不困难地融入了如此众多的主代码之中。现在人们被要求
在结构上——或者是"配置"上——做出解读。结构鼓励产生了众多不同
且似乎不具可比性的力比多的投入(用利奥塔优秀的表达来说)。

　　这个发展已经赋予了拉康在这个主题上的思考某种优势。拉康在心灵
涉入上的经验为人们留下了一枚最重要的钥匙,或者说留下了欲望这个最
重要的能指。[1] 甚至这样说更方便:欲望是一个有用的空洞的能指。这些
阐释想要什么?或者把这个问题倒过来问:他们以为哈姆雷特想要什么?
为什么"欲望"是如此有效地抓住了他们的注意力?由于我们的寓言的四
层机制显然预设了各种可能出现的力比多的投入,也许它有助于回答这个　84
问题。

I

　　最开始的两层是用来安放文本及其"神秘"含义或寓意。但是由于我
们这里仅有比喻意义上的"神圣"文本,以及与之相伴的附加的精神含
义,现代寓言常常容易将这个秩序反转,将文本本身变成了种种"语境"
的"含义",文本自然而然地变成了字面含义层。因此本该对《哈姆雷特》

进行的历史性解读结果经过仔细考察后变成了这种操作：莎士比亚戏剧本身被当作了历史叙事的症候（或阐释），它如今被安置到了事件真实层或字面含义层的位置上。我们宣称是在运用历史来理解《哈姆雷特》，但实际上，我们是在用《哈姆雷特》来理解历史。也就是说，首先要构建一个历史层面或叙事层面。这个滑动，这个不知不觉中所发生的改变，即阐释的对象已经变换了位置，这是许多现代寓言的特点，而这一点要归因于诸如荷马史诗和《圣经》等被普遍认同的重要文本的消失。但对于所涉及的历史，我想它指的主要是"现代性"，也就是说是从封建制度进入资本主义制度，或它指的是资本主义的出现及其本质。《哈姆雷特》也不例外。

布莱希特认为《哈姆雷特》的现代性与军国主义有关。正如他在其宏伟的十四行诗中所说：

> 瞧这浮肿、呆滞的躯体
> 那里可以寻到大脑染毒的印痕
> 他迷失在披尖执锐的人群
> 一只患得患失的寄生虫，蜗居在衬衫里
>
> 直到喧天鼙鼓又将他惊起
> 他看见福丁布拉斯及其愚兵
> 正向战场前进，只为争夺那蜗角虚名
> 那是一块容不下坟墓的埋骨之地
>
> 如今他也血脉偾张，肌肉虬集
> 他深知延宕逡巡已久
> 此时应抛头洒血，荣耀古今
>
> 戏剧结束，我们低眉冷峻
> 他们说他天生王者气质
> 能自证高贵庄严，只要决心下定。[2]

85

但是我们很容易理解他的意思——它是 30 年代的速写，也是漫长冷战的速写，即封建制度，范围更狭窄一点，就是封建制度晚期，也就是那奇怪且无法进行明确分类的君主专制的时刻,那个时刻既可以很轻松地被视为封建制度的高潮时期(领主、分封、对大宗族的效忠),也可被视为结束混乱,实现民族统一所做的艰苦努力。从那个角度来看新君主专制(这一点在莎士比亚本人的历史剧中得到充分再现)的根本任务就是降服互相征战的封建男爵。同时用弗洛伊德令人毛骨悚然的原始群的神话来说,将这些男爵悉数阉割。事实上罗塞利尼(Rossellini)在《路易十四的崛起》中的宏伟景象就展现了那个计划的实施:大贵族变成了工蜂,他们被迫离开自己的封地,都住到凡尔赛宫里去,在那里他们并不比穿戴烦琐且装饰毫无创意的人身上的配饰强多少。封建制度这一术语无所不包,马克·布洛克(Marc Bloch)其经典著作中指出这一术语中实际上存在着两种互相矛盾的制度:一方面是忠诚制度,它将部落和封建贵族中的领主与附庸联系了起来;另一方面是地主与农奴之间的剥削关系。[3]

考虑到这些含混性,我们就有权引入第三方面,这牵涉到让人心生种种疑问的"封建"与"宿怨"之间在词源学上的关系,从而我们第一个诠释者勒内·吉拉尔就能登上舞台,他那个版本并非围绕着他那卓有影响力的欲望的模仿,而是围绕着从本质上来说是宗教所依赖的东西——一个外在的中保。[4]

吾珥历史部落世界中无穷无尽的血仇首先激发了吉拉尔的历史想象,*86*朱尔斯·亨利(Jules Henry)在其《丛林人》[5] 中对部落血仇有所记载,部落血仇代代相传,虽然从我们现代意义上来看甚至连部落都谈不上。血债血偿,然而最早发生的那场屠戮,如今已坠入时间的迷雾。历史的梦魇令人眼花缭乱,它瞬间点燃了思想家说预言的冲动,而思想家早已有了模仿欲望(即人依赖他人之欲望为其欲望之楷模)这一核心理论装备。现在,历史的梦魇出人意料地为莎士比亚戏剧打上了一束俗艳的灯光。莎剧是所谓复仇悲剧的终极形式,血仇故事,而将血仇归因于王权本身,这鲜能使血仇故事得到升华。

对《哈姆雷特》的这种看法不可避免地会带来伦理冲突(吉拉尔本人让此伦理得到复兴),即似乎在此基础上形成的假设具有非道德性——被害方杀掉施害方合理合法。我们可以暂时忽略这一点。吉拉尔认为莎士比亚写这个剧本是为了通过一个血淋淋的客观教训来反对这个不文明的假设。萧伯纳早就有过某种类似的想法。但这不碍事，对于此时此地的我们，根本之处在于资本主义要素的解体，一方面是关于伟大家族的残余记忆或遗产，它通过封主、家族，或王朝竞争传递下来。（对吉拉尔而言事实上这是一个独特的原罪，人们甚至能在个人主义及社会平等所产生的攻击性中找到这个原罪，这个攻击性几乎就等于拉康的镜像阶段。）[6] 另一方面是封地领头人的代际困境、王位继承，及篡权者的权威问题。这个困境不能通过纯粹理性来解决，黑格尔由此得出了主权转变：王权变成了一个空洞的统一点。[7]

87

这并非更加老式的传记历史批评，即费尽心思地一一辨明作者生平中的当下事件或人物，就像逐一对待作品中的寓言一样。在当代人（读者也好，观众也好，都一样）的"政治无意识"中，互相矛盾的分类在意识形态上实现了融合，这是问题的关键。这个并不是说作品的某些情况不能以一种让人心生怀疑的类比方式重新生出历史记忆。卡尔·施密特（Carl Schmitt）在他的《哈姆雷特与赫库巴》[8] 这个小小的研究中，提醒我们王后的情人杀死国王，篡夺王位，现实中的这种情形在莎士比亚的剧作诞生前二十年就早已在邻国苏格兰王国发生过［苏格兰玛丽女王与博思维尔（Bothwell）］。但在施密特看来，这一点值得一提，不是因为这给剧作家带来了情节方面的暗示［剧作家事实上是在运用一个古老的故事，基德（Kyd）最近已经多多少少地以现代的方式复兴了这个故事］，而是因为它能够为莎士比亚版本的故事中永恒存在的问题提供答案：王后是有罪，还是无罪？为什么剧中没有给出让人满意的答案？在施密看来，答案很明显：宣布乔特鲁德无罪，这要冒犯伊丽莎白女王，她处死了她的对手；宣布乔特鲁德有罪，这要冒犯最可能的王位继承人，那位问题夫人的儿子（也是莎士比亚及其同僚们的恩主）。让这个问题悬而不决，就是英勇气概以及不确定性中最精彩的部分，这只能加大莎士比亚作品的悬疑程度，在对此广为人知的陈旧戏剧回炉再造时，莎士比亚作品需要融入这一点。

卡尔·施密特借用了本雅明对悲悼剧与悲剧（悲悼剧与悲剧互相崇拜）所做的区分，并且颠倒了它们的位置，将悲剧中盲目的本质——这一点跟悲悼剧中的所有游戏特点对立——放到了通过它能实现历史"干预审

美"的位置。对希腊人来说,"历史"就是我们所说的神话,希腊人坚信
事件少不了神灵或英雄的参与,神灵、英雄就是历史的原型。在现代时
期,通过《哈姆雷特》与斯图亚特家族"悲剧"之间的关系(苏格兰玛丽
王后的处决,詹姆士一世/六世的继位,换句话说就是莎士比亚戏剧的历
史核心),施密特展示了不同的关系:伊丽莎白女王时代的公众与"当前
事件"的关系跟我们当今时代的人与"当前事件"的关系不同,也跟希腊
人与"当前事件"的关系不同。

　　虽然施密特和吉拉尔都沉迷于指摘当代批评中对传记历史批评的禁　*88*
忌,但是施密特想要的传记历史批评不同于到历史档案中去猎取资源和榜
样(他把它称之为"以观众为先决条件的教育学历史",可以被归因于观
众的历史知识),而是对大写的历史本身的干预,它能给公共空间一种
"共同的现在时间",并且它可能最好被描述成一种对"真实"历史的关键
性的突破。因此,它不是某种一对一的虚构与现实的连接———一种肤浅的
话题寓言,也许赶走话题寓言最好的办法就是不以单个人物和楷模的方式
来思考历史,而是用悲剧情境本身来思考历史。

　　施密特对历史的审美功能这一概念(时间对戏剧的侵入,他的副标题
是时间在"戏剧"中的爆发)实际上跟本雅明的"当下"(Jetztzeit)概念
有某种相似之处。本雅明的"当下"概念更加突兀,更具革命性:在需要
的时刻,历史被突破,在当前的罗伯斯比尔革命中,古罗马"爆发"。[9]
如果是这样的话,那么施密特的理解需要被重读,即用发挥了作用的更深
层次的分类来重读"当下实践"的相互关系,也就是主权与篡权的相互关
系———这些东西在施密特的重要概念"例外状态"中发挥了重要作用。在
本雅明那里,篡位也是关于主权的秘密真理:对本雅明来讲,"悲悼
剧"("葬礼游行盛会")围绕着篡位者、牺牲者、阴谋者这三种角色形成
的三角关系在打转。[10] 以后我们将会看到,在《哈姆雷特》中,这些角
色几乎就没有缺席过。如果克劳狄斯明显是篡位者、独裁者的候选人,
那么还有一个更加隐秘的解读:哈姆雷特本人则是篡位者、牺牲者、阴
谋者这三个位置全部都占。无论从何种程度上来说,我们的政治无意识
的分类,例如继位、篡位的分类问题,某些再现以及某些事件无法从根
本上解决这些问题。跟所有纯政治分类一样,这些东西在任何情况下都

89 具有内在矛盾性，都受制于变数及交叉影响。继位、篡位这种东西跟更加隐私，或者说更加主观的分类，如乱伦、婚姻、父权功能等问题有关。当继位与篡位发生转换的时候，世界都会颤抖，如同地震前的不祥预兆，或电梯坠落时的全身痉挛。如果我们增加了具体限制，即必须在某个偶发历史事件中，比如说一场暗杀、一桩丑闻、被市场追捧、新的国家敌人的出现，等等，分类反射才能被人们瞥见，在此之后文学作品才能支配其更深层次的经验内容。这样一来，施密特对历史的使命才能受到保护。

这种历史批评与那种寻找历史话题和历史范本的批评非常不同：它是一个逐步运动的演绎过程，通过从逻辑上进行排除，从而演示出这个戏剧所不是的东西。通过暗示这部作品的内容是什么、其含义是什么，这些步骤仅能做到将当下事件部署为症候——伊丽莎白女王在继位者的选择上犹豫不决（正如哈姆雷特的拖延），埃塞克斯叛乱以及后来外国君主的继位引发的继位、篡位问题，这些都是晚期封建制度本身与王朝制度的结构性无能之间的矛盾所引发的一种深刻的分类含混的诸多表现。王朝制度不能从制度上解决代际问题，不能从制度上解决时代与变革之间的矛盾。

至于复仇模式，这里我们的确应该回到勒内·吉拉尔的人类学分析。他判定早期封建家族制具有这种特殊的结构性矛盾，而且是无法解决的矛盾，除了权力竞争以及内乱暴动之外别无他法。但是内乱暴动不可避免的结果就是带来王权集中，而这样会导致制度被颠覆（这个跟资本主义制度下的垄断非常相似）。[11]

因此，《哈姆雷特》可以被看作诞生于双重情境，它结合了资本主义、早期家族竞争之间、后来王权的优势之间的矛盾。它激发了笼罩在双方心头上的具有不确定性的意识（或者说是潜意识），触及了属于类别上的焦
90 虑，不是将它作为中心论点，而是将它当作情感氛围的原材料，将它当作表现叙述可能性的材料。文本的政治层——对这个文学类别的戏剧传统来说，这一点显然至关重要——因此政治层不是为了在主题上做参考，而是因为关于这个历史社会中的政治安排所具有的结构性矛盾，人们有着更深层的集体焦虑，因此文本的政治层是需要被间接表达出来的内容。在这

里，意识形态不是要在这些问题上站队（比如说，莎士比亚到底是一名天主教同情者，还是一名爱国者?），比这个更加重要的是萌生结构性矛盾这种问题。

但是所有这些都没法解释为什么《哈姆雷特》是如此欢欣，用德勒兹的话来说就是这样（对德勒兹来说，假如我们将生活理解为激动人心的当下时刻，"巩固生命"一词就能充分代替"欢欣"）。演员在化妆间里需要保持兴趣、点燃争辩与讨论。通过这一点，燕卜荪曾解释过莎士比亚语言的强度。[12] 这是一个受欢迎的唯物主义的视角——让我们把它称之为戏剧唯物主义——它恢复了历史上在《哈姆雷特》中起作用的一切"物质原因"，现在我们把它理解成戏剧史：舞台上的这种热烈越发加剧，观众的情绪就越会被搅动、撩拨起来。之所以这样，是因为人们可能以用各种不同的形式和风格来扮演角色，这跟自然主义的论断非常不同。自然主义的论断认为只有一种演出的方式，也就是说那唯一的方式就是正确的方式。这里首先在方法上，我们能够看到施密特与本雅明之间的分歧又复活了，并且看到施密特对历史的使命与本雅明对以文类形式出现的戏剧主题的坚持，以及两者之间的对立［本雅明想要把他的悲悼剧（Trauerspiel）与更加古老的悲剧（Tagödie）严格区分开来］，在席勒（Schiller）的美学中达到高峰（在卢卡奇那里它是马克思与异化的预表）。本雅明的悲剧概念没有得到充分阐释——不过它一定与命运、沉默有关，而且首先出现于被视为历史的神话中。对本雅明而言，下面这种情形越发清晰明了：巴洛克（世界依然世俗，而超验已经缺席，这就是巴洛克与中世纪的区别）抓住历史的方式跟抓住自然的方式如出一辙，崛起与没落的永恒更迭、王朝的承袭绵延、死亡与重生，这些状况如同季节交替，唯有巴洛克式的穹顶或天空传递着天国的信息。（甚至连田园剧、牧歌剧也"在大地母亲的土地上播下了许多种子"。)[13] 对于这种审美内在性而言，即便是先前的悲剧也不过是世代更替如四季变化而已，我们在《哈姆雷特》的结尾处得以瞥见这个永无终结的循环。所以"悲悼剧"事实上就是自然符号与重复出现的装饰的游戏。在这里自然具有装饰性，而且丰富多彩。同时甚至连不断变化的被命名的情感的溪流（我们容易受到诱惑，把它跟后现代情感剧融合）也印证了席勒的名言。在面对自然界的植物和动物时，他感叹道：

"我们是什么样子，它们就是什么样子！"在那种情况下，我们几乎不需要扮演动植物的角色。因此，悲悼剧完成了其使命：把人类史当成自然"史"来对待，对人类面临命运（悲剧）时生出的惊骇、沉默进行调节，把它变成感怀万物易逝的忧伤的巴洛克沉思。

II

这个就是莱昂纳尔·埃贝尔（Lionel Abel）在其《元戏剧》[14] 中重新发现的审美，这部经典作品被不公正地忽略了。在这部作品中《哈姆雷特》成了一部关于表演的戏剧。因此由于其反思性，《哈姆雷特》成了第一部真正意义上的现代戏剧，与希腊悲剧极为不同（尼采说残酷景象只适合神观赏）。《元戏剧》与所有其他理论并驾齐驱，并且结合了如下观点：由于跟现代戏剧，或者简单来说，跟现实主义戏剧或资产阶级戏剧极为不同，我们这个时代不可能出现悲剧。元戏剧变成了一个现代性的理论，同时也成为另外一个时期、另外一个叙事版本，成为关于现代个人主义的双重故事。此双重故事具有以下不同之处：它具有实践性，它的论题不是为了在抽象语言层面进行"表演"，也不是人类学意义上的以"游戏为目的"，而是为了通过表演本身，在舞台上发现证据。这不仅指的是我们前面已经讲到过的对各种诠释采取开放态度的角色，而且还指在灯光之下做出各种表情、高声唱出台词，并在那一时刻获得肉体的快乐。此时我们已经跟布莱希特站在一起了（这是埃贝尔主要展现的东西之一），只是在这里媒介没有呈现出信息（"一会儿站在这边，一会儿站在那边"），而是用其经典形式，在它自己的媒介中去发现信息：哈姆雷特除了是一名发泄各种幻想的疯子之外，他还是一个戏剧人，一名出品人、作品导演。同时国王、王后也不可能是无名之辈，他们有官方角色需要扮演。宫廷不可避免的是一个充斥着繁文缛节和阴谋诡计的地方，而且繁文缛节和阴谋诡计要求以含蓄的方式表达，而非以真切现实的方式表达。在任何情况下"真诚"都是这个戏剧化的"不真诚"产生的分枝，别的分枝还包括特写，以及完全投入的方法派表演。只有萨特哲学（这一点在埃贝尔的著作中无处不在）才大胆地认为，我们一切的所感所为首先都是表演。所以舞台不是在给我们展现愤怒、嫉妒、犹豫、焦虑、爱情、崇拜、迷惑、忠诚、恐惧、兴奋，等等，而是在将所有这些东西表演出来。在那个意义上，哈姆雷特著名的疯癫在基德失传了的第一个版本中有可能是"真实的"。在这里这是一个标准的模拟，它可以被视为这个元表演的象征，而元表演是整个戏剧的特点。在此提示下，正如哈姆雷特本人真的时不时会陷入精神错乱的阴影，所以上面所列举的一切情感，其现实状况也同样容易时不时地被表演出来。要把它们表演出来就必须赋予它们物的内容：因为任何彻头彻尾的玄幻剧或剧中剧（《汉堡王子！》是浪漫主义的标志，展现了这里所讨论的与角色之间的元距离）的时代尚未到来。

在我的想象中，无论出于何种原因，也许出于政治情况的考虑，任何寻求舒适的力量都被排斥在外。莎士比亚面临着一个要求：把一个已经广为人知的故事拿来进行回炉再造，他必须得让故事活灵活现，而且还要为了商业目的进行改造。复仇者的悲剧这个话题本身已经不新鲜，基德的疯子很容易转变成某个装疯的人，但同时他能逃脱轻巧的判断。他是本雅明意义上为了争夺属于自己的权力而扣动扳机的人。从现代存在主义的距离来看，我们能看到为什么"权力"即意味着存在。通过做出一个确切的选择，也就是继承王位，加冕成为哈姆雷特二世，只有成为这样的人，才能一了百了、一劳永逸地不用在满足多种可能性之间疲于奔命，歌德和柯勒律治把这种状态称为"犹豫"。表演虽然是非心理的、非主观的，但它成了一个效命于理当属于心理状态、实际上却属于本体论状态的工具。在某个时刻哈姆雷特能够是一切东西、任何东西，但他要为此付出什么都不是的代价（毫无疑问，这是演员的首要定义）。

在元戏剧表演中，显然居于中心地位的是对表达的批评，这个类别就其外部边界而言，仍然与修辞有关；就其意识形态核心而言，仍然相信存在着一个真实的内在情感，而且它是可以通过外在方式被表现出来的。那么伶王那段著名的赫库巴的悲伤就确实是在实现后者的表演，哈姆雷特做出反应，他在暗中指定这类修辞表达与这种角色扮演之间的制度性差异（在希腊悲剧中它最多算得上是一种沉默的形式）。[15]　同时内容上的距离不会在人物身上得到展现（尽管它本身通过哈姆雷特的独白被表现了出来）。相反，它在对话中以及人物的相互影响中得到最佳呈现。每个人都对另外一个人扮演着某种角色，封建角色或者宫廷角色幸存了下来，这一点强调了戏剧的过渡性本质。角色幸存下来的时刻变成了让角色生效的时刻。关于哈姆雷特在表达上的延误（在这一点上波洛涅斯没有达到哈姆雷特的程度），这个问题可以这样来解释：人们各自所担任的角色具有制度性的不确定性。（比如说，哈姆雷特究竟是一名王位继承人？一个儿子？抑或是一名复仇者？）在这里如果准许我们做一个粗糙、强硬的解释的话，我们可以说戏剧本身起到了充当一种帮助人们得出诊断结果的症候的作用，那个真正的历史转折时期将最终"解决"上述封建矛盾。戏剧并没有再现这些封建矛盾，也没有在形式上或主题上表达这些封建矛盾，它只管指明封建矛盾带来的影响。社会角色具有流动性，它历经发展，然后在封建制度的两个转折性时刻解体。

94　　至于语言本身，弗兰克·克莫德（Frank Kermode）至少给了我们一种无懈可击的立场，他指出重言法如果说不上是莎士比亚戏剧的普遍风格的话[16]，它至少也是《哈姆雷特》这部剧的根本范式。语言的丰富性能得到保障，因为每个被命名的现象尽都满溢，一分为二，变成两个有差别的实体，两者既相同又不同。"急促的呼吸如风在叹息"能够被看作纯粹的修辞手法和夸张，或者被看作语言展现自己与物体之间的距离，展现语言在语言与物体的距离之间、在语言所允许的差异性之间的狂欢。用巴赫金的狂欢化方式开场，伊丽莎白的时代之窗被短暂打开，此处我们可以瞥见干瘦的中世纪句法（见奥尔巴赫）[17]的出现与巴洛克时代代码之间的自由时刻，可以瞥见反宗教改革之双重变革：西班牙的过度表现，或法国的古典准则。但是在这里，这个可能性要仰仗于英语语言的双重来源：它同时具有拉丁语和日耳曼语的根源。这样一来每样东西都具有两面性，而不具有海德格尔所说的原初日耳曼语的纯粹性，也不像拉丁语那样通过混合来增殖。

　　虽然有一点需要注意：克莫德将二元论范式与贯穿整个戏剧表演及人物里的双重身份特点关联了起来，但是我还是犹豫要不要将上面提到的封建制的两个时刻归因于这个制度上的双重性。然而在精神层面上，我们肯定也会遇到这种双重性。但在此刻这个范式能被视为一个联通了多样性的接线员。

在数字哲学上我们不应该太教条主义。当然二元论已经被视为封闭的符号。但是在这种情况下在我看来双重身份能促进繁荣。而且福楼拜,或者说事实上是西塞罗的三分法能不可逆转地使一个句子走进死胡同,这一点任何二元论的无数选择都远不能及。

语言的开放性,语言自身与对象之间的距离,能促进产生数不清的情感,而这正是我们前面已经间接提到的戏剧的快感之源。在这里得到发展的不是情感,而是氛围。不是哈姆雷特的愤怒或疑虑,不是国王的犯罪嫌疑,不是奥菲利娅的可怜,或王后的懊悔受伤,而是这些情绪:忧郁、兴奋、激动、愤怒、傲慢、鄙视。这些情感在一幕幕中出现,纯粹差异的异质性受到激发,生出一连串的音调。"在消失的场景中,观察被暗示了出来,"黑兹利特(Hazlitt)说[18],"激情如狂风,来了,又走了,如同风中传来的音乐。"人物的心理从来就不是固定的、单一的(还是黑兹利特的话:"莎士比亚绝对是一名人类性格中混合动机方面的大师"),根据不同情形的要求,每个人都能马上成为不同情感的载体:面对神经错乱的奥菲利娅,克劳狄斯展现了他的慈爱;在下达指令如何监视自己儿子时,老迈的波洛涅斯如一名间谍头子般头脑清晰、狡诈;王后本人,在宫廷欢庆活动中只是偶尔分心去关心一下自己的儿子。所有这些都是一个相比之下优秀的而且是更加全面的愚人的对等物。愚人(文艺复兴中的疯人)全部的巧言智语要拘谨得多,它不仅是那个时代的主要形式,而且据我们猜测,它也是早先第一版哈姆雷特中的一部分,该版本已经失传。将反思性视为一种本体论的表演行为,这个概念变成了一种具有现代性特色的叙事。就这一点而言,这个阐释能被视为构成了寓言的另外一个层面。也许只要现代性(以及它具有自返性的个人)是众多历史编纂分期中的那个不为人知的小秘密,这样的历史编纂和分期新颖,更令人满意,而且具有历史性。这个历史编纂和分期有优势:通过在我们面前展现各种各样的舞台行为、姿态,通过形式而非内容,来展现它们自身。

从精神分析意义上来讲,壮观场面正是在这个范围内打开。流动的时间,流动的时序性,如马勒的交响曲一样富于变化,这种变化不断刺激着拉康,让他对有用的多样性赞叹不已[19]:这个"欲望的悲剧"(271)是一个不折不扣的"现象"(355),"一切可能出现的人类关系图就像一个转盘"（449），"转盘上有一种欲望，我们可以在转盘上找到欲望的所有痕迹。也就是说对于这个歇斯底里的欲望，它在梦境中无法辨别方向，我们可以根据在梦境中发生的东西来定位欲望、表述欲望"（315）。但是这里随着宣布一种形式的到来，这种形式能满足结构主义的根本要求，能穷尽一切机变的组合方式，这样我们就进入了寓言机制的第三个层次：道德层，或者说是与个人主体情况、个人经验相对应的东西。

III

我在这里不会重述弗洛伊德对《哈姆雷特》所做的解读，众所周知，它始于第一版《梦的解析》的那条著名的脚注（俄狄浦斯情结首次在索福克勒斯的戏剧中得到妥善的讨论、描述和命名）[20]，在欧内斯特·琼斯（Ernest Jones）的文章中得到充分发展（研究后来扩展成书）。[21] 我应该补充一点：拉康跟许多第一代弗洛伊德信徒一样，对琼斯无比敬重。菲勒斯（phallus）作为主要能指符，同时反菲勒斯即欲望的消退（在拉康看来这也是主体本身的消退），这两个概念都当归功于琼斯。但是俄狄浦斯情结已经成为传统弗洛伊德文学批评中最无趣的主题（不管我们仍然是多么坚信它，这跟德勒兹和瓜塔里在《反俄狄浦斯》中所说的不同），如果不承认这一点，我们就是不诚实。拉康在保留了俄狄浦斯情结的同时还保留了阉割情结。在这一点上，正如在最精妙的"西方"/黑格尔新马克思主义阐释中，后当代读者仍然会觉得尽管有如此种种的表象，但阶级、阶级斗争这些东西仍然是那令人厌倦的老一套。同时，如果我们将拉康的阉割情结变成仅仅是一种修辞手法，"菲勒斯"仅仅意味着个人自主性、力量、焕然一新的身份，等等，那么我们肯定会滑向修正主义，就像那些后马克思主义者全然打发掉了阶级与阶级斗争。对于这个后现代"原材料的枯竭"问题，别样选择其结论似乎同样也不尽如人意（更多是具有福柯的思想色彩）：老一套即便是令人厌倦，但它所言不谬。即便如此，也许没必要重复。不管怎么说，我在后面会尽量避免这个悖论，我将集中精力讨论拉康就《哈姆雷特》的这个或那个特点究竟具体说了什么。寓言层面无须成系统，或者说甚至无须前后一致，它是关于物体的一个更大体制中的一个代码。

这个观点相当务实，或者说不负责任，但是在拉康自己关于方法论的言辞中，这个观点得到了首肯：

> 在许多作品中，从这个观点中寻找这样那样的痕迹，寻找某种能给你作者信息的东西，你基本上就是在操练作者传记研究，你没有分析作品本身的意义和重要性。对我们而言，《哈姆雷特》的中心意义就是究竟是什么东西赋予了《哈姆雷特》与《俄狄浦斯》以结构上的对等性？是什么东西允许我们对这个玄机进行最深层次的考查？是什么东西允许我们建构一定数量的问题？答案不是这个或那个过眼云烟般的自白。答案是整体，是悲剧本身的表达，是这些东西让我们感兴趣，它也是我想重点强调的地方。它通过组织方式起作用，通过人类的主体性能找到具体维度的层面叠加所构建的东西起作用。通过这种机制，或者说通过这些支持方式、承载方式——将我所说的打个比方——通过某些必要的层面叠加，房间、大厅、场景被赋予了深度，在有深度的空间里，我们能最充分地摆出我们的问题，让欲望发声。[22]

这个对"层面叠加"看似随意的话语却是我们这里的关键，不仅对拉康思想是如此，而且对我们的寓言框架也是如此：层面是毫无疑问的，但是最重要的是空间的不连续性，如同电影中拍摄的景深。这些相关但不具连续性的维度，它最终将在拉康的系统中以序列的形式出现（想象界、象征界、真实界），或者是后来最终阶段的环环相扣、纠缠不休。不管人们对无意识本身能做何种想象，或者说根本不能对其进行想象，——因为从严格的字面意义上来讲，人们根本不能对定义、规定进行想象——无意识本身在有意识的主体身上是绝对不具连续性的，不管是以弗洛伊德的形式，还是以拉康的形式。在这个奇怪的情境下，现代寓言出现了：不具连续性的现实必须彼此保持联系，无共同尺度的东西却能同时发挥功用。

这样，对《哈姆雷特》进行不具连续性的讨论就没有什么不妥之处了，其中最根本的"诊断"（刚刚我们已经看到歇斯底里从后面冒出了脑袋，但是强迫性神经官能症也将不会被剥夺出现的权利）不能取代其他的特点或评论，原则上它能以一种更加普遍的方式承载欲望。（实际上，《哈姆雷特》研讨会的正式标题是"欲望及其阐释"。）

"让我得到我所渴望的！"拉康在一堂课的开场白上喊叫着说。事实上，欲望经常被视为拉康的"主代码"，或阐释主题（虽然有一点很明显：即使如此，但它肯定不是唯一的主代码或阐释主体）。首先我们需要更加仔细地查看这个术语。将《哈姆雷特》描述成一部欲望的悲剧，或者说如拉康所认为的那样是欲望悲剧中的佼佼者，这毫无疑问是在肯定这个印象。目前我要反驳这个观点，我想指出的是"欲望"在拉康的构想中没有内容，一个主要的阐释代码（通常是我们给出的四重机制中的第二条线，在基督教中就是基督的生命）的构成是通过把对象或文本翻译成这样或那样具体的叙事内容，或者是演示不朽之物、形而上学的真理、现实的本质，等等——不管它是存在的焦虑、人类境况、阶级斗争、俄狄浦斯情结，还是自我指定的语言结构、审美之类的东西——简而言之，任何超验的或超文本的主体（其中宗教当然是一个根本范式）。

语言具象化显然是市场社会中天生就有的普遍具象化的子集，很明显信息技术将其无限放大，语言本身的结构性特点得到巩固，语言试图放慢自己的时间性，将语言组织成名字与名词的岛屿（在法语中"名字""名词"都是用"le nom"来表示）。哲学家们已经用不同的术语及描述来指明何谓具象化，单词本身已经变成了阐明自身含义的例子；单词本身已经变成了一个阶层，而它自己是其中的一个组成部分；单词本身就是一个具象化的口号，暗示着一种具体的资本主义商品形式。德勒兹认为言语是一种"口令"，这一点必须放到德勒兹对语言的普遍悲观主义的背景下来看——从《电影II》中他对对话与交流的激烈批评中我们可以看出这一点——也应该基于这种精神来看待：言语意味着"口号"，但是要把它翻译成"党派路线"[23] 才能更好地抓住它的政治内容。在这里，语言具象化理论变成了党派路线，它的存在在福柯和德里达那里都能觉察到，虽然披着不同的外衣。

实际上我们可以把语言具象化理论归功于拉康，只要拉康对各种主义及已被命名的思想体系的偏好成为他所说的"大学话语"的根本范例。[24]德曼做了有用的工作，他对语言具象化理论重施洗礼，把它变成了主题化，强调了其运作方式。正如在无调式音乐中调的重新出现，这种具象化了的术语倾向于将话语组织在自己周围，将一种正式的语言过程转变为一种内容、意识形态、形而上学，因为这三种东西实际上是同一个现象，而且它们都是具象化的结果。

语言具象化真的可以被视为拉康体系的根本特征，只要其"结构主义"（见识短浅的人常常把结构主义视为使得语言荣耀的一般方式，语言被视为一种终极的"决定性范例"）在现实中能深切表达语言对前语言的形式创造力所造成的破坏感，并且在此过程中从某种程度上来讲"能指链"是它给自己留下的伤疤。拉康体系中的词语——词语总是他者的词语——是一种面临异化时的震惊，它带来创伤性后果，而且人们无法从震惊中恢复。

但是在这里，欲望不仅不可能实现，而且最终无法公式化。在这个概念语境下，对一个主要代码的指责就显得几乎没有什么力量。拉康所说的欲望中具有辩证特色的地方在于，它能具体化为对某物的诸般渴望，但由于其自身的缺场，它也可以被具体化为仅仅是一种有产生欲望的意愿，能感觉到一般意义上的欲望。同时拉康所说的欲望也包括欲望消退或遮蔽，当然欲望也能丧失个人参照，丧失它与自我的认同，向外投射到未被恰当定义的欲望的迷宫里，或者向外投射到同样未被恰当定义的他者或他人。然而在晚期，在《研讨班 XI》中，欲望完全滑入了一种完全不同的概念："内驱力"（法语是冲动——pulsion），而内驱力这个概念是弗洛伊德名声不佳且令人费解的"死亡愿望"的改头换面。（在那一刻人们可能忍不住想换位置——如同我们脚下幽灵的声音——想要断言：是现实中的他者，而非欲望中的他者，构成了拉康的主代码。）从他的阐释角度来看，那么拉康的欲望就不仅仅是欲望，或无欲望，欲望也是将到而未到的欲望，正如布洛赫可能会说，它甚至是别人的欲望，是想要有欲望的欲望，也许甚至是想要没有欲望的欲望。所以这种主题化与其说是一种代码，还不如说是一个哲学指令：根据一个文本的情况提出欲望及欲望的本质问题，而非将一个给定文本翻译成一个既定主题。

争论明显省掉了这个术语中的一个重要暗示：性底色。我们无须通过弗洛伊德才能观察到性是这一喻体不可避免的本体，不管性问题如何被压

100

抑，或者是变得哑然无声。如果我们真的想要避免这些问题（这些问题立即将那些无法避免的人性本质的概念变成了形而上学的概念），我们最好是用别的东西来替代这些问题，如缺乏概念，或者说缺失概念（在这里我不对这两个对立概念进行辨析），这两个概念显然都被吸引进了更加广博精深的拉康抽象思想中。我仍然已经观察到：如果不将拉康的精神分析变成众多相对而言有修正主义特色的哲学或形而上学体系中的一个的话，我们就不能将拉康精神分析中与性欲有关的、正统弗洛伊德学说的理论基础清除掉。但这难道不是哥德尔的一切哲学的定律吗？在某一点上我们不可避免地会抵达书中的插图页，它是一个被禁止的超验能指符，即形而上学的诱惑，某种关于自然或人类本性的"理论"的诱惑？（但是我们也不要忘了这一点：拉康的公式里没有元语言。）

　　但哈姆雷特的欲望是什么？我们会假设一个相当正常（也就是一切运转正常）的受创之前的状况：学生生活（拉康认为哈姆雷特 30 岁，掘墓人也这么认为），与奥菲利娅有染——如果说已经超出了追求阶段的话。（奥菲利娅的贞洁问题似乎是《哈姆雷特》阐释学中一个更加次要的症结。）[25] 临床病症的发展始于父亲之死及王后的再嫁，正如第一场独白中的经典表达，它所引发的哀悼与忧郁的双重效果跟弗洛伊德的著名论文在精神气质上非常贴近。正如亚历山大·韦尔什（Alexander Welsh）指出，弗洛伊德的论文跟这个阶段的《哈姆雷特》的相关性更强，胜过了琼斯对俄狄浦斯情结这条著名脚注的放大。[26]

　　将拉康对《哈姆雷特》的观察与对这部戏剧本身的研究组织到一起，这是一个暂时性的尝试，其中有两个问题具有指导性。哈姆雷特的拖延（拉康喜欢这个"话里有话"的词语）是一个无法回避的问题；悲剧以及该剧与悲剧的关系（或是该剧与悲剧无关）。第二个主题似乎是一个更具体的文学话题，提出这个问题似乎是为了完成文学文类的定义。但是亚里士多德的公式具有各式各样的集体、政治隐含意义，而关于现代悲剧的可能性，人们已经进行了广泛讨论，并且现代悲剧同样也影响着政治生活。同时，正如我们已经看到，对本雅明和卡尔·施密特来说，悲剧的本质，以及悲剧的对立物——悲悼剧——是中心，而不仅仅是二人对《哈姆雷特》的讨论。

然而本雅明提供的别样选择以忧郁为要素,为我们指明了一个方向:悲剧对精神分析的意义远不止文学上的重要性。弗洛伊德著名的论文《哀悼与忧郁》明显融入了所有当代理论(在德里达那里表现得最为明显),同时也融入了拉康对《哈姆雷特》的解读。哀悼除了是一个仪式问题之外(在弗洛伊德那里完成哀悼仪式明显被算作社会机制,在奥菲利娅的葬礼及围绕葬礼进行的讨论也是仪式),对哀悼与忧郁的分析也表明由于失去了爱的对象从而造成了欲望的阻断。然而在哈姆雷特那里,情况更为复杂:他最早的忧郁始于母亲的再嫁,也就是说,忧郁王后缺乏哀悼,哈姆雷特自己的哀悼也被打断了。父亲被谋杀的事被揭示,哈姆雷特就无须哀悼了,因为他被赋予了一个任务,一个新的目标(就是要复仇)。而我们将看到为奥菲利娅哀悼(她也是一个失去的客体)驱散了对哈姆雷特能量的阻碍,哈姆雷特能够释放能量,去采取行动。后面谈论戏剧结尾及效果时我们会回到这个问题上来(在对任何古典悲剧进行讨论时,这个问题都是恰当的)。 *102*

至于拖延问题,在这个哈姆雷特传统解读中所有重要的"修正主义"讨论——歌德和柯勒律治是先锋——都早已将这个主题边缘化,尤其指出了一点:对当代读者而言,没有谁会觉得哈姆雷特所谓的拖延是个什么大问题。关键的一幕是决定要不要在克劳狄斯祷告的时候杀掉他,我们可能会称之为燕卜荪式的戏剧唯物主义:因为需要提供一部五幕剧。同时,其他人,其他更加具有道德教化感的修正主义者,从萧伯纳到勒内·吉拉尔,他们感到困惑的是,"拖延"是否实际上反映了一种"具有现代性的"怀疑,即对前现代复仇伦理本身的严重怀疑?欲望视角是否能为对这一古老主题进行的多视角讨论再添新意?歌德和柯勒律治反映了刚刚出现的现代知识分子,以及现代知识分子与有"政治行动力的人"之间的区别(歌德在定都魏玛的小公国掌握实权,他肯定是将两个功能合二为一了,正如第二部中的浮士德一样)。

至少,以欲望为中心打破了耽延主题,迫使我们去探寻每一个所谓事例的具体状况。暴力在任何情况下都是一个含混的意识形态素。刺死波洛涅斯,或者是把罗森格兰兹和吉尔登斯吞派去送死,而这些都不能当作哈姆雷特的行动能力的证据,因为哈姆雷特在跪地祷告的克劳狄斯面前犹犹豫豫，展现了他天生的优柔寡断。但是综合所有这些角度，我们必须回到拉康诊断的本质上来。对弗洛伊德和琼斯而言，情况肯定已经很清楚了：克劳狄斯成功地做到了哈姆雷特无意中想要做的事：弑父娶母。因此克劳狄斯是第二自我（虽然这个第二自我跟拉康镜像阶段的想象中的人物不同，想象中的人物寓身于雷欧提斯，也许甚至是更加隐隐约约地寓身于福丁布拉斯）。用拉康的术语来说，克劳狄斯拥有了哈姆雷特被禁止拥有的快感。那么关于欲望的迷惑就回到了哈姆雷特与母亲的关系上，他必须被劝离那种快感，在那种快感里哈姆雷特（或者说哈姆雷特的潜意识）希望自己能取代克劳狄斯。那么这就是一种双重束缚，它同时发现自己在通过克劳狄斯这个人捍卫自己渴望打破的性禁忌：在现代压抑政治中我们已经熟到不能再熟的清教压抑心理。

然而我们走向拉康的方法必须始于这个前提：《哈姆雷特》的兴趣源于主人公同时是拉康诊断中的神经症的两大变体的具身化：歇斯底里和强迫性神经官能症。可以用下面的话来简洁地描述、区分这两个概念：歇斯底里的"想要欲望的欲望"，他/她没有欲望，或者是欲望不足（屠夫妻子的梦）[27]，对这个话题而言，欲望本身是一个问题。对于强迫性神经官能症这个话题，相反它通过将欲望中立或阻断欲望，想弄明白他/她是死还是活。在这里欲望不是中心，时间才是中心，以及对时间的不间断的仔细考查才是中心。我倾向于将这个神经症与忧虑联系起来，海德格尔紧跟《浮士德Ⅱ》的脚步，将"操心"（Sorge）放进了人类境况的核心，但我们对这个词缺乏恰当的理解。在我看来，除非我们把它翻译成"焦虑"（worry），而不是听起来显得更加高尚的"关照"（care）。时间看似空洞无欲望，事实上，从一开始他就不想去经历，而强迫性神经官能症的问题就是对这种状况的无休止的焦虑。为什么呢？因为无论从所属意义上来讲，还是从主客观上来讲，这都是他者的欲望：它是对他者产生的欲望，但同时也是他者的欲望（从吉拉尔的模仿角度来看），而不是他自己的欲望。实际上他者对他——一个婴儿——的欲望由于有吞没一切的力量，因此这也是一种令人恐怖的力量。

然而，在这个描述中需要注意的是他者的性别已经不知不觉地被改变了：他者中的阳刚或父系性格已经巧妙地让位于母系他者，婴儿经验中最原初的部分。拉康分类中的他者的性别含混性实际上是一个有趣的原创，我们这里不做进一步探讨，但是它提供了一个重新简述拉康欲望理论基本轮廓的机会。欲望从需要与要求之间的鸿沟中升起，也就是说，婴儿无助地认识到只有他者能补充其缺乏，此时婴儿无名的身体冲动翻倍。因此欲望总是他者的欲望，欲望具有了双重属格。他者学着卡佐特（Cazotte）　*104*
的《恶魔之恋》中那个丑鬼的样子（丑陋的骆驼脑袋声音洪亮地质问主人公："你想要什么?"），他者既是这个婴儿自我考问时的主体，也是客体。也就是说，他者等同于语言，他者是象征秩序，或者说至少是象征秩序的源泉和保护神。（萨特的他者创伤与结构主义的语言优先在这里被统一起来了。）神秘的"欲望之图"[28]　标示了他者问题与前语言的（统一之前的）身体两者之间的交叉，两个矢量相向而行，相交—合并。拉康说，历时与共时相交是精神分析版本的阐释循环的奥秘——这将带来另一个甚至是更加神秘的结果，在我看来不足以画出这个复杂的图表（它包括作为次要片段的镜像阶段和自我的出现），那就是原始幻想的沉淀:

$$\$ \diamondsuit a$$

在这里，划掉的主体，无意识的主体，与小 a（或者 o）欲望的对象有关。（布鲁斯·芬克告诉我们，菱形 ◇ 意味着"包裹、发展、连接、分离"……但最简单的解读就是"与……有关系"，或者是"渴望……"[29]——实际上是一个最具辩证特点的关系。）这个原初幻象是一个叙事吗？或者说它是叙事的细胞吗？主体是作为一名置身场景之外的想象中的观众登台的吗？（我想不完全是原初的那一个吧。）

只要关于欲望的幻想是受到基本文本的启发，而不仅仅是整个结构主义时期的文本，而且也包括拉康自己的作品，包括如弗洛伊德的小论文《挨打的小孩》，这样我们就可以大胆地对原初幻想与叙事之间的典型的拉康数元做一些额外的猜测。弗洛伊德文章中起作用的其实是关于挨打的无意识幻想构成了一个结构排列机制，不仅是位置发生了改变，而且功能本身也发生了改变。（弗洛伊德文本的正式含义肯定是关于变态问题，是上　*105*
面给出的神经症的分类中我没有提到的第三类，但近年来常常被以纯粹逻辑或形式，以"结构主义"的方式来阅读。）在最早的系统中，它有三种逻辑组合排列方式，开始的幻想仅仅是有人（父亲）在打一个我讨厌的小孩。在第二种情况中，我在挨打。在第三种情况中，只是有挨打这件事情在发生，没有说明具体情况。为了叙事目的，我将增加第四种可能性（从某种意义上来讲，第三种情况中已经做出暗示），也就是说我就是那个打人的人，我处于父亲的位置。所有这些"主动语态的我"和"被动语态的我"都不是身份，而是主体的位置，其中包括中立的可能性，可能存在着纯粹进行思考的观众，他从外部看到了这一切。这个机制不仅从字面意义上实现了"主体位置"这个概念，而且唤起了布莱希特的那些"学习戏剧"：演员在排练中轮流接受接连不断的角色安排，现在演英雄、现在演坏蛋、现在演次要证人，等等。实际上正是由于这样的角色的排列，一个名叫哈姆雷特的人物被召唤来进行戏剧表演，此时拉康将很有帮助，他允许我们将这些角色具体化为他把神经症所分成的两大类：歇斯底里与强迫性神经官能症。歇斯底里患者对欲望的追寻打开了全部可能的范围，因为哈姆雷特的语言、情感、姿态、意图已经变得清晰。歇斯底里的辩证特点也确保了间或会出现这样的时刻：在"消退"的欲望或被阉割的欲望中，欲望消失，主体受阻或分裂。

但是此刻强迫性神经官能症这个情形更有成效，因为这种神经症具有时间性，这意味着在其他事情中，这个主体总是在"赶他人的时间表"，他的时间按照别人的钟表在奔跑，他的约会依别人的时间表而定，等等。但是这就给复仇悲剧的前提投下了一束奇异的新光。我们已经说过，由于强加到他头上的父亲的死亡和母亲的再嫁，哈姆雷特处于哀悼期，事实上他深陷忧郁。然而鬼魂如今却给他下了一道出其不意的指令，哈姆雷特要在那复杂的哀悼中提供救援行动。但实际上这让事情变得更加复杂，因为它让哈姆雷特要服从他者的指令。在这里他者是哈姆雷特的父亲（从普遍意义上来讲），而不是克劳狄斯。而由于俄狄浦斯的原因，克劳狄斯是哈姆雷特的第二自我。不管鬼魂叙述的真相如何，它都灌进了哈姆雷特的耳朵，只是毒药被滤掉了。在此之前哈姆雷特的境况相对简单，那就是身处王朝制的境况：作为一名合法继承人，他需要决定是否逃脱国王现行统治，并夺取属于自己的王位。福丁布拉斯的叙事留下了一道阴影，强调了这一叙事选择，不管它是多么低调。雷欧提斯重新出发去巴黎大学，讲的是另外一个版本,哈姆雷特可以做出同样的选择。

通过剥夺哈姆雷特在这件事情上一切的选择的自由(这里我们可以回顾一下他者欲望对拉康体系下的主体是多么具有威胁性),哈姆雷特结果面临只有同样的一个选择。然而现在一个不同的法律、不同的指令完全改变了一切。不仅如此,鬼魂还特别坚持要让他的母亲免于这场复仇(按照施密特新颖的推测,不管莎士比亚在这里想要塞进什么样的政治动机),这本身就是对俄狄浦斯禁忌的强调:不要碰母亲,它属于别人(属于父亲)。

的确,拉康对这一高潮场景的解读是整个研讨中最杰出的内容之一。拉康指出,哈姆雷特带着狂热激动和巨大的力量劝说母亲不要与克劳狄斯发生性关系——正如拉康所言,这是世界文学中的非凡时刻。(显然这是一个典型的厌恶性、反感性的表达,T. S. 艾略特发现这部剧中存在着这一点,并且普遍存在于莎士比亚的作品中,这让人费解。[30])但是鬼魂第二次出现及干预之后,这种激动崩塌了,这一点更重要。正如拉康所说,鬼魂明显枯萎。鬼魂发出警告之后——俄狄浦斯之父以及阉割威胁——哈姆雷特屈服了:他收回了绝对要乔特鲁德禁欲的要求,弱弱地求她减少对克劳狄斯的痴迷,要她节制欲望,减少参与("下一次就会觉得这种自制的功夫并不怎么为难")。哈姆雷特自己的"欲望"在这里受到的斥责远胜剧中别处。这个解读的力量在于:它能够被表现出来,能够在舞台上实现。那么它就打开了一道回溯之光,可以照见哈姆雷特对奥菲利娅的行为,它让许多受人尊敬的批评家们义愤填膺:由于"不自然"的以母亲为中心的一切潜意识思想的复兴与觉醒,结果变成了系统性的尝试,甚至对一个可接受对象的"正常"欲望也要试图消灭掉。

但是,如果这就是拉康解读中强调欲望的结果,那么我们就需要更加关注能量的起落:欲望什么时候被激发起来,而且常常是以疯狂的形式?欲望什么时候"瘪掉"?拉康对我们刚才想象中的场景做了如此富有洞见的诊断。伶人的到来是一个特别有趣的时刻,因为拉康看到哈姆雷特有短暂机会可以去充当艺术家、创作人的角色。这是一个类似于升华的空间,只要那一刻能让窒息的精神得到提升,能让哈姆雷特的欲望成为主体。("也许我为了必要的理由,要另外写下约莫十几行句子的一段剧词插进去,你能够把它预先背熟吗?"[第二幕,第二场])很少有批评家问哈姆雷特写的十几行句子究竟是什么，演员是否有机会说出来（考虑到表演有可能被中断），对此我总是感到奇怪。大多数推测认为哈姆雷特加进去的句子包括了强调旧剧目与当前情况的一致性，尤其是讲述谋杀本身，特别是谋杀的手法，把毒药灌进耳朵（毫无疑问这个灵感来自意大利）。相反，解释目标主要转向了克劳狄斯的疏忽：为什么不在演哑剧的时候叫停，既然那时候谋杀性质已经公之于众？是克劳狄斯分心了吗？或者谋杀根本就不是以那种独特的方式发生的？我相信哈姆雷特所写的十几行句子跟谋杀无关（或者说的确跟这个假装的"捕鼠机"无关），而是跟王后的再婚有关，伶后在表白心迹的时候"说话过火了一些"。这十几行句子见证了哈姆雷特的执着，记载了他潜意识中的犹豫，他在克劳狄斯身上发现了对手，也发现了他的第二自我。在那种情况下，杀了克劳狄斯就是杀了哈姆雷特自己，从而证明了那个著名独白在这个话题上所言不虚。不然就只能被解读为一种存在主义的插入补充。

至于克劳狄斯的反应，在我看来拉康尤其富有洞察力，拉康指出了克劳狄斯的确有畏缩的时刻，剧场景象让他既吃惊又恐惧，这一时刻是哈姆雷特解释了戏名的改变，在原剧里罪犯是国王的兄弟，但在新版表演中罪犯换成了国王的侄儿。原剧非常适合哈姆雷特，所做的改变（哈姆雷特特意指出了这一点）使相关性显得更加明显。但从克劳狄斯的角度来看这个改变：这个侄儿是谁？这个国王当下的焦虑是什么？

实际上，克劳狄斯生活在一个跟哈姆雷特不同的情节之中：新获得的王权给他带来困扰，四面楚歌：挪威、哈姆雷特，后来还有波洛涅斯家族及民众。先前的通奸淫乱关系——实际上谋杀这件事情本身——在所有让他焦头烂额的事情中简直就不值一提。将侄儿定为弑君犯，此事对克劳狄斯和哈姆雷特两人来说各自意义不同（暂且不提最早母系制下权力关系中有意思的叔侄关系问题）。[31] 也难怪此刻克劳狄斯警觉地喊出声，中断了表演。

紧接着就是这个有趣的不般配——背叛与艺术满足——剧中最能提供证据的场景是谈到拖延主题的那一刻，即哈姆雷特延迟复仇。那一刻不仅可以啪的一声合上捕鼠夹，而且那时克劳狄斯身边无任何扈从，最易受到攻击。我认为我们必须简单地下结论：这一场景跟神学动机没有多大关系（克劳狄斯此刻会不会下地狱），也跟任何隐秘的复仇伦理道德顾虑没有多大关系。按照萧伯纳和吉拉尔的观点，这展现了哈姆雷特并不是真的对杀死杀父仇人这件事感兴趣，哈姆雷特并不能从这件事上获得真正的满足。用拉康的术语来说，这件事并不是对他最深处的欲望的回应，这并不是他真想要的东西——即使我们不认为通过这些话就能表明哈姆雷特实际上知道自己真的想要什么。这的确是拉康视角的力量："欲望的悲剧"所强调的不是欲望的挫败，更不用说让人失望的欲望的满足。"欲望的悲剧"更多是在强调对欲望的追寻。这一场景戏剧化地展现了欲望问题，其神秘的地方不在于欲望的满足，而在于其内容本身。

109

　　现在我们来看拉康的另一个了不起的洞见，它跟哈姆雷特在坟场时能量的惊人恢复有关，那是拉康所说的"菲勒斯现象"，指菲勒斯力量、个人身份，以及行动能力都出其不意地获得重生。

　　坟场一幕独特的地方在于出现了两个新特点，似乎跟复仇故事情节没有多大关系。首先，与雷欧提斯的实质性冲突首次被搬上了舞台。雷欧提斯是哈姆雷特少年时代的朋友。作为一名行动者，他首次通过复仇"激活"并重新引入了镜像阶段主题。哈姆雷特潜意识中认同克劳狄斯的身份，他的身份保持在象征界，尤其是保持在俄狄浦斯三角关系中：篡位者夺取了哈姆雷特的位置，哈姆雷特是父亲的对手，渴望母亲的关注与爱。

　　然而，雷欧提斯是哈姆雷特的双生，是他的镜像，因此是一种自我建构的操作者，其间自恋与侵略性难解难分。这个独特的竞争因此是想象性的，要将其从其他所有具有辩证特色的多样身份中区分出来，要区分此剧作中盛行的差异性，这会涉及所谓"含混"这一术语。哈姆雷特凭之能判定自我的东西可能就是造成跟雷欧提斯产生敌对关系的东西。自我，一种个人身份（用当今大众心理学语言来说）："哪一个人的心里装得下这样沉重的悲伤？/……那是我，丹麦王子哈姆雷特！"但这正是获得那个带来异化的名字，"欲望的主体"才能重新插入异化的社会网络。王族、王朝、儿子、继承人——正是这些虚假的身份和关于自我的神话，鬼魂的话语借此将哈姆雷特与他人区别开来，这对哈姆雷特来说是场巨大的灾难。在获得异化的名字那一刻，哈姆雷特从歇斯底里——想要有欲望的欲望——进入了强迫性神经官能症：去赶上别人的时间，去赶上社会和宫廷礼仪的错

乱的时间。坟场言语始于雷欧提斯对哈姆雷特的谴责，终于哈姆雷特以修
110 辞手段对自己的情感吹擂。情感本身是否存在，这值得怀疑，但是表达情
感（如伶王在表达心迹时把自己说得跟赫库巴女王般凄惨）的修辞手段、
夸张吹擂方式，这一点值得进一步探讨。这个问题被前置，它被人们不那
么含蓄地指出，被谴责为自吹自擂，被人们用诊断的眼光拿来跟不同类型
的爱的语言相比，跟莫可名状的预感相比。（"可是你不知道我的心里是多
么不舒服。不过这没什么。"）

这个主动的自我/主体的想象性角色已经做好准备，在欲望层面发生
的事情——"客体小 a"之死，或中立化，换句话说，奥菲利娅之死——
巩固了这个角色。这个欲望未受制于俄狄浦斯情结的纠缠，它能出其不意
地将其窒息，哈姆雷特能大声表达（而不会带来后果）。

但是在我看来，把哈姆雷特在此处的能量高涨视为自信复苏的标志，
视为能引导他走向"算总账"的菲勒斯力量的标志，这是不正确的。因为
现实中草率的结尾根本不是那样的。而且它再次肯定了本雅明关于悲悼剧
的观点，它跟卡尔·施密特肯定真正的历史悲剧相反。拉康指出的东西的
确很重要。在跟雷欧提斯的最后决斗中，所有问题都被解决，所有秘密都
被昭示，这根本就不是哈姆雷特采取的行动，而是他服从了克劳狄斯为他
安排的角色，这更多是封建责任，而非一场阴谋。拉康说哈姆雷特是"另
外一个冠军"：他已经把钟表重新调成他人的时间，哈姆雷特愿意为他的
死敌、篡位者、国王去战斗。因此他更深地陷入了封建家族的属下性的泥
潭中。要不是因为莎士比亚如此技艺高超地让二人交锋的深层动机（是因
为奥菲利娅之死？还是因为波洛涅斯之死？）难以确定的话（表面看上去
喋喋不休而已，施密特会不屑一顾），人们甚至更想说雷欧提斯才是真正
捍卫亡父未竟事业之人。这个结尾全然没有我们在《李尔王》《奥赛
罗》《麦克白》《科利奥兰纳斯》显然情况各不相同）中所发现的那种悲
剧高潮。它不过是一场偶然的大屠杀，更深层次的审美满足只能靠福丁布
拉斯的继位，这一点再次充分肯定了偶然性是王朝制的核心逻辑。福丁布
111 拉斯本人感到吃惊，台下的观众也感到吃惊。这让人满意是因为它证明了
一点：拉康式的读者早已料到一部戏剧不可能有令人满意的结局，一部欲
望悲剧更加不可能有令人满意的结局。回归王朝思维恰当地确认了这种不

可能性，同时也允许整个复杂的事情就此收场。

　　但是在这一点上，拉康体系的另一个维度提供了一种解释：正如我们所说，雷欧提斯这个人物出现于哈姆雷特的镜像阶段，因此他的行为牢牢地固定在想象界，而家庭情况最终属于象征界。在我的理解中家族能指符能够倒退回想象界——实际上存在着系列组合方式，这三种秩序为彼此提供视角[32]——但将镜像人物提升到象征地位，这种可能性似乎要小得多。

　　这就意味着整个结尾实际上都是在想象界层面表演，而哈姆雷特的俄狄浦斯困境会要求一个象征界的解决办法。在拉康的《论被窃的信》中，象征界对想象界取得了巨大的寓言式的胜利，但对哈姆雷特的此种解读似乎就反转了这一结论。在《哈姆雷特》中，想象界阻塞了任何象征界的解决方法（不管是以某种真正的复仇的形式，或者是母亲角色的转变，也许甚至是全然放弃鬼魂的命令）。结尾给人一种草率拼凑、毫无必要的感觉。这种感觉能够解释得通：认识到我们被固定在了想象界[33]，那么我们就注定了不会满意。

　　但这里也许需要一个简短的尾声，来追踪霍瑞旭（Horatio）所接到 *112* 的命令这条松动的线头（"请你暂时牺牲一下天堂上的幸福，留在这个冷酷的人间，替我讲述我的故事吧"）。燕卜荪可能会观察到这是一个向公众发出的命令，要公众再次前来观看戏剧；也是一个向演员发出的命令，要演员愿意继续表演。但这里也有一个普遍的扭转，它影响着我们所说的叙事结构的转变。在操作经验丰富的亨利·詹姆斯的指导下，小说形式得到了最为充分的发展。小说能运用一种新的双重视角，批评家们已经给它"施洗命名"为反讽。也就是说小说在构建资产阶级主体性的过程中能够让我们深入到个体人物的内心生活中去，既能让我们被主体的盲目性锁住，也能把我们从盲目性中解救出来。小说中的反讽意味着对邓歇（Densher）的主体性负责，与主体性保持零距离，是不折不扣的沉浸。如果当我们被从那个符咒中粗暴拽出时，我们能看到《鸽翼》的整个故事情节。他是把情节当作自己的生活来过的，如果从外部来看的话，实际上是卑鄙无耻的掠夺和淫乱。这个复杂的效果依赖两种相互关联的社会发展：第一，个人自主性增加，以及个人主体（即所谓的个人主义）感到孤独。

第二，社会关系定义明确，而且具有多样性，这些多样关系被纳入了众多已被外部命名的境况。

这种反讽最终要引入的当然是政治：从原则上来讲，反讽应该能够让读者对主观意识形态和历史整体性采取内外双重视角，这种意识形态和经验可以被视为具有完全不同的含义和价值。文学作品的效果很少能达到这种程度，这里更重要的是这种情况相对少见。但现在由于技术原因，戏剧观众绝对认同单个的主人公，从而加剧了从角色中抽离时的震惊。但在这个语境下反思《哈姆雷特》，我们看到了一个潜在的小说形式，同时也看到它没有被实现。我已经提到了克劳狄斯在认同国王的侄儿这个坏蛋角色时猛然警觉，这里如果在这些台词上稍作努力的话，一个完全不同的叙事——克劳狄斯本人的叙事似乎呼之欲出。记得在不久以前，实际上尼泊尔的王位继承人据说就是在神经错乱发病时（与哈姆雷特的情况别无二致？）冲进王室餐厅，刺杀了所有王室成员，然后自杀身亡。假如霍瑞旭没有讲述"故事的真相"，这不就是公众所接收到的哈姆雷特的客观故事吗？哈姆雷特预料到了这个可能性，但是没有将其展开。在我们看来，这就是独特历史境况——处在两个世界的交叉点上——的符号。正因为这个可能性，我们实际上已经到达了解读的第四个层次——奥秘层，或对人类政治命运、历史命运进行解读。

那个层次实际上就是让·弗朗索瓦·利奥塔著名的宏大叙事，或者在另一个语境下被称作历史哲学。[34] 利奥塔只是谴责了其中的两种，他将它们称为社会主义不可避免的马克思主义叙事，以及关于新兴自由的"自由"叙事（弗朗西斯·福山的"历史的终结"，或"民主"的普遍胜利被理解为具有代表性的政治制度）。虽然它们的确触碰到了人类命运问题，但这些独特的愿景可能根本就不是叙事，而是别的层面上的叙事结构的寓言。它们也是意识形态，这一点似乎是利奥塔不愿意强调的东西，因为他的"后现代"——某种意义上也是一种历史的终结——也包括了同样陈腐的意识形态刻板定见，即名声不佳的"意识形态的终结"。

然而，我相信后现代隐含的概念却是另外一个"宏大叙事"，一个更加根本的宏大叙事，利奥塔没能看到，因此没有进行谴责。因为利奥塔的两个谴责对象实际上都是现代性叙事，如果我们想要跟利奥塔的研究结果保持一致,那么我们必须指明并谴责的是现代性,它成了唯一伟大的历史哲学或意识形态宏大叙事。而正如利奥塔的美学写作已经表明,无论是从品味上还是从性格上来讲,利奥塔本人都明显是一位现代主义者。对每一个被现代主义艺术塑造的人来说,对现代主义概念和现代主义意识形态的谴责是一个特别具有反思性的过程,是一个自我批判的过程,这一点毫无疑问。 *114*

本着那种精神,我想说的是《哈姆雷特》的历史含义也具有现代性。"自莎士比亚的《哈姆雷特》之后,人格的一致性就被视为虚幻了",阿多诺和霍克海默顺带说道。[35]《哈姆雷特》是一个关键转折点,这一点被漫不经心地提及,它跟其他著名的"开端"一样(如笛卡儿、伽利略、路德、法国大革命等),也是现代性的标志。对于《李尔王》或《奥赛罗》,人们则不会这么说。

那么这个推断就跟莱昂纳尔·埃贝尔的元戏剧概念更加一致了。元戏剧具有表演性和自反性,能对古典景象进行反思改造,可能大多数围绕着现代悲剧而展开的论战都没有直接明说这一点,他们没有让莎士比亚成为那个特殊的宏大区分的另一边的组成部分。因为宏大区分从体制上来讲是任何现代意识形态的必要组成部分,可能同时也是一切事物的结构性特征,而利奥塔可能会将其纳入宏大叙事的范畴。

然而,在对《哈姆雷特》与悲剧的其他讨论中,人们也能发现永远潜存着对现代性的执着。本雅明与施密特对悲剧与悲悼剧的区分讨论可能会因为第三种可能性而变得更加复杂。施密特解释说,他对本雅明将《哈姆雷特》归为悲悼剧的范式感到不满(同时被归入悲悼剧的还有卡尔德龙的《人生如梦》),原因是因为英国境况独一无二,它没有发展成欧洲大陆的君主专制,而君主专制为本雅明的"葬礼盛会"提供了原材料。在施密特看来,欧洲大陆专制制度的出现是因为宗教战争和内战无法得到解决,封建制度无法结束这一切。君主专制——霍布斯的《利维坦》——形成,镇压这些血腥斗争是君主专制的神圣使命。但是伊丽莎白女王时代的英国走向了海上帝国这个完全不同的方向。〔值得一提的是,施密特的《大地的法》是对马翁(Mahan)的陆地学说与海上力量的某种修订。〕海上探险 *115*
始于商业冒险行为,后来发展成为帝国产业,出现了工业资本主义(来自殖民地的原材料,外国市场,等等)。那么对施密特来说,《哈姆雷特》的悲剧（结合他头脑中的斯图亚特王朝，尤其是詹姆士一世）就在于哈姆雷特（也包括他的同时代人）错误地相信他们代表着君主专制，而在那种情况下君主专制完全不合时宜。

我们可以保持施密特的历史框架，同时取代他的阐释结论。在那种情况下《哈姆雷特》就会成为某种形式的文本，在这个阶段无法进行一般分类，但是最终却指向了占统治地位的资本主义的一般表达，也是盎格鲁-美利坚世界的一般表达——小说。关于这部戏剧作品有无数种阐释，实际上绝大多数的阐释（可能这篇文章也不能被排除在外）能够被视为在有效地书写"哈姆雷特的小说"，但小说是现代性表达的精髓（它本身就是资本主义形象的意识形态替代物，是理想化了的资本主义形象）。事实上，巴赫金认为小说一直是现代性萌芽的标志及表现方式（症候?）。因此从另外一个迂回的角度来说，对哈姆雷特悲剧性的讨论同时也是围绕着一个披着伪装的、扭曲的现代性在进行思考。

但是，我们还没有考虑现代性理论中最让人不解的理论：拉康版本的现代性理论。跟别的理论一样，拉康版本的现代性展开了对悲剧的讨论，实际上跟弗洛伊德、琼斯一样讨论了《俄狄浦斯情结》与《哈姆雷特》之间的结构性差异。弗洛伊德有一句名言，全世界所有男性中只有俄狄浦斯没有俄狄浦斯情结，这一点跟哈姆雷特相当不同。但这不是根本差异，为此我们必须浏览拉康欲望讲座的其余内容，尤其要自问，如何解释拉康对某种类型的梦特别感兴趣。

埃拉·夏普（Ella Sharpe）[36] 有一个特别的解释。但是弗洛伊德的整个作品中还有别的例子，实际上，在拉康的研讨班讲座中也有。情况如下：哀悼中的儿子再次在梦中看见了父亲跟他说话："但是这个父亲不知道自己已经死了。"梦的其余内容必须跟这个儿子的内疚有关，儿子在父亲活着的时候希望父亲死掉（表面上是因为父亲遭受的痛苦疾病），但是这种内疚在弗洛伊德—拉康语境下好像并不令人感到诧异，因为父亲并不知道。这究竟是什么意思？一个陌生的音符闯入梦中的意识，造成奇怪的干预，这一点在拉康看来是根本的。他对悖论式否定的进一步研究清楚地说明了这一点：比如说法语中赘词"ne"，从语法上它必须紧跟表示肯定的词，但是它又有一种淡淡的自相矛盾的意味，在英语中就是中学校长们

116

禁止使用的有名的双重否定。芬克巧妙地提出了另外一个英语版本,可能比法语还更加少见:"but"一词能表现犹豫和反转:"Not but that I should have gone if I had the chance."[37] ——"可是如果有机会走的话,我应该就走了。"芬克继续对这个独特的语法事件评注道:

> 这类表达似乎展现了意识或自我话语与另一个"代理"之间的冲突,这个代理利用了英语语法(就 ne 的情形而言,也包括法语语法)为它提供的展现自我的可能性。另一个代理,这个非自我"话语",或无意识"话语",中断了先前的话语——几乎就是在说"不!"——跟发生口误的方式差不多。[38]

(这里我们应该附带回顾一下拉康对莎士比亚双关语及文字游戏所做的评论——如掘墓人场景,如果不是《爱的徒劳》中矫揉造作的表演的话——它是一扇半开的门,通过它,无意识更容易通过文字得到表达。)

无意识不能说不,弗洛伊德的教导如是说,但也许规则在这里也有一个例外:在有意识的话语中,无意识能够说不,在我们已经开列的纲要中已经这样做了,因此在我们清醒的生活中打开了一个空间,而父亲并不知道(父亲并不知道他自己已经死了)。这些跟现代性有何关系呢?从大众社会学的层面上来讲,这个不知自己已死的父亲当然指的是社会、历史意义上的父亲功能的丧失,正如德国人在米切利希的名著发表之后所哀痛不已的那样。[39] 甚至马尔库塞也痛陈古老的父亲权威的终结,因为这将俄狄浦斯的逆反排除在外了。在社会观点方面,拉康似乎对此观点也有同感,从总体上来讲,在讲座的后期拉康也暗示了一种历史的倒退,或俄狄浦斯情境的消融。 *117*

然而,在任何情况下这里都有一个悖论,因为《哈姆雷特》中的鬼魂知道自己已经死亡(他能讲出自己被谋杀的细节),而拉伊俄斯(Laius)早已被人遗忘,他可能并不知道自己已经死亡。但是这就误解了鬼魂的功能,鬼魂是典型的会一直停留的形象,鬼魂认识不到自己已死,不能恰当地消失,鬼魂用他继续存在的半条命来落着活着的人,用生出的愧疚鞭策着活着的人(如在埃拉·夏普的梦中)。

用格特鲁德·斯泰因(Gertrude Stein)的话来说,希腊人死了就是死了。拉康将《哈姆雷特》指定为现代性的黎明时分，无意识如果还不能被理论化，那么它至少也是容易被人察觉的。拉康在这里想要暗示的是《哈姆雷特》描述了一个不知道自己已死的父亲。从一个恰当的寓言层面，即奥秘的或世界历史的层面来说的话，它所类比的是一个古老的秩序（如斯图亚特王朝）认识不到自己已经过时，认识不到自己已经死亡。也许我们自己所处的晚期资本主义时刻也处在同样的情形：拒绝承认已死，等待重生。[40] 无论如何，《哈姆雷特》在这个层面上的精彩之处恰恰在于这个寓言性的阶段：被人误识的现代性处于萌芽阶段，尽管现代性被人们认定了又认定。

既然这一章的标题已经被定为"《哈姆雷特》与寓言"（*Hamlet and Allegory*），那么我们不妨这样来结尾：

奥秘层：现代性的转折（资本主义）
道德层：表演（用元戏剧或布莱希特的风格）
寓言层：拉康式解读（命名、歇斯底里、执着）
字面层：（古老的）王朝文本

注释

[1] 拉康关于《哈姆雷特》的最重要的讨论，见 Jacques Lacan, *Seminar VI, Le désir et son interprétation (1958－1959)*，March 18 and April 8，1959。

[2] Bertolt Brecht, *Collected Poems, 1913－1956*，London：Liveright，2019.

[3] Marc Bloch, *Feudal Society*，London：Routledge，1962.

[4] René Girard, "Hamlet's Dull Revenge：Vengeance," *A Theater of Envy：William Shakespeare*，Oxford：Oxford University Press，1991.

[5] Jules Henry, *Jungle People*，New York：Vintage，1964；同时也见更有名的 Napoleon Chagnon, *The Yanomamö*，Belmont, CA：Wadsworth，1997。

[6] 拉康的镜像阶段明确地包括了攻击性，见"The Mirror Stage as Formative of the I Function as Revealed in Psychoanalytic Experience,"

Écrits, trans. Bruce Fink, New York: W. W. Norton, 2006。

[7] G. W. F. Hegel, *Elements of the Philosophy of Right*, ed. Allen W. Wood, Cambridge: Cambridge University Press, 1991, n. 281, 323.

[8] Carl Schmitt, *Hamlet oder Hekuba*, Düsseldorf: Klett-Cotta, 1956.

[9] Walter Benjamin, "On the Concept of History," *Selected Writings*, vol. 4, Cambridge: Cambridge University Press, 2003, 395.

[10] Walter Benjamin, *The Origin of German Tragic Drama*, trans. John Osborne, London: Verso, 1998, 65–74.

[11] 见 Margaret de Grazia, *Hamlet without Hamlet*, Cambridge: Cambridge University Press, 2007。该书透彻研究了《哈姆雷特》的社会政治背景:古老,不具现代性。在本章末尾,我们会在不同的语境中回到倒退问题上。

[12] William Empson, *Seven Types of Ambiguity*, New York: New Directions, 1947, 46–47.

[13] Walter Benjamin. *Selected Writings*, Volume II, Part 1, Cambridge: Cambridge University Press, 1999, 237.

[14] Lionel Abel, *Metatheater*, New York: Hill and Wang, 1963. "哈姆雷特是一个……有剧作家意识的人,他刚刚才被告知要当一名演员……他是第一个舞台人物,他准确地知道登台表演意味着什么……在《哈姆雷特》之后,任何剧作家想要让我们尊敬任何缺乏戏剧意识的人物,这都会是一件很困难的事。"(47,57–58)

[15] 这是围绕演员的"真诚"问题引发的诸多讨论中的一个版本。激烈讨论包括了狄德罗、布莱希特、斯坦尼斯拉夫斯基,以及方法派表演,等等。

[16] Frank Kermode, *Shakespeare's Language*, New York: Farrar, Straus and Giroux, 2001.

[17] Eric Auerbach, *Mimesis*, Princeton: Princeton University Press, 2013. 我在第 7 章中指出,奥尔巴赫的根本主题是句法发展与他所说的现实主义之间的关系("世俗的现实主义","生灵"或被造者的现实主义)。

[18] William Hazlitt, *Characters of Shakespeare's Plays*, Lexington, KY：Create Space, 2011；页码文中已经给出。

[19] 见笔记 1；页码见弗洛伊德国际协会 2000 年非商业版。

[20] Sigmund Freud, *Die Traumdeutung*（*erste Ausgabe von* 1900）, reprinted in Frankfurt：S. Fischer, 1999, 183.

[21] Ernest Jones, *Hamlet and Oedipus*, New York：W. W. Norton, 1976.

[22] *Écrits*，March 18, 1959，我的翻译。

[23] Gilles Deleuze, "Postulats de Ia linguistique," *Mille Plateaux*, Paris：Minuit, 1980. "这整个就是精神分裂症的对话，是精神分裂症对话的模型，而不是相反。"（*Cinema II*, Paris：Minuit, 1985, 299)

[24] 四种话语的理论，见 *Seminar XVII*, trans. Russell Grigg, New York：W. W. Norton, 2007。

[25] William Empson, *Essays on Shakespeare*, Cambridge：Cambridge University Press, 1986, 105−107.

[26] Alexander Welsh, *Freud's Wishful Dream Book*, Princeton：Princeton University Press, 1994.

[27] "Dream of the Smoked Salmon," *Standard Edition IV*, 147；Lacan, *Écrits*, Paris：Seuil, 1966, 622.

[28] 见 *Seminar VI*, November 12 and 19, 1958；以及 "Subversion du sujet et dialectique du désir" in *Écrits*，该文是对讲座本身的一种总结。

[29] Bruce Fink, *The Lacanian Subject*, Princeton：Princeton University Press, 1995, 174.

[30] T. S. Eliot, "Hamlet and His Problems," *Selected Essays*, New York：Harcourt Brace, 1950.

[31] 如果这里我们稍微走远一点，顺着扭曲的无意识焦虑，不仅是继位问题，而且是世代延续及历史延续问题往前，叔叔/舅舅（uncle）变成了一个母系制下的人物。今天人类学家告诉我们：在母系制女性非权力的乌托邦背后，存在着叔叔/舅舅的权威。在那种情况下，在寓言式的原初幻想层面，克劳狄斯与王后的乱伦结合被分解成了一种母系制权力结

构，一种向早先生产模式的退化，它先于国王被谋杀的父权制。它是一个幻想：乌托邦欲望令人不安地与俄狄浦斯忠诚及性混乱相混合，成了构成政治怀疑和意识形态忧郁的要素本身。

［32］斯拉沃伊·齐泽克（Slavoj Žižek）暗示了拉康秩序的排列机制（"强调象征的想象，想象制高点之下的真实"，等等）。见 *Organs without Bodies：Deleuze and Consequences*，Oxford：Routledge，2004，102-103。

［33］拉康式解读在瓦尔特·本雅明将《哈姆雷特》解读为悲悼剧中找到了一些认同："跟埃阿斯（Ajax）之死一样，哈姆雷特之死跟悲剧中的死亡共同性不大。哈姆雷特死于极端外部因素，这是悲悼剧的特点。仅凭这个原因它也值得被创造出来。从哈姆雷特与奥斯里克（Osric）的对话中明显可以看出，哈姆雷特想要在令人窒息的命运的空气中深吸一口气，他希望能死于某种意外。舞台道具围绕在哈姆雷特身边，围绕着主子们，命运的戏剧愈演愈烈，这场悲悼剧在热烈中收场。在悲悼剧中，某种东西被遏制，但当然它也获胜。而悲剧以做出一个决定收场——不管这有多么不确定——那里存在着悲悼剧的精华，尤其是死亡场景中殉道者发出的恳求。"（*The Origin of German Tragic Drama*，London：Verso，1998，136-137）这段文字表明了本雅明的悲剧/悲悼剧之间的根本对立与拉康的象征/想象的区分之间具有一种有趣的亲属关系。

［34］Jean-François Lyotard，*The Postmodern Condition*，Minneapolis：University of Minnesota Press，1954。

［35］Theodor Adorno and Max Horkheimer，*Dialectic of Enlightenment*，Berkeley：Stanford University Press，2007，126。

［36］Ella Sharpe，*Dream Analysis*，New York：Brunner/Mazel，1978。

［37］Fink，*The Lacanian Subject*，39。

［38］Ibid。

［39］Alexander Mitscherlich，*Auf dem Weg zur vaterlosen Gesellschaft*，Gütersloh：Bertelsmann，1963。

［40］葛兰西著名的诊断常被人引用："危机恰恰就在于：老的已死，新的未生。"（*Selections from the Prison Notebooks*，New York：International Publishers，1971，275-276）

第4章
音乐：一种寓言交响曲？马勒第六交响曲

　　首先要有叙事，才能有寓言，这是前提。因此在我们指明音乐核心中的寓言行为之前，我们必须首先表明其效果也具有叙事性。我们也可以将标题音乐与音诗放到一边，尽管古斯塔夫·马勒在他早期的作品中以及与理查德·施特劳斯（Richard Strauss）为友时风格形成的关键时期曾小试过标题音乐与音诗。[1] 理查德·施特劳斯是标题音乐与音诗最著名的实践者之一。修辞学家用"描述"这一术语来将一种从本质上来讲栩栩如生的话语与叙事区别开来，这一术语首先因为它本身的详细阐述也矛盾地预设了音乐叙事的可能性。（我们还必须心怀这种想法：音诗简而言之就是一个糟糕的或三分法的寓言的例子，这里我们不深入讨论这个问题。）

　　音乐诠释领域里有糟糕的寓言，这一点必须承认。比如说在接下来的例子中，像理查德·瓦格纳这种权威，他本人是 19 世纪标题音乐源头之一，他对许多人眼里有史以来最神圣的音乐作品贝多芬的升 C 小调四重奏作品 131（Op us 131）提出了自己的看法：

　　　　冗长的开场柔板乐章，毋庸置疑是音符所能表达的最为悲伤的东西，我称之为黎明时分的苏醒，"在整个漫长的过程中，一个愿望也不会实现，一个也不会"！然后与此同时，忏悔的祷告出现了，坚信永恒的善的存在的人在与神交通。内在的眼睛瞥见了一个只有他才能认出（6/8 拍快板）的形象，渴望变成了展现忧伤的魅力：记忆中最私密的幻想被唤醒。此刻（短暂地过渡到中庸的快板），大师似乎意识到自己是一名艺术家，于是开始了他神奇的工作：对他来讲，这个独特的复苏力量（2/4 拍行板）一直延续，固定、发展出一个优雅的人物，其目的就是反复经历那个对最原始纯真的神圣证言，——用绚丽、永恒之光展现出一轮接着一轮、变幻莫测、出其不意的形体变化。然后我们似乎看见他对自己的力量深感满足，并再次凝视着外部世界（2/2 拍急板）。外部世界又在他面前出现，如同在田园交响曲中出现的那样，一切都被他内部创造力的欢乐点燃。他仿佛听见了形象的声音在理念与物质之间交替转换，在他面前有节律地舞动。他凝视着生命，但与此同时（3/4 拍柔板）又回到记忆中他开始让生命舞动起来的最初时刻。在短暂阴郁的回忆中，他仿佛又再次沉浸到了灵魂的梦境中。只需一瞥，足以揭示世界的核心本质。他又再次醒来，激起了这世界以前从未听过的弦乐的舞动（快板终曲）。这正是世界在舞动：最狂野的欲望、痛苦的哀声、爱情的交通、极乐、悲伤、狂热、欺骗、苦难，这一切如同电闪雷鸣，而在巅峰之上，大师本人主宰着一切，给一切施展魔法，傲然将世界从一个旋风领向另一个旋风，直到深渊的边缘，然后大师自嘲：所有这一切都只不过是一场游戏。黑夜在向他招手。他的时光已尽。[2]

我必须得承认，这个"寓言式阅读"中的平庸让人震惊。把天才的自恋之语置于一旁，把天才对基本上属于叔本华的痛苦世界的超验行为置于一旁，人们自问：这个小小的童话故事是为谁而写的呢？是从本质上来讲冷漠的资产阶级公众吗？他们在接近这部复杂作品时需要帮助。还是说是别的（假定的）更加复杂的表演者？对他们而言，其在实践方面、教学法方面的用处显然是有限的。就像瓦格纳所有的散文写作，他关于贝多芬的短文意在改变人们对他自己的作品及接受的看法，显然可以被视为一种相当尴尬的行动，是为了训练未来的公众，让他们把他的音乐剧理解成贝多芬纯音乐的合逻辑的继承人。瓦格纳对后半部分的四重奏的欣赏，以及对困难部分（至今仍是），甚至是不可及的作品的推崇，这一点耦合了他自己的作品《名歌手》。[3] 实际上，作品 131 的确切影响在那部歌剧第三幕的序曲中已经被人们发现。因此将这个瓦格纳叙事与对同一音乐文本的更具批评性的个人观点并置而非与瓦格纳的内涵简历并置更为恰当。下面是亚德里安·勒弗库恩（Adrian Leverkühn）对瓦格纳序曲的叙述：

> 如果有人问"你明白吗？"，这得有多愚蠢，多虚伪，才问得出这种问题啊。因为怎么可能不明白呢？是这样的：大提琴缓慢而庄严地

121

引向一个沉思、忧伤的主题，向这个愚蠢的世界追问，这一切斗争、拼搏、追求、煎熬，究竟是为了什么？一切都具有高度的表达性，一切看上去都具有哲理性。大提琴在这个谜题上扩大，摇头、谴责，在大提琴发表言辞的某个点上，一个精心挑选的点上，管乐合奏深吸一口气加入了，它能让你的双肩伴随着合唱的节奏起起落落，它曲调庄严，丰富和谐，尽显铜管乐器温和内敛的力量以及无声的尊严。嘹亮的曲调继续向上，几近高潮，而为了经济的原则，它先是避免，然后让步、开放、下沉、延迟、美妙极致地回旋，然后退出，让位于另外一个主题，类似于一首歌曲，一首简单的歌曲。它时而风趣，时而庄严，时而流行，显然从本质上来讲，它明快有力，但也变幻多端，对

于那些在主题及变化分析方面细腻而聪慧的人而言，它蕴意丰富，精细极致，令人惊叹。稍后这首小小的歌曲被部署安排，被机智有趣地拆分，被细细地查看，被改变，从而诞生了一个欢快的中音形象，这个形象被带向最为迷人的小提琴与长笛组成的高潮，然后在那里稍作停息。在最有艺术性的时刻，温和的铜管乐器再次奏响，先前的合唱赞美诗被前置。铜管乐器不像第一次那样从头开始，而是仿佛曲调已经在那里存在了一段时间，然后继续往前，庄严地进入了高潮。但在第一遍中，这一点被明智地避免了，其目的就是为了加剧情感上升，为了能让这个"啊"音效果更强。现在它荣耀地驾驭着主题，无羁绊地攀升，带着大号逝去音符所赋予的稳重支持而回眸，带着宛如目标已实现的那种尊严和满足，端庄得体地一直歌唱到结尾。亲爱的朋友，我为什么要笑呢？[4]

但是，杰克·古迪（Jack Goody）对叙事[5]一词的膨胀进行了严厉谴责，尤其是对音乐叙事，对可敬的让-雅克·纳捷（Jean-Jacques Nattiez）[6]的反对，即音乐不应该以任何方式被视为叙事，更不要说是这类叙事，这里需要一种更加复杂的理论回应。我要仓促地加一句：当代大部分的音乐学恰好就做了这件事，尤其是詹姆斯·赫波科斯基（James Hepokoski）和沃伦·达西（Warren Darcy），他们在所谓奏鸣曲理论中所做的工作影响深远，布赖恩·阿尔门（Bryan Almen）和其他人运用了诺思

罗普·弗莱的理论，赛思·莫纳汉（Seth Monahan）[7] 对马勒所做的工作开辟了新的道路。在所有这些努力中，阿多诺的幽灵被放大，这可能仅仅是因为他带来了灵感启发，因为阿多诺不能从本质上为叙事或意识形态 *123* 提供什么实践上的或者说方法论上的东西。

我不指望自己能在理论上或者方法论上对这个已经很丰富的音乐研究做出什么有用的贡献，尤其是我在此处寻求的是利用这种音乐分析，把它仅仅当作寓言讨论中的一种更加抽象的例子。但是从远处进行观察总能揭示一些东西。作为一个局外人，对一种不熟悉的艺术形式进行理论分析的方式能为我们产生出一种想象性的客体；纯粹叙事形式中产生的纯粹抽象阅读，这件事情本身在不知不觉中就成为一种寓言。

至于我希望指出的音乐叙事问题其文本的局限性，我们必须从两个版本来把握它：外部叙事和内部叙事。或者还可以这么说：交响曲本身作为一个整体所带来的更大的问题，以及一两个乐章所具有的奏鸣曲形式所带来的更加技术性、专门性的问题。交响曲四个乐章的逻辑顺序引发了关于连续性的问题，这一点跟奏鸣曲形式中一个乐章内部主题与"主体"之间的关系相当不同。所以这里我们碰到了第一个矛盾：一种完整的形式发展（奏鸣曲）包含了另外一些更大的形式，那些形式看似不具连续性，但同样也是完整的（例如谐谑曲或慢板乐章）。

看似自主单元之间形成了这种嵌套式关系，这个矛盾可以这样来展现：如果交响曲的第一乐章是以奏鸣曲形式组织起来的话（情况似乎大抵如此），那么它的完成或结果必须保持开放性。或者换言之，在某些别的接受层面上，它必须是不完整的，在一个更宏大的视角上，它必须是未被解决的；但在单独的那个乐章中，它也不会让我们感到彻底的不满。换言之，结尾部分必须保留一个未解决的方案，一个未完成的完成，一个开放式的结尾。这个矛盾（我们甚至可以说这种形式本身就具有矛盾性）不是人们想让它消失就可以让它消失的，例如召唤出某种肤浅的小说连载的形式、（悬念）叙事，甚至是小说情节的重复，摆出棘手的状况，在历经各种变化与复杂之后，问题被巧妙地解决了，或者至少是令人信服地解决了。

四个乐章的交响曲的非连续性太绝对了，以至于根本无法容纳小说中

124 的（即使是连载小说的形式）传统的非连续性，尽管人们相信从历史发展来看，交响曲应该被算作远亲，从类属或媒介大家庭来讲，这些远亲包括小说和小说的表亲——故事片。显然现代创新有时候会涉及更加绝对的非连续性，正如《尤利西斯》中半自主的章节，或者离我们时间更近的作品如罗伯托·博拉尼奥（Roberto Bolaño）的《2666》中松散片段的交织。（然而，它很多地方的灵感都首先来自传统音乐形式而非反之。）可以肯定的是，像塞萨·弗兰克（César Franck）的D小调交响曲，它用单一的曲调主角占据了四个非常不同的形式环境，这看似与交响曲的非连续性这一矛盾正面交锋并克服了矛盾，但其激进性恰恰肯定了一点：这是一场一次性的惨淡的胜利，得不偿失。

  在继续往后进行讨论之前，我想得出两条原则。第一条是预备性的原则：不管持有何种预设、何种理论，它都不应该是心理学上的预设或理论。心理学的预设，诸如莱昂纳德·迈耶（Leonard Meyer）的经典著作即以之为基础[8]，——我们有情感期待需要去面对、处理，这些情感期待以这种或那种方式得到满足、"解决"——它在一首音乐作品的执行过程中看似足以表达各种听众的情感，但这些表达都是从一个具体的系统性的代码中抽取而来，而具体的、系统性的代码是一种人性化的、传统的语言，它能表达一种具体的、历史性的意识形态。这种意识形态不仅是一个强加到主体性头上的系统，而且它还首先形成、构建了主体性。其语言不仅仅是一种对人的本性的反映（不管它是一种多么不完美的反映），不仅仅是试图去妥善应对每个人或多或少都默认的情感。语言根本就不是自然的，而是如福柯所说，它是一种学科网格，只有我们臣服于人性的概念，并且对自古以来人们所感觉到的东西进行或多或少的命名这种行为表示赞许，某种人性概念才得以存在。心理学上的命名跟寓言一样，两者都是非自然的。正如我在先前的章节中试图想表明的那样，心理本身就是一个寓言体系，不能从表面价值来看，而是必须在历史中去鉴别它的身份，即

125 便在历史上它不曾从意识形态上受到过谴责，未被视为人文主义以及当代形而上学理论以各种不同的方式所关注的、应当被克服的一种形式。然而这种与日常心理或"常识"心理的断然对立是一种政治责任及理论责任，在运用叙事创新时，我们必须忠实地坚守这一点，否则我们跟任何一种更

加传统的审美"欣赏"形式一样，容易倒向心理主义。（毫无疑问，今天的叙事概念本身首先还是一种历史性的、具有意识形态特点的、反心理的发展。）

紧跟着的下一条原则就是哲学，在讨论中哲学这一角色不可避免，且是必需的。实际上当代哲学提供了别样的、非心理学的处理各种现象的方式，例如期待或决心受挫等现象，并且该任务主要被分派给了重复主题，其现代形式在索伦·克尔凯郭尔（Søren Kierkegaard）那里得到了表达，在吉尔·德勒兹那里被复杂地代码化。不仅如此，哲学还为音乐提供了一种非常不同的、反心理学的术语——时间与瞬时性的无尽问题。我们在历史中所想象到的一切解决方案在本质上、结构上都具有矛盾性，将这一经验观念化是不可能的，而哲学的要务，哲学所呼召的，显然就是要展现这一点。伊曼努尔·康德[9] 就是这一哲学呼召的名字和象征。不幸的是，人们不能通过将矛盾发配到它再也无法进一步搞破坏的保留地去的方法来处理矛盾。实际上时间经验是如此重要，我们根本无法停止对它进行哲学思考，哪怕是我们已经达成共识：既无法对它进行思考，也无法对其进行公式化表达。

这种一再重现的不可能性也代表了一个问题，它涉及时间与重复，涉及开始与终结问题。关于这一点，（又是康德）向我们确保，这也是不可想象的，即便艺术品中存在着开始与终结。在生命中、时间中、现实中，甚至是在历史中，都存在着开始与终结，这个主张必定总是具有意识形态性（即便它为真）。然而美学理论的优势——也许这是它唯一的优势！——在于在艺术中开头与结尾是可以展示的，而且似乎唯有艺术才能提供一种实验，即使不能对这些其他状态下难以估量的事物进行规定的话，那么至少也能对它进行观察。这也许是德勒兹想要表明的：音乐也是一种思考方式，尤其是一种对时间进行思考的方式[10]，只不过是用它自己的具体形式进行思考，即用音乐的形式进行思考，用时间的形式对音乐自身进行思考。当然无法得出一个准确的或绝对的结论：瓦格纳的时间性与巴赫的时间性不同，正如黑格尔对时间性的思考与笛卡儿或奥古斯丁的时间性不同。这些差异终将在某一点汇合，即便在那个地方不确定性本身已经成为一个绝对真理。存在主义思想认为地点本身就是一个人性的存

126

在（或此在）。我认为更有可能是，历史是一种人性的存在（或此在），这个观点只将行动或实践、激进改变视为一种"解决问题的办法"。

然而关于交响曲及其整体叙事，音乐学家们似乎在诺思罗普·弗莱那里找到了最有说服力的解决方法，弗莱的关于文类的季节循环的观点有其优势，它不仅以四重形式出现，而且还表明这种以四个乐章出现的形式可能被视为与宇宙统一（这种统一海登·怀特已经完成，他把弗莱的四个时刻指认为转义，让那四个时刻被牢牢地锚定在语言里，如同弗莱让那四个时刻被锚定在自然中一样）。[11] 弗莱的循环——春天/喜剧，夏天/传奇，秋天/悲剧，冬天/反讽、讽刺——无疑能如人们所希望的那样轮转。怀特将四种转义（暗喻、提喻、转喻、反讽）等同于自返性，或自我意识（也许还允许向维柯求助！），这一点既尖锐，同时也具有神学意味。当然将一个给定的交响曲的四个乐章做如下理解是最讨人喜欢的：第一乐章与悲剧或英雄有关，接下来是一个慢板乐章及谐谑曲，人们很容易把它当作传奇或讽刺，而结尾则是喜剧，或者至少说是一个皆大欢喜的结尾，就像"英雄交响曲"那样。

127　　　这里肯定有许多荣格主义（弗莱明确运用了荣格的神话及原型语言），它本身就是一种明确以叙事原则为基础的心理学，以一种超验的治愈作为一种解决方法。怀特的那个版本把这一切都吸收进了一种更具当代色彩的语言修辞意识形态观念。这两个版本似乎有一个共同的信仰基础，即善与恶的二元对立，乐观与悲观，或幸福的结尾与悲剧性的结尾（可能在当代资本主义版本中，它是一种在时间上离我们更近的意识形态观念——成功或失败）。

我怀疑这种体系最终会再次以心理学收场，以人性的标准概念告终。但是似乎更为重要的是关于物的数字命理学——数字，最重要的是数字体系，毕竟这些东西本身就具有深刻的哲理性。二元论在哲学上的分量众所周知，至少在基督教之后如此，黑格尔之后肯定是如此，三一体系的优点与缺点也已经变得很明显。为什么四这个数字应该表明一种完整性，其中的原因不那么明显，而在必要时四总能被折叠回一组二元形式。我们可以把七这个数字的魔力留给神秘主义者，把九这个数字留给作曲家。在这些封闭、自主的审美中，隐约存在着一种相当令人怀疑的数字命理学，我相信在语义矩阵的逻辑中，在身份与差异的辩证组合中（见附录 A），我们至少可以找到一种哲学出路。但对某些人而言，与荣格主义或转义相比，这一过程中的寓言特色并不会更少（如果与之相比它更抽象的话）。可以肯定的是，即使远不如弗莱的荣格主义及怀特所暗示的维柯的目的论那么强烈，格雷马斯层面的抽象将再次摆出它与叙事之间的关系，这个问题的解决办法正是我们的起点。不管怎么说，在所有这些机制中，叙事问题与寓言问题重合。

　　让我们假设，为了我们此处的目的，我们至少提出了关于交响曲的四个乐章的叙事性的问题，并且在海顿或贝多芬的（甚至是重新发明的）交响曲中，这些机制能够找到与交响曲有关的某种令人满意的相关性。但是当我们抵达交响曲这类职业的另一端，在古斯塔夫·马勒的交响曲中，这种四重机制呈现出新的、更加有趣的问题，并不是因为马勒的交响曲很少有传统的四个乐章，而是因为所有这些乐章的进行都被内在化，马勒极其 *128* 个性化的乐章具有相对的自主性，其特点就在于每一个乐章似乎都同时包含了所有类别，随心所欲，相互交织，很难对它们中的任何一种类别进行刻画，很难说它是悲剧还是喜剧，是讽刺还是传奇。提到的那一乐章显然是要走向某个地方，它的每个时刻都在向某种东西推进，甚至连它"优柔寡断的"结论也是果决的。在这一交响乐形式的至高时刻，类别已经发生了某种改变，这种改变具有能对形式进行界定的价值（因为这个独特的类别的命运，我们最终将被领回到寓言的问题上）。

　　虽然让人不舒服，但接下来我还是要留意罗兰·巴特在他关于时装的书中所做的提醒：他警告说，他打算研究的东西，不是物体本身，不是看得见摸得着的衣服、质地、效果，以及时装的演变、时装中的意识形态，而是当时的当地人对这些物体的看法。换言之，是他们的语言和描述、分类的代码。巴特的这个警告让我们许多人都感到失望。这个显然是一个恰当的研究领域，它朝同时代人开放，朝不同语言开放，值得研究。但是它远远地避开了时尚本身的物质世界，继续仅仅与描述产生关系，把对真相的描述当作是不可复得的真相本身。

　　所以，在这里我作为一名外行，我必须满足于对奏鸣曲进行描述的各种尝试——不管它是多么具有专业技术性和职业特色——而不是满足于音乐的物自体。（音乐被割裂，音乐表演进入了我们的听觉接受系统，印刷出来的总谱似乎对音乐文本的现实进行了编码，但实际上仅仅是将它变成了另外一种代码或脚本。）

如果用叙事方式来讲的话，我感觉从理论上以及语言学上对音乐现实进行传达的种种尝试，它与下面这种情形类似：奏鸣曲首先从任意选中的题目开始（那个题目是否包含了一个完整的对象，是一个曲调，至少是一个主题，这完全是另外一个问题。由于主题这一术语似乎具有中立性，人们完全有理由因此将它延后）。在第一个主题上盘桓，直至它具有了一种属世的存在，具有了一个物体的某种连贯性、相对稳固性、持续性、可辨识度。在某个点上，第二个主题被引入，不管它与第一主题是一种什么样的关系，形式要求将是要认可第二主题与第一主题之间的差异性，要认可第一主题具有相对独立性和自主性。游戏目标就是要摆出两个主题之间的竞争关系，它可以是激烈的竞争关系，也可以如同求爱或诱惑，情意绵绵，但它必须达成一种具有约定性的结论：胜利、妥协、溃败，一种令人震惊的变形。我已经表明了奏鸣曲在面对这种结构时其中可能出现的一个问题，即结论中的约定性太过于强大，结论变成了一个压倒一切的终点，熄灭了任何朝下一乐章推进的动力。对于某些终曲的形式（这一点在奏鸣曲中也常见），我们应当注意迈克尔·施泰因贝格（Michael Steinberg）在谈论贝多芬之后终曲的历史命运时所讲的：

> 好几个 19 世纪作曲家面前都出现了交响曲的终曲的问题，他们刻意要模仿贝多芬，欲将交响曲的焦点移到最后乐章，让它成为具有总结性的高潮部分。比如舒伯特发现自己被妨碍到要放弃交响曲，在卓越非凡的两个乐章之后几乎就写不下去了。勃拉姆斯倒是没有问题，但一系列杰出的作曲家，从门德尔松、舒曼，到弗兰克、德沃夏克及马勒，他们在终曲中都表现出有压力的迹象。柴可夫斯基只敢在《悲怆交响曲》中大胆地运用新方法时，才克服了这个问题。布鲁克纳也没能逃脱这个挑战，它在宏伟和新意两个方面都极有野心。在其第二、第五、第八交响曲中，他满怀信心地实现了与野心相配的终曲，可与交响曲保留曲目中任何总结部分媲美。[12]

同时，我们从一开始对奏鸣曲的讨论中就省去了一个关键的维度，它与普洛普对民间故事的经典阐述之间的形式差别在于"恢复秩序"这个概念。不能用这种结构主义范式来理解交响曲的开端，除非我们做一个形而上学的假设：是调性本身构成了最初的"秩序"。（我们稍后会回到调性问题上来。）我发现更有诱惑力、更关键的是阿多诺在交响曲形式中的意识形态（寓言）立场：他把它视为霸权秩序的建立。开场的主题或主体，作品的基调，仿佛带着某种新晋王者的武断驾临。奏鸣曲的发展及最后再现，宛如新王朝秩序的实施，它从毫无根基变成了具有自然、常规、主权这种东西才能具有的合法性。或者换句话说，主题与音调在开篇之处是不为人所知的，也不具有合理性，形式本身需要做的工作就是推进主张，让主张的东西变成必然，并肯定主张的东西其霸权地位不可避免。需要注意的是，阿多诺这种对形式的意识形态批评暗中谴责了交响曲是一种独特的资本主义形式，它象征性地为资产阶级（及其经济制度）重新定制颁发了获取权力的权利。这是在用政治术语来对形式进行寓言式的阅读，在阿诺尔德·勋伯格影响广泛的对调性的描述中，我们很快将与这一角度相遇。

　　然而，我们在继续之前，还需对奏鸣曲形式的提纲性讨论补充两点观察。第一点也是最明显的一点是调性，音乐学、心理学学界已经认为调性系统根植于自然本身。调性系统是这个独特宇宙及其有机体的本质特征，一个声音与特殊的余音相伴，一个音调与其"属音"及"下属音"之间具有一种优势关系。这些现象被视为自然法则的现象，它们是不是建立在人体解剖系统的基础之上，或者是声音震动本身的结构，（如倒在空旷森林中的树木一样）存在于"自然当中"，这些都是形而上学的、本体论的问题，这些问题的存在（不管它的答案是什么），都具有历史性和意识形态性。实际上，马克斯·韦伯将调性视为一种独特的西方理性形式，对其进行了严谨的分析。音调系统有它自己的历史，它与 17、18 世纪以来欧洲资本主义的发展有关。[13] 下面就是勋伯格对西方调性中等级精神的"政治"分析：

　　　　在调性中，有些区域将保持中立，需要它们保持多久的中立，就可以保持多久的中立，但是一旦根本统治稍有松懈，中立区就容易受

130

131

到相邻调性的引诱，认识到这一点对我们来讲很重要。我们可能不希望把最初偏离调性的地方（甚至回过头来以之作为参照）视为随后出现的和弦。主调区与附属调区意志强烈，中音和弦倾向于被这一意志同化，同时最终被另一个相邻音调的意志同化，两相结合，关系就有变得不紧密的危险，我们必须承认这一点。从这个情况来看，并且从每个音程都有要么成为基音，或者至少在另外一个区域获得一个更加重要的位置这种趋势，竞争就会出现，这也构成了调性内部和声的精彩之处。区域中最强的两个属音表现出对独立的渴望，联系更加松散的元素发生叛乱，竞争各方偶尔获得小小的胜利，它们终将对主权意志表示臣服，而且它们为了一个共同的机能将相聚一堂，这个行为是我们人类活动的反映，这也是让我们把所创造出来的艺术理解为生活的原因……

也许臣民叛乱的野心既源于独裁者的统治欲，也源于臣民自己有叛乱的倾向。没有臣民的野心，独裁者的欲望也不能得到满足。因此，离开基调可以理解为基调自身的需求，基调本身所具有的弦外之音，同样的冲突在另一层面上被当作模式保留了下来。甚至看似彻底背离了调性，但其含义结果却是从根本上讲多亏了它成功才能如此精彩无比。[14]

132　勋伯格的分析中对奥地利—匈牙利之间的关系思虑甚多，从而也展现了一种马基雅维利式或葛兰西式政治分析的复杂性！

关于我所描述的以马勒第六交响曲为具体参照的奏鸣曲的两个“主题”，我还想多说一点，马勒第六交响曲将是这里我们学习的对象，尤其是赛思·莫纳汉解读的对象（他基本上遵循了赫波科斯基/达西的“奏鸣曲理论”）。我尤其想详述的是，对我而言，他对第一乐章的解读中有异常之处，他在正式的“第二主题”旁摆出了一个补充性的版本，在主要主题或第一主题 S_1 旁边摆出了 S_2 第二主题（见图4.1）。在我看来，此处它跟普洛普的关系比我们刚开始时所想的要近得多，后者以主人公/英雄稳妥地走向封神之路上所遇到的对立与冲突为基础。这些障碍常常以坏蛋这种人类的变形形式出现，在胜利结尾得到保证之前，需要粉碎坏蛋的各种诡计（实际上坏蛋的存在被中立化）。

我们已经刻意避免将这种斗争视为唯一的形式，避免用它来描述奏鸣曲中主要主题与次要主题之间的关系。然而现在，第二主题公然发生改变，由于资源变强，莫纳汉在其分析中表明，人们担心与第一主题之间的相似关系越来越明显地变成了一种敌手之间的斗争关系，仿佛刚开始从外表上看来具有相对独立性的第二主题对自己进行了再造，让自己变成了一个新增添的人物或"行动元"，能够与第一主题进行更加直接、有效的冲突，就像一名无害的路人忽然间摘下面具，变成了一个不折不扣的敌人。

这样听是有道理的。毕竟这种描述指向了一种更加根本的类别的区分，即身份与差异的辩证法，在某种程度上它由听者所关注的问题所决定。听者是否将 S（第二主题）视为两个人物——S_1 及 S_2——而非一个人物，是否将这种对立表现为一种有三个人物而非两个人物的戏剧，甚至是否将这种对立视为纯属内部情绪的骚动起伏（莫纳汉宣称最终我们能够将第二主题视为第一主题的派生元素），是否能够将这种对立当作身份在其内部所掀起的波澜，所形成的鲜明性格、脾气。

133

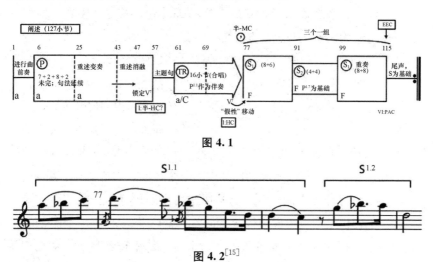

图 4.1

图 4.2[15]

在这一获取关注的关键层面上，听者塑造形式的能力进入了人们的视野，似乎人们甚至能瞥见增加的行动元在起作用，能抓住看似转瞬即逝的变奏，人们完全可以将变奏视为单个不同的实体。忽然之间，最初是两者之间进行的挑战或竞争变成了多个乃至成群角色之间为了生存而斗争——即使实际上不是为了终章结尾所承诺的终极胜利而斗争的话。

　　同时，在这一点上人们可能会提到，后来韦伯恩（Webern）或勋伯格的无调音乐对马勒的这些形式所投下的阴影：因为在那一点上，这个或那个"主题"的身份——也就是作为一个完整主题或旋律的连贯性及自主性——变得问题重重了，甚至是被颠覆了（走向了勋伯格的十二音体系的极繁主义——这种旋律你很少能在沐浴的时候哼唱，或者是韦伯恩的极简主义）。在那种情况下，旧有主题碎裂，变成了两三个音符一组，每组具有半自主性，而且变成了更大形式中的表演者，但它们却从未成为一名具有辨识度的"角色"。

　　事实上，在一个更加浮夸的历史版本中，卡尔·达尔豪斯（Carl Dahlhaus）将 19 世纪的音乐发展视为一种一分为二的过程，可能最终会导致分属不同种类的演化逻辑。与贝多芬一道出现的，还有罗西尼（Rossini）。这是一个决定命运的时刻，这条线索导致了人格化旋律被绝对化，成为一种独立自足的咏叹调，它再也不能确认它与纯音乐的交响曲组织形式之间有亲缘关系了，其逻辑指向碎片化，其旧"主题"被原子化，然后走向无调性，乃至西方传统的终结。

　　这是一个有用的叙事，或有用的神话，只要它能允许人们在一切的含混与歧义中将马勒放到最终与该远亲分手的位置上，放到两大类属代码产生决定性分裂的时刻。我在别处试着强调了马勒作品中的歌剧本质，人们请马勒去指挥意大利作品，这位涉猎广泛的指挥家发现了这些作品中对华丽演说的渴望，以及它强烈夸张的姿势。[16] 这些伟大的慷慨激昂的时刻——我想说它们不仅仅是马勒作品中的单个片段，它持续主宰着变幻多端的马勒的一切音乐作品——这也是那些后来的先锋派作曲家汲取灵感的地方，他们识别出可用来进行分析的差异，以及差异所做的细微工作。这些细微工作在一页又一页的总谱表的亲密结构中得到呈现。对他们而言，阅读总谱的任务并不包括将音符组织成主题，然后让它们变成一个更大戏剧中许许多多的角色或行动元，而是在一个由三或四个音符所构成的主题中，在几乎不被人们听见的东西里去发现乐趣——人们容易将它称为原子粒子中的次音符。在最不协调的时刻，在最不起眼的地方，人们可以

134

发现管弦乐的合奏，或者发现从一个主题时刻转向了另外一个不同的主题时刻。那么这里，具有辩证特点的身份以及差异拥有了一种叙事与（……什么呢？）后叙事（？）之间的辩证形式。某种微观，或者乃至次原子层面上的叙事，它不过就是没有任何叙事逻辑的、后瓦格纳簇群中的重复？实际上，这也是阿多诺如何刻画勋伯格十二音技法中的逻辑：在这一点上，从定义上来讲，音乐文本仅仅包括对这些相同序列的一再重复，音乐文本必须诉诸混成逻辑，这样做是为了将与历史形式的相似性强加给那个无意义的重复，为了说服听众某种可理解的东西正在发生（可理解性就是我此处所说的叙事）。[17]

135

　　第六交响曲是马勒的典范作品，德里达主义者及辩证学家们毫无疑问都会为对该作品的两种对立版本的解读感到欣慰——一个是戏剧化的姿态，另一个具有显微学意义上的同步性。因此人们完全有理由在绝对断层线或分水岭这一位置上来划分出传统与新潮，宣告它是古典主义的最后丰碑，同时也是现代主义的第一个成就，引发出双方发自内心的崇拜——双方都未能排除其历史含混性方面存在着的难以捉摸的问题（在阿多诺论马勒的著作中处处可以发现这种感觉。阿多诺对矛盾性进行了长久的探究，最后只能违背他自己的批评习惯，以致敬而告终）。

　　然而，我认为仍然有可能去寻找那个稍低的层次，它能在这些作品所做出回应的历史环境中可以找到，或者实际上它能在这些作品所寻找的历史矛盾中找到，如果说这些作品不能解决历史矛盾，那么它们至少能够表达、言说历史矛盾。在我看来，我们能够将我刚刚列出的理解的困境转换成一种时间性的语言，这样就能够厘清两种时间机制、两种谈论和思考时间的方式之间不断增加的不可通约性。首先，这里的传统选择是过去—现在—未来这一系统，它是某种能超越眼下生存经验的时间连续性的概念，或者也许是将个人经验投射到一种能超越任何个人经验的意识形态构造之上——只要是一个总体化的概念，它总需要某种经验性的类比，在类比中衍生出概念的合理性，以之为概念原理结构的基础。很明显在任何情况下，诸如奏鸣曲那种形式，或者说诸如小说那种形式，乍看似乎它依赖于我们作为个人所具有的持留、记忆的能力，去甄别重复的主题，去识别它们的变化，同时还要区分激进新颖且尚不为人们所熟悉的干扰形式——这

136

类形式的运用实际上非常依赖于这种对时间连续性的认知类型。然而人们可能也想补充说，这不是某种反历史的类别，至少在"现代时代"，这种对连续性的关注是一个复杂变迁的过程，同时它也离不开历史环境这一维度。实际上，现代历史环境越来越多地承载着各种可能出现的个人经验，关于时间的另外一些特点为我们提供了新的时间组织机制，来替代旧的时间组织机制，提供了新的、更加合理的替代物，尤其是在我们的第二个时间选择中——那个活的当下。活的当下能消除传统过去—现在—未来模式所具有的虚假的连续性。

我想这就能解释马勒作品中活的当下所充当的独特角色：它既有中断性，然而它同时也具有构建性。从哲学上来讲，不同的存在主义已经占据了表现这一新的时间性的有利位置，它跟旧的过去—现在—未来连续体极为不同，如果说存在主义哲学与过去—现在—未来连续体说不上不可通约性的话，它们之间实际上也不具一致性。因为我们同时生活在两种时间性之中，每种时间性都在眼下环境中占据重要性或优势地位。我们也不能真的如存在主义思想家克尔凯郭尔那样断言：从当下是实实在在的经验这个意义上来讲，当下是真实的，而三分法的时间连续性最多算得上是一种抽象，它只能通过与某种活的当下结盟，才能肯定它是一种存在主义现实（如普鲁斯特的回忆）这一主张。只有当所提到的"当下"仅仅是另外一种时间中的一个瞬间，一个连续体中的时刻或点，一个时间流里的中断：在这种情况下，线与点同样真实。相反，可能会有许多种类的当下，并且活的当下包括许多复杂的时间性，我们并未妥善对待它，因为我们（非常合理地并且可以理解地）将活的当下简单地贬低为德勒兹所说的精神分裂，贬低为如同失忆症患者一样被囚禁于当下，或者如老年痴呆症患者一样，被固定于神话般的永恒。

这一绝对当下也被阿多诺谴责为唯名论，即排斥一切否定或批评距离的存在经验，当经验主义成为一种意识形态及世界观之后，唯名论是经验论的哲学源泉。我在别处描述过这种当下，不管是好是坏，我把当下化约为身体，化约为一种方案，这种方案似乎对这种历史现象的双方都能公正对待，这种历史现象在现代时期显得独特，它具有积极的优势、积极的可能性，同样它也具有那些哲学上的缺陷，阿多诺及其他许多人已经对其进行了公开谴责。因为新的生命结构当然是一种新的唯物主义方式，它是我们存在的精神支柱，它赋予存在主义权威判断（它同样也是新的）合理性。我相信它不仅是结果，而且也是认可了这一点：人们开始意识到一种新的全球化，大量人口是活着的他者——对先前那些个人而言，因为陈腐的"他者"伦理概念，因此他们再也不能包容这种多样化。对他们而言，这种新的全球化是一个丑闻，一个绊脚石。不同文化社群中存在着可辨识的观念，关于时间的经验已经在可辨识的观念中丧失了一席之地。我们被一种不可抗拒的质量的磁场吸引，抵达了那个共时性经验，在我们的想象中，它是唯一可以共享的东西：同步性，或活的当下本身。资本主义全球标准化以及资本主义新的全球市场颠覆了社群和区域，其生产依赖于一种创造性的毁灭——即使毁灭掉的是它自己的过去，这只能加强这个本体论的矛盾。它甚至抹掉了死亡本身，只要它同时再也不能将未来包括进去。

　　在我看来，马勒的音乐给我们提供了类似的经验，每一时刻的当下都在挑战着形式所提出的正式要求：要那一时刻与过去—现在—未来的连续体相融合。我们的图表以及音乐学家们肯定能抽身离开这种音乐经验，我们要求对自己的理解进行重新组织：我们对整体的意识总是与我们对部分的意识相连，我们关注、认可类属意图，关注、认可时间中独特听觉时刻的持留性，坚持作品与作品的"组成部分"的绝对当下之间具有不可通约性。

　　毫无疑问，马勒也希望我们这样做。对存在的伟大传统形式，以及伟大传统形式对我们所提出的要求，马勒当然热爱，并坚信不疑。换句话说，他相信交响曲，而 20 世纪晚期许多作曲家对交响曲的信念被削弱、被粉碎。但与此同时，他是发自内心的，或者说，甚至是他根本没有意识到他对黑格尔所说的"占巨大优势地位的当下"富有使命感。他不能承认先前音乐家们在更明显、更清晰的交响曲形式中问心无愧地默认了的东西：音乐发展中的某些时刻无须有趣，无须有故事，就像句子中有些部分起到的是语法作用，或者像传统画家的某些区域中，必须填入不易觉察却必不可少的笔触。　　　　　　　　　　　　　　　　　　　　　*138*

　　这一点在管弦乐合奏中比在纵向总谱中表现得更为突出，因为在这里各种不被人听到的细节肯定了首要时刻及其细节。人们会想起普鲁斯特对斯万夫人的装饰所做的那段著名描述：

> 我意识到她是为了自己在遵守这些穿衣原则，仿佛这是在顺服一种更加高级的智慧，而她自己就是这种高级智慧的女祭司：如果感觉太热，她会敞开甚至索性脱下那件短上衣，递给我，她本来打算要把所有的扣子都扣上的。我会发现在那件短上衣的下面有上千个制作的细节，这些细节完全有机会不被人发现，就像那些管弦乐总谱中的组成部分，作曲家为之花费无数工夫，虽然它们永远不可能被公众听到；或者在折叠于我臂弯里的短上衣的袖子里我还看到，甚至我长时间地盯着它看，这既是为了我自己的乐趣，也是出于对这件衣服主人的情感，我看到那里有一些精致的细节，着色微妙的带子，淡紫色的薄缎子，一般情况下它不会被人看到，然而它却跟面子部分一样，做工精致，如同教堂里的哥特式雕刻，它们被隐藏于离地 80 英尺高的栏杆里面，跟主廊里的浅浮雕作品同样完美，然而却从来不会被一个活人看见，除非一个艺术家在他的旅途中得了闲暇，偶然爬上来途经此地，在空旷处漫步，在高耸入云的塔尖鸟瞰整座城市。[18]

受总谱的复杂性的驱使，人们的注意力几乎因受牵引而发生位移，也许用管弦乐来表达这一点显得太虚弱。这种复杂性最先、最重要的标记不是音*139*符的数目或所涉及的乐器，而是所发出的声音，以及理想化的要求——我们要每次单独听到每个声音。这一点能最好地传达马勒作曲行为中的强度，这也让伦纳德·伯恩斯坦（Leonard Bernstein）对他的演奏者们（维也纳爱乐乐团）说下了这些让人记忆深刻的话，他提醒说，在马勒的作品中，每一个音符的演奏都必须要有"强度"，"否则，"他说道，"你就仅仅是在演奏音乐而已，甚至连演奏音乐都说不上。"但是这种多中心的强度明显对听众的注意力有要求：把我们锁于当下，这可能会有危害削弱（如果不是全部屏蔽）我们对形式里其他时间维度的理解，不能感知之前与之后的状况。当然那种方式存在着一种时间上的唯名论，这将会使它看起来像所谓的现代主义，而且还会带来现代主义带给听众的困惑与不解。要在更加古老的传统形式中操练这种面向当下的基质，这是马勒的根本策略，这与其说是安排与算计，还不如说是本能。

"当下对其他时间性发动攻击"［亚历山大·克卢格（Alexander Kluge）语］，这种现象有增无减。它还有另外一个特点，我们把它称之为听力质料性的增加。对这个新的发声方式来说，在一个膨胀、过载的当下的统一中，不同乐器之间极度分离，这不是一个简单的所谓管弦乐合奏中的自然色彩问题（虽然马勒在其作曲中对管弦乐合奏也有独特的实践）。它对乐器的质料性施加压力，让其独特的声音在我们的关注中产生独特回响。唯有通过同时出现另外一种新的不和谐的声音，乐器声音的独特性才能增强。这一点只有波德莱尔的联觉才可与之相比（"那么绿，那么浓，那么痛"）。因此，音乐行走在一条通往崇高和某种超验灵性的道路上（至少对马勒来说是如此），结果它却让我们沉浸到一种更加具体、更加难以割舍的声音世界的纯粹质料性之中，而声音可是"所有感官中最抽象的"（阿多诺语）。

可以与这种绝对当下倾向（这是当代经验及当代艺术中的一种历史性的倾向）相抗衡的当然正是我们此处谈到的叙事形式（或"奏鸣曲形式"）。奏鸣曲形式试图将这些声音团招募到麾下，在一场可被人理解的运动中走向一个结论，此结论可以让逐渐显现为历史的东西完成真正历史化的过程，从而让它变成一个可以理解的事件。正如一个句子，它本身可以是迷人的，但是它还是要求被人重新掌握，要求回到更大的语境的控制，回到由句子连缀而成的不间断的网络，在那个网络里，句子有含义，而非仅仅是一种风格、奇奇怪怪的单词、节奏、引人注目的形象内容。所以马勒的当下似乎能压倒一切，但它需要被驯服，需要被打上新力量的印记。在那一刻，人们对时间的连续性进行了组织加工，时间再次具有了形式上的统一性，而不仅仅是自主性时刻的不断延续。我已经具体谈到几个能促使人们将注意力转回到抽象整体的制度性传统，将不同主题彼此隔离开来，这一点可与戏剧化行动中不同人物的个性相比；我们被迫将注意力放到给定段落的音调上，从而重新激活整个调性系统——主调、属调，等等——以作品起点调性所决定的形式来归位，从而也唤醒了我们（但是，正如我说过要警惕这种心理学的或心理主义的概念，我们能不用别的某种方式来说吗？）对结尾的各种期待。大调与小调之间的对立提供了另外一种可能出现的核心结构，一种"乐观的"或正面的表达——一种喜剧化的

140

世界观，如弗莱或怀特所说——它能被无情地转变成"悲剧"。为了让忧伤、绝望甚至简单地说失败的景象获得压倒性的胜利，表面的欢快乃至和平能够被破坏，并演变成竞争。[后者跟审美快乐并没有什么不一致的地方，至少从叔本华以来，这一点可以理解，可能特里·伊格尔顿（Terry Eagleton）论悲剧的著作——《甜蜜的暴力》——的标题就概括了这一点。[19]]

然而，可以肯定的是，将作品中的行动或"事件"概念化约为如此多的二元对立（悲剧—喜剧，悲观—乐观，成功—失败），这容易跟与有多个人物的戏剧概念相悖。实际上，这个别样选择本身就是我在这里提议进行研究的问题的另外一个版本，即传统寓言与当代讽寓解读之间的差别。经典寓言形式（拟人化的互动与戏剧类似）不同于这种文本：其字面层是一种风格或情绪，比如说詹姆斯·乔伊斯（James Joyce）早期句子中瓦尔特·佩特（Walter Pater）所谓的世纪末的颓废"优雅"。我想用亚里士多德的实体论与更加当代的过程哲学两者之间的历史性差异来解释这些剧烈变化（我同样还想指出，马勒的实践包括了两种模式，两种寓言形式）。

同样是在第六交响曲的第一乐章，马勒清楚表明了一个人格化的、更加富有诗意的第二主题——"阿尔玛"的存在（阿尔玛是他的妻子，他妻子很出名）从而赋予了乐章一种寓言精神，这种寓言精神似乎要求用某种戏剧形式来对整个乐章进行重写。那么第一主题代表着什么呢？进行曲中洋溢着不祥与威胁，预示着压迫性统治与灾难。这就是世界的本来面目？其法律不可更改，其权力冷酷无情、压倒一切，正如阿多诺所想的那样？或者把它理解成某种更有家庭气息的环境，第一主题传递了所有对阿尔玛主题的诗意表达（可能甚至包括她那执念甚重、神经质的丈夫）构成威胁的东西？或者我们能否将这两种选择概括成某种更抽象却更普遍的对立，如公众与私人、事业与家庭、国家与个人之间的对立？或者，我们只需停留在悲剧与喜剧这组对立中纯粹形式与类属的含义上，这样奏鸣曲的发展就记录了悲剧与喜剧模式之间的干扰与感染，同时还记录了双方都想胜出对方一筹的争斗，这样岂不更好？

解读也不能忽视这些对立中的修辞方面，不能忘了阿尔玛主题中相对的庸俗性（正如阿尔玛本人容易被人们用漫画手法讽刺）。同时还有行军与鼓点主题有限的表达范围，除了能表明人世间的贫乏与无情之外，它肯定提供不了广泛的载体，可以用来表达人间压力。在这个意义上，戏剧这个术语也意味着要表达出这一点：形式能够受到约束限制，形式能够被扭曲，这里已经向我们展现了这一点。我们对寓言的审视从对戏剧内容的阅读转向了对其再现模式进行评估，对其形式的胜任力进行判断。

这些解读也没有能够记载下一种音乐的维度，康德称之为调性类别，即存在的可能性，或存在的必然性。唤起这种层面的存在与艺术之间的关系，这看起来有点奇怪，因为艺术并不涉及命题，而"陈述"（音符）的 *142* 存在几乎不可能被质疑（一个音符要么是被演奏了，要么是没有被演奏）。然而值得记住的是，阿多诺在最终肯定一个音调或主题的必然性，对形式本身进行判断时，他正是这样做的。同时，当然在调性系统中存在着某种类似于逻辑暗示的东西——相关的音调总是与音阶上十二个可能的音调中心相伴。一个音调能够使另一个音调无效，要么除掉它，要么压过它。另外一个音调能召唤出与它相关的音调，如同一种影影绰绰的暗示，一种小心翼翼的陪伴（一个小角色，主角的随行人员，它可能变成一个新的主角）。[20] 这些"暗示"引得人们意识到可能存在着多个行动元（或者说，不可能存在着多个行动元，这要看情况）。这种情况还有愈演愈烈的危险，甚至是更加关键的事件构成了小调到大调，然后又回到小调的改变，更不要说音调的急剧改变。这种类别上的潜力让音乐形式比经验主义的音符集合变得更加多维。绘画中的透视可与之相比，视角的缺乏，或消失点的缺乏，文学或电影中的类似物是"考虑问题的角度"，这些东西指向的是一种比较模式，以及叙事的自由。

然而，我们需要一个术语来说明这一切，这也正是莫纳汉在其"假定的音乐"（hypothetical music）这一概念中为我们所提供的东西。

这个概念允许我们区分开什么仅仅是我们希望发生的，什么是我们确确实实已经得到的。我认为这个可能的"概括总结"（他在讨论马勒第一交响曲的最后乐章）正是这种"假定的"音乐：奏鸣曲梦想在调性上回归主题 S（第二主题），但结论还没有出现，梦想就黯淡了下去，变成了噩梦。更糟糕的是，音乐最终醒来，却发现"真正"的概括总结已经被玷污了：一个调性表达的机会已经被主题S耗费掉了。还没来得及开始，它就失败了。[21]

143   因为这个非凡的解读，人们能够产生出许多新的解读分析。其中一点就是，它允许人们对总谱表进行纵向阅读，这样积极、消极陈述同时都有可能出现。愿望以积极形式出现，现实以消极形式出现。这个观念跟文学上曾经流行过的反讽概念有相似之处，因为作者能在任何评价中同时站在两边［例如《鸽翼》中的默顿·邓歇（Merton Densher）同时既是英雄也是坏蛋］。这个概念在历史上被自由主义意识形态及政治骑墙派当作借口。我相信在当前的音乐学中，它最为经常地被错误地用来描述一种不具约束力的、面带愧色的引文，或用来指融合了其他风格，如马勒所"引用"的那种流行音乐，阿多诺就称之为俗气或俗艳。将它称之为反讽，这表明马勒本人赞同我们的判断，这并不意味着引文认可了被人质疑的所引文本是"严肃"音乐，而是仅仅想要将其视为一种刻意的影射，或者实际上是一个心领神会地挤眼睛的动作（这两者都跟马勒的性格不符）。

然而莫纳汉的观点是，不要受这些反讽传统观念中反讽暗示的影响，要理解第一乐章如何能够以某种定局收场，同时还能够在形式上保持足够的不确定性，以确保能够增添后面的乐章，直到我们终于能够以一个总结性的、确定性的终曲来结尾。

它也允许我们用一种新的纵向同步的方式来对弗莱的季节性的类属范畴进行重组，发展中的某一时刻能够同时既是悲剧也是喜剧，能够根据虚拟性或暗示性模式，甚至是根据否定性而相互包含。从辩证法（或弗洛伊德）这个意义上来讲，人们在否认一件事的同时也是在表现它，如果说不上是在直接地肯定它的话。因此"假定的音乐"真正属于辩证法范畴，历史强加给马勒的不可调解的要求可以被视为亲切的联合，如果说不上是调解的话（在所有的意识形态立场中，"调解"最让阿多诺反感，他认为调解这一形式是一种对黑格尔的"综合"的普遍误读，容易被理解成那些积极命题，或"肯定性"命题中的一个，他正确地将其判定为意识形态）。

于是假定的音乐就允许我们去理解马勒如何能够在活的当下与过

去—现在—未来时间机制之间的矛盾逻辑的鸿沟中（我们前面已经讨论 *144*
过）找准位置。每一步都被用立体的方式观看，仿佛两种角度都被叠加到
了单个的形象中。人们将抓住音乐事件中所暗含的一切：过去（过去已经
被重估，实际上在某种形式上被重塑），以及未来：恐惧，不指望能有希
望，等等。但与此同时，音乐想象中的另外一部分将成为执念，如同精神
恍惚之中，人们在独特当下的各种可能性上故意拖延，而音乐难以将所有
的可能性穷尽。马勒不会放手让这一刻溜走，他将朝着所有的方向，并且
根据一切结构上的可能性进行改变，直到最后他自己觉得已经够了，然后
想起了这一章节本该前进的方向，于是带着新的决心朝前运动，直至抵达
下一个纷繁复杂的中心，直到下一个迷人时刻的到来。我在别处曾将这一
势头与潮流中的旋涡相比，它是一种未被理论化的类别，我们最好不要将
它与"偏离"形式联系在一起，而是应该将它与一些新的战后片段式叙事
联系在一起，如君特·格拉斯（Günther Grass）或萨曼·拉什迪（Sal-
man Rushdie）。

附注

但是这也是将"假定的叙事"这一概念与其看似对立的概念"突破"
拿来进行比较的时刻，这一概念当归功于阿多诺，但当代音乐学家们赋予
了它最为奇特的含义变化。实际上这个概念有两种源头，如果可以的话，
我们可以这样来说：第一个源头是保罗·贝克（Paul Becker）1922 年发
表的关于马勒的专著，该表达作为一个技术术语被造了出来。第二个源头
能在托马斯·曼的《浮士德博士》中找到，阿多诺是这部作品的"音乐指
导"，但是突破一词具有一种非常不同的政治—心理学含义，阿多诺向曼
建议使用此术语，他不可能对此毫无察觉。（我们很快就会回到这个话题，
对阿多诺关键词的军事起源展开讨论。）

"突破"这一术语在音乐学上的含义指的是发展过程中无关的，或者
是外在物质的爆发，导致中断，或突然转向新的方向。这一现象最常见的 *145*
引证是（在马勒-阿多诺讨论中总会出现）马勒第一交响曲中唱诗班的突
然来临：其复制问题又是另外一个问题，这个例子不被撼动，也仅限于这

一最为传统的作曲家的最后一曲——第九（或第十，甚至是第十一）交响曲这一背景下。但第六交响曲中有足够多的这类引人注目的"突破"，这些"突破"跟我们此处的概念紧密相关，也与一种更加普遍的理论兴趣紧密相关。

"突破"这一术语源于它与艺术作品自主性具有相关性：奏鸣曲形式的本质实际上依赖于绝对的统一与均匀，"它要求所有发展部分的乐旨内容通过某种方式从阐述部分的材料中得来"[22]。"突破"能在技术上被定义为介绍一种新内容，先前没有被认作组成部分，奏鸣曲固有材料的继续发展必然会被它出其不意地打断、悬置、改变方向。因此马勒正是用下面的术语来描绘唱诗班的突然爆发："我的和弦（D 大调合唱）必须得听起来像是天外来客，仿佛它来自另外一个世界。"[23] "来自其他星球的空气"是斯特凡·格奥尔格（Stefan George）的著名诗句，勋伯格在另外一个音乐文本中的著名引用，显然这个版本的突破表明了对天外世界的欣赏态度，可以很容易被解读成向超验、崇高靠近。但在布鲁克纳看来，（例如）崇高的获得要靠留在起初的材料语言之中。在马勒这里，如在第六交响曲的段落中，莫纳汉将其描绘成乌托邦，通过使用"乐器"，天外世界得到传达，这些乐器没有得到音乐界的正式认可，不管是在高雅文化中还是在大众文化中都没有得到正式认可，它指的是让人印象深刻的牛铃铛、桦木灌木丛，还有那些通过竖琴或钢琴得到充分表达的如同来自外星的声音。但对马勒本人而言，这些指的不是先前交响曲中的那种复活后的重生，它指的仅仅是山谷中的草地、雪山之巅的那种如同来自另外一个星球的和平与安宁——自然之音，它描绘了城市及其"文明"之外的外部世界，以及它的交响音乐会；从那个意义上来讲，它仅仅指的是另外一个艺术的社会世界，而非世俗世界。

146

这种突破带来的形式问题实际上是哲学上内在性与超验性的问题。这种段落真的成功打破了艺术品的封闭、自足了吗？或者说，相反，它们难道没有微妙地将外部的东西引入作品，并且把它转换成了一种内在的（虽然已被放大）艺术语言？不管以何种形式，崇高这种现象能审美化，能被转化成一种恰当的艺术终端或艺术效果吗？对阿多诺而言，从整体上来讲艺术品的自主性是一个根本的关注点，问题就在这里，它是不确定性的源泉，甚至是首鼠两端的源泉，更不用说是模糊性的源泉。商品形式的统治日益增强，并且涵盖范围越来越广，一方面，作品试图通过商品化本身使自己免受商品逻辑的限制，在策略发展中通过商品化形式的自我对立，让作品成了最后一块非商品化的飞地（康德把它称为审美中"不涉及利益的兴趣"）。显然，对于这种机会，阿多诺变得越来越不乐观，因为他看到普遍商品化的来临，看到经验社会中对否定性的压制无处不在，只有"积极的"，或者说是"肯定性的"（以及经验主义的存在）才能得到认可。

另一方面，除非在音乐里听到法国大革命的历史新意，否则我们就算不上是在以正确的方式听贝多芬，阿多诺曾这样告诉我们。这还是同一个阿多诺吗？马克思主义者在批评中常常将这种关于历史、阶级、革命、具体历史境况在艺术之外的回响庸俗化，他们也不能做到经常坚持认为这种回响是艺术语言中语义组成部分，而且在资产阶级掩藏不住自己的霸权地位之后，或者说绕不开资产阶级统治带来的良心不安之后（在 1848 年），人们在西方音乐中再也听不到真正的阶级胜利。

但那种良心不安将不仅成为西方音乐中进一步阐释快乐的序曲，更致命的是，它还将让审美本身受到质疑，开始颠覆所有的形式，如交响曲，新的统治阶级将其制度化。阿多诺在这里发展了一个解决歧义的著名方 *147* 法：因为后者所做的不是将艺术整个摧毁——如果它摧毁了什么的话。跟乔伊斯、普鲁斯特、塞尚，甚至是他之前的瓦格纳一样，马勒对审美是持肯定态度的。要挑战的是形式，突破的是对奏鸣曲形式的"意识形态批评"。它谴责的是如今已变得陈腐过时的历史、意识形态基础。饱受质疑的是所谓的自返的艺术，而非一般意义上的艺术（如同先锋派所宣称的那样，阿多诺会憎恶先锋派的观点），而是形式，要通过不断的实践，这种独特形式所指明的用处、成就才能得到延续。这就可以解释马勒为何特别不稳定，在交响曲历史中，或者说可能在整个西方音乐史中，马勒处于双面门神雅鲁斯的位置。

这一刻是该回到托马斯·曼在《浮士德博士》中运用突破概念的相关性问题上了。他给一个想象中的作曲家亚德里安·勒弗库恩写的"传记"，后者觉察到当代艺术的多重冲突与危机，并且生活在其中，他的表达比马勒或勋伯格的表达方式要更加清晰，更具有历史性。（阿多诺自然非常支持这种新的清晰性。）"寒冷包围着他"，这就是亚德里安孤立的根本前提，他周围冰冷的力量，是这种力量赶走了友谊、爱情以及更多的一般交往——毫无疑问，这是在回归到曼自己青年时代的审美，回归到天才不被人理解的感伤。但是在这里，亚德里安的孤立将会是德国的孤立，德国被困于西方（法国"文明"）与俄国之间。"西方有形式，俄国有深度，只有我们德国两样都有。"一名喜欢在野外山林旅游探险的爱国漂鸟在对话中对曼的观点含混做出了回应。在《一个非政治人物的反思》（这个标题不正确）中，在与有西化倾向的哥哥海因里希讨论一战时，曼的观点含混得到了更加详尽的表达。

至少从 30 年战争以来，可能甚至从卡诺萨之辱以来，德国人就在他的两个伟大邻居之间饱受文化孤立之苦（意大利是德国做梦都想要的成就），并且以有毒的方式指向自己。这就是在曼的小说中为什么希特勒的军队要拼命尝试突破（breakthrough），此军事术语很容易与其表亲"突围"（breakout）相混淆。突围指的是军队成功打破看似致命的包围：德军在伏尔加格勒的命运。最一般的突围与著名的闪电战有关，它指的是打破敌军防御线，胜利碾压、支配外国领土。

《浮士德博士》认同了两种形式的绝望，音乐上的矛盾似乎给音乐结尾以及民族文化施了魔法，作为一个新的世界强国，德国未能生产出自己的霸权文化，最后（表现在亚德里安的尼采哲学、梅毒、瘫痪上）试图通过抽风般的希特勒的"国民革命"的方式来逃离文化—精神上的困境。但是法西斯主义真的可以通过这种伪心理学、伪存在主义的方式来理解吗？

作为一名奥地利人，马勒很少感觉到曼在这里试图表达的痛苦：摇摇欲坠的奥匈王朝有其他的矛盾与困境（毫无疑问这在马勒的作品中也得到了表现），但并不完全指中欧，以及中欧成功与否的突破。

然而，如今无处不在的阿多诺的术语的含混性引发了另外一个话题，这个话题在我们当前语境下很关键，即暗喻与寓言之间的区别，这个话题似乎得到了复苏，对它的讨论也变得激烈。曼所描述的音乐与战争之间的平行主义不就是一种同源性吗？寓言的力量及结果被严格限制，点对点地与某些暗喻平行。阿多诺用军事术语来刻画音乐形式中逐渐加剧的危机，暗示以整个音乐史为语境，而不像曼那样，仅仅用描写心理状态的术语（孤立、绝望、发泄，等等）来呈现两种情形中的平行比喻。而曼的作品实际上表现出了糟糕寓言的所有特点，对此我们已做描述——这样说对曼的伟大小说没有丝毫不敬。

但是我们还没有与转义达成协议，尤其是那个无处不在的执着的过程（这个过程遭到了罗曼·雅各布森的谴责）：几乎所有修辞最终都会发现自己被纳入了暗喻的麾下。简单地说，将阿多诺所使用的突破与曼所使用的突破区分开来，所用的关键词是叙事。暗喻不是叙事。实际上，认识到作为去叙事的暗喻的根本效果，认识到通过纵向或超验的暗喻比较或认同，以此来打破横向联系，在我看来这是最有成效的操作方法。暗喻将我们擢升至一个超越了运动或时间性的世界，一个没有喻指改变的世界（只要它自己是一种修辞），一种非空间，在那里"永恒"是一个恰当的单词，只要人们从消极方面来理解这个单词，把它理解成对我们来说还没有名字的某个东西的名字，它可能是语言本身。我不确定这是否向来就是走向诗歌灵感的要素（直到最后失败，它才没进入叙事之中）。当认同过程被当作法庭证据一样拿来逐一检查，玫瑰被分解成花蕊、花瓣、茎、颜色、气味，等等，此时它就会瞬间消失。暗喻没有组成部分，但是一旦对暗喻进行细数，就会走向寓言，走得再远一些，就变成了某种元叙事运动。正是这种考查允许我们对暗喻性认同进行区分，如将托马斯·曼的军事突破与阿多诺的音乐形式发展中的历史性寓言区分开来。

我应该补充的是，在这个例子中，"突破"是另一个误用阿多诺思想的例子（阿多诺本人是共谋），以抽出诸如"晚期风格"或"非同一性"等被命名、被具体化的概念。还没有机会被固化为信条，被商品化的术语就已经解体，正是这一点使得阿多诺的作品成为辩证思考的典范。

◆　　　◆　　　◆

马勒的第六交响曲向来被视为马勒作品中最难的一部，无疑对演奏者和听众都是如此。它于 1906 年 5 月在艾森首次演出，这个地方有故事，位于鲁尔工业区核心的艾森是克虏伯工厂及克虏伯家族的所在地，换句话说，这个企业是两次世界大战中德国的武器供应商。在"德国重工业摇篮"进行首演，这让一位评论家感到震撼，这位评论家是最为精明的评论家中的一位，他认为这具有重要的象征意义：

所有那些驱逐、无情、军事化的节奏、机械性的打击，以及尖锐的对照，作品中弥漫着太多这些东西。在我看来，这与这部作品首演的地方有着共同的特点。在这里，铸铁厂、工厂将铁注入给铁血总理，所制造的枪在一战中打响，让铁血总理的"铁血战士"鲜血四溅。似乎要阐释的部分内容是：作品提前8年就在文化上对即将发生的灾难发出了预警。所以我相信这部交响曲首先是一部20世纪的作品，可能还是20世纪的第一部交响曲作品，它呼吸着克虏伯和弗洛伊德所呼吸的同样的空气，它所关心的问题是我们时代的问题，因为我们时代太多的地方是在艾森的熔炉中造就，如同它在维也纳的诊疗室里被造就一样。[24]

那么这部奥地利或维也纳作品中的德国元素就并不比罗伯特·穆齐尔（Robert Musil）的《没有个性的人》中伟大的德国商人、知识分子安海姆（Arnheim）的出现更为陌生，这导致达根（Duggan）指出，我们

剥光马勒19世纪的音响效果及民间记忆。与第五交响曲相对照，如同在明亮的舞台上投播出一首痛苦、无情的哀歌，让悲剧朝某种具有共相的东西开放，隔空巩固了悲剧的共相，肯定了它与当代的关联性。[25]

我相信它最后的意思是，想要对第六交响曲中过分个人化、过分自传性的版本进行纠正，自从阿尔玛·马勒的解释之后，这个版本的解读不断扩散。阿尔玛·马勒的解释引发了人们对这一问题的兴趣：如此荒凉的作品怎么会在众人看来是马勒人生中最幸福的时刻出现？婚姻，孩子，夏天的湖畔，他的作曲小屋、小船，等等。

我认为，我们必须用彼此之间的辩证关系来理解最先的两种解读，正是个人的满足才让作曲家得到释放，能进入现代世界及其冲突所暗示的更加幽暗之处。

然而，一个果决的、不走传统路线的评论家因此对马勒人生中的这个"幸福的"插曲得出了一个非常不同且更加现实的观点。赛思·莫纳汉将这个夏日景象记载为

婚姻危机的经历。令人生厌的职责让年轻的妻子烦不胜烦，丈夫

的冷漠（后来莫纳汉认为实际上是性无能）让她恼怒不已，她对自己的社交孤立以及缺乏有创造力的发泄渠道深感不满……马勒是一个专横的、令人扫兴的工作狂，一个只顾自己的厌女者（"从现在起你……只有一个职业，"他在 1901 年写道，"就是让我幸福"），而她是一个自视甚高、思想独立的享乐主义者，比马勒小了将近 20 岁，并且已经习惯了成为被关注的焦点。[26]

这个修正越发重要，因为认可第二主题为"阿尔玛主题"，诠释者不可避免地被迫去考虑对交响曲的这类家庭的、自传层面的接受问题。我应补充一点，阿尔玛不出意料地成了马勒支持者们鄙视、谩骂的对象，从而经历了众多"伟大的男人"某个人生阶段的伴侣或搭档所经历过的命运，从福楼拜的情人路易丝·科莱（Louise Colet），到形形色色的中国帝王们的邪恶皇后。也就是说，她们是嘲讽的对象，同时也是最受人辱骂并被错误再现的人。她可能在性格上不好相处，但是她有自己的音乐才华和作曲天赋，而 1901 年马勒发布的那种禁令正式禁止了她发声。马勒似乎也赞同妻子是"帮手"这个传统形象，这个形象在 19 世纪的资本主义社会中处处可见，在易卜生（《培尔·金特》）及瓦格纳［森塔（Senta），科西玛（Cosima）］那里最为明显。

我细查这些，不仅是为了强调对交响曲的这种传记性阅读不可避免，不管它是多么短暂易逝，而且是为了强调以人物为中心来框定寓言这种趋势。如果阿尔玛主题是交响曲戏剧中的一个人物，那么行军主题也应该被拟人化，以做补充。这种结局只能略显荒谬过时，因为当代寓言的开端就是要彻底逃避拟人化。我们在这一章的结尾处将回到这个话题上。

目前我想要指出的是这两种解读：一战前紧张的政治—历史关系，以及有问题的家庭、婚姻关系，实际上这两种解读与寓言分析四层机制中的两个层面相互对应，也就是与奥秘层和道德层相对应。

那么很明显需要指出马勒所属的集合或机制，也就是字面层的文本，以及寓言阐释代码。我在这里提出的假设是，某种类似于阿多诺对音乐史的纯粹形式的解读（其背景是这个特殊的交响曲正在复制奏鸣曲形式，但它同时又在对奏鸣曲形式进行自返性的颠覆、批评）将至少提供一种缺失 *152*

的叙事选择：因为它的术语（一种体制化叙事或类属结构在其被复制的那一刻被"拆解"）假定了它们的历史起源（交响曲出现于法国大革命那一刻）以及它们的历史结果（马勒之后，调性结束），并投射出第三种叙事，这次是音乐历史叙事。

至于字面层，肯定只能是音乐文本本身。从音乐学开始与叙事分析调情的那一刻起，认同所带来的哲学问题就一直困扰着音乐学。[27] 它仿佛成了一个本体论问题：分析、叙事解读，这些真的是音乐结构的组成部分吗？或者，它难道不就是跟随所有阐释的"寄生"之风，被额外添加到音乐结构上去的吗？我不想在这个问题上表态，我只能说，我相信技术性的音乐分析本身其基本术语在更深层次上具有寓言特色：快板、行板，等等，这些术语毕竟很容易就摘掉面具，呈现出寓言原型的图景：大调与小调，不可避免地被二选一当作悲剧或喜剧处理。甚至连可视化的总谱表本身也不可避免地是一种起起落落的语言。至于说 12 这个数字，它统领音阶，我很确信数字命理学家们早已在其组成部分中发现了含义，隐约可与阿瑟·兰波在童年读物的字母中所发现的东西相比。

现在可以用我们所熟悉的传统寓言的四层机制来对发现的东西进行总结：

> 奥秘层：作为冲突与现代性的战争
> 道德层：夫妇，婚姻的不可能性
> 寓言层：奏鸣曲形式及调性的终结
> 字面层：时间性与永恒当下之间具有张力，作为张力的音乐

153 那么结论就是，我将回到拟人化这个问题上去，它常常成为关于寓言本质的各种误读的源泉，对当今的寓言尤其如此。现代思维中理性代替了拟人化，我常常将拟人化的消解刻画成实体论的消解的一部分。拟人化相信的是物体，而非过程，当此前提消亡时，面向拟人化的寓言就让位于一种不同的结构。

同时，在个人主体性经验及理论已经陷入危机，并且与各种不同的选择发生冲突的时刻，如果还要继续去认同那些拟人化人物的主题，这当然跟历史相悖。"主体"成为多个主体位置的空间；"主体"本身变成了一个

非个人化的意识的对象，主体跟陈旧的个体性或个人身份挂钩时所具有的那些特征，如今已不再有。如果不像惊人之语所说的那样，主体已经"死亡"的话，那主体也已经发生了哥白尼式的去中心化。尼采的观点是：承认上帝已死，这没有什么用处——如果说这句话的时候，没有相应伴随产生语法主体的流离失所，精神主体的流离失所。这些不同的理论，或者更好的说法是，晚期资本主义社会中个人经验的碎片化及方向的迷失盛行，这显然巩固了这些意识形态观念及意识形态项目。关于这方面的证词在不断积累，人们以不同的方式在绝望地"寻求个人身份"，而传统拟人化过程在这里即使谈不上令人不满，但至少已经变得不合时宜，且毫无用处。他们于是转向一种多重性的主体性，开始给大脑中的各种功能命名，给主体位置的多重性命名，那里是传统人物在消解之前曾经占据的位置。

毫无疑问，像马勒第六交响曲第一乐章这种作品，它会明确显示一些可识别的音乐"主题"，任何音乐叙事方法都必须直面这一点。无疑马勒是在以叙事的方式进行思考，他的早期作品被正式贴上了描述性音诗的标签（觉醒、春天，等等），而这里情况完全不同。实际上，马勒的信函说起这样或那样的第一主题时，他说的是发生在"英雄"身上的故事。在这一点上，我们不必跟随他（作者的意图不一定非得绑定在读者身上），显然人们可以认为这就是一个实用的工作术语而已，毕竟作曲家要应付大量 *154* 复杂的音乐符号及音乐发展。

我们已经表明：在第一乐章里，向我们迎面走来的无疑是一对不同的音乐身份（我们避免使用人物、行动元等叙事术语）。先是驱赶，如同行军般的无情的一章，其旋律如同旗帜招展；然后是一个非常不同的主题：渴望、浪漫、华丽的表达。

它们之间的相互作用显然构成了这一章的发展，轮廓已经显现。然而所揭示的东西却出乎意料，因为这里是争夺控制权的问题，是"女性"主题（第二主题，阿尔玛主题）最终取得了胜利。第二主题成功地吸纳了第一主题，第二主题有效支配了第一"阳刚"音乐身份中所有无情的驱动力。当然人们也能够求助于戏剧性冲突在精神上的微妙之处，辩解说情况恰好相反，这一转变是第二主题的失败，第二主题实际上已经被对手的精神重塑，已经被迫担负起了"他的"特征和价值。

无论如何，这种解读是有用的，至少它以独特的方式解决了这一交响曲中的问题：开篇后应该接上哪一章的不确定性。马勒对于第二章和第三章的顺序犹豫不决，这一点众所周知。其中一章为谐谑曲，几乎复制了第一主题中进行曲的强度，另一章是行板，比我们刚刚谈到的相当华丽的第二主题要浪漫、柔和得多。考虑到第一乐章结尾处形成的妥协，我想说的是，主要主题对这个结果可能会产生一种挥之不去的不满，第一主题的武断力量未被实现，可能会产生挫败感，那么能量必须在谐谑曲所做的新尝试中得到宣泄，在大多数的表演中，谐谑曲被选择作为第二乐章，这章给人的感觉非常像是对交响曲开篇乐章中行军精神的回归：严阵以待，坚定不移，绝不妥协。

155
然而，正如我们已经观察到的那样，在某些时刻，还是在第一乐章中，简单的对立被复杂化，为了获得别的东西，原先的演员表被扩大。精彩的安静时刻，莫纳汉把它标记为"乌托邦"，两个主题都如同被带进天堂，空灵缥缈，超然万物，没有斗争，没有发展，前面提到的有名的牛铃铛，还有竖琴，以及钢琴发出的几个不引人注意的淡淡音符，向我们保证我们的确已经搬进了另外一个世界。同时还有明显表现不同视角的时刻，音乐在可以触碰得到的范围内发生，如同在台下（或者如在第一交响曲开头那样，有奇怪的高音延音）。这不也是莫纳汉所说的另外一种形式——"假定的音乐"吗？在音乐事件发生的地方出现质的转变？一种被当作音乐的即时性或现实的本体论模式的改变？

这些时刻如何融入所命名的两个叙事中去呢？这两个叙事要讲述它们的故事。人物仿佛被送到一系列不同的世界中，到那里去展现他们之间永远的争斗。在那里，各种景观及气候让人迷惑，时而春天，时而严冬，跟从一个乐章到另一个乐章的传统不同，它是一个单独的音乐详述过程。

我在另外一个地方（也许不成熟）指出，我们将马勒的戏剧化约为两个交替出现的角色，其中一个角色我简单地称之为焦虑，另外一个角色就面临着一个语言问题，就是亚里士多德情感体系中平静或恢复平静曾经面临过的那种语言问题。[28]（愤怒的反义词找不到一个现成的名字，更不要说能用另外一种语言对它进行充分的表达。）然而现在我想的是：能不能像下面这样将这些状态充分的多样性列举、描述出来：驱赶或如同行军般的、咏叹调般的或歌剧般的、乌托邦-田园风的、超验的、暗喻性的（在这些时刻中，完全不同的旋律、和声在一个给定的状态中翻滚涌动，直至浮出水面）。最终，在圣咏曲或肯定性的齐声合唱中，传统的庄严试图赋予音乐某种稳定性，如果它不能将让音乐走向一种更传统、更具确定性的结尾的话。

　　关键是没有哪种状态获得了它们所要寻觅的成功。没有谁获得了真正 *156* 的满足，正如我们在第一乐章第一主题中看到的前进的动力。马勒式的激励感染、破坏了它们中的每一个，直至它们为某些新的情感努力做出让步。所以，在情绪骚动起伏的势头面前，即使这个新体系基本上有寓言特色的名字和寓言特色的身份，它也要做出让步，被迫一再选择，一再改变。对于尚且处于传统中的音乐语言及音乐语言的发展中，实际上这种让步具有现代性、关系性。正如在一切真正的现代艺术中，物的内在本质不是一种物质，而是一种转变，许许多多的转变，不断地进行调整，不仅是从一个音调转换到另一个音调，而且是从一种身份、价值、角度、范畴转换到另外一种身份、价值、角度、范畴。从这个意义上来讲，我坚持我的第一个诊断，我对内在激励原则的坚持就像一则寓言：永不满足，永远推进新发展，这是最全面的解读。

　　在更早的文本中，我将内在激励原则与拉康的死亡欲（驱动力）做了比较。我指的不是已被人们熟知的马勒作品中处处可见的种种对死亡的痴迷执着，而是它几乎已经变成了一种不朽的生物力量。内在激励通过运用个体组织来实现自己的目的，然后将空壳抛掉，如同抛掉旧鞋。它的坚持不可阻挡，不带个人色彩，它的满足未超出仅属于凡人的满足。它像王者一样横越，在路途上化归为无。那么这里形式的法则就是绝对的：不得有终极的满足，不得有终点，不得有圆满完成！（这实际上也是浮士德衰败的原因，他不明智地要让时间止步：停留片刻，你是如此之美！）

　　第六交响曲的终曲表现出了宇宙中的最高律法：终极满足既不被允许，也不可能获得。因为实际上在发展中的高潮时刻，某种类似于满足的东西在靠近，它完全是来自另外一个空间的声音——不是牛铃铛及雪山草地那种另外世界，而是一个非人类的世界，既不坏，也不好，冰冷、不带个人色彩，仿佛来自蒙田的"水星的本轮"——一种爆炸的声音，既不是

157 不和谐，也不是和谐，那种声音没有被列入人类的声音系列，演奏出这些声音的乐器被聚集到资产阶级的舞台上。它是一种毫无意义的震耳欲聋的干扰，听得出它仍然还是人类的音乐，只是这种干扰打破了音乐属世的发展。它是给人留下深刻印象的锤击的声音，律法的声音，羊角号吹响的声音，警告我们要远离被视为禁忌的满足，然后将我们遣送回尘世，去接受尘世间的命运。

因此，尽管艺术作品的结论总是幸福的结尾，不管内容是什么——只要它能保证将痛苦成功地改变为仅仅是一种表达而已（莎士比亚的悲剧即是典范："从前，在阿勒颇……"）。在这里，马勒的结论是真的具有"假定性"，在给成就命名时，结论是有成就，但同时也展现了成就的不可能性：它同时既能令人满意，又能令人不满意。欲望受挫，但同时欲望也通过表达本身得以实现。这就是马勒这部作品中所押下的赌注，几近形而上学的结果本身就足以总结他所唤醒的力量。

关于寓言，我想得出的结论是：某些定性的状态及状态之间的相互转换已经取代了早先对拟人化及身份的寻求。正是因为这个历史性的发展，以及从已命名的情感到全部无名情感这一伟大历史性转折的历史发展，在这里以及在别处，我都试图做这样的描述：马勒横跨了两种状态，正如他做了最后的尝试，要将贝多芬和罗西尼的传统结合起来，用寓言和讽寓解读来引诱我们，展示从本质上来讲音乐在时间上具有寓言的特点；同时，音乐也是非语言的，它避开了对发端于具有异化力量的单词、名字、语言的模式的分析。

注释

[1] Charles Youmans, *Mahler and Strauss in Dialogue*, Bloomington：Indiana University Press，2016.

[2] Richard Wagner, *Beethoven*, Leipzig：Elibron，2005，我的翻译。

[3] Michael Puri, "The Agony and the Ecstasy," *19th Century Music* 25：2-3，2002，228.

[4] Thomas Mann, *Doctor Faustus*, New York：Alfred A. Knopf，1948，133.

［5］In Franco Moretti, ed. , *The Novel*, *Volume 1: History*, *Geography*, *Culture*, Princeton: Princeton University Press, 2007, 4.

［6］Jean-Jacques Nattiez, "Can One Speak of Narrativity in Music?" *Journal of the Royal Musical Association*, 115: 2, 1990, 240－257.

［7］James Hepokoski and Warren Darcy, *Elements of Sonata Theory: Norms*, *Types*, *and Deformations in the Late-Eighteenth-Century Sonata*, Oxford: Oxford University Press, 2011; Bryan Almén, *A Theory of Musical Narrative*, Bloomington: Indiana University Press, 2008; Seth Monahan, *Mahler's Symphonic Sonatas*, Oxford: Oxford University Press, 2015; Robert Samuels, *Mahler's Sixth Symphony: A Study in Musical Semiotics*, Cambridge: Cambridge University Press, 2004.

［8］Leonard Meyer, *Emotion and Meaning in Music*, Chicago: University of Chicago Press, 1954.

［9］Immanuel Kant, "Antinomies: The First Conflict," *Critique of Pure Reason*, Cambridge: Cambridge University Press, 1997, 470－475; and see also, famously, Jean-Paul Sartre, *Nausea*, New York: New Directions, 2013, 37－40.

［10］也见 David B. Greene, *Mahler*, *Consciousness*, *and Temporality*, New York: Gordon and Breach, 1984。

［11］Northrop Frye, *The Anatomy of Criticism*, Princeton: Princeton University Press, 2000, and Hayden White, *Metahistory: The Historical Imagination in Nineteenth-Century Europe*, Baltimore: John Hopkins University Press, 2014.

［12］Michael Steinberg, *The Symphony: A Listener's Guide*, Oxford: Oxford University Press, 1998, 101.

［13］Max Weber, *The Rational and Social Foundations of Music*, trans. and eds. Don Martindale, Johannes Riedel, and Gertrude Neuwirth, Carbondale: Southern Illinois University Press, 1958.

［14］Arnold Schoenberg, *Style and Idea: Selected Writings of Arnold Schoenberg*, Berkeley: University of California Press, 1985, 151－152.

［15］图的复制获牛津大学出版社许可，来自 Seth Monahan，*Mahler's Symphonic Sonata*（Oxford：Oxford University Press，2015），103，114。

［16］见"Transcendence and Movie Music in Mahler," in *The Ancients and the Postmoderns*，London：Verso，2015。

［17］Theodor W. Adorno，*Philosophy of New Music*，Minneapolis：University of Minnesota Press，2006，80−81。

［18］Marcel Proust，*Remembrance of Things Past：The Guermantes Way*，New York：Vintage，1982，686−687.

［19］Terry Eagleton，*Sweet Violence：The Idea of the Tragic*，Malden，MA：Blackwell，2003.

［20］例如查尔斯·罗森就用 18 世纪戏剧来解读海顿的奏鸣曲形式（Charles Rosen，*The Classic Style*，New York：Norton，1998）。

［21］Monahan，*Mahler's Symphonic Sonatas*，26−27.

［22］James Buhler，" 'Breakthrough' as a Critique of Form," *Nineteenth-Cenetury Music*，20：2，1996，126−143.

［23］Ibid. ，127.

［24］Tony Duggan，"The Mahler Symphonies, " May 2007，music-web-international. com.

［25］Ibid.

［26］Monahan，*Mahler's Symphonic Sonatas*，133−134.

［27］见 122 页注 6。

［28］见第 2 章。

第5章
政治：民族寓言

A. 多民族资本主义时代的第三世界文学

从最近第三世界知识分子的对话来看，当前人们对回归本国国情有一种执念，国家回归了又回归，国名如锣，被敲响了又敲响，是为了引起集体关注：我们必须做什么，如何去做，我们不能做什么，我们比这个国家那个国家做得好的是什么，我们的独特之处是什么，简言之，就是谈论"人民"这个层面。这个方式跟美国知识分子一直在讨论"美国"的方式不一样，事实上，人们可能会觉得这一切不是什么新东西，它不过就是所谓的"民族主义"，而"民族主义"在美国已经烟消云散，并且也该如此。然而在第三世界（同时还包括最有活力的第二世界地区）某些民族主义至关重要，因此我们有理由追问：民族主义真的就那么糟糕吗？[1] 事实上，第一世界中某些历经去谬而更有阅世智慧的信息（更多指的是欧洲而非美国）是否就包括催促这些民族国家尽快走出民族主义呢？在我看来，柬埔寨、伊拉克、伊朗的状况提醒我们可以预知民族主义解决不了什么问题，但也并不意味着这些民族主义思想只能被某种全球化美国后现代文化替代。

我们可以对诸如第三世界文学之类的非经典形式文学进行连篇累牍的讨论[2]，但是向对手借武器——试图证明这些文本跟经典文本同样"伟大"——这一策略尤其容易让人自乱阵脚。其目的是想表明诸如达希尔·哈米特（Dashiell Hammett）之类的非经典形式真的跟陀思妥耶夫斯基一样伟大，所以他应该被允准位列经典。读者需要尽职尽责地忽视一切"低俗"作品的痕迹，然而正是低俗才构成了达希尔·哈米特的亚体裁。这些作品会立即招致失败，因为只用读上几页，每位陀思妥耶夫斯基热情的读者都会马上发现，在这里找不到读陀思妥耶夫斯基作品时的那种满足感。

经典与非经典判若云泥，以沉默来忽视这一点没有任何好处。第三世界文学将不会提供普鲁斯特或乔伊斯式的满足。可能更糟糕的是第三世界文学还会让我们想起我们第一世界文化发展过程中那些已经过时了的阶段，让我们得出结论："他们还在像德莱塞或谢伍德·安德森那样写小说。"

这种挫折感对现代主义创新（如果不是时尚变化的话）节奏怀有一种深刻的存在主义使命感。在此使命感的基础之上可以形成一个案例，它不是道德案例，而是历史案例。我们当下被囚禁于后现代主义，这个案例对此提出挑战。我们自己过去的文化与现在看似过时的境况及创新之间具有重大差异，这个案例号召我们去发现这些差异。

但我想用不同的方式来讨论这些问题，至少目前如此。[3] 同时人们对第三世界文本的这些反应也完全自然，完全可以理解，同时也非常狭隘。但如果经典的目的就是为了限制我们的审美同情力，就是为了发展一系列丰富而精妙的理解而这些理解只能用于少数精选文本，就是为了阻碍我们阅读任何别的东西，或是以不同的方式来阅读那些东西，那么这样的经典就是在使人变得贫乏。我们对这些非现代第三世界文本常常缺乏同情，事实上这不过是一种伪装，丰裕社会中的人对世界上其他地方的人具体怎样生活深怀恐惧，那些人的生活方式跟美国郊区的日常生活方式完全没有共同之处。过着有保障的生活，从来不用去面对都市生活的困难、复杂、挫折，这并不是什么特别可耻的事，但这也不是什么特别值得骄傲的事。况且，当人生经验有限时，人们对跟自己非常不同的人常常产生不了广泛的同情（我所想的差异包括了从性别差异到种族差异，甚至是社会阶级差异、文化差异）。

这些所有影响阅读过程的方式似乎如下：由于西方读者的品味（还有许多其他东西）已经为我们自己的现代主义所塑造，当一部第三世界流行小说或现实主义小说出现在我们眼前时，我们觉得此书仿佛已经读过，虽然这种感觉不会立即出现。我们觉察到在我们与这个异域文本之间存在着另外一名读者，一名作为他者的读者，我们体会不到在我们看来俗套且幼稚的小说叙事对他们而言既有新意也有社会兴趣。那么我所引发的恐惧与抵制就一定跟我们自己的感觉与他者读者的感觉极不一致有关，我们觉得为了跟那个作为他者的"理想读者"充分保持一致，为了能充分阅读这个文本，我们不得不放弃许多个人所珍视的东西，不得不认可因不熟悉而畏惧我们不知道也宁可不知道的存在及境况。

那么回到经典问题，我们应该只读某种类型的书吗？没有人说我们不该阅读某种类型的书，我们为什么不该阅读其他类型的书呢？毕竟我们没有被用船发配到某个爱开名著清单的人所热爱的"荒岛"。事实上，终其一生我们一直都在"读"着不同类型的文本，因为不管愿不愿意承认，我们大部分的存在都花在大众文化的角力场上，它跟我们的"伟大作品"极为不同，而且在一个碎片化不可避免的社会里，我们无不各据一隅。对我而言这是一个一锤定音的观点。本质上我们比那个还要碎片化得多，我们需要认识到这一点。"中心主题"、统一的个人身份，这是个幻觉，我们无须对此紧抓不放。诚实面对全球范围内的碎片化这样会更好，因为这种面对至少是一种文化起步。

最后要谈一点我对"第三世界"这个术语的使用。我接受对这个表述的批评，尤其是对这一点的强调：这个术语抹杀了整个非西方国家之间境况的根本区别（的确，伟大东方帝国传统与后殖民非洲民族国家之间的根本对立是如此巨大，后面会主要谈到这一点）。然而能够阐述第一世界资本主义、第二世界社会主义阵营、遭受殖民主义与帝国主义践踏的其他国家，我却找不到别的术语可以用来描述三者之间的分裂，并且可与"第三世界"这个术语一较高下。对于"发达国家"、"不发达国家"或"发展中国家"这种对立，人们只能谴责其中所隐含的意识形态对立。而最近的北层、南层概念，跟发展修辞相比，其意识形态内涵及重要性非常不同，不同的人都在使用这个表述，然而它隐含着一种对"融合理论"的照单全收。也就是说，从这个角度来看苏联和美国从大体上来讲是一回事。我在使用"第三世界"这个术语时基本上是描述性的，如果有人反对的话我认为这跟我的观点不是特别相关。

20 世纪最后这些年，何谓合宜的世界文学这一旧话题又被重提。是因为我们清醒地认识到我们周围有一个伟大的外部世界。同时，我们自己的文化研究在概念上已经分崩离析，这一点也许更重要。作为"人文主义者"，我们可能会因此而认可威廉·本内特（William Bennett）中肯的批评，他是我们当今人文学科名义上的领袖。他提出的解决方案是"西方文明伟大作品清单","伟大的文本、伟大的思想、伟大的观点"[4]。这又是一个贫乏的、希腊—犹太民族中心主义的尴尬方案,完全不能让人满意。我们忍不住要回到本内特自己提出的问题,他赞同并引用了梅纳德·马克(Maynard Mack)的话:"一个民主国家支持一个自恋少数民族被自己的形象迷得神魂颠倒,这种情况还要持续多久?"然而我们现在的确面临着一个特别的机会,我们可以用全新的方式对我们人文社会学科课程设置进行重新思考,重新检视我们以往所有"伟大著作"、"人文经典"、"新生导读"以及"核心课程"等各种类型传统的蹒跚步履和断壁残垣。

163

今天要在美国重新发明文化研究,人们就必须在新环境下重新发明歌德很早以前就提出的"世界文学"理论。在我们更当前的语境下任何与世界文学有关的概念都必须跟某些第三世界文学有着某种特定关联,我今天要说的内容恰好跟这个主题有关,这个主题并不一定就狭隘。

考虑到第三世界国家民族文化的巨大差异以及这些地区具体历史轨迹的巨大差异,提供某种所谓第三世界文学的普遍理论就显得不合时宜。那么所有这些都是一种权宜之计,其目的既是为了表明研究的具体角度,同时由于人们为第一世界刻板价值观所塑造,因此这也是为了传达人们对明显被忽视的文学的兴趣和价值。从一开始似乎就很特别:从人类学上来讲,这些文化中没有任何一个文化是独立无依的,或自主的。相反,这些文化以各种独特的方式与第一世界文化帝国主义紧密纠缠,进行着生死搏斗。这是一场文化斗争,它本身反映了这些地区被不同阶段资本主义侵入的过程中的经济状况,或者有时候人们委婉地把它称为现代化进程。那么研究第三世界文化的第一感觉就必须牵涉到我们对自己的新看法,用外部人士的眼光来看自己——只要我们在全球资本主义制度中对残存的旧文化还有强大的建构力量(也许我们并没有充分认识到这一点)。

但如果是这样的话,从进入资本主义的那一刻起就不可避免地会出现的特点其本身跟旧文化的本质及发展脱不了干系。在我看来,用马克思主义的生产方式概念来查验最能说明问题。[5] 当代历史学家似乎进入了对封建主义的特性达成共识的过程,作为一种形态,封建主义能够从罗马帝国或日本幕府时代的解体而直接进入资本主义。[6] 其他生产方式却并非如此。从某种意义上来讲,这些生产方式必须被暴力解体或摧毁,然后资

164

本主义的特殊形式才能植入，并赶走旧的方式。资本主义处在全球逐渐扩张的过程中，那么我们的经济制度就会遇上两种十分不同的生产方式，其影响会形成两种非常不同的社会、文化抵抗方式，即所谓原始社会，或部落社会，以及亚细亚生产方式，或大官僚帝国制。随着非洲社会文化在 1880 年代成为制度化殖民统治的对象，非洲提供了最明显的资本与部落社会共生的例子。而中国与印度则提供了亚细亚模式的例子。在亚细亚模式中资本主义与大帝国的关系十分不同。那么我下面所举的例子将主要跟非洲和中国有关。然而拉丁美洲的特殊情况也需要顺带提一下。拉丁美洲提供了第三种发展方式。拉丁美洲摧毁帝制的时间更早，如今拉丁美洲的集体记忆投射到了更加古老的过去或部落时代。因此先前名义上的独立征服让拉丁美洲立即面临了一种间接的经济入侵和经济控制，后来直到 1950 年代、1960 年代去殖民化时，非洲、亚洲才经历此种情形。

165

　　进行了这些初步区分之后，那么现在让我试着做一个笼统的假设来说说所有第三世界文化产品所共有的东西，说说它们与第一世界同类文化形式极为不同的地方在哪里。我想说所有第三世界文本必然都具有寓言的特点，更具体地说就是所有第三世界文本都得被当作国家寓言来阅读，即便是（尤其是）当它的形式主要是从西方再现机制，比如小说中发展而来。让我用一种过于粗糙、过于简单化的方式来阐述这一特点：私人领域与公共领域，诗歌与政治，我们所视为性领域及无意识领域与阶级、经济、世俗政治权力公共领域断然分裂，也就是说，让弗洛伊德与马克思对决，这是资本主义文化（即西方现实主义小说和现代主义小说）的决定性要素之一。我们许多理论试图克服这个巨大的分裂，但实际上恰好又再次肯定了其存在，再次肯定了其塑造我们个人生活和集体生活的力量。我们对文化信条深信不疑，在文化信条的训练之下，我们个人存在所亲身经历的东西与经济科学、政治力量的抽象理论之间不可通约、不可比较。因此根据司汤达的经典公式，我们小说中的政治就是"一场音乐会中响起了枪声"。

　　我想指出的是，虽然为了便于分析，我们仍将保留主体、公共性或政治性的分类，但在第三世界文化中，它们之间的关系完全不同。第三世界文本，即便是那些看似很个人化的文本，并且相当有性驱动力的文本，它

166　们也必须以国家寓言的方式投射出一种政治维度："个人命运的故事总是寓言故事，寓指着第三世界公众文化、公众社会中的交战境况。"正是因为政治与个人之间的比例非常不同，这类文本让我们在刚开始的时候感到非常陌生，从而遭到我们西方传统阅读习惯的拒斥。这一点还需要我补充吗？

　　我将以中国最伟大的作家鲁迅的第一篇杰作为例，把它当成寓言过程的最佳范例。西方文化研究对鲁迅的忽视是一个耻辱，以无知为借口也难以自行开脱。初读《狂人日记》（1918）时，每个西方读者总会如约把它解读成我们心理学术语上所谓的"精神崩溃"。小说呈现了主人公的日记和见解。他陷入了可怕的精神幻觉，病情日渐加重。他坚信身边的人在隐藏一个可怕的秘密——他们都是食人魔，这一点日渐明显。幻觉达到顶峰时，叙事者发现他的亲哥哥也是食人魔，他妹妹几年前死去，不是因病夭折，实际上是死于谋杀。他自己也是一个潜在的牺牲品，他的人身安全也受到了威胁。按精神分析的约定，无须开动内省机器也可得出这些客观理解：这个妄想狂观察到现实生活中周围的人都用恶毒的眼光看他，他无意中听到哥哥跟所谓医生（很明显，事实上他也是个食人魔）之间泄露秘密的谈话。这证明他的判断是真实的，能够被客观地（"现实地"）呈现出来。这里不用通过任何细节来展现它跟鲁迅所说的历史的相关性，不用通过任何细节来展现它跟超凡脱俗的西方/第一世界对此现象的阅读的相关性，也就是弗洛伊德对首席法官施雷伯的妄想幻觉的解读：空虚的世界，力比多的急剧消失（施雷伯称之为"世界灾难"），接下来就是试图通过妄想症明显的机制缺陷来进行重铸。弗洛伊德解释说："我们认为幻觉的形成是一种病理结果，实际上它是在试图恢复，是一个重建过程。"[7]

167　　　然而重建起来的却是我们所在的表面世界下所隐藏的另一个恐怖血腥的客观世界。如同噩梦般的现实世界被揭露昭示，日常生活与存在中的错误观念或自我开解被暴露无遗。从文学效果上来讲，这个过程可以跟某些西方现代主义进程相比，尤其可以跟存在主义相比：叙事被用来当作一种有力地探索现实世界与幻想世界的实验工具，这种探索跟某些预先假设存在着某种先在的"个人知识"的老式现实主义不同。换言之，要能完全理解鲁迅所说的噩梦般的恐怖，读者必须要具有某些类似的经验，不管是身体疾病还是精神危机。现实世界被恶意改造，我们身处其中，甚至在精神上都难以摆脱。如果用"抑郁"这个术语对妄想症进行精神分析的话，会投射回到病态的他者，所以使用"抑郁"这个术语会对这个经验造成破坏。而同样的经验如果用类似的西方文学的方法来看时——我在想康拉德的《黑暗的心》中库尔奇（Kurts）临终前的吃语"恐怖！恐怖！"——则恰好可以重新表现那种恐怖。将它转换成从严格意义上来讲属于个人化的、主观的"情绪"，唯有通过表现主义美学才可以实现——内在情绪不可言说、不可命名，唯有通过诸如外在症状之类的东西情绪才可表达。

但是毫无我所说的寓言联想的话，那么我们就不能恰当地理解鲁迅作品所具有的再现力量。病人从家人、邻居的态度举止中真切感受到人类相食，同时鲁迅也将此食人特点归结于整个中国社会，这一点应该很清楚。如果这种归结被称为"喻指"的话，那么它实际上是一种比小说"字面"层更加有力、更加"直观"的修辞手法。鲁迅想说的是：帝制被推翻后的中国饱受蹂躏、迟钝分裂，他的同胞们就是"可以按字面意义来讲的"食人狂，绝望中有最为传统的中国文化形式及程序为他们做伪装，为他们壮胆，为了活命，他们必须无情地相互吞噬。在那个等级森严的社会里各个层面上都在发生着人吃人的事，从蠢人、农民，直到官僚政府中居特权位置的精英。我想强调的是，那是一场社会历史噩梦，是一场恐怖的生活景象，是一个被精准捕获的历史时刻，其重要性远超西方现实主义或自然主义。在对割喉式资本主义或市场竞争的再现方面，西方现实主义或自然主义要狭隘得多。而且它还发出了一种独特的政治回响，西方的达尔文自然选择的噩梦跟它是天生的或神话般的对等物，但它不具备鲁迅文本的特点。 *168*

关于这个文本现在我想另外再说四点，它们将分别涉及这个故事中的力比多维度、文本的寓言结构、第三世界文化生产者的作用，以及故事中两种出路所投射出的未来角度。在处理所有四个话题时，我将关注强调第三世界文化力量与塑造我们的第一世界文化传统之间巨大的结构性差异。

我已经表明在鲁迅小说这种第三世界文本中力比多跟个人政治元素及社会经验之间的关系跟西方非常不同，跟塑造了我们的文化形式非常不同。让我通过下面这种概全化的方式来阐述这种差异，或者说这不是差异而是一百八十度大转弯。西方传统将公共领域与私人领域分开，前面我已经提到这一点。政治使命被重置，被拿来进行心理学分析，或者被主观化。比如说，用俄狄浦斯反叛来解读 60 年代的政治运动，我们每个人对此都很熟悉，无须多言。这种解读只是漫长传统中的一个片段，政治使命被重新拿来进行心理学分析，并且用它来解释怨恨这种主观力量，或者用它来解释独裁性格，这一点可能不是那么广为人知，但从尼采和康拉德的反政治文本，一直到冷战宣传，如果仔细阅读，还是能够发现这一点。然而展示此观点跟目前语境无关，目前语境下将展现它在第三世界文化中的颠倒状况。我想表明心理学或者更具体地说对力比多的投入将主要被当作政治术语和社会术语来阅读。（下面所谈的是一种假设，专家完全可以对其进行指正。它提供了一种方法论上的例子而非一种中国文化研究的"理论"，这一点我希望无须补充。）有一点我们被告知：在宇宙论中，伟大的古代帝国是通过类比来实现认同，而在我们西方则是分拆开来进行分析。因此经典性行为手册与揭示政治力量的文本合二为一，天体运行图与医学传统合二为一，等等。[8] 那么西方的矛盾——尤其是个人与公众或政治之间的矛盾——在遥远的过去就被提前拒绝了。然而鲁迅文本中的力比多中心却不是性欲期而是口唇期，整个都是关于吃、摄入、吞食、结合等身体的问题，洁净与不洁净这两大根本类别也是由之而生。我们现在必须想一下中国大餐所具有的万分复杂的象征意义。不仅如此，我们还必须想一下在作为一个整体的中国文化中餐饮艺术实践所占据的核心位置。人们可以看到汉语在表达性事方面词汇丰富而且跟"吃"紧密相连，吃的中心位置也可以由之得到确认。人们还可以看到"吃"这个动词在日常汉语中随处可见（例如大吃一惊）。这些观察有利于我们更好地感知这一特别敏感的力比多领域，能有助于我们更好地理解鲁迅如何运用它来对一场社会噩梦进行戏剧化描述。西方作家则会将它仅仅视为个人执念，视为纵向维度的个人创伤。

在鲁迅作品中，人们能看到食物方面的越界，这一点在《药》这则恐怖的小故事中表现得最为明显。故事描写了一个临死的孩子——孩子之死是鲁迅作品中不变的主题——他的父母运气好，他们获得了一种"屡试不爽"的药方。此处我们必须记得跟西方不同的一点：不是"拿中药"，而是"吃中药"。在鲁迅看来传统中医是最能表现普通中国文化中江湖骗术的地方，它不可言说而且吃人不吐骨头。在鲁迅作品选集第一部的重要前言中[9]，他回忆了患肺痨的父亲所经受的痛苦与死亡。为了购买昂贵、稀罕、荒唐可笑的药，鲁迅家本来就家道中落，如今积蓄就消失得更快了。然而我们感觉不到鲁迅的愤怒里面所蕴含的象征意义，除非我们想起正是因为这些原因鲁迅才决定要在日本学西医（西医是西方新科学能带来集体 *170* 复兴的缩影），再后来他才认识到文化生产（我甚至想说他所说的文化生产其实是一种精密的政治文化）才是一剂更加有效的政治良药。[10] 那么作为一名作家，鲁迅既是一名诊断专家也是一名医生。在这则可怕的故事中，男孩是这位父亲延续香火的唯一希望，结果医治男孩的方法竟然是大白面馒头蘸上刚刚被处决的罪犯的鲜血。当然孩子还是死了。但注意到这一点很重要：更准确地说，所谓罪犯其实是一名倒霉的国家暴力的受害者，一名政治激进分子。他的坟头神秘地被同情他的人放满花朵。同情者不在场，人们也不知道同情者是谁。在分析这样的故事时我们必须重新思考我们自己的传统概念——叙事的象征层（比如说性与政治可能彼此同质）是一系列的圆环或回路，彼此相交，彼此决定。在穷人的丛冢这个地方，食人治病这种骇人听闻的事件最终与公然的家族背叛及暴力政治压迫相交。

　　这一新的图绘过程让我在谈到寓言本身时态度谨慎。寓言在西方长期名声不佳，在华兹华斯和柯勒律治引领的浪漫主义革命中更是成为具体攻击对象，然而当代文学理论中语言结构也似乎在经历着一场复兴。正如在以前现代象征主义乃至现实主义遭人反对是因为它们具有大量的、重要的统一性，如果说寓言今天再度与我们意气相投的话，这也是因为跟象征所具有的同质性相反，寓言的精神本质跟含义不定的梦境一样，它具有非连续性、断裂性和异质性。在解读复杂的系列人物及个性刻画时，它们与各自的对等物——对照（例如班扬作品中的刻板形象），这是我们的传统概念中寓言的基础。也就是说这个指称过程是单向度的。然而文本每次出现，对等物本身都在不断地发生着改变，这个概念更让人不安，但只有我们愿意相信这个概念，指称过程才可能是一个复杂的动态过程。

　　在这里鲁迅也给我们上了一课。鲁迅写的短篇小说和随笔从来没有发 *171* 展成小说形式，但是他至少给篇幅更长的小说带来了一种方法，一个名叫阿 Q 的倒霉苦力的系列逸事的篇幅更长，我们可能会想这个故事就是一则某系列的中国态度和中国行为模式的寓言。形式的扩大决定着语调的改变，或者决定着一般话语的改变，注意到这一点很有趣。死亡、痛苦、寂寞、虚空笼罩一切，出路是没有的——房子不但太静，而且也太大了，东西也太空了。[11] 它成为卓别林式喜剧的材料。在克服羞辱方面，阿 Q 有独门秘笈（从文化上来讲，这很寻常，也很熟悉），他的韧性也是源于此。当打他的人围住他的时候，阿 Q 不急不气，心中自恃高人一等，想着"'我总算被儿子打了，现在的世界真不像样。'……于是也心满意足地、得胜地走了"[12]。打他的人对他说，你甚至连人都不是，你就是头畜生！相反，阿 Q 回答说："打虫豸，好不好！我是虫豸——还不放么？"然而不到十秒，阿 Q 也心满意足地、得胜地走了，他觉得毕竟自己还是"第一个能够自轻自贱的人，除了'自轻自贱'不算外，余下的就是'第一个'。状元不也是'第一个'么？"[13] 除了现代科学技术、枪炮军队之外，洋鬼子们啥也没有，而且鬼子们的力量还多亏了自己，于是清王朝静静地鄙视着鬼子们。当我们想起垂死挣扎的清王朝这惊人的自尊时，我们就更能准确地理解鲁迅所讽刺的历史话题和社会话题。

因此，阿 Q 寓指着当时的中国本身。然而我想说说那些让整件事情变得复杂化的东西，那些迫害阿 Q 的人，一群无所事事的霸凌者，他们每天都从欺负阿 Q 这种受害者中寻找快乐，获得优越感。从寓言的角度来说，霸凌者也是当时的中国。那么这个非常简单的例子表明在本体、喻体改变位置的同时，寓言具有产生系列独特意义及信息的能力。阿 Q 是饱受列强凌辱的当时的中国，这个中国擅长在精神上为自己找理由，受凌辱这种事情甚至都没有被记录过，更不要说被回忆起。但与此同时，迫害者也是当时的中国，从不同角度来说，是《狂人日记》中那个可怕的互相残杀的中国，无情迫害社会等级中更加弱小、更加卑微的成员，这就是当时的中国对无权者的回应。

慢慢地，所有这些都向我们提出了第三世界作家这个问题，提出了知识分子的功能这个问题。由于种种原因，第三世界环境中的知识分子总是同时也是政治知识分子。今天知识分子这个术语本身已经逐渐丧失生命，仿佛它是一个灭绝物种的名字。因此今天来讲第三世界的课程最为及时、

最为紧迫。知识分子这一位置的空缺让人感到奇怪，最近的一次古巴之旅
让我强烈感受到这一点，在别的地方我的感受都没有这么强烈。我访问了
哈瓦那郊区一所大学预备学校。见证了一个自称第三世界社会主义国家的
文化课程，这对一名美国人来说有些汗颜。在三到四年间，古巴青少年学
习荷马史诗、但丁的《地狱》、西班牙经典戏剧、欧洲 19 世纪现实主义小
说名著，最后还有当代古巴革命小说，碰巧我们急需当代古巴革命小说的
英译本。但在一学期的工作中，我发现最有挑战性的是一门完全致力于知
识分子责任研究的课程。文化知识分子同时也是政治激进分子，他们是既
能产生诗歌也能带来实践的知识分子。古巴的课程描述——胡志明、阿戈
什蒂纽·内图（Agostinho Neto）——明显有文化决定的特点，而我们自
己相对应的内容可能会是更加熟悉的杜波依斯（Du Bois）、詹姆斯
（C. L. R. James）、萨特、聂鲁达或布莱希特、科隆泰（Kollontai）或路易
丝·米歇尔（Louise Michel）。但是其实这个讲座的目的是为当今美国教
育提出新的人文概念，知识分子的作用研究应该是所有提议的关键要素，
加上这一点也没有什么不妥。

　　我已经谈了一些鲁迅对自己职业的看法以及他对从医的推断。但关于
他的著作前言，可以说的东西更多。前言不仅能够帮助我们理解第三世界
艺术家的关键文献，而且它本身也是一个蕴意丰富的文本，完全是一件艺 *173*
术杰作，可以与最伟大的小说媲美。在主观情绪投入与刻意不带个人色彩
的客观叙事之间，鲁迅作品保持着独特的比例，前言就是一个绝佳的例
子。充分讨论这些关系需要逐句评论，我们无暇顾及。然而我要引用一则
小寓言故事，他的朋友，同时也是他未来的合作者，请他写文章，他描述
了自己的两难困境：

　　　　假如一间铁屋子，是绝无窗户而万难破毁的，里面有许多熟睡的
　　　人们，不久都要闷死了，然而是从昏睡入死灭，并不感到就死的悲
　　　哀。现在你大嚷起来，惊起了较为清醒的几个人，使这不幸的少数者
　　　来受无可挽救的临终的苦楚，你倒以为对得起他们么？[14]

这个历史时期的第三世界知识分子似乎处于绝望的境地（这时候中国共产
党才刚刚成立，但同时中产阶层革命的破产已经很明显），他们看不到出

路，看不到实践或改变的形式。很快我们就会发现实现独立之后的非洲知识分子也是这种情况，在历史的地平线上政治出路连影子都没有一个。通过形式或文学来展现这个政治问题，这就意味着叙事可能走向终结，后面我们会具体谈到这一点。

在一个更加宽泛的理论语境下——正是在这个理论形式下，现在我想至少应该将这个主题提上议程——"文化革命"是马克思主义传统中最有力量的形式，我们必须要恢复对"文化革命"究竟是什么的感觉。中国最近历史上发生的具体事件不是参照，虽然不言而喻毛泽东思想必须是一种参照。人们说"文化革命"这个术语是列宁发明的，明确是为了识字运动、普遍的学术研究以及教育方面的新问题。最近历史上又是古巴表现得

174

最为精彩，最为成功。然而，我们仍然必须进一步扩大概念，把关注点看似非常不同的人也包括进去，其中有葛兰西、威廉·赖克（Wilhelm Reich）、弗朗茨·法农（Frantz Fanon）、赫伯特·马尔库塞（Herbert Marcuse）、鲁道夫·巴罗（Rudolph Bahro）、保罗·弗莱雷（Paolo Freire），可以看看他们关注的范围和焦点。虽然显得过分仓促，但我还是想指出他们的这类作品中投射出来的"文化革命"展开了对葛兰西所说的"属下"现象的讨论，即在精神上自觉低人一等，并且习惯于卑躬屈膝、恭敬顺服，在统治境况下必然会发展出这种结构，在被殖民人民身上表现得最为激烈。但是在这里，就像经常发生的那样，像我们这种第一世界人们的主观习惯和心理习惯常常会导致我们的理解偏差。虽然"属下"心理主宰着人们，但这不是一个心理问题。从策略上选择"文化"这一术语，其目的正是要对这一问题进行重构，将其向外投射到客观领域，或者投射到某些非心理方面的集体精神上，但同时它不是一种简化还原，不是经济决定论或物质决定论。当一种心理结构被客观经济关系或政治关系决定时，那么就不能通过纯粹的心理治疗法来处理。但同样也不能通过纯粹客观改造经济、政治环境来处理"属下"问题，因为积习难除，摧残人的余毒难消。[15] 理论与实践相结合是一个古老的神话，这是这个神话的更加戏剧化的表现形式。尤其是在"文化革命"问题这个背景下（现在这个问题对我们而言显得既奇怪又陌生），如果要抓住第三世界知识分子，作家、艺术家的具体历史含义，我们就需要重新定位他们的成功之处与失败

之处。作为第一世界文化知识分子，我们让自己的意识终生受限于最狭隘的专业术语、官僚术语，从而鼓励自己产生一种特别的属下感及负疚感，恶性循环越发加剧。文学文章可能是带来真实后果的政治行动，对我们中的大多数而言它指的是对沙俄文学史或现代中国文学史略多点好奇心而已。但是也许我们应该考虑一下这种可能：我们这些第一世界文化知识分子正在牢不可破的铁屋子里酣然沉睡，如鲁迅所言，已陷入快要窒息而死的境地。

那么叙事终结问题，叙事文本与未来、与某种尚未到来的集体项目之间的关系问题就不仅仅是一个形式方面的议题或文学批评的议题了。《狂人日记》事实上有两个完全不同的结局，可以帮助我们考查作者本人在思考自己的社会作用问题上的犹豫和焦虑。一个结局是：在食人主义无处不在的不可能的环境下，被骗的主体呼唤着未来，最后一行字是向着虚空发出的绝望呐喊，"救救孩子……"但是这个故事也有另外一个结尾，在开篇就已经揭示。哥哥（他也吃人）开心地问候叙事者，说出了下面的话："劳君远道来视，然已早愈，赴某地候补矣。"所以噩梦事先就终止了。迫害狂的幻觉，他短暂、恐怖一瞥中所见到的表面之下血淋淋的现实，现在变成了恩赐，他被恩准回到幻想及遗忘的领域，在那里他重新占据了官僚、特权的位置。我想说只有付出代价，通过运用复杂的方式呈现共时、对立的信息，叙事文本才能够为真实的未来打开一个具体的角度。

在这里我必须中断插入几个观察然后再继续。首先，很明显只要想讲巨大差异——性别差异，碰巧还有文化差异——就容易受他者策略的支配，爱德华·赛义德在中东背景下称之为"东方主义"。所以文化的巨大他者性是受到表扬，抑或是得到正向评价，这个并不重要，正如前文所谈到的，区分是关键操作，一旦区分完成，赛义德所谴责的机制就已经就位。另外，我不明白第一世界文化知识分子如何才能避免这个操作，同时不会掉进某种普遍的自由主义和人文主义。在我看来，永不松懈地提醒美国公众别国国情非常不同，这是我们的基本政治任务之一。

但是在这里我想插一句提醒的话，对"文化"这个概念本身要谨慎。除非我补充指出，这个意义上的"文化"绝非可以就此止步的最后阶段，我对中国"文化"所做的推断就不是完整的。这种文化结构、文化态度从一开始就是对基本现实（如经济现实、地理现实）的重要反映，是为了尝试解决更加根本的矛盾，它超越了所设计的境况，以"文化模式"为具体形式幸存了下来，我们必须要想象到这一点。然后这些文化模式本身成为后人所面临的客观环境的组成部分，它们（以儒家思想为例）曾经是走出困境的方法之一，后来却成了部分新问题。

我觉得文化"身份"，甚至是国家"身份"也是不够的。人们不认可普通后结构主义对所谓"中心主体"的攻击，即攻击过气的资产阶级个人主义统一的自我，然后同为海市蜃楼的另一种意识形态得以复苏，它以集体身份信条的形式来实现集体层面的精神统一。关于人们对集体身份的吁求，我们需要从历史的角度来评价，而不是从某种教条式的无根基的"意识形态分析"的立场来评价。当第三世界作家（向我们）援引这一意识形态价值时，为了对"策略性地运用"这一概念所带来的政治后果进行判断，我们需要仔细考查具体历史环境。例如，在鲁迅所处的历史时刻，显然对中国"文化"及"文化身份"的批评会带来有力的、革命性的后果，这种后果在后来的社会格局中也许都不会出现。那么这可能是以另外一种更加复杂的方式提出"民族主义"议题，这一点我先前已经提到过。

就民族寓言而言，为了重点突出某些结构性的差异而强调它在一般人所认为的西方文学中的存在，这样做是恰当的。我脑中的例子是贝尼托·佩雷斯·加尔多斯（Benito Perez Galdos）的作品——它是 19 世纪现实主义最后、最丰富的成就。从民族这个意义上来讲，加尔多斯小说中的寓言特色比绝大多数更出名的欧洲前辈们的小说更加明显。[16] 用伊曼纽尔·

177 沃勒施坦（Immanuel Wallerstein）的世界体系术语的话，有些事情可能会得到很好的说明。[17] 从严格意义上来讲，虽然 19 世纪的西班牙并不是如我们在这里所使用的第三世界术语所指的边缘国家，但在沃勒施坦看来，跟英国、法国相比肯定是半边缘国家。因此在《福尔杜娜塔和哈辛达》（*Fortunata y Jacinta*）（1887）中，男主人公面临下面这种境况就不那么令人感到意外了。他在两个女人之间、在妻子和情妇之间、在中上阶层妇女和"人民"妇女之间（用民族国家本身的术语来刻画）来来回回，在 1868 年的共和革命和 1873 年的波旁王朝复辟之间犹豫不决。[18] 这部作品中同样也有在《阿 Q 正传》中发现的"漂浮"的结构，或者说可转换的寓言参照结构：福尔杜娜塔是已婚人士，是"革命"还是"复辟"，这同样也是依她的境况而定，她为情人离家出走，被抛弃后又回归家庭。

加尔多斯机智地采用了类比，但这不是重点强调的全部内容，它的可选择特点也需要强调：它不仅能让我们扭转小说全局，把它变成是对西班牙命运所做的寓言式评论，而且我们还能自由地颠倒其重要性的顺序，把政治类比解读成个人戏剧的比喻性装饰，解读成仅为个人戏剧的高度修辞手法。在这里，寓言结构的主要意图远远不是以戏剧化的手段表现政治身份、个人身份、心理身份，以某种绝对的方式将这些层面的身份分开才是它的主要意图。我们感觉不到政治与力比多的力量，除非我们能坚信两者之间有着巨大的差异。因此这种操作再次肯定（而非否决）了公共领域与私人领域之间的分裂，我们在先前的讨论中将其归为西方文明的特点。在当代对公私之分这种习惯更为有力的一场谴责中，德勒兹和瓜塔里提出了欲望概念，欲望既是社会的，也是个人的。

> 神经错乱是怎么发生的呢？也许电影能够捕捉住疯癫的运动过程，原因恰恰是因为它不可分析，不可后退，它是在对整个共存领域进行探索。在观看尼古拉斯·拉伊（Nicholas Ray）的一部影片时，这部影片再现的是肾上腺皮质功能异常伴发的精神错乱过程。一名过度劳累的父亲、中学教师、无线电出租车兼职司机，他因心脏病在接受治疗。他开始天马行空地思考：教育系统的一般问题，种族纯洁性需要恢复，社会秩序、道德秩序需要拯救。然后他又想到了宗教，想到了对《圣经》的及时回归，对亚伯兰的回归。但是实际上亚伯兰干了什么呢？唔，他杀了或者说他想要杀掉他的儿子，是神让他住手，这也许是神所犯下的唯一错误。但是影片中的这个男人，他自己有儿子吗？唔……这部电影精湛地表现了这一点：精神错乱首先是对社会、经济、政治、文化、种族、种族主义、教育、宗教等领域的投入，这一点会让精神病学家感到汗颜，精神病人的病症从各个方面向他的家人、向他的儿子发作。[19]

178

公共领域和私人领域之间存在着具体的社会鸿沟，依靠学术诊断或某些针对公私领域的更深层次关系的更完善的理论，公私领域之分所造成的客观结果就能被消除，依我第一世界经验来看，我本人不能下此断言。相反，在我看来，德勒兹和瓜塔里是在建议对这部电影进行一种新颖的也更充分的寓言式解读。那么与其说第一世界文化文本中没有这种寓言结构，还不如说它们已经成为潜意识，因此必须用诠释机制来对其进行破译，该诠释机制必须包含我们当今第一世界境况下所有的社会历史批评。我在这里要说的是，跟我们文化文本中的潜意识寓言不同，第三世界民族寓言是公然的意识：它暗示着政治与性动力之间有着极为不同的客观联系。

现在，在转向非洲文本之前，我想提醒大家这次特别的讲座是为了纪念罗伯特·C. 埃利奥特（Robert C. Elliott），是为了纪念他一生的工作。

179 《讽刺的力量》《乌托邦的形成》[20] 是他最重要的两部著作，讽刺与乌托邦的冲动看似是两种对立的力量（以及对立的文学话语），而事实上它们互相复制，以至于它们在对方的影响领域里悄然活跃，我认为这两部作品的核心就在于埃利奥特独辟蹊径，将两者联系了起来。他教导我们说，所有的讽刺在其内部必然具有一种乌托邦参照框架；所有的乌托邦不管它是多么安宁，或多么虚无缥缈，它都是被讽刺者因现实崩塌而产生的愤怒所悄然驱动。我刚才讲到未来时努力克制没有使用"乌托邦"，因为在我的语言中"乌托邦"换言之就是社会主义项目。

但是现在我将说得更明白些，我将从塞内加尔当代伟大的小说家、电影制作人奥斯曼·森贝内（Ousmane Sembene）的小说《咒诅》（*Xala*）① 中摘取一段来作为我的座右铭。小说标题指的是一种特殊的仪式化的咒诅或折磨，一名塞内加尔商人娶了一位美女为妻，这是他的第三个妻子，这位富有而腐败的商人此时已抵达人生巅峰，而此刻咒诅临到他身上。《讽刺的力量》已经影影绰绰地出现了！也许你已经猜到了，这咒诅就是性无能。这位朝圣者，这部小说里倒霉的主人翁，他拼命地寻找了许多药方，西医方子，部落土方子，但是都不管用，最后他听人劝说进行了一次艰苦的旅行，到达喀尔的偏僻之地去寻找一位萨满教的巫师，据说这名巫师力量非凡。他坐着马车，冒着酷暑，风尘仆仆。下面就是旅途结束时的情形：

———————

① 咒诅，一种诅咒男人阳痿的巫术。

走出峡谷，他们面前是一片空旷的平原，锥形草屋顶出现在地平线上，由于历经风雨，草屋已经变成了灰黑色。牛群四处散落，瘦骨嶙峋为争夺地上稀疏的青草而犄角相向。远方隐约有几个人在唯一的井边忙碌。赶车人进入了他熟悉的地盘，一路跟人问安。塞林·马达（Sereen Mada）的房子除了大得惊人之外，在构造上跟别的房子别无二致。村庄的房屋呈半圆形排开，只有一个入口，塞林·马达的房子位于村落中央。村里没有商店，没有学校，也没有诊所。事实上，整个村子毫无魅力（奥斯曼总结道，然后仿佛后来才想起，于是又增加了这一句灼人的话）。村里的生活是建立在社区相互依赖的基础之上的。[21]

180

于是过去与未来的乌托邦空间——一个集体合作的社会世界猛然被抛进独立后的新民族资本家或买办资本家腐败的西方金钱经济中，事实上，这个文本比我所知的任何文本都能象征性地表明这一点。奥斯曼煞费苦心地向我们显示这位曾经到麦加朝觐的哈吉不是工业主义者，他的生意完全跟生产无关，他只是欧洲各国的人们与本地开采工业之间的中间商。在哈吉的生平描述中有一个重要事实不可省略不说：哈吉年轻时热衷于政治，曾因支持民族独立运动坐过一段时间的牢。对这些腐败阶级进行讽刺（在《最后的帝国》中，奥斯曼将延及桑戈尔本人），这清楚表明独立运动是一场失败，因为独立运动并没能发展成一场普遍的社会革命。

19 世纪的拉美、20 世纪中叶的非洲名义上实现了民族独立，这场以实现真正民族自治为唯一可理解的目标的运动结束了。这个象征性的近视不是唯一的问题，非洲国家仍然必须面对法农曾经做过的预言，有一种结果非洲国家仍然需要与之斗争，即接受独立与争取独立并非同一回事。这是因为唯有在革命斗争中，新的社会关系、新的觉悟才能得到发展。在这里，古巴历史同样也具有指导性意义。古巴是 19 世纪拉美地区最后获得自由的国家，然而它的自由立即为另外一个更加强大的殖民势力所控制。现在我们知道在 1959 年古巴革命中，19 世纪晚期从未停止过的游击战〔其中何塞·马蒂（José Martí）是游击战的象征〕起到了不可估量的作用。如果没有艰苦卓绝的地下斗争的话，我认为当代古巴会另有一番不同

160

的景象。这种地下斗争如同汤普森的"鼹鼠逃窜曲",游击战的经验如同鼹鼠在历史中打洞,在穿越漫长过去中创造独特传统。

181 　　所以独立是一个有毒的礼物。在获得独立之后,诸如奥斯曼,或肯尼亚的恩古吉(Ngugi),他们发现人们重新陷入鲁迅式的困境之中,人们有社会变革及社会创新的热情,却找不到代理人。我认为这明显也是一个审美困境和一场再现危机:认同敌人并不难,他们讲着另外一种语言,明显穿着殖民征服的外衣。当这些人被你自己的人取代,此时对与外部控制力量之间的关系进行表征就要困难得多。新领袖当然会甩掉面具,露出独裁嘴脸,不管它是老式的个人独裁形式,还是新式的军事独裁形式。事实上独裁小说已经成为拉美文学的一种类别,这类作品最重要的特点就是有一种深刻而让人不安的含混,作品向独裁者表达了深切的、最高的同情,唯一的解释就是,它是弗洛伊德移情机制扩大化的社会变体。[22]

　　这些作品表现了当代第三世界社会的失败,人们一般视之为一个激进的诊断。在传统意义上,它却被指认为"文化帝国主义",其影响无面孔,无代理人,其文学表现似乎需要发明新的形式,其中曼纽尔·普伊格(Manuel Puig)的《丽塔·海华斯的背叛》可以说是最独特、最新颖的作品之一。人们可以得出这样的结论:在这些情况下,传统的现实主义远远没有讽刺寓言效果好。出现在我脑海中的是奥斯曼的某些故事(除了《咒诅》之外,我们还应该提到《汇票》),这些故事比恩古吉给人印象深刻,同时也比问题重重的《血色花瓣》效果更好。

　　然而这个故事却明显完全将我们带回到寓言问题上。《汇票》进入了典型的第二十二条军规的悖论。倒霉的主人公由于没有身份证,因此无法将来自巴黎的汇票兑现,可是他在独立之前早已出生,因此他没有身份证明文件。同时没有兑现的支票开始一点点消失,而新债又在日渐堆积。虽
182 然会犯下时间错误,但我还是很想指出这一点:这篇小说发表于1965年,但它预言式地描述了我们这个时代可能发生在第三世界国家身上的最大不幸,那就是发现了大量的石油资源。正如经济学家已经表明的那样,发现石油远非代表着拯救。相反,这会让他们立即陷入永远别想偿清的无尽外债之中。

　　然而这个故事提出了一个议题,该议题最终必将成为分析奥斯曼作品

的核心议题之一：古老/部落元素在其作品中所扮演的含混角色。观众们也许还记得他的第一部电影《黑女孩》中令人迷惑不解的结尾，欧洲雇主被戴着原始面具的男孩追赶，而追赶并无结果。同时像《塞内加尔的独立》（*Ceddo*）或《天神》（*Emitai*）这种历史影片似乎意在唤起人们更加古老的回忆——部落对伊斯兰或西方进行抵抗。然而从历史的角度来看，其结果无非是挫折和最终的失败，几乎很少有例外。然而奥斯曼不应被视为带着复古色彩的，或者说带着乡愁情绪的文化民族主义者。因此确定这种古老部落价值吸引力的重要性就显得至关重要。在《咒诅》《汇票》等现代作品中，这一特点表现得尤其微妙、突出。

我怀疑第二部小说的更深层次的主题并不是为了谴责现代民族官僚，而是想展现在当代金钱经济中传统伊斯兰教里的施舍价值观经历了历史性的转化。穆斯林有施舍的义务，事实上这部作品正是用如此这般的另一个未完成的要求来结束故事。然而在现代经济中施舍穷人的神圣职责被转化为一种来自社会各阶层的白吃白拿者的疯狂进攻（现金终究是掌握在一个被西化了的有钱有势的表兄手里）。主人公真的被一群秃鹫啄食得一干二净。不仅如此，那意外从天而降的宝藏立即将全社会变成了残暴而不知餍足的原告，如同鲁迅所说的食人主义，只不过是金钱版的食人主义。

同样的双重历史视角——资本主义关系的叠加急剧改变了古老习俗——我认为在《咒诅》中也有所展现，更加古老的伊斯兰制度及部落制度中的一夫多妻制通常以滑稽的结果被展现出来（在现实主义故事中人们再也难以容忍作者的干预，然而在寓言故事中这种形式却仍然完全合适）：

> 城市一夫多妻制的生活值得人们了解。人们可以称之为地理上的一夫多妻制，与乡村一夫多妻制相对应。在乡村一夫多妻制中，所有妻子、孩子都混住在一起。而在城市里既然家庭四散居住，孩子们与父亲几乎没有接触。这种生活方式下的父亲必须辗转于不同房舍，而且只有在夜间临睡时分父亲才会出现。因此当他有活可干时，他是主要的经济来源。[23]

183

事实上，哈吉的痛苦被生动地呈现在我们面前。在他第三次结婚时，这次结婚将巩固他的社会地位，他认识到自己并没有自己的家，而且如遭天谴一般他不得不从一位妻子的房子搬到另一位妻子的房子，而且他怀疑每位妻子都应依次为自己的不幸境况负责。但是我刚刚读到的这一段表明不管你希望如何看待一夫多妻制本身，在这里它都是一个凭之可以打开历史视角的二价元素。哈吉在大城市里的旅途越来越疯狂，资本主义与更加古老的集体部落社会生活形成一种对照并置的关系。

然而，这些都不是《咒诅》最主要的特点，这部作品可以说是大胆而节制，事实上，它是教科书级别的"急转直下"[24]，我在别的地方已经提到过这个概念。小说开篇就造成这种效果：在某种一般习俗中哈吉被解读为一名具有喜剧特色的受害者。在一瞬间一切都出了毛病，他的性无能突然引发了一场更大的不幸：无数债主登门逼债。因为走霉运，他被打上了屌丝的标记。这一过程伴随着戏剧式的同情和恐惧，虽然作品并没有对人物暗含多大的同情。事实上，这部作品在风水轮流转的过程中表达了对特权西化新贵的厌恶。然而我们可能都理解错了，结果是他的妻子们并不是这一仪式性咒诅的根源。突然倒霉，而且是倒大霉〔这简直可以跟弗洛伊德所说的"诡异"（The Uncanny）媲美〕，我们忽然了解到一些新东西，

184 哈吉的过去让人不寒而栗：

> "我们的故事要回到很久以前，回到你跟那个女人结婚不久以前。你不记得了吗？当然你不记得了。我现在成了啥？"（一名衣衫褴褛的乞丐在跟他说话。）"我现在变成这副样子，全是你的错。你还记得吗？你在杰科（Jeko）卖掉的那一大片土地属于我们部落。你跟高层人士合谋，篡改了部落名字，你抢走了我们的土地，无视我们的抗议，无视我们的产权证明，让我们在法庭上丢了官司。你夺走了我们的土地，你还不满意，你还把我投进监狱。"[25]

因此资本主义的原罪被揭露了出来：不是什么工资待遇问题，不是什么金钱掠夺问题，也不是什么无情的、不针对任何个人的市场节奏问题，而是如此这般抢占土地并私有化，从根本上扫除一种更加古老的集体生活方式。这是最老资格的现代性悲剧，昨日曾经光顾过美国原住民，今天正光顾着巴勒斯坦，在奥斯曼的电影《汇票》（被称为 *Mandabi*）中再次被隆重介绍，此刻片中主人公遇到的迫在眉睫的问题就是流离失所。

我想通过这个恐怖的"压抑重现"表明，它给故事带来了明显的整体转变。转眼之间我们不是在进行讽刺，而是在进行一种仪式。在塞林·马达本人的带领之下，乞丐与痴人们作践哈吉，要求他顺服，唯有通过这个可怕的羞辱贬低仪式，导致他阳痿的咒诅才能被解除。故事的再现空间被提升到了一个新的整体领域，此领域回首触及一些原始的力量，它甚至以预言的形式预告了现实的崩塌毁灭。脑海中不由自主地跳出了"布莱希特式间离法"一词，也许这个词语并不能对从第三世界现实中冒出来的这些新形式进行充分的解释。然而在这个出乎意料的整体结尾中，往前追溯，前面的讽刺性文本就被改变了。一个讽刺故事，其主题、内容是仪式化咒诅降临到故事中的人物身上，而转眼之间故事本身变成了一个咒诅仪式——所有想象出来的系列事件变成了奥斯曼本人对其作品中主人公那类的人物所进行的咒诅。罗伯特·C.埃利奥特对讽刺话语在萨满教咒诅中真实行为的人类学起源有着深刻的洞见，而这部作品所提供的精彩证据无人能出其右。

185

我所指明的第三世界文化中的民族寓言的要旨，其起源、地位何以如此，我想用几点思考来总结这些问题。毕竟我们熟悉当代西方文化里的自我指涉机制。难道这不就是自我指涉机制的另外一种形式吗？只不过社会文化背景有着结构性的区别罢了。也许吧。但如果是那样的话，为了恰当地理解这个机制，我们就必须颠倒重点。想想我们文化中对社会寓言的争论，以及西方他者中关于社会寓言的几乎无法逃脱的操作。我认为应该用情境意识（我更喜欢用"唯物主义"这个更普通的术语）来把握这两种截然相反的现实。黑格尔对主奴关系[26]的分析可能仍然是刻画两种文化逻辑之间的差异的最有效的方式。两个平等的人竞相获得对方的认可。一方为了这个至高的价值甘愿牺牲生命。另一方则是布莱希特式的英雄懦夫，他谦逊地自嘲，由于太爱肉体，太爱物质世界，他甘愿为了续命而屈服。凶恶而毫无人性的封建贵族得逞，他们鄙视不被尊重的生活。如今他们是主人，继续享受着被他人认可的好处，而所谓的"他人"如今成了卑微的农奴或奴隶。但此刻发生了两个明显的颠倒，具有辩证特点，也具有讽刺性。现在只有主人才是真正的人，因此在次人类生命形式——奴隶获得奴隶身份并且这个身份没能给奴隶提供真正满足的那一刻起，"认可"便消

186 失了。黑格尔冷峻地说："主人的真相是奴隶；反之，奴隶的真相是主人。"但第二个颠倒也正在形成：因为奴隶被号召为主人而劳动，为主人提供与其至尊地位相符的物质利益。但这也意味着最终只有奴隶知道现实为何物，知道物质的阻力为何物；唯有奴隶能获得某些其所处环境的物质意识，而那也恰好是对他的惩罚。然而对主人的惩罚却是唯心主义，主人可以享有不受地点限制的自由，任何关于其具体环境的意识都能像梦一样逃离，像明明挂在嘴边却记不起来的单词，像烦人的疑虑，像百思不得其解的迷惘。

我们美国人，世界的主人，在某种意义上正好处于同样的位置。这一点触动了我。从顶端展望，我们的认识论存在着严重缺陷，其主体被简化为一系列碎片化的、主观性的幻觉，被简化为孤独游牧民的贫乏的个人经验，被简化为正在死去的个体肉身，没有共同的过去，也没有共同的未来，完全不可能获得社会整体性。这种无处安身的个体性，这种结构性的唯心主义使我们能奢侈地拥有萨特式的眨眼，瞬间便愉快地逃离了"历史的噩梦"。但与此同时，我们的文化也受到责罚，变成了心理主义，变成了个人主观性的"投射"。而第三世界就没有这些状况。无论如何，第三世界都必须具有情境性，必须是唯物的，对第三世界寓言本质进行阐释，最终必定会归结到这一点。讲述共同经验本身是一项艰巨的任务，它最终必定会涉及讲述个人故事、个人经验。

这种寓言异象我们不熟悉，它在认识论上具有优越性，我希望我已经表明了这一点。但是与此同时，我必须承认积习难改，对这种揭示现实、揭示集体总体性的方式我们感到不习惯，常常觉得难以容忍，它让我们处于《押沙龙，押沙龙！》小说结尾处昆丁所处的境地——喃喃自语，否认着开脱着说道："我不恨第三世界！我不恨！我不恨！我不恨！"

然而，即便是那种抵抗也是有益的。当我们在日常现实中与全球其余三分之二的人打交道时，我们完全可能会觉得"事实上第三世界毫无吸引力"。但是光有这种感觉还不能算完，只有当我们嘲笑着说："第三世界的生活是建立在社区相互依赖的准则之上的"，这才算完。

B. 评论

前面那篇论文发表于 1986 年，无数人对它进行了不同的攻击，其中 *187* 既有来自马克思主义者的攻击——他们谴责论文缺乏阶级政治；也有来自各种种族、族裔、性别（身份）政治的追随者们的批评——他们发现这篇文章是一个很好的载体，可以用来对社会主义、马克思主义立场进行攻击。实际上，开启这场讨论的激进印度学者已经表示后悔自己的干涉被持续不断地用来作为各种攻击及批评的载体。[27] 理顺这场争论中的问题还是有价值的，尽管对有些读者来说，由于世界政治场景的变化问题可能会变得不易辨识。

通过坚持第三世界文学与偏狭且具有本位主义特点的美国文学研究之间的巨大差异性——因为对美国文学研究而言，外国文学及外国语言文学（甚至是欧洲文学）几乎就不存在——我的意图是想提出关于全球化这个概念形成之后所谓第三世界文学的问题。这个讨论竟然会受到来自身份及少数族裔文化政治这一立场的攻击，这显得是个悖论，但是这些批评家感觉最主要的地方是"第三世界"这个术语是一种诋毁，尽管事实上这个口号始于 1955 年的万隆会议，它团结了世界上许多既不正式属于美国卫 *188* 星国集团，也不属于苏联卫星国集团的比较贫穷的国家。

这也正是艾杰兹·艾哈迈德（Aijaz Ahmad）反对的地方，他质疑伟大的乌尔都传统是否应当被列入这一不协调的标签之下。我立即感觉到他的话语中反映了曾经强大的帝国结构跟文化背景非常不同的"不发达"国家交往时心中的不适，比如在印度及中国身上会发生这种不适。实际上，我个人所知道的印度左派分子在使用冒犯性语言的时候毫无顾忌（但是跟印度左派分子相对应的中国"左派"分子却不是那样的）。但是很显然第三世界这个概念在今天不再具有同样的流通价值了，提到的一些国家已经演变成工业及制造中心，中国已经成为第二大世界强国，前第二大世界强国或社会主义世界已经解体，它们中的大多数国家都在"享受着"半信半疑地"朝资本主义转向"这个过程。

I

艾哈迈德对我的文章的更根本的反对是他感觉（他的感觉是对的）这个文本反映了毛泽东的实践在理论上、政治上跟经典马克思主义或布尔什维准则相悖。国际阶级形势可被描绘成第三世界国家农民革命包围富裕国家城市资产阶级——似乎放逐了不同民族—国家内部的阶级斗争，将其转移到了全球范围内的阶级斗争，放到了外交政策层面，从而摈弃了在第一世界和第三世界国家中都不可避免的实实在在的阶级关系。这不是我的意图，尤其是我觉得阶级斗争在两个层面上都存在，只不过是以不同的方式存在。

呈现这个"左派"的历史性冲突有一个更简单的办法：虽然经典马克思主义对城市工人阶级的功能做了理论阐述，与之相反，毛泽东思想呼吁农民成为革命的主要力量，结果造成关系紧张，1960 年中苏关系最终破裂。可能关于冲突的这个过分简单化的版本需要在两个方面做出修订，这不是为了反映意识形态的冲突，而是为了反映一种再现的两难。

首先，如果人们把 1917 年的苏联革命视为两场同时发生的不同的革命[28]，一场是反沙皇、反战争的城市工人阶级革命，另一场不同的革命发生在农村，由要求土地私有的农民来进行（跟法国革命和其他农民革命传统一样）。在那种情况下斯大林 1928 年的集体化就构成了苏联的第二次革命，或者说是完成了第一次革命。这个观点似乎能加剧所提到的意识形态差异，并且能强调毛泽东思想关于布尔什维主义的创新性。

其次，当今农民几乎已经消失，随着绿色革命及随之出现的农业企业，先前的农民变成了（农庄）工人，他们的私人领地被纳入垄断形式（而非集体所有制的形式）。然而与此同时，朝鲜、越南，甚至是中国，这些国家以前是第三世界中的强国，对这些国家而言，第三世界与第一世界之间（如今被重新定义为发展中国家与发达国家）的差别已经丧失了政治意义。随着自动化、信息技术及计算机的发展，产业工人阶级这个术语受到质疑。在这些情况下非民族主义社会组织这一概念本身（在我看来能被寓言化）要么变得问题重重，要么就已经调整适应环境，被其他小组整编（种族、族裔、性别、主题总能在民族观念的构建中起作用，但迄今为止仍然极有必要地附属于经济生产）。

这些政治上的两难对寓言问题有影响，因为这种"身份"团体的文化必然会保持其寓言的特点。但是在我看来，今天对我先前的论文进行讨论 *190* 更加有成效的是先前讨论的形式，因为它提出了国际政治的寓言本质。它的两个维度——给定民族环境下的阶级斗争以及世界范围内全球化力量的作用——至少目前缺乏共同的尺度。也就是说，正是因为两者之间的差距及在两者之间进行调节的难度，这才是当今左派最根本的政治问题，在一个转折性的环境中没有哪种传统政治（内部政治斗争以及发展变化极为不同的国际政治）已经具有了稳定性、规定性、可识别性、可确定身份的形式。一个自诩为抵抗美国霸权及帝国的人（换言之，即反世界资本主义）就能在内部政治环境中充分证明自己有资格被称为信徒，就可以占据左派、革命、社会主义立场吗？在任何情况下，艾哈迈德的反对不包括任何对寓言观点的批评，他的反对将层与层之间的关系这一关键的寓言问题前置，在这种情况下是否存在着任何恰当的寓言阅读，因为如果说没有冲突的话，那么至少在奥秘层（或世界政治层）和字面层（国内政治层）之间存在着根本性的断裂，这是造成政治无目的性和政治冷漠的原因。我们处于一个全球阶级形成的阶段，我们不能指望在内部阶级斗争与外部阶级斗争这两个层面的对立中出现一种连贯的阶级政治，艾哈迈德的文章无意中揭示了这一点。

可能我能够很好地解释不可通约性的相互作用。通过与一些熟悉的示例保持差异且不交叉，共时存在的多个维度之间相互作用，我也能够很好地解释其本质是什么。在理论领域，恩斯特·布洛赫对这种多维度、不可通约性有一个著名的概念，他那令人难忘的短语"不共时的共时性"[29]（nonsynchronous synchronicity）这一构想可谓一针见血、引人瞩目，它表达了"发展不平衡"这一马克思主义概念，布洛赫最初设计这个概念是为了描述 20 世纪 20 年代的德国。

但是我主张用一个奇怪的、难以理解的思维形象，即所谓的多维棋。几个不同的棋盘同时存在，每一个棋盘被配置的力量不同，其中任何一个 *191* 棋盘上的棋子每走一步都会对布局造成不可预见的影响，都会对它与其他棋子之间的相对力量关系产生不可预见的影响。我们正是存在于这种世界、这种总体性之中，目前这些不同棋盘上、不同维度间棋子的移动没有能够做到耦合。通过最为狡诈的多维策略，这些棋子的移动可能会在某一个独特的连接点上让彼此的力量得到增强，这样的时刻终将到来，这难道是不可想象的吗？但是这个科幻小说般的例子可以很容易被转换成当代社会中的一个更亲切、更现实例子，如果我们转向在美国被称为足球（soc-cer）的活动的话。

实际上，足球（这项"美丽的运动"）结合了下棋与集邮。当代足球实际上在多个层面上真实地存在着，这本身就是全球化的表现，我们可以简单地把它划分成本地、国家、国际等维度。球员在开始足球运动的时候从小在街头接受训练，他们极有可能来自较穷的社区。这就是为什么在最初的大的足球城市里，常常会出现两支队伍，一支是大众球队，另外一支球队其观众及大部分球员更主要的是来自所谓中产阶级以及中产阶级学校。这种阶级对立明显不会对运动带来损害，即便是在单独一个地方，也需要来自对手的刺激，而且双方只能通过大量的比赛和对抗才会得到增强。但是对抗——这种为了让运动得到发展而做出的要求——只不过是资本主义暗流所表现出来的最初、最明显的阶级症候。它与足球同步发展，在第一次方向移动中它就横越了运动本身的内部演化及策略。

在接下来那一刻，更加成功的球队就会想跟民族国家中其他城市及地区的对手们较量。但是随着运动的利润的增加，更有钱的球队将开始从对手那里买明星球员，首次打破本地维度。球迷们很能接纳这些外来球员，外来球员也会全心全意地调整适应他们在运动方面的新家乡。但是内部的距离仍然存在，外来球员完全有可能被其他本土球队吸引，而且球队主人会破坏运动的本地特点，不管球迷们如何保持其对本地球队的热爱与忠诚。

192

同时，商业对运动自主性的进一步干涉变得很明显，不仅表现在真正成功的球队以及它们的国家对手越来越繁荣，而且还表现在越来越多地吸引外行人士，甚至是外国人士前来购买球队及转会。这一发展当然反映了国际层面上（例如出现了俄罗斯寡头成为新的投资来源）越来越多的商业贸易往来。

　　它预示着这个运动自身得到扩展，如今在一个更宽的层面上——在一个国际化的层面上得到扩展，欧洲小球队及非欧洲球队的发展都是如此。它会完成来自第三世界国家，尤其是南美、巴西的足球"资本"的原始积累（过去一直如此）。那里有着惊人的"后备军"，球员可以加入本地队、国家队，但本地队、国家队都会成为他们过去曾经加入过的球队。

　　新的跨国竞争及世界杯以现代奥林匹克运动为模型，它明显提供了一种全新的"格局"，可以让民族主义、仇外倾向、种族主义激情等各色民族主义投入其中。同时，下一步本地的阶级对抗将会更加公开化，民族竞争将会升级。那个含混的东西——民族——开始成为两类集体情绪之间的一种媒介（实际上是两者之间的调节），只要在所谓国际阶级斗争中民族内部的争斗就能巩固民族的核心地位。

　　国际足球市场的发展看似具有积极性，但是与之相伴的是它在本土市场（在这一刻，要强调我们所讲的故事是关于结构，而不是讲这个故事的时间先后顺序）带来其他更加消极的影响。首先，因为垄断，所有最好的球员都逐渐被一些主要球队买走，将其余的本土参与者降到了地方水准，让国内竞赛变得越来越无趣。国家于是起到了一种双重作用：一方面一些一流球队代表国家足球，另一方面真正的"国家队"成了世界杯这种国际竞赛中的正式参赛球队。

　　那么，在那个国际化的世界里，国家队的对手们发现他们不得不并肩作战，对抗敌人，主体位置发生了矛盾转换，我甚至可以说是一种辩证性 *193* 的转换。但这种辩证性对被各种国家队或地方队招募的外国球员来说要更加戏剧化。在这里，我们可以看见两种系统开始交叉，来自其他地区的球星，如来自巴尔干或拉丁美洲的球星，发现自己（不管他多么有名，多么有钱）有责任回到祖国，为国家队效力，而他的国家队常常与他暂时的前队友们为敌，而那些前队友们也被遣散，以回应各自祖国的召唤，不管他们有多么不情愿。

　　这是一种双重身份，远比地方球员被一个更加强大的其他本国球队吸收更为让人头痛。而且这还造成一种荒唐的双重标准，一名给定的球员同时以两种不同的模式生存，他同时是两个次级系统的成员，同时为这两个次级系统所约定。在每个系统中，他都有一个明星教练，其方法或世界观可能会跟他所对立的队友构成最尖锐的冲突，这些队友在另外一种生活中可能是其最讨厌的对手。全球化有悖论的特点，然而在这些悖论中，在民族国家继续存在并发挥形式作用期间（它常常对融入不同世界体系持敌对态度），回到国家队效力的国际球员恢复了他最初的语言，恢复了他作为一个地方球员的最早存在的语言。

外国民族分子（foreign nationals）基本上是在三层结构的体制中流通，在我看来这一点描绘了当今世界体系的主要问题，正如在多维棋中他们完全可以同时既体验到自主，也体验到从属。足球球员深陷于他的起源、他的家乡球队、他的国家代表之中，他是全球多维化中最为戏剧化的人物。在关于民族寓言的文章中谈到了这个问题，并且做了假设。

这个认知图绘的哲学背景可以从同时性及不可通约性这两个概念中找到。第一个概念，贝内迪克特·安德森（Benedict Anderson）在民族的出现[30] 中已经做了丰富的评注，同时必须要强调否定性及矛盾性。所论及的两个或三个层面不和谐，而且它们都能够以自主的形式出现，这是对同时性进行观察的最佳方法。它是一种不和谐，我们用"不可通约性"这个术语来描述，这个术语借自尼尔斯·玻尔（Niels Bohr）对量子物理的再现两难的叙述。术语的优势在于：它有恰当的历史性的不确定性，你可以测绘它、用图式来表达它，或者用图表来表达它（也就是说，对它进行再现），却不会掉进两个诱人的选择陷阱：神秘的不可言喻性，或教条式的决定论。但是我们应当理解这种情况（我们已经通过两个例子来说明）对世界政治和世界文学同样有用，今天的寓言必须被理解为一种方法，同时它也是一个问题。

II

民族寓言这个提议本身不就标志着是在倒退回我一直所反对的拟人化实践吗？集体性不是一个人物，不能以这种或那种拟人化的形式被具体化。问题是集体性也不能真的被概念化，正如我在别处所说，集体化甚至不能被合适地命名（"合适"在这里是一个恰当的德里达的话语），甚至连看似中立的术语"集体性"（collectivity）也会误导人，只要它所炫耀的认知抽象指的是某种人与人之间的均质化，而这种东西并不存在。整个历史中集体性一词所衍生出的一切名字也同样如此，从"家族""城邦"，直到"民族""人民"，或者是裹上了政治外套的术语如"民主""共和"莫不如此。卢梭的公意（General Will）是这些命名实验中最为勇敢的尝试，因为它指明了这个概念与现存个人的所有集体性之间的距离，它不是作为经验实体的国家，尽管这会招来批评。也许公意是一种意识形态上的"规范性观念"，是为了集体行动每个集体性都该具有的东西。

　　无论如何，正是对集体这个概念的极度缺乏——拉康的"并非全部"——预示着遭人诟病的"总体性"一词的丑闻。"总体性"一词的优势在于它是非人格化的，它的劣势在于这一单词带来数字上的弦外之音，使它看起来就像黑格尔的"坏的无限性"的表亲。对于那些吸收了一点福柯思想的人来说，这个术语邪恶的地方在于，它宣称要给总体知识指定一个地方，而集权主义就在那里走向成熟。但是不幸的卢卡奇，他是这个口号的先锋，他从来没有这样宣布过。实际上他的理论恰好相反，他的关键性表达是"渴望总体性"，显然批评他的人跟他并没有相同的渴望。

195

　　可能这一点在民族主义领域最为清楚，这也是批评家们谴责这篇文章的另一个地方。民族主义显然是一种强大的集体力量，人们可以从审美上崇拜它，而且还必须是从远处崇拜它。民族主义与语言、地理合而为一，这也产生了未被探讨的话题。但是我赞同德勒兹的判断，民族主义只有在刚出现、尚无力量的阶段才具有积极性[31]；胜利的民族主义，掌权的民主主义，民族国家，如果它不是在夺权以超越民族主义身份这一过程中，那么它永远不会令人敬仰。这也很好地解释了为何民族这个概念本身（跟我上面所列出的其他所有概念一样）是空洞的，它只能引来病态的集体自恋和足球流氓行为。我们在寻找可以替代它的新概念方面也没有令人满意的结果。联邦主义总是不奏效，但更重要的是，它似乎起不到一个概念、一个价值的作用。可能联邦主义这个概念仍然还带着太多的宽容与利他的氛围，它令人自恋的地方仍然不足，做不到让人为之迷恋不已。这里我们肯定是在靠近集体心理化的过程，这是应当不惜一切代价去避免的（跟弗洛伊德不一样，马克思从来没有掉进这个坑）。

　　这就是我们经常坚持的集体的不可再现性，这个观点还必须坦率地对民族主义这个术语进行谴责，它通过科学客观的表象获得了术语上的清白，但它跟所有其他概念一样都具有意识形态性。我要补充的是民族主义的先驱们——人民、民族、部落、种族、家族、群体、族裔、群众，部落人用不为人所知或早已消亡的语言来为自己命名，所有这些奇奇怪怪的单词——所表达的不是某种不可命名的普遍状况，而是一种历史性的时机，每个表达都是有用的次优解，正如在我们目前这种黎明状态下缺乏类似的术语，全球化不是一个永恒的概念，它毫无疑问将最终受到新的提议、新的可能性的挑战。[哈尔特（Hardt）和内格里所贡献的"大众"一词就是其中之一，而且还并非最无价值。]

　　在这个阶段我想提出另外一个术语——有一种自然的异国情调，因此新鲜而不为人所熟知——对德勒兹而言是"即将到来的民族"（peule à venir），尚无名字的集体性，这个单词就是"团体精神"（asabiyya），伊本·赫勒敦的译者们把它翻译成"群体感觉"。[32] 跟其他任何术语一样，这个术语也携带着其起源的污渍与痕迹。在家族体系里，从技术上来讲，它可以从词源学上被翻译成亲属关系或血缘关系。这反映了这位伟大的柏柏尔历史哲学家在《历史绪论》（Muqaddimah）中的思想：只有围绕着亲属关系或家族关系才能建立稳定的社会。实际上伊本·赫勒敦的历史愿景中明显具有循环的特点，他的信念能解释这个观点的合理性：一个国家解体，它的发展离最初的家族团结越来越远。也许把伊本·赫勒敦视为一名历史哲学家是一种错误，因为他脑中没有终极的目的，甚至没有一个普遍的伊斯兰共同体。相反，他跟马基雅维利相似，他真正的兴趣在于如何保持国家统一，如何确保维持国家，是什么东西导致了一个国家的衰败与消亡。（这个共同的关注点解释了为何马基雅维利总是被视为不道德，因为他关心的是国家的长存问题，不论它是以何种形式存在：独裁、共和、寡头，以及其他所有合乎逻辑的政府形式。）是否每个所谓的"历史哲学"都在暗中思考政治形式中究竟什么形式具有持续性，所谓"历史的终结"因此就还原成如何找到一种能持续到永久的国家形态，乌托邦在这一点上也没有什么不同。

　　然而"团体精神"这个概念有用是因为它提供了一种集体凝聚力，这种凝聚力不以观念为基础，也不以"家庭"这个更加有限得多的概念为基础，因为团体先于家庭。"团体精神"也不是一个心理学概念，尽管在英语中有将它变成一个心理学概念的尝试，而任何对群体心理学的认同都必须被坚决抵制。血缘关系的概念是一种比喻的或想象性的联系，是一种恋物癖，因为没有人真正知道谁是他们的亲属，他们只知道他们长大的部落。然而这个概念本身坚持肉体与精神、客体与主体、集体物质性与集体意识形态或群体精神具有一种不可区分的关系。它还将这个关于团结的首要基本关系放到了让社会保持连贯性的位置上，无须通过抽象的政治安排。但是在家族这个概念中，也包括了一种量的元素，跟初民们最早的本能有关，他们群体的猎人、采集者不能超出某个维度，人口增长也有一个限度。

第一个要求就是那些暗中破坏了民族作为一种完备的社会形式的东西，因为民族性是一种想象中的团结，大体上可以跨越任何共存的具体形式。为了有凝聚力，因此民族需要仰仗于两种类似物，或准物理替代物来替代那些直接联系，那些替代物就是语言和地理，它们都是以纯粹象征的方式发挥作用的物质实体。

在充分全球化的今天，关于具体社会网络的生活与巨大的人口规模之间的距离，人们对此几乎难以构想。彼得·斯劳特戴克是当今唯一一个严肃面对全球人口问题的理论家，他曾总结道："今天的人们完全没有准备好有意识地与数十亿其他主体共存。"[33] 以全球化—本土化作为应变方案，这已经成为刻板定见，不幸的是斯劳特戴克那复杂而振奋人心的调查与思考也受到了这一定见的限制。

同时，任何解决这一矛盾的新方法都必须要考虑卢梭的反论断，即公意，换言之，一种群体精神，它事先与所有既存群体绝对分离，也不与任何具体的人口规模相对应。这个逻辑选择是迄今为止这个矛盾中唯一一个有连贯性的选择，在更小的传统的社会单元中形成的大脑对此"还没有做好接受它的准备"，正如我们看到理性思考或哲学思考受到了类似的限制：限制我们理解力的不在于脑子的大小，而在于与我们共存的其他人的数量。在回归这一根本点上，团体精神跟任何其他东西一样有用。

集体问题需要被当作一个工程问题来思考。它可能始于卡尔·施密特（Carl Schmitt）对政治的伟大定义：选择敌人与朋友。[34] 萨特用了另一种说法：没有外部敌人、外部威胁，活的集体凝聚力就无法形成，不管是大的集体凝聚力，还是小的集体凝聚力。[35] 这是一个凶恶的结构性原则，如果它果真如此的话。即使你将阶级及阶级冲突视为终极现实，即使超越了各种民族主义的虚假承诺，它也预示着未来出现任何一种你可以想象到的无阶级的局面是困难的。[36]（生态智慧可能会表明，在那种情况下，我们可能仍然会因为我们的头号敌人——自然本身——而团结在一起，这个前景并不比别的选择更有吸引力。目前，在危机情况下，"自然"是一种政治盟友，只有社会主义才能使我们免受其摧毁。然而作为凡夫俗子的人类，自然总是，首先是我们的敌人。）

III

综合起来，那么集体不能被概念化，我们不能给它命名或认可它的存在。这就是为什么拟人化有必要持续存在，作为一个不可分割的次优解，从我所说的"外交寓言"，到最糟糕的种族主义辱骂、族裔辱骂，甚至是性别辱骂中，并且是在最有爱的人中，拟人化到处盛行。我们无须伦理判断，或者是善恶二元对立，就能区分出集体拟人化中的好坏。无论是好的拟人化还是坏的拟人化，两者都是暗示性的，都辩证统一于具体化中。当我挑选出一种集体性并对其倾注我的力比多时，真正起作用的不是我的情感内容，而是被挑选出来的东西：对团体的命名，而这只能以刻板定见的方式出现，每一种刻板定见或拟人化，总是一种潜在的诋毁——亲犹主义与反犹主义之间只有一石之隔。

而不管在何处，混杂团体共同生活在一起的时候个人总是不得不通过刻板定见的方式来为自己导航。民族（nation）一词始于中世纪的巴黎，人口混杂、语言不同的学生群体出现了。下面是葛兰西在一封信中对其意大利狱友所做的性格学上的描述：

> 有四种根本的划分：北方人、意大利中部人、南方人（包括西西里人）、撒丁人。撒丁人完全不跟其他人打交道。北方人表现出一种

内部团结，但似乎没有组织，对他们而言，他们是小偷、扒手、骗
子，但他们手上没有沾人血，这是让他们感到骄傲的地方。在意大利
中部人中，罗马人最有组织性，他们甚至不会告发他们中间那些对来
自其他地区的人进行间谍活动的人，只是他们自己不信任间谍就是
了。南方人有高度的组织性，据说他们中间还有如下分支：那不勒斯
区、阿普利亚区、西西里区。对西西里人来说，构成荣耀的点不在于
偷了东西，而在于手上沾了人血。[37]

不用说，没有共同的"民族"做捆绑的人们若要共同生存的话，这种判断　*200*
将会更加极端。在一种不同的集体的层面上，种族主义、种族渊源将所有
这些都展现了出来，我们会观察到，直接构成了我们对人物的界定的不是
我们在关于情感那一章中所考查到的材料与体系，而是公共空间所提供的
一般知识或文化能力，再也没有什么"我们对其一无所知的遥远的国度"
这种地方了。仿佛"情感"理论经历了一种深奥的发展，如今旧的被命名
的情感降级为一种下层阶级所使用的东西，它们现在以各种种族主义思想
及民族定见的形式过着自己的后理论生活，而这种生活全是围绕着旧情感
体系所产生的类别组织起来的。

这些东西演化为一系列关于不同民族性格的陈腐定见，成为堆放谩
骂、侮辱、偏见、族裔或种族主义定见的地方。在人们的理解中，对集体
的普遍看法（即使是一些积极的普遍看法）总有必要以漫画或刻板定见的
形式出现。比如说，人们可能希望对某个民族或族裔群体表达崇拜或迷恋
之情，但结果总是表现为各种特点的组合（例如他们工作效率真高，或他
们真的很懂得如何享受生活），而且其价值可能在转瞬之间发生一百八十
度大转弯（他们是工作狂，他们又懒又爱占便宜），从而让这一特点成为
最猛烈的情绪发泄的对象或辱骂的对象。

实际上，人们已经观察到"民族"这个术语最开始时是用来给中世纪
晚期来巴黎生活学习的各种外国学生分类的，汇聚在不同区域一起生活的
学生们被称为民族，其语言、穿着、行为都被当地人及当地规训力量视为
极其不同。在文艺复兴时期，这些特点自成体系，围绕着民族"性格"出
现了一种文学类别，它给游走于欧洲各地的旅客提供指南。人们对世界其　*201*

他地方更是一片茫然，所以只能以就像最近被称为东方主义的那种更加普遍的文化上的定见来应对。

这些性格学上的区分全都以现有的情感体系为基础（如以情感体系中最古老的"四体液"体系为范式）将各种不同的情感编码为性格学（黏液质、胆汁质、多血质、抑郁质）。结果产生的定见体系仍然在说不同语言、有不同信仰的人群中存在，例如巴尔干人、高加索人、斯堪的纳维亚人、东南亚人，等等（与之相比，我们本土的种族主义在学术上相当贫乏），在这里我斗胆称之为"外交寓言"。

"民族性格"这种东西依然还存在吗？游客常常认为依然存在。但世界旅游业的发展（同时还有无处不在的套话：全球化背景下民族国家正在走向衰败）使得这些臆测显得如果说不上是声名狼藉的话，那么至少也使它显得很琐碎。

IV

然而这种刻板定见也是真实的，换言之，它们有黑格尔常常谈到的"表象的真实"，而且它们在本质上也具有叙事性。我想通过历史书写中的一个关键点来阐述这一点，可能是因为这个话题与我们当今去中心化的世界外交局面有相似之处，人们对此产生了新的兴趣。我在这里追随的版本是克里斯托弗·克拉克（Christopher Clark）在这一话题上的纪念碑式的著作《梦游者》（2012），该书表明叙事的兴趣本身不在于对拟人化的民族进行苛刻的认同，而在于其流动性。[38]

是朋友还是敌人？自从普法战争以及阿尔萨斯-洛林被兼并以来，很明显在法国人的想象中，德国就主要占据了敌人的位置，是国家的头号敌人。然而自从拿破仑失败之后，又出现了那样的敌人：背信弃义的阿尔比恩（大不列颠）。实际上克拉克强调说大英帝国在所有其他欧洲列强中激起的焦虑比在俄罗斯激起的焦虑更大（实际上在德国没有激起那么大的焦虑，克拉克淡化了海军方面的竞争），俄罗斯在阿富汗的重大游戏中将英国列为主要对手（英国也把俄罗斯列为主要对手）。这是关键性的空间组织的结果。克拉克解释说，大殖民帝国可以在两个不同的棋盘上采取行动——欧洲棋盘和殖民地（半殖民地）棋盘，不管是在非洲、中亚还是在中国，这三个地方都是关键性的斗争场所。那么殖民地（半殖民地）棋盘就能提供可选空间，竞争可以在那里进行并得到缓冲：

> 作为在地球表面人类居住的地方拥有巨大份额的帝国，军事存在延伸了帝国的边界，英国、法国、俄罗斯所控制的象征物可以用来交易，用来讨价还价，这样的话，大都市付出的代价会相对较小。[39]

但是奥匈帝国的空间位置要更加模糊一些。从某种意义上来讲，与巴尔干相对应的是次要的欧洲外围游戏场。同时，作为帝国的边疆，巴尔干的行动能够被视为欧洲行动，而对奥地利而言，没有可以用作交易和讨价还价的象征物，塞尔维亚不是参与大国竞争的对手，塞尔维亚在游戏中是一个象征物。

至于德国，它完全被限制在欧洲范围之内，在这场帝国竞争中唯一可以与非洲或中国对等的用来做交易的象征物是阿尔萨斯-洛林，放弃它如同奥地利人放弃波斯尼亚-黑塞哥维那一样并未成为一个问题。那么德国与奥地利这两大势力被缩减为单独一个游戏场，即欧洲本身。

现在回到我们对寓言的主要展示，我们已经看到法国在选择主要敌人的时候面临着一个根本矛盾。难道不能同时有两个敌人吗？在想象中，我表示怀疑，或者在政治无意识中，一个敌人总会从属于另外一个敌人，并且在情感上与之融合。可以肯定的是寓言性的排列，他者性增加并且被组织起来，如同星空中的星丛，它们将不可避免地被打包成一系列不同的特征，排列成序——从明星角色到明星的附属，此外还被分成两个基本的阵营。

203

然而，在这种情况下，克拉克将法国重新分派对手的时刻分离了出来：那一时刻就是 1900 年的摩洛哥危机。在那之前，"对英国的怀疑帮助了法俄联盟的产生，这也阻止了法俄联盟……达成只反德国这一观点"[40]。这里暗示的是，阿尔萨斯-洛林问题只是法国的恐德现象中的一部分：就力比多而言，这个议题可以说是附属于在舞台上居 C 位的与德合作的欲望（尤其是处于与英国竞争的环境下）。然而摩洛哥危机中对英国发生的事却使德国拒绝了与法国之间的潜在结盟以对抗英国："从这一

178

时刻起，法国外交部长抛弃了任何法德联盟的想法……安抚英国而非与英国对立这一决策让法国外交政策中反德的潜在可能性得到了更加有力的表达。"[41]

换言之，用寓言术语来说，局势已经允许用德国来替代英国作为结盟的选择。在经历了摩洛哥危机的失望之后，这种新的安排不再有。显然，克拉克在下一章要人们警惕这种寓言解读。在引用义和团起义前的中国（1898）这幅政治漫画时，他观察到：

> 将国家拟人化为个人是欧洲政治漫画速写中的一部分，但它也反映了一种深刻的思维习惯：人们在概念中有将国家合成为个人的倾向，这个合成的个人受制于坚实的执行机构，使个人意志通过执行机构焕发出活力。[42]

204　他继续描绘了个人之间的竞争、不同外国办事处之间存在的敌意以及公众意见，充满了趣闻逸事。但是转而强调不同寓言"素"（嫉妒、敌意、偷窃了就业机会、鄙视，等等）在不同个体中的分布，承载着各种对德国敌意的人物被重新分布、组合，这本身就是一种寓言叙事，它只不过是改变了物质层面，改变了含义的载体，而非改变了这个多维棋游戏的结构。

这里我们还是要消除一种我们话题中一个基本的误解，克拉克草率地称之为"一种深刻的思维习惯"。他自己将注意力从国家外交转向各种国家决策中所涉及的个人，在某种程度上这不也是在从表象转向历史现实吗？克拉克不也在表明，跟常识完全吻合，只要"民族"不是一个实体，国与国之间的敌友观念是一种误导人的幻想，对于决策者的个人行为所构成的现实，历史学家不是也能做出某种程度上的精确记载吗？所以，历史现实是可能存在的，尤其是学科认定限制下所谓的外交史，但其余的则将属于所谓公众意见这个模糊的领域，而公众意见本身则会轻易地被废除，变成新闻出版机构的管理决定，变成甚至是更加模糊的各种阶级与小团体的意识形态。我们必须要强调克拉克对关于历史的真相与表象这个根本哲学问题并不感兴趣（就这个问题来讲是历史书写问题），因为他在这本杰出著作中的兴趣点在别处，他的结论是世界大战起因于作为玩家的不同国家首先对彼此的意图不确定。

　　在多个层面上进行寓言式解读，这似乎是一种更加有效的方法，这也正是我们的实际问题开始出现的地方。克拉克的观点似乎表明：相较于一种混乱的叙事——有多个情节叠加，人物因为其所处叙事位置不同，其价值也在不断地变动，而一种清晰、相对固定的叙事则更有优势。谁是敌人？是英国，还是德国？这要看大英帝国与阿尔萨斯-洛林，究竟谁是威 *205* 胁，这是两种不同的叙事，它本身也能因为其他因素而变得更加复杂——俄国作为一个伙伴的价值，奥斯曼帝国及对达达尼尔海峡的控制，等等。一战正是在这些叙事的叠加及混乱中出现的。但是我们的根本问题出现了：如果没有那种混乱，主要叙事得到清晰描绘，在同一层面上敌我分明，敌我关系相对稳定，而且可以辨识，那么结果是不是会更如人意呢？但我们这里描述的不是一战的发生，而是或长或短的冷战，它并非始于战争（尽管它在 17 世纪时期的对等现象显然始于战争），却被描述成以一方的“胜利”及另一方的“失败”而告终。［即使从另外一个角度来讲，霍布斯鲍姆（Hobsbawm）觉得能够将它刻画成资本主义的“黄金时期”。[43]］

　　叙事的基本脚本（其基础是敌友之分，或者用一个更加传统的术语来说就是英雄与坏蛋之分）不就总是在讲述着一个零和博弈的斗争故事吗？难道不是总有胜利方与失败方吗（或者可能用马克思更加凄惨的那个版本：“以双方的毁灭而告终”）？[44] 事实上最早的结构理论家或叙事理论家更喜欢将这个过程想象成是一种对秩序的回归。我们以有序作为开始，即保持一种平衡或内在稳定性，然后一种无序的元素被引入，叙事克服了这种无序，无序逐步得到解决（或者以暴力的方式得到解决），在叙事结尾处秩序得以恢复，虽然此秩序不同于我们一开始时所遇见的那种秩序。我总认为这种解读叙事过程的方法非常保守，但是可能马克思的另外一种表达方法——“以对社会的革命性重构而告终”能够为最终重建起来的“秩序”提供一种更加进步的看法（我们把它称为“终止”）。而无政府主义者 *206* 完全可以把这种马克思的构想视为是在向社会压迫投降，是在向国家及其常规秩序投降，这常常是他们的主要目标，也是他们的噩梦。我相信开放与封闭这个公式（在我看来这完全属于意识形态，而且是不可接受的）总是在试图掩饰对这种叙事“终结”的阐释：如果终结是不好的，开放是好的，那么我们就应该总是在号召一个开放式的结尾而不是一个封闭式的结尾。

那么最终解读就是可能的，叙事概念及结构本身被谴责、被否定，萨特的《恶心》中的著名段落大致就是这种情况。萨特所展现的"故事"（在这里被称为冒险）中总会涉及时间上的倒叙及幻觉。[45] 我们以结尾作为开头，将无目的的事实重新组织成一个目的，一系列事件正在进行，某件事情正在发生，在这里偶然变成了必然。然而这种对叙事或故事讲述的经典指责只是再次肯定了我们在这里提出的观点，即叙事是一个影子寓言，对一系列给定的事件进行重新组织，把一个影子般的次级结构强加到"一件接一件的该死的事情"头上（亨利·福特的名言）。在一部本身以日记的形式组织起来的小说中，萨特没有解决的问题是这种加给初始原材料的次级秩序是否能够被避免，如果可以避免，那么用什么来替代它。在哲学传统中，直接接触事件而无叙事含义，只有在德勒兹的理想的精神分裂状态下才会有，在精神分裂症患者漫无目的的存在中才会有。但是德勒兹在这里阐明的不是一种现象学的描述而是一种伦理，一种该有的理想生活方式——一种不是非得要吸引每个人的乌托邦愿景。在早期的萨特世界中，其伦理是决断论。我们自己对自己的生活进行选择、安排，把它变成具体的故事，我们事先知晓其武断性。这是《恶心》中的另外一个主人公安妮的伦理出路。然而随着年岁增加，她厌倦了这种叙事自由。整个问题都被重塑，正如最近我们决定放弃分析中的叙事性语言，转而采用"事件"这一术语，从而包含了叙事本身。问题在此就走向了另一端，其平淡无奇的结构已经事先被定义为日常、司空见惯、习惯，等等。但这不正是现代主义的成就吗？——或者更准确地说《尤利西斯》的成就吗？它难道不是在向我们展现日常生活中最渺小、最偶然（如果说不上是毫无意义的话）的细节能够被拉回到一种新的叙事结构，从而被拯救、被重述？这些细节，难道它们本身不是在以自己的方式变成事件吗？虽然与伟大事件相比，它们没有那么高的辨识度，没有那么有名？它们不也成为大写的"事件"了吗（如今司空见惯的事情在构建着历史）？

这些问题具有哲学本质，可以被归入形而上学、政治学、语言学，或现象学的范围（人们对此的理解是：分类不同，它的解决方案不可避免地就会不同），但这不是我们在这里要解决的问题。我只想讨论的问题是：叙事问题是一个寓言问题，对历史而言完全如此，对日常生活而言也完全如此；我想这是一个永恒的问题。寓言总与我们相伴，寓言存在于政治学、叙事学以及日常生活中，存在于"常识"中。

　　这也是一个共时性的问题或系统性的问题，而不仅仅是一个叙事性的或时间先后顺序的问题，指明这一点很有价值。施密特的公式已经暗示了这一点，但我想把它明确指出来以估量其结果。我的观点包括用一些系列人物特点来抓住民族身份，民族有时候规模大有时候规模小，正如具体的群体、家庭，等等，关于民族的想象性的在场定义着个人的境况，个人与想象中的关于祖国或民族国家的境况相认同。我想不仅仅是在外交中整个国家都被视为同盟（朋友）或对手（敌人）：我想指出这些结构都是存在主义的结构，实际上是一种原初叙事（proto-narrative）。举一个相对来说比较遥远的例子，1980 年代的中国有足够复杂的想象性的系列人物可以用来丰富施密特的机制，同时还能让普洛普的经典形式变得更有趣更复杂。（我草率地补充一句，这在世界上任何一个国家都可以付诸实践。）

　　主要问题是由中国的两大孪生敌人——苏联以及美国——如何在这个暂时性的星座中发挥不同的功能所决定的。中国在朝鲜跟美国打了仗，然而由于尼克松的著名访华行动，对立情绪得到缓和，但是中国仍然还没有在商业上对美国开放。在这一点上，我们也许就能为贸易的叙事功能的标准分析增添内容。贸易在外交层叙事中起到的作用如同爱情、婚姻在个人故事层面上起到的作用一样。贸易对象（"日本制造""德国制造""中国制造"）虽然不能准确地说是拉康所说的次要对象，却受到了某种欢迎，其中掺杂着亲切、怀旧的情绪，或者是波德莱尔所说的对老纪念品及爱的象征物的反感——因为它是一种令人不快的提醒，提醒着依赖关系的存在，或者说，提醒它是一种对相互帮助表示感激的象征物。*208*

　　同时，中苏分裂没有直接导致战争（除了现今的几次著名的边境冲突），但留下的痛苦唯有时间、空间上的距离才能逐渐使之得到缓和。苏联是前朋友，美国是前敌人，但跟美国的温暖友谊正处于发展的过程中，世界历史维度上的二级寓言含义促进了这一过程的发展：美国是产生新技术（尤其是信息技术）的地方，是产生全球娱乐产品及消费的地方，也是以英语作为新的世界通用语的地方，美国被视为乌托邦欲望的核心——但这些并不是中国意在获取的新型历史财富所羡慕的东西。

日本肯定被视为前敌人，永远不可原谅，对日本的讨论、思考越少越好，跟日本打着正确而遥远的交道。台湾类似于远房表亲——这个表亲被日本文化玷污，被自封的所谓美国朋友败坏，但是在接受表亲回归家族方面还没有绝望，时不时会公开正式宣布这个血亲关系。

越南是一个极其不懂得感恩的邻居，困难时候给了它帮助，但它却报之以独立的观点及抗拒，并且导致了一场小型战争。

我还可以继续，指出香港的独特性，其中一些特点偏向了英国，以及更早时候的令人高兴的事情：吸收中国进入伟大的第三世界，或者万隆不结盟运动——类似于恢复普遍的社会崇拜。在这种情形下，中国与大多数第三世界国家几乎没有什么力比多认同，可能是中原帝国的骄傲幽灵般地幸存下来了。（这里印度是另外一个特殊的例子，印度是另外一个从前是帝国的国家，其帝国思维一直保持到了现代。）欧洲不过是一系列的古怪反常；而非洲获得了一种新的（也是旧的）价值，成为殖民压榨的空间。

人们还可以继续往下说——我只是包括了一些暗示——然后将它变为一部完整的家族小说，也许是一个处于向现代性及核心家庭过渡时期的王朝，但是仍然跟邻居、对手，以及家庭复合体之外的更加遥远的地方有内部凝聚力。我把这个寓言性的幻想称为原初叙事，其中的每个"人物"都有自己的历史相伴，都与它和主要对手之间从过去到未来在想象中的关系相伴。对于从一开始就给定的人物而言，在任何一个关键性的相遇或戏剧化的危机中，人物总会算计，总会列出不同层面上的不同人物，总会对谁是盟友、谁不可靠这个问题进行测评。谁能帮得上忙，谁诡计多端不可信赖，等等。我还想补充的是，如同在个人身份中，相异性（不同的他者被用来描绘依赖与自主相结合的图景）必将定义我们的民族身份，或者更准确地说，构建我们的民族身份。

我还没有指出明显之处，即主角并没有被列述出来，"我的"位置理所当然就是中心位置，它不需要描写，其中所有的朋友和敌人形成了各种不同的外部世界、环境、区域，从而对其"自我"进行定义。

V

　　然而，我们必须以一条形而上学的按语来结束评论。这里一直强调的以及所提及的具体文本的前提是集体性具有"最终决定性"的地位。那是一个马克思主义术语，用来指出经济（广义上的经济）、基础设施、生产模式的重要性，以及普遍存在的法律、文化、宗教、哲学等上层建筑形式的重要性。它常常被认为指的是资本主义，因为那就是我们所身处其中的制度，也是马克思唯一进行了广泛分析的生产模式。从这一重要性中可能得出的一个结论是商品形式、商品物化在上层建筑中无处不在，我完全赞同这一点。

　　但是在马克思关于经济基础与上层建筑的粗略模式（它只在 1859 年《政治经济学批判》序言中出现了一次）中，我们明显面临着一种寓言式　*211*的纲要，通过"层面"来完成：

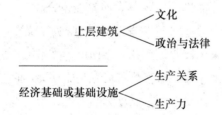

　　如果我们把生产力理解为给定模式的技术，而生产关系主要指的是生产过程的集体结构，那么显然这种区分在更加根本的层面上被复制，也就是说，在经济基础与上层建筑的区分上被复制。典型情况是那种区分将会以人类（或者我们可以说是人类中心主义的）根深蒂固的主客对立为模型，或者用更加粗糙的方式来说，就是身体与灵魂的对立。（根据同样的意识或无意识范式，也就是文字与精神的范式来解读寓言，这是一个难以抵抗的诱惑，可能我在这本书中对此坚持不够。）作为人类，我们从来没有真正跳出这种本能、无意识、根深蒂固的范畴错误。显然我们无法解决这些问题，但是忽略这些问题而造成的幻觉将会带来灾难性的后果。人的思想在本质上具有理想主义的特点，我们最多能够试着事先在这个扭曲认识上打点折扣，或者在我们的实验中认可它的存在。

至于生产方式的寓言我们却需要进一步阐述。经济基础与上层建筑起初的对立将会自我否定，并且重新出现在上层建筑之中，而一般来讲，唯物主义术语将会成为某种形式的国家或法律，而上层建筑将会被分派到文化、宗教、哲学等相对受限制、相对保险的沙箱环境中。这种福柯式的唯物主义上层建筑是我们当下思考中一个广为流传的恶习。在这个恶习中，常常是政治及政治权力才是唯一的、真正的唯物主义层面，而更加根本的更低层次上的经济存在被升华为上层建筑：不是资本主义，而是资本主义观念；不是生产，而是生产主义；不是生产，而是消费，等等。如果我们想要对经济基础进行一些新的强调，并以此来对政治、司法偏见中的唯心主义进行纠正的话，最可能出现的结果就是对生产力的恋物癖、对现代技术或当代资本主义的恋物癖。当然，当今的信息与数字、通信与控制是非物质的，但那也是一个类别错误。

必须要了解的是马克思不是一名机械唯物主义者而是一名历史唯物主义者。不是在论商品形式这一章，而是在论合作（集体精神）这一章，在马克思看来，那里才是进行关键性的、"唯物主义"干预的地方。这里的四层机制是为生产的寓言而出现。字面层，文本本身是一个幻觉：我们的机器及技术（工业革命，数字化革命）是驱动力，它是令人迷惑的日常生活的驱动力，也是历史方向的驱动力。

那么，这里就有一个悖论：这就意味着马克思理论中一般被理解为经济基础或基础设施的东西（生产力与生产关系）本身要比对它的刻板定见复杂得多：它自身在内部被分裂成经济基础与上层建筑结构的组合。一般人不理解的是生产的社会关系（生产过程本身）是这一过程真正的物质基础，而所谓生产力（技术与科学）在某种程度上（在物质这个意义上）是一种为生产关系所决定的"超级结构"。随之而来的马克思主义科学史家坚持认为（一般来讲他们的坚持没有什么用）阶级关系具有优越性，劳动过程（包括人口）优越于科学与技术的"发现"与创新，他们的故事必然会导致产生各种关于进步的唯心主义理论，这些理论至今还统治着我们的教科书，统治着我们的无意识或关于历史改变的习惯性画面。[46] 以技术进步为基础的哲学必然具有意识形态性，而且它们的"唯物主义"必须最

终被认定为一种机械唯物主义——它是静态的、决定论的，在 18 世纪得 *213*
到发展，受到马克思的谴责。马克思主张的是一种更加动态的、更加辩证
的历史唯物主义。

毫无疑问，在这一点上形而上学加入了争论，同时还有想要植入这样那
样的人的本质的各种尝试。人类个体从生物学上来讲是不完整的。很明显，
个人需要团结，个人是集体的组成部分，这种团结甚至不是指两性之间繁衍
后代的团结，它指的是更大群体的团结。不管以何种方式，是更大群体的团
结能确保他们的存在，能让他们生存下去，实际上，使他们能够繁衍后代。

要避免将这类群体的历史多样性进行分类的诱惑，这一点很重要。这
些群体的维度和结构非常不同，或者用文化术语来说，这些群体是家族群
体、亲属群体，或者是宗教群体、语言群体。决定这些不同集体结构的层
面具有不可再现的特点，政治科学，还有文化人类学，都仅仅是深层结构
决定论的寓言。

但是，如果我们不能用积极的术语来对集体性进行解释，集体性显然
总是被它的各种自我生发的意识形态玷污，那么通过认识到集体性强加给
所有其他层面的局限性，我们至少能够试着对集体性进行辨识。这种感觉
就是群体形状限制着我们的思考，限制着我们的再现（例如在不同的文类
中），我甚至认为群体形状限制着我们的观念知识本身。因为每个时代都
有每个时代的科学（以及政治科学），那一具体历史集体维度的终极例子
就是：它要么允许，要么阻止大脑发明出微积分、量子力学。以启蒙进步
为形式的生产力这个概念（如今被理解成西方科学的发展）可能是前马克
思主义时期最为有害的幻想，更不要说前马克思主义时期伪学科、所谓观
念史之下所产生的大量书籍所带来的有害幻想。

用马克思主义对资本主义生产模式下的寓言进行修订，修订后的面貌
如下：

> 奥秘层：文化（商品化）
>
> 道德层：权力与统治（政治、国家），司法制度
>
> 寓言层：集体（生产关系）
>
> 字面层：技术（生产力）

214 我补充一点：将阶级斗争放到政治层面，这也是一个意识形态上的错误。在现实中，阶级斗争存在于劳动过程之中，其他层面与阶级斗争合作，以期被保留、被合法化。同时，整个结构在时间与历史冲突中席卷向前，对于前进的结果我们有所预料，但我们进入的结果却在预料之外，黑格尔称之为"理性的诡计"。

但是，我们也必须要强调积极的方面，即强调不可再现的集体的生产效果：在寓言结构中恰好能找到的东西，通过预示一种乌托邦式的有着本质不同的制度的来临，它能让我们的缺陷与不足得到完成和补偿，让某种集体制度的失败得到补偿。在我们的再现现实中影影绰绰存在着的乌托邦维度是一种神秘意识，它总是存在，即使我们"当下环境"中的形象对它进行了最为反动、最为反乌托邦式的否定。这种神秘意识的不可再现的超验性能对那个当下环境进行最为清晰的、进步的、政治的再现，其有意识的认同能增强其实践的锋芒。

VI

最后，我回到文中被评论的文本。最为常见的误解就是认为论文将民族或国家恋物化，是为了宣传寓言具有民族性这一观点。

这是一种错误的观念，主要是我所选择的文本产生的。两个文本都诞生于具体的历史阶段，民族被号召起来让集体性得以再生，如在鲁迅的作品中，或者从字面意义上来讲就是在紧急过程中，或者是在国家形成的过程中，如在奥斯曼的作品中，其生产主要是受去殖民化的激发（与之相伴的还有去幻化）。但在后来的世界文学发展阶段中，人们仍然可以将其刻画为第三世界文学，它开始对其他的集体单元、次要团体、族裔进行寓言化，如比亚法拉暴动（从政治光谱的另外一端来看），以及南非解放中祖鲁人的抵抗。实际上，整个民族解放期间产生了各种团体模型，这些团体

215 模型与旧的民族模型、所谓民族形成的观点相抗衡，如同巴勒斯坦的抵抗运动，或者古巴的通过游击战实现革命的概念。同时，人们在走向衰落的国家中会发现以挽歌来纪念民族的形式（我举的例子就是西班牙的佩雷斯·加尔多斯在 19 世纪末为帝国的失落而发哀歌）。表面看上去属于私

人、个体之间的关系变成了乌托邦式的抗议形式，抵抗的对象是普遍存在的顺势主义或者是一种无处不在的清教传统。环境向来就是一切。我们的口号不仅是"一切都是寓言"，而且还应该更进一步，"一切寓言都是乌托邦"！

注释

[1] 可能人们对整个民族主义问题都需要重新思考。安德森在其有趣的文章（Benedict Anderson，*Imagined Communities*，London：Verson，1983）中，以及奈恩（Tom Nairn，*The Breakup of Britain*，London：New Left Books，1977）都欢迎我们这么做。

[2] 我在别的地方讨论过大众文化和科幻小说的重要性。见 "Reification and Utopia in Mass Culture," *Social Text*，no. 1（1979）。

[3] 这篇文章是应景之作，是为纪念已故同事兼朋友罗伯特·C. 埃利奥特在圣迭戈加州大学的第三次纪念讲座。基本上是讲稿重印。

[4] 关于人文社会学科的报道，见 William Bennett，"To Reclaim a Legacy," *Chronicle of Higher Education*，XXIX，14，Nov. 1984。

[5] 最经典的文本有 Friedrich Engels，*The Origin of the Family, Private Property and the State*，（1884），London：Penguin，1972。成文更早但更后来才发表的文本有 Karl Marx's *Grundrisse*，often called *Pre-Capitalist Economic Formations*，trans. Martin Nicolaus，London：NLB/Penguin，1973，471-514。也见 Emmanuel Terray，*Marxism and "Primitive" Societies*，trans. Mary Klopper，New York：Monthly Review，1972；Barry Hindess and Paul Hirst，*Pre-Capitalist Modes of Production*，London：Routledge and Kegan Paul，1975；Gilles Deleuze and Felix Guattari，"Savages, Barbarians, Civilized Men," *Anti-Oedipus*，trans. Robert Hurley，Mark Seem，Helen R. Lane，Minneapolis：University of Minnesota Press，1983，139-271。除了生产方式理论（对于它的有效性的争论从未停止过），最近这些年还出现了一些将第三世界历史视为一个统一场的重要的集成性作品。其中有三部作品尤其值得一提：L. S. Stavrinanos，*Global Rift：The Third World Comes of Age*，New

York: William Morrow, 1981; Eric R. Wolf, *Europe and the People without History*, Berkeley: University of California Press, 1982; Peter Worsley, *The Three Worlds*, Chicago: University of Chicago Press, 1984。这类作品暗示了一种更宽泛的方法论上的结果,文章中并没有明说,但在这里需要挑明:第一,第三世界文学这一概念要求要有比较性,不是拿无论在形式上还是在文化上都极为不同的单个的文本进行比较,而是拿产生文本的具体环境进行比较,拿在不同环境下所产生的不同反应进行比较。第二,这也意味着可能存在一种新的文学文化比较法,大致以穆尔(Barrington Moore)的新比较历史为模型,其例子包括 Theda Skocpol's *States and Social Revolutions: A Comparative Analysis of France, Russia, and China*, Cambridge: Cambridge University Press, 1979, 或者 Eric Wolf's *Peasant Revolutions of the Twentieth Century*, Norman: University of Oklahoma Press, 1969。这种新的文化比较法对具体文学、文化文本的异同进行分析,对文本所产生的不同社会文化情境的类型进行分析。其分析的变量必须包括以下要点:社会阶级之间的相互关系、知识分子的作用、语言与书写的力量、传统形式的运用、与西方影响之间的关系,以及都市经验的发展与金钱,等等。然而这种比较不必仅限于第三世界文学。

[6] 例如,可参见 Perry Anderson, *Lineages of the Absolutist State*, London: New Left Books, 1974, 435-549。

[7] Sigmund Freud, "Psychoanalytic Notes on an Autobiographical Account of a Case of Paranoia," trans. James Strachey, *The Standard Edition of the Complete Psychological Works of Sigmund Freud*, London: Hogarth, 1958, Volume XII, 457.

[8] 例如,可参见 Wolfram Eberhard, *A History of China*, trans. E. W. Dickes, Berkeley: University of California Press, 1977, 105: "当我们听到炼金术时,或者说当我们阅读炼金术方面的书籍时,我们一定要记住,这些书也可以被当作房中术来阅读;同样,讲战争艺术的书也可以被当作讲述性关系的书来阅读。"

[9] Lu Xun, *Selected Stories of Lu Hsun*, trans., Gladys Yang and

Yang Hsien-yi，Beijing：Foreign Languages Press，1972，1-6.

　　［10］Ibid.，2-3.

　　［11］Ibid.，40.

　　［12］Ibid.，72.

　　［13］Ibid. 我得出的这些观察其中有些要感谢彼得·拉什顿（Peter Rushton）。

　　［14］Lu Xun，*Selected Stories of Lu Hsun*，trans.，Gladys Yang and Yang Hsien-yi，Beijing：Foreign Languages Press，1972，5.

　　［15］列宁说，"当人们必须对人与人之间简单、根本的关系准则进行观察"已经"成为一种习惯时"，社会主义将会成为现实。（*State and Revolution*，Beijing：Foreign Languages Press，1973，122）

　　［16］有趣的讨论参见 Stephen Gilman，*Galdós and the Art of the European Novel：1867-1887*，Princeton：Princeton University Press，1981。

　　［17］Immanuel Wallerstein，*The Modern World System*，New York：Academic Press，1974.

　　［18］例如："74 岁的最后几天，德尔芬就进入了胡言乱语的镇静期。实际上，这不是美德，而是罪的联姻；这不是纯粹而规律的秩序感，而是反抗的厌倦。他证实了唐·巴尔多梅罗对这个国家所说的话：它遭受着自由与和平的另类狂热。"（*Fortunata y Jacinta*，Madrid：Editorial Hernando，1968，585，Part III，Ch. 2，section 2）

　　［19］Deleuze and Guattari，*Anti-Oedipus*，274.

　　［20］分别为：Princeton：Princeton University Press，1960；Chicago：University of Chicago Press，1970。

　　［21］Sembene Ousmane，*Xala*，trans. Clive Wake，Westport，CT：Lawrence Hill，1976，69.

　　［22］对此我要感谢阿吉纳加（Carlos Blanco Aguinaga），他指出在拉美小说中的这种含混可以这样解释：独裁者原型，虽然他压迫他自己的人民，但同时他也被理解为在抵抗北美影响。

　　［23］Ousmane，*Xala*，66.

　　［24］"Generic Discontinuities in Science Fiction：Brian Aldiss' Starship," *Science Fiction Studies*, no. 2 (1973), 57-68.

［25］*Xala*, 110-111.

［26］G. W. G. Hegel, *The Phenomenology of Mind*, trans. A. V. Miller, Oxford：Oxford University Press, 1977. Section B, Ch. IV, Part A-3；"Lordship and Bondage," 111-119. 其他巩固了这一观点的主要哲学理解包括了卢卡奇在《历史与阶级意识》中的认识论。从结构上来说，是被统治阶级，而非统治阶级才能"测绘"或把握社会总体性。我曾在文章中用到了"测绘"一词，见 "Postmodernism, or, the Cultural Logic of Late Capitalism," *New Left Review*, #146 (July-August, 1984), 53-92。现在这篇文章中所说的"民族寓言"显然正是这种对总体性的测绘。"后现代主义"一文描述了第一世界——主要是美国——的文化帝国主义，而目前这篇文章描绘了第三世界文学的认知美学，因此它构成了后现代论文的另一个方面。

［27］Aijaz Ahmad, *In Theory：Nations, Classes, Literatures*, London：Verso, 2008.

［28］最新的斯大林传记作家科特金捍卫这一观点，见 Stephen Kotkin, *Stalin：The Paradoxes of Power*, New York：Penguin, 2015。

［29］见第 1 章，注释 22。

［30］*Imagined Communities：Reflections on the Origin and Spread of Nationalism*, London：Verso, 2016. 尤其是第 24 页的论同步性。

［31］Gilles Deleuze, "Un peuple à venir," *Cinema II：The Time-Image*, Paris：Les Editions de Minuit, 1985.

［32］Ibn Khaldun, *The Muqaddimah：An Introduction to History*, Princeton：Princeton University Press, 2015.

［33］*Der Spiegel*, June 22, 2017, 120；见其近期作品 *Spheres*, 内容大多转向了空间与人口。

［34］Carl Schmitt, *The Concept of the Political*, Chicago：University of Chicago Press, 2007.

［35］Jean-Paul Sartre, *Critique of Dialectical Reason*, vol. 1, London：Verso, 2004.

[36] 关于对这些矛盾的进一步思考，见附录 C。

[37] Antonio Gramsci, *Lettere dal Carcere*，19 December 1926，14. 这条参考文献我要感谢托斯卡诺（Alberto Toscano）。我们还可以加上瓦尔特·本雅明的贡献，他在一篇关于那不勒斯的论文中写道："最广为人知的七宗致命罪：在热那亚是骄傲，在佛罗伦萨是贪婪（古代德国人对此有不同看法，他们用 Florenzen 一词来表达所谓希腊之爱/男同性恋求爱），在威尼斯是纵欲，在博洛尼亚是愤怒，在米兰是贪婪，在罗马是嫉妒，在那不勒斯是懒惰。"（*Selected Writings*，*Volume I*：*1913—1926*，Cambridge：Cambridge University Press，1996，418）普鲁斯特作品中一位从根本上来讲是法国贵族然而从总体上来讲是泛欧贵族的看法也可被当作有用的参考："夏吕斯先生不仅没能做到强烈地渴望法国的胜利，而且他自己都不能对自己承认，他所希望的，如果不是德国获胜的话，那么至少德国不要惨败，而身边每个人都希望德国惨败。其中的原因就在于在这些争吵中被称为'民族'的巨大团体在某种程度上表现得就像他们这些个人。引导着他们进行推理的完全是出于主观，而且随时会因为情感而做出调整，正如闹别扭的恋人或争吵中的家人，比如儿子与父亲意见不合，或厨师与女主人、妻子与丈夫观点不一。有过错的民族相信自己是对的——德国就是例子——而正确方的民族会提出一些无可争辩的论据来支撑自己的主张，之所以是无可争辩的，仅仅是因为它与民族情感相符。在个人争吵中为了能完全说服别人某方是对的，最保险的办法就是让自己成为那一方；一个旁观者是不能完全使自己成为正确方的。在一个民族中个人如果真的是这个民族的组成部分，他只是一个更大的个体——民族——中的一个细胞。通过宣传来误导人们，这个用语毫无意义。"（*The Past Recaptured*，vol. VII of *Remembrance of Things Past*，trans. F. A. Blossom，New York：Random House，1932，797—798）

[38] Christopher Clark, *The Sleepwalkers*，New York：HarperCollins，2012.

[39] Ibid.，132.

[40] Ibid.，131.

[41] Ibid.，133.

［42］Ibid.，135.

［43］Eric Hobsbawm，*The Age of Extremes: A History of the World 1914-1991*，New York：Vintage 1996.

［44］*The Communist Manifesto*. 我故意省去了这段引文的结论部分，全文是："斗争每次不是大致在对社会的革命性重构中结束，就是在冲突阶级的共同毁灭中结束。"

［45］Jean-Paul Sartre，*Nausea*，New York：New Directions，2013，37-40.

［46］关于对这一科学唯心主义的基本更正，在经典论文中可以找到。Boris Hessen and Henryk Grossman，in Gideon Friedenthal and Peter McLaughlin，eds.，*The Social and Economic Roots of the Scientific Revolution*，Berlin：Springer，2009。

第 6 章
诗歌：斯宾塞与拟人化的危机

中世纪叙事模式被两位矛盾的作家——塞万提斯和斯宾塞——消解
了。前者采取的是以其人之道还治其人之身的戏仿策略，后者则使用了去
叙事化手段，即借助寓言的复杂性将叙事还原为独立诗节的时间性。中世
纪文学的两大传统都诞生于 12 世纪，其一为神秘色欲抒情诗，但丁独具
匠心的史诗是其顶峰，其二为那个时代最伟大的"小说家"克雷蒂安·
德·特鲁亚（Chrétien de Troyes）创作的更具叙事特征的"罗曼司"，自
此，错综复杂的传奇故事被编织成篇，在接下来的几个世纪里不断发
展（其真正的文学成就在意大利"史诗"中得以彰显），直至难以承受自
身的重量，沉落在斯宾塞的超级寓言（megallegory）之中，继而只能在
浪漫主义作品中时隐时现，如诺瓦利斯的《海因里希·冯·奥夫特丁
根》（*Heinrich von Ofterdingen*）和瓦格纳的《帕西法尔》（*Parsi-
fal*）——我觉得还应该加上托尔金和喧嚣的当代商业奇幻文学。

将文化和政治集于一身的人物实属罕见，但斯宾塞却是其中一人并以
此闻名于世——一位非常与众不同的菁英诗人（或许我们今天可以称他为
先锋派作家），一位严苛的殖民主义者和军事总督，在被征服不久的爱尔
兰土地上，他给后人留下了一段我们今天可称之为"践踏人权"的历史。
简而言之，当我们想起斯宾塞的诗歌也与政治相关时［《仙后》（*The Fai-
rie Queene*）充溢着对君主的谄媚之辞，但尽管这位君主自己精通意大利
语，而且算得上是一个文人，她对此诗却毫无兴趣］，不可思议的是，跃
入我们脑海的同类型现代人物只有邓南遮（D'Annunzio）。

无论如何，在传统的史诗中，能将非凡的文学天赋与巧妙的谋篇布局
相结合的作品寥寥无几，但《仙后》做到了，尤其是第二点让这一部未完
成的不朽诗篇成为人们在文字档案的丛林中可能会遇到的最奇特和最令
人印象深刻的废墟之一。《仙后》把寓言奉为圭臬其实破坏了整个寓言宝

库，这如同一场巨大的自然灾害，从四面八方袭来，远远地就能看到，它因此引起了我们的注意，尤其是此诗对寓言过程的设计及其使用的最基本的手段之一——拟人化——的结局。

I①

为了理解寓言结构的运作机制，我们有必要把斯宾塞的作品暂搁一边，先来讨论一部现代文本，因为它以更简单易懂的方式展示了寓言结构中的相互指涉。乌尔苏拉·勒·吉恩（Ursula Le Guin）在她的政治小说佳作《一无所有》（The Dispossessed）中虚构了一对双子行星，乌拉斯星（Uras）和安纳瑞斯星（Anarres）。乌拉斯星是一个文明的星球，地质与气象俱佳，安纳瑞斯星则是不毛之地，荒无人烟。乌拉斯星上的一群无政府主义者发动了一场非暴力革命，最后，在他们的女领导人奥多的带领下乘坐破旧的宇宙飞船离开故土，在没有什么前景的安纳瑞斯星上建立了乌托邦社会。通过革命而建立的这样一个社会具有如下特征：贫穷而且管制严格；每个人都必须工作（任务由计算机分配）；死板僵化的官僚体制约束着各种异端分子——脱离群众者，行为反常者，性格怪异者，持异见者；与乌拉斯星球的交往被限制在最严格的范畴，不允许宣扬资本主义，除了来自乌拉斯星球的一艘货运飞船每个月在巡查严格和封锁严密的关卡降临一次，两个星球之间几乎没有任何贸易往来。撇开勒·吉恩的杰斐逊式雄辩，这部在 1974 年出版的小说很难不让人认为它是一则欲盖弥彰的寓言，揭示了两大阵营之间的对立：美国（西方资本主义国家）和苏联。（小说中的主人公谢维克在两者之间穿行，是一个深陷困境的叛逃者或者异己者。）

毋庸置疑，将现实搬进小说不是什么新鲜事（其他作品中也屡见不鲜），但当我们走进乌拉斯星，会发现一件怪事：那个星球最富庶的地方——谢维克在此着陆——毫无疑问地暗指资本主义国家美国，可在这同

---

① 原文中的这一标记应该是误印或者分隔符，因为下文没有出现"II、III……"之类的编号。

一颗行星上，紧挨着这个地方，还有其他国家和地区：毛泽东时代的中国，第三世界，甚至苏联。这一发现让我们突然意识到了指称物的令人困惑的多重性：与其说不同的事物——不同的社会制度，不同的政体，不同的地方——聚集在安纳瑞斯星球，不如说小说中的其他"地方"在不同的层面同时指向"同样的事物"，即除了乌拉斯和安纳瑞斯，在整个银河系的某个地方，也存在着（或者应该说"仍然存在着"）一个真实的地球——一颗曾经承载着真实的美国和苏联的真实的行星，但如今，核战争和生态灾难已使它贫瘠得只能满足人类最低的生活需求，一旦意识到这一点，我们的困惑便加重了，随后上升为真正的再现性和阐释性窘境。

我认为正是这种奇特而且似乎有些反常的结构——由多层框架和多重指称组成——激发我们开始探索寓言的重要属性和本质特征，原因之一是这恰恰就是我们一直在找寻的那种非空间：在小说里再现的每一种空间都是"现实主义的"和同质的——小说中有两个星球，其中一个星球上有现实中的国家，但在两个星球之外，在同样真实的世界和"真实"的银河系（尽管遥不可及），还有真实的地球，然而，奇怪的是，非空间却未曾在小说中再现。[假如我们是在这里探讨勒·吉恩这部作品的独创性，那么我们就要提及情节发展所必备的中心基准点"安塞波"（ansible）——一种虚构的能在浩瀚宇宙中不受空间约束的即时通信装置。]

西方中世纪绘画风格的断裂不是体现在空间的再现上，而是寓言指称的不连续性。安纳瑞斯星球所代表的寓言指称对象"苏联"与乌拉斯星球上的那个国家所代表的寓言指称对象"苏联"之间有什么关系呢？更遑论那个当时已经日薄西山或者已被毁灭的地球上的苏联？据此，叙事模式各式各样，没有定论，历史上的冷战将自己的各种虚构版本投射到不同程度的科幻想象中——比如乌拉斯/安纳瑞斯和星际联盟（the Ecumen）的宇宙行星系。但因为这些模式的运作通过其暗示的寓言指称就能被发现，所以它们之间的差异不难辨别。换言之，这些叙事模式不过是在某个历史格局（冷战）里基本上保留着同质性的不同形式的"指称结构"。（只要一切都是叙事的，那么我反对在虚构的/幻想的画面和真实的历史场景之间划分界限，在任何情况下，"冷战"本身就是一个抽象的或者"超验的"、总体性的概念，这种概念的功能不过是将一连串不相干的所谓历史事实组

220

196

织成一个叙事统一体——所以它并不比其他类似叙事更加紧凑。)

我们暂且把符号学关于阅读的层次或者同位素——赋予某种阅读（即某种"延续故事"的方法）同质性的语言（或者文本）元素——的讨论搁置一旁，来看一看经典寓言——从《玫瑰传奇》（1230）到班扬的《天路历程》（1678）——如何通过构筑梦境保证了阅读的同一性，从而使层出不穷的事件变得合情合理，并解决了我们在本书关注的寓言的跨变和不一致问题。同时，梦境还往往与另一种形式并置，那就是空间旅行，这样的话，目标或者终点就明确了。以《玫瑰传奇》为例：

> 虽然那残忍的"财富"一点也不可怜我，不许我通过她把守的路（她没有发现我在急切间私自走了另一条路）；虽然我的死对头们让我经历了各种挫折；虽然"戒备"（尤其是她）险些用她的金盏花环压垮我，而且死守着玫瑰不让情人们得手（看她现在还能施展什么手段！），可是在离开之前，我终于得偿所愿。我会铭记这一天。这一天我怀着喜悦，从那棵美丽多叶的玫瑰树上采了花。我得到了我的红玫瑰。然后天便亮了，我醒了过来。[1]

221

夺取玫瑰的蛮横行为传达一种难以言表的快感，这与班扬对"黄金之门"和第二部中的"天国之城"的设想大不一样——《天路历程》把进入天国的路留给未来的人们，即那些还活着的读者和信徒。但这样的旅行不但构建了空间（反之，空间也使旅行成为可能），也形成了被布卢姆菲尔德视为七宗罪源头的古巴比伦星途的最终形式。[2]就俄国形式主义来看，旅行启动了事件的不连续性"装置"——途中逗留，各种偶遇，换言之，寓言结构的共时维度。不过，尽管如此，旅行本身更主要的不是构建空间，而是在空间之外生成叙事时间和顺序。

然而在以上两个例子中，这样的结构似乎都不过是一种双重过程：一方面是一张地图，另一方面是一个寓言符号，非常像17世纪沙龙和宫廷社会所绘制的荒诞牵强的"爱情国地图"（carte du tendre）。13世纪的《玫瑰传奇》源自关于"崇高"的争论——这些争论的哲理性不亚于有待进一步研究的《会饮篇》或者后来的精神分析学中的辩论——这一事实给这朴素的寓言赋予了某种意义；但说到班扬，没有人不欣赏《天路历程》

开篇"基督徒"不同寻常的因负罪而生的痛苦，它不啻为一次重大的心理体验，让我们想到了路德的带有历史性标志的心理体验，但是这两种主观体验却无人问津，在前文探讨过的情感或激情的各种历史体系中都无立足之地。而我想说的是，班扬和路德的心理体验都是富有寓意的情感，它可以是亲历的或者现象学的，也可以是文本的（这里指的是在后结构主义理论中有特殊的意义的"文本"）。换句话说，两者都是既有别于生活体验又异于文学和语言学表达，但却兼具两者特征的现象。在以下章节里，我将通过解读斯宾塞、但丁和歌德的作品来探讨这些独特的结构。

但是《天路历程》让我们对它产生了新的兴趣，原因是它在某些方面似乎具备后来被称为"后现代小说"的文类特征。这种认识无疑犯了时代错误，但重要的是，如果能证明班扬小说的结构是双层的，这个错误便可避免。在这个意义上，所谓的后现代小说的结构特征就是文本中的文本，叙事本身因此被"文本化"（罗布-格里耶语），或者"文本"本身在小说中成为失踪的神秘档案——比如丹尼勒夫斯基（Danielewski）的《树叶之屋》（*House of Leaves*）和 菲利普·迪克的《高堡奇人》（*Man in the High Castle*），或者将生活与写作并为一谈，将人物和作者视为一人，将事件呈现为媒介处理系统或者媒介形式——比如《无尽的玩笑》（*Infinite Jest*）和《云图》（*Cloud Atlas*），等等。但是当我们研究班扬的作品（特别是新教寓言）时，不要忘了《圣经》文本在这类寓言中的核心地位，因而"基督徒"拜访"解释者"和参观他的书斋（或者文本"空间"）这样重要的地方决不是后现代作品的主题，而是集中反映了那个时代的各种政治斗争以及个人的归依历程。因此，叙事文本和叙述行为两个层面的混杂——无论它对后现代读者来说是怎样的干扰——是一个受到许多限制的结构，它在我接下来要探讨的三部寓言性文本中更为复杂。

但我们还要注意另一个特征，因为它不仅能在一定程度上解释班扬是如何被小说化的，也能阐明他那个比较简单的梦幻故事如何让我们想到了现代文学的莫比乌斯环结构——这就是《天路历程》的散文体改编本（这让我们联想到很多中世纪早期的叙事诗，比如《玫瑰传奇》，在中世纪后期被"译"成了散文）。

222

在这里评论我们选择的三部主要作品独具特色的韵律似乎不太必要，但是在当今这个"散文的世界"（黑格尔语）里，诗体叙事——甚至歌德的诗一样的"诵读歌剧"——变得越来越稀罕。诗律其实可以控制读者的阅读时间，它强制性地把我们松散、随意的时间变成一个独特、正式的序列（在《忏悔录》第 11 章，奥古斯丁采用颂歌的形式阐发他对"时间"的认识不是没有道理的），原因在于诗歌作为时间媒介，与音乐（或者电影）有相似之处，即要求读者的注意力不被打断，因此，在这样的时间要求下谈论主体性的建构也许有些仓促：它的形式已经在那里了，比如在句子结构中，或者在某一天的时时刻刻中，抑或在情感的爆发和消逝中。

然而，诗把不同的瞬间组合成有规律的次序，还让我们体验短暂的临时封闭状态。但丁著名的锁韵三行体（terza rima）不但产生有先后顺序的连续，而且（通过韵脚的重复）让连续给人以循环往复的感觉，这种诗体推进了"差异和重复"的相互作用，调和了共时性和历史性，使得读者的阅读时进时退，这一点与维吉尔诗歌中瞻前顾后的矛盾性几乎别无二致。我们稍后会探讨但丁诗歌中的某些片段，但在这里我们就可以看出锁韵三行体在刻画人物形象上简洁明了、俏皮有趣，艾略特把这种言简意赅的形式与狄更斯笔下某些著名的人物形象所产生的效果做了比较："我一辈子也不离开米考伯先生！""巴克斯愿意！"[3]

封闭在别具一格的斯宾塞体中更加明显，似乎每一步都是一个结尾，一个完整的长句结束一个诗节，同时推动叙述重新开始，呈现出新的完整性，在此，诗的形式取代了片段的作用，并让片段变成一系列小片段，与但丁诗歌中的时间性不同的是，这是一种强制的时间性，它改变了旅行的性质，也改变了对旅行进行解读的性质，从而留下这种时间性与寓言结构本身之关系这一悬而未决的问题。

最后，我们要接受歌德的《浮士德Ⅱ》中诗歌形式的异常多样性。在历史主义盛行的年代，多样化的形式代表着对过去和初期的世界文化（或者正如歌德所言，"世界文学"）的诗歌形式的回忆；在古典文学的意义上，它们是真正的荟萃，是对兴起于亚历山大帝国的诗歌形式的纪念——亚历山大帝国版图辽阔：从罗马到波斯、从日耳曼森林到亚历山大城市和遍布世界的各大洋。在《浮士德 Ⅱ》中，德国民歌的双行押韵与最宏伟的六音步史诗的时间性相遇。即使在英诗里，在惠特曼诗歌潜藏的韵律中，六音步的气势也咄咄逼人，对它所触及的一切都注入了史诗般的磅礴气势：六音步自身便因此形成一种寓言性的扩展，使歌德戏剧的异质性变得扑朔迷离——似乎是在展示它，而不是像斯宾塞和但丁那样将它封闭起来。

224 韵律、格律、节奏，甚至节拍和重音似乎都在寓言生命的律动中发挥了各自的作用，而它们的缺失使得班扬小说的前面几部分半死不活。诗歌的强制时间性是否能弥补寓言结构的解体呢？那种可能化为块茎或者相互指称的超文本的东西——事实上，在试图将这些文本理论化的过程中确实如此——在这里被转移到声音和语言的层面，在这个层面上，它必须服从一种不同的秩序——一种掩盖了各层面的纵向混乱和"同位素"消散的横向连续性。

言归正传，让我们赶快回到关于《仙后》的框架的讨论中。《仙后》没有依赖梦的框架，而是向缪斯发出传统的吁求后，完全遵循史诗的写作模式展开：

> 豪侠骑士策马驰骋在平原上，
> 武器质地优良，盾片银光闪亮。[4]

(I/i/1/41；5)

这是史诗的叙事结构，但带有欺骗性，因为我们没有直接进入一个完整的"事件"（比如战争）中，而是被带进了我们很想称之为中世纪浪漫传奇的同质场景。然而，这种叙事策略更具欺骗性的是那些场景本身的不连续性。

在《仙后》里，行动（如果可以这样称谓的话）基本上发生在两个地方：英格兰（当然只出现在倒叙或者穿插的历史事件中）和仙国——读者和人物都置身于这个地方，它的问题不能用柯勒律治的"心理空间"（mental space）草草了断（因为似乎并不是所有的艺术再现都是以这样或那样的方式发生在心理空间里）。从某种角度看，仙国应该是当时奥斯曼帝国东部的一个国度，各路骑士为了履行誓言和完成任务游历到此；

225　如果是这样，那么诗中千奇百怪的地貌就是被"设置"在这样一个王国的：不但有君主（格洛莉娅娜），而且在地球上还有一席之地（尽管是虚构的）。但是，且不论仙国中的空间和叙事背景的性质，单是背景本身就引发了诸多疑问。仙国中那些真实的英国的河流（比如泰晤士河与麦德威河以及它们的"联姻"）做何解释？也许有人会说，在英国境内流淌的只是有形的河流，它们的寓意及其化身被放置在别处了。如果是这样，我们是否可以说仙国不是另外的所在，而是叠加在真正的英国之上的，就像莫尔把他的"乌托邦"（通过形形色色的倒置和结构重组）叠加在当时的英国之上一样？[5] 既然如此，那么这样的叠加可否视为寓言性的？我们又如何理解那些穿插进来的神学上的空间的二次叠加，比如红十字骑士要去的"伊甸乐园"？此外，我们有必要坚持前文关于诗中内部空间的说法——更进一步说，是对在不同情节中出现的不同地点之间不存在任何连续空间的说法。也许应该说，在情节之间的衔接上——它们的"空间"和人物的游历时间——这首诗的结构让读者从来没有想到要提出令人难堪的问题。（这些也不是任何现代意义上的图画，即要求我们想象出一个透视的场景并将它的构成元素填充进去）。

　　不过，我这样说并不是为了得出如下两个结论：其一，就结构而言，斯宾塞有些粗心或者自相矛盾；其二，这种空间滑移一点都没有趣，也没有任何意义。（所以，对《仙后》的空间问题提出质疑就像天真的读者问这样的问题：麦克白夫人的父亲是谁——出自詹姆斯·瑟伯一篇著名的短篇小说；麦克白夫人有几个孩子——来自另一篇同样有名的论文。）

　　现在，让我们暂时转向居住在这些空间的生灵或者角色，尤其是仙国的正式居民：精灵。如果它们只是托尔金小说中形态各异的配角——在它们中间趾高气扬穿行的主角是人类（或者英国人）——就不会有什么大问题；但问题是《仙后》中的一个精灵恰恰就是主角之一——暂且不论有好226　几个人被掠走并在仙国养大。这个精灵名叫谷阳，是第二卷中的主人公，根据此卷的标题，他是节制美德的寓言化身。我们如何解读这种差异？我们当然不能说精灵在本质上比人类（或者英国人）更加节制，然而，这个特殊的精灵的命运应该有助于我们区别他的种族的特性与亚瑟本人（这本书的核心人物）的种族的特性。

在这一点上，我赞同小哈里·伯杰（Harry Berger Jr.）的经典解析：精灵家族与人类相似，但它们没有原罪和"堕落"，所以它们应该比人类高级，但这种认识忽略了神学的"幸福堕落"说（happy fall），或者换句话说，忽略了恩典将人类提升到任何可以想象的堕落前的纯真之上的方式——无论是堕落前的纯真还是高贵的异教徒的纯真。[6]伯杰认为，第二卷的前一部分——谷阳单枪匹马作战——（在风格和精神上）反映了一种古典理念。但是谷阳在战胜了最大的诱惑——财神玛门在洞穴里的馈赠——之后就昏厥过去是一个寓言性的暗示：他的纯粹的精灵（即人类堕落前的）特质不能帮他走得更远，他需要神性的援助，即亚瑟的到来和援救。至此，《仙后》便成了基督诗篇，亚瑟核心角色的成因——虽然他在我们所知道的所有书中都不是主角——便昭然若揭了。但我还是要补充一点：这只是第二卷中想要传达的信息，因为虽然谷阳没有在《仙后》中再次出现（除了第三卷中的误印），但我们可以推断他不会一直都拥有这种特定的寓言价值，甚至暂时集中体现在他身上的驯化层次体系也不会是整部作品的永久特征：

> 灵魂及其救赎
> 拥有传统美德的个人
> 对侍从的驯化

换言之，他命中注定的是经由绅士、英雄、圣徒的层层叠加从底层（属世界）上升到最高的层次。　227

这样的话，如果我们赞同评论家的观点，也许我们应该给这首诗加上一些语言学的特征——双关、比喻以及那些填满每一个诗节使之成为一个独立单元的词语，这就像在字面层以片段的形式叠加上其他层次一样。中世纪或者骑士素材只不过是这些形式的托辞，而且只适用于局部。因此，斯宾塞必须重新安排每一个片段——每一次掷骰子般的随意性——的各组成部分，这样的话，我们可以看出仙国的"含义"不如它的空间逻辑那么稳定，这与但丁的宇宙结构或中世纪的总体体系不同。

尽管如此，我们还是有必要看一个体现这种空间滑移策略的例子：围绕君主本人发生的故事。然而，是哪一个君主呢？虽然在各种称谓和吁请中，"真正的"君主和她的诗性自我格洛莉娅娜——仙国的女王——在诗歌里都得到了充分的呈现（"充分"和"不多不少"是同义词——两者其实带有缺席的意味），但若要将这两个人物牢牢地拴在一起，我们会发现两者之间还是有微妙的差异和难以解决的问题。例如《仙后》中有很多情节要么与伊丽莎白执政时期的一些事件相似，要么暗指发生在她的宫廷里的事情（比如拟议的婚姻），但这些都与格洛莉娅娜无关。然而，在另一方面，格洛莉娅娜却有为她效力的亚瑟，但伊丽莎白的生活中不仅没有这样的固定角色（从结局来看，不可能是莱斯特伯爵，也不太像是艾塞克斯伯爵，虽然后者与阿西高和卡利道埃有相似之处）[7]，而且虽然从这部史诗的逻辑上看，他对仙后的求婚是可能的，但在有关"真正的"亚瑟王的传奇史中纯属子虚乌有。

在《写给雷利的信》（*The Letter to Raleigh*）中，斯宾塞大致谈到了他那未完成的事业，从中可以看出他确实天才般地为《仙后》的形式问题找到了一个后现代式的解决办法：他把最后一卷设想为献给格洛莉娅娜的加冕礼，挑选出来的"人"在典礼上通过表演亚瑟王的传奇形象和传奇生涯来展现各种美德，在这种意义上，如果骑士的英勇事迹不是更真实的中世纪审判和任务的记录——随行的骑士必须出庭作证——那么《仙后》的每一卷都只是在歌咏那些壮举，就像吟游诗人在不被人知的奥德修斯面前唱诵他的英勇事迹一样。由此看来，能调和这些矛盾的最终结构要么是一个恰当的亚瑟式循环或者圆桌骑士的各种冒险故事构成的块茎，要么就是一出在君主面前重现那些冒险经历的戏剧，但很显然，以上两者都不是，我们手中的《仙后》永远没有抵达那完美的时刻：维柯的复归。

再来看看此诗涉及的神话故事。君主不是有时像维纳斯，有时又像狄安娜吗？如果揪着这样的联想不放是很危险的；事实上，对于王室的指涉就像不断耦合和解耦的运动一样，时有时无。更明确的——第三卷的序言直接宣布了这一点——是伊丽莎白和贝尔芙波的关联，后者是冷漠（或者冷酷）的贞洁模范，与有时也被认为是另一个伊丽莎白的布里托玛特相比，从寓言的角度看，她和女王的相似度更高。然而，能承载这些品质的最好是扁形人物而非圆形人物。我们有必要想一想象征着为他者存在的人（a being-for-others）所具备的方方面面的瞬息万变的指称：一会儿是权力和最高权威，一会儿是贞洁，一会儿又是英勇之类的。每一个人都被分割成这样的碎片，难以再进行有机的整合，也没有希望拥有主体身份。这就是为什么那华丽的表达——主体位置（虽然还有其他类似名称）——并不完全正确，因为这些指称在某种程度上更具客体性，它们是作为代表其他人的方方面面而存在的，是君主政体里的传统美德。也许这为我们理解寓言运作的功能提供了线索：它试图把这些"客体的"实体（被具化为名字的"美德"、"罪恶"或者心理现象）与某种内在布局相关联，这种关联是盲目的，因为所关联的对象尚未完全成为存在主义和现象学意义上的内在空间。

（就有关一次成功求婚的绯闻来看，）贝尔芙波的双胞胎姐妹阿莫雷特似乎与皇室身份的关联不太大，但"倍增指称"结构的目的不是为了保证寓言的同一性的效果，而是不断地让各种可能起起落落：作品中如此多的片刻，读者的如此多的犹豫不决和自我怀疑，翻动着布满象征的书页，苦思冥想的读者做出如此多的推测。混乱状态和文本性通过斯宾塞所使用的难以辨析的代词展现出来：所指不明的宾格"他"和"她"的同位语从来不会清晰地在句子中出现，必须经过反复的阅读才能梳理出来。读者最初以为这是因为自己能力有限，继而认为这是作者斯宾塞的马虎造成的，最后——按照斯皮泽的说法——却得出结论：《仙后》语言的特殊性是一种颇有意味的症候，它反映了作品的更深层次的结构上的原创性，所以，代词向指称打开大门，或借用特斯基的妙语：《仙后》中的代词就像隐蔽的陷阱，伺机"捕捉"可被寓言化的元素。[8]

229

在寓言世界的通用方案中，"捕捉"的常见表现形式是拟人化（稍后会探讨），但是对寓言的发展而言（不是时间的先后问题，这一点从此书中我们把但丁放在斯宾塞之后就可以看出），更重要的是出现在这种寓言结构中发人深省的空间滑移，斯蒂芬·克纳普称之为"空间异象"（spatial anomalies）[9]，它们是一些这样的时刻：拟人化打断了——不是推动了——寓言叙事进程，从而在形式方面引发了某种危机。

《失乐园》中"罪孽"和"死亡"的化身是未解之谜，人们对之也颇有微词，克纳普认为，就弥尔顿叙事史诗的总体"现实主义"风格而言，这两个名字（或者角色）无论是在方式上还是结构上都不相称，因此在有关寓言以及对其不满的任何讨论中，它们似乎都是绕不开的话题，人们不禁要问：它们难道不是弥尔顿伟大诗篇中的瑕疵或者失误吗？然而，正如我们稍后要谈到的，在《地狱》的第一章，威胁但丁的那三头野兽不也会引起我们同样的质疑吗？

　　不管怎么说，克纳普帮助我们了解到了这些"人物"独特的构成特征：比如主动性与被动性在他们之间的交替（83-84），或者最终只有"化身'知晓'他们所指代的抽象物"的方式（102）。然而，他的主要阐释对象——华兹华斯作品中的"寓言性人物"——却产生了许多空间上的困惑，这是克纳普在分析他奇妙地称之为"寓言化身的自然化"时遇到的

（106）（这种从抽象到自然化的运动好像没有首先对拟人化进行核心定义）：

　　　　例如，一串描述性的比喻将**老人**置于一幅风景画之中，但**老人**如何而来？又从何而来？主人公看见一个**人**出现在他面前，但他是从多远看到的？又是从哪个角度看到的？如果**老人**看起来像一块立于某一高阜顶端的巨石，那么说话者很有可能是在远处仰望山上的某个东西，但是海兽只能在海平面上爬行，这说明**老人**所在位置的海拔高度和说话者相同——而且极有可能低于后者；另外，海兽有一个明确的来处——大海，也有一个明确的来法——伏地而行，但是巨石却让观察者吃惊，他纳闷："它如何来到那里，又从何而来。"说话者的发现方式和**老人**的出现方式同样晦涩：他的感知是突发的还是渐进的？"I saw a Man before me unawares"——"unawares"是用作副词修饰说话者的行为（"我突然看见他"）还是用作形容词表示老人对说话者不知不觉或者无动于衷？（106）

无论从哪个方面讲，这种描述都让我们觉得（勒·吉恩的小说已经让我们有这种感觉了），能对我们正在讨论的特殊性做出解释的应该首推空间的不可通约性——图形与背景这一对熟悉的格式塔术语之间的彻底断裂和分离。

　　关于这个问题，我们再看看其他有价值的描述。帕克森在其著名的《拟人化的诗学》（*Poetics of Personification*）中通过引述热拉尔·热奈特的"转喻"（metalepsis）这一修辞学上的文学现象，有趣地描述了他对

克纳普的"自然化"过程的有趣见解，即一个拟人化形象和一个"人类"角色之间的相互抵触——前者不断走向中心，后者却渐渐远去，以至于最后连"人"的声音都听不见了。[10] 但是，不管怎样，后者实质上不断被这种抵触建构着，比如约伯，一个《圣经》里的历史人物，被诗人普鲁登修斯拉进了传统的拟人化的"美德"与"罪恶"的斗争之中，而约伯的参与本身又构成了两个不同的层面或者同位素的叠加。然后，帕克森又进一步将他的理论延伸到德曼晚期对拟人法（prosopopeia）和戴上面具（facing）或者摘掉面具（defacing）的思考，但在我看来，这种行为似乎没有拓宽我们对更广阔的寓言领域的探索，而是让我们毫无成效地回到了动态拟人化本身的更窄小和更专业的范畴。

　　我的理由是：大体上看，"空间异象"概念为解读寓言的结构效果提供了非常有价值的线索，因为在现代，拟人化手法虽然被认为已经废止了，但寓言还继续存在着。这里要补充一点：关于拟人化的消亡，在克纳普论及华兹华斯对人物形象的"自然化"处理（这是以假设形象最初是抽象的为前提的，不过我认为这种假设不正确）时就显而易见了，但也暗含在行动者或者人物最先表现出的模棱两可的特征中。

　　在叙事中，这些人物形象可能既是静态的元素又是动态的角色，这正是陷入争论中的"人物"这一范畴的双重性，抽象的观点走向拟人化——对情感的命名已经暗含此意——意味着观点变形为人物。在两种"语境"——诸如情感或者宇宙论元素的抽象观念系统和走向完整故事之结局的叙事活动——之间往返的指称在某些方面体现了寓言的异质性，即我们在此处提到的指称的混乱。若要对这一"形式问题"进行更全面的呈现，就要回到我们一直在探讨的寓言的四层结构系统，并用层次概念取代语境概念（语境本身没有语境）或者领域概念——语境和领域都建立在自然主义心理学基础之上，鉴于此，我们孜孜以求的现象若不能在永恒的相互指称或跨变中得到最好的阐释，那就可以通过四个层面之间的相互干扰来实现了。

　　在此，让我们回过头来看上文提到的但丁《神曲》中的一个明显的例子。诗人经过一座山丘，山顶是人间天堂（以前的伊甸园），山脚有三头饥肠辘辘的猛兽，它们没有被命名，但根据文学典故和传统的动物寓言故

231

206

事，按照惯例，其寓意分别对应着野心、骄傲和贪婪。在诗中，它们实际上不过是一头豹子、一头狮子和一匹母狼，但丁对它们的描写极其简练："一头身躯轻巧、矫健异常的豹子"（动作），浑身被五彩斑斓的皮毛裹

232 住（32；3）[11]；狮子"昂着头，饿得发疯"（形态）（47；5）；母狼"瘦骨嶙峋，像是满抱种种贪婪欲望"（皮和骨头）（49-50；5）。值得注意的是，辛格尔顿在其编撰的英文版《神曲》里添加了详细的注解，却不屑提及这三头野兽的传统寓意，而正是它们——甚至早在路德被想起之前——阻止但丁实现个人救赎［田园牧歌般的幸福："明媚的高山"（77；6）］，从而证实了后来路德对作品的救赎功能的批判。

三头猛兽的含义蕴藏在它们的行为中，因此我们要越过它们的身体特征（豹子带有欺骗性的漂亮皮毛，狮子头部的姿势，母狼的枯瘦）往前迈一步：豹子除了轻盈灵巧的体态，没有其他任何明显的动作，饿得发疯的狮子对但丁形成威逼之势，母狼在诗人的旁边走来走去，投下不祥的阴影。但三头野兽没有同时出现，前面一头总是在后面一头出现时就消失，当但丁向维吉尔求救时，好像只有最后出现的那头了［"你看那头猛兽，它迫使我退后"（88；6）］。这难道没有首先表明它们都是同一驱力的不同形式，尽管每一种都可以以特定诱惑的形式个性化：美丽假象（皮毛）的诱惑，攻击的诱惑，泛化的饥饿感（肉体的、道德的和精神的饥饿是无法区分的）？如果是这样，我们便可以把那些诱惑进一步寓言化为艺术的、政治的或战争的，以及商业的或赚钱的诱惑。由此可以看出，寓言生命的律动是一种传染病，它无休无止地感染着越来越广泛的解释圈。

在解读三头野兽的寓意时，如果参考但丁在《地狱》中对几种罪孽的设计（欺诈，暴力，无节制），这是最有说服力的，也是很恰当的。[12] 然而，这种解读恰恰说明了寓言空间的不一致性，因为罪孽和这些最初的危险不仅在但丁的叙述中占据了两个不同的位置（《地狱》和《炼狱》），它

233 们还体现了两种不同的美学观：寓言式的野兽和现实的或者"自然化"的罪人。这种将一组现象与另一组现象相提并论的做法（晚近的尝试）[13] 显示了一种准数学和解的表象，在这种情况下，两组数据令人尴尬的不一致之处被最小化，使它们进入一种肯定不能令任何人满意的和谐状态；与之相反，我们要尽可能地挖掘出更多的不一致性，以突出把它们全部容纳

其中的结构的独特性。

这些问题给我们留下的短暂印象是它们有力驳斥了将寓言与说教或者抽象教育联系起来的传统做法：因为我们在这里看到了某种初步的证明，即寓言结构有可能被理解为对某种教义上的矛盾的回应而不是直接的教导和灌输。只有通过强调有关教义的可再现性问题，我们才能避免克罗齐所反对的做法：我们正处于抛弃诗性和喻指或者纯粹概念的危险边缘。

还有另一条路把我们引向寓言的通俗化，因为它更容易为现代读者所接受，所以更危险，我们不妨称之为寓言的小说化，或者纯粹主观的（而且大多数情况下是自传性的）重写。但丁自己是《神曲》的"隐含叙述者"或者说故事是从他的视角讲的，诗中说到他的救赎系于一线，因此三头野兽便被读者重写为与传记主人公但丁相关的各种危险或者诱惑的化身。基于此，我们便可大胆推测豹子那令人迷醉的斑斓皮毛所产生的视觉效果隐射艺术的危险，以及将"温柔新体"（dolce stil nuovo）转化为目的本身——一种纯粹的唯美主义——的诱惑；狮子的狂怒暗示诗人既害怕自我在政治中和对政治的愤怒中完全丧失，又担心被正义的愤慨和执念整个吞噬；踱来踱去的母狼生动形象地展示了被放逐的诗人的烦乱情绪和各种欲望——如果不是那些稍纵即逝的魅力和性饥渴的话。如果把这种传记式的解读归于第三层（道德层面），就需要以主观意志为转移和习惯于把作品当传记的现代读者对自己稍加约束或者克制。

小说化的诱惑力总是潜藏在寓言结构里，读者也总是受到这种主观的和叙事的转变的诱惑，这两种情况都在上文提及的两部伟大的叙事作品中得到了体现，即《玫瑰传奇》（1230）和《天路历程》（1678）。单是两部作品的出版年份就说明了一个重要问题，即这种形式或形式结构并没有一直不断地延续下去；寓言似乎是在独特的、不相关的国情下产生的，是由于更加传统的文类不能成功表现特定的内容——历史的和心灵的——而兴起的。同时，这两部作品在展现上述内容上的巨大差异——一部是世俗的，来源于对宫廷爱情的经验和假设，另一部是宗教的，展现了新教叛逆者最深的苦痛——表明宗教也不能充分描述那一内容，它的主体性将以其他形式呈现，而不是以那些后来产生了小说这一独特、新鲜、受人欢迎的现代文类的形式呈现出来。

234

在此，我们便可以得出结论：在寓言实践中，空间异象并非反常现象，相反，它创造了这样一个时刻：寓言结构各层面的异质性突围而出并让读者感觉到它的在场。四个层面并不是全部叙事依次叠加形成的集合体，它们以完全不同的方式出现，展示出不同层面之间不和谐甚至针锋相对的差异。这种异质性不仅适用于我们不可避免地要从寓言的元素和原始素材中探寻到的叙事统一性，也适用于对现代读者而言最诱人的统一形式，那就是精神层面的统一，即道德的或者心理的信息或者发展的统一——我打算用主体性的建构这个概念来代替它（主体性根本不能构成一个统一体，也不能形成同质性、身份或者个体的自我）。然而，在这些错综复杂的问题中，我们一定不要忘了寓言的其他层面：如果那把寓言的或者神秘的钥匙就是对伊丽莎白女王的认同，而道德层面存在于我刚才提到的主体性建构中，那么我们也不能忽视对前面两个层面（宫廷阴谋，美德体系）的认同而产生的奥秘层或者历史观，因此，我们不妨来看一场将《仙后》作为历史愿景的有趣演出：

> 为什么不可以把第一卷看作现代俄国共产主义的寓言呢？红十字骑士代表用马克思主义信仰武装起来的工人阶级：他的颜色顺理成章是红色，他的十字勋章暗指交叉的斧头和镰刀。尤娜很明显是共产主义精神。红十字骑士的第一场战争是和**过失**打的，象征**革命**，怪物对着骑士呕吐出的书本纸张隐射托洛茨基洋洋大观的著述作品，她的死象征着被压迫的农民阶级的第一次胜利（骑士是"Georgos"，暗示他是在农民阶层长大的）。吞食**过失**身体的乱哄哄的幼崽象征拥有大量土地的、在经济萧条时期发财的富农，对它们胀鼓鼓的肚皮的描写——"突然纷纷破裂，内脏迸得满地"——暗示它们应得的报应。但是后来，骑士被诡计多端的阿琦玛格——代表虚伪的资产阶级——骗了，离开了尤娜。虽然他有能力战胜不信仰马克思主义的桑斯福，却心甘情愿成了杜莎（Duessa）——象征与西方帝国主义（她的父亲是一个帝王："辽阔的西部是他的国土地盘，/掌握第伯尔河西岸的统治权"）沆瀣一气的罗马教会——的工具。她领着骑士来到了象征现代资本主义社会的**傲慢**之家——年老者高居屋顶，地基不稳，腐败成

风，民众被关押在土牢里。在这里，骑士遭到了桑斯福的袭击——很明显，这暗示了资产阶级制度下工人阶级的悲惨命运，然后被出卖给了奥尔戈利欧（美国），亚瑟王子（共产国际的代表）救了他，他随后走进了**忏悔**之屋，在那里坦白他与共产主义意识形态的背离，并接受马克思主义辩证法的教育，他看到了没有阶级的未来社会的情景——请注意天使［angels 也许是恩格斯（Engels）的双关语］混杂在人类中，最后，他消灭了资本主义这条恶龙，把人类从它的魔爪中解放出来。[14]

正如作者本人将继续表明的那样，在这段（并非不现实的）政治叙事里，每一个英国人读到的所有滑稽可笑的内容，不仅适用于大多数我们能想象得出的其他类型的政治故事，也适用于伦理或者道德故事。但是正如本书在关于情感的那个章节中所提到的那样，在那些故事里，我们亟待处理的不是历史（作为某种被理想地统一化了的目的论），而是个体的情感、美德或者罪恶、性格特征、个体的优势和弱点，拟人化的弊端就在于它把它们与特殊的历史系统隔离，它的优势在于它有能力塑造适合教化故事的人物，因此，孤立的再现进一步证实了有关情感的物化，并使它与原先的情感系统之间的关系变得难以识别。事实上，像但丁的《给坎·格兰德的信》或者歌德对埃克曼（Eckermann）的某些评论一样，斯宾塞的《写给雷利的信》让《仙后》中的谜团蒙上了假象，常常误导读者——信中提到，计划中的 12 卷长诗的每一卷都是为了展现"亚里士多德设计的 12 种美德"（《尼各马可伦理学》）。然而，我们很快就会看到，这个计划不但没有实现，还会带来很多难题。

　　无论怎样，《仙后》的每一卷都清楚地展示了亚瑟的拟人化的多种美德。有必要在拟人化这一技巧上稍作停留，因为正是它（而不是其他方式）在浪漫主义时期败坏了寓言的名声。在那个时期，寓言往往和拟人化等同，但寓言的捍卫者常常想方设法拉开他们与这种笨拙且老套的中世纪形式之间的距离，即使早在班扬时代，也倡导以一一对应的方式阅读较早兴起的亚历山大体，所以罗斯蒙德·图夫（Rosemond Tuve）极力反对（对斯宾塞以及其他作家）做基督论的解读[15]，这也是为什么在复杂

236

但连贯的叙事表层（或者同位素）上，《失乐园》中的"罪孽"与"死亡"看起来像是污点。

然而，拟人化不会就这么轻易离开的，因此，我们得学会如何使用或解读它的多样化的存在方式，对此，安格斯·费莱彻（Angus Fletcher）给出了明确的指导，即重点关注魔鬼和像魔鬼一样的角色，这样的话，感觉或者感情的各种化身似乎就成了正常情感活动的令人迷惑的强化或者晶化形式。[16] 这就把我们引入了物化的轨迹，同时指出了一条将化身看作一个事件而不是一件事物或者实体的新路子——不过这两种结果都是一样的，因为化身自身确实传达了它是一件事物或者实体的信号：当某个不像物的东西突然被具体化从而拥有物的外观时（如果不是一个完完全全的物），事件就变成了物化过程。这再一次说明化身是短暂的存在而且是某一语境特有的，它们就像指称一样倏来忽往，从来没有形成任何稳定的体系（斯宾塞除外，我们稍后就会看到），而是按照一个既非叙事亦非主题的逻辑形成和消解。

事实上，斯宾塞在《仙后》中插入了对这一过程的叙述，就拟人化而言，这种做法是非常明显的自我指涉，这就是著名的马尔贝阔桥段，它是如此令人震撼，以至于凡是我参考过的评论都会或多或少地论及它（阿尔帕斯的解读是最全面的）。[17] 戴绿帽的整个喜剧情节——不快乐的丈夫马尔贝阔成了某个"帕里斯"的受害者——发展成为噩梦般的连续剧，在这一过程中，上演了真正的奥维德式变形记——一个有趣的人物离奇地变成了没有人样的怪物，栖身于岩洞：

> 直到徒然恐惧和内心的忧悒，
> 将老马尔贝阔变得丑陋至极，
> 忘记自己是人，叫自己葛劳西①。

(III/x/60/535；297)

这就是我们能想到的费莱彻的魔鬼附身之说的最好例子：一个人的心智被某一种情绪死死攫住后，就会失去其他所有的人类特质。马尔贝阔的自杀

---

① Gealosie (Jealousy)，妒忌。

念头（跳崖）是一个在精神上实现了的隐喻，因为他已经那样做了，再没 *238*
有什么东西要自我毁灭或者被毁灭：

> 长期受自杀念头的困扰烦忧，
>
> 老马尔贝阔变得衰弱又消瘦，
>
> 他形容枯槁，只剩下皮包骨头，
>
> 那样子看上去就像一具骷髅，
>
> 跌落在礁石上，时间没用多久，
>
> 可礁石竟没有伤到这位老叟，
>
> 恰巧落在崎岖悬岩，无独有偶；
>
> 他可以用弯曲爪子紧紧死扣，
>
> 最后发现一个洞穴的小入口。

(III/x/57/534；296)

毫无疑问，这是十足的物化；值得注意的是，它的最终形式——在诗歌层面的物性状态或者虚假的客体状态——是命名行为："叫自己葛劳西"。人们普遍认为，无论是对红十字骑士或者亚瑟王子这样的故事人物还是我们在这里探讨的拟人化形象，斯宾塞在命名上都很克制，但如果我们注意到（正如阿尔帕斯察觉到的一样）他往往在最后还是命名了——其目的是避开标准的文艺复兴寓言中的赫耳墨斯主义——我们就可以换种方式说话了：作为物化过程最高阶段的命名所依赖的结构不能仅仅被理解为普通大众眼里的某种认同形式，它首先是一种建构活动——确切地说，它本身就是主体性的建构。

说到这个问题，我们必须要小心一点，避开心理学语言。心理学认为符合社会习俗的个体——在最初就拥有了一个已建构的主体——先于后来的他/她存在着（不管他/她后来是谁或者做什么）。所谓的自我塑造不过是主体重构之可能性的外在形式，换言之，正如文艺复兴运动所构想的那样，建构一个更加真实的主体。

[因为有众神的帮助，中世纪之前的古代作品在处理物化过程时用的是不同的方法，因此，对待类似的情景（厄律西克同的故事），奥维德不需要借助拟人手法，因为饿神随叫随到，很快就和那个倒霉蛋合在一起了：

239   她就用皮包骨的双臂环抱他。

           干瘪的双唇强压着他的嘴巴，

           然后她就吹气，

           把飓风般的饥饿感

           吹进他身体的每一根血管。[18]

受害者后来以吞噬自己的方式处理了物化过程的残余。在《圣安东尼的诱惑》（*La Tentation de Saint Antoine*）里，福楼拜通过讲述基督教对异教的征服，与马克思一道，给我们提供了这种神圣的或邪恶的商品化的虚拟清单。]

这并不是说要为这个新时代的新人发明新的情感，而是要在那些不可名状的或者已经存在的、传统的内在现实中探索，以期通过命名行为将它们进行重组。拉康告诉我们，命名是最初的异化，是家庭和父母"大他者"们施加给幼年时期的欲望主体的暴力：语言通常参与这一暴力行为——压制和规训双管齐下。这些内在过程的名称好比是物化钉子，将它们一一固定起来（或者不要钉得太牢，松动一点，让所谓的主体性掉进精神错乱的深渊）。

因此，必须被命名的是那些负面的东西：罪孽、禁忌和被污名化的冲动。因为它们必须被控制，所以它们先于正面的东西出现（或者说这是组织者和说教者希望的）。哈里·伯杰（Harry Berger）针对这一过程的寓言式解读非常精彩。我们先来看《仙后》中菲德利亚手中的杯子：

           一只金杯，

           盛满了醇香的玉液琼浆，

           一条毒蛇盘绕在杯中央，

           看到它的人都不安恐慌。

                             （I/x/13/163；239）

伯杰对这只杯子所做的评论让我们想到了《启示录》：

           在以弗所，图密善皇帝递给约翰的毒药凝缩成一条蛇，爬出了杯子。

240   菲德利亚杯子里的蛇表明信仰之杯中藏有魔鬼，这暗指信仰的必要性，同时也暗示信仰是如何将毒药的本性暴露出来的。在一个人的灵魂通过信仰逐渐成熟的过程中，散乱的恶被收聚起来，而后被抓住示众。[19]

引言中的"凝缩"（condensation）（伯杰也将其用于阐释马尔贝阔现象）[20] 保持了弗洛伊德给予此词的含义，意义重大。我们在这里描述的主体形成，正是通过这种凝缩的方式将其内在的原材料具体化，然后以名称、名词或者名词和名词词组系统的形式封闭起来。伯杰认为，这项活动须得从那些要被赶走的，或者至少要被隔离和置于监控之下的负面能量和负面情绪入手，最终会成为这种监控系统的就是"心理学"，在这一系统的内部，那些不可名状的内心活动、躁动不安的欲念、难以觉察的反应和向性（tropism）联合起来对抗正统的评价性命名行为。

　　然而，所有这些努力——与弗洛伊德的排便训练、福柯的书写教导和埃利亚斯的餐桌礼仪的关系更加密切，而非文艺复兴时期的宫廷礼仪指南，更不是亚里士多德的和神学的美德手册——都充斥着永远也解决不了的矛盾，这些矛盾不是来源于"人的罪恶本性"，而是滋生于各种情感和名称的共存，换言之，来源于内心世界中永远无法彻底革除或者统一的多样性和差异性。让我们还是用马尔贝阔寓言来说明这一事实。当他第一次出现在我们眼前时，他是一个典型的喜剧人物：他不但是一个醋坛子（把妻子软禁起来不让她见外人），还是一个吝啬鬼。但是"嫉妒"和"吝啬"是两种不同的可拟人化的"罪恶"，两者的统一只能通过某种强有力的解读和喻指行为来实现，换句话说，嫉妒指的是丈夫占有妻子这种吝啬行为，吝啬指的是把财产当配偶省着使用这种嫉妒行为。但是，这些隐含的喻指尝试最终没有完全成功，这一点在故事里就有明确的交代：海伦诺尔放火把丈夫的财产几乎烧光，然后跟情人一起跑了，马尔贝阔赔了夫人又折兵，被他的嫉妒和吝啬撕成了两半，后来，在他彻底失去妻子后（海伦诺尔决计和森林之神一起生活），剩下的财宝又被偷了——然而，作为最无法忍受的事，这件事不是"同一件事"。最后，当马尔贝阔陷入人财两空的绝境时，那占支配地位的情感便被拟人化和具体化了，由此看来，情感必须以某种方式自寻出路：不再专注于某一具体的对象，而是"生产"一个**自我**，其目的是把这个自我当作一个具体的对象——"他厌恶自己的孤苦凄凉"（533；295），在这一句之前，还有一句更奇怪的诗行："他逃了，带着他自己逃了"。而后，伯杰的"蛇"又出现了：

> 被女人抛弃的羞耻之感；
>
> 像一条蛇，潜伏在受伤的心坎。

在这种"自恋的忧郁"中，马尔贝阔没有了外部世界的欲望客体，他变成了另外一个形体，但却令人惊讶地获得了永生：

> 然而，他却死而不僵，永不殁殪，
>
> 因为总有新忧伤给予他呼吸，
>
> 生死两种力量共存，融为一体。
>
> 欣喜的痛苦变成痛苦的欣喜。

（III/x/60/535；297）

保罗·德曼可能会认为这一段有力地证明了转义击败了神人同形同性论。无论从哪方面讲，马尔贝阔才是那个听从了齐泽克的劝告"享受你的症候！"的人。或者用存在主义者的话来说，他自己选择了最基本的情感，他的永生——他的非人类特质——就源于这种自由。

　　但即便如此，马尔贝阔的情感也不够纯粹，原因是斯宾塞在最后呈现给我们的是一个非常离奇的形象：一个长有爪子、形似蝙蝠的隐士永远地蜷缩在岩洞里，被另一种完全不同的情感——恐惧——牢牢抓住，万世不得解脱：

> 石头随时都会落下，恐怖至极，
>
> 他随时都有大难临头的危机。

（III/x/58/534；296）

242 毫无疑问，如阿尔帕斯所言，嫉妒也可以算作恐惧的一种形式，但是这些迥异的、被物化的心理对象未必能再次消解而后再以新的方式统一，即使我们看到了马尔贝阔的情感在文本、比喻和语言学诸方面的最后胜利，但我们还是发现他的情感里存在着某种难以驾驭的异质性。

　　这种胜利在风格上付出了惨重的代价：本·琼生对斯宾塞的著名评价"没有用语言写作"引起了后人的共鸣——从约翰逊博士一直到新批评和艾略特。除了独特的音乐性和诗节形式，《仙后》算不上是上乘之作：风格一般，诗意平淡，语言散漫。何以见得？

> 眼下来到一片密林，遍布树木，

树叶迎着肃杀冷风凄凄簌簌，

似乎充满恐怖……

(III/i/14/388；13)

为干坏事选了这里掩人耳目，

远离邻居，

实施穷凶极恶的意图，

这样，恶毒伎俩没人能看得出。

(III/vii/6/477；186)

这些"可怕的"形容词是情节剧以及 H. P. 洛夫克拉夫特的廉价惊悚小说和哥特小说的常用手段，但斯宾塞并不需要它们，因为他不耽于情节剧式的幻想——坏人坏事在他的作品里太一目了然，武力冲突也来得太迅速，阴谋诡计对他没有多少吸引力，所有的怪物看起来都长一个样；需要它们的是他的寓言而不是他的感性，原因在于阅读这样的寓言（也许所有的寓言？）一定要建立在善恶有别的二元结构伦理观的基础之上。此种观念在阅读和理解寓言的过程中牢牢占据着中心位置，以至于它似乎与高深抽象的哲学伦理学不再有任何关系，倒是更接近于敌—友、里—外、他—我这些在进化生物学上才有意义的机体识别机制：道德"审判"（如果我们可以这样美化它们的话）与完全来自身体上的反感和厌恶举动密不可分。毫无疑问，这一切都深刻体现在这一时期的新教言论中，这种身体上的恶心之感完全由宗教战争引发，显示了（作者）对偶像崇拜、神父、罗马、"巴比伦淫妇"以及在身体上（我想说种族上）和它们相关的所有东西的 *243*
憎恨。但这只是"他者"本身之对立性的原初形态：伦理学与之合而为一，构建了二元论的视"他者"为恶的认同观。萨特也许是正确的，纳粹主义和反犹主义永远也创造不出伟大的文学，它们只会制作出这种滑稽漫画，发出这类来自身体上的厌恶和憎恨的陈词滥调。然而，二元对立的伦理观产生的文学和文化财富确实巨大而且经久耐用。我认为，这种观念只有被另作他用——用于与纯粹的表达所不同的任务——时才会如此多产，比如情景剧的剧情发展到高潮时展示出它隐秘的认识论上的功能：它心惊胆战地拉开了窗帘的一角，让我们飞快地瞥了一眼那些处于存在之中心的最不光彩的可怕之物，这时，我们突然明白了善和恶一样坏，对立的两方最终会合而为一。

《仙后》中的这些装饰使得斯宾塞像弥尔顿一样无法成为现代主义者眼里的诗人典范，但它们却都起到了非同寻常的作用：它们是我们在上文提及的主体性建构的地图和地理。主体性建构的特点是盲目寻找那些"无定形的"（informe）、不成熟的、原始的和杂乱的东西——其目的是对用于建构的大量异质材料进行划分，然后按类别把它们聚集在一起，最后通过命名和认同来定义它们。二元伦理观是原始的和生物学的，原因在于它是划分的基础工具：只有把坏的和恶的事物与其他东西认同——如前所述，通过凝聚和物化——才能对心理活动进行分类，那些获得允许的、有模范作用的和好的事物才能通过对比辨别出来并安放在指定位置。这是新教内省活动的新成果：你必须亲力亲为，必须观照你的内心；虽然以前的分类体系还在（我们待会就能看到），但用于规范行为举止的那些外部的和客观的指向标是可疑的、靠不住的；只有语言和名字残存下来，而且是在事后才出现。它们是发现和决定的结果。自我检讨因此变得错综复杂，我们无路可循，备感苦恼——内心并没有按照我们的期待做出回应，那些关于善与恶的形容词便成了唯一的符号和线索，而且有时候用起来非常顺手，如下：

244　　　她似乎是贞德之士，美若天仙，

　　　　除了放荡的双眼斜视这一点，

　　　　这种特点对女子来说是祸端，

　　　　眼波流盼太傲慢，而且太频繁。

（III/i/41/395；27）

"放荡"一词也许有点抢眼，斯宾塞似乎在担心我们不能尽快抓住以下要点：在诗歌叙述中，过于热心的安排格外引人注目，这种叙述常常——而且故意地——为它的对立面大造声势，使得我们急切地期盼那些至关紧要的命名——这些名称通常代表"善"和美德；代表"恶"的符号已经先于它们存在了。正如我们所看到的那样，基督教体系形成之初，首先亮相的是各种罪恶和禁忌，然后美德纷纷登场，接受驯化变成数目繁多的、对称的添加品和补充物——超验主义体系不接受任何有关现世改造的信仰，无

论后者多么有说服力（异教体系对任何事物的改造都不如这类"侍臣手册"，而《仙后》是最辉煌的作品）。

但是结构问题不在于另一个世界的可能性或者臣服某种难以根治的人类恶行，而是那些"美德"的调和与叠加——罪孽之间的关系也是如此。在斯宾塞作品（和中世纪寓言）里，这一点最清楚地表现为各式美德表单和目录的差异性：它们是基督诞生之前（绝大部分来自亚里士多德，但你也可以凭兴趣另做选择）的古典美德吗？如果是，我们可否给它们添加一些神学的美德？然而，所有的神学权力和范畴都适合旧的体系吗？它们难道不需要自己的新体系吗？事实上，关于美德的这些问题也同样适用于邪恶：如果我们问嫉妒和吝啬（暂不提后来的极度恐惧和胆怯）是如何在马尔贝阔的身上"结合"的，也可以问各种美德它们自己是如何结合的。谷阳（节制）和布里托玛特（贞节）最初的冲突（很快就平息了）想要告诉我们什么？美德之间真的有冲突吗？和解似乎至少对地位和等级有要求：一种美德同意在地位和权力上低于另一方并因此服从对方。一旦有这样的疑问，技高一筹的神学美德便被请来帮助世俗的和古典的美德——这就是拥有基督骑士和准国王双重身份的亚瑟存在的理由：谷阳的世俗和古典美德若要取胜，亚瑟独有的力量——恩典——必不可少。但是，任何一个试图寻找最权威的美德分类方案的人都会大失所望，而任何一个因为这种混乱而拒绝采纳所有分类方案的人，从一开始便会陷入僵局。

与我们讨论善与恶在风格上的体现时一样，在这里，我们必须看到首先出场的是恶，美德体系的建立要以先行存在的罪或者恶的系统为基础。罗斯蒙德·图夫给我们展示了与七宗罪相对抗的神学美德的形成，它是"圣灵的礼物"[21]。在《神曲》中，《天堂》的圈层只是名义上围绕美德构建的，而实际上，每一圈都必定要围绕已经被它革除的罪而转动。所以，处在美德体系较深层面的还是恶。在《炼狱》中，几种罪孽理所当然地共存（灵魂依次从每一种罪孽中挣脱出来后就相继变轻，而后升入另一层）；在《地狱》中，罪孽滋生了占据支配地位的那些情感；但是在《天堂》中，我们很难看到这种或那种美德是如何地比其他美德更高级。

实际上，与任何一种这样的综合体发生冲突的是文本本身的运动，即它的寓言活动的时间性结构——这些活动仍然与阅读过程的特定主题化

245

相关。以第三卷布里托玛特受伤为例。在本卷的开篇和她开始踏上找寻之路时，出现了一段啼笑皆非的插曲，证明了体现在她身上的"贞节"只勉强算得上是一种美德，原因是试图引诱她的是一个女人（玛勒卡斯塔）。这段情节从她（在红十字骑士的帮助下）战胜那位女主人的六个骑士护卫开始。那六个人都有一个颇有寓意的名字，大概暗指诱惑的六个阶段："观看"，"搭讪"，"戏谑"，"亲吻"，"欢爱"，"夜深相拥入眠"。但玛勒卡斯塔未能如愿，她的尖叫声吵醒了城堡里的其他人，六个骑士又开始攻击布里托玛特，其中一个让她受了点擦伤：

246

> ……尽管伤口不深，
> 但却轻易将丝般的肌肤刺破，
> 殷红的鲜血一滴一滴地掉落，
> 洁白的罩衫上渗出血渍斑驳。

（III/i/65/401；39）

第一位成功的袭击者是上述名单中的第一个：嘎丹特（Gardante，"观看"）。我要在这里插一句：后来，当布里托玛特去营救被虐待狂布西兰囚禁在城堡的阿莫利特时，布西兰也让她受了轻伤：

> 他气急败坏，决意将她（布里托玛特）杀，
> 他手持邪恶魔剑冲向她，
> 将一腔恶气朝她身上撒，
> 想不到魔剑往她胸上扎，
> 鲜血从雪白的胸膛流下。

（III/xii/33/558；342）

这样的事件——让对手在其他场合几乎无隙可乘的寓言人物（如布里托玛特）受伤——必然传达了这样的含义：伤口暗示此处的女主角和她的美德比较脆弱——至少在某种特殊情况下是这样的。就嘎丹特参与的事件来看，那种含义再明白不过了：布里托玛特起码会受到视觉的袭击（关于窥视癖，另见第三卷第一章中的"逍遥城堡"）。[22]"贞节"会受到"看"这种行为的诱惑（尽管没有进一步往前发展），如果继续往下读，这一点还会在这一章的余下部分以戏剧化的形式呈现出来：我们将看到布里托玛特

当初那命中注定的"一见钟情"决定了她的命运。

《仙后》中的这段情节最奇怪：（"有一天，出于偶然"，）布里托玛特在魔镜里第一次看见了她未来的新郎。这应该是整部诗篇中最接近科幻小说的奇谭怪论（除了第五卷的机器人塔卢斯）：魔镜就像电视，呈现出后当代影像（"景观社会"的中枢机制）的所有特征。毋庸置疑，这是眼睛特有的"穿透"功能——眼睛是爱神之剑的传统意象：

> 冒失的弓箭手暗射一箭，
> 布里托玛特却毫无痛感。

247

（III/ii/26/408；53）

布里托玛特原本只是单纯地沉湎于"见其模样打心底里喜欢"的幻想中而已，但一段时间过后，发生了有趣的事情：她突然从幻梦中苏醒，新生的激情刺痛了她的心：

> 又和从前一样痛苦不已，
> 对印在心底的俊脸痴迷。

（III/ii/29/409；55）

当读者认识阿西高本人以后，对布里托玛特突发的痴迷可能又会提出问题：不管怎样，我们眼下关注的是视觉的主导地位。我认为，关于这个问题，有必要提及时间之环（从玛勒卡斯塔开始，然后闪回到魔镜），这样的话，我们才能确立视觉在布里托玛特那里的优先地位，也才能（追溯性地）解释阿西高的镜中形象带给她的更严重和更有寓意的伤害。但是我们如何把这一点放置在主体性的建构中呢？视觉可否被理解为通往贞节主体的感官通道？或者相反，贞节主体所面临的威胁是否首先来自视觉？不过，我们没有必要选择，也没有必要一锤定音：在这种情况下，主体性的构建不是通过把某一体系强加在这些元素上——规范的或者评价性的体系首先排除在外。（在这一方面，我不赞成洛奇的道德说教。[23]）相反，主体性建构是通过感官反应和认同行为完成的：视觉具有非常特殊的力量，所以必须把它从其他感官中分离出来，行之有效的办法就是给它一个名称。这样的话，主体是抵抗还是沉沦、走上恶之道还是恪守善之德就不那么重要了：那些元素就这样被安置在了主体性的建构过程中，而且将不加选择地参与这些活动并承担任何后果；然而，我们在前文说过，在分离和凝缩的过程中，罪孽是先行者。视觉最初是一个伤口，然后是一种力量或者所有权，由此产生了第二次重要的观察——此处的"第一次"指的是文本的叙事时序而不是按照时间的先后顺序发生的事件，这恰好精确地论证了寓言活动特有的文本—语境性质。《仙后》中的这一受伤情节不支持视觉在爱情中的永恒地位（尽管传统上认为它具有这样的地位——从彼得拉克一直延续到司汤达和普鲁斯特），它只是发生在某时某刻的某个事件，其寓意也只在作品的这一部分有效，之所以这样说，是因为第三卷结尾处的另一个受伤情节传达了完全不同的意思。

洛奇对布西兰的评论很精彩，但却只字不提与之相关的这第二次受伤；不过他的解读也给我们的解读提供了思路，即面具和隐藏其下的施虐狂场景（布西兰把阿莫利特的心脏掏出来）隐射出女性对男性性欲和婚姻两种暴力的恐惧。[24] 布里托玛特其实是自己的恐惧的囚徒，恐惧迫使她把可怕的贞节强加于己，和弗劳里梅艾的逃跑一样，这种做法有悖布里托玛特本身的含义（"贞节"），却与（男性）马里奈尔独特的自我防御非常相似。但如果是这样的话，受伤意味着布里托玛特虽然抗拒并打败了男性性欲，但她还是表现出了些许软弱并稍微有接近它的意思——注意：这个事件结束后，布里托玛特马上就和阿西高相遇（第四卷），她的爱是在两人激烈的打斗中喷薄而出的。因此，在某种意义上，我们可以说新伤修正了旧伤的含义：视觉还是一个常量（她终究遇到了她凝视的对象），但是现在却完全与来自暴力的男性性欲和对它的幻想这两种威胁混在一起了，从而促成了这些元素的完全不同的"结合"。

第四卷第八章里的一个奇怪事件却从另一个角度揭示了上述论点。亚瑟救了两位少女——阿米莉亚和阿莫利特（对后者的第二次拯救来自男性，而且更加彻底，这也许进一步强化了文本的上述解读）——之后，却不得不和她俩一起在一个叫斯克兰德（Sclaunder；Slander 的谐音，"诽谤"）的老巫婆家里留宿。三人离开那肮脏不堪的茅屋后，老巫婆追上来诽谤和谩骂他们，这本来是一件再平常不过的事：一个男性骑士独自带两个不属于"他的"（伺候他的、与他有婚约的，或者有其他类似正式关系的）淑女旅行，这不引起旁人最恶劣的怀疑和最肮脏的想法才怪呢！但是，怪就怪在这些想法都是斯宾塞自己说给读者听的：

> 我深知有不长脑的人士，
> 会不怀好意来读我的诗，
> 这都是轻浮的思想导致，
> 把这两位错当轻浮女子，
> 和高贵骑士行野合之事。

(IV/viii/29/663；546)

如此看来，读者有被**诽谤**捕获的危险了。因为她只待在文本里辱骂她的客人，所以她没有直接针对我们，但是我们似乎感觉到"诽谤"的力量——"怪兽布拉堂"的凶恶形象和他的生平暗示作者自己对这种"恶"及其影响是多么地敏感——从文本里渗透出来，钻进了我们的阅读中，把那些她以寓言的方式赞成其同类拥有的恶毒想法塞给我们。读者现在成了寓言层，而且被编写进了一个独特的新情节中，其功能就是展示和证明恶毒的流言蜚语的危险性。毫无疑问，读者必然要在寓言中而不是在其他较单一的文本中，更加自觉地承担起阐释的重担和责任。然而，他/她无法突破拟人化的各种具体化形式，因此必定会被要求遵循二元伦理的思维模式及其派生形式——比如我在上文提到的以性别为导向的阅读。

　　斯宾塞的文本——如果不是斯宾塞此人——最终意识到了这种结构限制，这一点也许在《仙后》最后两章的形式中得到了最好的表达。49岁时，一直在诗坛和政坛苦苦耕耘的诗人几乎颗粒无收，而此时的他不得不面临自己的早逝，面对他不明智地给自己设计的未能实现的宏伟计划，他跃进了一个新的空间——以"无常"（Mutabilitie）结尾的两个诗章。他这样做的目的似乎是想赶快把自己置于那未知的奥秘层，从而置身于**历史**的空间，在那里，在那古老的悲观主义里——从赫拉克利特的哲学到本雅明对巴洛克悲悼剧的研究，他把人类活动与自然历史毫无意义的循环相提并论，后者被拟人化为一个半神半人的女性或者一个女泰坦，她的名字就印在这最后的寓言之上。

　　极繁和极简之间那熟悉的辩证关系再次出现在这里：历史的无限时间似乎与那永远的当下以及那微不足道却难以释怀的凝视不可分离，它就在封闭的斯宾塞诗体中，这种诗体在时间上、历史上和叙事上一丝不苟地把运动推向和谐、悦目的静止状态。

注释

[1] *The Romance of the Rose*，trans. Frances Horgan，Oxford：Oxford University Press，2009，335.［中译引自：洛里斯的纪尧姆，默恩的让. 玫瑰传奇. 李可，译. 杭州：浙江大学出版社，2020：375。］

[2] 见第 2 章第 17 个注。

[3] T. S. Eliot，*Selected Essays*，Boston：Harcourt，Brace and Company，1932，411："与但丁或者莎士比亚的人物一样，狄更斯的人物也属于诗的范畴，只需一句简短的语言——无论是人物自己说的还是别人说的——他们就活灵活现地出现在我们面前。"

[4] Edmund Spenser，*The Faerie Queene*，eds Thomas P. Roche Jr. and C. Patrick O'Donnell Jr.，London：Penguin，1979. 文中引用此书的页码均指这个版本，格式一律如下：卷/章/节/页码.［中译引自：埃德蒙·斯宾塞. 仙后. 邢怡，译. 北京：北京时代华文书局，2015。《仙后》的中译文本引用全部来自此译本，部分地方略有改动，标注置于原著之后，只显示页码，用分号隔开。］

[5] A. C. Hamilton，ed.，*The Spenser Encyclopedia*，Toronto：University of Toronto Press，1997，293.

[6] Harry Berger Jr.，*Revisionary Play：Studies in the Spenserian Dynamics*，Berkeley：University of California Press，1990.

[7] Hamilton，*The Spenser Encyclopedia*，254.

[8] Gordon Teskey，*Allegory and Violence*，Ithaca：Cornell University Press，1996.

[9] Steven Knapp，*Personification and the Sublime*，Cambridge：Cambridge University Press，1985. 文中引用此书的页码均指这一版本。

[10] James J. Paxson，*The Poetics of Personification*，Cambridge：Cambridge University Press，2009，78，93.

[11] *The Divine Comedy，vol. I：The Inferno*，Princeton：Princeton

University Press，1990.［中译引自：但丁．神曲．黄文捷，译．南京：译林出版社，2019。文中引用此书/译本的页码均指这两个版本，英文页码在前，中译页码在后，用分号隔开。］

［12］Richard Lansing, ed. , *Dante Encyclopedia* , London：Taylor & Francis，2000.

［13］Ibid. , by Casella，1865. 兰辛（Lansing）把对三种动物的传统解读分为四类。不可思议的是，他的分类和寓言的四层结构系统很相似：第一，神学意义上的罪孽系统；第二，政治上的恶；第三，佛罗伦萨及其令但丁难以忍受的现实；第四，融入《地狱》和《炼狱》的体系：寓言层，奥秘层，道德层，文本层——与卡塞拉的"辨明"非常相似。

［14］A. C. Hamilton，*The Structure of Allegory in The Faerie Queene*，Oxford：Clarendon Press，1961，24，9-10.

［15］Rosemond Tuve，*Allegorical Imagery：Some Medieval Books and Their Imagery*，Princeton：Princeton University Press，1977.

［16］Angus Fletcher，*Allegory：The Theory of a Symbolic Mode*，Princeton：Princeton University Press，1970.

［17］Paul J. Alpers，*The Poetry of "The Faerie Queene*,"Princeton：Princeton University Press，2015.

［18］Ted Hughes，*Tales from Ovid*，New York：Farrar, Straus and Giroux，1997，84.

［19］Berger，*Revisionary Play*，51-52.

［20］Ibid. , 166-167.

［21］Tuve，*Allegorical Imagery*.

［22］见 Thomas P. Roche，*The Kindly Flame：A Study of the Third and Fourth Books of Spenser's Faerie Queene*，Princeton：Princeton University Press，2015，68-69。

［23］见 Thomas P. Roche，*The Kindly Flame：A Study of the Third and Fourth Books of Spenser's Faerie Queene*，Princeton：Princeton University Press，2015，70。

［24］Ibid. , 72-84.

第 7 章
史诗：但丁与空间

任何研究但丁作品的寓言结构的理论家都要面对一个强大的对手：埃里希·奥尔巴赫，他关于"喻象"的学说明显是一种尝试，即用他称之为"被创造者的现实主义"取代传统的中世纪寓言体系——这个术语不仅意在申明它和托马斯主义传统的必然联系，而且还要突出但丁作品中人物的所有物质的和"属世的"（对奥尔巴赫来说，这是另一个有用的术语）方面，即每一个非属灵的、非精神的方面。[1] 奥尔巴赫对寓言意义的抨击并不意味着是对意义本身的现代或后现代批判：他没有明里暗里伤及属灵判断的智慧和托马斯主义综合体系的真实性；相反，奥尔巴赫肯定了灵性之实相的三维特征，这一点在他的核心术语"喻象"的原始意义中得到了阐述："喻象"具有立体的或者雕塑般的形态，而不是平面的或者图画式的形象。奥尔巴赫把人们对《神曲》的天花乱坠的误读归因于但丁给他的资助者坎·格兰德·德拉·斯卡拉写的一封被奉为正典的"书信"（其实这封信的真实性还有待考查），他指责那些误读是"寓言性的"——这个词用于这一特别的文本未必不妥，因为在信中，但丁像个教父一样，不加掩饰地把对《神曲》的四重解读模式陈列出来。

我认为一个物欲横流的时代既不会注意这些在当今已具有学术性的词汇，也不会在意这些词汇曾经在专家们之间引起的争吵。当代的中世纪研究者比奥尔巴赫的同事们更加"现代"，也更加注重理论，此外，在后文学时代，解读但丁这样的作家，你可以看奇幻文学，也可以读典籍，后者倾向于以最可读的、最激动人心的、最"现实主义"的摘录形式进行选编，再附上大量学术性极强的脚注，以填补内容中的空白。

无论如何，我将在下文阐明：奥尔巴赫的喻象是一个中介概念而不是结构概念，援用他的权威性不是为了抵制寓言的复兴，除非将它搬上当代的符号学舞台——在这个舞台上，含义和指称问题是根据一般的内在性和再现性的哲学问题来衡量的。托马斯主义当然是内在性的基督教版本，在这一内在性中，上帝创世——即便不完美——富含深意，但其美学思想并没有比古典的美与和谐的观念延伸得更远。

然而，基督教预表论已经事先帮我们解决了这一哲学问题，因为在《圣经》里，它就是一种预言。"预表"的实现是对未来的预言，比如摩西就是未来的基督。因此，历史变成了中介，经由诗人—叙事者自己的未来，但丁将巧妙地保持他的"方法"的时间功能，即文本呈现先于他个人的流亡，作为中介的历史便被置于文本之中，其形式问题被转化为内容上的解决方案。

以前的文化并不都知道末世论和未来的这层关系，进入 21 世纪后，未来才真正来到了：右派拥有地球上超过 80％的财富，但要面对全球市场最尖锐的矛盾；中间派在一个今后无法输出的体制里享受着"自由和民主"；左派在那些庞大的、被马克思喻为披着资本主义"外衣"的垄断集团里拼命寻求出路；还有一个人数众多的群体，他们在政治上觉悟了，但是愤世嫉俗，玩世不恭。在这种境况下，预言不再有任何意义，或者变成了一种过程，探测那被无限增长的拟像的商品化的当下所遮盖的现在—未来的真面目，换言之，在我们这个时代，预言已经变成了阐释——阐释隐匿的形态和无法诊断的症候。 *253*

我的研究目的始终是探索作品的内部分裂——各种差异、张力和矛盾；而不是作品以任何文类的名义寻求展示的非常明显的统一。毫无疑问，当寓言被作为一种文类使用时（比如我们在这几章探讨的三部经典作品），它会以分割和并置之类的空间分区形式展示它的外部统一。因此，我们今天要探索的就是那些分区内部的矛盾和冲突。我先说清楚：我打算寻找诗人在《论世界帝国》（*De Monarchia*）里大致提到的那种更深刻和更基本的裂痕，即教皇和皇帝之间的分歧，至于这种特殊的对立是如何产生出诗性的或者形式上的结果，留待以后再说。

有些评论者从字面上理解《给坎·格兰德的信》（*Letter to Can Grande*），在《神曲》中遍寻它的四重结构；奥尔巴赫则从"喻象"出发，发现诗里到处都是"属世的"现实主义并将它作为奠定《神曲》非凡价值的基础。对于这两派意见，我不偏袒任何一方（暗示性的除外）。但是，奥尔巴赫好像忽略了一点：在我们称之为《神曲》的寓言性虚饰——我在前一章详细讨论过的《地狱》第一章中的三头富含寓意的野兽——和将众多的人类角色展现出来的、始终生动鲜明的现实主义之间存在着风格上和形式上的不一致。但为了能自圆其说，他可能会像我建议的那样，说那三头野兽虽然各具特色，但它们都不过是躯体的呈现和近乎是肌肉的展现，所以不妨把它们看作活物。

正如我在其他地方说过的那样，"现实主义"是一个模糊的概念，它的含义在很大程度上要依赖和它相对立的美学术语。我们先来看看叙事以及它在《神曲》中的双层结构：这首诗像一部现代侦探小说，两个完全不同的叙事重叠在一起：一方面是侦探及其调查过程的故事，以维吉尔带领主人公旅行的方式展开，另一方面是叙事材料，即旅途中的各种遭遇。两个方面构成了一个亟待侦破的悬案，受害者和行凶者也有待辨明。所以从一开始，我们就看到作者发明了一种将两种迥然不同的原始材料进行调和甚至结合的形式——在这两种材料中，一种是第一人称经验性的，另一种是趣闻逸事的，采取后来可能被称为"客观历史事实"的形式。这种双层结构预示了此后对小说本身的称谓发生的分歧——在五花八门的术语中，有"小说"（roman），还有"叙事"（récit）。

但是，我们直到现在都还没有按部就班抵达小说时刻，在这一时刻，传统文类的各种矛盾性和形式问题是如此严重，以至于催生了一种可称之为"后文类"的全新文类。事实上，这正是格奥尔格·卢卡奇要在他的《小说理论》（Theory of the Novel）中讲述的小说形式的历史，所以来看一看他把但丁放在那颇具影响力的编年史中的哪个位置对我们会有启发。[2] 实际上，卢卡奇把《神曲》和薄伽丘——但丁的晚辈传记作者和评注者——相提并论对前者似有不敬，但却不足为奇，因为其实就像后者的《十日谈》一样，但丁的诗也是一部故事集，因此整部作品也是非常不连贯的。

为了弄清楚但丁和薄伽丘的亲缘关系，或者，通常而言，《神曲》与喜剧故事的关系，读者只需看看"恶囊"（Malebolge）的魔鬼们（《地狱》第21-23首）的盛大演出——他们被神派去收拾贪官污吏，但维吉尔和但丁不太信任他们。这些魔鬼从其工作中找乐子是再明显不过的〔把罪人推进沸腾的沥青池里，"就像海豚在海面弓起腰脊/向水手传递风雨即来的信息"（XXII，19-20，224；220）]；但是否可以相信他们遵照神旨帮助那一对旅者，甚至他们是否可以花点时间了解那两位，那又当别论。[3] 魔鬼当然不会信守诺言，请看一段好戏：有一个罪人得到应允，给但丁讲他自己的故事，然后却趁机钻到了沥青池底下，以此逃避魔鬼对他的折磨。正是因为这个罪人忽悠了监管他的看守，两个惊慌失措的旅行者害怕受到嘲弄的魔鬼把气撒在他们身上，于是决定逃跑。果不其然，当他们顺坡往下朝另一个"囊"逃去时，看到了一群怒气冲冲的魔鬼飞来飞去，四下里寻找他们。这真是一部短篇电影杰作；然而，短则短矣，它却在两个方面充分显示了我所说的"跨变"：一方面，给这些受苦刑的人定的罪名不是"愤怒"而是"诉讼挑唆"（即"无端诉讼"，或者说得有趣点，"当讼棍"），但是惩罚模式却基本上没有象征性地表达出这一特殊"罪孽"的含义——除了那个逃进沥青池里的人展示出的律师般的狡猾；另一方面，如果发怒是这一诗章的主调，那么值得注意的是，卫兵和行刑者对此种情绪的反应比受刑者更甚，甚至连维吉尔也受到了影响。由此看来，这"被命名的情绪"是如此具有感染力而且容易——不管是主动的，还是被动的——用寓言的形式表达出来，因此，魔鬼的闹剧变成了对这种寓言性情绪的可转换性和自由漂移的分离的补充。

　　然而，《神曲》是一部内容繁多的汇编，因此，人物的命运往往通过一个诗节就讲完了，而且大部分都没有采取讲故事的方式，更别说叙事了。比如，弗兰切丝卡的命运是像勃朗宁的《我的前公爵夫人》——明显取材于前者——那样，按照电影模式来组织，或者使用叙事技巧来设计的吗？男主人公以温文尔雅的形象在勃朗宁的诗中登场，但丁最后以即决审判的方式——"该隐正在等待"——把他处置了，据此，勃朗宁的戏剧独白产生了出人意料的逆转，这种结果在短篇故事或者叙事里很常见，在巴特和其他人论述过的、含有吊诡成分的新闻故事里也有。尽管如此，还是有可能对这些命运进行盘点，其分类法与但丁的宗教或教义清单不同：受罚者和刑事代理人首当其冲，然后是生活方式的选择（可怜的老饕恰科），悲惨的事件（兵败被杀的曼弗雷迪），臭名昭著的背叛，被动的和主动的，默默无闻的和闻名世界、名垂青史的。这些名目繁多的潜在"课题"（亨利·詹姆斯语）慢慢地将我们的视线转向但丁游历的方向——另一个叙事层。

256　　即便在长篇的史诗形式或叙事解体后，卢卡奇似乎把这许多的故事（这本故事集）列入了那些幸存的短篇"史诗"形式或统一体之中，但他还是认可基督教世界始终保有（并以但丁的地理学形式延续）的总体性。在此，一个含混的德语词也许可以让我们在理论上有所收获。这个词的形容词"episch"就是"叙事的"，但它的名词"Epos"却保留了史诗体诗歌中的"史诗"（epic）的含义：卢卡奇认为短篇小说和笑话之类的规模较小的形式也是"叙事的"，原因在于它们保留了叙事在形式上的统一，只是篇幅更短罢了，比如格奥尔格·齐美尔的飞地"形式"。[4] 换言之（非常接近齐美尔的思想），它们再现了生活经验中的那些比较小的统一体，这些小统一体在现代性普遍的碎片化中得以幸免，但尚未进入顿悟和抒情的瞬间。基于此，但丁笔下那些借助显微技术才能看到的命数也许是从传统叙事中幸存下来的最小单位，它们活在可喻为美杜莎之凝视的上帝的永恒审判之下，是所有生命的如原子般微小的暂存之物。在这种情况下，叙事的另一个层面——诗人—主人公的游历——也难逃这残忍的微缩，即似乎是毫无逆转地被还原成单一的命运和只有一句话的忏悔，这就极大地减少了诗篇的多重性并抹去了它的裂痕，我们有可能看到的就是微观世界的统一，宏观上的差异性和多样化不复存在。（但是，如果我们考察一下《炼狱》，就会发现情况并不完全如此，"命运"在某种意义上总是具有复合性的特点。）

　　不过，让我们现在变换一下视角，以细读的方式来考察《神曲》。我在前文顺便提到过地理，这是一个起点，因为读者在这里有必要建立一个心理空间，其复杂性不亚于我们读巴尔扎克的作品时需要达到的程度。每个读者大概已经从不同版本的图解中知道了**地狱**的形状，也明白了从漏斗形的**地狱**中分离出一座**炼狱**山的奇妙设计，就像几十亿年前月亮从地球分离出去一样，或者更近一点，就像南美洲离开非洲一样。但是，好辩的或者喜欢钻牛角尖的评论者可能会问：但丁是在哪里说的这种话？如果说摆257 在这里的地理具有抽象的含义，给我引用点诗句来证明。（关于这个问题，）我们得自己推断，我们必须沿着不同的"囊"在心理上建构它。（有多少个"囊"？我们此刻在哪个"囊"上？）我们在这里求助的心理能力显然还是传统的"想象力"，即形成图像的能力；但是，它可以用于检验：探索它自己的形象，从内部构建某种东西，而这种东西的轮廓是什么样的，它只有在自身的有限范围内才能进行推断。另一个让我们大感意外的结果是，任何解读若要讲得通，都必须考虑到上升和下降的问题，或者换句话说，在语言的某个地方，考虑到一种重力，这种重力通常不是我们日常话语中的成分，也不一定在《神曲》的叙述性句子里出现。然而，朝圣者——主人公——但丁在往下爬的时候心存恐惧，过程艰难，动作笨拙（而且还离不开神一样的"师长"不时相助）；随后，他又要同样努力但却更加笨拙地往上去爬"炼狱"山那更加崎岖陡峭的山坡。（顺便提一下，炼狱山的基底是寓言同位素中的不一致性的所在之一——开始是一片无法通过的森林，住着危险的野兽，在下一卷是一片海滩，由杰出的卡托亲自看守。）

然而，重量和重力——我们的物质存在的独特属性（连科学家也不能解释）——产生的这种偶然性，也将在这里获得一种叙述性的，实际上是一种寓言性的意义：人的身体本身将被赋予某种精神意义。在《地狱》中，根据迈诺斯的判决，人的灵魂好像是自己坠入地狱中适合它们的那一层。（更让人不解的是，在这之前，我们看到刚刚脱离肉体的亡魂被一种无法抵制的力量和欲望驱使着，自己争先恐后挤上冥府渡神卡戎的船，迫不及待地去接受迈诺斯那可怕的终极审判。若不如此，又该如何让他们上船呢？）然而，在《炼狱》中，却是相反的结果：涤清了罪孽的灵魂突然变轻了，飞向它在天国的位置（就像但丁一样，每当审视一种罪孽并意识到自己犯有此罪时，就发现自己变轻了，爬山也不那么费劲了，攀登越容易，神志越恍惚，仿佛在梦里飞翔）。

在整部史诗里，读者都能感受到躯体的精神重量这一主题，就像音乐 *258* 中的泛音或者低音，随时都会产生一种明显的效果，正如在旅行的最开始，但丁从保罗和弗兰切丝卡实实在在的命运（就像一对发情的狗，如胶似漆，永不分离）中看到了自己崇高的精神之恋的结果，他于是"晕倒在地，好像一具倒下的尸体"（V/142/56-57；55）。《神曲》中，坠落在地狱的尸体数量是相当惊人的，虽然这些亡灵尚没有真正拥有物质的躯体（只有在"末日审判"时，它们才会重新拥有自己的肉身），但也不只是但丁这一个活人能切身感受到这虚构的地理环境，比如在下一首，死去的罪人的躯体被脸朝下摁在用"雨/那该诅咒的永恒的深黑冷雨"合成的淤泥（只能用这样的委婉语）里（V/7-8/58-59；59），维吉尔还用这有形的污泥塞了看门者刻尔勃路斯满嘴——我们认为，罚这类罪人（贪食者）吃泥巴很合适。

我们把《神曲》中的这种阈下重力比作诗歌的基础低音，它似乎和任何传统意义上的感觉都没有关联，但却与空间定位和眩晕之类的元素相关，它像任何感官记忆一样，让我们的阅读体验更加具体化，因而起到了类比的作用。然而，在这里，读者面对的是一种特定的身体"感官"——味觉——的潜在在场，它有助于我们对直接的阅读过程进行现象学分析，从而探查到与这种在场相结合的其他各种潜在特征。

体现这种惩罚的罪人叫恰科，他生前沉迷于佛罗伦萨的富足奢华，如今为此自责；从但丁请他谈一谈自己对佛罗伦萨的政治形势的看法，我们便可以想象得出他在阳世的生活：一个享有特权的大腹便便的观察家坐在咖啡馆抱怨政局（真实的佛罗伦萨的内部纷争），对此，他自己什么也不干，但非常乐意提供一份相关的杰出政党领袖的名单。他谴责导致内乱的三大罪恶："骄傲、嫉妒和贪婪"（VI/74/62；63）。当恰科请求但丁回到人世后"把他送入众人的脑际"时，读者也许猜测到了三大罪恶指的是但丁最先碰到的那三头野兽，这激发了我们对文本的记忆。在此，我们触及了回忆这一过程——对回忆的记忆现在被稍微激起，但尚未彻底变成"主题"（严格来说，回忆不算感官，虽然它能引起痛感——"最大的痛苦"），然而，它为我们从现象学的角度对《神曲》进行更深刻的解读还是有帮助的（锁韵三行体的线性结构和统一也要引起重视，另外还有词的音韵本身产生的纯音乐效果）。

冷雨泥泞当然处处都能产生触感，但是却出现了这种感觉被突然打断的时刻：恰科声称"我也不再答复你"，随即陷入沉默，我们不知道他的这一举动是他自己的决定还是简单地预示和证实了某种外力的作用，就像狱卒打断了会见室里的谈话一样。然而，随后发生的一件怪事解开了这个谜团：

259

这时，他把一双直视我的眼睛斜了过去，

他注视了我一会儿，随即低下头去，

像其他双目失明的鬼魂一样倒下，连头带身躯。

(VI/91-93/64-65；63)

这正是第六首的中心——恢复到极其生动和怪异的躯体的姿势：恰科的眼腱断了，但似乎仍然古怪地斜着眼睛盯了"漫游者"一小会儿，然后便失去了所有知觉（罪人第一次被赋予"双目失明"的特征，如果不能被简单地视为修辞，那这就是一种惩罚——在这样的环境下，似乎是多余的）。辛格尔顿对这种突发症状的解释是中世纪把贪食和迟钝连在一起，恰科最后的直视把迟钝表现为一个事件，但是这个事件马上就终止了，代之以无意识的盲视。这个例子与但丁习惯将每一种罪与某一具体的身体症状相联系的写作手法非常吻合。最后，在末尾，伴随着维吉尔的解释，这一场景中出现了声音，天使吹响"末日审判"的号角（出人意料的是，判决声被描写成"永远"在寰宇回荡的声音，似乎时间之终结的另一特点就是对听觉的不断冲击）。

德曼（和帕克森）对拟人化（活现法）的"相"（face）和通过说话的"相"或者面具的沉默表现的"摘掉面具"（defacing）做过修辞学上的阐释[5]，当恰科的感官被切断时，我们禁不住要把他的出人意料的古怪表情和那种阐释联系起来。不管怎样，它标志着我们读到的谈话突然转向了描写、说明，突然变成了感官体验，它也因此强化了讽寓解读的魅力，换句话说，解读行为突然被再次激活了。我们想知道这种特定的罪孽和突然与恰科断开的那种东西之间可能存在的（有意义的）关系（因为其他事件都以非常不同的方式结束——法里纳塔回到了他一直躺在那的坟墓里，布鲁内托·拉蒂尼又开始了他那永不停息的奔跑，等等）。难道贪食以某种方式把其他的感官快乐（包括谈话）收集起来，然后把它们凝聚在一个"愚钝的"痴迷状态？抑或是它的含义太晦涩了，无法读下去，所以我们必须终止解读，被只在每一诗章的最后做短暂停顿的、节奏重叠的旋律裹挟着一直往前，不可回转？

不管怎样，结构和解读（用特斯基的话来说，寓言和讽寓解读）[6] 的

232

先决条件是：对各种感官和"经验"的其他现象学层面的区分；注意力在前与后之间看似随意实则恰当地横向移动，好像是依次停留在各条线之间的点对点关系上，但没有任何特定的顺序。

我们可以通过《地狱》里那些最著名的、评论最多的片段中的一个来详细分析这一别有深意的过程。这个故事的主角是法里纳塔，他是唯一在**地狱**巍然屹立的鬼魂，有点像弥尔顿的撒旦："仿佛把地狱根本不放在眼里"（X/36/100-101；98）。他是但丁的政敌的领袖，颇具英雄气概，以至于但丁把自己对他的敬佩暴露无遗，对他的刻画也更加栩栩如生，在一首被秩序、和谐与谦恭的理想意象主宰的诗篇里，法里纳塔的姿态也更加生动鲜明地戏剧化了造反者的楷模这一悖论；然而，这不是我们感兴趣的话题。

261

我们感兴趣的是以下两点：第一点是但丁在地狱碰到了他的朋友卡瓦尔坎蒂已故的父亲（后者对但丁的询问至关重要，它使葛兰西对克罗齐美学思想的著名评论得以产生[7]），这一次的相遇和与法里纳塔的相遇的交叉是我们的兴趣所在；第二点是朋友之父的出现中断了但丁与法里纳塔的讨论，因为它更明确地提出了主题性的相互指涉——或者处在寓言结构正中位置的跨变——的问题。偶发的中断在《神曲》中比比皆是，而且非常突出，其目的明显是让我们在解读时不要忘了或者进一步重视将这些缺口连接起来的那些和主题相关的各种关系。

这个例子中，一场非常值得深思的政治讨论在还没有被激化为辩论或者相互辱骂时，就被老卡瓦尔坎蒂打断了：他向但丁问起了他的儿子，但丁回答他时用了过去时态，他便误以为他儿子死了["难道那和煦的阳光不再照射他的眼睛？"（X/69/102-103；101）]。

然后，两场讨论就融合在对被诅咒者的独特的时间性的描述中：他们知道过去和未来，但不知眼前的事；当然，像克罗齐这样的读者也许认为这种情况——《神曲》中最重要的片段之一——只不过掩盖了另一种类似的枯燥说教（此处是有关死后的时间性的），这本来应该是维吉尔的事，但在这里，法里纳塔的亡灵替他做了。（维吉尔能做的就是给但丁一个非常奇怪的忠告，即让他不要忘了与法里纳塔的相遇——诚然，后者预言但丁将遭遇厄运，所以我们也可以根据自己的理解解读他们的邂逅。）然而，我要强调的是第四个声音（维吉尔的声音）中反复出现的记忆主题："你要记住你所听到的不利于你的话语"（X/127/106-107；103），在此，这句话可以根据主题把再现的所有细节任意连接起来。艺术竟然和政治战略——内乱中两方所使用的"技艺"——扯上关系了，这真确地预言了几个世纪之后马基雅维利的认识论上的发明，由此可以看出，主题同质——借助不同的词反复出现在不同语境中的艺术的"义素"——随意地让不同层面之间空间上的巧合显露出来。但是，这些纵向的"风格上的事件"不能与后新批评理论中的那些主题学相混淆，根据后者，评论者（如威尔逊·奈特）可以在莎士比亚的作品中发现主题群集，它们通常都是某一部剧独有的，比如金属般坚硬的形象在《科利奥兰纳斯》（*Coriolanus*）中随处可见，恶心和腐败的气息则从《哈姆雷特》的字里行间渗透出来。（因为新批评把注意力放在诗性语言上面，后来，当缺乏处理小说的适当手段时，对重复主题和主题群集的强调就变成了普通的叙事批评——尤其是小说——的主要内容。）

　　然而，主题学仍然强调其材料的内容，而且基本上采用重现或者重复的方式，即后来所说的"冗余"（redundance）：评论在同一个层面展开，倾向于用这种或者那种"现象学世界"的建构代替小说事件的形式和形态，在不同的内容之间寻找同源性。基于此，我们可能会对正在讨论的这个片段做如下解读：诗中提及的但丁的诗人朋友圭多·卡瓦尔坎蒂其实是一种对抗行为——但丁自己只想把抒情诗转变为叙事或者史诗，而不愿意再往前走一步，即不愿像圭多那样将前者上升到哲学和爱情理论的高度［埃兹拉·庞德（Ezra Pound）一直对此感兴趣］。然而，我们的推断是没有道理的，直到我们想起了这样一个事实：对抗也是政治领域的重要形态；原本是归尔弗（Guelph）和吉伯林（Ghibelline）两派在古老的意识形态上的朋党之争（教皇和皇帝的位次之争以及两者在意大利各城邦为统治权而战），在但丁时代的佛罗伦萨演变成了获胜方归尔弗派内部的两股势力之间的斗争（"一分为二"），在此意义上，我们就不能再把法里纳塔等同于绝对的意识形态敌人，而是敌人中的一个敌对派的领袖，因此，这一片段的整个结构与两个朋友——但丁和卡瓦尔坎蒂——之间的诗学之争同质，它发生在诗性政治领域，即曾经统一的先锋诗体"温柔新体"的

262

内部。《神曲》的这种处理方法把"对抗"变成了双重政治主题，而且会激励我们去探寻它在《神曲》其他地方的体现。

263　　但是，寓言性的手段会把这种一致性看成一个事件，即诗的两个基本层面——政治的和诗性的——恰好在此交汇。某种新情况在这一交汇处暂时出现，它既不是隐喻的转义迁移，也不是对主题清单的补充，而是一种结合，一种火花的碰撞，发生在阅读过程中的某一特殊事件的短暂激活和一种形式层面上的叙事性事件（而不是像传统叙事那样，发生在内容层面）。相较于发生在这种或那种纯再现性故事讲述中的平行事件，这种纯形式"事件"更具寓言的特征：它们好比是在各层面的结构系统里发生的短路事故，无论是在主题逻辑还是叙事逻辑上，双方的碰撞都看似很随意，从而构成了不同于传统叙事和纯抒情诗的别具一格的阅读体验。

　　与此同时，我们必须再来看看安东尼奥·葛兰西对《地狱》中这一首诗（第十首）的重要评论，它是我们正在探讨的这一问题的关键或者试金石。在 1931 年 9 月 20 日写给塔蒂亚娜的信中，葛兰西（针对克罗齐）提出了一个问题：卡瓦尔坎蒂（错误地）悲悼儿子的感人场景和法里纳塔有关《地狱》的时间问题的学术课堂之间存在着话语的异质性。克罗齐深谙现代主义区分法，在将诗性的"表达"与其他类型的语言进行区别这一方面，其热情不亚于新批评寻求诗性语言的本质。他对"什么是活的"与"什么是死的"（在黑格尔、马克思、但丁及其他人的作品中）所做的标志性评判揭示了《地狱》中那首让人费解的诗的意图：从根本上把卡瓦尔坎蒂的诗意感伤与法里纳塔振振有词的散文体演讲分离开来。[8]

264　　我认为，在为但丁辩护并论证法里纳塔的解释在那更大的悲怆效果中所产生的功能性作用时，葛兰西保留了一种未言明的文学价值——统一或者同质现象，他与他的大学老师分享这种价值，而在今天这个碎片化、异质性和（实际上）寓言性的时代，我们不再需要这种价值。事实上，任何剧作家都不会排斥法里纳塔语气的变化——从傲慢不逊到坚定的政治性口吻，从悔恨懊恼到谆谆教诲，但这只是从一个不同的、更戏剧性的角度复原那各种语气的统一性。我的看法是，葛兰西的阿尔都塞派评论者一直强调的（与他的"人文主义"形成对照）不仅仅是原材料——政治斗争、父亲的悲痛、地理环境——的异质性，还有这些不同元素产生的心理活动的分化，锁韵三行体的功能不仅是为了重新统一分化，而且还要指明这种分化是重新统一过程中的一个行为。

所有这一切在今天都容易从主题上得到理解：我们可以肯定地认为，整个第十首诗——对个人未来命运的预言（但丁不久以后将被逐出佛罗伦萨）、政治局面（派系的命运）、宣告"末日审判"的来临、墓穴将永远封闭的号角——都是在时间性和记忆的总主题下上演的。然而，我觉得当我们沾沾自喜地把某样东西抚平、只让它成为主题时，我们就失去了事物的粗犷性（而主题也最多不过是那些"糟糕的寓言"，后者恰恰是一直受到"人文主义"阅读谴责的）。

最好还是坚持和坚守注意力在这些不同的"意向性对象"之间来回移动，在它们之间建立短暂连接的非连续性阅读方式，这样的话，佛罗伦萨内乱就有了它的诗学对等物。内乱本身也不是什么统一的事件：吉伯林和归尔弗的派系斗争最后（至少在但丁的有生之年）以后者的胜利告终，然而，（正如我在前文指出的那样）归尔弗内部后来发生了另一场争斗，就在但丁的这次冥界之遇的随后几年，他自己就成了这场内部斗争的牺牲品。他与法里纳塔的党派对立指的就是这最后的、弟兄般的冲突。但是，当两人正你一言我一语地二重唱时，但丁的伟大的诗人朋友卡瓦尔坎蒂的父亲出来打断了他们，后者提醒他与自己儿子的友谊，纳闷为什么儿子还没有杰出到与但丁一起踏上这非同寻常的旅途。正是在这一点上，坚定但略怀恶意的但丁发现——暗示维吉尔——他的朋友兼诗友也许选择了一条错误的道路：哲学而不是维吉尔史诗。但丁与老卡瓦尔坎蒂的争论中暗含的政治成分毫不逊色于他与法里纳塔之间存在的明显的政治辩论，两者是并行的，暗示诗学先锋"温柔新体"出现了类似的裂痕，就在这一刻，老卡瓦尔坎蒂倒下，法里纳塔接替他继续说教，就像从来没有被打断一样。

我想要说的是，两个寓言层面在这里以乐曲的形式——两种不同的乐器（笛子和双簧管）演奏出了一个和谐的单音——被激活并且相互作用。政治层属于四个层面中最重要的那一层（奥秘层），它本身就是寓言的：人类在不断向未来进发，或快或慢，但是，因为历史的必然性，最终都会走向"末日审判"。但丁本属保皇派（见后），但却在它的对立派中长大，

265

后者内部又分裂为对立的两派，其中一派是反对教皇的（这种政治纠葛也许在现代的托洛茨基主义的意识形态复杂性中有所体现）。

与此同时，虽然任何先锋派的内部戏剧本身就是政治性的，我还是要把这些有关诗学、个人风格和创作的辩论归入"道德"层面，或者换句话说，心灵的终极去向（主体性的构建），原因在于这是一种在形式上探究升华本质的诗歌创作，并试图把欲望转换成一种新的驱力（柏拉图的《会饮篇》对此过程进行了经典的描述）。这一过程的某些方面在斯宾塞的作品中很明显：它的运作方式是横向的，且不能用直接的禁忌（比如说十诫，不过拉康对它们的分析很有启发性）[9]，它也不是再现性的——在这个意义上，要产生的主体性模型正是诗歌内容本身描述的净化的灵魂；相反，它必须包含那些影响和那种阅读产生的、很难被注意到的种种后果和习惯。但丁对自己选择了"一条正确的道路"而沾沾自喜，反射卡瓦尔坎蒂的方法——精神分析和内省式的探究（庞德派深谙此道）不尽如人意，这暗示着叙事具备建构的力量，而内省和哲学则没有。另外，因为精神分析是我们目前用于表现心理变化的唯一令人满意的手段，我们不妨把与但丁心有灵犀的维吉尔看作心理分析师，他在这一首（第十首）里的作用就是提醒和敦促前者不要忘记回忆。

因此，第十首诗如何从横向形成我们的时间意识呢？在我们被要求想象未来的方式中存在着一种形成性的压力。被打入这一环的鬼魂既拥有未来，又没有未来：他们不知眼下，只要他们还有未来，他们就能看到我们的未来，但他们一直知道自己没有未来，棺材盖就像眼皮一样，一旦被钉死，就永不被揭开。到那时，他们就只能永远存在于一个空洞的现在，漆黑的、没有内容的现在。这是一个有关时间二元性的训练——思想单纯的人们（最多）只有在家族祭拜和敬奉祖先时才明白时间的这一特性，在一个空间扩展的时代，不朽是它的最令人满意的替代形式。（当那难忘的一天来临时，古老的埃及必定是喜气洋洋，因为就是在那一天，不朽也被赐给普通死者！）

但丁给我们创造的是一个令人困惑的二元时间模型：永远的当下是不动的，而那超越我们个人生物生命的有限未来本身却被潜在地阻断了。时间性的这两种类型表明历史性渐渐显露出来了——就像基督教最初对它的确立一样。这是一段通史，其结局法里纳塔能看见而但丁却只能通过他的预言听见，但丁就像被锁在了他自己的当下时间里，即便是在大赦年的这一天，即便是在梦中。

因此，超越个人传记性存在的东西便具有双重性：一是《圣经》和编年史确立的普遍时间，二是罗马（基督教）帝国的世界空间，以及但丁流放中的足迹所至之处。两个维度都将被内在化，其目的是把个人的"欲望主体"限制在恰当的位置。毫无疑问，在我们的时代，一方面，它们与全球化那不在的无所不在（absent omnipresence）相呼应；另一方面，从科学技术对星系寿命不可思议的推测来看，它们也许还对应着一种超越性，它尚未被纳入我们更传统的现象学心理结构。

然而，这一条特殊的轴线——在现象学的时间和历史本身之间——只是在但丁作品中（大概也在他的文化时刻中以这样或那样的方式）构成主体性的坐标中的一条，另一条由《神曲》的结构和但丁的政治活动构成。《论世界帝国》概述了它的双重权力——用教皇的精神权威对抗君主的世俗秩序（罗马构成了它们统一的理想形象和历史体现）：灵魂和肉体，个体和公众，道德层和奥秘层。 *267*

迄今为止，我一直在探讨的是道德层面（或者精神分析层面，如果你更喜欢的话）如何以一种不可能的历史意识的方式将它分裂的结构投射到（具有集体意义的）奥秘层，现在，我们必须朝另一个方向行进，试着探索集体的或者政治的层面如何与道德的或者心理的层面相交，在私人或者个人的命途上留下自己的痕迹。

罗马帝国和它的君主们早已成为历史的尘埃，如今的教皇也不要求重新获得他曾经仅仅在西方的中世纪（新教之前）为之而战的一手遮天的权力，在这样的历史背景下，现代人自然会觉得但丁有关政治理论和分权的问题非常过时。但是，在某些体制下，那样的问题在现代并不完全过时，比如在伊朗伊斯兰共和国，最高精神领袖和国家机器（包括总统）相互制衡。另外，在现在的老牌社会主义国家，共产党的管理（它们过去通过与国家和经济的官僚机制平行或者二元并立的方式运作）也可以这样解读：在两个机制中，至少原则上，作为某种道德领袖，"精神"中心指导或者检查行政和生产之类的世俗工作。只有军队、谋反、战争或者内乱才会扰乱这一看似合理的（二元统治的）体制——关于这一点，"暴力的垄断"应该安置在何处仍然未被确定。实际上，在但丁时代的意大利，教皇拥有军队、管辖领地，而势力弱小的皇帝远离权力中心，最多不过是一种"调节性的存在"。

268　　　然而，如果二元体制要被某些其他的问题——比如自由和选举（在某种意义上，教皇和皇帝其实都是选出来的）——复杂化，那么就只能换种方式来解读它了。任何生产方式都不会心甘情愿地消失；就像生物体一样，社会结构有它自己的斯宾诺莎式努力（Spinozan conatus）；一个特定的社会经济体系所规定的自由，甚至在将其具体的侵犯行为纳入国家法律的秩序上鼓励或禁止的自由，永远都不会扩大为试图改变整个体制的自由。叛乱可以被容忍，不仅因为它能够被镇压，还因为它什么都不能改变：继位、政变、篡位等行为在新政权下"权力"本身保持"原样"的程度上是可以容忍的。但是推翻整个制度的革命行动是绝对不可饶恕的，不管是在君主制或者独裁制国家，还是寡头政治或者民主制国家：反体系运动（沃勒斯坦语）必须彻底铲除，无论它以何种形式——斯巴达克斯起义、美国南方邦联或者巴黎公社。

　　现在，"最高"领导人或者精神领袖的具体职能就变得很清楚了：阻止改变、修正，甚至压制体制的行为——一个脆弱的体制，被各种可替代它的强大体制包围（这个孤立的体制永远处于来自内外的危险中，因此，我们不妨说它本身就是用来替代的）。在社会主义国家，党的首要职能再清楚不过：确保革命的持久性，防止革命队伍的解散和再次被世界资本主义收编。这一使命高于所有更直接的"社会主义"信念或者"共产主义"理想——很显然，实现这些信念或者理想的任何可能性都将随着体制本身的消失而消亡。

　　因此在当今，二元并行模式仍然在以各种具体的形式存在着；但是如果它们不再采纳这种非常古典的形式——早期基督教与罗马道路（帝国网络），那么，困扰但丁的也许是另一个因素，因为除了教皇和皇帝，还有第三个中心，那就是佛罗伦萨本身：商业，新兴的资本主义，金融，金钱和贪婪——这些现象遍布在《神曲》的每一页。可以肯定的是，教皇个人也掉进了这第三个范畴，也像其他所有鬼魂一样因为贪污、买卖圣职、背

叛和贪食而受到惩罚；但教皇制度本身在这里是没有问题的，但丁的理论
构想就是保留十字架和鹰的二元结构以及如何想象它能正常运行。他的想
象中没有佛罗伦萨如此明显的象征含义：它不仅是一个装满罪孽的污水　*269*
池，而且还是一个完全不同的体系——一个商业体系，在旧的世界秩序中
没有位置，也不属于任何正统的概念或者神学范畴。但丁对佛罗伦萨的愤
怒填满了整部《神曲》，并以雄辩的方式在每一个场合发泄出来；然而，
面对从封建制度中冒出来的这一股全新的社会动力、一种全新的且未被理
论化的生产方式，教皇和皇帝都不真正具备解决这一历史困境的能力。事
实上，我们很想说，这种形式上的困境恰好就是隐藏在《神曲》背后的驱
动力以及它近乎无限的创造力。

　　二元性就这样把框架结构搭建起来了，而前者本身是两个不一致的维
度的并置，而不是简单的平行。关于这一论点，我们可以在有关美德和恶
习这一对不相称的品行的谱系中找到证据：美德并不是对罪孽系统的简单
删除，后者也不仅仅是对前者的侵犯。我在前面的章节已经说过，神学上
的美德与可饶恕的罪和不可饶恕的罪都没有什么关系（我们记得，甚至亚
里士多德在调解时也会遇到困难）：每一个系统都来自不同的世界，即不
同的关注点。

　　《神曲》就是这样建立它的基础结构的：各种罪孽是个人的，并将个
人的叙事、逸事和具体行为纳入其中——可以说，它们是教皇的产业；教
皇有权，他代表着对个体的经验性的决断；神学划定范畴，（关于罪孽的）
故事就是根据这些范畴来收集整理的；神学也规定差别，划分等级和惩罚
罪人就根据这些差别来执行。至于帝国，它就是另一个世界的空间，尤其
是当它作为一种可感知的、居于中心的、等级森严的空间处于天体系统之
巅的时候；它不是地理学意义上的空间，因为住在阴曹地府的罪人虽然来
自不同的时代和地区，但他们却没有感到水土不服，也没有受困于语言不
通：帝国空间的总体性是隐形的，它在天堂里呈现出的二元形式便可证明
这一点——不同的美德按照等级秩序安放在不同的星座和星球上，然后，
如此众多的形象都消融到象征大一统的玫瑰中，最后是天主现身的幸福景
象。主权是无形的和非物质的，尽管它在某种程度上以超越再现的凝聚状
态存在着：正如施密特所阐释的那样，它的确是一种例外状态。我置身于　*270*

等级秩序的某个位置，但又和它一起消融到一个难以分辨的集体意识中。但丁就是用这种独特的再现方式解决了这既是政治的也是美学的难题：个体与群体之间、现象学的经验与总体本身的不可通约性。然而，像其他所有的解决办法一样，《天堂》也是一个想象的解决方案——图像思维解决了不可名状的矛盾。

现在，我们来清点一下阅读中的这些层面，我们可以从这一文学史上设计最精巧的寓言结构中将它们抽取出来。我们从前文提到的阈下层面开始，即建立一种现象学的垂直状态，表现为重力的影响和轻重的感觉。这一几乎是无意识的（而且貌似自然的）现象具有概念性，这一点可以从两方面得到证实：动态的地理系统（下降，攀爬，飞升）以及垂直状态与升华的关系，后者可暂且看作是垂直状态的某种放大或者升华。但显而易见的是，重力的这种潜在性——把它作为一个事件给予恰当记录的永久的可能性——依赖于它和《神曲》的历史美学中的其他任一潜在层面之间的关系。

在此意义上，感官层次很明显就不再是无意识的，而是具体感知的媒介：囊的恶臭气味，光产生的效果（比如眩光让但丁昏厥过去，很像现代军事上的照明弹战术），水边的阴影和不祥的血色，哀号的声音，等等，所有这些即便没有马上让我们的感官产生反应，至少也激起了我们对感官的记忆（它往往带来物理效应的阈下体验）；但是（根据卢卡奇关于描述与叙述的宏论），我们要注意这个层次的静位感觉（static sensation）在多大程度上将被我称之为动感和叙述的层次转化为感知。

就其本身而言，单纯的感觉只能解释单一的象征意义，那种糟糕的旧式寓言把它们当作许许多多的符号来使用，以至于都可以列一张象征清单了。但是，动感能将它们转化为事件，这样的话，《地狱》第一首中的"豹子"就不仅是五彩斑斓的（如同具有异国情调的装饰地毯或者毛皮），而且是"轻巧的"，它本可以保持静止的状态，然而形容词"矫健异常"让这头野兽变得形象化了，它跳将出来，吓坏了诗人，但这一动作也让它展示了自己柔韧的肌肉，因此，豹子便似乎具备了一种流动性——令人着迷但又释放出危险的信号［"一头身躯轻巧、矫健异常的豹子蓦地蹿出，浑身被斑斓的毛皮裹住"（I/32-33/4-5；3）］。

同时，我们可以断言，这些时刻——诗歌（在某种程度上）进入叙述，回到顺序性（沿着行为、反应和延续的各个片段行进）的"同质现象"——本质上都是动态的，它们在维吉尔的不断告诫下向前推进，又被"暂停"打断，这些"暂停"给身体带来片刻的静止或休息，所以也具动态性。因此，但丁的地理学揭示了它的形式上的"动机"：促使并确保动态的重新激活在每时每刻发生。这就是但丁的游历与传统寓言性旅游——《玫瑰传奇》或者《天路历程》——的不同之处：但丁的宇宙不但与后者一样含有深意，而且还产生了一项物质内容，即一个物理反应的综合体，它超越了静态感知（在被误称为"阐释"的方面），也为我们一直在这里探讨的各种"精神性"或者寓言性的升华提供了材料。

但是地理本身也决定着新的层次：它们可以分别作为说明（explanation）和探明（exploration）而有别于对方。说明激活了有时被轻率地认定为"想象"或者"图像思维"的心理功能，这种功能要求我们在心里建构各种各样的空间并将它们彼此连接起来，其方法类似于被胡塞尔认为是数学之根基的土地测量，其中最神秘和偶然的是左右之分。（巴尔扎克的读者都有过这样的体验：按照作者对某一栋楼或者巴黎的某座公寓的冗长描述好不容易找到了地方，但到那儿一看，才发现我们把所有成行排列的、位于左手边的房间放在了右边，从而完全误解了随后出现的戏剧性场景。）在此意义上，维吉尔关于宇宙的说明类似于神学的原爆点，后来所有的复杂课程都以简化的形式——比如罪孽和美德——或者天堂的层次开展。教育学在这里采取了地理学的形式，这使得但丁乏味的、抽象的经院哲学变得物质化；事实上，我们可以这样说：正是但丁神学的这种空间结构才使得它摆脱了说教，从而把浮于表面的课程变成地图，把抽象的论证变成了为灵魂指路的旅游手册。 *272*

探明则在更多看似身体层面的模仿上重复这些形式上的要求：在叙述中，但丁磕磕绊绊地往下行走（在流放者的眼里，这一段旅行常常与反映意大利独特风景的地点相连），或者千辛万苦地往上爬行，翻过陡峭和平缓的山坡，越过裂隙，踏上平坦的道路，当我们读到这些内容时，我们便努力地让但丁的身体所经历的磨难在脑海里重现。

我们常常认为说明和探明的区别就在于前者是精神的，后者是身体的，忽略了诗歌的任务就是克服这些差别——有时甚至通过强调差别的方式来克服差别，比如维吉尔非物质的仙体可以避开但丁鲜活的肉身必须面对的物质障碍。然而，正是在这样的时刻（可以作为例子用来说明我们正在讨论的那些层面的一个交叉点），物质性和肉体性在我们的阅读体验中得到了最有力的肯定和强化。我认为，奥尔巴赫偏重物质性：他频繁使用"属世的"或者"生物的"之类的词汇，不断攻击"寓言"，确立了一种新的而且对他来说更具基督教性质或者更像托马斯主义的"喻指"现实主义——这是安德烈·巴赞（André Bazin）和克拉考尔（Kracauer）的战后电影理论所强调的。我们可以从两个方面来解释这种从文学到电影、从语言到移动视觉的"跳马"①：一是文学的现代主义中对再现性越来越多的怀疑；二是电影似乎以更恰当的方式把抽象的文学现实主义所表达的东西变得更加直观。

然而，说了这么多，我们还没有谈到另一个层次，那就是语言本身。不管是地理学上的解释还是身体上的反应，都必须通过语言来传达，且有赖于另一组基本的对立（言语和对话与第一人称叙事的对立），两者在锁韵三行体的流动和规则中再次统一。

有一个关于寓言和句法的论证似乎与奥尔巴赫竭力阻止对但丁作品进行传统的寓言性解读——尤其是那些以《给坎·格兰德的信》为依据的解读——发生了直接的对抗，我想通过"寓言"与奥尔巴赫的"喻象"之间的鲜明对立来指一条路，但我们必须首先纠正对《摹仿论》的传统解读。这种解读把此书开头对荷马和《圣经》的并置理解为主从结构和并列结构之间的关系，把后者——正如《圣经》文本显示的那样——与"神圣之凡俗"（即白话文）相连，与高谈阔论的、矫揉造作的修辞性语言相对立，以经典（大多具有希腊人和西塞罗以降的演讲风格）为基础，我们的主从结构传统就在这后一种语言中产生和发展起来。但事实上，《摹仿论》开头几章是一组四重坐标：简单的语言与修辞性语言对立，并列结构与主从结构对立——主从结构的"神圣之凡俗"是成功的组合，表现为在白话文中驾驭复杂的句法结构，在奥尔巴赫看来，这显然在但丁的作品中达到了登峰造极的境界。

273

---

① 国际象棋中"马"的走法：走"日"字或者大写"L"形。

毋庸置疑，音阶有它们自己的自主层面，拉康称之为 *llalangue*［被巧妙地译为"语言"（*language*）］，指各种地方性语言的叽叽喳喳的声音，这些语言从人类语言的分裂中产生，又可以在某一独特方言的聒噪声中回返为毫无意义的声音，或者逆转成纯粹的哀号和呼号。因此，这个层面回归到更加纯粹的感官系统，只留下一个由格律和韵脚构成的空洞框架，这个框架让一首往前推进的动态诗歌得以产生，也支撑并强化了叙事运动和时间性。

句子结构却与之不同：它有自己特殊的自主性。奥尔巴赫把句法作为他在《摹仿论》中阐述的"现实主义"理论——尤其是在但丁研究方面——的核心论据，这种选择所做出的贡献是独一无二的。奥尔巴赫从语言学和文体学的角度评论作品是以哲学为背景的，我们有必要对此做一个简单的说明，比方说，他总是斥责寓言矫揉造作、华而不实，这其实是在抨击新柏拉图主义和他认为的从物质到理念的理想主义跨越。正是在这一点上，奥尔巴赫潜在的托马斯主义被看作是一种超验的物质主义，它关注"属世的"或者"现世的"琐事，这种行为以内在超越性的名义美化一切不完美地被创造出来的现象，它认为不完美的事物或者人物背后隐藏着完美。毫无疑问，这恰恰就是《神曲》的思想，在奥尔巴赫看来，正是现象朝它的圆极迸发的这一内在运动保证了它的唤起运动，就像"事件"的展开一样（"如同花蕾绽放"）。[10] 这种内在运动把《神曲》的三个部分当作整体，统领全诗的形式，向天主现身的幸福时刻前进；但在灵魂走向其终极命运的途中，它也在微观上掌控着各种事件的叙事，比如，我们已经看到了被打入地狱者永世不得翻身的命运的戏剧化呈现：在"末日审判"的那一天，棺盖将被永远钉死，另外，因为这些鬼魂具备洞察俗世的能力，所以他们虽然看不见眼下正在发生的事，但他们看得见未来，然而，"末日审判"之后，当未来不再存在，他们的预言能力也必然消失。因此，（以一种非常具有萨特风格的方式来看，）他们是虚无——他们只不过是他们自己不变的过去，即他们的生平：用马拉美的话来说，他们变成了自己的命运。

奥尔巴赫认为，但丁对掉尾句的驾轻就熟使得他成为典范，或者成为把亚里士多德的本体论和基督教的时间性进行复杂的和"现实主义的"结合的代表。也许只有奥尔巴赫有胆量对但丁早年写的一首抒情诗发表如下言论："在但丁之前的中世纪，没有人写得出那样的句子"[11]；另外，虽然但丁没有接触过当时还未复原的古希腊文学，他的这位评论家还是把他在文体学上的成就看作是希腊语（而非拉丁语）之语言力量的重现，意即但丁重新发现了"创造了 *men* 和 *de* 的那种语言"[12]①。

275　　　但丁自己对句型的分类可见于《论俗语》（*De vulgari eloquentia*，第二卷，第 6 章），但奥尔巴赫的分类最清晰，这从《摹仿论》的结构中就可以看出来：用并列句——连接词"和"以及简单句、静态呈现或者细节描写的累积——取代渐进的、通过主从句让句子变得复杂的"主从结构"，伴之以起伏的内心活动（一方面……另一方面……），这种结构非常适合用来描述我们刚刚提及的真实性的各个方面。《摹仿论》讲述了俗语攀升到但丁作品风格的第一个高潮的艰难历程，然后又通过西方文学的实践慢慢恢复到左拉的风格成就（《摹仿论》的第二个"高潮"），从中可以看出，把身体本身（以及能够对其进行公正处理的句法）置于中心位置解释了托马斯主义和自然主义之间那看似神秘甚至相悖的相似之处。

　　然而，这里也有一些中间步骤，奥尔巴赫念兹在兹的掉尾句就是一个例子：在对某一声明或者命题做补充说明时，句子中出现了各种同位语、限定句和从属句以及语言结构的各种逻辑联结词——这一结构涉及主题的各个方面，包括时间角度、主题与读者和听众在修辞上的关系。但奥尔巴赫却用比较的方式成功地表达了这一非同寻常的结构（对奥尔巴赫而言，普鲁斯特也许比左拉更具参考价值）：先是与但丁的"温柔的新体"诗友们所使用的句法分别进行比较，而后在《摹仿论》里，又与早期和后期的文学家们做比较，让我们感受到了但丁在语言方面的创新，而在所有那些变异的可能性（或者没有这些可能性，即没能跟上俗语的新句法的可能性）的背景下，我们无法从直接阅读中获得这种感觉——我们能感受到他的风格是一种具有独特符号功能的习语，但不能感受到它所依托的句法历史。

　　这倒不是说掉尾句自个儿就能成为现实主义的工具：作为一种演讲句

---

　　① *men* 和 *de* 是希腊语 μέν 和 δέ 的读音，*men and de* 的意思是"一方面……另一方面……"。

法，单纯的掉尾句只是名目繁多的演讲宝典——如罗马帝国后期的浮夸言辞——中的一种手段。我们在这里要挑明的是，掉尾句在中世纪恢复使用俗语的并列结构，从而让真正的"韵文段落"得以产生，即大量使用独立的句子，在其句法的多样性中，这些句子使用了主从结构，亦即使用掉尾句及其从属、依赖、情态、修饰和重复等多种方式变换句式，并进一步扩展到更大的语篇和句子序列，成为许多复杂多变的衔接。[13]

这就是韵文作为中介的必要性：在阅读过程中，它的功能相当于各种关系的共时系统的相似物，而诗体则作为同一性和差异性的辩证法与这一系统相呼应（在雅克布森式的句法轴对时间轴的投射中，每一条轴都在时间上反映了一种相同但又不同的封闭形式）。

这是一种在句法的微观世界里四处奋力横冲的行为，以辩证的方式与之并行的是事件的宏观世界里所谓的"厚叙事"（thick narrative），即各层次的在场以及它们的多重交叉。叙事从一方横穿到另一方，通过各种手段（并列、隐喻性的对等、重复带有辩证意味的歧义词），在触及所有基础——重复对单个句子方方面面的操作——的情况下，出乎意料地将这些层次置于不可预测的相互接触之中。实际上，在我看来，这种将厚叙事作为一种价值的观念——在某种程度上，厚叙事比传统寓言的二元简化版层次和偶发事件或者私密故事的单向度句子更有趣和更绝妙——掌握了层次作为一种文学现象的深层功能的关键。我在其他地方说过，在我看来，马克思主义批评的优势远非"还原的"，事实上，它的涵盖面更广——从文本现象扩展到指称和意指的更宽阔、更多重的维度，把文学作品变成历史和时间的进程中的一项活动以及一种惰性的、静态的客观结构。我在这里要说的是，扩展的各种可能性在本质上取决于它们在四个层次的文本中的存在，这些层次不但允许，而且还推动着这样一个多维关系的复合体。因此，在这样的寓言中（其实只有但丁才写得出这样的寓言），掉尾句产生的衔接就在四个寓言层次之间的互动和张力中显现出来。

毋庸讳言，在更现代的现实主义作品中，所有这一切都将以一种非常不同的方式并根据一种独特的美学被重新纳入叙事之中。用于阐释的神学体系已不复存在，叙事变得愈加主观化和个性化，从而对在寓言各层面和它们的句子中呈现出的衔接的双重进程进行臆断，把它们还原为一种普遍的同位素。不过文学史本身就是这种不同范式的序列，即每一种范式的故事都需要以其自身的方式进行阐释。

277　　说到但丁的诗歌，我们也许可以通过强调押韵的作用重新解读掉尾句和句法的优先性：韵脚不但遵循锁韵三行体的规则，保证（叙事）在时间上向前推进，但也和被它们打断、相交或者终止的韵律形成张力和对立。这种对立本身就是象征性的——或者更确切地说，寓言性的：从艺术或者诗歌的层面上讲，对立生动地演示了时间的当下如何打断了移动的时序。韵脚的循环往复表明绝对的现在可以和过去—现在—未来这种截然不同的时间系统调和，尽管这种调和不能在哲学或者抽象思维中形成概念，但它表明静态的描写对象如何能通过动态的叙述变得活跃。然而，为了使这种展现发挥作用，句子不管多么复杂，都必须保留普通语言的自然流动，不能用造作的或者修饰的华丽辞藻来打断它。押韵带来的有规律性的中断足以保证诗歌凌驾于普通语言之上的地位，这就是为什么能和但丁对新兴的俗语的影响媲美的只有用法语写作的波德莱尔，或者用英语写作的叶芝以及用德语写作的里尔克：日常用语在遵循它自己有时难免冗长费解的句法时，奇迹般地变成了诗句。

　　然而，如果我们选择利奥·斯皮泽而不是奥尔巴赫做我们的文体学老师，阐释的重点自然会落在其他地方：也许是分析表示"消除"含义的词语的特殊构成法——动词前面加 un 或者 dis，比如"锡耶纳养育了我，而马雷马却把我毁掉"［(Siena made me, Maremma unmade me)，《炼狱》，V/134/52；52］，我们可以把这看作对史诗的终结解读或者过分注重细节的解读。斯皮泽也许会把文体学的这种习惯性行为作为他的著名的"诠释学循环"的切入点，让它在作品意义的各个层面蜿蜒游走。他与奥尔巴赫（后者宣称"我的目标始终是书写历史"）争论的焦点是细节的特殊性（据说奥尔巴赫把它淹没在他的更宏大的历史故事中）；但是从我们在此提出的观点——矛盾的交叉或者"同一性和非同一性的同一"（identity of identity and non-identity）（黑格尔语）——来看，无论是牺牲细节还是历史叙事，都是没有必要的，事实上，过于强调任何一方都只会加剧主要矛盾和紧张程度。至于我刚才提到的例子或者细节（通过前缀来"消

278　除"），这种特殊的文体学风格主义可被理解为对有机现象论的语言学强

化——为了避免死亡或者否定，它将其作为单纯的毁灭折回到时间的历程和进化的过程中。

二元性（《地狱》第二十五首生动地将其形象化为双体）让我们想到了在但丁的幻想中，奥维德无影无形但无所不在，因此，语言、句子的时间性和变化与变形有着选择性的亲和力，而非静态描写。但是，在思想和概念性方面，交替最初似乎仅局限于主动和被动之间：我们提及的"骚动"从实实在在的激情转变为行动和传染源。在《地狱》中，每一种"罪孽"都必须彼此区分，这样才能形成旅途中的停顿，即像《十日谈》那样的故事集的缀段式结构。但我们却发现这种难以置信的强制导致了偏侧：某个罪人（和属于他的篇章）的特质往往会从正式认可的类别阵营中溜走，获得一种自主性——抽象的东西像病毒一样蔓延开来，这最初的不和导向寓言性阅读（就像讽寓解读的历史在亚历山大时代开始时那样），并使多重层面的交叉变得明朗起来。

但是，坦布林具体且尖锐地指出[14]，在《炼狱》中，可能会实现的涤罪和净化构想——希望清除对人物的身份进行定义的某一特定罪孽——使得罪孽本身之间的互动更加不稳定，他把这种情况视为变幻多端、模棱两可的范畴，即交错配列（chiasmus）。"但丁和那些跟他说话的魂灵之间的鸿沟也许是可以跨越的：交叉逆转似乎时常发生。"[15] 然而，这种转换也发生在各种罪孽（和它们所处的等级或者位置）之间，在《地狱》里，它是以跨变这种最明显的形式展现的，因为从某种意义上来说（比如刻在但丁前额上的七个字母 P），在走向乐园和流淌其间的小河的途中（尤其是忘川，它在《神曲》中的效果远胜于《浮士德》，原因在于它疗效显著，可以让魂灵忘掉累积在身上的一切罪孽，好比所有的债务一笔勾销，简直就是狂欢），但丁自己必须象征性地清除身上所有的罪孽。一个教义上的问题由此产生：是否所有经过炼狱的魂灵都不需要仿效但丁清除亚当的后代所犯的各种罪行，或者他们自己特有的那些罪行是否已经非常严重，以至于当它们被消除时，其他罪行也随之消散。如果是这样，那么在某种意义上，所有的罪恶之间都有某种联系并合并成一个综合性的缺点或者范畴，如此一来，就像最终在《天堂》里兑现的那样，我们在那之前，实际上已经拥有了一种二元性，在这种二元性中，各种程度的**差异**

在同一时间被折回到一个巨大的**同一**。

另外，坦布林还有一个非常重要的认识：相对于被命名的情感，整部《炼狱》是情感尽情释放的场所——这种释放是情感消解的标志，这也是一个彰显基督徒恬淡寡欲、悠然自得的心境的地方，精神上的凝聚也在此得到强化，例如，他指出：诗中各种角色以更大的热情、更多的关注和更强的好奇心接受他们的感知，这就是进步的表现。[16] 坦布林坚持认为（我觉得非常恰当）愤怒这一模棱两可的情感在这里起着至关重要的作用，我们已经看到了亚里士多德对愤怒的困惑，以及在设想它的反义词时的犹豫不决。但是，基督教倡导的"平和"（peace）会填补那一符号学空间的空白。愤怒在《地狱》中无处不在——在那里，甚至连它的见证者（比如我在前面的例证中提到的维吉尔以及站在血湖旁的但丁本人）也会为这一命名的重要情感的威力所感染，与之相反，《炼狱》中的愤怒形象是纯粹的审美再现（在这里指"视觉"），因此与事物本身有一定的距离：这些形象构成了愤怒的景象，或者更确切地说，最多是拟像。如果考虑一下诗人在这一部诗篇中的无所不在、触动多个感官的浮雕以及其他艺术再现形式——毫无疑问，这些杰作要归功于上帝这位艺术家，或者至少要归功于他的明确的构思——的重要作用，我们就不难在审美升华和《炼狱》的净化性质之间建立起基本的联系。罪孽被转化为它们自己的形象，它们不会被真正抹掉，原因在于它们要么是本性的某些方面，要么就是我们的原罪所固有的；天堂里挤满了各式各样的美德（这些美德当然也可以齐聚一堂，形成大一统的天国玫瑰），古人向往的恬淡寡欲和悠然自得在这里没有容身之地。另外，《炼狱》中的愤怒被中和了，不再那么狂暴了，原因在于但丁是以平静的心态来观察它的意象的，"平静"并不是苍白的，在被命名的情感对它的审美中，它类似于一种情感，对但丁的升华产生了特殊的心理影响，升华因而变得更加"轻快"。据此，为了阐释愤怒在这些情感中的中心地位，我们没有必要求助于但丁的传记，不必借鉴那些说他易怒和偏执的传闻，也不必参考记载他发脾气的文献资料。

我们发现，某些新颖的术语可以用来为但丁的寓言定性，我们不妨通过对这些词做最后的评述来总结我们对它的认识。选择"深厚"（thick）这个词不仅仅是因为它带有人类学色彩（格尔茨），更是因为（从使叙事

材料变得深厚的那些层面来看）它在字面上的寓意（如果我可以这么说的
话）。但丁也有同样的看法，证据就是《炼狱》中最有争议的诗行之一：
他直接对读者说话，并把阐释问题放在首位：

> 读者啊，请在这里用锐利的目光仔细探索真理，
>
> 因为纱幕是如此稀薄，
>
> 透过那纱幕肯定是轻而易举。

> （《炼狱》VIII/19—21/76；85）

接下来的片段——也是我们的阐释意识被强烈指向的——让我们退回到
了一个纯粹的旧式象征性寓言：蛇——"你看，那边就是我们的敌
人"（VIII/95/82；88），它试图潜入君主谷，但被守护天使赶走了。敌
人（在夜间）的不断攻击一般被理解为骄傲和权力的诱惑总是袭击如此伟
大和高尚（如果不成功）的领袖；但这里，蛇的形象是一个能被赋予（随
便哪一种）意义的化身，这表明它和将其包含在内的叙事是不同的话语类
型，这是那三头野兽（或者后来在人间天堂胜利前行）的象征类型，但丁
的插话证实了我们（对肤浅和深厚）的区分，也提醒我们不要走入阐释的
误区，因为理解"稀薄"（sottile）要比理解"深厚"和四重叙事的复杂
性更容易。

281

这样来定性但丁的寓言等于是在但丁的实践和传统上被称为"寓言"
的东西之间设定了一定的距离；不过，我认为这种距离有误导性，因为我
们是把传统观点与——对应（按照人格化的顺序）的三分法相联系的，而
不是我们提倡的四分法。我是为了强调有争议的结构性差异才建议使用
"跨变的"或者"偏侧"的这个术语，以期说明四层系统中各层面之间的
相互关系——（就有意误读而言），我认为这个术语似乎更具随意性和自
由度，与层次的静态图像不同，它的不规则的连接和交叉让人联想到意识
从一种关注形式不停地跳到另一种，即在层面之间的滑移，以闲散的方式
获得的认知，类似于本雅明认为我们对建筑物的感知是顺带性的；它也让
我们想到某个人一下子产生了太多的想法，可怜他没法理出头绪来，就像
牧羊人"迷失在这个方向又迷失在另一个方向"（曼佐尼语）[17]。因为就
像丢勒所说的那样，如果我们想以图像的形式全面地再现寓言，那它只能

是散布各处的凌乱碎片（和栩栩如生的形象）：有些在可以识别的群组里，另一些则干脆被遗忘在某一未知的活动或者半途而废的建设项目里。但是，在丢勒的版画《忧郁》中，废品堆放场仍然有空间的连续性；与那些彰显寓言性的寓言作家不同，但丁的伟大在于他保持着线程（无论是在时间上还是地理上），并获得了一种同质性（也许我们可以更恰当地称之为寓言同位素？），在这种情况下，但丁才敢放心大胆地张扬如此极端的偏离。

然而，偏侧在这里有更加具体的含义：它是在意图和行为或者含义和例证之间故意设置的差距，从而首先保持了这种神游式关注的吸引力的开放性，因此，那些在地狱的罪人没有因为我们在引导下去发现的他们身上的罪孽而受罚——《神曲》回避这些肤浅的对应关系，以此让我们把对诗性的关注放在分心本身。

这就解释了为什么针对法里纳塔的司法或者神性审判与我们看到的体现在他身上的品质几乎没有或者毫无关系：他的狂傲坚不可摧，在争论中决不服输，也不惧怕神的惩罚，他是派系斗争的领导人，率领他的追随者取得了灾难性的胜利（"我们又赢了，但是我们完蛋了"，皮洛士如是说），死后，他仍然在煽动内乱，挑起血腥的冲突。这些特征——特别是当它们用于刻画敌人的形象时——无疑被用作进行道德甚至神学上的谴责的材料；事实上，我们的叙述者开始觉得害怕，低声下气地恳求维吉尔引导或者帮助他，最后终于有胆量谴责那些堕落的罪人了，那一本正经的神态令人不快，严厉苛刻的语气让人生厌，但这说明他成熟了（我们为此感到些许欣慰）——至少学会了对这一首（第十首）诗中的两个人物做出不卑不亢的回应（"也许你们的人忘了这套本事"），这一变化是唯一真正适合这首崇高的诗篇中的主人公的。

对法里纳塔的惩罚却不是因为他犯了我们的司法系统认定的任何罪行（"煽动暴力罪"，或者"仇恨犯罪"，或者更稀奇古怪一点，"煽动罪"），而纯粹是因为神学上的异端邪说，即伊壁鸠鲁派的信仰：灵魂与肉体一道死去，坟墓之外没有生命。这一层的地理环境无疑给我们界定了这种罪，即把这些异教徒永远关在坟墓里，待在他们的信仰的镜像里。然而，这些罪人自己对这种惩罚却满不在乎——其实，伊壁鸠鲁学说的第一特征似乎就是坚定不移地鄙视这种永世不得翻身的命运（关于这一点，我的观点不一定是错误的，它只是被推进到了第二级，即偏侧的偏侧）。无论如何，教育之旅这一表面上的话题与被选来演绎此话题的人物之间的差异，造成了某种最初的寓言差距，这种层面之间的初次分离使得通过阐释重新建立它们在寓言上的连接成为必要。

但是，横向跨变和四分法的最终结果也让我们更加具体地感觉到了《神曲》从上一部到下一部的运动以及它们之间的深刻差异，这些差异不仅仅是风格上的，而且我们也别想着赋予它们演变的特征（哪怕是作者——主人公自我意识的提高或者精神层面上的不断发展）。*283*

就像我在此文各处暗示的那样，这种运动其实是《地狱》的字面层从奥尔巴赫强调的身体的和"生物的"层面向《炼狱》中的"道德"或者心理的层面的移动。这并不意味着忽略其他层面，而是围绕一个新的寓言中心对其进行重新组织和排列（这个新的寓言中心就是一个新的同位素，它在寻求评论和阐释的同时，产生了自己独特的、与之前那一套不同的泛音和低音系统），正如坦布林所指出的那样，其结果是情感的释放（在其新的意义上，此时的情感与被命名的情感和被编码的罪孽相反，其特征是未被命名、自由流动和变化多端）。

因此，至少在这一历史性的例子中，情感为内容的重大转变提供了一个适用的新实验室，它对形式，尤其是寓言系统造成了多方面的影响，这是对灵魂净化（即我们所说的**升华**）和实现升华的途径——现在被确定为审美化、审美距离、"去现实化"（萨特语）、转化为图像等方式——的把握。在任何意义上，升华都意味着原始驱力（在这里，它不可避免地导致罪恶）没有被消除，而是发生了变形和精神化了：这甚至不是情感效价从负面到正面的转变，虽然基督教的神学传统（包括但丁自己）坚持认为人类所有的行为都为神性（爱）所吸引，但是它们会被卑劣的俗世之物引上歧途并变形。与之相反，行为在这里变成了行为的形象，而且是一个艺术形象（就像《炼狱》中精致的装饰所显示的那样，不管上帝是艺术家还是只是一个人类的诗人或者人类的艺术家——尽管正如但丁出于固执但不恼人的自负所坚称的那样，上帝是一个天才）。炼狱山就是诗人山，如果偏侧仍然存在（阿诺特走上净化之路不是因为他天生的诗人本质而是因为犯了鸡奸罪），创作的过程似乎就可以通过塑造对象来置换那些伟大的政治领袖不可避免的（和致命的）骄傲，这样就把他们的创造者从骄傲中解放出来了。同样的过程也适合其他罪，在这一过程中，偏侧的移位本身为某种最终的"净化"提供希望和允诺：比如，斯塔提乌斯，这个几乎是我们真真切切看到的灵魂获救的典型例子，其实一直在为自己的贪婪赎罪，这和我们在《地狱》里初次看到的那个斯塔提乌斯大不一样。然而，正是这种官方认定的"罪孽"的怪异和琐碎使得它被我们的注意力象征性地清除了，也因此被我们的阅读忽略了。

又如何来评价《天堂》呢？我坚持认为神学——就像列维-斯特劳斯的《野性的思维》——在本质上是一种图画思维，不需要借助抽象化便可详尽阐述其复杂性，且仅凭其自主性便能发展成为最复杂的思维（和准哲学辩论）形式。它触及了类别（即抽象的哲学思想的原材料）的运作，并毫无疑问地利用了其中的许多类别，但其形式完全变了，有时还混淆不清，难以辨别，不过其最终结果在本质上还是叙事性的[18]；或者至少说明了我们是如何被吸引着从抽象的、世俗的和"哲学的"概念性的角度来描写神学阐述的特征的，因为我们明白，在现代性中，当一个自主（或半自主）"视觉领域"分化为科学的和美学的之后，"视觉"一词不可能有确切的含义。

因此，《天堂》便是喻指性非同寻常的运作的场所：从我们对寓言的较宽泛的理解来看，这一部诗章仍然是寓言性的，但是它的"字面层"现在又移位了，把自己重新定义为对再现语言及其困境和矛盾性——某一层面所表达的含义也指向其他层面，类似关于灵魂与审判、关于文本、关于某种"历史终结"的约伯式的困惑——的自我意识。

但是，如果有谁想对《天堂》做更全面的考察（我在这里不做此项工作），那么就有必要介绍一下我没有机会在此书中借鉴的一个美学概念，即"崇高"的理念和体验。它与整部诗歌的上升运动相符，也与康德对一种难以理解的质量和力量的假设相符（它既是"数学的"也是"力学的"）。不过我们可以通过它的非再现性（nonrepresentation）来再现它，从而至少诗意地"掌握"它。崇高把整部《神曲》变成了一个瞬间，此后便消失了。

综上，但丁的三部曲实现了几个世纪以来在形式上的巨大飞跃，通过超越单纯风格的各种模式，《地狱》、《炼狱》和《天堂》既相互对话又相互碰撞，跨变的复杂性——寓言上的纠葛既把各层面分隔开来，又将它们的意义相熔接——产生出了所谓的色彩模式：火红、湛蓝、耀眼的色彩依次华丽出场，寓言由此诞生。

注释

[1] 奥尔巴克 1938 年发表的论文《喻象》转载于 Erich Auerbach, *Time*, *History*, *and Literature*, Princeton：Princeton University Press, 2014。

[2] Georg Lukács, *Theory of the Novel*, Cambridge, MA：MIT Press, 1971.

[3] 文中所有出自《神曲》的引言都来自 Charles Singleton's edition of the *Commedia*, Princeton：Princeton University Press, 1982。标注格式说明：如果上文已经出现卷名，下文只标注诗节、行数和页码。[中译引自：但丁. 神曲. 黄文捷，译. 南京：译林出版社，2019。中译部分内容略有改动。]

[4] 卢卡奇认为短篇史诗形式就是那些传统史诗在现代性的冲击下分崩离析之后幸存下来的元素。见 *Theory of the Novel*, 50-55。

[5] 比如，可以参考 Paul de Man, "Autobiography as De-facement," *The Rhetoric of Romanticism*, New York：Columbia University Press, 1984。

[6] Gordon Teskey, *Allegory and Violence*, Ithaca：Cornell University Press, 1996.

[7] Antonio Gramsci, *Lettere dal Carcere*, September 20, 1931（Rome：Einaudi, 1947），170-174。

[8] Benedetto Croce, *Aesthetics*, Boston：David R. Godine, 1984；还可以查看克罗齐在事发多年后的隐晦但非常悲伤的暗示，见 "De Sanctis/Gramsci?" *Lo spettatore italiano*, V, 1952, 294-296。另见克罗齐对法里纳塔关于地狱的时间性的 "解释" 的评论："作者不得不向神学—伦理学

小说的读者做个交代，并在第一时间把它写出来，一气呵成，这样就不用再想了。"［*La Poesia de Dante*（Bari：1943），78］具有讽刺意味的是，克罗齐将"寓言"这一称谓留给了《神曲》中这些没有诗意的、缺乏表现力的、平实的、解释性的片段。

［9］见 Jacques Lacan，*The Ethics of Psychoanalysis，1959－1960（Seminar VII）*，ed. Jacques-Alain Miller，trans. Dennis Porter，New York：Norton，1997。

［10］Erich Auerbach，*Dante：Poet of the Secular World*，New York：New York Review of Books Classics，2007，42.

［11］Ibid.，55.

［12］Erich Auerbach，*Dante：Poet of the Secular World*，New York：New York Review of Books Classics，2007，48.（引言来自威廉·莫维茨。）

［13］Erich Auerbach，*Dante：Poet of the Secular World*，New York：New York Review of Books Classics，2007，13.

［14］Jeremy Tambling，*Dante in Purgatorio*，Turnhout，Belgium：Brepols，2010.

［15］Ibid.，221.

［16］Ibid.，210.

［17］Alessandro Manzoni，*The Betrothed*，New York：Alfred A. Knopf，1956，158："我们不得不和我们的人物玩一样的游戏。"

［18］就像《塔木德》的内容被分为律法和插图故事两大类，即《哈拉卡》和《哈加达》（参见前言中第 9 个注）。

第8章
戏剧:《浮士德》和历史主义信息

对《浮士德Ⅱ》,有两种普遍的看法:其一,无法表演;其二,它是 287
传达**大师**的某种最基本的人文主义信息的特选载体,如本剧中著名的
诗行:

> 凡人不断努力,
> 我们才能济渡。[1]

(249;394)

然而,对当代读者而言,这两种观点都没有什么吸引力,原因有二:观点
一在对阅读过程提出无法完成的视觉和表演要求的同时,似乎还把阅读这
一行为强加给读者;在一个已经超越了形而上学和道德说教的年代,观点
二把歌德变成了19世纪维多利亚时代的道德家和玄学家,此外,它还沿
用了(民族主义的)阐释实践,而后者早已声名扫地。

2000年,彼得·斯坦因(Peter Stein)把两部《浮士德》都搬上了舞
台,精彩的演绎一举消除了以上两种有损原著的评价,并从此成为阅读此
剧时不可忽略的内容,原因是对我们大多数人来说,如果没有经过戏剧方
面的训练,要通过想象在脑海里"上演"剧本是非常困难的。[2] 另外,这 288
意味着把多维现象视为寓言分析的文字层面,前者为我们解读歌剧提供了
更多的视角,而不是仅限于文字和音乐,就像历史会妨碍社会学或者事件
会破坏结构(在马克思主义那里,这指的是力图先知先觉地同时对两者做
出公正的处理)一样,这些视角也许会干扰寓言分析的结论。专注于景观
时间挤掉了对多重意义的不必要的过分寻求,媒介本身成为意义,而且用
表演代替了阐释,这种做法非常符合歌德讽刺那些学究(浮士德曾是其中
之一)的意图。但是,也许这种替换本身就是历史性的,值得对之进行第
二层面的解读——我们在本章的结论部分会提到这一点。不管怎样,从任

何方面看，《浮士德》第一部似乎都和第二部有些相悖，这一矛盾在梅菲斯特对其计划的最初声明中没有得到调和：

> 先去访问小世界，大世界随后再说。

（《浮士德Ⅰ》，"书斋"，187；51）

小世界或者村庄和随后的大世界（皇室宫廷）意即一个单一环境与已经步入现代化进程的传统世界及其行政机关（维也纳和神圣罗马帝国）的所有复杂情况。因此，在《浮士德Ⅰ》的"小世界"——停止衰老的学者对村姑的爱情——中并不存在的诸多论题和问题，在《浮士德Ⅱ》中产生了：比如第一幕中将为法国大革命时期的指券这一重大论题奠定基础的纸币问题，它也是所有现代叙事文学的一个至关重要的再现问题，在这个问题上，作为一种体系，货币是集体的而远非个人的，因此无法在其基本结构中得到处理；侏儒篇中的科学、医学和人文主义话题揭示了从概念上讲，生命是人创造的——《弗兰肯斯坦》（*Frankenstein*）和当今的信息技术研究对此都有反映；法国大革命和拿破仑时代之后苟延残喘的帝国——在我们的时代表现为超级大国——的政治结构问题；最后是土地所有制和土地商品化、私有制还是公有制、土地征用权和填海造陆等问题。

《浮士德Ⅰ》本来只是一个简单的悲剧故事，但到《浮士德Ⅱ》时却直接地，可以说是迫不及待地转为复杂的缀段式叙事，托马斯·曼认为这标志着一个诡计多端、招摇撞骗的历史人物回来了，他的身份是江湖郎中和魔法师，是民间故事中的浮士德（尽管歌德费尽心机要把这顶帽子戴在使这些品质得以产生的魔鬼同伴头上），令人称奇的是，其效果被作者自己预言到了。1797 年 7 月 1 日，歌德在写给席勒的信中说道："如果给我一个月的时间，让我安安静静地写作，《浮士德》会突然膨胀成一个庞大的海绵家族，让人类又爱又怕。"[3] 这个愿望在歌德去世前的几周实现了。有很多理由让我们把《浮士德Ⅰ》当作一部独立的作品来恭敬对待，而不是把它仅仅看作海绵中的海绵——作品主干部分的开场白，原因在于它体现了一种独特的历史风貌——德国文学史上的狂飙突进运动，即被称为"前浪漫主义"一代的年轻人的反抗运动，其缩影为小说《维特》中的私人的、毁灭性的异化和戏剧《葛兹》中的公开的、历史性的起义。"开明的"专制主义的最后一批年轻臣民发起的这一场没有希望的反抗运动——在现实生活中,即将被美国革命和法国大革命动摇和否定——是一种历史形势,文本认为,我们应该把《浮士德》和歌德本人放在这种历史语境中来解读。不过,一代人的狂飙突进运动在一系列独特的历史风貌中位列第一,在过渡期或者历史间歇(这在其他地方是无可比拟的),它们寓言性的相互作用给予文本独特的意义。

与此同时,《浮士德 I 》也以完全不同的形式彰显了自己的寓言性。事实上,它是 18 世纪经典的"哥特"文学范式的一个版本:一位年轻女 *290* 子受到位高权重的男子引诱或者强奸的威胁,资产阶级读者几乎只把这当作一个寓言(最重大意义上的政治寓言),它象征着阶级恐惧和另一个更有权势的阶级——比如资产阶级革命时期掌权的贵族——的恐吓、罗马天主教的威迫、西班牙人对英国形成的威胁,干坏事的人要么是色鬼,要么是唐·乔万尼一样的角色。在妇女普遍处于从属地位的背景下,性别被政治化了,表现在受害者被郑重其事地安排在一个与迫害她的人不同的阶层里;从美学意义上看,我们在上文提到的恐惧也许是愉悦的,原因是它强化和展现了一种更加普遍的权力斗争,其结局也许是大团圆式的——摆脱压迫,危境中的主角获救(比如贝多芬的《费德里奥》);换言之,令人恐惧的威胁也可能转化为政治愿望的实现——布洛赫的希望。

然而,当资产阶级成为"新兴阶级"并意识到自己是新的历史主体时,所有这一切都变得更加模糊了。对所有阶层而言——无论是贵族妇女还是乡村少女——唐璜(唐·乔万尼)确实是一个威胁,但资产阶级青年可以取代风流贵族(用当时比较古雅的语言来说,就是"登徒子")的位置吗?如果那样的话,阶级寓言就有可能适得其反,变成罪恶和失德行为,这就是《浮士德 I 》的悲剧所在:贵族恶棍的记忆被赋予邪恶的顾问梅菲斯特,被压迫的资产阶级成为大众阶层、农夫和村民的压迫者。

简而言之,对原来的警世故事做这样的改写是经过精心策划的,其目的就是蛊惑一位向往被高层次的阶级同化、期待最终成为贵族并归依宫廷文化的年轻的资产阶级诗人,此话的依据来源于梅菲斯特的旅行札记给他的建议:在旧式的社会制度中,权力结构清晰明了,其安全性之高至今仍令人难以想象，角色的划分和乐事的分类也毫不含糊，因此，与其说是个人和身体上的年轻，不如说从历史的角度看，那个旧制度仍然充满活力。在只能选择宫廷的官僚机构或者资产阶级的商业市场的情形下，维特和比他更朝气蓬勃的威廉·迈斯特不就是受害者吗？

291 　若果真如此，《浮士德》第一部和挑逗格雷琴不过是在粗略概述第二部的宏大主题，即以游戏的方式行使阶级权力和特权，对两种权力的获取必将付出昂贵的代价，并需要详细周密的神机妙算，单靠魔法无济于事；另外，当浮士德出乎意料地再次遭遇以海伦为化身的情色诱惑（和审美天职）时，他在精神上受到了创伤，先是被愤怒和嫉妒捕获，然后被无法解决的矛盾击倒在地。

据此，我们将把歌德解读为一个充满矛盾的绝对主义诗人，一个独特的历史过渡时期的主体，就像太阳照射着门农神像一样，这一时期给予他释放才能的机会，他能驾驭当时所有能想到的体裁，无可匹敌。

但是，在我们进入庞杂的第二部之前，有必要对《浮士德》第一部再次加以关注，即它展现了被认为是作者的心理和生平的特殊性的那些方面：性格上的缺陷（在对他的"天禀"的赞美声中被淡化了），即逃避承诺的习性，尤其是在感情方面；当自己的爱情被对方过于当真时，他抽身而去，躲避那些对他太依恋的情人（后来，歌德年老时，这种习性很容易被所谓的"克己"这一伦理价值掩盖）。

关注这种过失行为造成的困境不是我的一己之见，之所以这样说，是因为浮士德的错误做法充分地强调了这一点——在格雷琴因未婚先孕被判死刑后，他抛弃了她。把这种不光彩的行为归咎于梅菲斯特是行不通的，原因是我们没有在浮士德本人身上找到颇具说服力的证据表明他是多么的内疚或者痛心疾首。《浮士德 I》（和它的续集）关注的不是罪责本身，而是从另一不同的角度来看待这个问题，即如何逃避它。这就是歌德的尼采式的一面：他发现坚定不移的忘却具有让生命充满活力的力量，便把它当作开脱罪责、打发过去、宽宥自己的罪行和失败的途径，生命重新开始，原始的纯真——浮士德故事中真正的伦理寓意和信条——得以恢复，周而复始，无穷无尽。如果说这个故事有什么道德寓意的话，它未必就是那刻板的、没有止境的"奋斗"，后者使浮士德无休无止的新生得以

实现,并为所谓的现代性那著名的活力——使得这一形象成为现代神话之   *292*
绝版——创造了先决条件。真正的道德寓意也不在于《浮士德Ⅱ》结尾处
天使般的格雷琴的宽恕,它蕴含于浮士德在第二部富有田园气息的开篇里
再度苏醒:通过沉睡获得重生,这与但丁笔下的人间天堂中的"忘川"有
异曲同工之妙,即抹去所有罪孽的痕迹。《浮士德》真实地呈现了伦理学
和心理学上的发现——毋庸置疑,我们今天可以通过"创伤"和"治疗"
来表达,但是,这一大发现揭示的不过是忘却的力量,即把过去湮没在遗
忘中的能力。这才是那上天安排的打赌的真正含义——它不是入股和赌
博,而是一条秘笈:如果你执着于当下,你将永远不能摆脱过去。(我必
须毅然决然地补充一句:这种活力,即这种忘掉过去、只为未来构想蓝图
的"神奇"力量,不适合于"现代性",倒很适合于资本主义本身!)

我们也不要忽略了《浮士德》对审美化的呈现,即通过把事件转化为
景观,作者可能进行了(非常后现代的)去现实化实践。理查德·阿勒
温(Richard Alewyn)对《浮士德Ⅱ》中同质现象的杂糅所做的描述非常
精彩[4],他还提醒我们注意区分两个"海伦":第一个出现在第一幕,她
是时任宫廷魔法师的浮士德幻化出来的海伦(她是一个恶毒的魔咒,让魔
法师本人也为之神魂颠倒);第二个出现在第三幕,这一个"真实的"海
伦住在自己的家乡,差不多同样"真实的"浮士德以骑士的身份率领一支
十字军队伍前行,准备去征服海伦。当我们想到《伊利亚特》中同一个被
当作赌注和奖品的海伦以及希腊独立战争——拜伦勋爵(欧福里翁)在此
战争中死于热病——时,我们碰到了不同时期的叠加,它们互为注解。

这是斯宾塞的空间重叠的时间版本:特洛伊战争及其结果、十字军、
浮士德为之服务的专制帝国,最后是与歌德同时代的希腊独立战争,这些
事件如同一个个舞台,上演的都是西方与东方——或者是(如果你愿意)
德国和古代世界——的对立,最终都以悲剧收场。阿勒温中肯地指出,
《浮士德》揭示了19世纪对古希腊的研究:第二部第二幕对古典的瓦尔普
吉斯之夜(Walpurgisnacht)的滑稽模仿将希腊文化的现代概念向亚洲方
向越推越远;拜伦时代的希腊实际上还是奥斯曼帝国的一部分。我们还可   *293*
以说荷马本身就是预言性的西方东方主义的来源,因为特洛伊战争预示着
希腊城邦和波斯帝国之间的冲突,墨涅拉俄斯和帕里斯的争斗(《伊利亚

特》第三卷）演绎了东方主义的所有陈词滥调：墨涅拉俄斯冷酷无情，像任何摔跤手一样孔武有力；帕里斯阴柔、懦弱，但有教养和精于世故（麦考利对孟加拉国的刻板印象）。

因此，第二部中典型的中心事件——"浮士德和海伦的婚姻"——不仅象征着欧洲知识分子对希腊和东方的重新发现（歌德翻译了波斯诗歌，而温克尔曼除了罗马的抄本外什么都不懂），它也让人联想到欧洲冒犯庞大的"伊斯兰之家"的帝国主义行径。（从 1827 年起，法国不断入侵阿尔及利亚，而那些年正是歌德创作《浮士德Ⅱ》的时间。）欧福里翁和拜伦的去世表明东西融合的想法是不可行的，从而暗示歌德自己再次从最初设定的某一化身中退出。

我已经说过，《浮士德》这一部史诗的主题是坚定不移的忘却，后者洗刷了浮士德的罪责，从而使他能够继续冒险、获得新的自我和实施新的计划，这非常符合新兴的资本主义精神：过去（和历史）不应该扮演任何角色，资本积累的历史过程也要被抹去，这不仅是为了当下的财富积累（必须忍受停滞、倒退和亏损的痛楚进行不断的投资和增加），也是为了永久的增长。现代主义的"推陈出新"理念完全适用于资本本身，而在最后一幕中被升华和颂扬的浮士德的活力对两者起着支配作用，与此同时，它似乎又稍稍受到对格雷琴的记忆和"永恒的女性"这一模棱两可的精神——毫无疑问，它意味着最后的宽恕，也意味着欲望和拉康的死亡欲求——的抑制。

这种矛盾性——通常具有辩证法特点（比如马克思在《共产党宣言》中对资本主义的活力有褒有贬）——明确地反映了歌德的暧昧立场，这不但体现在两个世界之间（开明君主统治下的专制主义宫廷所象征的旧世界与充斥着资本主义的生产和扩张的新世界），甚至也体现在文学领域：歌德试图将"世界文学"概念化的行为既是帝国主义的，也是商业性的（梵语文本与文学期刊及其大众读者并存）——在征服阿尔及利亚的同时，拜伦勋爵也在全世界声名鹊起（歌德自己也不例外）。我们也不要忘了，浮士德的魔术表演，也就是这整个冒险经历的起源，只不过是**宫廷**向围绕着新奇的纸币建构起来的仿真世界转变的一个插曲。

第二部的开篇生动地呈现了这一辩证思维：浮士德苏醒过来，酣睡的遗忘功能让他摆脱了在第一部犯下的罪行——抛弃被判死刑的格雷琴。太阳冉冉升起，他将开始全新的生活，精灵们的合唱预示着他这重生般的苏醒具有的荣光和新生力量，然而，上升的太阳却以震耳欲聋的巨大声响宣告它的来临："光明带来了噪音"（I/268）。当太阳这世界的闹钟打碎那宁静的疗伤之夜时，又会怎么样呢？耀眼的光芒太过刺眼，浮士德只得背对太阳，观赏瀑布和彩虹交融的画面——物质性的真实和让人神魂颠倒的幻象难分难解。他将重新体验生活的二重性。因此，那一行著名的诗句——"我们是在五彩折光中感悟人生"（I/270/6；188）——最多不过是不祥之兆：拟像将让这场演出或者假面舞会变得虚幻——从法国大革命的纸券到假想中的希腊，从模拟的战争场面到把鬼魂的骚乱当作民工挖土开渠的瞎眼富翁的误解。在第二部第一幕中，信息不是媒介，而是形式，它似乎就是一个急剧衰退的传统世界——第一幕中的帝国，国王愚昧无知，甚至无力偿还自己寻欢作乐欠下的巨额债务——里的那些固定的形式和过时的文类。因此，浮士德仍然是一个处在新科学来临之际的魔法师，或者说，炼金术士（梅菲斯特是弄臣）；然而，他也是一个艺术家，懂得古老的艺术：古代的庆祝仪式，巴洛克风格的盛大游行，假面舞会，狂欢节，哑剧表演，凯旋典礼，本雅明的"葬礼盛会"，一直回溯到与大神潘相关的各种形象和神秘仪式。这些都是幻象，假象，空洞的表演——它们都会在大火中消散便是证明；歌德借此表明他不再使用过去的景观，尤其是它们的呈现形式——在弥尔顿的《酒神之假面舞会》（*Comus*）和西班牙的《圣礼剧》（*Autos sacramentales*）里，仍然有以景观为导向的巴洛克文化的韵律的回声和装饰的影子。但是，这些形式令新兴资产阶级大众厌倦，即将消失殆尽，歌德要借助至高无上的诗性力量来巧妙地处理它们。资产阶级大众热爱历史，追求真实性，他们想看到真实的、古老的过去——在对历史和新现实主义的品味中苏醒过来，就像在大卫的画中一样。然而，对浮士德这位魔法师来说，这是一项意想不到的新任务；梅菲斯特试图向他解释，发生在基督诞生之前的希腊人世界里的那些事实已经死去，不在他的能力范围之内。历史需要一些新的想象力量，即一种新的诗性力量，为此，浮士德必须钻到最深处去拜访"母亲们"（Act I/311）。为什么这个词（复数的"母亲"）"听起来如此离奇"（54；229）？它为什么会诱发

295

"人情最好的一部分"——"毛骨悚然"（这句话被列人流行语的"文化素养"中一点也不奇怪）？我认为，这与"母亲们"有关，在现代习语中，我们基本上不使用复数的"母亲"，我们每个人都只有一个"母亲"，其通用名称或术语实际上是一个专有名称。

因此，我们正处于历史或者现代性的一个关键的范式转变之中，只有风格上的巨大变化才能让我们辨认出这一转变——"文化"一词与其说是再现，不如说是症候，它没有为我们提供足够多的细节或概念来理解对歌德来说既是生活阅历也是观察所得的那些东西。把这称为从巴洛克到浪漫主义的转变，对我们也没什么帮助，因为歌德将自己从过去的绝对主义中解脱出来的时刻，正是他在个人生活和职业上越来越深地融入那个陈腐的过去和魏玛的宫廷文化的时刻。批评家和历史学家、传记作家和圣徒传记者把歌德的一生划分成几种不同的具有象征意义的风格：狂飙突进运动表现了对晚期封建社会的反抗（尽管它实际上排斥商业和官僚主义）——你也可以称之为浪漫的现实主义；古典主义是对注重装饰的巴洛克的又一次否定，但其朴实无华的格调令人想起法国专制主义大剧院的风格（这也许是对开明专制主义承诺的肯定）。歌德的意大利之行表示他与这个封建小公国晚期的乡土生活彻底决裂，但这种决裂又在当时尚未完成的两部作品（《浮士德》和《塔索》）的风格中弥合了。从这个角度来看，《浮士德》第二部（比如其中的文艺复兴庆典）可能会让人觉得是对旧式的巴洛克文化本身的回归——阿勒温似乎持相同的观点，因为他把这描述成一种撤退："否定艺术之间的清晰界限——特别是把戏剧局限于口头表达、尽量少用模仿的表达形式，以及将艺术领域与社会领域分离。"[5] 换句话说，就是从新兴的审美"自治"中撤离。

这种烦琐的年代划分法只有一种用途，那就是它帮助我们认识到所有这些风格在这里都被象征性地否定了：全景式的第二部悲剧中的浮士德——有点像易卜生的传记史诗巨作《皮尔·金特》（Peer Gynt）——与狂飙突进人物形象的英雄气概（甚至与维特的绝望姿态）相去甚远；但通过给予它一个独立的文体飞地，古典主义也被视为一种独特的语言在这部伟大的阅读剧（reading play）中得以彰显——首先是作为再现的再现，即戏中戏，随后是历史性的"婚姻"本身的实验性奇观，它对普遍性的要求被降格为某一单纯的文化选择。对于过度的巴洛克装饰和文类混杂，巴洛克本身已经成为再现的对象，而不是风格实践本身：这是对巴洛克风格的历史主义评价，值得注意的是，这两种突出的风格都以惨败告终。在第一幕的盛典中，礼官精心策划的每一个节目都以糟糕的结局收场：寓意瓦解了，角色开始掺和到邻近的游行队伍中，最引人注目的是象征金钱和贪婪的普路托斯（Plutus）；对大神潘的最后召唤以一场大火结束。浮士德和海伦结婚的古典戏剧也以悲剧告终：他们的儿子死了，海伦回到阴间，浮士德自己从另一个昏睡治疗实验中全身而退（这正好体现了歌德自己频繁的和反复的逃避与"克己"）。

这段插曲的用意大概是为了彻底结束德国对希腊的迷恋，即著名的怀旧"暴政"——对古代的崇拜：事实上，它是历史小说发展的一个篇章，是通过历史性来实现现实主义的方法。就像在这里重提的"古今之争"的结语所说的那样，对古典的放弃不是历史性的结束，而是开始，类似于巴尔扎克将沃尔特·司各特的历史传奇发展为一种新的现实主义小说，其中社会和历史现实本身不是从一个时期到另一个时期，而是从今年到明年、从一个十年到另一个十年的变化。 *297*

无论《浮士德》要呈现什么样的超验性结论，最后一幕的赤裸裸的剥削和土地掠夺、盲人对等待他死亡的鬼魂的骚动感到高兴（像任何贫民窟的房东一样，他把这骚动当作建造新房子和创造新价值的声音），所有这些都可怕地暗示着这位百岁老人在走向他的后革命时代的不加掩饰的真实境界。甚至他向自由发出的伟大的民主礼赞（"自由土地上的自由人民"）——"我真想看见这样一群人，在自由的土地上和自由的人民接邻"（V/468；382）——也忠实地再现了他对自由主义资产阶级的幻想。

可以肯定的是，第二部的大部分内容来自庆典传统，后者是在意大利文艺复兴时期发展起来的，而后成为专制主义宫廷文化不可或缺的符号（与之并行的是同时发展起来的歌剧）。但还有另一种尚未被命名和认可的体裁在这里发挥着它无形的作用，这就是我所说的**阅读剧**。我指的不是在浪漫主义诗人中——有时是在非常伟大的诗人中——盛行的对伊丽莎白时代戏剧的拙劣模仿；相反，我在这里想到的是一种特别的混合体，它试图在有文化的资产阶级大众中闯出一片天地，抗拒小说（一种同样新的形式）的叙事自由，极其渴望保留戏剧的直接性，它似乎能神奇地把它的读者变成活生生的观众——至少从莱辛到歌德本人的德国人都把这一群体与国民做类比，认为他们是"未来的人民"（即将成为国民）。这样的戏剧也不能被定性为史诗，因为它们并没有真正上演英雄的故事（布莱希特后来在"史诗剧"中使用的这个术语只是指讲故事的或者叙事的戏剧）。更加超前和具有预言性的是，阅读剧可能与影视"特技"的发展有关，而在当时那个年代，剧院的舞台资源根本无法完成这些特技。后来，甚至连瓦格纳也把对这些不可能实现的操作的坚决否定变成了一种意愿，比如期待未来的资源，希望能对未来的舞台装置和技术产生影响（他的后继者现在已经成功地做到了这一点，将现代技术为电影设计的"特技"运用于舞台）。不过，每个作家的脑海里都有一个剧场，在那里，作家继续上演他/她的幻想作品。在东方，马丹（Madan）和密茨凯维奇（Mickiewicz）的史诗面世，这无疑是受到了不断强化的民族主义的影响，对于这种民族主义来说，与其他地方相比，在剧院，将观众比拟为国民能引起更加强烈的共鸣；毫无疑问，小说的影响对传记体戏剧中宏大场面的出现也发挥了作用，比如易卜生的《皮尔·金特》。

但我首先想到的是福楼拜早期版本的《圣安东尼》的愚笨之处，他三易其稿，始终不能定稿，直到成为受大众喜爱的小说家之后，成功带来的自信才使得他有勇气和决心提炼出最终的传世佳作；然后是《尤利西斯》的"夜城"部分，根据前几章的发展情况来看（以及在象征主义和表现主义戏剧的鼎盛时期，孤独的作者周围当时正在发生的事情），它似乎不再具备什么特别的实验性质。

不过，这些剧目仍然属于阅读剧，而且在这些作品中，视觉发生了一种奇特的变化。虚幻的直接性这一惑人外表颠覆了正常的描述转换；甚至书面上的出现和消失——因为只有在一个闻所未闻的视觉景观的奇特空间里，人物才会在空白背景下突然出现或者意外消失——也像具备动力的幻象一样，横穿内在的想象之眼形成的幻境：与更多具有模仿性的书面描述不同的是，眼睛并不通过转移视线来观察这些变化，而是让固定不变的凝视听任这些变化从外面进来、穿过它（凝视）、进入另一个虚无。阅读剧构想出的这一内在之眼并不观看（更不用说阅读），它被穿过，在阅读这种作品的过程中，读者获得的最强烈的感受类似于吸毒后的状态——一种药理学上的恍惚。

　　当然，歌德本人也是一个戏剧家；而且无论如何，《浮士德》一开始就以戏剧性的场面展现了生活——它为了使它的舞台艺术达到极限做出了极大的努力（尤其是在"瓦尔普吉斯之夜"那一场戏中）。《浮士德Ⅱ》很可能为我在上面提到的所有那些后来出现的纯文字性的幻想作品奠定了基础；但一位巧匠的所有实践经验也贯穿在这部作品中——他像处理现实主义的或诗性的舞台剧一样，把宫廷假面舞会同样完整地写进了剧本，也不管这部剧本身能否被搬上舞台。（我们也不能忘记与歌剧表演并行的延展，它需要观众发挥丰富的想象力，从而充分享受某一不同感官带来的奇妙感觉。）但是，老年的歌德在放弃古典主义的同时，也乐意回到巴洛克"总体艺术"丰富的审美体验中去——当然，没有任何后来的瓦格纳泛音的影子：没有谵妄，也没有真正的陶醉；如果有崇高，那也是升入天堂的贞洁的崇高，没有瓦格纳式的爱与死，甚至没有维森海里根教堂的超然性。相反，这种"巴洛克"是讽刺性的巴洛克，可以称作"魔鬼的份额"。 *299*

　　在任何情况下，假面舞会向我们展示的始终是剧情解说人、译员和导游身上的寓言性的持续存在。据说，电影刚面世不久，在没有文化和盛大演出的农村，电影摄制组（现在使用的是放映机之类的设备，而不是摄像机）在巡映时都要带一名讲解员，让他站在屏幕的旁边，为农民观众解说剧中人物，区分英雄和恶棍，以便让他们了解故事的寓意。维吉尔在《神曲》中扮演了这样的角色，但《仙后》却没有我们急需的这一人物（因为诗人自己担任）；也许这就是为什么单个独立的、精心安排的诗节的情节的时间性会带给我们阐释上的难题：每一个统一体更像是一个徽章、纹章或者盾徽，而不像中国古典画卷那样将风景一一展开。在斯宾塞的作品中，中世纪的象征仍然是难以穿越的森林：一座魔林，主人公没有地图，迷失了方向，他有时要在里面走好几年，直至遭遇致命的邂逅。然而，但丁有一个诗人向导，帮助他将新的风格转化为史诗般的叙事，他还请他的导师帮他解释地理——在某种程度上仍然是原始的、有待破译的字面文本，暗藏揭开所有（甚至是在天堂的）谜底的线索。

　　但在《浮士德Ⅱ》中，我们看到了最早的寓言家，他就是礼官本人，他像解释一个自然事件一样向王公贵族们说明他的计划和安排，有时介入活动，有时承担后果，同时又在他自己的历史剧中扮演角色，总之，他就像歌德本人（或莎士比亚）一样，集作家、导演和演员三重身份于一身。

300　然而，在那让读者而非观众（彼得·斯坦因在为观众设计）厌倦的漫长游行中，准备登场的是角色本身，它就是在第二幕的"古典的瓦尔普吉斯之夜"中亮相的梅菲斯特。

批评家们抱怨说，这个有趣的人物虽然在许多方面比浮士德本人更有魅力，也是那些杰出的演员所钟爱的角色，但在第二部中，与浮士德的进步相比，他却明显在后退。在第一部中，梅菲斯特大搞阴谋诡计，极尽诱惑之能事；但在这里，他牢骚满腹：舞台演出、场景设计和幕后设备的安排，哪一样少得了他？舞台工作人员也烦死了。（他向浮士德明确表示，让过去重现不是一件小事，对魔鬼来说也是如此，因为涉及的事项比变魔术和玩飞毯要复杂得多。）

不过，在浮士德昏厥时，有一整场戏是属于梅菲斯特自己的；我想说的是，这漫长的调节式过渡——其本身就是源自古代的庆典——也是语言发生转变的时刻。浮士德并不是"狂飙突进"风格和文化的唯一残存者，梅菲斯特也不是。对歌德这位语言大师来说，"住在一个心房里的两个灵魂"是"激情"的语言（个体的自我，爱情与逃遁，过渡时期的焦虑——在这样的时期，没有社会角色或地位的年轻资产阶级在过时的公国里臆造了一个地方）；它们也是讽刺的语言（对晚期封建官僚机构和狭隘的小资产阶级的厌恶，对富于刺激的、影响广泛的虚无主义以及青年人目空一切的拒绝和否认立场的推崇）。上述第二点是梅菲斯特的专属（"我永远是否定的精灵"），它让人看到了创造性的毁灭："总想作恶，却总行了善"（《浮士德Ⅰ》，168；35）。歌德是对的：如果把这两种冲动分开来处理，就有可能写成空有感情、毫无意义的俗诗，或者重复哼哼唧唧、嘀嘀咕咕的陈腔滥调。歌德的与众不同在于他把两者结合起来，出色的警句（比如意大利语的但丁作品中的那些箴言被译成德语后仍然保持着原来的风格，浑然天成）就在这两种冲动难以解决的不断争吵和相互嘲讽中产生。

然而，对于这种风格——它已经被拉辛的古典主义淡化和修正了——

我们必须再提及一项让人联想到希腊警句的语言实践,即所谓的"箴言诗"(xenien),它是对你的批判者的猛烈抨击,是具有讽刺意味的短小对联和诗节,可与蒲柏或斯威夫特最精彩、最幽默、最刻薄和最狠毒的言辞相匹敌。但相较于它们的古典字母,这些诗句更多的是来自德语中一种不太为人所知的华丽音韵,体现于韵式的多样和装饰性的明快,它们高度展现了德国人特有的机智,与尼采或布莱希特的讽刺完全不同——尽管后者有时会突兀地倾向于前者。出乎意料的是,这些诗句开始从抒情诗人的语言生产中涌现出来,其几近无限的丰富性令人叹为观止。它们构成了歌德更真实的古典层面,但就像所有那些温克尔曼误认为是希腊原著的罗马抄本一样,它们可以说是从文艺复兴回译而来的,标志着一种历史的——如果不是个人的——倒退。

因此,必须有人扛起风格生产的新形式这面大旗,梅菲斯特毫无悬念地成为合适人选,而他自己也必须从狂飙突进的否定者转变为诙谐幽默的巴洛克式宫廷评论员和混世魔王,这一转变通过"古典的瓦尔普吉斯之夜"的漫长黑暗来实现,因为北方的魔鬼要面对的是南方古老神话的独特性,这种神话与温克尔曼颇具影响力的评价——"高贵的朴实和宁静的宏伟"——相去甚远,伴随它的还有"科学性"的解释(诸如火成说的争论)——我们稍后会提到;从表面上看,这些解释属于形式本身,箴言诗的内在形式注定要对这种无聊的学术争端和以自我为中心的、充满恶意的辩论发表意见。(泰勒斯和阿那克西曼德的出现清楚地表明,如果时间不是永恒的,那么他们至少可以在时间的迷雾中追溯到哲学的起源。)歌德和席勒对他们的批评者的憎恨纯粹是反知识和反学术的。因此,古希腊的风格和形式——警句式的四行诗——在理性生活的一个重要的过渡状态(启蒙运动在专制主义宫廷文化的庇护下对封建文化和宗教文化的改造)中被用于论战:古典变为讽刺。

古典主义最纯正的复现形式是法国古典悲剧,体现于对亚历山大体和三一律的运用——虽然在清除狂飙突进运动(在权威的思想史上,曾经被称为"前浪漫主义")残余的过程中,它的基本目的也是疗伤。正是随着这第三种风格(晚于巴洛克和狂飙突进)最终的全面使用,我们来到了《浮士德Ⅱ》的中心,这就是那最有名的片段,即浮士德和海伦的婚姻,

301

302

或者，根据标准的寓言，是德国和希腊的婚姻——得出这一结论的前提条件是否认丑陋的福克亚斯这一重要形象更可能是北方和南方暗黑神话、基督教魔鬼和古希腊神怪相结合的产物。

这种邂逅使人对戏中戏的概念产生怀疑。最初，它确实是一出神奇的哑剧：为了取悦皇帝，在如梦如幻般的场景里，特洛伊的海伦和她的情人帕里斯被召唤出来，但这却激发了礼官的情欲。浮士德——现在是魔术师——的心里滋生出一种无法解释和无法抑制的嫉妒和愤怒，一种名副其实的症候（在伊丽莎白时代的意义上）——他被古典美的原型迷住了，插足那一对情人的关系，后来，奇幻场景在爆炸中消失，浮士德昏厥过去。（他必须在那种状态下被送往真正的古希腊，只有在那里，他才可以得到治疗并苏醒过来。）

但"真正的古希腊"不再是戏中戏，而是变成了戏本身（尽管在结尾时，宫廷的观众再次出现，仿佛它真是一出戏中戏）。从传记的角度上看，这最后一次集中体现古典主义的尝试——就像浮士德这个人物的命运一样以失败告终——很可能反映了歌德自己〔尤其在《伊菲革涅亚》（*Iphigenia*）中〕浅尝古典主义的滋味，或者更准确地说，揭示了他对古典主义的弃绝。因为海伦面临着与伊菲革涅亚相同的命运：特洛伊战争结束后，墨涅拉俄斯一回到希腊就命令她准备祭祀用的刀，这大概是惩罚她不但给王国带来了耻辱，还因此导致众多勇士为雪耻而丧命。从作者对这一情节的严谨编排中，我们看到了最早的希腊悲剧的所有特征：一个合唱团，两个对话者，场景和行为的统一——这将在她逃到浮士德的"野蛮人"营地和对她的营救中达到高潮，随后是阿卡迪亚（海伦与浮士德在这里结婚）新兴的文艺复兴气氛。然而，他们的孩子欧福里翁太荒诞不经或者太不谙世事，他不断往空中跳跃（像飞一样），越跳越高，最后坠地而亡，海伦追随儿子回到冥府，她的形骸消失了。在这一情节中，欧福里翁——他原本就是一个经典形象，是海伦和阿喀琉斯所生，而不是浮士德的儿子——显然被赋予了某种象征意义：他代表着美丽典雅、诗神、野心、成名，最后是（以这些名称的强劲驱力以及它们所激发的上升运动为象征的）"战争"（古人的"荣誉"之源）。这就是为什么在另一个层面上，根据歌德自己的说法，他在这里把拜伦勋爵作为他的当代所指，因为参加希腊独立战争不仅让拜伦走上神坛，也导致了他的死亡（1824 年）。对歌德来说，这大概暗指在世纪之交处于主导地位的拿破仑政权模式的苟延残喘——仅一两年后，它就被 1830 年卷土重来的革命取代。

由此可见，这其中蕴含的寓意——从中我们可以得出一个比较浅显易懂的道德观并把它呈现给公众——再明白不过：诗歌和名流（毕竟歌德自己就是这类人的模范，远远早于拜伦）取代了权术实践和战术运用。（事实上，战争将是下一幕的核心。）此外还有阿卡迪亚和爱与美的转瞬即逝，随之而来的是关于形式的有趣问题：浮士德明确恳请保持某个瞬间并阻止时间的流逝［"停留一下吧，你多么美呀！"（《浮士德 I》，238；44）］，这是初次下注的赌注，为什么魔鬼不在这个时刻抓住浮士德被抵押的灵魂并将其拖入自己的领域？原因无疑是这个时刻在其自身的内在逻辑和驱力下毁灭了自己。

但在此，我同意阿多诺的观点，坚持认为作品本身所承载的"意义"实际上是它的原材料，而不是它的艺术含义；我们必须表态：如果你想把这个情节称为寓言，那么就必须把《浮士德 II》本身称为寓言的寓言，因为它为观众展示的不是思想和伦理动机的失败，而是作为历史症候的风格本身的失败。该剧对这种风格——古典主义——的诊断结果是：它本身带有本质上的道德或伦理问题的辩证性，它无法内在地解决这些问题，正如黑格尔发现希腊悲剧固有的类似问题（在《精神现象学》中的安提戈涅一章）也难以得到解决，而只能在历史放弃城邦、走向罗马和帝国及其普适宗教的新的宇宙视域时，被新的问题和新的矛盾取代。

这一结果不是黑格尔的历史性结果；但在这一情节中，从一场战争（荷马的特洛伊）到另一场潜在的战争（希腊的复兴和反抗）的横向运动表明，横插其间的乌托邦场景是一种假象和错觉，浮士德回到古代只不过揭示了珀尔塞福涅终归要回到地府，即被历史遗忘在所难免。 *304*

因此，（正如黑格尔所言，）在下一幕出现的有趣的七里靴就暗示了各历史阶段必定会相连——在此意义上，就是中世纪传说和封建现实的同时出现，否则，第四幕就来得有些突兀：在这场内乱中，浮士德（确切地说，梅菲斯特）救了遭受"伪帝"攻击的老皇帝，（在他的王国和他的权威呈普遍衰退的状况下，）皇帝答应满足浮士德的最后一个愿望：把沿海的一片不毛之地赐给他为封地，因为他想干一番大事业——把围垦区变成一个硕果累累的新省份，即从自然界仅剩的一点残余中"神奇地"创造出一个新世界。

然而，第四幕是《浮士德Ⅱ》的"情节"中的必要环节，瓦莱里（Valéry）曾明确指出，艺术作品中所谓的"必要"的东西总是坏的；毫无疑问，这一幕中夸夸其谈的冗长演说有自己的风格——后期专制主义宫廷官僚机构的修辞风格，因此，它们的空洞充其量可以预示着这种社会形态将被历史遗忘。上世纪30年代，肯尼思·伯克曾谈到关于小说是否可以通过无聊的语言来表现无聊的人物的艺术辩论；在《浮士德》中，语言的退化也许象征着一种社会形态的退化和那个漫长的过渡阶段——歌德自己在两个世界之间的生活——的结束。（实际上，这是奥尔巴赫对罗马帝国的拉丁语的评判。）

内容上的逻辑也难逃这种形式上的困境，因为这一幕涉及战争场面（歌德本人在法国大革命和拿破仑时期亲身经历过），要将其搬上舞台（或者全面再现）绝非易事，它必须以古典的形式通过幕后的描述来呈现，然而，这些描述并没有因为我们发现大部分热闹的战争场面是梅菲斯特为了达到他自己（和浮士德）的目的所编制的诡计和幻象而变得生动起来。这里的战争场面充其量显示了歌德一直信奉的现象与本体之间的康德式区分：有形的、可见的现象，只有通过它我们才能感受到那无法呈现的"真实"或"物自体"。这种唯心主义的康德二分法以吊诡的方式促成了该剧最后一幕的"现实主义"——这是歌德所有作品中最好的部分之一，它形成了我们可以称之为历史现实主义的最终途径（而没有卷入关于这一术语之意义的学术论争）。

不过，这最后两种风格的不一致性——浮夸的言辞与政治经济学语言——仍然凸显了风格本身，但没有像19世纪那样只苦苦探寻某个合适的风格中介（"贴切的字眼"只是资产阶级文化在寻找自我的漫长过程中制定的准则之一，没有意识到这种探寻本身就是一种矛盾）。我们不需要总结发生在最后一幕的所有事件，但在这一幕中，浮士德的面具被摘掉，我们看到的是一个不择手段的土地开发商，手下有名副其实的黑手党，谁要是胆敢妨碍工程，那就毫不留情地被赶走。在这一幕中，与魔鬼的伟大赌注——不停留在瞬间！——露出了真相：它是资本主义积累所下令必须执行的措施，即坚定不移的忘却，而浮士德著名的"西方"动力只是西方资本主义本身的动力，要求对自己和他人视而不见。浮士德最后升入天国，以及这个糊里糊涂成为时代英雄的人物在升天童子的簇拥下获得重生，这两种结果的超验的不真实性构成了精神性——阿多诺等人评论过的那种奇怪而单纯的自然意象（或天籁）[6]，类似于假想中的极点，是资产阶级思想在徒劳地寻求摆脱其自身状况的途径时所要求的形式上的结束。这种不真实性和不可能的升华才是令人难忘、不可捉摸的结论中的乌托邦信息——由于它的不真实性而成为乌托邦，但由于它的存在和持续超出了我们可以想到的界限而成为现实主义的。

　　歌德逃避罪责、浮士德坚决要求成为行动（Tätigkeit）和生产力的象征符号（即不久将被证明是西方帝国的商业和土地扩张）、梅菲斯特式的"创造性的破坏"、历史主义和美学的彻底失败——所有这些都成为强大的 *306* 驱力，表达了（浮士德）这位朝臣试图突破那难以攻克的过渡期的愿望，以及这个人物成为那不可能的东西——"神话"——的意愿。这些驱力表明，只有寓言才能调和多个层面的内容并将它们统一为单个的、合乎逻辑的作品和形象。

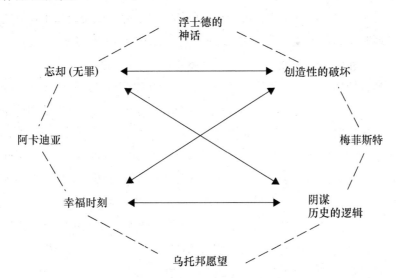

　　导演不需要在《浮士德》这些最后的场景中注入任何布莱希特式精神，它已经在那里了：船歌伴着天使的乐音，怪诞的合唱和着玄思的迸发，梅菲斯特既是监工又是高高在上的主人，愤怒的原告突然被自己从未

有过的人类情欲俘虏，痴迷天使般的青春［"哪怕魔王头儿老迈年高，/也会为尖锐痛楚贯穿全身"（V，479；395）］，小屋被烧毁，灰烬四下飞散，小屋里住着的一对老夫妇和一个怀旧的旅人——他回来感谢他们的救命之恩——被梅菲斯特手下的暴徒吓死和砍死，《三分钱歌剧》只需掺杂海德格尔的"操心"的肃穆便能透视富人和权贵的住宅，最后是未见天日的升天童子的超然之声，天使般的神父把他的感觉器官借给他们，使他们能够感受到大自然的壮丽。当歌德不得不向艾克曼解释他选择基督教或宗教语言来表现难以表现的东西时，我们不会认为他感到尴尬，但他的话确实传达了他的主张：为了通过我们不可避免的失败来再现难以再现的东西，我们必须使用各式各样的、截然不同的传统符号。[7] 因此，我们私下里可以用自己喜欢的任何语言来命名结尾处的"永恒的女性"，从生机论到拉康的强大的死亡驱力，从性欲到生命力，从斯宾诺莎的"努力"到任何动物性的自我保护本能——所有这些都是必不可少的，但它们都有意识形态和形而上学上的污点。甚至维多利亚时代的有关永恒的"奋斗"的各种观念如果被绝对的历史主义相对化，也可以拿来使用，包括它们在歌德和黑格尔的"行动"以及马克思的生产论中的起源——只要我们赋予它们资本主义精神。毫无疑问，浮士德可以复活，甚至转世，但不是以这种"神话"身份，因为它已经在一种新的炼狱式赎罪中被烧掉了。

寓言使用所有这些符码，不过，它会通过并置和保留其多样性的方式对它们重新加工。第二部最后一场中的自然意象——它的简单性和绝非故弄玄虚的抽象性让阿多诺感到惊奇——呈现出巧妙的反转：在传统上，我们总是把宗教情绪所致的心醉神迷与高度——高处、仰视和苍穹——联系在一起，然而，在这里，它实际上指的是深度。这些诗句仿佛让我们身临其境：我们俯首看溪谷和裂罅，看浩大的古老森林顺坡直下的势头，看人间峡谷连绵、树干成阵、千沟万壑纵横交错，就像从极高的苍穹鸟瞰，又像是蒙田的"水星本轮"中的远眺（第四幕就告诉我们，山是由地核中凶猛的热火往上奔腾的动力形成的）。所有这些都促使我们将歌德的科学（和思想）实验添加到我们的多种风格和符码中：一种斯宾诺莎式的泛神论——常常被我们轻率地作为单纯的文学描述（云彩、星星、风景）而忽略。我们可以把它——连同它的争论，火成说与水成说等——纳入道德

层面，即主体性及其意识和失误；或者，也可以把它纳入奥秘层，在其中　*308*
可以看到日耳曼土地安卧在原始的民族大迁徙和西方的现代性及其各种
革命之间，即**存在**的不言而喻的统一性——这是一个重大的历史转变，是
两个时代之间的过渡时刻的悬置。

因此，作为那些不断变化的文化风格——基本症候——的寓言，《浮
士德》的层次可以用更加清晰的立式结构图进行解读。

奥秘层：德国，资本主义，**自然**

道德层：坚定不移的忘却，有罪和无罪

寓言层：风格本身，历史主义

字面层：寻找资产阶级的**神话**，从专制主义过渡到 19 世纪

注释

[1] 文中引言均来自 Insel 版《浮士德》（Köthen，1956）；David Constantine 英译，*Faust：The Second Part of the Tragedy*（London，2005）。
［中译引自：歌德. 浮士德. 绿原，译. 北京：人民文学出版社，2021。
部分地方略有改动；中译本页码置于原著页码之后，用分号隔开。］

[2] 庞德因此总是认为相较于单纯的文学评论，表演是更强劲的解读
手段；斯坦因的"解读"登载于 ZDF，2005，此外，还收录在一部论文
和散记的合订本中：Peter Stein，*Inszeniert Faust*，Koln：Dumont，2000。
我还要感谢弗兰科·莫莱蒂（Franco Moretti）为我推荐了一部重要论著：
Faust Zweiter Teil，Stuttgart：Metzler，1981。

[3] *Briefe Goethe-Schiller*，Zürich：Artemis，1949，371.

[4] Richard Alewyn，*Probleme und Gestalten：Essays*，Frankfurt：
Suhrkamp，1983.

[5] Alewyn，*Probleme und Gestalten*，278.

[6] 见 Theodor W. Adorno，"Zur Schlussszene des Faust，" *Noten zu
Literature*，vol. 2，Frankfurt，1997。

[7] Johann Peter Eckermann，*Gespräche mit Goethe*，Basel：Birkhaüsen，
1945，475-476，June 6，1831。

第9章
文学：后现代中的讽寓解读

　　任何一部作品，只要它试图恢复一个已经消亡的文类对我们所做的要求，都要回顾一下当代性及其所含（或所需）内容。当然，如果讽寓解读只是意味着阐释的冲突，那么它作为一个问题而存在的意义在今天会更加明显：但这里的要求——通过把各种阐释和意识形态放在它们本来的位置上，从结构上掌握讽寓解读——也是不合适的。显而易见，这不是解决办法，我也不是在呼吁通过全面复兴寓言来解决我们今天面临的再现问题。相反，这是历史的要求，它表明在晚期资本主义全球化的今天，叙事倾向于在推崇寓言性阐释的结构中实现它们的意义。然而，后来出现的寓言结构不是流派，也不可能演化成那种可与但丁或斯宾塞的作品媲美——更不用说《玫瑰传奇》——的形式。后现代寓言更像是作家们自己也无法重现的一次性事件：各种元素的组合、按照自己的意愿排列恒星和行星的做法不可能再次出现；文类经常在这样的组合中发挥它们的作用，但这只是对它们以前的形式的缅怀和模仿，而不是新奇的模式和范例。

　　至于这些短暂组合的秘密，以及古典寓言体裁——它本身从未成为主要的或者高居主宰地位的形式——退出文坛的原因或先决条件，它们都聚集在通常被称为现代性的新品情结中，最好进行单独的研究。（我已经挑选出了一些在前面几章做了分析。）反映各种结构上的权威的中心文本或基础文本的消失也许是一种症候，而非原因；再者，从中心性本身作为一个概念和社会事实的弱化这一角度来探讨，也许更好。随着全球化（或世界市场——马克思主义术语）变为现实的存在和体系，人们很可能希望根据讽寓解读的三个基本特征来思考这一术语：人口、物化和普遍性的问题（或大同小异的唯名论问题）。

　　但是很明显，除了上述原因，还有许多其他外在因素影响着这一时期的文学形式的可能性：主体性的建构——在这一过程中，情动（affect）开始将命名的情感转化为挑战语言本身的感觉；矛盾的形式，它产生的各种情感将旧的可识别的意识形态分散为大量独立的意识形态表达；文学机构本身在媒体和信息技术文化的冲击下走向式微；所谓的中心主体被消解为众多的主体位置或者各种新种族（我们现在有时候称之为"部落"）；商品化客体世界的"第二性质"在当今的标准化定义是拟像和图像的增殖。

　　从开始到现在，我不断提到寓言分析的四层结构探索方案，在接下来的内容中，我们不妨看看这一方案的进展情况，这样的话，我们就会愈加明白为什么这个方案和它的四个层次没有在现代性的冲击下销声匿迹，而是以更多的形式和更隐蔽的组合继续存在。我在前文解释了为什么费利克斯·瓜塔里的"跨变"概念在为这种动态的转变命名时似乎很有用。在这种转变中，旧的层次卷入了各种新建立的短暂关系以及复杂的结构调整，包括：各层面的相互替代，如一个主题层面暂时取代一个文本层面；各层面之间的同一性和差异性的关系，如对道德层和奥秘层的传统解释的同一性让位于寓言的基调与个人或集体主题之间的较量，而不是文本与寓意或玄机的古典式组合。另外，这些置换在当代文本中处于永久的分解和重组中，因此它们是不稳定的，无法形成固定的结构。　　*311*

　　现在，所有这些在主题上都很复杂，"历史"的概念——主要故事情节或者主线的概念——已经在文化上瓦解了。（一目了然的叙事线条变成了准文类，就像"成长小说"一样，被不断改写、解构和置换。）基于内容的分析从而变得极不可靠，反倒是某些层面的形式往往提供了意想不到的线索。然而，在这里，一个给定的形式一旦被单独和孤立地采纳，便要领受社会或文化的物化力量，这些力量致力于把它变成一个对象，还原成内容。这就是为什么二元对立是宝贵的辩证法资源，因为它使我们能在单个文本中发现通过其他方式无法察觉的倾向。例如，这里提出的命题是文学朝着对内容的否定发展，这种现象过去被定性为对世界的指称（或"指称物"），但现在可以用不同的方式更准确地把握它。福楼拜在他最著名的一封信中热情洋溢地抛出了一个伟大的预见性美学声明：

> 我想写的书在我看来是最美的，它是一本关于"虚无"的书——一本不依附外力、全仗文笔内力的书。就像地球没有任何支撑，却能固着于太空，这本书几乎没有主题，或者即便有，那也是几乎不可见的。[1]

人们总认为这句话是"为艺术而艺术"的表白，以至于若要彻底修改其含义，似乎只有将其重心转移到那种美学思想的功能上——我们现在可以将其理解为试图将艺术生产纳入被细化的资本主义生产的无数行业中。因此，这并不是要否认艺术的浪漫主义危机和封建（以及"膜拜"）赞助制的消失，也不是不承认艺术被抛弃到市场上（这是浪漫的艺术个体诞生的时刻——如果不是现代主义和现代性本身在艺术领域的熹微晨光）所引起的恐慌。

312

毋庸讳言，像所有这些证明自己不存在的证据一样，"为艺术而艺术"也可以被看作是一个市场口号：它好像是在推出一个新的商品品牌，或者为刚冠以商品之名的东西重塑品牌。在封建社会，艺术是一种建立在与赞助人或上帝之间的社会关系，艺术也是一种赠品，其回赠品那时还没有被理解为付费商品，但其实，它就是那些东西——乌托邦的和意识形态的，物质的和精神的，公共的和私人的，交换价值和使用价值，等等。对于散文与小说从一开始就面临的两难境地而言，福楼拜试图将属于作家的纯技巧（巴特称之为宝石匠的手艺）与工业制造商区别开来——制造商生产物品以供出售。但巴尔扎克则不这么看。[当时，圣伯夫（Sainte-Beuve）即将宣告"工业文学"的到来。]因此，我们也可以用布尔迪厄的术语把这看作是某种"差别"的生产，即试图创造一种活动（对这种尚未脱俗但已经带有一些仙气的不同凡响的消费形式进行思考），其目的是确保或者恢复对制造商而言更加显赫的社会地位，那就是诗人——而不是记者，在同一时期出现的为报纸写连载小说的专业户，或后来的畅销书作家——的社会地位，结果是，诗人现在也能通过成为名流或富翁获得那非同一般的地位。

我想强调的是，这种意识形态的努力使我们朝着蒸馏内容的方向前进，即让被再现的材料脱离其世俗的指称。这是一个净化过程（在这里还只是一种倾向），可以从偶然性和必然性的角度来理解，也可以参考巴特关于现实效果的著名论文[2]，在文中，他指出了偶然性的过剩，认为添加无意义的细节仅仅是因为它们存在着（事实上，它们在别处存在着），这样做是为了证明文学材料的"现实性"。但实际上，"现实主义"的效果如昙花一现，它随着新一代的到来而消散；每一种现实都是在打败前一种现实后接替了后者的位置，它的面具被揭开后，我们看到的不过是文学和"小说"。唯名论是一个更好地考察问题的范畴，原因在于专业化的多重性使它们存在的理由——它们的"必然性"——依次从每个社会活动中撤出。同时，随着"文学"的内容变得不再那么重要并失去其显而易见的意义、存在的基本理由和作为"事物本身"的地位，对合适的替代物的苦苦寻求在三个不同的方向展开：新的与尚未整理或未系统阐述的内容（如自然主义或新的心理/边缘领域）；纯粹的形式（如象征主义或新兴的实验性现代主义）；与福楼拜在那封具有先见之明的信中提及的"虚无"相一致的纯洁理想。我认为，面对越来越刻板的现实，严肃作家的选择还原为两种对立的间离化技巧（俄罗斯形式主义的"陌生化"），它们就是最终走向同一的极简主义和极繁主义。随着上述三种策略的式微，在第二次世界大战的分水岭上，极简主义和极繁主义开始发挥自己的作用，不是作为风格或技巧，而是作为符号和信号，即作为其本身的寓意。 *313*

但这种二元对立不应该以任何简单化的二维方式来理解：事实上，它应该被理解为一种不可通约性，或两种不同本体之间的张力：第一种，即极简主义的本体，包括关于雕塑和亚原子物理学中的极简主义的所有激烈论争。这不是有关诸如句子或被叙述事件之类的作品中最小组成部分的问题，而是这些组成部分的组成部分：一个乐句的音符和泛音、词性、音素、粒子及其奥秘和动态——这些都能被人感知。第二种，即极繁主义，它起源于崇高。我们来看看对崇高的狂热追求如何让摩天大楼的奠基人（路易斯·沙利文）语无伦次：

> 如果有人问我：高大的办公大楼的主要特征是什么？我会马上回答：崇高。对于艺术的性质而言，这种崇高是其激动人心的那一方面……它必须是高大的……它傲然挺立，高耸入云，在极度的狂喜中 *314*

拔地而起……[3]

极简和极繁的二元对立只有在这样的矛盾张力中把两个如此迥异的真实——亚原子粒子和高度——合并起来，努力把存在归为整体，才会有成效。

但问题是，为什么这种特殊的对立是理解后现代美学生产的独门绝技？更具体地说，为什么要从寓言的角度思考它？第二个问题以一种出乎意料的方式重新提出了讽寓解读的问题：它生动地表现了在当今这个充斥着各种形式的审美的社会中，任何单个的作品都缺乏自主性。具有寓意的是那种对立，先前的作品必然介入其中——作为整个文化的自主性的索引，而不是作为它在19世纪资本主义尚未完全划入某一类别时享有的单个作品的具有叛逆精神的自主性。

至于极简主义和极繁主义本身，它们表明了在现代晚期资本主义社会现实的中心存在着一种缺失，或者一种空洞，这种缺失或者空洞不再是模拟的对象，它必须通过对构成存在本身的终极元素和原子构件的微观探索来寻求，或者借由零部件的堆积以达到宇宙本身的黑格尔的"坏无限"的途径来找寻。然而，这两种寻求方式都是徒劳的，它们标志着一种深刻的历史性对立，对这种对立的阐释必须兼顾两种对立的主张：仿真和图像的去现实化——当今的"少许现实"（peu de realité）的另一种变体。

加缪写于二战前的《局外人》（*L'Étranger*）可谓是某种极简主义的里程碑，而《万有引力之虹》（*Gravity's Rainbow*）和《铁皮鼓》（*The Tin Drum*）这样的怪书则要晚一些（尽管让人匪夷所思的是，它们都是对那个灾难性事件的回顾）。在电影中，这两者似乎已经结合在一起了，像贝拉·塔尔（Bela Tarr）或拉夫·迪亚兹（Lav Diaz）的长镜头电影，以一种真正的极简主义的慢条斯理的方式穿越时间，以至于你几乎可以一边观看，一边细数时钟的滴答声。但是，如果要把极繁主义或超级小说（mega-novel）当作一种模式，长度不能成为其构成特征。19世纪的连载小说，如狄更斯或维克多·雨果的作品；20世纪的法国"长河小说"（romans fleuves），虽然通常以一个家庭或王朝为中心，但也并不总是如此，比如朱尔·罗曼（Jules Romains）的《善意的人们》（*Hommes de bonne volonté*）——这部小说很容易让我们想到多斯·帕索斯和他的《美国》（*USA*）；由错综复杂的情节组成的庞大场景，如多德勒尔（Doderer）在战后完成的《恶魔》（*Dämonen*）——以上所有这些小说的篇幅都很长，但似乎没有足够的共同点表明它们是真正的极繁主义作品。

我们最好从唯物主义的角度来考量这些被称为异质产品的小说的篇幅，即通过出版制度本身：很明显，从连载小说的角度来看，报纸起到了核心作用；而起源于阶级习性和品味的三部曲小说也必定要流行起来。在今天的机场文学时代，我们看到娱乐性小说的长度从两百页增加到了惊人的四百页，这一明显的转变是为了迎合读者的要求，这种小说暗示所谓的娱乐出售的是时间本身——用于消遣的时间（确实，Kindle 阅读器会显示你还要花多少时间读完正在阅读的文本）；在对大众文化的决定因素进行任何评估时，对这种社会需求的重视都是必不可少的。至于艺术小说（art novels），它们的受众谅必主要是大学生群体，他们的研讨会对作者和出版商渴望达到的目标有着微妙的影响力：如果那种需求还没有在电子游戏中得到满足，也没有在新媒体中注入其残留的先锋派能量，那么像《树叶之屋》这样的实验性小说的骇人篇幅便成了一种咄咄逼人的挑战和打破成规的标志（"因为它在那里！"）。

然而，有一种美国长篇小说体裁很适合用来做范例。我认为，可以把它追溯到托马斯·沃尔夫（Thomas Wolfe）的自白体修辞和福克纳一泻千里的"绵长句子"——名副其实的"语言的尼罗河，泛滥着、灌溉着真理的平原"[4]。这并不是说，现代美国"长篇小说"起源于沃尔夫或福克纳的小说。［德国作家乌韦·约翰逊（Uwe Johnson）曾对我说："我从福克纳那里唯一学到的东西是，你可以连续好几页用斜体字写小说。"］

更准确地说，在这里，冗长的"自由间接文体"流取代了任何经典的意识流，并允许你用散文的形式一页一页地叙述主角的"想法"。如果我把这种作品的奖项颁给乔伊斯·卡罗尔·欧茨，这并不意味着大多数现代美国小说没有以这样或那样的方式沉迷于这种语言和叙事的"生产力"。

我想，为了对超级小说——包括华莱士和品钦，但排除大多数其他具有美国特色的作品——进行合理的界定，我们必须将它嵌入一个新的文类

316

系统；史诗、戏剧和抒情诗等古典文类通过一种关系互相界定，但同样在这种关系中的小说却在自己孤独的形式中孤独着自己的孤独，从未完全在理论中占据一席之地。

对于超级小说，这个系统已经以其名字命名了；在这个系统里，极繁主义与极简主义进行了富有成效的斗争，一方在与另一方的关系中庆祝它的胜利。这就是说，超级小说若要找到存在感，只有以某种方式明确地界定自己与极简主义之间的既对立又统一的辩证和寓言关系。它必须把篇幅这一非主要元素变成一个有意义的主题及其内容的组成部分；在我看来，这主要发生在那些特定的历史时刻：叙述者或一号主角的模范性——确切而言，典型或常态——被认为有不实之嫌，并以某种方式被抹黑，从而备受质疑，《铁皮鼓》（*Drum*，1959）的情况就是如此。在这部小说中，没有出现一个普通的德国人因为最初向希特勒政权妥协而仍然被认为是可靠证人的情况（或者说，不可靠的叙述者被设计成这样暴露在我们的视线下，从而让我们回到"可靠性"的传统价值标准上，在此意义上，这个德国人甚或是一个不可靠的证人）。因此，证人必须是一个怪胎；他在历史之外，由于他不再长高，且有特异的发音功能，再加上他的出生地（位于欧洲国家体系中被遗忘的"卡舒比"边缘的不寻常地带——但泽），他被置于次要地位。

在《午夜的孩子》（*Midnight's Children*，1981）里，这样的出生地自然是克什米尔。在一个从一开始就具有最绝对的边缘性而不是客体性的社会和历史情况下，除了"新印度人"（第一个出生在独立民族—国家的人）这种模棱两可的身份，面对印度教和伊斯兰教的严峻抉择（又因为无法确认的父系血缘和家庭关系），再加上身体的各种异常，拉什迪的主人公足以成为一个可靠的不可靠证人（a reliably unreliable witness）。事实上，可以笼统地说，随着战后企业化和制度化的日益加强，个体原来的形态——古怪、越轨和排斥——已不复存在，只有某种特殊的和实在无法分类的特征（甚至"特征"这个词也不尽如人意）有资格成为一个无可置疑的阿基米德支点，从而参与叙事。

美国肯定与这些传统的民族国家大不相同，超级大国就是国家类型和集团关系的大杂烩，因此，我们的超级小说似乎需要在身体或道德规范方面有更大的超越。斯洛索普的病态非常复杂，以至于需要一个实验性的史前史将其完全从"本质"中移除；哈尔的平凡和非凡——高中生加网球天才——使他成为历史化的霍尔登·考尔菲尔德，又通过华莱士不合时宜的道德主义和清教方式将他整个从置身其中的毒品和阴谋的封闭世界中解救出来，因此，哈尔是"本质"的历史怪胎（而不是身体上或实验性的）。然而，只有依靠这种艺术性极强的反常性，《万有引力之虹》（*Gravity's Rainbow*，1973）和《无尽的玩笑》（*Infinite Jest*，1996）才能凭借自己的努力从传统的长篇（或超长篇）小说类别中脱颖而出，成为极繁主义的丰碑，勇敢地向极简主义挑战，而应战的大多是失败者的短篇故事的陈旧伤感——很遗憾，这就是那熟悉的和完全制度化的美国类型。

然而，无论这些类别的命运如何，研究它们的起源却是有启发性的，特别是二战在我们一直研究的文类变化中（还有其他文类）似乎具有特别重要的地位。因此，有必要回顾一下吉尔·德勒兹在影评著作中提到的那个时刻：为了给伟大的过渡性事件的叙述提供依据，哲学家发现自己不得不处理经验主义历史的偶然性，即从运动图像（电影现实主义）到时间图像的转变（一种新的自由——尝试和把玩现实主义叙事的旧形式）。他概览了现实世界中这一转变的柏拉图理念，在意大利新现实主义中找到了这两个维度在策略上的互动，并提出了过渡中的五个因素，这些因素既是历史的，也是形式的：统一情境——感觉中是这样的——发生分解；感觉—运动关系变弱，或者换句话说，作为行动者或中介的身体的统一性变弱；出现了行动的替代物——空间"闲逛"（*balade*）或者游荡；感觉插在我们和世界之间的陈词滥调和媒体形象日益增长；以及最后，意识到一切都变成了叙事，即我们认为是静态的事实，实际上是一个阴谋。[5]

显然，这些变化或新特征，预设了叙事，而它们就是叙事的结果（即使德勒兹不想称其为历史）。应该注意的是，德勒兹遵照法国现代文学史的特点，没有对现代主义和现实主义的时间点进行划分，而是似乎将两者的中断与二战的某个更有决定性的间歇相连。显然，在法国，普鲁斯特是巴尔扎克的忠实读者，而巴特（肯定不是小说家）是左拉的铁杆粉丝，在其他民族文化中分离的现实主义和现代主义序列在波德莱尔和福楼拜时期融合；因此，他提出的与这种连续性更全面的断裂不能用"后现代"这

318

个词来指称（因为不管怎么样，这种断裂在其他文化中要晚得多——在1980年左右）。不过，他的故事甚至也可以用不同的方式来讲述（本着他自己对无所不在的叙事意识——事实上，是对叙事的相对性的意识——的认同）。因此，当他意识到从感知到时间的运动时，也可能将同样的运动构想为从行动和现实的时间概念到空间概念的运动。但这些只是在一个断裂比连续更重要的情况下同一基本断裂的不同编码或不同体态（aspectualities）。

既然我们在这里的讨论大体上是针对战后的（霍布斯鲍姆认为这一时期涉及人类历史上最彻底的经验变化[6]），那么很显然，我们可以通过其他方式来叙述这一变化，如技术、信息、互动等等——顺便说一下，这其中的任何一种都可以对我们在这里重点探讨的更纯粹的形式上的或文学—历史上的叙述产生影响。（我们并不觉得特别有必要采用德勒兹对这种变化结果所做的理论说明——他称之为**时间图像**。）

然而，德勒兹把他对电影的认识放在一个有机统一体的符号之下，它是正处于分解中的行动的统一体，同时也是一种情境的统一和该情境中中介的统一。（在我看来，他之所以这样做，是因为我们正在讨论的媒介——电影——的本质将行动与运动本身的希腊式认同强加给了他。）因此，他一方面提出了中介机构的解体，即一个身体逐渐分裂成各种感官，从而使视觉成为主导；中介失去了统一行动的感觉，弱化为在空间里的无目的位移（"闲逛"），成为一个"闲人"（flâneur），原有的计划逐渐在对陈腐和刻板的中介以及叙事的相对性的认识中消解。另一方面，他认为情境本身——中介、行动和环境在其中已经形成了一种共生的统一体——瓦解成一个匿名的空间背景，一个没有特殊意义的地方（anyplace）[7]，失去了所有的意图或计划（而正是意图或计划让情景可以被理解为一个场景或各种行动展开的统一场所），也失去了在我们称之为"历史"的更大的、可理解的整体性中的行动，甚至不再考虑对传记的统一性而进行的私人规划，比如职业、生活、爱情、冒险，或者在后现代生活中仍然可用的任何其他"小史诗形式"（卢卡奇语）。

对德勒兹来说，正是通过所有这些特征的分解，人们突然瞥见了我们称之为"时间"的不可命名和不可理喻的现实存在。但是，我们可以设想以其他方式将所有这些特征重新组合起来：要么从身体层面，即在本雅明或威廉姆斯所谓的**经验**里，要么从空间层面或"危机"情境层面。这些重组或"整体化"方式在某种意义上都是选择，但它们无疑是基于这种或那种重组所需要的任何原材料的实用性而做出的"不得已的选择"。

320

我认为，正是"片段"（episode）的概念支配着我们在这里想到的解决方案，它提供了一种可能性，即把那些可能被简单地称为碎片、零件、对失去的统一体的幻觉等东西转化为至少在美学上可以理解的形式。作为碎片和无限延伸的辩证统一体，片段就构成了这样一种可能。不过，人们首先注意到的是，形式问题的条件已经被修改：量（quantity）现在优先于质（quality），因此，甚至像君特·格拉斯这样的作家，尽管是一个极繁主义者，但当他不按比例将一个个片段堆积在一起时，仍然可以称为极简主义者；而同时，《铁皮鼓》关于二战后的篇幅急剧缩减，似乎是书写战后故事的偶然日期导致了这一突然的终止——萨尔曼·拉什迪至少提供了一个日期帮助我们来理解，即主人公的年龄。至于奥斯卡，他在后来的书中作为一个年老的色情电影制片人再次出现①，这只能说明与质的优势不同，量有其自身的优势。

然而，不能因此断言质本身完全消失；相反，它经历了物化的巨大转变，从作为一个整体的作品的文体精神变身为一种有形的东西——一个主题或一个特征，从而以这样的方式把自己重塑为一个寓言符号，因此，质或风格——它们的多样性支配着每一单个的片段——的序列本身就成为一种叙事结构，吸纳合适的寓言元素。就像名字为物化提供了事实依据一样，这种风格的物化也使拼贴（pastiche）成为意义的载体。我强调这一点，是因为我对后现代主义作品中拼贴作用的描述让有些读者认为我对之持完全的否定态度，认为我对拼贴的评价就是：东拉西扯。

在这一点上，我觉得有必要为读者提供一个过渡性的例子。在这个例子中，看似陈旧的情节被巧妙地改编成了质的蒙太奇，变成了一系列的拼贴画，而毫不奇怪的是，这些拼贴画本身是一个有关被命名的情绪蜕变为

---

① 指的是君特·格拉斯 1986 年出版的小说《老鼠》（*The Rat*）。

321
情感的寓言。这是一个事件向其自身形象或拟像的蜕变，它可以被最形象地理解为音乐在文字上的叠加（想一想尼采和本雅明的预言：悲剧或悲悼剧将在情感的语言——旋律——中找到它们的未来、它们的升华和死亡）。

《三分钱歌剧》（*The Threepenny Opera*，1928）是展现拼贴的自我增殖的绝佳例子，它被阿多诺誉为自贝尔格的《沃采克》（*Wozzek*）以来最伟大的音乐盛事。在剧中，拼贴如同覆画（palimpsest），布莱希特的文本叠加在约翰·盖伊（John Gay）的 18 世纪原作上，而韦尔（Weill）的乐曲则依次叠加在布莱希特的文字上，每一层都通过与前一层的关系保持着距离。由此可见，这个结构本身就像是对黑格尔的"扬弃"的一系列戏仿：前一层的真理既被消解又被保留。

韦尔的音乐不只是表达了布莱希特歌词的精神；它将歌曲分成不同的文类，同时将布莱希特当时尚未完成的史诗剧的片段完美地重新整合为魏玛"爵士乐"风格。因此，每个片段都将事件和旋律融为一体，形成了**同一**和**差异**的不可分割性，创造出独特的蒙太奇魅力，并使这部作品超越了讽刺剧或音乐剧、说教剧或主题戏剧的单调文类［适时的"《圣经》选读"是皮丘姆以另一种独特的体裁，即布道的形式演绎的，它让人想起詹姆斯·乔伊斯或赫尔曼·梅尔维尔（Herman Melville），甚至亚伯拉罕·阿·桑克塔·克拉拉（Abraham a Sancta Clara）］。

从技术上讲，虽然《三分钱歌剧》在布莱希特戏剧的演化过程中比所谓的史诗剧的全面理论化要早，但它在表演方面确确实实创造了独门绝技。因为，虽然担任某一角色的演员的身体和很容易辨认的特征使他贯穿全剧的行动具有连续性，然而，作为一个集表演和演唱于一身的多面手（我们现在称之为"实力派演员"），他不仅要有丰富的表情，甚至还要有多重性格和多种角色类型。［正是在这些方面，他从一个场景到另一个场景的舞台呈现——"戴着面具前进"——将在史诗剧中发挥作用，演员的多才多艺被冠以华丽的称谓：演技和"姿态"（gestus）。］

这就是为什么我们在观看这部音乐剧时，总觉得有些不对劲，特别是主人公性格的不一致，但这种不适感被摄人心魄和气势磅礴的音乐迅速驱
322
散并消失殆尽。盖伊的原作塑造了一个对现在的我们来说最熟悉不过的罗曼蒂克式坏蛋，并把一个反社会的边缘人物变成了英雄。如果说布莱希特

只把这个浪漫的英雄重塑成了一个资产阶级，而不把对资产阶级犯罪行为的整个批判也包括在这一再现性的改编中，那就过于简单了；显然，这部作品的主题和最终寓意是一大谜题：与创办银行相比，抢劫银行是一种什么罪？

但是，当涉及逐个场景的表演性时，麦克希斯是一个复杂得多的人物。著名的开场小调将他描述成一个连环杀手、家喻户晓的可怕恶棍，他不再是出没在乡间小道上杀人越货的响马，而是混迹于大城市——实际上是典型的帝国主义大都市——的下层。然而，这并不是我们在舞台上看到的麦克希斯。他第一次出现在我们面前时，是一个临时筹办起来的资产阶级婚礼中的耀武扬威的新郎和一帮狐群狗党的首领，正在用偷来的资产阶级的上等奢侈品布置借来的作为喜堂的剧院。但随着他的老战友警察局长的到来，我们知道了他的过去：他曾是帝国的战士和殖民者，他无情地铲掉了他所遇到的所有"新种族"（布莱希特的伟大典范吉卜林的影子！）；但现在情节发生了变化：他犯了一个错误，从一个大家族那里偷来了他的新娘，这个家族是管理着一个犯罪集团的贵族，它就是皮丘姆家族，是一个组织严密的丐帮（或者腐化的工会，如果你愿意的话）的老大，而他，麦克希斯，只不过是一个偷鸡摸狗，有盗贼恶名、干不出什么大事的无赖！因此，我们的主人公现在被推入完全不同的情节：一介草民胆敢与女继承人私奔。然而，这些截然不同的文类范式都是通过自我戏仿的方式来传达的：它留下的光晕（aura）不是情感本身，而是对后者的记忆。

我们期待的理应是一场有关逃跑和迫害的戏剧，但是没有，我们看到的是另一个麦克希斯，一个不同的麦克希斯，一个逍遥自在的资产阶级贵族，尽管处于危险的境地，他还是像往常一样每周四去妓院，在那里他是一个尊贵的老主顾，享受着亲切的关爱，日常生活的舒适和家庭的温馨被这个登徒子置之不顾并蒙上阴影——皮丘姆太太不朽的"性迷恋小调"就不祥地暗示了他的行径。

然而现在，过去如同一个新的层面被揭开了，以证明这个依次承载不同种类的无关联内容的角色是多么有用［好像是一个名副其实的"杂耍蒙 *323* 太奇"（montage of attractions）］：麦克和他的相好沉浸在怀旧中，抒情地回忆起那个田园诗般的过去。在那里，了不起的麦克希斯只不过是她的皮条客，他们住在一起，享受着迥然不同的温馨的家庭生活，"我是保镖，她是经济支柱"；如今，令人黯然神伤的是，那些日子一去不复返了。然而，在这种极度的不连续和偶发事件的美学精神中，突然出现了另一个音符，那是真爱的最崇高的音乐，它在一瞬间将这两个可怜的人儿和他们愚蠢的话语提升到永恒的高度：

> 天长地久还是一时半霎，
>
> 无论我们在哪儿，都丝毫不差。

[歌词暗示《马哈贡尼》（*Mahagonny*）中伟大的浪漫主义之歌——《仙鹤之歌》。]

我们不妨停顿片刻，郑重其事地思考一下这一在任何情况下都不能将其心理化的场景。如果这里有寓意的话，那也不是后现代主体位置的多重性，甚至无关多重身份的主题讨论，就像彼得·斯坦因用两个演员来演绎歌德的梅菲斯特的两个形象：一个沉湎于浮士德自己的欲望和计划中；另一个则冷酷地操纵着它们，以期走向堕落。

这一场景也没有真正表现出布莱希特的早期作品《人就是人》（*Mann ist Mann*）中深刻的和建构主义的思想——该剧实验性地展示了将一个人分解并重构的可能性，在这种情况下，憨厚老实的鱼贩加里·盖伊变成了英帝国主义的嗜血工具。《人就是人》论证了反对（当时尚未定义的）人格同一的后现代案例；然而我认为这一经验为另一种呈现——对行动和经历的再现进行实验性的解构，并将"真实感觉"的真实性及其文类还原为纯粹的、其实是其拟像和情感的图像——提供了先决条件。在这里，众多的形象各异的麦克希斯们让人联想到一本有关伟大的性格演员的经纪人手册。

接下来看看这种资产阶级娱乐方式的可预见的意识形态高潮，存在主义是其中的一个方面：麦克最终要成为打入死牢的贫穷市民，他的苦恼在维庸（Villion）的可怕民谣中得到了生动的表达，只是为了符合布莱希特歌剧的特征而有所改变，即没有提到他向警察求饶——他倒是恳切地祈求用铁锤砸碎他们的脸。

但是，同源双链（homo duplex）的资本主义文明能够预测到两种截然相反的结果：在个体因死亡焦虑感到恐惧和瑟瑟发抖时，称心如意和欢天喜地的大团圆结局也总是会出现："骑马使者"带着国王的赦令赶来，麦克希斯幸免一死，大家从此过上了幸福的生活；后来，通过《三分钱小说》（*The Threepenny Novel*）更复杂和更有成效的策划，在这个情节中出场的人物又聚在了一起。

因此，布莱希特充满矛盾的冒险活动圆满结束。他的伟大口号是："在填饱肚子之前，不要说教！"然而他自己的说教（就是这个寓意本身！）却通过皮丘姆及其伪善被偷偷塞进了《三分钱歌剧》这部自主性作品中，因此，与其说这是心理特征，不如说是资产阶级的资本主义的结构特征——通过戏仿说教的方式进行说教。

不管怎么说，从形式上看，我们在此要向《三分钱歌剧》中的这一（也许应该说是从古代文学实践中重生的）情节致敬，它是极繁主义和极简主义的综合体：它是最小的分析单位，但可以在一种黑格尔的"坏无限"的美学版本中无限地增加，指向一个想象的整体性，就像极简的解决方案把一个想象的虚无设定为其终点一样。

给这种解释带来似乎难以解决的哲学问题是片段、寓言和情动之间的三角关系。三个极点中的每一个都与其他极点对立，并反对这三者在理论和历史上有任何紧密的结合。无论片段的碎片化倾向是极简模式还是极繁模式，似乎都会削弱任何在相关作品中寻求可理解的序列或系列的阐释：寓言肯定是一种独特的、第二等级的序列，在这种序列中，一个看似属于外部的结构——类似于旅程的叙述形式或像救赎那样的某种更抽象的概念——保证了作品的统一性。那么，在片段方面，它在多大程度上可以加入这样一个更加统一的组织结构而不丧失其自主性，这始终是一个问题。 *325*

但是，从情动的角度来看，如果把片段看作是具有同一性的整体的组成部分，那么，对这些片段进行同一化将会受到质疑。情动在历史上的出现，以及它本身作为一种现象的概念化，其驱力是对那些抽象之物及其命名的抵制和否定，在这些名称中，被命名的情感被视为物质，从而被编成各种类型的系统。于是，情动作为一种唯名论而运作，与被命名的情感的共相形成对立，而任何试图区分各种情感，以期将它们排列成对的（积极的—消极的、悲惨的—喜悦的、平静的—激动的、无聊的—狂热的）粗略和笼统的做法，都会损害不可命名的经验的独特性，并与新的感觉的实质相抵触，而后者本身就是将一个普通的行为还原为许多独特和不可比拟的时刻的推动力。因此，若要真实地表现情动，唯一的途径就是与被它削弱的传统命名情感形成对立，这样的话，它本身就只作为一种寓言现象被理解，即一个仅具有象征性的对立的极点。

这些哲学上的困境（或矛盾）解释了为什么新的情感寓言在结构上永远不可能得到一个真正一致的和令人满意的说明，而只能是一些独一无二的解释，这些解释是无法分类的，原因在于它们是从各种特征的偶然结合中产生的，是不可重复的，在文类上也没有归属。这样产生的作品最多只能从拼贴和对文类的记忆中——而不是从任何预先存在的形式中——获得动力。他们的内容成为内容的拟像，而不是任何客观的社会现实。例如，在这里，正是阶级和历史的联系——新生的、未成熟的资产阶级和独特的政治局面——在"魏玛"的文化模板中相遇，使《三分钱歌剧》作为取材于这一时期的"生活"的典型事件和社会环境的画册获得了短暂的统一，再加上改自18世纪原作这一保证（就像《尤利西斯》对《奥德赛》的合法使用），该剧获得了它所需要的所有切实可行的统一。

◆　　　◆　　　◆

326　　　因此，我们可以说极简主义和极繁主义好像是站在同一条街的两边，尽职尽责地敲打着形式和材料之可能性的大门：也许在词语和句法的诗学层面上，它们的对立更加明显，比如策兰（Celan）或翁加雷蒂（Ungaretti）散碎的音节与阿什贝里（Ashbery）或蒲龄恩（Prynne）那让人读到断气的连绵伪句（pseudosentences）形成鲜明的对比，他们喜欢为句法而句法，制造出数不胜数的语言拼贴和由杂乱信息构成的蒙太奇。现在的人特别喜欢讨论沉默（相当于人文主义批评中的"死亡"?），但有关沉默的看法通常是自命不凡的，而且它似乎仅仅是理论和文学批评的巴特式符号；语言的物化似乎为进一步的探讨提供了更有用的线索。

无论如何，这种短小与冗长之间特有的辩证性对立至少为后现代的寓言分析提供了一种可能性，在这个时代，对文字层面——事实上，是字面意义的任何形式，比如真理、现实、经验性存在等等——的笃信，都会受到各种刻薄讥讽的质疑，这在德勒兹有关意义的因素中就有所体现——那些因素破坏和"分解"字面意义的确定性，使"虚构"这个词（还有其他词）变得可笑和无效。

基于此，我来谈一谈小说中常有的一个矛盾，这个矛盾值得探讨，但一直没有被认真对待过：我指的是单个句子和整体情节的不相称。前者应该是对后者的表达，就像影视作品中对某个片段的拍摄展示了故事板的意图，或者一出戏的表演呈现了其文本或脚本的内容；但我认为这种特殊的对立有更深刻的哲学上的推论和含义。如果这是一个诠释学问题，可以把它改编为感知上的经验性和理想的整体性之间的差距来重演；我认为情况也是如此，解读的二律背反只是作为一个例子说明了浅显易懂的传统现实主义在当今的瓦解，抑或是唯物主义和唯心主义之对立的消解——在某一历史情境下，它们都不再提供任何明确的意识形态选择，它们本身已经被理解为在一个意识形态困境中相互勾连的、有辩证关系的对立面。事实上，我们可以将这种无处不在的二元性放回到它在政治中的位置，并将其重新编码或重新确定为日常生活的不可通约性——个人主体的存在经验——以及资本主义世界体系的巨大的无形总体、金融或信息机制的网络、军事联盟甚至战争伙伴，它们相互依赖以保持军事投入的持续，以延续竞争，而竞争本身就是某个统一体制（确切地说，是一个矛盾）的逻辑。当这种不可通约性在其他层面——有时是和完全不同、互不相容的人员——展开争夺时，它所采取的政治形式总是试图解决一个地方性的社会问题——它有自己认可的人物、英雄、盟友、恶棍等等，而且总想协调某种全球性的反资本主义战略或亲美策略引起的意识形态利害关系。 /*327*/

不管怎么说，当一个人为了句子而逐行阅读时，或者在另一方面，就像伊莉莎越过冰封的河流一样，把它们当作垫脚石，从而尽可能快速地来到叙事的结尾处，这不仅仅是兴趣或关注的问题。我经常以福楼拜的作品为例，探讨阅读速度如何影响人物的特征——他的名字也是其特征的一部分：在一种节奏下，提供了现代的现实主义样板；在另一种节奏下，是对五味俱全的新生现代主义的欣赏；而在其最慢的节奏下，萨特在谈到每个句子之间的巨大差距时发现了后现代性（那些致命的沉默！）。

但是，当我们评价极简主义和极繁主义之间的张力所蕴含的意识形态意义时，卡夫卡却是一个更加中肯的例子。基于标准的现代主义来阅读《审判》或《城堡》，将其确定为这种或那种形式的令人窒息的存在主义噩梦，阅读速度要慢得多，这不仅是卡夫卡的卓别林式幽默（只有托马斯·曼愿意公开认可这一点），也是一种超逻辑的推理过程，在这一过程中，替代性叙事的可能性被不断权衡和尝试（我在其他地方分析过这种风格的特殊性）。[8] 这种超逻辑推理具有超理性，与叙事现实主义层面上的梦一般的过程完全不一致。

卡夫卡小说的深刻的寓言特征就取决于对超逻辑推理的选择。每个人都知道传统意义上的"阐释的冲突"，对卡夫卡的评论几乎从第一次发现他的作品时就被固化为这种冲突，它将偏向于宗教角度的阐释——《城堡》中的统治者和《审判》中法庭的最高审讯均被塑造成不可知的神的形象——与政治—历史爱好者的阐释对立起来，后者认为这些寓言——一个是城市的，一个是农村的——是奥匈帝国官僚机构的写照。或者，如果你想把这两种观点合并为对压迫和无形统治的更普遍化的认识，那这就是有关个体或存在的阐释，在这种阐释中，上述观点表达了对人类生存条件的焦虑，甚至暗示了卡夫卡个人的神经官能症（像阿尔伯特·加缪一样，他患有肺结核）——作为一个官员（他为国家保险公司工作），卡夫卡在死刑判决下度过了他的一生。

所有这些"阐释"——我得赶快加一句：它们不是随心所欲的，而是文本要求的，而且我们必须在任何单一的解释符码中对其进行全面的和象征性的阐释——将被安排在我们寓言系统的最后两个层面：很明显，传统的解释要么属于"道德的"或个体的层面，要么属于"奥秘的"或集体的层面。换句话说，它们是前两个层面——文本和寓意——的次级投射。

毫无疑问，在某种意义上，卡夫卡的这些作品，以及任何数量的现代文学的经典文本，对我们来说都是"神圣文本"。对它们的文学评价（"伟大作品"或杰作）只是我们更深层次感受的最明显的症候，即它们在某种程度上仍然以特有的方式表达了一种现代的真实性，是某种无法确诊（更不用说可治愈）的疾病的正式证明和珍贵的发热情况记录表，如果没有它们，那种真实性将会变得非常不可靠。

但是这种神圣文本处于什么文本层次上呢？凡俗世界的人们只能理解

以最武断的方式强加给他们的意识形态共识，在这种社会诞生的文本，打开其寓意的钥匙是什么呢？我认为正是极简主义与极繁主义之间的对立能消除这些貌似不能决断之处的歧义。字面层含义将会不同，这主要是看你是否将字面层含义交付给单个句子本身（这是极简主义维度），还是交付给叙事（这是极繁主义版本）。在这一点上，另一组选择将会成为打开字面层寓意的钥匙；你的阐释体系大厦将会要么演变成政治—存在的二元论（我在前面已经说过），要么演变为文学史，记载来自凡俗世界的原材料给现代主义带来的形式问题和有关资本主义各种矛盾的问题。我想表明 *329* 的是，第一种选择似乎更加具有历史性，而且具有传记特点，它实际上是一种带有理想主义色彩的人文主义建构，跟解读加缪的《鼠疫》所要求的阐释结构没有特别大的不同，即一种隐秘的三分制，因为道德层和奥秘层都被纳入各种所谓人类境况这一说法中。第二种选择似乎具有形式主义和形式化的特点，它才是真正"唯物主义的"或"科学的"，或者至少实实在在具有政治特色，这一点我认为毫无疑问。但如果能把两者之间的差异说得明明白白，让人心服口服，就更好了。

到目前为止，我们还只是在对当代的阐释实践做纵向分析，其寓言结构只是为了对抗世俗相对主义，在这个意义上，我们就可以把虚假的意识形态冲突当作许多有辩证关系的对立面来看待，从而忽略那些冲突，并把阐释性的决定放回到真正的政治选择的具体空间里。这样的话，分析不需要只局限于文学对象，而是在总体上适用于社会领域的普遍问题和现实。

但我还没有处理更具体的和当代的后现代阐释问题，在这样的阐释中，愤世嫉俗的理性和激进的去政治化那看似后意识形态的情绪引发出了这样的结论：阐释不再是可能的，或者它不再是可取的，或者，最后，它是如此民主地普遍存在着，以至于被完全贬低，从长远来看，它在政治上没有价值。"让文本成为它自己的阐释"这一结论在文本和阅读的领域里是行得通的；而这正是我的立场，即我们不把寓言式的阐释强加给文本，而是文本在今天倾向于寓言化自己。

如何从一连串的品质或情感中形成一个叙事？我已经提到了勋伯格的

音色旋律这一绝佳理念。但如果我们想使用其他的音乐类比，也是可以的。例如，西贝柳斯的玄妙的第七交响曲，他故意用它来结束他的职业生涯。他最后三十年的创作生涯是在沉默中度过的（也许这并没有什么象征意义）。它的单乐章集合了所有板块的单个主题的发展，其中任何一个本来都可以展开，进而形成一个完整的奏鸣曲式的"发展"，但它们的结尾都来得比较仓促（这种不完整带有挑逗性，让人欲罢不能），像海浪一样彼此相随，每一波都留下熠熠生辉的碎片和闪闪发光的泡沫，投射到未来的对抗性激流中，就像一种不可思议的动力预示着那从未来临的高潮和复归，由此造成某种莫名的心神不宁，这种情绪产生极度的亢奋，继而被一个无确定结果的结尾打断——不过这仅是一个停顿，就像尼尔森的作品《不灭》（亦即他的第四交响曲）一样，这个停顿好比海水被猛然抽干，大海干涸，然后海水又被倾倒回去。

330

但是，通过数字及其看似理性的属性来分析这一切可能会更好。事实上，经常有人问我，是不是因为我对数字命理学的痴迷促使我经常使用两个不同的四层系统，而这两个系统之间似乎没有任何关系：格雷马斯矩阵和此处的四层系统。这是有答案的，而且它与后现代性中的两个转变有关，在我看来，这两个转变既妙不可言，又必不可少——它们就是差异和空间性。

后者与视觉图式和德勒兹所说的"绘图学"（diagrammatism）相关，这在结构主义（或法国）思想家中非常明显，而在辩证（或德国）思想家中却不那么常见。我认为这种倾向反映了一种全面的空间化取代了现代主义本身对时间性的关注和体验，而"写作"只是空间化的一种方式。这与共时性取代历时性有关，费尔南·布罗代尔（Fernand Braudel）用专业理论和学科的大量涌现来解释这一演化，这些理论和学科把对简单的线性原因，以及原因的简单的线性叙述的寻求，变成了多种"因素"（包括时间因素）在思维的非时间性的当下的结合点或聚集点。[9] 那么，在这一点上，这些因素之间的关系需要在时间中被直观化而不是简单垒叠，避免像哥特体的汉字那样难以辨认。因此，空间就有了很多同义词，对这些同义词的翻译晦涩难懂，其替代词也语义不清，我们必须把它们连贯起来，形成格雷马斯矩阵中的铰链，就像中介一样使一个逻辑语境或关系过渡到另

一个不同的逻辑语境或关系，从而使整个系统浮出水面，清晰可见。关于　*331*
这种盛行于理论界的图解实践，本可以引起更多的重视，但是旧式哲学更
喜欢逻辑论证或推理，即时间中的命题步骤。

但这还不能解释战后出现的差异优先于同一的现象；为此，我们需要
回到黑格尔和辩证法中的关键点：同一让位于差异，而差异变成了几乎不
加掩饰的同一（首先，同一通过它所不是来定义自己；然后，差异要求某
种同一不仅仅是差别、对立和矛盾；最后是回到原点）。[10]　四层面的问题
就在于此：它们把差异连接起来，似乎只为思维提供了最机械和最武断的
层次间的中介——在视觉上是并列的，几乎不为自己说话，也不解释自己
的立场。

回到仍然围绕着象征和寓言之间的差异而展开的论争（隐喻作为象征
的内在逻辑，其声威让论争变得愈加激烈），我们注意到，差异依赖于纯
粹的心理学论证（换句话说，以某种方式预设人性为其基础的那些论证），
其说服力取决于相似性的逻辑：在认同过程中，隐喻的确是一个时间
点——差异由此变成相似。

不过，寓言一开始就转向了差异；而充满明确否定的格雷马斯矩阵适
合用来分析寓言，因为正是这些层面的模式——主体性或集体性、叙事和
意识形态——之间的明显差异，变成了对其更隐秘的同一性和从属关系的
探索。寓言是扫描仪，用来查找各种差异和否定；隐喻是一枚引爆的榴
弹，让你短暂失明。在隐喻中，你不会走得更远；而寓言则跟随每一个认
同进入其差异——以及（比如在格雷马斯矩阵中）其差异的差异——的下
一个层面；它的叙事是对不同结果的叙事，但跨变扰乱了叙事层面，把我
们留在意想不到的地方，特别是在那缺失的第四个地方，即我在别处谈到　*332*
过的否定的否定（见附录 A）。

但是，格雷马斯矩阵和一般意义上的寓言取决于另一个完全不同于非
常直观的相似性的原则——那就是存在歧义的同义性，在这个地方，大量
的词语就像众多的影子或死者的魂灵一样挤在一起，它们的差异互相推
搡，试图占据核心能指——不一定是一个词，但词是最方便的说法——的
位置。结果是，就像仪式性的神鬼附身一样，运动发生在能指本身的多重
特性中，并彰显了它统辖不同语境的能力。这远不是拉克劳（Laclau）和

墨菲（Mouffe）的空洞能指，这是一个装得过满的容器，对它的联想向四面八方涌出，寓言结构在那里进行组织和引导。这就是本雅明所说的"寓言深处的辩证运动的暴力"；它是不同大众的逻辑，其中每个群体——从儿童到成人——都为自己拿走了一些东西。如果"普遍性"这个词没有乏味和诋毁的双重含义，我就使用它：但普遍性肯定是寓言性的，而不是只有一个意思。然而，无论如何，寓言终归都是政治的，在其最后的、奥秘层的步骤中重申了对集体性的要求。

不过，这两种图解似乎没有什么共同点，而且是为了完全不同的目的而构建的——视觉上的结合不足以使这些目的保持一致。我认为我们必须在此将格雷马斯矩阵调整为一种不同的否定，我称其为"审美的"或"文类的"否定。一个术语对另一个术语的否定（不管是绝对的还是以某种非常具体的对立和反义的方式）不是否定它的逻辑意义，而是否定它的文类一致性，这让我们想到了那个强大的好词——"不可通约性"，原因在于被肯定的恰恰是完全不同的维度彼此之间的不相关性。但这种不相关性本身就创造了一种新的一致性，因此，我曾试图用"差异但相关！"（Difference relates!）这个口号来表达这种一致性。新的关系就是在对极其不一致的情况进行梳理时产生的，比如我们认为《圣经》中记载希伯来人的事件的历代志与讲述耶稣生平故事的文类（人物传记和圣徒传记）之间有不可通约性，在此，我们必须避免牵强地将后者与第一部叙事中的革命性主角摩西的事迹相提并论，因为摩西的故事是有关另一种成就的寓言。在这里，最重要的是，集体的历史和个人的生活——甚至是具有超自然属性的生活——在形式上没有任何共同之处，而正是这种根本性的差异使得它们在这里的交汇变得如此妙趣横生。

因此，否定在这里指明了从性质上而不是逻辑上将各层面区分开来的东西，点明了是什么既导致了阅读过程的转变又强化了对多种文类而不是内容及其一致性的关注。因此，有关希伯来人命运的历史大事记在其吸引力和类别接受方面与一个当地的信仰治疗师及其弟子的圣徒传记体生平事迹大不相同；但同时，历代志与内在生活和灵魂状态的关系不大。然而在文类上，耶稣的生平故事也有一个对立面；它是整个人类的命运，是隐藏起来的第四个地方——末日审判。在这个意义上，四个层面相互之间在性质上的区别非常明显，如此一来，它们在阐释和寓意上的重合和叠加就形成了一张复杂的加盖过的邮票或印花税票，即一个有关世界史的叙事：

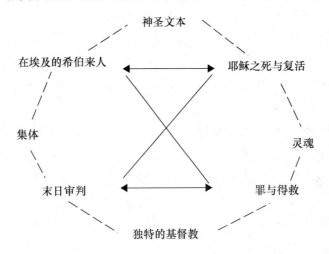

　　长寿（既归功于晚期资本主义药物学，也归功于萧伯纳式的毅力和生命力？）本应使我比那些阅历较少的人更容易接受历史性的东西，但相反，它让我开始越来越相信体现在阿尔都塞的名言——"归根到底起决定作用的经济因素从来都不是单独起作用的"① ——中的现象学和经验性的意义。传统上，这句话被解读为唤起了一种原始顿悟，在这种顿悟中，生产和基础将突然展现在我们面前，如临深渊。但我认为，这意味着我们从未对历史学有任何直接或直觉性的体验，那些看起来最接近我们或最生动的历史时刻——比如，1956 年在维也纳的一家旅馆里，一个孩子站在柱子旁，怯生生地问我："马扎尔人？"还有一次，1959 年 6 月，我在哈瓦那机场与大胡子们擦肩而过，却没能在市中心街道和商店的人群中找到革命的影子——将自己还原为经验性的细节，其客观性很快被主观性吞噬，变为自传性的逸事。记忆是不存在的。当然，后来整个社会都知道真实被过度发展的媒体没收，而媒体非常乐意将历史学的一瞥迅速变成图像，并将我们所有人卷入拟像（或景观社会）中。改变——众所周知，波德莱尔对

334

<hr/>

① 路易·阿尔都塞. 保卫马克思. 顾良，译. 北京：商务印书馆，2017：103.

豪斯曼的（真正历史性的）巴黎重建深表遗憾——逐渐变成了对描绘 20 世纪 50 年代和可憎的艾森豪威尔时代的怀旧电影的记忆，就像古希腊或魏玛的习俗一样，这两个时代让我们心生抵触，但它们自己却在陈词滥调和刻板模式的庇护下安然无恙。在拉乌尔·佩克（Raoul Peck）导演的精彩纷呈的电影中，青年马克思被描绘得如此感人，但片中的他仍然是一幅肖像画，被放在历史主义小说和好莱坞传记片中老套的故事框架里：你在那！街上响起一声呼喊！警察从远处跑来，惊慌失措的人们穿过一条荒废的大道，四下逃散！

情况就是，费尽心机地对著名"遗迹"——陶瓷碎片或杨德昌为拍摄反映日据时期的台北的电影而寻找的幸存的建筑，这些都曾是很多人为了纪念他们再也找不到的过去而想要建造（然后理论化！）的"纪念碑"——进行一番搜索和检查后，最终都没有找到用于测定文物年代的碳原子，也没有发现一点点有关原子能的标志物来证明某个地方在历史上遭受过辐射。

335　　我认为这是症候学面临的危机：我的推断是，至少对我自己来说，只有在过去留下的幸存的艺术品中才能找到足够的症候。但不是在它们的内容中，而是在形式本身极其缓慢的变化、发展或衰落中，在这个过程中，它们对真实的靠近或退缩要求我们接受再现，把它当作真实，并修改我在上一段提到的那类笨办法，以检测其不可避免的失败所蕴含的意义。

我以两部小说为例来阐明我的观点。通过文类信号（generic signals）和拼贴、借助极繁主义和极简主义的交替互补模式，这两部小说体现了寓言化的内部进程在后现代中的情况。我不想把它们称为后现代小说，因为"后现代"这个词在今天已经有了更具体的含义，也暗含更多的文类（就像"后现代"哲学被定义为一种独特的、新兴的犬儒哲学和相对主义哲学，这与那些以各种方式对待和回应后现代的历史状况的理论完全不同）。我认为"后现代小说"是一种特定类型的先锋小说或实验小说，这种小说为自己及其生产过程定义，并把叙事性的游戏作为其内容，与所谓的后现代哲学主张的"相对主义"没有很大的区别，后者的批评者认为它源于事实范畴对它的忽略，或者就小说而言，源于虚构。（小说或哲学话语的）特殊文类宣扬致力于修正现实——与全球媒体的新天地相关——的意识形态立场：它们本身就是美学宣言或哲学伦理学或道德程序，因此可以被视为意识形态。

　　然而，我选择的这两部小说不仅是后现代的症候，也是探索晚期资本主义这个无与伦比的新天地的工具；它们是不能重复的实验，是结构独特的实验室场景，无法在其作者的其他作品中复制，也无法为新文类的形成提供范本。

　　我把已灭绝的传统形式在后现代作品中的复兴称为拼贴实践，并试图说明这种实践如何回应且在许多方面复现了所谓后现代哲学中对多重叙事的相对性的关注，但在我的第一个例子，即戴维·米切尔（David Mitchell）的小说《云图》（*Cloud Atlas*）[11] 中，这种将旧的叙事形式转变为它们自己的原来模样的混成品，这种注重风格的实践——其自身就是再现的对象——成为内容和形式的自返性。构成这部作品的六个情节确实是对六种不同风格、六种不同历史流派的模仿，由这些部分组成的小说因而变为一种新的元小说，其叙事是文类和风格本身的序列，而不是存在于文类或者风格中的没有约束力的游戏作品（比如当代电影模仿经典的黑色电影，或者一部小说声称其内容里有当代成长小说的无穷乐趣）。 *336*

　　极繁主义作品的基本原则是从质到量的辩证转变，我们面对的是上千页的"袋装怪物"（亨利·詹姆斯这样描述他那个时代的俄罗斯巨著有点不够厚道），这对我们注意力的要求可谓霸道，在这种情况下，一本三四百页的书在当今算是比较短的，把它划归为极繁主义似乎有点悖谬。

　　但不管如何，《云图》让我们踏上了旅途：搭乘让人联想到库克船长时代的帆船，我们来到了难以想象的遥远未来，那里居住着反乌托邦群体和后末日部落村民。这样的时间跨度可能需要詹姆斯·米切纳（James Mitchner）用数千页来描写，与之相比，《无尽的玩笑》比较有限的年表，甚至《铁皮鼓》或《午夜的孩子》的纪传体规模都黯然失色。同时，我们会注意到，所有这些最新的和更称得上是极繁主义的作品都是由谱系（设若这是一个恰当的词）统一起来的，而且大体上还是对旧式的家世小说的突变性还原。然而可以肯定的是，《云图》摒弃了上述写法；它把情节的中断而非延续作为历史时间和变化的叙事媒介，不使用某种特别的炫技风格，而是采用了不同时期的风格和形式的连续策展性并置（curatorial juxtaposition）。 *337*

　　我们来详细谈一谈《云图》的风格和形式。在第一章和第二章中，小说采用旅行日记（或日志）和世纪末书信体叙事形式再现人类的过去。可以肯定的是，这是一个相对较近的过去（从新西兰到旧金山的航行，虽然看起来很古远，让人联想到 18 世纪，但实际上是 19 世纪的事情；而年轻的作曲家从布鲁日寄来的信件也把我们带到了久远的、早已结束的象征主义时代——尽管其直线距离很近）。然而，距离产生的这种效果在很大程度上支持了霍布斯鲍姆对二战给世界历史造成的变化的认识，这些变化是如此巨大以至于在它们之前——甚至 20 世纪——发生的一切都湮没在那遥远的、越来越陌生的、不可理解的过去。还应注意的是，前两章所模仿的两种文类是相对边缘化的，换言之，小说并没有以它惯有的方式——现实主义小说或交响乐——来展示其历史时刻，而是采用了不属于大众文化的次要形式。康德喜欢读游记，这种品味与成天待在一个城市里的生活是一致的；但这种品味恰恰证实了早期生活的不发达的空间：没有飞机和汽车，道路不畅，交通工具笨重，即使是像梅尔维尔小说中的那种事故频发的海上航行也只是非常有限的空间旅行的缩影。至于戴留斯（Delius）的音乐和第二个故事中的师徒关系、布鲁日的独特氛围、颇具巴尔扎克戏剧特征的被埋没的年轻才子以及他的维特式自杀——所有这些似乎也凝集和提炼出了各种浪漫主义和后浪漫主义或象征主义的美学，以及与当代生活和文化相去甚远的风景如画的地方或场景，而将这些元素统一起来的是有关残暴和剥削的主题。这一主题几乎没有人注意到，但它贯穿了这部看似缀段体结构的作品，在篇章中反复出现（"强者吃肉/弱者为肉"）。[12]

338　人们可能会想起福克纳的某部作品：作者将两部不相关的、卖不掉的小说合并成我们可以称之为"装配艺术"（assemblage）的作品，出版商为之倾倒，立即以书的形式推出；同理，戴维·米切尔是否有可能只是把一批不成功的少年读物粘贴在一起，按照某种或多或少可以接受的顺序排列和缝合起来？若果真如此，那这样的作品的确是天才之作；但在当今的策展实践中，这种装置艺术结构的出现，表明了某种历史发展趋势：各组成部分的性质与作为一个整体的装配艺术的价值，以及从这种并置想法中产生的那种不可重复的独特的理想形式的价值没有多大关系。无论如何，福克纳没有写过拼贴体作品（也许除了晚年），而普鲁斯特对这类作品的精彩展示［《拼贴与混合》（*Pastiches et Melanges*）］在于他对著名的同类大师的精湛模仿，如巴尔扎克或德·塞维涅夫人（Madame de Sévigné）。

　　"历史性"的前两章的边缘性让位于接下来的两章中对大众文化之主导地位的公开认可。这两章讲述了两个故事：第一个是关于公司渎职和阴谋的骇人听闻的美国故事，第二个是为了金钱而囚禁一个年老失败、怨愤难平的英国出版商的恶毒阴谋。这两个故事的区别在于前者特有的妄想狂、后者的阶级仇恨和民族主义激情；在对大企业和富有家族进行描述时，它们分别再现了调查性新闻和通俗惊悚小说的话语。可以说它们是在描述中找到了自己的现实主义，但与其说是对我们的现实社会状况的描述（尽管从这个意义上说，它们并非不现实），不如说是对这些状况的幻想，其间，作者将隐藏在公司内部的敌人和对年老带来的羸弱状况的恐惧——可以说是奥秘层和道德层——作为范例来讲述，引发了我们最深刻和最广泛的焦虑。 *339*

　　现在，我们来仔细看看这部奇书中的另一个不太明显的连续性系统：因为根据定义，拼贴作品势必会唤起时代幻想，并激起那个时代特有的各种恐惧和焦虑——拼贴作品将这些反应表现为文化显性性状。但这些联系和主观体验也必然需要传播和用于沟通的物质媒介，在此意义上，《云图》也是一部关于媒介的小说。它更深层次的连续性在于：每个故事都以不太明显的方式，通过一个物质性的沟通媒介与下一个故事联系起来。因此，第二章的年轻作曲家废寝忘食地阅读一部合订本图书，而书的内容就是第一章中的游记。第三章或阴谋章的女主人公从别人那里得到了一包信件，信件的内容传达了第二章的故事，而她的故事则以手稿的形式呈现给我们——手稿递交给了下一个故事中的受害的老年出版商，后者的痛苦经历则以生动的盖·里奇（Guy Ritchie）方式拍摄出来——充斥着各种英国口音，喧闹嘈杂。影片在一个电影库中幸存下来，传递给了一群像是朝鲜人的居民——他们住在明显具有科幻特征的、遥远的反乌托邦未来〔在这一点上，与《1984》相比，《云图》与《绿色食品》（*Soylent Green*）有更多共同之处〕——并通过司法审讯的方式传播，让人想起最古老的戏剧文类：审判。

　　至此，我们来到了小说的转折点：一个伟大的历史逆转将我们一章一章地送回到过去，以便完成每一个故事。尽管故事中的一些主角最后死了，但结局还算得上是大团圆，因为可怜的星美讲述的反乌托邦未来的故事——以审判和审讯这一古老的文类呈现——意外地通过一个三维全息摄影装置（类似于《星球大战》）传播，成为一种有关苦难和救赎的新宗教的基础。

这种宗教又被传送到"最后"一个故事中的原始和野蛮状态的末世回归。故事用方言讲述（让人想起了《哈克贝利·费恩历险记》），说的是一个由幸存的人类组成的热爱和平的部落受到一个好战的邻近部落的威胁，先进的科学家救了他们，而这些科学家也是幸存者，栖身于地球上没有毁掉的某个秘密角落，带着来自另一个星球的异族的同情思考着他们人类同胞的命运。就在这个最后的口头故事中（如果还有故事的话，它将不得不从这里重新开始），历史结束了，它抛弃了我们，我们回转身，穿过历史，越过我们的现在，在梅尔维尔和诺里斯中间的某个地方——比如旧金山（在美国而不是英国或世界文学中，这个地方与一个在日本和爱尔兰都居住过的外籍作家的身份相称）——登岸。

现在，我们按照这部奇书——历史的概念在此书中危如累卵——的导航，绘制它的寓言层次。单是迫害和统治这一主题的模糊性就明确地指出了小说中的道德层和奥秘层：《云图》既可以被解读为对集体机构——帝国主义、大公司、嗜血部落等——的再现，也可以被解读为这种统治给个体带来的各种痛苦的清单——从恐惧到兄弟仇怨，从身处危境到真正的监禁，等等。小说用主观和客观的形式呈现常见的情况，这给我们阅读此书提供了可供选择的视角。然而，最有趣和最具决定性的选择却是在"寓言"和"字面"这两个基本层面中，原因在于，这部作品呈现给我们的既是风格的历史，也是媒介的历史，这也许可以被解读为同一历史的两个版本：主观的或唯心主义的，客观的或唯物主义的。事实上，历史在任何情况下都会被看作是此小说的原材料和主题，但至于是哪个版本的历史，取决于我们在文字层面所做的结论：主观和客观，哪个更真实？而正是这种选择的跨变，即我们在阅读中不断逆转自己的看法，证明了这部"历史小说"蕴含的寓言原则。

因此，我们不妨对《云图》的四个层面做如下解读：

奥秘层：历史上各种政权的残暴

道德层：弱者的毁灭或者得救（悲惨的或者圆满的结局）

寓言层：媒介的发展

字面层或者历史层：风格的序列（拼贴）

这个解读可以用来展现小说中跨变的运作和效果，原因在于一切都取决于寓言和字面层的相对定位。如果我们把字面层视为《云图》所提供的历史主义风格的序列或拼贴，那么解释层（即寓言层）就从唯物主义的视角暗示了媒介对这样一个理想序列的构成所起的作用。同时，如果媒介的发展被认为是这部小说的基本情节，那么风格就成了对某种机械唯物主义的文化矫正——后者本身就是理性的，即唯心主义的。（萨特曾经提醒我们，庸俗唯物主义或机械唯物主义的阐释是唯心主义的，这已不是什么秘密。[13]）同时，该书吸引我们的人文主义的或道德化的阐释也是一种完全不同的结构的反射或弦外之音；而历史的幻象——它产生于科幻小说这一亚文类——则被重新置于文本较低层面的一系列拼贴中。 *341*

　　从以上这些位移来看，有必要指出我们尚未在任何地方触及**历史**本身，或真实。拼贴不是历史的，它是历史主义的；它投射的是各历史时期的相对性，而不是它们不可更改的、永久性的逻辑。这就是为什么拼贴艺术作品需要面对一种非常不同的生产方式——类似巴特很久以前预言性地称之为"零度写作"的技法。正如读者已经猜到的那样，这将是叙事极简主义（narrative minimalism）的用武之地，其特征与它在抒情诗的演变中所呈现的截然不同。

　　汤姆·麦卡锡（Tom McCarthy）的小说《残余记忆》（*Remainder*）[14]就用了这样的写作手法。它不是一部"实验性"作品（更不是先锋派或"后现代"作品），而是通过再现一系列事件、不加渲染地描述了一个实验和建构主义的过程。在某种意义上，极繁主义者被动地接受势如洪流的拟像，并大肆使用势不可挡的语言碎片记录它；而极简主义者则从另一个方向出发，耐心地重建这些空洞的事件，即这些声称是真实的、无人出现的舞台布置——事实上，它们一直在否定自己的真实性，把自己看作哲学意义上的伪装或纯粹的表象（"假象"）。但是，他们是否曾经存在，或者他 *342*

们是否一直只是想象出来的假象——超现实主义曾经津津乐道的"少许现实",这仍然是一个问题。

换句话说,我们有权怀疑失忆症是不是一个令人满意的叙事借口。麦卡锡的主人公的确是以此开始的——那场意外不仅抹去了他从前的生活,还给了他一笔神秘的保险赔偿金,为他筹划和启动他的伟大**实验**——类似于人造"生命"——提供了资金。这样一来,他的戈耳迪式的好运解决了两个基本的形式问题:(a)在没有起点的情况下如何开始(这是文学与哲学共同面临的问题);(b)如何回避历史性的形式和意识形态批判(form-and-ideology critique),这种批判从原始材料和使这种独特叙事得以产生的偶然情况中寻找线索和症状。换句话说,在资产阶级文学的背景下,男主或女主如何获得足够的钱来过上小说认为值得向我们展示的任何有趣的戏剧性生活?然而,在艺术中,技巧意味着在以这种方式安排事情的时候,这些问题不会首先出来捣乱。在这里,麦卡锡以最粗犷、最大胆、最令人钦佩的方式面对这些问题,并直截了当地砍断了那个著名的结。解决方案就是:我不记得何时、何地、何以、何事。

然后,叙述者像任何一个能干的剧院经理一样,准备开始四处寻找他的作者不再需要预先为他准备的原材料。他要重建记忆中的场景,这事非同小可,他认为这是墙上的一条裂缝的力量推动他去做这件事的,因为那裂缝似乎激发了他已消失的记忆。那条裂缝就是我在前文批评过的著名的"沉默":它是一个洞,一个神秘的空洞,是传说中通往冥界的地质裂缝(也许至少这是真的!)。为了实施他的计划,主人公有很多事情要做:寻找合适的建筑,这建筑得有合适的朝向(南面)、合适的窗户和合适的院子;雇用演员,这些演员也是莫名其妙的合适的演员,而且数量合适;预测在合适的时间里的天气;注意最细微的形态(建筑也是一种分析方法,将较大的整体分解成最微不足道的部分)。当一切都合适时……平庸的现实主义又来提要求了:我们如何处理这一件新事(对这个社会来说,在其技术水平上,本能的回答也许是:把它永远记录下来!),确切地说,我们如何善后;最后,我们如何终止这件事情,这就构成了我们最先提到的形式问题的对立面,或者准确地说,它作为自己的对立面的复归——结局的问题(有时,通过盛大的施洗命名仪式予以封闭)。

343

　　小说的故事没有为这些问题提供解决方案（可能在这一点上小说确实采取了后现代的电影拍摄方式，把构建的拟像物化并将其永远保存下来），故事就是问题本身；而载着我们在希思罗机场上空漫无止境地盘旋、等待汽油耗尽的那架租来的飞机，就是小说本身。在后来的一部小说中，麦卡锡巧妙地暗示，那架飞机确实干涉了现实，至少中断了整个欧洲的飞行计划，使所有预定的起飞都被迫停止——也许这本身就是一个有价值的成就，因为本雅明不是说革命不是加速而是抓握紧急制动器吗？所以，建构主义导致了虚无主义，我们更愿意相信自然的过程，无论这个过程多么难以察觉。人类的时代、商品的世界以及人为建构起来的第二自然凌驾于自然之上是毫无意义的，我们也因此更愿意相信最终被建构主义普遍取代、掩盖、压制、遮挡，甚至可能扼杀和破坏的东西——自然，或需求的世界——曾经是真实的。然而，这不再是可信的了，也就是说，它所怀念的史前史只能在过去—现在—未来的时间维度中获得，而这个维度已经被摧毁了。现象学上的现在就是问题所在：它是一个空空如也的邮箱，一部处于死机状态的电话，一张没有安排待议事项的表格。

　　不过，我认为，即便是虚无也可能意味着什么，也可能有它自己内在的寓言结构；因此，对《残余记忆》这部小说的四个层面，我姑且做如下解读（它只不过是一种重建）：

　　　　奥秘层：拟像

　　　　道德层：失忆症

　　　　寓言层：生产和管理

　　　　字面层：空洞的现在

至少有一点是明确的：如果虚无主义真的存在（或极简主义的沉默——如果你愿意的话），那它至少激发了行动。这不是悲观主义，或忧郁，或抑郁；这是浮士德在《圣经》中关于创世的开篇所看到的：行动，有为（die Tat）。《残余记忆》是一部快乐的小说，充满了人类的行动——无论多么难以理解；它与现代主义的阴郁，以及现代主义的沮丧——失业、懒散，甚至毒品和摇滚乐产生的迷乱——相去甚远。但也许，就像当代一些哲学家所断言的那样，它是审美的，而不是认识论的或本体论的——或

344

许在实践上仍然是诗意的。但本体论的审美化对于一个审美过度的时代来说，似乎并不完全是正确的处理方法。不过，存在主义坚持选择和行动，也许它是审美的？另外，制作不也是一种生产吗？

可以肯定的是，我所说的"极繁"和"极简"的形式倾向本身源自同一个主题，那就是我们在这些作品中不断提到的二元时间性，即越来越抽象的过去—现在—未来模式的时间的连续性（世界时间的总体性）概念和让每个个体都能最好地展示其主体性的生活瞬间，这些时间性——抽象的和具体的，或者哲学的和现象学的（如果你喜欢的话）——肯定是不可分割的；但只有通过它们在两个艺术传统中所展现出来的特立独行的形式发展和表现，我们才开始察觉到一种差异：这种差异竟然是一种同一。

这让我想到了质料（matter）和反质料（antimatter）的经久不衰的形态，也让我觉得这两种再现可以直接相互抵消。但这首先会忽略否定的双重意义——它表明除了反质料之外，还存在一个非质料的逻辑空间；这也会忽视辩证法的立场，根据这一立场，否定的双方——极繁主义和极简主义——实际上是一回事：它们可以说是对某一不可再现的真实——今天的真实——的两种对立的看法。

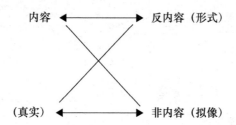

但是，在这个全球化的时代，我们也许有必要提及民族寓言这一问题，因为如果没有共同的民族性——民族境遇的共同性——为我选择这两部标志性的小说提供依据，我就没有任何理由将极简主义和极繁主义并置。两部作品以这种或那种方式呈现出来的英国性，既说明了极繁主义和极简主义的想象可能在某种程度上反映了帝国和孤立的或岛国的自我认同的独特共存，也展示了今天多元民族主义和民族传统的独特内容——对它们而言，集体性如果无关乌合之众和阴谋集团，那就只是一个丧失的客

体。我猜想，极繁主义和极简主义可以在世界市场的所有民族文学中找到，它们以不同的形式结合在一起，又同样在诡异的科幻小说里（比如这两部小说）被不可知的未来投下的暗光改变形态。乌托邦式寓言大概就是那样的未来发出的一种杂乱无章的喁喁私语，但我们的语音辨识技术还不能识别它，遑论再现。

本书作为一个方法论的提案开篇，然后逐步发展成形式的历史，当它又进而发展成一个寓言时，可能不会令人感到特别惊讶，而对这个寓言的政治性推断姑且做一个结论，也并非不妥。

现代性——先不谈这一可疑术语带来的各种问题——是从分化开始的（或者说卢曼是这样告诉我们的）；"差异"的出现描述了重大的历史性转变——从韦伯的"传统社会"到依靠各种新兴的专业化来推动的社会；新的智能；新的真实区域；以及新的计划、理想、生产活动、主体性和各种各样类似于动植物的人类。

寓言是为这些多样性进行分类的一种方式，也是在差异之间寻求类比——在差异之间找到同一性——的一个途径：这些"层面"既相互联系又彼此分离。希腊人在他们凶猛的小群体中发现了抽象性和普遍性，以此来组织他们的语言和理顺先于他们而存在的混乱的"野性的思维"：这是一条哲学之路，也是一条逻辑之路，并且哲学和逻辑学最终确实得以建立——不是源于音乐之灵，而是来自数学之魂，因为数学本身就是在同一和差异的辩证法中的最高级的实践。

但事实证明，在希腊哲学的形成过程中，甚至从前苏格拉底开始，就 *346* 有另一种力量在起作用：那就是物质的范畴，一种源于将一个对象与另一个对象分开的视觉实践和经验的范畴。今天，这种力量有了一个哲学上的词汇：具象化。也许现在是时候向这种备受诟病的现象致以简短的敬意了，它的实质毕竟是物体本身的生产，或者换句话说，是那种使我们成为人类并定义行动本身的最高活动。（新近的理论已经证明了人类的生活有多少被用于生产现在所谓的新的客体：新的欲望、新的思维方式、新的社会关系形式、新的情感、新的罪孽和美德，等等，一直到新的小玩意儿和新的技术。这些明证确实为我们称之为"建构主义"的新哲学或意识形态奠定了基础。）马克思坚持两种生产或物化——外化和异化——之间的根本区别，这倒也不坏。但除了尼采之外，这种基本的政治暗示（物体如何成为私有财产；物性的范畴如何鼓励另一种不太令人喜欢的人类潜能）并没有充分强调物体的概念与物质的哲学范畴之间隐约存在的纠葛和不可分割性（这是一种常识性的亚里士多德主义，过程的现代概念将和它决斗到底！）。

在此，我要重提本书中的一个关键角色，即拟人化。因为拟人化本身就是具象化的寓言形态，我便设想它以虚拟的形式在名称本身和命名行为中起作用，但名称本身肯定是具象化在语言上的形式，而拟人化将名称和物性合并起来。名称是教条的腹地，它们像一股邪恶的力量，从对专制君主的神化一直蔓延到医学化、各种主义、自我及其镜像的病理学和商品化名称。

据此，我们已经在某种意义上将我们的寓言生命的律动的故事上演为一场反对拟人化的斗争，即拟人化和某种现代性（或过程）之间的斗争——后者千方百计地想对分化这种形式通过"固定观念"和被命名的概念产生的东西进行去物化（de-reify）。可以肯定的是，这场斗争取得了一定的成功，因为它摧毁了传统寓言，（在必要时）用象征和经验现实主义替代了它。我曾试图在此书的一场讨论中描绘这一替代行为，那场讨论的主题是我称为"被命名的情感"向现在被广泛称为"情动"的转变：这一转变彻底促成了新的主体性建构，在思想史上具有很大的意义。

因此，在这个时候为拟人化说好话，似乎涉及从一个新的、最好是政治性的角度对具象化进行逆转和辩护。在这些章节中，我们已经暗示了寓言各层次之间的相互关系如何把复杂的现代社会中的难以察觉的不同维度或现实连接起来。这种复杂性从未变得如此难以逾越，原因是在当今的整个阶级社会里出现了种类如此繁多的障碍。只需提及今天到处都缺乏的最明显的相互关系，我们就可以肯定，只有当大型的集体项目与原子化社会中个人的存在经验产生寓言性共鸣——它们的同一以及它们的差异——时，政治行动及其有效性才有可能实现。同时，我们的四层结构系统表明，这种共鸣——就像音乐的泛音一样复杂——总是包括变形的主体性、叙事及其阐释、事件、纵向危机和横向运行，以及对总体性和根本差异——它们的同一性使总体性得以产生——的突然感知。

然而，这种社会地图的突现需要借助某一星座的可识别点。这个星座是一种新的具象化，它必须用不同人物构成的、可认同的空间取代游移和偏向的意识，这一空间具有如下特征：朋友和敌人的拟人化，冲突和结盟并行的社会阶级运动——也许是形成中的阶级，在此过程中，静态的传统拟人化被拟人化过程和未来的认同中介的进程取代。这就是让寓言机器运转起来，并将其作为政治性认知的工具来把握——如果确实不是伟大预言的先决条件的话，这一预言尚未出现，它只在历史的凝固画面上留下一片荒凉的反乌托邦式模拟景观。然而，遥远的未来，韦尔斯的《时间机器》(*Time Machine*) 的结局，生命灭绝，太阳燃尽——这些都是肯定会发生的事，其补救措施只能在马拉美壮丽的安慰中找到："那是一颗恒星在庆祝，点燃了天才"。但它们是虚构的确定性，弗洛伊德认为它们掩盖了当前更真实的忧虑。人这种动物本质上是一个无能的物种，在标本中寻找自己的英雄——比如拿破仑，但这些英雄只是略高于"人"的标准。不过，"人类世"的荣耀已经昭示，我们真的可以改变宇宙，为了给未来的人类提供可居住的地方，将宇宙地球化也许是聪明之举，但未来的症候远不如现在的可靠。

348

注释

[1] Gustave Flaubert, *Correspondence*, Letter to Louise Colet, January 16, 1852, vol. I, Paris: Pléiade, 1980, 31.

[2] Roland Barthes, "L'Effet du reel," *Communications*, no. 11, Paris: Seuil, 1968, 84–89.

[3] 引自 Leonardo Benevolo, *History of Modern Architecture*, Cambridge, MA: MIT Press, 1992, 238。

[4] 瓦尔特·本雅明对普鲁斯特的评价，见 *Selected Writings*, *Volume II*, 237。

[5] Gilles Deleuze, *Cinema I*, Minneapolis: University of Minnesota Press, 1983, 279–284.

[6] Eric Hobsbawm, *The Age of Extremes: A History of the*

World, *1919-1991*, New York：Vintage，1996，287.

〔7〕这是他从马克·欧热（Marc Augé）那里借来的概念。

〔8〕见 *The Modernist Papers*，London：Verso，2016。

〔9〕Fernand Braudel，*On History*，trans. Sarah Matthews，Chicago：University of Chicago Press，1982.

〔10〕见 "the determinations of reflection" in *The Greater Logic*。

〔11〕*Cloud Atlas*，New York：Random House，2004. 在《现实主义的二律背反》（London：Verso，2015）中，我把这部作品作为历史小说进行了探讨，不过我要补充一点：美国版和英国版的差异是该书的一大特点，我在这里使用的是美国版，它比英国版要早一些。

〔12〕撇开所有的道德不谈，可以肯定的是，这句格言确实也适用于当前的进化论（在放弃了过时的生机论或理想主义的目标之后，它虚构了所谓的"复杂性"的唯物主义目标）。这一理论认为生命仍然以生命为食："最早的生物体可能是从地表下的化学物质中汲取能量的。它们'吃'化学物质。如果最早的生物体是古细菌，它们可能从深海里化学物质的排泄物中汲取所需能量。但是很早的时候，有些生物体就学会了以吃掉其他生物体的方式来获得能量。于是，从无生命的环境中汲取能量的初级生产者与依赖其他活的生物体包括初级生产者养活的、处在食物链顶部的生物体之间就出现了明显差别。如果这些只是汲取能量的唯一手段，那么地球生命的历史便为地球熔融的地核所提供的能量所局限，而最容易得到这些能量的是生活在深海里的生物体。但是最迟在 35 亿年前，一些生物体在靠近海洋表面，可以依靠阳光来获得能量。"（David Christian，*Maps of Time*，Berkeley：University of California Press，2004，109-110）〔中译引自：大卫·克里斯蒂安. 时间地图：大历史导论. 晏可佳，等译. 上海：上海社会科学院出版社，2006：122。〕

〔13〕Jean-Paul Sartre，"Matérialisme et révolution，" *Situations III*，Paris：Gallimard，1947.

〔14〕Tom McCarthy，*Remainder*，New York：Vintage，2007.

附录 A
格雷马斯矩阵[1]

对于格雷马斯著作的这些看法，其意义是转向所谓基本表意结构的整 *349*
个问题，即著名的"符号矩阵"，我们许多人认为这是格雷马斯符号学的
最高成就。在这里，我们终于打开了"黑匣子"，通过它，叙事以某种方
式"变成"认知，反过来认知也变成叙事：最终我们获得了这个等式，我
们可以看见转变的过程，我们无须再做神秘的假设，因为它"展现"在我
们面前。但何以如此呢？这显然需要在"矩阵"的解释能力中进行另一种
简化的运作，其经典形式如下图所示（图 A1）：

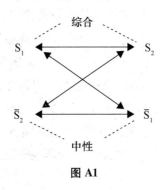

图 A1

通过列举这种矩阵的优点，人们可以立刻发现，它明确扩大了以前二 *350*
元对立结构的概念：S_1 对 S_2 显然是二元对立，用哲学的逻辑语言说就是
"相反"，也就是一种强烈的对立（白对黑，男对女），但矩阵现在表明，
这种对立包含的远不只是两种可见的观点。例如，它肯定包含着两种补充
性的立场，逻辑上称作"矛盾性的"，其中 $\bar{S}_1$ 和 $\bar{S}_2$ 明显是对两个关键项
的否定，但远不止这两项：因为，"非白"不只是包含"黑"的意思，"非
男"也不只是包含"女"的意思。同时，两种复合或"合成"的综合和中
性的观点，也提供了大大扩展的概念，即综合或乌托邦，其可以超越

"白"与"黑"的对立（例如混血儿），使中性项可以作为一个空间，把所有的缺失和否定聚集在一起（例如"无色"）。最终，横切的轴线测绘出不同于主要的或二元对立的张力所在，而矩阵两面的统合（"白"加"非白"）以假设的方式提出"合成"，表明不同的概念结合在一起。于是，整个机制能够从基本的二元对立中产生出至少十种可理解的观点（这种基本的二元对立最初可能只是一个单项，例如"白"，但它却被一种隐蔽的对立面内在地限定，我们通过指出另一极的概念"黑"连接这种对立）。我曾经说过，其他传统如果包容这种假设，构成概念封闭的立体图示，那么它们也会觉得这种结构富于意义。概念的封闭也可以说是意识形态本身的封闭，即意识形态作为一种机制，虽然看似产生多种多样的概念和观点，事实上仍然封闭于最初的矛盾或双重约束之内，它不可能以自身的方式从内部进行转化。

尽管如此，以一个局外人对这一机制的用途和意义的观察来结束这个介绍，看来还是合适的。最初的意见应该关注"正确的用法"，就是说，对于它能做什么和不能做什么提出某些告诫。我相信，这种矩阵确实提供一种"发现的原则"，但属于一种特殊类型，无法保证它能替代理智或直

351 觉。其实，鉴于它经常只是用于图示思想和以另外方式（不太像技巧方面的）达成的解释，从一开始就应该强调它原初的教育功能。换言之，人们完全可以运用这种视觉方法测绘并连接一系列非常混乱的关系，并以不甚经济的揭示性散文进行传递，因而符号矩阵这些谦逊的教育能力可能是其重要的标志。

不过，关于它的探索价值，经验证明，你必须涂掉许多页，才能抵达正确理解，在这个过程中，你自己要做许多关键决定来进行干预。人们可以列出许多协作的实体；而这个名单决不应该认为是最终的，也不应该把实体的性质和名称排除在外。理想的（我认为是必然的）看法是，貌似反常或边缘的、微不足道的、奇怪的实体被列举出来，乃是因为这是它们在事物结构中的位置，是它们的真正存在，而且是通过矩阵来解决的最有趣的问题。

至于重要的决定或时刻，我将提出三个关键性的建议。第一个是开始时的决定，它不仅是关于以整个矩阵扩展和连接的二元对立的各项，而且

更重要的是关于安排那些项的顺序；换句话说，它造成一种根本的差异，不论基本对立的顺序是白对黑，还是黑对白。就此而言，矩阵不是对称的，而是"暂时的"或位定的，而对各项的安排（显然，这最初的构成已经包含着统治/从属、中心/边缘、自我/他者的关系）有些像数学等式（或大脑的双叶，或左手和右手），但并不是无足轻重，而是以惊人的方式具有积极的决定作用（我们发现，在这个过程中，它自己也参与到意外的教训之中）。

　　第二个重要的建议是，四个原初项（S_1，S_2，$\bar{S}_1$，$\bar{S}_2$）需要以多义性的方式来考虑，每一个在其自身内部都有自己的同义系列，它自己同义的同义——它们彼此并不完全一致，因此，更广阔的相对新的或至少不同的概念领域被记录下来。例如，在海登·怀特《元历史》所提出的转喻概念里，就有两个相对不同的"义素"——一个是归纳（科学或机械的解释，即决定论），另一个是分离；因此这个术语包含一个辩证滑动的丰富领域，其归纳的方面可能使它与视觉和再现的丰富"隐喻"形成对立。[2]　其另一种"一致性"——作为纯粹的脱节或分离——使它出人意外地与"提喻"相配合（或反对），将分离项重新结合起来，构成新的整体。这种在诸项内部包容滑动的意愿，在这里是一种实际的建议，就像手工艺人亲手摸索出来的法则，或通过传承而得到的智慧，但它同时也打开一个令人眼花缭乱的亚原子世界的视角，截然不同的符号学家翁贝托·埃科因循皮尔斯的看法，称这种前景是"无限衍义"，其中矩阵原初的四项每一个都可能裂变成它自己的四重体系，形成可以无限分割的符号性。

352

　　最后的告诫必然指向第四项的奇怪的性质，即否定之否定：$\bar{S}_2$。此处应该是（运作成功时）创新和悖论出现的所在：它经常是最富批判性的立场，长期保持开放或空白状态，因为确认它就完成了整个过程，从而构成最具创造性的建设行为。这再次纯属经验问题，因为最初的三项是相对给定的，不需要太多的智力活动，但第四项是个巨大的跳跃，需要大量推演，或从天而降的直觉。然而，这种情况在这里只能以隐秘的方式来表达，如像在玛雅宗教所预言的那种天启系统里，虽然四重性是相对普遍的方式，但在它的第四阶段出人意料地突然脱离了西方的范式。玛雅人认为，世界将在大火中终结，我们也这么认为；第二轮，他们认为世界会被水淹没，我们也这么认为；然而第三轮，他们认为世界将被空气摧毁（飓风）。还有第四轮……被美洲虎吞噬！（它们以前是天上的星星，变成了新的食肉动物的样子，降落到地球上，吞食人类。）同样，J. G. 巴拉德早期令人着迷的关于世界末日的四部曲作品也是如此：世界被水毁灭（《淹没的世界》），被火毁灭（《燃烧的世界》），被空气或飓风毁灭（《卷地风来》），然后变成了水晶（《水晶世界》）！

因此，这种符号矩阵不是静态的，而是动态的：其中关系结构的重要性只是一种方式的标志，按照这种方式，很容易认为它可以图示时间过程，以便记录某种观念的受阻或瘫痪；其实，后者经常被理解为一种激发前者的境遇本身，就是说，通过转动矩阵并生成它隐在的关系，力图摆脱观念或意识形态的封闭，摆脱我们被封锁其内的旧的、既定的观念，拼命以某种方式进行创新或突破，或者如《平面设计》（*Novum*）杂志所做的那样。然而，把矩阵看作封闭本身的形象可能会促成某种悲观主义，以为摆脱封闭只能采取黑格尔的方式：人们不是解决矛盾；相反，通过实践人们改变境遇，现在已经不复存在和无关的旧矛盾，在没有解决的情况下成为过去，其地位被新的、预想不到的矛盾取而代之（这些矛盾可能是或不是更早的无法解决的矛盾或意识形态牢笼的某种发展）。

然而，矩阵典型的格式塔特征——它成为中立的静态或动态的能力——说明了它强大的调停能力。换言之，它能够把运动中的叙事"归纳"成一系列"认知"或意识形态相互组合的关系结构；或者，它能够把一个认知文本重写成一种冒险的叙事运动，从中产生并放弃某些新的关系结构，在这个过程中，各个项不断结合以便达成这种或那种理想的合成，从它们的争斗和对立中释放出结构碎片的性质。

在其他地方，我曾谈过可以把这种矩阵"运用"于分析叙事问题：这种非正统的努力有助于提出某些方法，在这些方法里，叙事的两个层面——"人物"或人物系统层面，以及认知综合或矛盾层面——可以相互协调，彼此转换。[3] 这里我想举一个分析"认知"或理论文本的例子，这个文本就是海登·怀特的《元历史》。诚然，在某种意义上，这是事先准备的，因为这个文本本身已经围绕着一种四重范畴组织起来，即隐喻、转喻、提喻和反讽等四种转义。这第一个范畴体系随后又繁衍出三个体系：

借鉴斯蒂芬·佩珀（Stephen Pepper）的世界观类型学（形式主义、机械主义、有机主义和语境主义），弗莱的"情节建构"（浪漫、悲剧、喜剧和嘲讽），以及曼海姆（Karl Mannheim）的意识形态范畴（无政府主义、激进主义、保守主义和自由主义）。在实践中，可以说这些仿佛垂直的层面倾向于合并成两组相互协调的特征：转义和佩珀的"世界假设"具有改变语言的相同特点，而"情节建构"和"意识形态含义的方式"也具有同义的功能。然而在每一组内部（两组大致分别对应于特定的历史结构和形而上的含义或接受），我们已经发现我曾提到的那种创造性滑动，即通过这些层面的转换，可能从此一项变到另一项（先前的转喻实例表明，从"此项"转义变成观念的或世界假设的意义）。但仍未解决的问题是，是否两组范畴总是需要协调发生作用？或者，是否其中一个不会想象某种不和谐，即某种矛盾，例如在转移机制和情节构建或意识形态信息之间的矛盾？怀特似乎预见到这种情况，但并未从这种可能性得出任何结论。[4]

　　怀特的这本书（至少）想做两件事情：第一件事是，重新肯定所谓历史哲学家（黑格尔、马克思、尼采）对历史和认知的要求，在传统的历史学经典里，这些历史哲学家被历史学家置于较低的、外行者的地位。关于这些历史学家，怀特在书里谈到了四个人（米什莱、兰克、托克维尔和布克哈特）。事实上，《元历史》所做的远不是这么谦逊，其尖锐的论证 *355* 旨在肯定那些历史哲学家是比这些历史学家**更好的**历史学家。那么《元历史》如何形成这种观点，则是需要通过符号矩阵的某种阐发来回答的问题之一。

　　《元历史》（特别局限于 19 世纪的"历史想象"）要做的第二件事是，不仅要证明已经列出的概念类型是相关的，而且要证明它们的作用是透明的，其节奏是始于天真的隐喻或浪漫主义，经过否定的或转喻的、机械主义的归纳阶段，然后以新的提喻的一致性要求一种更大的、总体化的建构，最后在反讽时刻，形成一种对它的语言或转义过程的自觉性，表明一种新的历史想象的危机，因而被期待以伟大的维柯那种回溯的方式重又返回一种新的信念，一种新的隐喻或浪漫的时刻，进而这种循环可以在更高层次上一再重复。实际上，怀特在作品最后所呼吁的，恰恰是这种历史学信念的重生，他说出了反讽及其危机的时刻。不过，奇怪的是，反讽的时刻，亦即《元历史》，采取了两种迥然不同的形式：19 世纪的危机仿佛是同时爆发的两种不同的危机——布克哈特的"坏的"反讽，它显得平和，而且是审美化的（其实克罗齐的"哲学"更精巧地涉及这种双重性的关系结构）；尼采那种强烈的"好的"反讽，海登·怀特显然是从尼采这种反讽内部论证的（尽管黑格尔和马克思也得到与《道德的谱系》的作者大致相等的"修复"）。但是，这些复杂的变化并不是偶然的，也不"完全"是元历史学家带有意识形态偏好的那些个人意见的后果；实际上，这种模式非常合乎逻辑，通过符号矩阵的运用可以对它加以澄清和阐发，因为《元历史》各种可能的条件和关系结构都图示在矩阵上面。

矩阵图示尽可能尊重文本中组合的丰富性和复杂性，特别包括了我所说的各项内部的滑动，因为这是它们多重义素的内容，或者各个层面的共存和每个层面内的规则：

356

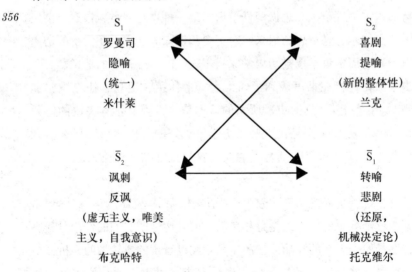

图 A2

从这个符号矩阵的初步图示中可以清楚地看到，四个历史学家尽管各不相同，但都呈现出所有层面间的协调一致，实际上，正是这种内在张力或矛盾的缺失才表明了作者对他们的评价：这本身就是一种反讽形式，且不说蔑视，尽管在托克维尔的实例里，某些悲剧的诚实性具有说服力，但应该注意到，这种只有单一意义的立场最终也在它自己的冲力之下瓦解，变成了一种布克哈特式的反讽和虚无主义，而这本身也是另一种只有单一意义的意识形态立场，服从于元历史学家那种更充分的反讽力量。因此，最后的这种反讽一定是不同类型的反讽，也恰恰是符号矩阵的优势，它可以保持对其他不同的立场开放，尽管还没有出现在我们的图示里，还是所谓的复合项，是综合和中性的 S 和 S̄ 项，也是辩证的轴线，而矩阵的侧面在辩证中也表示可能的合成。但是，在证明这些之前，应该注意已经提到的那种在选择最初二元对立中所包含的策略的作用。正如每个人会自然而然地讲故事，亦如海登·怀特自己在《元历史》里对各个层面所做的初步图示，故事作为故事，其内部最初的隐喻意识会分裂成转喻的或否定的决定论时刻，以及随意的机械主义的因果关系。[5] 于是，那种否定的危机——根据任何人的原型叙事范式——被提喻的构建逐渐克服，但只能被新的分裂和新的危机削弱和破坏，即反讽的自我意识，就是说，甚至提喻的解决本身也只能是虚构的和语言的——鉴于此，正如我说过的，整个系统翻转过来，变成了重新肯定隐喻的新的循环。

　　但是，这种情况并不对应于章节顺序，也不对应于作品本身的组合逻辑，在作品里，罗曼司之后是喜剧，隐喻之后是提喻而不是转喻。因此，我们绘制的符号矩阵围绕着一种相当意外的二元对立，不是熟悉的隐喻对转喻，而是在隐喻和提喻之间构成的某种新的张力——一种必须被概念化为两种统一形式之间对立的张力，一种最初的隐喻或再现的张力（米什莱对革命使国家统一的时刻欣喜若狂，具体说，就是对 1790 年 6 月"联盟节"的实现欣喜若狂），也是一种提喻的张力，它们以兰克那种机构的形式（教会、国家，等等），由分离的各个部分构建成更"虚假的"统一。我想强调的是，这种矩阵不会以任何其他方式运作（读者现在可能想通过试验检验这种判断），只有这样安排，各项才产生《元历史》的精髓。关于这本书，我们已经学到了一些新东西，这就是，它最深刻的主题，它力求解决的基本矛盾，并非意义对无意义，或者信念对因果论（隐喻对转喻是图解 19 世纪"信仰危机"的传统方式），而是两种互不兼容的社会观之

316

间的张力，其中任何一种社会观（狂热的革命自发性和庞大社会机构的持久性）似乎都不能令人满意。

我必须对前面也提到的"第四项"的问题做个补充。十分明显，虽然反讽一词并不新奇惊人，但反讽却是一个具有魔力的术语，文本依据它而改变，其结合的机制旨在尽可能从大量不同的意义和用法中**产生**这种异乎寻常的"关系结构"（在这第四项里，滑动远远大于在任何其他项里），而这种机制只是把它作为研究对象和一种态度记录下来。

358

现在我们可以迅速结束这种矩阵的图示，它的综合项和中性项可以分别被视为历史乐观主义和悲观主义，这是一种松散的说法，但不会影响我们多久，因为从逻辑上看，这两项很明显不可能成为图示中的关系结构（S是一个可以想象的综合但不可能实现，S̄只是空洞地清除那种内容和全球地位，机械地否定原初对立的两项）。因此，我们开始注意的正是这种侧面的（或语境的）综合。实际上，伟大的"历史哲学家"在这里找到了他们的位置，这是由矩阵本身的内在逻辑决定的。不论黑格尔还是马克思，怀特告诉我们，他们都达到了悲剧和喜剧的综合：历史是喜剧，但历史上所有个人的时刻都是悲剧。同时，尼采以悲剧和喜剧的统一开始，这明显会使它们彼此遮掩，于是从它们不加区分中产生出另外的东西，也就是语言的反讽力量，并再一次释放出隐喻的能量。（应该注意，何以恰恰是罗曼司和隐喻之间的符号滑动，使这个最终的时刻不再仅仅是罗曼司和讽刺的综合？）就此而言，《元历史》已经穷尽了各种组合，提供了一个新的信息：黑格尔、马克思和尼采优于那种"单一意义"的历史学家，接下来，也许更不确定，尼采优于另外两个人的地位，因为尼采"包括"了他们的悲剧和喜剧时刻，然后从早期的对立中，投射出更新的、原创的可能性，即隐喻和反讽（真正语言的或反映的时刻）（图A3）。

359

现在回到符号矩阵本身的性质，看来非常清楚的是，它从格雷马斯符号学动能的出现，预示着整个系统里某种更深刻的空间性。我感兴趣的不是对这种空间性的探究，也不是在某种新的更大的哲学系统里，人们如何解决符号学内部持续的、不可减少的空间性，而是这种空间性在我们社会里出现的历史事实。在我们的社会里，这绝非一个时期唯一的实例或症候，即使这个时期理性地让位于空间，完全不同于上一代隶属时间性的现代主义。各种结构主义在某种程度上都具有深刻的空间性，而且不限于它们的修辞或再现方式（前面提到，事实上，我们发现这些图解今天在教学方面更有说服力，但它们相应的语言表达和展现肯定也非常重要）。独树一帜的伟大哲学家之一，亨利·列斐伏尔，提出了一种真正新的空间哲学，其依据的基础是历史，即晚期资本主义有倾向的空间化（也许人们愿意补充说，可以运用一个列斐伏尔著作中不曾预见的"后现代"的概念）。格雷马斯的符号学在某种意义上是"真实的"（无论如何是实用的，具有多种用途，并且在实践中不断发展），同时也是一种具有深刻的时代性质的历史症候，这点并不费解：后者——晚期资本主义全球体系的结构——对于新理论体系的概念化和阐发，构成了可能实现的条件。

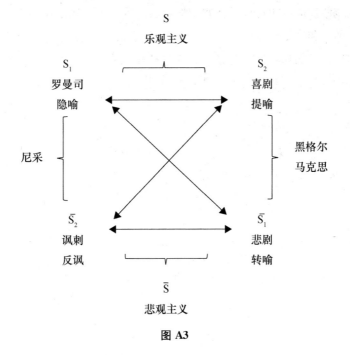

图 A3

注释

　[1] 选自作者写的前言，见 Algirdas Julien Greimas, *On Meaning*, Minneapolis：University of Minnesota Press, 1970。

　[2] Hayden White, *Metahistory：The Historical Imagination in*

Nineteenth-Century Europe，Baltimore：Johns Hopkins University Press，1973. 有兴趣的读者会注意到 1976 年我首先发表了"Figural Relativism；or，The Poetics of Historiography"（后来作为一章收入 *The Ideology of Theory*），自那以后，我对《元历史》这部经典著作的看法发生了一些变化。

[3] 参见 Jameson，*The Political Unconscious*，Ithaca：Cornell University Press，1981，165ff. and 253ff.；或者参见"After Armageddom：Character Systems in Dr. Bloodmoney," *Science Fiction Studies* 2，March 1975，31–42。

[4] 例如，"诚然，最伟大的哲学家……抵制佩珀提出的原型归纳。具体说，他们的思想再现了在佩珀概述的两种或多种教条式的关系结构之间的某种调和"（*Metahistory*，13，note 7）；或者，"表示每一位著名历史学家作品特点的那种辩证的张力，通常都源自他们努力把运用的方式与论证的方式或意识形态含义的方式结合起来，而它们并不协调"（*Metahistory*，29）。

[5] Ibid.，29.

附录 B
以寓言解释意识

从效果而不是定义来谈论寓言，可能会有惊喜的发现。也许，某个科 361
学的或哲学的（或无论如何是认知的）文本更适合用于证明反本能问题。
不论怎样，现在已成经典的丹尼尔·丹尼特的《解释意识》（*Conscious-
ness Explained*）更有利于说明"主体性"这个主题，其中再现性的问题
与身份理论交叉，文学再现和主题与某些旧的关于此类著作的哲学理论交
叉。[1] 他自己的理论语境——但愿局外人可以理解——处于两种境况的争
执状态：一种是人工智能，心智的计算机模式，对人脑的神经心理学探
索；另一种是更新的进化理论，更不用说传统的哲学历史。但是，我并不
想论述这本感人著作的发现，而是把它自身作为一种再现来考查：实际
上，作为一种语言试验，也许作为一种概念的叙述，它有自己完整的范畴
和规则，用以引进新的材料或问题（就像小说家在作品中增加新的人物，
抛开旧的人物）。其实，格雷马斯曾明确宣称，符号学应该能够像阅读某
种小说一样阅读康德的《纯粹理性批判》，这一看法也许会增加人们对符
号矩阵的信心。

然而，下面如果我们不打算评价这种论点，我们至少需要公正地对待 362
它。我的意思是，至少对这部作品从形式上——且不说是形式主义的——
加以说明。但是，"解释意识"是什么意思？为意识提供一种理论，也许
一种新的理论？可是作品最后却发生了惊人的变化："看看我们以自己的
工具所建构的东西。你能想象没有它们的［意识］？"（455）这样它就改变
了问题的维度。是否在想象读者承认解释的有效性？但是，难道想象不是
某种思想的图像，某种根据非概念或前概念满足概念的需要？而且，即使
我们决定在"概念化"和"想象"之间——在构建某种理论和以修辞投射
某种形象之间——进行区分，该书前面不无深意地引入现象学主题难道不
会增加第三种可能？关于第三种可能，我们不应该过于匆忙地假定它是概

念和想象的综合。（然而，尽管现象学指出了与具体经验认同的可能性，并可以充分展开理性活动，但其结果却是它在这里成了一个异质现象学的问题——就是说，一种根据他人说明所做的逼真的建构，也许在某种程度上大致可以比作民族方法学。）我们后面再讨论这些问题。这里只需说三种可能全都归于再现这个总标题之下就够了。然而，不仅再现必须成为探讨寓言的核心主题，而且意识的再现问题必然在很大程度上影响对寓言的研究。因此，我们对丹尼特的解读根本无须是纯形式主义的。

理论仿佛是可以检查各个论证的前提，因此一开始就应该取消二元论（与笛卡儿相联系）。相对而言，现代人难以想象唯心主义（尽管有相当奇怪的柏格森复兴）；而唯物主义似乎同样难以想象——由大脑细胞或别的什么所做的一种决定，对早期各种版本都表示不满，却可以单独用来解释这部著作——我们好像在寻求另外的东西，而这东西的本质在前面的段落里已经受到质疑，令人感到困惑。

但是，至少概念的对立（或其中之一）是清晰的。不过，丹尼特的对立概念与笛卡儿的二元论概念，只是按照众所周知的精神/肉体的分裂（或平行）来表述的，这俨然使笛卡儿成了现代唯心主义之父，并且同时也成了现代唯物主义之父。然而，他定位自己属于现代哲学的主流，以批判他所称的"笛卡儿的意识戏剧"（Cartesian Theater of Consciousness）的方式展现其概念的客体（33-39）。换句话说，松果体是我们最少担心的。这种（不是笛卡儿的）笛卡儿特征造成不可避免的东西是许多更基本的哲学问题：不只是主客体分离问题，而且还有作为其基本方式归于意识的静态或沉思的功能问题，以及观众对场景或舞台统一视角观点的问题[这个主题可能使我们考虑电影理论所用的摄影视觉，也可能使我们进入居伊·德波（Guy Debord）假定的那种商品化和景观之间的关系]。在意识戏剧模式里，第三个基本主题是含蓄的：它是个人身份的主题，很容易添加到经常看戏者的画面之中。但人们也可能质疑戏剧本身：正如丹尼特在另一种语境里所说，它是不是个"没有作者"的脚本（12）？这就把统一的问题置于二元对立的另一面或客体的一面，同时又提出叙事的问题，通过转换到主体或观众，叙事会变成丹尼特著作基本的、解释性的修辞方法之一，我们将会看到，修辞方法以及其他许多东西确认了他与文学

363

理论家族的相似性。

不过，根据笛卡儿之外不同哲学家的看法，笛卡儿的"戏剧"不仅仅是理论模式，它们还与顽固的、常识的自我观（这里称作民间心理学）有关，而且很难确定哪个更重要。无论如何，人们可以通过引证论点和否定意见来"反驳"这些哲学家。然而，常识——"世界上更好的事物"——不能完全说是错误的，或者毋宁说，必须承认其错觉是真实存在的。因此，任何想违背常识的理论，一定不能只是指出其错误：它必须解释这种错觉。就此而言，这是历史主义者的事：你不仅必须说明你的真理为什么正确；而且，假设那种真理存在，你还必须说明为什么以前从没人想过。因此，

> 更确切地说，我会解释构成我们称之为意识的各种现象，说明它 *364* 们为何都是人脑活动的效果，为何这些活动会进化，为何它们会对自己的力量和性质产生错觉。(16)

这段话已经使我们注意到"构成"和"效果"的表达，它们表明，必须提供关于合成的某种描述（也许与"错觉"相关），而随着叙事的发展（已经不成熟地提到过），我们还会期望获得一种关于"进化"方面的解释性修辞。

于是，关于"解释"这一麻烦的术语，或许我们可以暂时重新限定为一种其他意识模式的构成，其作用是在前面提到的关键时刻替代常识（和传统哲学）的作用：主体与客体的分离；主体静态的、沉思的、认识论的定义；主体与客体世界的统一（前者指个人身份，后者指人们从中阐发真理的"现实"）。因此，伴随解释以及承认其真理所产生的满足，完全是完成的感受，当新的模式充分关注那些缺陷时，这种感受就散发出来。

但我们可以进一步列举它们，因为相当明显，为了统一各种错觉，丹尼特必须做些预备工作，或在概念方面做些准备。这种新统一的常识模式的图像（有时仍被称作"笛卡儿的戏剧"），反而转过来对抗统一本身，因为它可以从两个方面辩证地加以考虑：多重被归纳为某种统一，而新的统一又围绕某个中心建构。于是丹尼特的任务就明确了：对统一本身进行质疑，同时提出一个具有同样作用的替代。非常清楚的是，那种替代开始

被认为是统一的对立面，而这只是设定了探讨的方向，还没有做任何真正的工作。

让我们跳到具体的解释，以便看看从统一模式到更满意的替代还需要走多远。丹尼特把后者称作"多重初稿"（Multiple Drafts）：我们从戏剧（空间）走到了"生产过程"，实际是一种写作计划，先记下各种近似的东西，然后依次抛弃。事实上，这里的文学参照非常明显：

> 在出版界，在出版前的编辑和出版后的"勘误"之间，有一种传统的、相当严格的区分。但是，在今天的学术界，事情因电子通信而加快了速度。随着文字处理和桌面出版以及电子邮件的出现，现在经常发生的是，一篇文章的几个不同初稿同时传送，作者随时准备根据收到的电子邮件的评论进行修改。确定出版时间，并把文章初稿中的一篇称作最佳文本——创纪录的文本，在参考文献中被引用——变成了有些随意的事情。（125）

事实上，关于普遍按照某种"编辑的唯物主义"修订文学批评，杰罗姆·麦克甘恩提出过类似的东西：利用布莱克以及家庭生产的各种布莱克作品的电子版本作为主要例子，麦克甘恩自己建构了一种模式，对于这种模式，"多重初稿"确实是个非常满意的名字，在我看来，这个名字在很大程度上对主/客体分裂的两面所发生的事情都做了修正。在客体一面，再没有任何原初的本质：只有"事物"一系列不同的版本，对此我们固有的那种亚里士多德的偏见产生出一种立体的景观；因为不存在真正的客体，没有可信的初始意图或作品要确立的"幻景"（因为语言精心表述的过程改变了出发点，难以辨识），而且除了年代事件和作者放弃的东西，也没有任何"最后的"文本。于是，在主体一面，我们重新参与到从萨特到德里达等现代哲学的伟大主题之中，即物化和时间性。作为主体，如果我们想使自己与时间中的生命一致，我们不可能突出任何当下的瞬间时刻而不把它物化，或把它变成稳定的，像某些东西一样的现实：但是，我们是否能够坚持瞬间时刻而情愿放弃所有时间的稳定性？显然，这也是丹尼特的问题，对此他想诉诸叙事，或至少通过多重初稿或不同叙事版本进行回答（萨特的"部分总体化"）。

在这种过渡中，我们还应该注意历史一直存在，并采取了对计算机进 *366*
行说明的方式。这里，在建构更大的编辑和出版隐喻中，计算机只是一个
有用的隐喻或亚隐喻吗？从静止的观点看，当然是。但作为一种发明和事
件，计算机的真正历史性表示过去计算机并不存在的观点：过去缓慢的出
版方式发生了什么？那时"最后的版本"和"最佳文本"是否存在？或更
坚实地存在？就本体论范畴而言，是否在文字处理机之前完成的客体更加
真实？如果可变性的本体总是真实的、永恒的，即使在羊皮纸或石刻象形
文字时代也是如此，那么我们是否可以说，在后计算机的历史里，历史上
新技术的"出现"促成它更深刻的真实性被更充分地揭示出来，被更充分
地体验和展现出来？这些并非次要问题，我们会看到，它们对丹尼特的全
书具有重要意义。

现在我们回到他的"多重初稿"：他必须表明，脑子能够具有类似的
功能。但他还必须表明，我们能够成功地按照新的方式重组我们自己的经
验意识。此时必须放弃印象，即以为我们意识的生命在于外部世界的可靠
信息，在于它们被发送到某个（无疑同样可靠）的关键证人或目击者。但
多重初稿似乎表明，这种信息不仅是碎片的，而且数量很大，并且紧跟着
前面所有尚未充分评价的信息，新的信息不断进来，于是它们便一直在某
个地方堆积。然而，在这某个地方——也许是内存库——难道人们不能把
所有这种信息安排有序，至少生成一个暂时的"最后的版本"？这里，关
键的批评概念便成了"填充"的想法，它被归诸旧的常识或笛卡儿的戏剧
模式：事实十分明显，面对"纷繁混乱"的外部世界，我们要填充这种鸿
沟（94，127，344ff.）。至少，我们"看似"要填充这种鸿沟（而"看
似"概念和主观现象是丹尼特的另一个目标）。

问题是，我们已经"上了船"，被"抛进"我们"于世界之存在"，也
就是说，我们没有时间做这种填充，我们忙于处理下一个进来的信息。暂
时性无疑是这里关键的想法，但它的时间含义是什么？我们是否会想象， *367*
我们经常压缩具体经验，添加自己的发现，"暂时"填充鸿沟？甚至这种
调和也不被特别理解：诚然，它使笛卡儿的戏迷变成了布莱希特的观众，
一边沉思一边抽着雪茄，评价表演的质量或提供给他的包厢。但这里可能
是自我意识或反思的哲学问题，对此我们后面再谈。此刻，因为开始没有

笛卡儿的戏剧（丹尼特喜欢这么说），因此也不可能有观众，不论是布莱希特的观众还是其他人的观众。这里我们面对真正的暂时性，极力控制朝夕变换的危机，然而它又是"意识"的常态，永不停息。此时现实从不会"同时出现"："脑子不会'构建'任何再现，不厌其烦地'填充'空白。那将是浪费时间……判断已经存于其中，因此脑子可以继续其他工作！"（128）

　　毫无疑问，脑子面对着过多的信息："各种认识——其实是各种思想或精神活动——都是通过平行的、多路径的解释过程和对感知信息的阐发，在脑子里实现的。信息进入神经系统之后被不断地'编辑修正'"（111）。但这些"修正"与它们要解释的感觉信息一样纷繁混乱。此外，这里的问题是时间性的，就时间顺序而言，它与难以想象地同时出现在脑子里的各种感觉信息基本一致。因为，在那种意义上，正如不存在康德那种包罗一切的空间形式，同样也不存在用以组织信息资料的绝对"线性"的时间网格。按照这种新的安排，正如丹尼特颇有启示地在其他地方所评论的，不存在任何"以时间再现时间的格式"（153）。时间顺序俨然是"暂时性的"一种"构成"（如果可以这么说），与其他一切事物的情形一样。于是，丹尼特此时中断了自己，以便提供一种绝好的说明（按照这种说明，信息技术主题的持续隐在也应该受到注意）：它转向"新奥尔良战役，战役发生在 1815 年 1 月 8 日，即 1812 年战争的停战协议在比利时签署 15 天之后"（146）。如果你开始想象这种时间延宕所产生的多种后果，例如在孟加拉国或加拿大，那么某种严重而愚蠢的问题便会隐隐出现："确切说，大英帝国何时才知道 1812 年战争的停战时间？"（169）就此而言，脑子与帝国（日不落帝国）一样广袤，而提出这种比拟同样没有意义。

　　但是，大英帝国至少在白厅有其外交部，在白金汉宫也有其政府席位：当我们想到脑子时，我们是否可以不想这些类似的最高中心？回答是，暂时性仍然绝对支配，甚至这种中心——不论是什么——也必然被认为是暂时性的。这里我转到丹尼特的另一个修辞说明：

　　　　确定方向是生物学的反应，对应于船上的警报"全体船员到甲板集合！"。大部分动物，与我们相似，都有以习惯方式控制的活动，"自动引导"，并不完全运用它们的能力，实际上受控于它们脑子的专门系统。当某种专门的警报拉响时，动物的神经系统便被调动起来，处理可能出现的紧急事态。动物会停止正在做的事情，迅速扫描或更新，使每一个感觉器官有机会对可利用的资源和相关的信息做出贡献。于是一种"时间性"变成了控制的核心所在，它通过提升后的中性活动得到了确立——在一个短暂的时间里，每一条线都是开放的。（180）

鉴于此，我想说，"多重初稿"模式的建构已经完成，而"笛卡儿戏剧"的建构（或"民间心理学"常识的建构）已经被替代。后者与景象的统一被持续不断的暂时性取而代之；而观看的主体则被前面提到的"暂时中心化的控制场"取代。我们满意吗？可能不，因为在新的模式里，许多突出的问题还没有解决：这种模式尚未被充分检验。一方面，记忆问题仍未考查，在书里也未充分论述。另一方面，我们也许愿意承认，通过记忆，传统上某种更多资料的"统一"只是旧体制的一部分；但毫无疑问，尽管取消了一切庞大的组织时间的网格，但在新的体制内必须有某个新的地方发挥通常所说"记忆"的同等作用。并且还有思想本身和自我意识的问题（且不说做决定之类的问题）。我们必须把这个问题与相关的核心主体 *369* 问题分开，就是说，与个人身份问题分开。不过，这两个问题在书里都有充分论述（至少丹尼特是满意的），我们在继续之前应该关注一下那些论述的情形。

　　我们所称的"思想"是大脑皮层的一种功能（后面再谈），但它是二级功能，因此非常自然，关于思想的思想，或者自我意识或自省，都是二级功能的二级功能。因为在丹尼特看来，两者都是语言形成的效果，在人类进化中，语言出现较晚，一直到大脑皮质本身形成之后才出现："语言固有的专门化……是非常晚的事，是快速补充的，无疑运用了以前有序迂回的结果"（190）。就是说，语言是一种软件形式。语言本身是怎样出现的？丹尼特有一个很好的、具有启发性的回答：通过聆听我们自己说话——或哭泣、咆哮、低语、喊叫（195）。这种理论直接跨越了不可能解决的伪问题，即人们开始有"主体间性"或"人际"关系时出现的那种问题。同样，语言一旦复杂化，思想就是自己对自己说话，自我意识就是关于内心语言的一套特殊言语（223）（在这本书里，乔伊斯以及冯·诺伊曼和他的计算机赢得象征地位，并不是没有什么意义）。思想实际上并非先于语言存在，因此其运作原则必然总是习惯用语，类似 E. M. 福斯特由他虚构的老妇人说的话："直到我明白我说了什么，我怎么知道我想的是什么？"（193，245）这种阐发在后结构主义和后现代性里仍然没有失去它的启示力量。

至于个人身份，我们这里谈谈所谓意识的"神秘性"，而寻求某种新的理论或解决方法的读者可能对此感到失望。但请记住，丹尼特所谓的解决方法乃是替代笛卡儿的模式。因此，关于"个人身份"，评价他的建议应该以否定和批判为基础，考虑它们是否足以替代传统（灵魂、自我，等等）。是否"暂时性控制场"真的能够做个人身份通常所做的工作？我们将会看到，并非没有假定新的因素。然而，关于脑子神经学的唯物主义，以及脑子之外的身体，即自己的身体，亦即海德格尔所说的"每个人自己"，难道不足以确定身份？在某种意义上，真正的作为有机体的身体概念与其边界是一致的，它已经包含着对"承认这一基本问题的解决：从各种其他事物……表明自我"（174）。"这一区分自我与世界、内部与外部的生物学的基本原则，在我们心理学的最高穹顶产生明显的反响"（414）。非常清楚，一旦这些边界得到确立，做决定的机制随时出现，最引人注意的是好和坏之间基本的二元对立。于是，自我维护便成了（在那些"更高的心理学穹顶"）所说的个人身份的不可或缺的特征，它在有机体不同层面的存在也表明，海德格尔所说的那种极度死亡焦虑远不能说是真实的个体人的特征。

但是，我们还没有具体列举所有"明显的"反响。让我们从哲学方面重新限定这个问题，例如，根据尼采令人难忘的阐述来限定它：

> "主体"是虚构作品，我们自身有许多相似状态，这种相似状态实际是虚构的基础。但正是我们自己首先创造了这些"相似"状态，我们调整它们，使它们相似，其实它们并不相似。[2]

"相似性"可以很容易地转变成黑格尔《逻辑学》的基本范畴，对于这种"相似性"，尼采尖锐地补充说："它应该被否认。"记忆会相似吗？我们记得威廉·詹姆斯关于个人身份的绝好说明，他认为个人身份是私有特征的标志，已经铭刻在我们个人的记忆之中，因此能够在必要时（例如，我们听到喊叫"全体船员到甲板集合！"时）像赶牲口似地驾驭它们。但正如我说过的，丹尼特在这里并不想诉诸记忆，他并不认为记忆有某种基本的解释功能。

与之相反，他引入了相当不同的"新元素"，我曾预示过这点，这就是叙事本身。所有那些"局部总体化"和我提到过的暂时统一，事实上都是叙事（我们应该记住，在那种意义上，丹尼特作品里的叙事总是暂时性的，总是局部的，总是与大量其他的叙事版本或初稿共同存在）。因此，*371* 人在这里显然是讲故事的动物（79，94），而其所做的大量论证明显依据毫无缘由，甚或是形而上的观点，无论对当代思想这种观点多么令人满意。其实，在这个时刻，潜在的读者从《解释意识》的深层突然出现，进入一个完全不同的哲学传统的氛围，丹尼特通过引用戴维·洛奇（David Lodge）的《美好的工作》（*Nice Work*，1988），颇有讽刺意味地承认了这点：

> 按照罗宾的看法（或者更确切地说，根据作者的看法，因为关于这些问题作者对她的思想产生影响），不存在据以确立资本主义和经典小说的"自我"，就是说，不存在一种构成个人身份的有限的、独特的精神。唯一存在的是主体在无限的话语网里的地位，例如权力话语，性别话语，家庭话语，宗教话语，诗歌话语，等等。同样，也不存在作者，就是说，不存在作者从虚无创作一部小说作品……德里达著名的说法是……"文本之外空无一切"。没有根源，只有生产，我们以语言生产我们的"自我"。并非"你是你吃的东西"，而是"你是你说的东西"，或者毋宁说，"你是说你的东西"，这明显是罗宾哲学的基础，如果需要命名，她称之为"符号学唯物主义"。（410—411）

丹尼特不赞同这个名字，但同意"罗宾和我的看法相似——当然，按照我们自己的说法，我们二人都是某种虚构的人物，虽然略有不同"（411）。

因此，在这个时刻，我们应该开始对《解释意识》进行一种批评分析，但我现在必须承认，我从中保留了几个非常重要的"缺失的部分"。有两个缺失的部分事实上是解释的机制，故而我对这部著作的论述读者会觉得单薄，因为读者已经直接触及该书的丰富性和复杂性。

第一个缺失的部分是一种特征，这在前面我们的讨论中已经开始注意（我还可以补充说，在尼采自己作品里它非常重要并具有原创性）。这种特征就是作为一种解释原则的进化理论。首先，我没有提到该书中非常重要的一章，这一章长达 70 页，专门揭示流行的进化理论：毫无疑问它不是社会生物学理论，但它反映了社会生物学的发生，以及历史必须与它进行某种程度的妥协。

进化主义的思想（不论哪一种）肯定普遍被理解为一种多样化的历史主义。但它早期的形式，拉马克的目的论，为充分展开的历史主义思想铺平了道路，其后来或达尔文的版本标志着普通历史主义的发展，在一些重要方面对它做了修正。总体上看，历史主义思想在对事物的解释中包含着变化（就此而言，把它的出现看作一种范式的转换或变化倒也正确——例如，福柯在《事物的秩序》就是这么做的）。这种变化在于：历史形成某种事物的存在，关于这种存在的叙事，现在将作为对它的理解。这样说，就是要在丹尼特的作品里，了解进化论的材料何以标志着对诉诸理解的补充，这点我们前面已经谈过，它要求我们对新旧模式进行比较（多重初稿对笛卡儿的戏剧），并在所有以旧模式错误地处理的构成特征被新模式令人满意的等同物替代时，实现对理解的补充。此时，由于某种原因，我们需要某种补充的理解，而这种理解要通过叙事的历史来提供。

考虑大脑结构，乃是为了说明它能够容纳多种初稿所假定的各种精神过程，因此在考虑大脑结构之际，我们另外获得它发生的故事：

> 对于这种基质神经系统，现在我们要通过想象构建一种更符合人的精神……虽然黑猩猩的脑子与我们共同祖先的脑子大小差不多……但我们人类祖先的脑子却是它的四倍之大……冰河时代开始时，也就是大约 250 万年以前，大脑开始发育，基本上在 15 万年以前完成发育——在语言、烹调和农业之前。（189—190）

　　人们可以想到两个理由，说明为什么需要这种历史"补充"。首先，我们可以想象关于多重初稿精神模式的一种非常完整的哲学解释，并且根本不需要涉及大脑：它不是唯心主义的解释，但显然也不是唯物主义的解 *373* 释（当然，它试图成为一元论，不同于两者中的任何一个）。但是，丹尼特希望把他的理论定位于多种传统的交叉，在很大程度上包括神经生物学和大脑的研究（以及它们与电脑模式和仿真的兼容性或不兼容性）：进化的故事保证了其内容的唯物主义层面。

　　与此同时，我们尚未指出，进化论一般所造成的那种历史扭曲或改变，以及这种改变所构成的原创性，均在于功能的概念。进化论本身不同于"纯粹的"历史主义，因为它假定理解或解释都是对历史功能的某种把握。但是，通过根据低级生命形式来讲述，这些故事变成了人类活动单纯的修饰或隐喻。例如，以阿米巴方式构成人的身份，而确立这种身份界限只是提供一种更简单、更逼真的人类境遇的图像：丹尼特大部分时间回避了限定社会生物学的意识形态后果，即他并不认为，他人的生活为我们提供可靠的真实性，说明人类生活的实际情形，并可以作为伦理和政治的典范（例如合并、扩展、周期性生产的实体，等等）。因此，正是人类进化的历史才能够单独改变丰富的动物说明，使这种说明成为关于人类意识的一种可信的论证。

　　换句话说，大脑皮层的故事必须告诉我们一些新的东西，而这些东西低级形式的生命不能表达。这种巨大的精神在人的脑壳里迅速发展，完全遮住了以前动物的脑子，因此它必将在一个全新的故事里走向下一步。（我们已经看到，对于去中心的精神模式，以及多种符号和信息的同时性，整个大脑皮层的形象如何提供了一种视觉的支持。）

　　但是，在概述新故事之前，我们必须说明怎样使讲故事成为可能；而这就使我们必须回到进化论的历史主义问题，以便表明达尔文的转向具有原创性和独特性。人们常说，旧的进化论是目的论的，因为，在谈过一种功能出现的历史之后，它再没有什么可说的东西，于是关于那种功能和那种出现的目的，便明显从属于下一个（形而上学的）问题。达尔文主义的物竞天择机制切断了这个阶段，能够讲述一个根本不是目的论的发展和进 *374* 化的故事。这还能称作历史主义吗？或许，有意通过指摘目的论来诋毁历史主义的那些人，无疑会把达尔文的理论称作别的东西（应该补充的是，马克思的进化论社会观，在这方面因袭了达尔文，并且也不是目的论的）。但是，也许所有这一切可以用更复杂的黑格尔的方式来说：达尔文的进化论是一种历史主义，因为它在自身内部以一种解毒剂的方式否定历史主义。因此它既可以看作是历史主义的（它讲述一种历史发展的故事），也可以看作是反历史主义的（它取消了目的论，或者发明了一种新的非目的论的方式讲述故事）：这是一种绝妙的争辩立场，它使你可以继续讲述故事（例如尼采所做的那样），同时又可以抨击目的论及其历史主义，其实在某些情况下，你可以用自己讲述的故事诋毁以前的故事。

不过，关于物竞天择这种引人注目的机制，我们必须注意它在丹尼特的作品里采取一种不同的形式，即关键的多功能原则，亦即某个器官形成一种特殊功能所造成的难以预见的发展，现在被一种或几种不同的功能占用（或寄生）：

> 人类设计者有远见但却偏狭，他们可能发现自己的设计被看不见一方的效果和相互作用而消解，因此他们尽力维护它们，使系统里的每一个元素只能有一种功能，并使它与其他所有元素隔绝。大自然（自然选择的过程）明显目光短浅，缺乏目标。因为她根本没有任何预见，因此她也不可能担心预见不到的后果。由于无须"努力"避免它们，她便尝试各种设计，但其中会出现各种不同方面的后果；大部分这种设计都是可怕的（可以问问任何设计者），但不时有偶然发现的侧面效果：两个或更多不相关的功能元素相互作用，产生一种特殊的效果；一个元素有多种功能。（175）

在强烈谴责历史主义的同时，这是继续成为历史主义者的一种不同的方式：即使你考虑并试图断定，达尔文的物竞天择模式仍然是隐蔽性的目的论和历史主义，通过设想把多种寄生的新功能强加到达尔文主义所讲述的进化功能之上，这种新的扭曲也会破坏初生的目的论。事实上，我们看到，丹尼特在说明语言时，他从新的第二级故事中颇有受益。因为他把它看作一种软件（221），是对已经进化的人类大脑皮层的补充（无论如何，这种功能存在的原因显然是神秘的）。

　　事实上，多种功能的原则在这里代表一种文本的自动指涉性：它塑造一个过程，丹尼特在构成自己的文本时会复制这个过程。因此，新的理论"联结主义"——特别在此处引入（175，注释 3）——是一种理念，也可以说是一种文本的"功能"，在这里它是对大脑进化描述的补充。"每一个节点都有助于多种不同内容"的看法，使我们可以假定"整个系统具有专门化的作用，但仍可被纳入更大的总体规划"（175，注释 3）。但这并不完全是一种神经学的发现；毋宁说，它是两种情形之间的调停：一方面是对大脑的物质描述，另一方面是对精神的多重初稿模式的哲学要求。

　　其实，多种功能原则所促成的文本"寄生性"，很快会产生某种更大的例证，对它的描述将完成我们关于进化论对哲学论证"补充"的讨论。因为最终进化论的历史叙事将促成社会历史叙事与之叠加（如黑格尔所说，其中自然史的历史主义"回归"到单纯历史叙事原来的本质）。

　　我们已经看到，在丹尼特的作品里，语言主题的引入对第一种或哲学模式至关重要，因为这使他可以发展一种新的关于思想的概念，完全不同于旧的以笛卡儿的意识观为基础的概念（语言提供关于事物的多重初稿，这些事物在以语言写成初稿之前并不是思想，如此等等）。但是，既然语言的事实已经纳入进化论的说明，我们就能够出乎意料地面对整个文化出现的进化论故事（即关于事物非物质主义存在的故事，并不再被认为是自然的历史）。这种故事根据理查德·道金斯的"模仿"（memes）概念进行了复述（199–208），换言之，它成为独特的文化实体，可以从思想到思想进行传播，也可以大量储存。

376

　　此种复杂的概念本身形成独特难忘的单元——例如下面的概念：

　　轮子

　　穿衣服

　　世仇

　　直角三角形

　　字母表

　　日历

　　《奥德赛》，等等。（201）

我觉得这里进化论已经超出了自身，并觉得这样的物质——可以根据客观精神或"文化知识"来说明，并把它们归之于公共领域或媒体文化——不适合记述身体器官及其功能的进化。这种感觉正确吗？不安源自一种邪恶循环的感觉，其中本质上是人类精神的文化运作，通过违规地将这种文化物质归因于大脑本身的物理结构来进行"解释"。

然而，即使如此，我提出这个问题的目的却不相同，因为我认为，"模仿"理论现在允许第二或寄生的历史叙事被增加到进化论第一叙事上面（这也证明了承认"多种功能"）。这第二叙事是一种历史本身的叙事，特别是社会历史，不论它对那种历史进化一般会说些什么，我认为它最明显的指涉可以确定为我们当代的后现代社会，尽管它过多地充斥着这种文化的信息。我怀疑是否以前任何历史社会明确地以这种方式描述它的文化，强调纯粹模仿的多样性及其过多运用。这是一种直觉，再次被技术修辞强化：因为人们记得，语言（仅只语言使"模仿"成为可能）被描述为

一种补充，一种新的软件程序："这种虚拟机器的力量，大大提升了它赖以运行的那种机体硬件的潜在力量"（210）。这种修辞不可能完全无知，在当下的实例中，它很难不使人认为这种修辞性具有某种历史的内容和逻辑。如果我们依靠新的信息技术的修辞来传递我们对语言和模仿的新感觉，那么毫无疑问，在另外某个方面，表明其特征的语言和模仿本身的状态，可以说首先需要那种信息技术的历史存在。在这种意义上，我认为两种参照都表明了我们当代境遇的特点，从而赋予长期进化的叙事某种真正当代的含义。

我把这种复杂的境遇概括如下：进化的叙事被纳入非叙事的论证。于是，这种自然历史的叙事一般投射出一种同时发生的社会历史的叙事。但是，那种新的维度转而投射出一种关于当代社会历史非常凝聚的故事或叙事（换言之，就是"后现代状况"）。然而，它为什么这样做？这新的第三级故事传递什么信息？

因此，我要详细谈谈我对《解释意识》第二级的整个补充说明，并"恢复"我同样一直保留到现在的一些相当不同的其他"遗失部分"。实际上，一些好奇的读者不时注意到丹尼特扩展的隐喻或明喻，这一开始不需要特别证实，成败全靠它们的修辞特点。因此，最初只是为了引人兴趣，

他利用"阿瑟·拉弗著名的曲线，也就是里根经济学的……思想基础"（109），根据它们相似的图表，破坏精神和行为的投入—产出理论。然而，这可能激发关于旧精神理论与保守的社会秩序关系的某种脆弱的潜意识信息。不过，当斯大林主义和奥威尔的《1984》进入这个图景时，人们的注意力陡然增加（116-117）：这些意味着突出各种不满意的（旧式的）努力，它们如何解释意识在重写过去时所产生的补充活动——奥威尔对过去的"修正"，斯大林式的"做样子的审判，细心编写伪证和假供词，以复制证据完成"（117）。两者以辩证的方式背对背地发送出相同策略的不同版本，它们可能与新的多重初稿和不断修正的模式形成不利的对照，其中部分叙事参与无休止的叙事统一，在不需要"修正"行为的情况下，把我们当前的经验意识和身份统一起来。然而，暗指冷战及其在里根主义时期的结束，确实也投射出更多特殊的历史语境的指涉，其中丹尼特全新理论的出现，与当前后现代性特殊境遇中的新问题相关。

378

　　通过转向更重要的一些隐喻，现在可以确定这些新问题是什么。这些隐喻贯穿整个论证，被用于表示笛卡儿的基本戏剧模式及其缺陷的特征。直到现在，我们只是从美学方面说明了这种"戏剧"的特征：戏剧场景本身，或编辑加工生产的电子邮件文本。我并不想排除这本书某些适当的美学"层面"，因为尽管不那么明显，它还是传递了一种特殊的美学信息。

　　但是，其主要的隐喻修辞则是政治的：笛卡儿的核心意识被说成是"专制的"（171），它一直被视为对椭圆形办公室的一种复制（32，429），如下面所示：

> 松果体不仅不是灵魂的传真机，它也不是大脑的椭圆形办公室，不是大脑的任何其他部分。大脑是司令部，是最终观察者的所在，但没有任何理由相信大脑本身还有自己更深层的司令部，或内在的密室，到达那里是意识经验必需或必备的条件。简言之，大脑内部并没有观察者。（106）

　　同样不存在"老板"，因此也不存在"老板代理的不祥权威"（261）。此时政治人物出现一种有趣的后结构主义转向：因为笛卡儿的暴君也可以理解为一个关键的中介或概念的制造者（238），"记录的作者，所有意义

的中介"（228）。于是一种福柯式的权力/知识进入看法，它被以同样的精
379 神进行谴责，说它是对标准和权威更全面的后结构主义批判，特别是对解
释的权威和设想固定意义的批判，以及对国家政治权威的批判。

因为这确实是一个非常当代的国家概念，甚或是一个后现代的国家概
念，并在这里通过隐喻的重复开始与笛卡儿的模式联系起来。中心性最终
还是：如果你有一个中心的主体，一个中心的观察者，以及一个处于中心
的意识点，用以保证你有一个统一的个人身份（且不说一个统一的世界或
统一的真理），那么你也最终面对这个国家。

另外的选择是什么？

> 很可能使自己获得一种"所有船员到甲板上集合！"的子程序，
> 但此时，一旦所有船员都涌到甲板上，一定有某种方式应对志愿者洪
> 流。我们不应指望一个合适的船长就在身边（他那时一直在做什
> 么？），于是志愿者中间出现冲突，必须在没有更高层管理人员的情况
> 下自行安排。（188）

下一个人物，弥尔顿"万魔窟"（Pandemonium）里的人，发出了一种适
当的革命声音，但解决办法仍然是丹尼特所称的"一种内在的政治奇迹"：
去中心的大脑。

> 制造了一个**虚拟的船长**，但没有使任何人获得长期专制权。谁的
> 责任？主要是一个联合接一个联合，以并不混乱的方式进行转换，其
> 原因在于良好的原始习惯，倾向于接受连贯一致的、有目的的顺序，
> 而不是无休止的、混乱的权力争夺。（228）

这是否令人满意？可能最好的还是意识模式，其目的就是再现（最低目
标）。然而，对意识解释的问题，现在却奇怪地变成了什么是令人满意的
或合乎道理的政治观的问题。

其实，我想论证的是，这种时刻表明，文本已包含一个理论问题，但
它完全不同于哲学或神经生理学的意识模式。换言之，哲学功能同时也被
380 某种政治功能占用；而丹尼特（或他无意识的或关键的模仿联盟）发现他
也在利用这种争议，但至关重要的是（如果我可以这么说）这种争议介入
了现代性，即国家的问题和去中心化的民主问题，统一的权力和多种社会

差异问题，已经陷入危机的旧的政治"再现"问题，也就是人们不再相信这种再现的合法性。丹尼特没有完全解决他的哲学问题，也没有投射出某种充分令人满意的对意识的新的"解释"。这种情况完全可以理解，因为迄今政治哲学并不能提供适当的政治"民主"模式，完全消除集中的国家权力。就此而言，无政府主义是唯一真正勇敢的努力；它确实反对中心性和国家权力之类的范畴，而我们其余的人（不论安排得多好）仍然被封锁在这些范畴之内。现在我想说，这是一种特殊的矛盾；通过考虑新的更好的思想，我们不可能完全脱离这种历史和意识形态的矛盾。在那种意义上，矛盾永远不可能得到解决：它们被用来产生新的时刻、新的结构，其实是新的矛盾，因为旧的矛盾已成为过去。

因此，我十分愿意把国家和民主之间的操作称作一种意识形态的压迫：这并不是说它不真实，或者我们可以完全忘掉它。相反，它似乎是历史的约束，我们被深锁其中，如果它失去力量，我们对未来也缺乏乌托邦想象。

正是在这种意义上，丹尼特的第二叙事才是意识形态的，但难以确定的是，它反映的是里根时期（斯大林主义的专制，等等）美国反共冷战的"自由主义"，还是实际存在的社会主义解体之后关于国家和"激进民主主义"困境的无政府主义。但我无意进行判断，哪怕是含蓄的判断；我的主要兴趣在于这部作品的结构，它可以被看作是复杂的和多层次的。在论证的这个（最后）阶段，我同样关心纠正一些错误的想法，它们可能是因为我使用"隐喻"这个术语造成的——我用隐喻表示前面谈到的政治内容的生产系统。因为把这种内容生产看作"纯属"隐喻的，可以使我们把所有这一切完全看成修辞，可以把政治修辞转换成简单的、可能是生动的、传递思想或提出论点的方法。

在他的结论里，丹尼特试图证实其标题所许诺的那种解释，并觉得自己已经提供了那种解释，但当他这样做时，他自己便提出了一个颇有启示的问题：

> 只有一种根据无意识事件解释意识事件的理论，才可能真正解释意识……这导致某些人坚持认为意识永远无法解释。但为什么只有意

381

> 识不可解释？固体、液体和气体可以根据并非固体、液体和气体的东西进行解释。无疑生命也可以根据无生命的东西来解释——并且这种解释并不会使有生命的东西失去生命。（454－455）

也许这种反对意见来得太迟，但表明他自己也不满意。不过这里的条件却非常有趣：你根据某种其他事物来解释某种事物，它首先不是某种事物，与其不同的某种事物，完全是另外的事物。但这并不只是寓言一词的意义，而且还是寓言一词的词源，事实上，我想把我一直描述的文本活动称为一种寓言活动，并相信我已经表明《解释意识》是一个政治寓言，不论它可能还是其他什么。在这种意义上，把关键的修辞特征看作隐喻其实是一种对抗的解释，这里我无法反驳，而且它非常有害。因此，若要发展一种令人信服的寓言理论，必须对抗隐喻本身的主张。

但是，在缺乏这种对抗的情况下，也许可以提出一种惊人的、缺乏根据的主张：这种主张拥有反对它的所谓"思想史"传统的全部力量。实际上，后者一再肯定思想史是最糟糕的科学观念史，而正是后者"解释"了其他思想的出现，例如在迥然不同的美学和政治领域里出现的类似思想。但如果情况并非如此又当如何？如果首先出现的是新的社会形式和政治经验，并允许新形式的其他思想——特别是科学思想——出现，又会怎样呢？如果那些科学"发现"可能性的条件，在于适应新的、接近于自己社会具体经验形式的精神训练，那又该怎样呢？在这种情况下，毫不奇怪，丹尼特需要以他的政治寓言表达他关于意识和大脑的"新"思想，因为他首先需要以社会和政治构建那些新的思想。

注释

[1] Daniel Dennett, *Consciousness Explained*, New York：Little，Brown，1991. 文中引用此书的页码均指这一版本。

[2] Friedric Nietzsche, *Writings from the Late Notebooks*, Cambridge：Cambridge University Press，2003，179.

附录 C
文化和群体力比多

在非常松散的意义上，文化可以称作比宗教更世俗的形式。文化不是
一个"实体"，也不是一种独立的现象，它是一种客观的幻象，产生于至
少两个群体之间的关系。[1] 这就是说，没有任何群体单靠自身会"有"一
种文化：文化是一个群体与另一个群体接触并观察另一个群体时所看到的
光环。它把所接触群体的一切陌生奇异的东西客观化了：在这种语境里，
非常有意义的是评论关于群体关系（边界构成的作用，每一个群体被界定
和界定其他群体的方式）的一部早期著作，它借鉴欧文·戈夫曼的《耻
辱》（*Stigma*），说明界定的标志如何对其他人发生作用：就此而言，"文
化"是一个群体在其他群体眼里所承载的耻辱的汇聚（反之亦然）。但是，
这种界定的标志经常被投射到"异域人的精神"里，其形式谓之他者的思
想，我们把它称作信仰或作为宗教来阐述。然而，在这种意义上，信仰并
非我们自己所具有的某种东西，因为我们觉得自己做的事非常自然，不需
要考虑这种奇怪的内在化实体的动因和合理性；实际上，人类学家罗德
尼·尼德汉姆已经表明，大多数"文化"都不等于我们的信仰概念或伪概
念（这类似于某些翻译者违法地投射到非帝国的、非世界的语言中的东
西）。

然而，实际上，"我们"也经常谈论"我们自己的"文化、宗教、信
仰，或任何相关的东西。这些现在可以确定为恢复他者对我们的看法，恢
复那种客观的幻象，即他者所构成的我们"有"一种文化的图景。因为依
靠他者的力量，这种外来的形象要求做出回应，这种回应可能只是拒绝，
就像美国人抹掉他们在国外遇到的"丑陋的美国人"的刻板成见；或者像
各种族裔的复活，例如印度教徒的民族主义，他们重建那些刻板成见，以
一种新的文化—民族主义的政治肯定它们：但这绝不是"回到"以前真正
的现实，而总是（以看似旧的物质）所做的新的建构。

因此，文化必然经常被看作一种载体或中介，据此处理不同群体之间的关系。如果不经常表明它是他者的观念（甚至我自己也是如此），那么它就会把这种复杂历史关系的视觉幻象和伪客观主义持久化（于是，拒绝像"社会"这样的伪概念在这里显得更令人相信，其源于群体斗争的根源也可以得到说明）。同时，坚持这一转化项目（将文化概念转换为集体群体关系形式的责任）提供了一种方法，它可以实现社会学海森伯格原则的各种形式的目的，因而比当前流行的那种回到观看者的个体主义建议更令人满意。其实，人类学家的他者，个体的观察者，代表一个完整的社会群体，而正是在这种意义上，他的知识才是权力的形式，其中"知识"表示个体的东西，"权力"表示群体关系的特殊方式，但对这种关系我们的词汇又太过贫乏。

可以说，群体之间的关系并非自然的：它是实体之间偶然的外部接触，这种实体只有一种内在的（像一个单子）表面，但没有任何外在的或外部的表面，除非在这种特殊条件下它正好成为那个群体的外部边沿———一直保持着不可再现性——并与他者的边沿摩擦接触。因此，粗略地讲，385 我们必然说群体之间的关系一定总是斗争和暴力的关系：因为唯一使他们共存的正确或宽容的方式，就是使他们相互分开，然后再次发现他们的隔离和孤独。如此，每一个群体都是一个完整的世界，集体是单子的基本形式，没有窗口也不受约束（至少从内部）。

但是，据以引导群体关系的一系列可能的（更不用说"自然的"）态度的失败或缺失，意味着两种群体关系的基本形式分别被归纳为**羡慕**和**憎恨**。在这两极之间的摇摆，至少可以部分地通过声望（借用葛兰西的范畴）来解释：试图挪用其他群体的文化（我们已经谈过，这实际上意味着发明其他群体的"文化"）是对其他群体的一种赞誉，一种承认的形式，它表达了对其他群体的集体羡慕，以及对其他群体声望的承认。这种声望可能不会被很快归纳为权力问题，因为规模更大、力量更强的群体常常赞誉对他们控制的群体，他们借用并模仿后者的文化表达形式。因此，声望是群体团结的一种更合情理的展现，弱小的群体常常比那种强大自负的统治群体更需要竭力发展这种团结，而后者模糊地感到它缺乏这种内在的团结，不自觉地悔恨自己群体的分散倾向。"群体主义"是对这种羡慕的另一种有力的表达，但在个体层面上，作为居统治地位"文化"的成员放弃这种地位，模拟被统治群体个体对其群体的依附性。（毕竟这些已经说过，因此可能不需要补充说，在这种意义上，狂热地追随群体的人是有潜力的或原始的知识分子。）

　　不过，关于群体憎恨，它会引发典型的纯洁和危险的综合征，从而做出维护原始群体边界的行动，避免他者存在所固有的那种可以想见的威胁。现代种族主义（亦即与后现代或"新的"种族主义相对）是这种群体憎恨最精致的形式之一，它倾向于一种完整的政治计划；它会使我们在一定程度上反映所有这种群体或"文化"关系中的刻板成见，而实际上如果没有这些刻板成见我们不可能反映它们。因为这种群体必然是一个想象的实体，就此而言，没有个体精神能够正确地对它直观。群体以分离的个人接触和经验为基础，它必定被抽象化或奇幻化，除了滥用的方式永远不可能被概括为任何具体的东西。群体之间的关系经常是约定俗成的，因为它们总要包含对其他群体的集体抽象，不论这种抽象多么纯洁，怎样以自由的方式进行审查并充满尊重。在这种情况下，政治上正确的做法就是允许其他群体构建自己喜欢的形象，并以那种形象形成"官方的"刻板成见。但是，不可避免的刻板成见——以及可能是持久的群体憎恨、种族歧视、嘲讽和必然随之而来的其他一切——并不会因此而停止。在这种条件下，乌托邦只能意味着两种不同的境遇，而事实上它们最终可能是一样的：第一种是只有个体彼此面对的世界，不存在群体；第二种是一个群体完全脱离世界，其外部刻板成见（或"族裔身份"）问题永远不会首先出现。刻板成见确实是违法的多于意义的所在，巴特称之为"恶心的"神话：根据这种抽象，我的个体性被寓言化了，变成了对另外事物或不正确和非个人事物的滥用的解释。（"我不参加组织，也不用标签。"最近一部影片中的人物说。"你不必参加，"他的朋友回答，"你是犹太人！"）但是，对这种窘境的自由主义解决办法——废除刻板成见或假装它们并不存在——是不可行的，虽然大部分时间我们仿佛在继续使用那种办法。

　　因此，群体总是处于冲突之中。唐纳德·霍洛维茨（Donald Horowitz）在其对国际民族冲突的杰出研究里表明了这点，虽然他对这种冲突所做的自以为是马克思主义的经济或阶级解释并不令人满意。马克思在关于

386

阶级冲突本身必然是二分结构的概念里，可能无意识地预示了现代民族理论的一个基本特征：实际上，在霍洛维茨看来，民族冲突总是具有倾向的二元对立，每一方最终都融合了各种小型的卫星民族群体，并以象征的方式重新规定葛兰西所说的霸权，以及葛兰西那种霸权的或历史的阵营。但是，就此而言，阶级并不先于资本主义，也没有任何单向的马克思主义"经济"因果理论：对于各种非经济的发展，经济最经常的作用是外部激发器，对它的强调具有启发性，但它与各种学科的构成（与它们在结构上躲避或压制的东西）有关，而不是与本体论有关。马克思主义必须为民族理论提供的，可能是相反的建议，即通过与之相伴的阶级构成问题，可以很好地说明民族斗争问题。

387

其实，如果充分认识阶级——阶级本身、"潜在的"或构成的阶级——它显然也是我们所说的群体（虽然我们所说的群体很少指阶级本身），因为通过各种复杂的历史和社会进程，它们已经获得了通常所说的阶级意识。关于这些奇特的、相对少见的群体类型，马克思主义指出了两点。第一，它们比民族群体具有更大的发展潜力：它们有潜力扩展到与整个社会一样广泛（在那些独特且及时爆发的革命事件发生时就会出现这种情形），而群体必然受限于他们自己具体的自我界定和构成特征。因此，民族冲突可以发展并扩大到阶级冲突，而阶级冲突转化为民族竞争则是一种限制性的、向心性的发展。

（确实，羡慕和憎恨的转换可以很好地说明阶级和群体之间的辩证关系：无论在羡慕中起作用的是什么群体或身份投入，其力比多的对立面总是倾向于超越群体关系的动力，走向阶级本身的动力。因此，1992 年共和党全国代表大会举行时，任何人如果观察到利用群体和身份憎恨——种族和性别敌视，在帕特·布坎南之流典型的"文化反革命分子"的演说和表情中表现得非常明显——立刻会明白那是阶级敌视和阶级斗争，是这种激情及其象征中更深层的利害所在。同样，观察者如果感觉到那种象征并对共和党右翼做出回应，那么也可以说，他们已经朝着社会阶级的最终方向，使自己更小型的群体和身份意识得到"提升"。）

第二点因袭了这点，即只有把民族范畴转变成阶级范畴，才可能找到解决这种斗争的办法。因为，总体来看，民族冲突不可能得到解决；它只能被升华为一种能够得到解决的不同性质的斗争。阶级斗争有其目的和结 *388* 果，但不是一个阶级战胜另一个阶级，而是彻底消灭阶级范畴，提供这种 升华的一个原型。市场和消费——婉转地称之为现代化，把各种不同群体 的成员转变成普遍的消费者——是另一种升华，它看上去非常平等，好像 没有阶级，但它成功的主要原因在于后封建时代北美联邦的特殊条件，以 及随着大众传媒的发展可能出现的社会平等。就此而言，"美国民主"似 乎可以取代阶级动能，为前面讨论的群体动能提供一个独特的解决办法。 因此，我们需要考虑各种差异的政治——各种"群体身份"政治固有的差 异——通过消费社会产生的那种拉平社会身份的倾向，这种政治是否已经 成为可能？同时需要接受这样一个前提，即只有巨大可怕的传统的他者范 畴被"现代化"削弱，文化差异政治本身才有可能实现（因此当前新的族 裔性可能与传统的不同，犹如新的种族主义不同于传统的种族主义）。

　　但这不会削弱群体的对立，而是恰恰相反（这可以从当今世界格局来 判断），人们还期待文化研究本身——新的群体动能会得到发展的空 间——必将限定其力比多的程度。实际上，能量转换或"阐述"离子的构 成，并不会采取中立的立场，而是会释放感受的巨浪——自恋的伤痕，羡 慕和自卑的感觉，时不时出现的对他者群体的反感。

注释

　　[1] 这篇附录节选自 Fredric Jameson，"On 'Cultural Studies'," *Ideologies of Theory*，London：Verso，2009，33–37。

索引 *

图书在版编目（CIP）数据

寓言的内涵 /（美）弗雷德里克·詹姆逊
(Fredric Jameson) 著；王逢振，肖腊梅，胡晓华译.
北京：中国人民大学出版社，2025.4. --（詹姆逊作品
系列）. -- ISBN 978-7-300-33898-9

Ⅰ. I207.7

中国国家版本馆 CIP 数据核字第 2025QC1404 号

詹姆逊作品系列

寓言的内涵

[美] 弗雷德里克·詹姆逊（Fredric Jameson）　著

王逢振　肖腊梅　胡晓华　译

Yuyan de Neihan

出版发行	中国人民大学出版社			
社　　址	北京中关村大街 31 号		**邮政编码**	100080
电　　话	010－62511242（总编室）		010－62511770（质管部）	
	010－82501766（邮购部）		010－62514148（门市部）	
	010－62511173（发行公司）		010－62515275（盗版举报）	
网　　址	http://www.crup.com.cn			
经　　销	新华书店			
印　　刷	唐山玺诚印务有限公司			
开　　本	720 mm×1000 mm　1/16		**版　　次**	2025 年 4 月第 1 版
印　　张	24.5 插页 1		**印　　次**	2025 年 4 月第 1 次印刷
字　　数	370 000		**定　　价**	88.00 元